Jenny-Mai Nuyen

# NIJURA
# DAS ERBE DER ELFENKRONE

W0184942

© privat

DIE AUTORIN

Jenny-Mai Nuyen wurde 1988 als Tochter deutsch-vietnamesischer Eltern in München geboren. Geschichten schreibt sie, seit sie fünf ist, und mit dreizehn verfasste sie ihren ersten Roman. Seit ihrem literarischen Debüt Nijura – Das Erbe der Elfenkrone wird sie als eine der aufregendsten Fantasy-Entdeckungen der letzten Jahre gefeiert. Nach einem Filmstudium an der New York University lebt Jenny-Mai Nuyen heute in Berlin und widmet sich ganz dem Schreiben.

Mehr über die Autorin unter
www.jennymainuyen.de

Mehr über cbj/cbt auf Instagram unter
@hey_reader

Jenny-Mai Nuyen

# NIJURA

## DAS ERBE DER ELFENKRONE

cbt

Sollte diese Publikation Links auf Webseiten Dritter enthalten, so übernehmen wir für deren Inhalte keine Haftung, da wir uns diese nicht zu eigen machen, sondern lediglich auf deren Stand zum Zeitpunkt der Erstveröffentlichung verweisen.

Dieses Buch ist auch als E-Book erhältlich.

MIX
Papier aus verantwortungsvollen Quellen
FSC® C014496
FSC www.fsc.org

Verlagsgruppe Random House FSC® N001967

1. Auflage 2018
Erstmals als cbt Taschenbuch Mai 2008
© 2006 cbj Kinder- und Jugendbuch Verlag
in der Verlagsgruppe Random House GmbH,
Neumarkter Str. 28, 81673 München
Alle Rechte vorbehalten
Karte und Vignetten im Innenteil. Jenny-Mai Nuyen
Umschlaggestaltung: Carolin Liepins, München,
unter Verwendung von Motiven von © Shutterstock (Jacob_09, Albina Tiplyashina, Eugene Ivanov, BestPhotoStudio, tugolukof, antart, antart, koosen, simonekesh)
TP · Herstellung: eR
Satz: dtp im Verlag
Druck: GGP Media GmbH, Pößneck
ISBN 978-3-570-31223-0
Printed in Germany

www.cbj-verlag.de

*»Feuer der Dämonennacht,*
*tanz mit dem Lied, das hier erwacht!*
*Leuchte nun für hundert Jahre,*
*die eine Nacht nur in dir wahre.*
*Sollt unser Volk einmal vergehen,*
*wird tief im Schlaf Erinnerung bestehen,*
*die als Legende einst erwacht;*
*drum tanz für hundert Jahre,*
*Feuer der Dämonennacht.«*

ELFISCHES VOLKSLIED

N
W
O
S
KÖNIGREICH
VON DHRANA
DIE DUNKLEN WÄLDER
DIE FREIEN ELFEN
KESSE
HYKADEN-
STÄMME

EISENMINEN
MOORELFEN
DIE MARSCHEN
VON KORR
STADT
FÜRSTENTÜMER

# Inhalt

## DRITTES BUCH

## *Das weiße Kind*

VIERTES BUCH

## *Nijura*

# Prolog

Seit Stunden hing Dämmerlicht über den Marschen von Korr. Nebel zogen durch die Sümpfe und Moore und hüllten das Land in düstere Farblosigkeit. Hinter den Dunstschleiern schwamm bereits der Vollmond am Himmel, bleich und wässrig im nieselnden Regen.

Wegen der dichten Nebelschwaden entdeckten ihn die Späher der Moorelfen nicht, bis er unmittelbar an den Grenzen ihres Dorfes angekommen war. Die dumpfen Rufe ihrer Hörner hallten über die Dächer der Hütten hinweg, die geduckt und zusammengedrängt wie ängstliche Kinder im grauen Land hockten. Doch es gab keinen Grund zur Beunruhigung, denn der Fremde, der aus dem Moor geschritten kam, hob die Hände zum Zeichen des Friedens.

Man ließ den Mann ins Dorf ein. Er trug einen ausgefransten Mantel und Stiefel, die von Morastkrusten überzogen waren. Sein Gesicht, nicht weniger schmutzig, verschwand beinahe ganz unter der Kapuze. Wassertropfen hingen am durchnässten Stoff.

»Was führt dich her, Bruder? Wer bist du?«, fragten ihn die Späher.

Der Mann hielt den Kopf gesenkt. »Ich bin ein Gesandter der Freien Elfen. Mein Weg hat mich aus den Dunklen Wäldern in die Marschen von Korr geführt ... Ich habe eine Botschaft an euren König, den König der Moorelfen.« Der Fremde redete gebrochen in der Elfensprache und ohne den breiten Akzent der Marschen – doch schließlich gab er vor, ein Freier Elf der Dunklen Wälder zu sein. Dort mochte man die Worte anders aussprechen als hier.

»Welche Botschaft?«, fragte einer der Späher misstrauisch.

Das Gesicht hob sich ein wenig und kurz erhaschten die Späher einen Blick auf die Augen des Fremden: Kalte, blanke Augen waren es, die dort im schmutzigen Gesicht saßen wie Kieselsteine in einem Tümpel. »Sie ist geheim und darf nur vom König gehört werden«, erwiderte er leise, kaum verständlich.

Die Späher warfen sich Blicke zu. Aber ein Gesandter der Freien Elfen war erwartet worden – es ging wahrscheinlich um ein neues Friedensabkommen – und so geleiteten sie den Fremden durch das Dorf.

Die aus Ranken geflochtenen Türvorhänge der Hütten waren zugezogen, die Fensterläden geschlossen, nichts regte sich; nur der Rauch der Herdfeuer sickerte hier und da durch eine Kaminöffnung. Irgendwo hinter den Nebeln krähten Raben.

Bald hielten die Späher vor einem Haus an, das auf einem Felsplateau errichtet worden war. Es war das größte im ganzen Dorf und trug ein bizarres, spitzes Dach, aber es blieb doch eine Hütte aus Ranken und Moos, wild wie eine Moorhexe.

»Nun kannst du zum König gehen«, sagten die Späher ohne Bedenken. Dem König konnte ja nichts geschehen. Er trug die Krone *Elrysjar*, die ihren Besitzer unverwundbar machte und alle mit dem Tod bestrafte, die sie unrechtmäßig erlangen wollten. Nie war ein Elfenkönig verletzt oder gar getötet worden: Die Krone wurde stets friedlich überreicht, war das Lebensende eines Königs nah.

Der Fremde ging auf das Haus zu, stieg über die glitschigen Felsstufen und verschwand hinter dem Türvorhang aus Moos.

Der Fremde blieb lange im Haus des Königs. Die schummrige Dämmerung, das feine Flimmern des Regens schienen ewig zu dauern. Es war, als stehe die Zeit still …

Und umso heftiger kam das Beben, das die Zeiten verändern sollte. Ein jäher Wind brauste auf und brachte die Nebel zum Erzittern. Kreischende Rabenscharen erhoben sich zu schwarzen Strudeln in den Himmel. Jeder Moorelf spürte es in diesem Augenblick – das rasende Aufbäumen, das durch die Erde, das brackige Wasser, die Dunstschwaden, die Wolken schnitt wie ein Messer: Die Krone *Elrysjar* hatte ihren Besitzer gewechselt.

Aus allen Häusern liefen die Männer, Frauen und Kinder in den Regen. Zitternd näherten sich die Moorelfen der Hütte ihres Königs. Das Wasser glänzte auf ihrer grauen Haut und ließ sie wie Wesen aus Stein erscheinen. Und sie erstarrten, als ihr König aus der Hütte trat.

Der Regen, der jetzt stärker in die Pfützen trommelte, zog Rinnsale über seinen verdreckten Mantel. Einen Augenblick lang stand der neue König reglos vor den Moorelfen. Dann hob er die Hände und schob sich die Kapuze zurück: Die steinerne Krone *Elrysjar* schmiegte sich um seine Stirn, glänzend wie Sumpföl. Der Regen rann dem Fremden über das Gesicht, er wusch Erde und Schmutz fort und enthüllte das lächelnde Gesicht eines Menschen.

»Folgt mir«, sagte der Menschenmann, feierlich und zischelnd, gebrochen in der Sprache der Elfen. Und als er aus dem Dorf schritt, folgten ihm vierhundert bleiche Gestalten in einem stummen Zug.

ERSTES BUCH

# Eine Legende

# Der Dieb und das Mädchen

Scapa rannte. Er rannte durch die Straßen von Kesselstadt, vorbei an zerfallenen Häusern, auf denen neue Häuser errichtet worden waren, stolperte über Abfälle und Straßenschutt. Hinter ihm hallten wütende Stimmen von Hauswand zu Hauswand und vor ihm verschwammen die bleichen Laternenlichter in der Dunkelheit der Nacht. Sein Herz trommelte. Die Knie gaben ihm nach, doch er hielt nicht an, sondern rannte nur noch schneller – rannte, rannte, so rasch seine Füße ihn trugen. Sein ganzer Körper stach vor Erschöpfung, nur knapp gelang es ihm, nach Luft zu schnappen, das dunkle Haar klebte ihm auf dem Gesicht.

»Wo ist er? Da vorne rennt er! Er darf nicht entkommen! *Elender Dieb!*«

Scapa keuchte, und doch stahl sich ein triumphierendes Lächeln auf seine Lippen, als er hörte, wie die Soldatenstimmen in der Ferne zurückblieben. Er schlitterte um eine Straßenecke, taumelte und musste sich mit der Hand auf dem Boden abstützen, um nicht der Länge nach hinzufallen.

Einen Augenblick später lief er schon weiter. Nun war es fast still um ihn herum. Das Blut, das ihm in den Ohren rauschte, übertönte bald schon die letzten Stimmen und Rufe. Fest drückte er seinen Leinenbeutel an die Brust. Er stolperte über ein paar lose Steine, die von einer Hausmauer abgebröckelt waren. Unsichtbarer Staub wirbelte auf und ließ Scapa husten. Ängstlich drehte er sich noch einmal um, ob jemand ihn gehört hatte – aber er entdeckte nichts außer den gewohnten Häusern, die wie schlummernd in der Dunkelheit lagen; nichts außer den Laternen und den engen Gässchen. Eine Rattenschar tummelte sich quiekend unter der nächsten Straßenlampe.

Scapa drehte sich um und schlich nun geduckt an den Hauswänden entlang. Die Straße war so schmal, dass er mit ausgestreckten Armen die gegenüberliegenden Mauern hätte berühren können. Hauseingänge öffneten sich links und rechts neben ihm wie gähnende Mäuler. Manche waren mit Vorhängen überspannt, durch die der matte Schein einer Öllampe drang. Das Klappern von Töpfen drang aus verriegelten Fensterchen, obwohl es schon spät war, und aus anderen Häusern ertönte das Schnarchen ihrer Bewohner. Scapa riss sich das schwarze Tuch vom Hals, das zuvor sein Gesicht zur Hälfte verdeckt hatte, und wagte es endlich selbst, geräuschvoll nach Luft zu schnappen. Er war lange durch die Gassenlabyrinthe von Kesselstadt gerannt. Immer wieder warf er einen Blick zurück, doch außer einer fauchenden Katze begegnete er niemandem mehr.

Schließlich machte er vor einem Häuschen Halt, das sich nicht besonders von den anderen unterschied. Ein dunkelrotes Stofftuch war über dem Hauseingang festgenagelt. Durch die Mottenlöcher blinzelte Licht und malte ein Mosaik auf die gegenüberliegende Mauer.

Scapa trat vor den Hauseingang. Er hielt den Atem an, obgleich sein Herz noch heftig pochte, und spähte durch die Löcher des Stoffes. Er sah einen Raum mit Schlafmatten auf dem Boden, einem Holztisch und einem Stuhl. Auf dem Tisch stand eine Öllampe, die die Zimmerwände in ranziges Gelb tauchte.

Ein Mädchen ging im Zimmer auf und ab. Ihr ausgefranster Rock reichte kaum bis zu den schmutzigen Knien und tanzte mit jedem Schritt um ihre Beine. Kinnlange blonde Locken verbargen das Gesicht.

Scapa schob den Vorhang auf. Das Mädchen fuhr herum und starrte ihn an.

»Arane.«

»Scapa!« Ein Lächeln huschte über ihren spitzen Mund, dann kam sie auf ihn zu, fiel ihm um den Hals und zog ihn ins Zimmer. Der Vorhang schloss sich hinter ihnen.

»Hast du die Speere?«, fragte Arane. Ihr Blick war so wach und durchdringend, dass kaum jemand es je wagte, sie offen anzulügen. Arane war schön und auch das kalte Glühen in ihren Augen konnte diese Schönheit nicht mindern.

Scapa fuhr sich mit dem Handrücken über die Stirn und strich sich das Haar zurück. »Nein. Wir wurden zu früh entdeckt.« Er spürte, wie ihm Blut ins Gesicht schoss vor Scham und Wut. Es hätte alles gut gehen können. Sie hatten den Einbruch in die Soldatenwache perfekt geplant: Zu zwölft waren sie losgehuscht, waren unbemerkt über die hohe Mauer geklettert, hatten sich durch den Hof geschlichen und in das dunkle Gebäude – aber die Speere, Knüppel und Kurzschwerter, die sie erbeuten wollten, waren nicht da gewesen. Offensichtlich befand sich die Waffenkammer der Soldaten in einem der verborgenen Kellerzimmer. Dabei waren sie sich so sicher gewesen, dass alles klappen würde!

»Entdeckt?«, wiederholte Arane ungläubig. »Wegen wem?«

»Ach.« Scapa ging an ihr vorbei und legte den Leinenbeutel auf den Tisch. »Jonve mit den kurzen Haaren, weißt du, hat eine Schüssel umgestoßen. Da ist der Wachmann aufgewacht, ist hochgesprungen wie eine Katze. Eine ziemlich fette Katze – aber schneller, als ich dachte.«

»Verdammter Dummkopf«, knurrte Arane. »Ich wusste doch, dass der Bengel alles verpatzt.« Dann trat sie hinter Scapa und blickte ihm über die Schulter. Weil sie fast einen halben Kopf kleiner war, musste sie sich dazu auf die Zehenspitzen stellen. »Was hast du mitgebracht?«

Scapa öffnete den Beutel und schüttete vorsichtig den Inhalt auf den Tisch. Im Lampenlicht kamen ein klirrender, übergroßer Schlüsselbund und eine Hand voll Münzen zum Vorschein.

»Das ist alles?« Arane strich um Scapa herum, nahm den

Schlüsselbund in die Hand und hielt ihn sich vors Gesicht. Mindestens drei Dutzend Schlüssel klimperten daran, sie wogen so viel wie eine Eisenkugel. Arane legte den Bund unbeeindruckt zurück und zählte rasch die Münzen ab – sie konnte gut rechnen für ein Straßenkind. Gut genug, um zu erkennen, dass die Beute ausgesprochen mager war und – vor allem – den Aufwand des Einbruchs nicht wert.

»Sieben Kröten? Die hätte ich auch beim Slatof an der Straßenecke besorgen können.«

Slatof war ein Bettler und hatte mehr Schnaps im Blut als Münzen in der Hand.

»Das Geld und die Schlüssel habe ich doch nur aus Rache mitgenommen! Besser wir haben den Kram als der Wachmann, oder? Wenigstens ist er schön wütend.« Scapas Knie waren jetzt noch ganz weich vor Schreck – für einen Augenblick hatte er sogar gefürchtet, die Soldaten würden ihn fassen. Aber wirklich nur für einen Augenblick, denn Scapa konnte sich in den dunklen Gassen von Kesselstadt unsichtbar machen wie ein Schatten. Die Soldaten hingegen machten mehr Lärm als ein Haufen raufender Köter. »Wir bekommen die Waffen noch zusammen«, murmelte Scapa, ohne selbst recht daran zu glauben. »Oder schlimmstenfalls kämpfen wir mit Ziegelsteinen.«

Arane hatte wieder den Schlüsselbund zur Hand genommen. »Das kannst du vergessen. Mit Ziegelsteinen bekommen wir nicht den Fuchsbau, sondern eingeschlagene Köpfe. – Sag mal, ist das der Schlüsselbund vom Gefängniswärter?«

»Ich glaube schon. Er hing an der Wand, hinter der Gittertür, die zu den Kerkern runterführt. Ich wäre fast im Gitter stecken geblieben, als der Wachmann kam. Guck hier, ich habe mir die Haut aufgeschürft.« Scapa hielt ihr den Arm entgegen. Über seine Hand zogen sich hellrote Striemen.

Arane nahm die Verletzung behutsam in Augenschein, dann blickte sie spitzbübisch wieder zu ihm auf. »Da hast du genau das Richtige mitgenommen, Scapa«, flüsterte sie. Ihre leicht schiefen Zähne wurden sichtbar, als sie lächelte. »Wenn wir die Schlüssel vom Gefängnis haben…«

Scapa verstand sofort. Er fasste sich an die Stirn. »Natürlich, mit den Schlüsseln ist es ganz leicht, ins Gefängnis zu kommen. Dann könnte man die Gefangenen befreien, zum Beispiel einen eingekerkerten Freund – und dafür zahlt uns jeder Hehler in Kesselstadt ein Vermögen. Und damit wiederum beschaffen wir uns Waffen und der Fuchsbau gehört uns!«

Arane lächelte. Es war ein zufriedenes Lächeln, das sich immer nur dann zeigte, wenn sie ihren Kopf leicht nach unten neigte. Beinahe schien es, als berge dieses Lächeln ein Geheimnis, das ganz zu zeigen sie nicht wagte. »Weißt du schon, wer uns die Schlüssel abkaufen könnte?«

Scapa rieb sich über die Wangen. Wichtig war nun, welcher Händler ihnen das meiste Geld zahlte. Und welcher Händler überhaupt Geschäfte mit ihnen, den Straßenkindern, machen würde. Davon waren nicht viele übrig geblieben. Denn fast jeder Händler, dessen Geschäft auf gestohlener Ware beruhte, steckte mit Vio Torron und seinen Männern unter einer Decke. Torron beherrschte Kesselstadt – mehr als der Fürst, der hoch oben in seiner Burg lebte, fernab der Straßen und Marktplätze. Die Diebe, die Händler, die Schmuggler, die Mörder – sie alle zahlten Torron seinen Anteil an ihrem Lohn, und vor nicht langer Zeit hatten es auch die Straßenkinder getan. Jetzt nicht mehr. Scapa und Arane hatten damit begonnen, sich zu verweigern, und hatten die anderen Kinder überzeugt, dass niemand ihr Herr sein sollte – auch Torron mit seinen dreißig finsteren Halsabschneidern nicht. Was Scapa und Arane wollten, schon solange sie sich erinnern konnten, war wirkliche *Freiheit* – und Macht. Die Macht über das wahre Leben Kesselstadts, das sich in den heruntergekommenen Häusern verbarg und erst nachts zum Vorschein kam, lautlos und vorsichtig, wenn die Soldaten des Fürsten in ihren Wachstuben dösten.

Seit dem offen ausgesprochenen Widerstand verfolgten Torrons Männer die Straßenkinder unerbittlich. Es war ein Krieg in den Gassen von Kesselstadt entflammt, und die Stadt war tatsächlich zu einem brodelnden Kessel geworden, dessen unheilvolles Aufkochen nicht einmal der Fürst verhindern konnte. Nein, die Sache zwischen Torron und den Straßenkindern würde ausgetragen werden.

»Vielleicht«, überlegte Scapa, »kauft uns dieser Elfenhehler Afarell die Schlüssel ab. Ich glaube, dass er mit Torron nichts zu schaffen hat.«

»Einen Versuch ist es wert. Gehen wir morgen zu ihm.«

Scapa ließ sich auf die Schlafmatten fallen. Sie hatten ihre Decken zusammengerollt und benutzten sie als Kissen, denn es war Sommer – da verwandelte sich Kesselstadt in ein brütend heißes Nest, erfüllt von Sandstaub und den fiebrigen Ausdünstungen der tiefen Viertel. Von den Marschen von Korr kam die Feuchtigkeit herübergekrochen und legte sich über die Stadt wie eine undurchdringliche Wolke, die die Sonnenwärme ein- und nicht mehr ausließ. Selbst die Nächte waren drückend warm.

Scapa zog sich das Hemd aus und stützte die Arme auf die Knie. Er musste an all die Pläne denken, die er hatte, an all die Herausforderungen, die ihm bevorstanden… Es war schon seltsam: Gerade erst war er den Soldaten entkommen, und jetzt schon hatte er die Gefahr vergessen, um an eine ganz andere zu denken – nämlich die, die noch vor ihm lag. Fast hatte er das Gefühl, der Zukunft näher zu sein als der Gegenwart.

Arane ließ sich neben ihn sinken und lehnte sich so schwungvoll an seine Seite, dass er schwankte und sich mit der Hand abstützen musste. Sie lächelten stumm, während die Stille der Stadt sich in ihr Zimmer schlich – nur ab und an durchbrochen vom fernen Jaulen eines Hundes, einem kurzen Klirren, dem Platschen, wenn ein Nachttopf in die Straßengruben geleert wurde.

»Arane …«, murmelte Scapa, ohne zu wissen, was er ihr sagen wollte. Aber sie war es gewohnt, dass er ihren Namen sagte, wenn er in Gedanken war, und legte den Kopf an seine Schulter. Er erinnerte sich an all die Tage, die er mit ihr schon verbracht hatte. Tage, so heiß wie der heutige, und Tage, an denen sie zähneklappernd vor Kälte nach einem offenen Feuer gesucht hatten. Und er dachte an ihre Zukunft, wie sie gemeinsam den Fuchsbau bewohnen würden, aus dem sie Torron und seine Männer noch vertreiben mussten – sie gemeinsam, die wahren Fürsten von Kesselstadt. Zwei Straßenkinder …

Arane erhob sich und nahm die Öllampe vom Tisch. »Es ist spät. Ich mache das Licht aus.« Und ihre Gestalt verschwand mit einem Zischen in der Dunkelheit.

## Kesselstadt

Zwischen den unendlichen Marschen von Korr und dem Reich der Dunklen Wälder gab es kaum Dörfer oder Städte. Schließlich waren die Einwohner des Waldreichs und die Bewohner von Korr nie besonders gut miteinander ausgekommen – obwohl auch kein Krieg herrschte. Ein Sumpf der Vorurteile und über Generationen überlieferter Hass hatten den Frieden beider Länder in einen unausgesprochenen Rivalitätskampf verwandelt. Selbst zwischen den Moorelfen und den Freien Elfen der Dunklen Wälder herrschte Zwietracht. Und dennoch hatte es eine Stadt geschafft, am Rande von Korr nahe dem Waldreich zu bestehen: Es war eine Stadt, deren Häuser wie durcheinander gewürfelte Steinchen über das gelbe Land verstreut waren und deren Straßen sich tief hinab in die Schluchten schraubten, die die Ebene zwischen Sumpf und Wald so unwirtlich machten. Während die Stadt von oben aus eher wie ein wildes Dörfchen wirkte, spreizte sich ihr größter Teil in die darunter liegenden Talkessel. Darum nannte man sie Kesselstadt.

Aber es gab noch einen anderen Grund für den Namen. Denn in den schiefen Häuserschluchten, den steilen und versteckten Straßen ließ sich alles finden: Reiche und arme Leute, Verbrechen und Begehrlichkeiten, Diebe, Menschen, Elfen – hauptsächlich verstoßene Elfen. Die Stadt war ein Kessel, in dem das Verbrechen vor sich hin köchelte wie eine Suppe, die manchmal überschwappte, sodass sich der Fürst von Kesselstadt die Finger verbrannte und seine Soldaten ausschickte. Dann beruhigte sich die brodelnde Brühe wieder.

Kesselstadt war zu einer Hauptstadt aller Völker geworden. Hier trafen sich Elfen und Menschen des Waldes und der Marschen und trugen ihre Feindseligkeiten aus. Für viele war Kesselstadt ein vorübergehender Unterschlupf oder ein geschäftliches Reiseziel; für andere, für Verbannte oder für niedergelassene Händler, bedeutete die Stadt eine neue Heimat.

Scapas Leben hatte sich ausschließlich in Kesselstadt ereignet. Kaum erinnerte er sich mehr an seine frühe Kindheit, bevor die Straßen sein Zuhause geworden waren. Eines Tages stand er in den Gassen der untersten Viertel, lauschte dem Herzschlag der Stadt und begann, sich ihm anzupassen. Seine Vergangenheit war verschwommen bis zu jenem Augenblick, da er Arane getroffen hatte.

Wie jeden Morgen erwachte Scapa durch die Geräusche der Stadt. Das Klirren und Klappern der Kochtöpfe, das Rufen der Händler, die Stimmen lachender und schreiender Kinder schlüpften durch den dunkelroten Zimmervorhang und lockten ihn aus seinen Träumen.

Scapa setzte sich schlaftrunken auf. Sein Mund war trocken. Es war bereits heiß geworden, die feuchtwarme Luft überzog seine Haut wie ein dünner Film. Strubbelige Haare hingen ihm ins Gesicht, darum löste er die drei Zöpfe, die die vordersten Strähnen zurückhielten, und band sie erneut fest.

Arane lag schlafend auf den Bodenmatten, die Knie angezogen und das Gesicht unter den Locken versteckt. Sie sah kleiner aus, als sie war, und vor allem jünger. Man konnte sie mit ihren kurzen Haaren glatt für einen Jungen halten, hätte sie nicht den Rock getragen.

»Arane. Wach auf.« Scapa stupste sie mit dem Griff seines Dolches an.

Arane knurrte im Schlaf und vergrub das Gesicht unter der zusammengerollten Decke.

»Wach auf! Wie kannst du bei dieser Schweinehitze noch schlafen?« Scapa lächelte.

Eine Weile blieb es still unter der Decke. Dann drang, gedämpft und leise, eine Frage hervor: »Holst du Wasser…?«

»Du bist eine faule Kröte, weißt du das?«, erwiderte er, während er sich das Hemd überzog und den Gürtel umband. Zuletzt steckte er sich den Dolch ein. Dann nahm er den verbeulten Blecheimer aus einer Zimmerecke, mit dem sie Wasser holten, und verschwand hinter dem Türvorhang.

Von hier aus war es nicht weit bis zum nächsten Brunnen. Scapa lief durch die Straßen, bog ein paar Mal ab und erreichte schließlich die Schlange, die vor dem Brunnen anstand.

So geschickt Scapa als Dieb und Gauner auch sein mochte, so trickreich er sich durchs Leben schmuggeln konnte – an den reizbaren Anstehenden vor einem Brunnen kam selbst er nicht vorbei. Geduldig stellte er sich darauf ein, zu warten.

An einem Tag wie diesem hatte das Leben von Scapa, dem Dieb begonnen. Die Sonne hatte sengend auf die oberen Hausdächer niedergebrannt, doch hier unten, in den tiefsten Winkeln der Stadt, hatte man davon kaum etwas bemerkt. Nur die Luft war drückender und schwerer zu atmen gewesen.

Ein kleiner Junge war durch die Gassen des Viertels gelaufen. Er trug keine Schuhe und hatte von Steinen und Straßenschmutz zerschundene Füße. Am Morgen dieses heißen

Sommertages, an dem selbst die Fliegen matt an den Hauswänden herumkrabbelten, war seine Mutter gestorben.

Er lief schon seit einigen Stunden so vor sich hin, immer weiter fort von dem muffigen kleinen Zimmer, in dem die tote Frau lag. Wahrscheinlich hatten das Essen, das schmutzige Wasser sie dahingerafft, vielleicht war es eine Seuche gewesen. Scapa trauerte nicht. Trauer war, das wusste er, ein Luxus für die Reichen. Außerdem hatte seine Mutter nicht selten zugeschlagen. Nein, traurig war er nicht, und doch … er fühlte sich alleine, stand plötzlich verloren und barfuß in der Welt. Es war ein beängstigendes Gefühl.

Er kam zu einem Markt. Menschen und Elfen strömten an ihm vorüber, Blicke streiften ihn, ohne dass jemand ihn wahrnahm. Eine Weile beobachtete er das rege Treiben. Ihm war klar, dass er weder Geld noch Arbeit hatte und ohne beides nur betteln konnte. Oder er konnte das Risiko wagen und es wie die anderen machen, die in seiner Lage waren: Er konnte stehlen.

Langsam kam er auf einen Stand zu. Stoffe, Gürtel, Kleider und Schuhe häuften sich auf den Warentischen und hingen von der bunten Stoffplane herab. Langsam, langsam näherte er sich dem Stand, wie ein Hund sich einem Knochen nähern würde, den ein Fremder ihm entgegenhält.

Der Händler hinter den Tischen schwatzte so aufgeregt mit einem Kunden, dass silbrige Schweißperlen auf seiner Stirn glitzerten. Er sah Scapa überhaupt nicht. Es würde ganz einfach sein. Nur ein Griff. Ein kleiner Griff und dann rennen.

Scapa stand zitternd am Rand des Standes. Für einen Moment war er sich nicht sicher, ob er nicht vor Schreck wie erstarrt stehen bleiben würde; prüfend trat er von einem Fuß auf den anderen. Sollte er es jetzt wagen?

Er warf unauffällig einen Blick nach allen Seiten. Niemand sah zu ihm herüber. Oder? Er blickte wieder zum Händler. Wie schnell würde der merken, dass Scapa etwas gestohlen hatte – würde er ihm gar folgen?

Plötzlich drehte sich der Händler zu ihm um. Einen Herzschlag lang sahen sie sich in die Augen. Scapa schoss das Blut ins Gesicht, ihm war, als stünde ihm sein Vorhaben auf die Stirn geschrieben. Ohne nachzudenken, schnappte er sich ein Stiefelpaar vom Tisch und flitzte davon.

»He! Dieb! Dieb! Dieb...« Die wilden Rufe des Händlers verloren sich hinter ihm. Während er durch die dichte Menge sprintete, streckte er die Hand aus und klaute im Rennen einen Dolch – nur zur Sicherheit, zur Sicherheit –, falls man ihn verfolgte. Er hatte noch nie eine Waffe gehalten. Mit dem Dolch hätte er sich so gut verteidigen können wie mit einem Löffel, das stand fest. Und es war ein Glück, dass er den Dolch an diesem Tag nicht gebrauchen musste.

Nach einer Weile kam Scapa keuchend zum Stehen und krabbelte in ein altes Fass, das zwischen Hausmauern am Straßenrand lag. Die gewohnten Geräusche der Stadt umgaben ihn. Und als er seine neuen Schuhe anzog – Schuhe, die ihm viel zu groß waren und erst passten, als sie längst Löcher hatten –, war er einer der unzähligen Straßendiebe von Kesselstadt geworden.

»Bitte sehr, gnädige Dame. Lasst es Euch schmecken.« Scapa überreichte Arane mit einer galanten Handbewegung den Wassereimer. Lächelnd setzte sie sich auf; sie mochte es, wenn Scapa so mit ihr sprach. Arane trank lange, denn die Hitze machte durstig. Dann stellte sie den Eimer wieder ab, schöpfte mit der hohlen Hand Wasser heraus und wusch sich das Gesicht. Danach schien sie einigermaßen wach, stand auf und schüttelte sich die nassen Haare aus der Stirn.

»Und jetzt gehen wir zu Afarell«, sagte sie.

»Der Schlüsselbund noch.«

Sie deutete an ihren Gürtel, an dem ein Leinenbeutel festgebunden war. »Ist schon drin.«

Gemeinsam verließen sie das kleine Haus. Im Grunde war es kein wirkliches Haus mehr; die oberen Stockwerke waren zerstört worden bei einem der Brände, die es in Kesselstadt täglich gab. Man hatte jedoch übersehen, dass ein Zimmer im Erdgeschoss heil geblieben war, und Arane und Scapa hatten es bezogen, bevor einem anderen der vorteilhafte Schlafplatz aufgefallen wäre. Inzwischen waren auch die Nachbarhäuser wieder bewohnbar gemacht, und über dem niedergebrannten Haus hatte man eine Terrasse angelegt, auf der im Sommer Straßenkinder und Bettler übernachteten.

Scapa und Arane gingen durch die schmale Gasse und erreichten eine Pflasterstraße. Ein Ochsengespann kam ihnen entgegen und sie mussten zur Seite weichen – der Besitzer des Wagens war zweifellos ein ahnungsloser Neuankömmling. Mit vier Rädern und einem Ochsen kam man in Kesselstadt schwer voran. Als der Wagen vorbeirumpelte, warf Scapa einen Blick unter die Wagenplane: Obst häufte sich dort in wunderbar vollen Strohkisten. Als die Plane wieder zugefallen und das Ochsengespann vorbeigezogen war, hielt Scapa Arane einen Pfirsich hin und biss herzhaft in einen zweiten.

Während sie frühstückten, liefen sie weiter ihres Weges. Eine zerzauste graue Katze kam ihnen entgegen und strich Arane schnurrend um die Beine. Im Schatten eines Hauses suchten sich zwei magere Hunde Essen aus Abfällen. Kaum ein paar Schritte weiter stand ein bunt gekleideter Moorelf und bot Welpen feil. An der nächsten Hausecke saßen Männer und Moorelfen um ein altes Holzfass und spielten Karten.

Scapa und Arane sprangen über blaue und grüne Pfützen hinweg, als sie unter den Wäscheleinen der Färber vorbeikamen. Über ihnen spannten sich violett tropfende Leinentücher und Hemden über die enge Straße, und sie mussten Acht geben, kein Färbemittel abzubekommen. Ein paar Kinder kamen angehuscht und schöpften mit verbeulten Eimern aus den Pfützen. Man nannte die Kinder, die die Reste des Färbemittels von den Straßen aufsammelten und damit selbst Kleider färbten (von schlechterer Qualität natürlich und zu einem wesentlich geringeren Preis) Regenschöpfe. Weil sie sich ständig unter den gefärbten Stoffen aufhielten, hatten sie unzählige bunte Spritzer in Gesicht und Haaren und erinnerten an die wilden Stämme der Moorelfen, die sich mit Schlamm bemalten. Viele der Kinder waren sogar elfischen Geblüts. Eines von ihnen fletschte die Zähne und knurrte, als Scapa und Arane vorbeikamen – hier war sein Territorium. Rasch hüpften die beiden über die letzten Pfützen, ein Tropfen fiel auf Arane herab und malte ihr eine violette Träne auf die Wange.

Hinter den Färbereien schraubte sich eine breite Treppe weiter hinab in die Tiefen der Stadt. Es gab viele solcher Treppen – und das aus gutem Grund: Sie waren leichter zu nehmen als die Straßen, die zum Teil so steil waren, dass viele sie für schier unbegehbar hielten. Die alten Steinstufen, die Scapa und Arane hinabliefen, waren platt getreten und an einigen Stellen zerbröckelt. Links und rechts erhoben sich Häuser und sogar Türme, so klein und schief, dass sie bestimmt unbewohnbar waren. Schräge Balkone und Terrassen beugten sich über die Treppe, manche von ihnen waren bereits so durchgebogen, dass sie jeden Augenblick einzustürzen drohten. Tatsächlich kamen solche Einstürze oft vor und versperrten danach ganze Treppenfluchten, bis die Leute kamen, um ein paar Ziegelsteine und Holzbretter für sich zu ergattern und den Weg dadurch wieder frei zu räumen.

Am Ende der Treppe bogen Scapa und Arane um eine Straßenecke und standen plötzlich in goldenem Sonnenlicht. So war das oft in Kesselstadt: An manchen Orten konnte es zu jeder Tageszeit nachtfinster bleiben, und mit einem Mal trat man in einen einzigen gleißenden Lichtstrahl, der sich bis hinab in die tiefsten Viertel verirrt hatte. Vor ihnen eröffnete sich ein Markt. Um die pralle Sonne abzuschirmen, waren weite helle Tücher von Hausdach zu Hausdach gespannt worden, und die Luft vibrierte mit dem Schlagen der Papierfächer, die vor den schwitzenden Gesichtern der Leute auf und ab tanzten.

Scapa und Arane tauchten in die Menge ein. Schwer hing der Duft der feilgebotenen Gewürze über ihnen; Koriander, Jasmin und Anis roch Scapa aus der Mischung heraus. Ein paar Schritte weiter übertünchte salziger Fischgeruch die Gewürzdüfte. Ein Händler pries die Frische seiner Aale an. Scapa trat auf etwas Glitschiges und blickte hinunter: Fischdärme. Mit gerümpfter Nase schüttelte er seinen Schuh und ließ sich dann von der lärmenden Menge weiter vorwärts treiben.

Fast alles war auf diesem Markt zu finden. Während sich Scapa und Arane mit den anderen Passanten vorandrängten, zogen Stände jeder Art an ihnen vorbei. Kleider und Schuhe wurden feilgeboten, Früchte, Körner, ofenwarme Brotfladen, Fisch und sogar Hühner – aber das Wunderbarste an allem waren die Gerüche. Scapa und Arane sogen tief das bunte Aroma ein: Da gab es Obst, Gebäck, Kräuter und an manchen Ständen Dinge, die von Orten ihren Weg nach Kesselstadt gefunden hatten, die Scapa und Arane nicht einmal mit Namen kannten.

Bald wichen die Stände einem neuen Markt, der sich zwar nahtlos dem ersten anschloss, aber vollkommen anders wirkte. Es war ein Markt der Moorelfen.

Die Händler hier waren weder so laut noch so hektisch wie ihre menschlichen Kollegen. Träge saßen die Elfen vor ihren Ständen, rauchten ihre langen, merkwürdigen Pfeifen und beobachteten die vorbeiströmenden Leute wie aus der Ferne.

Schlagartig hatte sich auch die Menge verändert: Statt der lärmenden Menschen umgaben Scapa und Arane nun beinahe ausschließlich die grauen Elfengesichter. Die Luft war erfüllt von ihrer schnellen, weichen Sprache. Schwermütiger Gesang erklang von einem Straßenmusikanten, und einige Passanten, die an ihm vorbeigingen, summten seine Melodie mit. Es war wohl ein bekanntes Elfenlied.

Selbst die vielen Gerüche hatten jetzt nachgelassen, denn

die meisten Moorelfen handelten mit Schmuck, mit gefälschten Goldbroschen und Silberschnallen, mit schmalköpfigen Pfeifen und bemalten Öllampen. Eine junge Elfe verkaufte Armreifen und Fußbänder aus Holzperlen, so hübsch und zierlich, wie nur das Elfenvolk sie zu fertigen wusste. Trotzdem wäre ein Mensch nie auf die Idee gekommen, sich mit ihnen zu schmücken – das war genauso undenkbar wie ein Junge, der Mädchenkleider trug. Denn obwohl beide Völker in den engen Straßen zusammenlebten, blieben sie in verschiedenen Welten.

Etwas weiter, als der Markt in einen offenen Platz mündete, scharten Schausteller und Akrobaten Schaulustige um sich. Elfenkinder verbogen sich in waghalsigen Kunststücken das Rückgrat, kletterten aufeinander und bildeten Pyramiden aus Beinen und Armen. Bunt gekleidete Flötenspieler mit Glockenschuhen tanzten zu ihren eigenen Melodien, und zwei Jongleure hatten sich die grauen Gesichter mit weißer Farbe übermalt und vollführten Sprünge und Rollen, während die Jonglierbälle wie verzaubert über ihren Händen schwebten.

Scapa und Arane drängten sich unbeeindruckt an alledem vorbei. Nur einmal konnte Scapa sich ein scheues Lächeln nicht verkneifen, weil ihm eine Elfentänzerin mit rasselndem Glockengürtel eine Mohnblume schenkte. Als die klatschenden Zuschauer hinter ihnen zurückblieben, war die Blume bereits wie ein Armband um Aranes Handgelenk geknotet.

Eine Seitentreppe führte vom offenen Marktplatz in eine Gasse hinab, die von hohen, stuckverzierten Häusern umschlossen wurde. Solche Häuser waren selten in dieser Gegend, tief auf dem Grund von Kesselstadt. Sie waren das Zuhause reicher Bewohner, die sich trotz ihres Wohlstands im Untergrund verborgen halten wollten: die berühmten Hehler.

Scapa und Arane blieben vor einem der Häuser stehen, an dessen Messingschild, hübsch und reich verziert, geschrieben stand: AFARELL. TAUSCH UND HANDEL.

## Afarell, der Elfenhehler

Scapa schlug den schweren Türring gegen das Holz. Eine Weile blieb es still dahinter. Dann öffnete sich die Tür so abrupt, als hätte jemand auf der anderen Seite nur auf Besucher gewartet. Aber es war bekannt, dass Elfen sich lautlos zu bewegen vermochten – oder, besser gesagt: dass das Gehör der Menschen miserabel war.

Vor Scapa und Arane erschien ein Moorelf und starrte fragend auf sie herab. Der süßliche Rauch seiner Pfeife waberte den beiden entgegen.

»Wir wollen zu Afarell, dem Händler«, erklärte Scapa.

Es war wohl der ruhige, leise Ton des Jungen, der den Elf überzeugte, sie einzulassen. »Wollt ihr ihm was ausrichten? Dann sagt es lieber mir.«

»Wir wollen ihm ein Geschäft vorschlagen.« Scapa sah sich bereits in dem dunklen Haus um. Zu beiden Seiten hin eröffneten sich Korridore, die von geschlossenen Vorhängen unterbrochen wurden. Direkt vor ihnen führte eine wuchtige Wendeltreppe aus Eichenholz in ein höheres Stockwerk.

»Na dann«, sagte der Moorelf. »Dann wollen wir mal sehen, was ihr so bei euch tragt. Arme und Beine auseinander, los, los!«

Mit einem geduldigen Lächeln übergab Scapa dem Moorelf seinen Dolch. Der nahm ihn an sich und schob ihn in seinen Gürtel. Trotzdem ließ er es nicht aus, beide nach gefährlichen Gegenständen abzutasten. Als er keine fand, trat er zur Seite und deutete die Treppe hoch.

»Den Gang nach rechts, erstes Zimmer. Wenn ihr wiederkommt, gebe ich euch den Dolch zurück.«

Scapa und Arane stiegen die Stufen hinauf. Dabei lächelten sie sich verstohlen an. Der Moorelf hatte nichts von der Klinge gemerkt, die Arane stets in ihrem Stiefel trug. Nicht dass sie davon Gebrauch zu machen gedachten, aber sicher war sicher – man wusste ja nie, in welchen Häusern sich Torrons Männer aufhalten mochten.

Die besagte Tür war eine Doppeltür mit Goldgriffen, die viel zu gelb waren, um echt zu sein.

Scapa klopfte an. Dreimal, dann drang eine genervte Stimme durch das Holz: »Wer ist da?«

»Ein Kunde«, erwiderte Scapa.

Einen kurzen Moment blieb es still. Dann kam die wesentlich freundlichere Erlaubnis: »Tretet ein, Herr!«

Scapa drückte den Türgriff hinunter und sie betraten das Zimmer. Stickige Luft schlug ihnen entgegen. Die dunkelgrünen Samtvorhänge waren zugezogen, dafür tauchten unzählige Öllampen den Raum in helles Licht. Sie standen überall: auf dunklen Holztischen, zwischen Büchern, auf teuren Teppichen, unter Fensterbrettern und in hohen Regalen. Ihr Licht bestrahlte die unglaubliche Sammlung von Gegenständen, die in diesem Zimmer zusammengedrängt war. Zwischen zahllosen Silberschalen, inmitten von Polsterstühlen und Stoffen und Büchern und Pfeifen saß Afarell, der Hehler, auf einem throngleichen Sessel. Seine Füße ruhten übereinander geschlagen auf dem dazu passenden Hocker.

Afarell war zwar ein Moorelf, doch er hatte wohl im Verlauf seiner Karriere viele elfische Eigenschaften abgelegt. Das grünlich-braune Haar war zu einem strengen Zopf zurückfrisiert, sodass man die beiden Rubinohrringe sehen konnte, die in seinen spitzen Ohren saßen wie glänzende Bluttropfen. Er trug einen feinen Mantel, zwar nach Elfenart geschneidert, aber aus Seide, wie nur die Menschen sie herstellten. Seine schwarzen, hochhackigen Stiefel hätten andere Elfen nicht angezogen, weil sie die Freiheit ihrer Füße hoch schätzten. Funkelnde, schwere Goldringe mit Edelsteinen und Diamanten in allen Regenbogenfarben glänzten an seinen Fingern. Afarell war außerdem, ganz anders als die meisten Elfen, dick: Deutlich wölbte sich sein Bauch unter den Kleidern und auch die schmale, flache Nase versank förmlich zwischen seinen fleischigen Backen. Nur seine Haut war so grau wie die aller Moorelfen. Grau wie der Rauch, der ihm unaufhörlich aus seiner Silberpfeife und den Mundwinkeln sickerte.

Einen Augenblick lang besah Afarell seine beiden Gäste von oben bis unten. Dann legte er den Kopf zurück und ließ sich tiefer in seinen Sessel sinken. Die Arme ruhten gebieterisch auf den Lehnen.

»Guten Tag, Herrschaften«, grüßte er mit eingeübter Freundlichkeit.

Trotzdem entging Scapa nicht der herablassende Unterton. Er spürte, wie sich Arane reckte und das Gesicht hob. Fühlte sie sich in ihrem Stolz bedroht, setzte sie stets eine königliche Miene auf.

»Was führt Euch zu mir, ehrenwerte Herrschaften?« Afarell nahm die Pfeife aus dem Mund und stieß kleine Rauchwölkchen aus.

Noch weit über ihm an der Decke des Zimmers sah Scapa die Rauchkringel im Lampenschein tanzen. »Wir wollen Euch etwas anbieten, Afarell«, sagte er und drehte sich zu Arane um. Sie hielt ihm den Schlüsselbund schon entgegen. »Wir haben die Schlüssel zum Gefängnis.«

Afarell hob die Augenbrauen. »Für jeden Kerker?«

Scapa nickte und trat, die Schlüssel vorgestreckt, näher zu ihm. Jedoch hütete er sich davor, den Schlüsselbund aus der Hand zu geben. Bei einem Elf konnte man sich schließlich nie sicher sein.

»Wenn Ihr den ganzen Bund abkauft, könnt Ihr gerne ausprobieren lassen, ob die Schlüssel echt sind. Wenn Ihr herumfragt, werdet Ihr außerdem erfahren, dass die Gefängnisschlüssel den Soldaten tatsächlich letzte Nacht verloren gegangen sind – die hier sind also die echten.«

»Interessant«, murmelte Afarell, ohne den Blick von den klirrenden Schlüsseln zu wenden. »Natürlich muss ich die Sache noch überprüfen lassen. Aber ich habe in der Tat etwas von einem verlorenen Schlüsselbund gehört… Neuigkeiten gehen in Kesselstadt um wie ein Lauffeuer, nicht wahr? Was verlangt Ihr denn für Euer Angebot, mein Herr?«

Ein Zucken ging um Scapas Mundwinkel, teils weil das »mein Herr« spöttisch geklungen hatte, teils weil er sich noch keine Gedanken über eine Antwort auf diese Frage gemacht hatte. *Arane*, dachte er. *Arane, was denkst du?* Aber sie blieb wie immer hinter ihm wie ein Geist, der ihn stumm bewachte.

»Fünfzig Taler. Dreißig in Silber, zehn in Gold und zehn in Kupfer.«

Afarell lachte mit offenem Mund. So lustig war Scapas Angebot nun auch nicht gewesen!

»Ach, fünfzig Taler, dreißig Silber, zehn Gold? Und zehn in Kupfer, wie großzügig!« Schneller als geahnt lehnte sich Afarell zu ihm vor. Fast ein bisschen erschrocken zog Scapa den Schlüsselbund zurück und wollte auch einen Schritt rückwärts gehen – aber er zwang sich, fest stehen zu bleiben.

»Ich will dir mal was sagen, Junge«, fuhr Afarell in amüsiertem, aber wesentlich ernsterem Ton fort. »Ich weiß ganz genau, was du und deine kleinen Freunde wie dieses wilde Menschenmädchen da hinten vorhabt –«

»Beleidigt sie nicht«, fiel Scapa ihm kalt ins Wort und trat vor Arane.

Afarell ließ sich dadurch nicht beirren. »Ihr wollt Torron und seinen Männern an den Hals springen, ihr kleinen tollwütigen Hunde.« Er lachte gackernd. »Und dafür kratzt ihr schön euer Geld zusammen. Zu einem kleinen, schmuddeligen Häufchen. Und mit eurem hübsch gesammelten Sümmchen wollt ihr euch dann Waffen und Ausrüstung und Mut kaufen.« Afarell legte ruckartig den Kopf schief. Sein Doppelkinn wälzte sich in kleinen Röllchen über den Hemdkragen. »Oder nicht?«

Scapa biss die Zähne so fest zusammen, dass seine Kieferknochen vortraten. »Ich wüsste nicht, was Euch das angeht. Aber eine amüsante Theorie.«

Afarell kicherte und paffte wieder seine Pfeife. Genüsslich

stieß er ein paar Rauchringe in ihre Richtung. »Aber jeder *weiß* doch, dass ihr das plant, Jungchen.« Er klang schrecklich liebenswürdig; wie klebriger Honig übergoss seine Stimme die beiden.

Scapa riss der Geduldsfaden. »Wollt Ihr den Schlüssel kaufen, ja oder nein? Sonst suchen wir einen anderen Käufer.«

Afarell lachte herzhaft und seine Augen wurden starr wie Murmeln. »Ein anderer Käufer! *Gah!* Als ob noch jemand mit euch Rotznasen Geschäfte machen würde, nachdem ihr euch die Frechheit bei Torron erlaubt habt!«

Scapa presste die Lippen aufeinander vor Zorn. Dass der Moorelf Recht hatte, war beinahe noch unerträglicher als sein Gekicher. »Also nicht«, murmelte Scapa schließlich. Afarell lachte ein bisschen leiser, um ihn zu hören. »Dann seid Ihr also auch einer von Torrons Speichelleckern.«

Scapa wandte sich um, als der Ruf des Hehlers ihn zurückhielt: »Vorsicht, Menschchen! Vorsicht, wie du mich nennst... Ich habe mit Torron nichts zu schaffen, so wie ich auch mit eurem kleinen Krieg nichts zu schaffen habe.«

»Wieso dann das Gerede?«, fragte Scapa über die Schulter hinweg.

Der Elf lehnte sich auf die andere Seite seines Sessels und kuschelte sich in die weichen Kissen wie ein schnurrender Kater. »Komm schon, ich wollte dich nicht vergraulen, Junge. Du weißt doch, dass ich nur Spaß mache, nur ein Späßchen. Nicht mehr. In Ordnung?« Er spreizte die fetten, kleinen Hände, als lade er ihn zu einer herzlichen Umarmung ein.

Darauf verzichtete Scapa gerne. »Also, geht Ihr auf das Angebot ein oder nicht?«, wollte er wissen.

Afarell faltete die Finger ineinander und beobachtete ihn zufrieden. »Jungchen, nur weil ich nicht zu Torrons Schlägern gehöre, heißt das nicht, dass ich den mächtigsten Mann des Viertels nicht achte. Und wenn ich seine Feinde sozusagen geschäftlich unterstütze... Wisst ihr, ich habe auch nur einen Kopf zu verlieren.

Andererseits – ich bin wirklich schwer beeindruckt von euch kleinen Kämpfern.« Die Lüge war so schmierig wie Afarells Haarzopf. »Und unter uns: Ich wünsche euch den Sieg über Torron. Wird endlich mal Zeit, dass eine neue Bande Schwung in Kesselstadt bringt, was? Darum will ich euch helfen. Nicht nur dieses eine Mal, sondern für eine längere Zukunft. Ihr seid ja noch so jung! Haha, haha!«

»Was soll das heißen?«, fragte Scapa misstrauisch.

»Dass ich von nun an euer offizieller Händler bin! Also: Was immer ihr klaut, Verzeihung, was ihr *erwerbt*, könnt ihr an mich weiterverkaufen, sofern ich es denn auch als weiterverkäuflich erachte. Und ich verspreche euch einen fairen Preis.«

Dass sie klauten, erwähnte Afarell nicht etwa versehentlich, sondern nur, um ihnen noch einmal sein Wissen unter die Nase zu reiben – das war Scapa natürlich klar. Trotzdem blieb ihm nicht viel übrig, als sich über die glückliche Wendung zu freuen.

»Also haben wir einen Pakt?«

Afarell nickte feierlich. Dann blitzten seine Augen auf – und Scapa spürte im selben Augenblick, in dem Arane die Luft anhielt, dass die Sache einen Haken hatte.

»... Und zum Zeichen unserer künftigen Zusammenarbeit überlasst ihr mir die Schlüssel zu einem Freundschaftspreis von zehn Kupfermünzen.«

»*Was*?«, rief Scapa. »Das ist kein Freundschaftspreis, das ist – das ist Betrug!«

Afarell vergrub das Gesicht in der Hand und klingelte eine schnörkelige Silberglocke. Kaum einen Moment später öffnete sich die Tür und der Moorelf von vorhin steckte den Kopf ins Zimmer.

»Ja, Meister?«, grüßte er den Hehler untertänig.

»Jador, könntest du meinen beiden Gästen bitte ausrichten, dass sie sich jetzt entscheiden müssen? Ich habe leider nicht den ganzen Tag Zeit.« Afarell sah einfach über Arane und Scapa hinweg und zuckte mit den Schultern.

Scapa konnte kaum die Dämlichkeit des Elfendieners fassen, als der sich tatsächlich an sie wandte: »Los, ihr beide müsst euch jetzt entscheiden. Afarell hat nicht den ganzen Tag für euch Zeit!«

Afarell hielt bereits ein blaues Samtsäckchen in der Hand und zählte zehn Kupfermünzen ab. Beim Anblick ihres hilflosen Zorns entfaltete sich ein zuckersüßes Lächeln auf seinen Lippen. »Na, Jungchen? Auf zukünftige Geschäfte!«

Als die Haustür hinter ihnen zufiel, fühlten sich Scapas Eingeweide wie verknotet an. Zitternd hielt er die Kupfermünzen in der Faust.

## Die Straßenprinzessin

Wie angewurzelt blieb Scapa vor der Tür des Elfenhehlers stehen. Seine Füße wollten sich einfach nicht in Bewegung setzen. Jetzt hatten sie statt der Schlüssel das schmierige Versprechen eines Moorelfs, mehr nicht! Was ihnen der weite Weg hierher wirklich gebracht hatte, war nur Demütigung…

»Ich hasse Elfen!«, zischte Arane.

Scapa konnte nichts als tief atmen, sonst hätte das Gefühl der Hilflosigkeit ihn von innen heraus zerrissen.

»Ich hasse sie«, wiederholte Arane und die Worte entließen den Zorn in ihr wie ein Ventil. »Stinkende räudige Sumpfratten, geizige Betrüger, ich hasse sie alle!«

Sie stampfte mit dem Fuß auf und Scapa warf ihr einen Blick zu. In ihren Augen glühte wirklich Hass. Schon einmal waren ihre Augen so gewesen. Damals, es war lange her und doch… nicht mehr als ein Wimpernschlag schien ihn von jenem Augenblick zu trennen, der klar und deutlich in seiner Erinnerung war und immer sein würde.

Damals, als er Arane zum ersten Mal gesehen hatte.

Schon um mehrere Straßenecken hatte Scapa die Schreie gehört. Es waren nicht die gewöhnlichen Schreie, die in diesen Vierteln erklangen. Nicht das schrille Kreischen der Säuglinge, die in der Hitze rote Köpfe bekamen. Auch kein lautes Marktfeilschen.

Scapa schlich vorsichtig heran, dicht an die Mauer gedrängt, und hatte seinen Dolch gezückt. Inzwischen war seit seinem ersten Diebstahl so viel Zeit vergangen, dass er mit der Klinge umzugehen gelernt hatte. Und nicht nur das: Er war auch als Dieb viel gelassener geworden. Er war in nur wenigen Monaten so etwas wie ein dunkler Schatten geworden, der unbemerkt und flink durch die Gassen der Stadt huschte. Während all der Monate aber hatte er kaum mit einer Menschenseele gesprochen. Die Menschen jagten ihm Angst ein und die Elfen ebenfalls. Schließlich bestahl Scapa sie alle.

Nun hörte er das wütende Gezeter und kam neugierig näher. Wenn es Aas gibt, sind die Geier nicht weit. Und wenn jemand streitet, fällt meistens ein Stückchen Beute ab, das nur darauf wartet, genommen zu werden.

Scapa ging in die Hocke und lugte um eine Straßenecke. Er sah einen Schmuckstand mit funkelnden Broschen und Armreifen – ohne Händler dahinter. Der stand mit hochgekrempelten Hemdsärmeln vor seinen Verkaufstischen und war ganz offensichtlich abgelenkt: In den Armen des Elfenhändlers zappelte ein wildes kleines Ding, ein Junge mit Lockenschopf.

»Dieb, du dreckiger!« Der Händler begleitete diese Worte mit einem Schwall elfischer Flüche, die Scapa nicht verstand. »Schön hier geblieben, kleiner Teufel! Du kriegst heute noch Kerkerfraß, darauf kannst du wetten. Bleib da!«

Der Elfenhändler zog seinen Gürtel und versuchte den Jungen damit zu fesseln. Der wand sich aber herum wie ein Fisch und entglitt dem Elf jedes Mal um Haaresbreite.

Scapa wurde klar, was er tun musste. Auf allen Vieren

schlich er sich an die Verkaufstische. Eilig zog er sich das Hemd aus, legte die Schmuckstücke in den Stoff, schnell und vorsichtig, damit nichts klirrte. Eine solche Gelegenheit bot sich schließlich nicht alle Tage.

Fast den halben Stand hatte er ausgeräumt, da geschah es. Der Händler jaulte auf – der kleine Dieb hatte ihn in die Hand gebissen. Scapa zuckte zusammen, obwohl er noch nicht entdeckt worden war. Der Elf holte mit der unverletzten Hand aus. So heftig traf der Schlag des Händlers den Dieb, dass er von den Füßen gerissen wurde. Ein heller Schrei drang durch die wirren Haare, Blut tropfte auf den Boden, als der Dieb flach liegen blieb. Und mit einem Mal hob der Junge den Kopf und starrte Scapa an.

Scapa wusste nicht, was ihn mehr überraschte: die Erkenntnis, dass es kein Junge, sondern ein Mädchen war, oder das klare Blau der Augen – dieser Augen, so glühend vor Hass und schön wie nichts, was er je erblickt hatte. Er spürte, wie der kurze Moment, in dem sie einander anstarrten, zur Ewigkeit wurde und alles bis auf sie beide in Dunkelheit zerfiel.

Erst der Elfenhändler, der sich wütend über ihm aufbaute, rief Scapa zurück in die Wirklichkeit. Scapa rollte sich blitzartig zur Seite, bevor ihn die Faust des Händlers treffen konnte. Einen Herzschlag später stocherte er erschrocken mit dem Dolch durch die Luft, um den vor Wut tobenden Elf abzuwehren. Nur kurz erhaschte er einen Blick auf die Stelle, wo das Mädchen gelegen hatte. Doch von ihr war nichts geblieben als drei Blutflecken auf dem Boden. In einer schmalen Gasse sah er sie gerade noch davonrennen.

»He – verdammt!« Scapa duckte sich vor dem Schlag des Händlers und schlüpfte unter seinen Armen hindurch. Dann holte er mit seinem Hemd aus, in dem noch immer der Schmuck klapperte, und schlug dem Händler gegen den Rücken. Verdutzt sackte der Elf in die Knie, fuhr aber sogleich wieder herum. Da war Scapa schon davongerannt, direkt in die Gasse hinein, in der das Mädchen verschwunden war.

Lange suchte er sie. Er rannte durch alle ihm bekannten Straßen, durchstreifte die Gassen und lugte sogar hier und da in die Schänken und Spelunken der Gegend. Er fragte die Bettler und Straßenkinder, ob sie ein Mädchen mit blonden Locken und blauen Augen gesehen hätten, ein Mädchen, das irgendwo am Kopf bluten musste; er befragte sogar die Waschweiber in den Färbervierteln, aber niemand konnte ihm Auskunft geben.

»Ein Mädchen, das wie ein Junge aussieht und vielleicht eine Platzwunde am Kopf hat?«, wiederholten sie ungläubig. Diese Beschreibung konnte auf jedes zweite Straßenkind zutreffen. Aber Scapa vermochte nicht zu erklären, was an ihr anders gewesen war – anders auf eine Weise, die ihm selbst ein Rätsel war.

Als er sie abends nicht gefunden hatte, kletterte er in eine kleine Hausruine, in der er seit einiger Zeit schlief und seine Beute versteckte, und betrachtete im Schein der Straßenlampe den Schmuck des Händlers. Er überlegte, welches Stück das Mädchen wohl hatte stehlen wollen, und darüber grübelte er auch noch in der nächsten Nacht und in der übernächsten. Viele Tage lang musste er an das Mädchen denken. Und je länger er an sie dachte, desto heftiger spürte er, dass sie sein Schicksal sein würde. Ganz einfach. Er kannte jetzt einen Teil seiner Zukunft, ob das nun gut war oder nicht.

Die Zeit verging, ohne dass Scapa das Mädchen wieder gesehen oder dass er von ihr gehört hätte. Allmählich schwand die Gewissheit, dass sie eine Rolle in seinem Leben spielen würde. Insgeheim begann er sich über sich selbst zu ärgern. Wie hatte er so fest von dieser dummen Idee überzeugt sein können? Er beschloss das Mädchen zu vergessen. Und um ein Haar wäre es ihm auch gelungen.

Fast drei Wochen waren vergangen, seit Scapa dem Elfenhändler den Schmuck gestohlen hatte. Nun schlenderte er durch die bevölkerten Straßen von Kesselstadt, vorbei an Tavernen und lärmenden Leuten. Es war ein warmer, schöner Vormittag und das Leben der Stadt blühte. Straßenmusik und laute Stimmen erfüllten die Luft. In den Schatten der Häuser spielten rauchende Elfenjungen Würfelspiele, grell geschminkte Tänzerinnen lehnten sich aus den Fenstern der Häuser und riefen jedem etwas zu, der an ihnen vorbeikam.

Scapa wich gerade rechtzeitig zur Seite, als ein mit Glocken behängtes Schwein an ihm vorbeirauschte, gefolgt von einer Horde lärmender Menschen. »Wer das Schwein fängt, gewinnt drei Mehlsäcke!«, schrie jemand, der vermutlich der Veranstalter der Schweinejagd war. Scapa kannte solche Hetzjagden. Das Schwein war darauf trainiert, zu seinem Besitzer zurückzulaufen. Am Ende gewannen immer die Veranstalter des Spiels.

Scapa lief weiter, die Augen offen für jede Gelegenheit, die sich ihm bot. Vielleicht entdeckte er einen unachtsamen Händler, eine offene Westentasche... An der Ecke eines Markplatzes stand ein Kartenspieler und forderte die vorbeigehenden Leute auf, ihr Glück bei ihm zu versuchen. Erriet jemand, welche der verdeckten Karten der rote König war, so gewann er einen Kupfertaler des Geldes, das andere Leute bereits bei dem Spieler gelassen hatten. Neugierig drängten sich mehrere Schaulustige um den Spieltisch. Scapa kam näher, als er das aufgeregte Gemurmel der Menschen und Elfen vernahm.

»Wie kann das sein?«, fragten sie sich verwundert. »Wie geht das vor sich?«

Scapa drängelte sich durch die Menge vor, bis er etwas sah. Und was er sah! Niemand anderer als das Mädchen mit den kurzen Locken stand vor dem Kartenbetrüger und spielte! In ihrer Hand hielt sie bereits einen Münzhaufen und ihr Gesicht strahlte. Der Kartenspieler hingegen wirkte wenig fröhlich. Hektisch mischte er die vier Karten, schnell und immer schneller. Doch wann immer er die Karten auf den Tisch legte, setzte das Mädchen ihren Finger mit Bestimmtheit auf eine und sagte: »Das ist der rote König!«

Und sie behielt stets Recht.

Scapa beobachtete sie und das Schauspiel eine Weile fasziniert. Natürlich war der Kartenleger ein Betrüger – sonst wäre er nicht so verwirrt über den Gewinn des Mädchens gewesen. Und das hieß, dass die Blonde seinen Trick durchschaut und sogar einen Weg gefunden hatte, ihn zu umgehen. Das war allerhand. Scapa musterte sie von oben bis unten und kam zu der Auffassung, dass sie bestimmt nicht älter als er sein konnte.

Inzwischen hatte sie weitere viermal gewonnen. Dem Kartenleger glänzte Schweiß auf dem puterroten Gesicht, er mischte nervös, und als er fertig war, beobachtete er das Mädchen wie ein tollwütiger Hund.

»Diese hier ist der rote König.« Rasch drehte sie die Karte um, bevor der Leger es tun konnte; das tat sie schon die ganze Zeit. Scapa dämmerte bereits, dass der Kartenleger gerade deswegen so verzweifelt war – sicher hatte das Umdrehen der Karte etwas mit seinem Trick zu tun.

Wieder hatte das Mädchen richtig geraten. Triumphierend sah sie zu dem Mann auf.

»Ich bekomme noch einen Taler«, erinnerte sie ihn.

Der Trickbetrüger stand wie ein geschlagener Riese hinter dem Tisch. Seine Schultern bebten. Plötzlich stieß er den Tisch zur Seite, sodass die Menge entsetzt zurückwich.

»Betrügerin!«, schrie er. Das Mädchen stolperte erschrocken zurück. »Willst du einen ehrlichen Kartenleger übers Ohr hauen?! Ich zeige dir, was ich mit Betrügern mache!«

Noch ehe er die Hand zum Schlag heben konnte, stand Scapa vor ihm. Er hatte die Fäuste geballt. »*Du* bist der Betrüger und ihr wirst du kein Haar krümmen.«

Der Kartenleger starrte ihn verwundert an. Als Scapa

hörte, wie jemand davonrannte, fuhr er herum. Das Mädchen verschwand in der Menge.

»Warte!«

Scapa rannte ihr nach. Er duckte sich unter schweren Körben hindurch, die vorbeigehende Menschen auf dem Rücken trugen, und rempelte gegen herumstehende Elfen. Am Rande des Marktes sah er das Mädchen in eine Straße abbiegen.

»Bleib stehen! He, du!« Scapa rutschte beinahe in einer Pfütze aus. Als er am Straßenende ankam, blieb er keuchend stehen und lehnte sich gegen die Hauswand. Vorsichtig lugte er um die Ecke.

Das Mädchen war fast schon hinter den Häusern verschwunden. Sie sah noch einmal zurück. Als sie Scapa nicht mehr entdeckte, blieb sie stehen, um nach Atem zu ringen. Dann lief sie in eine Seitengasse.

Scapa folgte ihr unbemerkt durch verwinkelte Straßenfluchten, in denen die Häuser immer weiter in die Höhe gewachsen waren und ihre schiefen Türmchen und Balkone wie verkrüppelte Finger in den Himmel streckten. Das Mädchen lief durch das Viertel der Färber. Die Sonne zog gleißende Streifen in die Dunkelheit und ließ die Pfützen schillern. Leichtfüßig sprang das Mädchen über sie hinweg. Scapa konnte den Blick nicht von ihr wenden, wie sie ins Sonnenlicht eintauchte und wieder im trüben Halbdunkel verschwand, eintauchte und verschwand, eintauchte, verschwand ... Die Wäscherinnen grüßten sie und riefen sie bei einem Namen, den Scapa nicht verstehen konnte. Und sie selbst ging so würdevoll durch die schmutzigen Färbergassen wie eine Königin durch die Korridore ihres Palasts.

Dann kam sie zu einem Markt. Licht brach sich auf den silbernen Schalen und Krügen, die die elfischen Händler feilboten, und es blitzte und funkelte aus allen Winkeln des großen Platzes. Elfische Akrobaten und Feuerspucker sonnten sich in der Bewunderung der Schaulustigen. Das Mädchen strich durch die Menge. Erst vor dem Puppentheater, das man am Rande des Platzes aufgebaut hatte, blieb sie stehen.

Scapa schlich in einem weiten Bogen um sie herum, um ihr Gesicht zu sehen. Mit bewundernden Blicken verfolgte sie das Theater. Wenn alle Zuschauer klatschten, klatschte sie mit mehr Begeisterung als irgendjemand sonst; wenn alle lachten, lachte sie am hellsten; und wenn alle vor Schreck seufzten, verzog sich ihre Stirn in echter Sorge. Scapa musste lächeln.

Unbemerkt schlich er zurück und blieb hinter dem Mädchen in der Menge stehen. Eine Armeslänge trennte sie voneinander. Er konzentrierte seinen Blick auf ihren sonnengebräunten Nacken. Zwei kleine Muttermale saßen direkt unter dem Haaransatz.

Ganz so, als spüre sie seinen Blick, neigte sie den Kopf und sah zu Boden. Dann fächerten ihre Augenlider auf und sie blickte ihn direkt an. Besorgt, sie könne wieder fliehen, fiel Scapa keine andere Geste ein als die, den Finger auf die Lippen zu legen. Als sie nicht fortlief, kam er vorsichtig näher. Sie wandte sich wieder um und blickte zum Puppentheater auf.

Scapa trat direkt neben sie. Sein Herz schlug sonderbarerweise schneller als sonst. Aufmerksam folgte er dem Theaterstück, so wie das Mädchen an seiner Seite. Es ging um die Geschichte einer Prinzessin und eines Krieges, die Scapa nicht zu durchschauen vermochte. Er versuchte es auch gar nicht.

Endlich neigte er den Kopf in die Richtung des Mädchens, ganz leicht nur und ohne die Puppen aus den Augen zu lassen. »Wer bist du?«, flüsterte er.

Die Menge seufzte rings um sie auf, als die Puppenprinzessin eine Hinrichtung befahl. Scapa biss sich auf die Unterlippe, weil ihm ein Lächeln ins Gesicht steigen wollte – wie absurd! Er warf einen Blick zu dem Mädchen herüber. Sie verfolgte noch immer das Puppenspiel, doch auch um ihre Mundwinkel ging, wenn Scapa sich nicht irrte, ein zartes Lächeln.

»Sag mir deinen Namen«, bat er leise. »Wie soll ich dich denn nennen?«

Endlich richtete sich der Blick des Mädchens auf ihn. Sie sah ihn lange an und blinzelte nicht. »Ich…« Sie brach das Flüstern ab, als ein neues Raunen durch die Menge ging. Die Puppenprinzessin trug nun eine winzige Krone aus gelb bestrichenem Holz.

»Und das ist nun Euer großer Wunsch, Prinzessin Arane?«, quäkte eine Stimme unter dem Theater hervor. Die Prinzessin antwortete eben so piepsend, wie eine Puppe sprechen würde: »Oh ja, das ist mein einziger Wille: Ich will die ganze, weite Welt erobern!«

»Arane«, wiederholte das Mädchen mit leuchtenden Augen. »Du kannst mich Arane nennen.«

Scapa musste verwundert lächeln.

Dann blickte sie zu ihm auf. »Und du«, flüsterte sie, »wer bist du?«

»Ich heiße Scapa.« Sein Name wurde vom Klatschen der Menge übertönt. »Scapa«, flüsterte er noch einmal, als es wieder leiser geworden war. »Ich heiße Scapa.«

Dann blickten sie beide wieder zu dem Puppentheater auf, und sie standen stillschweigend nebeneinander, bis der Vorhang fiel.

## Gerüchte

Von dem Tag an, an dem sie das erste Wort gewechselt hatten, waren Arane und Scapa wie Pech und Schwefel. Arane, die niemandem traute, von der keiner wusste, wie sie sich durchs Leben schlug – sie beschloss aus unerfindlichen Gründen, an Scapas Seite zu bleiben. Keiner vermochte das rätselhafte Mädchen zu verstehen. Es schien fast, als habe sie in jenem kurzen Augenblick vor dem Puppentheater entschieden, dass sie ihr Leben mit Scapa teilen wollte. Aber Arane stellte ihm nie Fragen über seine Vergangenheit und so fragte auch Scapa nicht nach der ihren. Das einzig Entscheidende war, dass sie nun zusammen waren und für den Rest ihres Lebens sein würden – so wie sie es tief in ihrem Inneren spürten, deutlicher als irgendetwas sonst.

Arane und Scapa zogen fortan gemeinsam durch die Straßen von Kesselstadt. Arane erwies sich schon bald als Meisterin in der Kunst des Überlebens: Ob es darum ging, einen sicheren Schlafplatz zu finden, sich warmes Essen zu besorgen oder einen Kartenbetrüger zu überlisten, Arane wusste stets Rat. Scapa hingegen war geschickt als Dieb und konnte Aranes Ideen in die Tat umsetzen. So arbeiteten sie wie ein rechter und ein linker Fuß – zusammen konnten sie es weit bringen. Und das wussten beide.

Für Scapa und Arane begann auch wirklich eine Zeit des Erfolgs. Bald hatten sie sich zu einem angesehenen Räuberpaar entwickelt und erbeuteten mehr als alle anderen Straßenkinder. Wenn sie durch die Gassen schlenderten, wichen die anderen Kinder respektvoll zurück. Die Wäscherinnen waren ganz entzückt von Arane und begannen sich fantastische Legenden über sie und Scapa auszudenken. Schließlich war ihr Zusammenhalt einzigartig. Denn gewöhnliche Straßenkinder, das war allgemein bekannt, hatten kaum wahre Freundschaften; ihr Leben wurde von Hunger, Hass und Angst bestimmt. Dass Kinder so lieben konnten, die selbst nie Liebe erhalten hatten und in den ärmsten, schmutzigsten, hoffnungslosesten Vierteln aufgewachsen waren – das hatte man noch nicht gesehen. Bis jetzt.

»Die beiden gehören zusammen wie Seife und Zuber«, seufzten die Waschweiber, wenn sie vor ihren Wasserbottichen standen, die Hände blau und rot und schwielig vom jahrelangen Färben, die Wangen aufgedunsen von den giftigen Gerüchen des Färbemittels und die Augen leuchtend wie die junger Mädchen: »Scapa und seine Arane, das hält für die Ewigkeit!«

Arane ließ sich gerne von den Waschweibern bewundern. Die Frauen waren so von ihrem hübschen Gesicht und ihren blonden Locken verzaubert, dass sie ihr erzählten, sie sei in Wirklichkeit die Tochter einer Prinzessin. Denn obwohl sie nur Lumpen trug und barfuß durch die Straßen lief, stach Arane unter den anderen Waisen hervor wie ein Kristall unter Kieselsteinen. Das Mädchen gehörte nicht hierher, da war man sich einig. Arane war zufällig in diese Welt gefallen wie das Samenkorn einer seltenen Blume, das der Wind aus den Gärten eines Palasts geweht und auf einen Misthaufen getragen hat.

»Kleine Lilie!«, riefen die Waschfrauen. »Eines Tages werden du und dein Scapa Kesselstadts Fürsten sein!«

Und das war tatsächlich Aranes Wunsch. In dunklen Nächten, wenn die beiden in einer Straßenmulde lagen, erzählte Arane von ihren ehrgeizigen Plänen. Wie ein Märchen aus dem Puppentheater flüsterte sie Scapa die Geschichte ihrer Zukunft ins Ohr.

Macht, das wollte sie, Macht war das Wort, das in ihr flackerte. Und sie steckte Scapa mit dem drängenden Wunsch danach an, so wie sie alles in ihm entfachen konnte.

»Und was machen wir jetzt?« Arane sah sich nach beiden Seiten um. Beim Anblick der großen schönen Häuser wurde ihr Gesicht erneut starr vor Hass. Die meisten Hehler von Kesselstadt waren Elfen, die von ihren Stämmen im Moor verstoßen wurden und darum in die Stadt gekommen waren. Nun waren sie reich und zogen Vorteil aus der Armut anderer, so wie der geizige Afarell. Arane schauderte vor Widerwillen.

Scapa strich sich mit dem Handrücken über die Stirn, als wolle er so die dunkle Miene fortwischen, und versuchte Arane einen aufmunternden Blick zu schenken. »Ich habe Hunger. Kaufen wir uns was für die zehn Kupfermünzen. Uns fällt schon irgendwie ein, wie wir anständige Waffen beschaffen können.«

Sie gingen den Weg schweigend zurück. Als die Straße der Hehler, die Treppe und mehrere Gassen hinter ihnen lagen, erreichten sie einen Markt, auf dem sich Schausteller herumtrieben. An einer Garküche kauften sie sich Fladenbrot mit gesalzenem Fisch und strichen kauend durch die Menge.

Bei einer Gruppe Menschen und Elfen blieben sie stehen und drängelten sich bis in die vorderste Reihe. Aber kein Feuerspucker und auch kein Zauberer war der Mittelpunkt der Aufmerksamkeit. Stattdessen stand ein schmutziger Kundschafter vor den Leuten. Er war ein Elf, sah aber anders aus als die Moorelfen mit ihren flachen, eckigen Gesichtern und der grau schimmernden Haut. Seine Züge waren fein geschnitten und weicher als die der Moorelfen, die Farbe seiner Haut war von bläulicher Blässe. Er gehörte zu einer Minderheit in Kesselstadt: den Freien Elfen der Dunklen Wälder.

»... ist ein großes Unglück!«, schrie er verzweifelt. Wenn er nur ein Geschichtenerzähler war, dann machte er seine Sache sehr überzeugend. »*Elrysjar* ist gestohlen! Geraubt, die Halbkrone der Moorelfen, wie es noch nie geschehen ist, noch nie seit Anbeginn der Zeit! Ein Menschenkönig, heißt es, hat die Krone durch eine List an sich gerissen und gebietet nun über alle Moorelfen!«

Ein Raunen ging durch die umstehende Menge. Vor allem die Elfen schienen tief beunruhigt.

»Dann ist es ja gut, dass ich verstoßen wurde!«, rief einer. Manche lachten, andere wurden nur noch besorgter.

»Was bedeutet das, wenn ein Mensch diese Elfenkrone da hat?«, wollte ein Mann mit Bart wissen, der von den Elfentraditionen offenbar nichts wusste.

Der Kundschafter schluckte. Seine Augen wirkten stumpf, als hätten sie zu lange in ein unbekanntes Grauen geblickt. »Die Freien Elfen vom Dunklen Waldreich und die Moorelfen von Korr besitzen beide eine Hälfte der Steinkrone, die einst dem gesamten Elfenvolk einen König bestimmte. Als die Elfen sich teilten, die einen in die Marschen zogen und die anderen im Waldreich blieben, brach die steinerne Krone entzwei, um fortan beiden Stämmen einen König zu gewährleisten. *Elrysjar* ist die Kronenhälfte der Moorelfen. Dem König, der diese Krone trägt, sind alle Moorelfen zu ewiger Treue und Gehorsam verpflichtet.«

Der bärtige Mann lachte. »Schön dämlich, das Elfenpack! Lassen sich tatsächlich von einem Menschen versklaven, weil er 'nen Stein auf dem Kopf trägt!«

Der Kundschafter starrte den Mann ausdruckslos an. »Es ist ein unlöslicher Pakt, der jeden Moorelf an den Schwur bindet! Zauberei erzwingt ihre Ergebenheit, aber davon versteht ihr Menschen wie von Treue und Tradition bekanntlich wenig.«

»Die Geschichte ist wahr«, rief ein Moorelf. »In der letzten Woche sind fünf meiner Freunde spurlos verschwunden! Verschwunden! Einen sah ich davongehen, vollkommen grundlos. Er konnte nichts sagen, sein Gesicht war wie aus Stein. Es kann nur die Macht *Elrysjars* gewesen sein, die sie alle fort zu ihrem neuen König rief!«

»Und warum bist *du* dann noch hier, Großmaul?«, knurrte ein dicker glatzköpfiger Mann menschlichen Geblüts.

»Weil ich ein Verstoßener bin, ein *Verstoßener*, kapierst du das nicht?«

»Stinkender Sumpffisch, schreist du mich etwa an?«

»Wie nennst du mich, hä?«

»Ich nenn dich wie ich will, Sumpffisch!« Der Glatzkopf kam mit gereckten Fäusten auf den Moorelf zu, eine Schlägerei bahnte sich an. Mit Mühe und viel Lärm trennte man die Streithähne und trieb sie aus dem Kreis der Zuhörer.

»Es heißt auch«, fuhr der Kundschafter fort, »der neue König lasse sich ein Schloss errichten, tief verborgen in den Marschen von Korr. Die Elfen arbeiten Tag und Nacht in Bergwerken und riesigen Minen. Sie schlagen den Fels aus der Erde und errichten einen mächtigen Turm, der wie ein schwarzer Dorn bis in den Himmel ragt.«

Die Moorelfen brachen in aufgeregtes Gemurmel aus.

»Was tun die Freien Elfen?«, wollten sie wissen. »Helfen unsere Brüder und Schwestern uns denn nicht?«

Scapa runzelte verwundert die Stirn. Das hier waren Verbannte und Banditen, und nun fühlten sie sich doch den Stämmen verbunden, die sie einst ausgestoßen hatten – und nannten sogar die Freien Elfen vom Dunklen Waldreich Geschwister!

»Unser König ist bereits eingeschritten«, erwiderte der Kundschafter. »Die Halbkrone *Elyor* der Freien Elfen ist zu einem magischen Messer geworden. Soviel ich gehört habe, soll das Messer den unverwundbaren Träger *Elrysjars* töten können; doch damit würde die Macht von Messer und Halbkrone für immer verschwinden.«

»*Elrysjar*«, flüsterte Arane. Ihre Augen waren glänzend geworden. »Wie hat dieser neue König den Elfen die Krone wohl stehlen können?«

»Wahrscheinlich mit einem Trick«, murmelte Scapa. »Ich würde nicht zuviel auf all das geben. Wenn es wirklich einen König gibt, der über alle Stämme der Moorelfen herrscht, hören wir bestimmt noch früh genug von ihm.«

Arane nickte, doch sie war noch immer ganz versunken in die Geschichte.

»Lass uns weitergehen«, sagte Scapa. »Ich glaube, da vorne hab ich ein Puppentheater gesehen.«

Sie drängten sich an den Zuhörern vorbei und verließen den Kundschafter. Etwas weiter ab war eine Prügelei zwischen Elfen und Menschen entbrannt – wie so oft.

»Hier, du Dreckfresser!« Der glatzköpfige Mann von vorhin schlug einem Moorelf die Faust ins Gesicht. »Beutet unsere schöne Stadt aus, ja? Geht zurück in euren Sumpf, von wo ihr angekrochen seid!«

Der Elf schrie furchtbar in der schnellen, sprudelnden Sprache seines Volkes.

»Hä?«, äffte der Mann ihn nach. »Wäblawäblawäbla, was zum Teufel kreischst du, Schlammratte?!«

Er schlug wieder zu, woraufhin ihn ein breites Holzbrett am Kopf traf, das ein neu dazugekommener Elf geschwungen hatte.

Scapa und Arane wandten sich von der Prügelei ab und hielten nach dem Puppentheater Ausschau. Bald entdeckten sie es.

Und was für ein Glück – die Vorstellung fing gerade an! Scapa und Arane ergatterten einen Stehplatz in der ersten Reihe. Doch während Arane begeistert zusah, lösten sich Scapas Gedanken bald wieder von der Geschichte. Er musste an Vio Torron denken, an ihren Kampf und wie sie sich die nötigen Waffen dafür besorgen konnten. Immer wieder hielt er in alle Richtungen Ausschau, ob nicht einer von Torrons Männern in der Nähe war. Wenn er einen entdeckte, mussten sie rennen, und zwar so schnell ihre Füße sie tragen konnten. Ihr Leben war verwirkt, wenn sie Torron in die Hände fielen, bewaffnet mit nur einem Dolch und der Klinge in Aranes Schuh.

Aranes Aufmerksamkeit war ganz dem Spiel zugewandt. Aber das Theaterstück war heute kein besonderes. Es ging um drei Hasen, die von einem bösen Wolf heimgesucht wurden. Immer neue Pläne überlegte sich der Wolf – mit tiefer, grummelnder Stimme –, um die Hasen zu fressen. Damit er ins Haus des letzten Hasen gelangen konnte, fiel ihm eine neue Idee ein:

*»Ich wollt ihn fressen, ich wollt's so gern!*
*Ich kann ihn riechen, er ist nicht fern.*
*Nur die dünne Wand hier*
*trennt den Abendschmaus von mir.*
*Da kommt mir, grad gelegen, eine List,*
*wie man Hasenfleisch am besten frisst.*
*Zu ihm ins Haus muss ich hinein,*
*hinein, hinein… durch den Schornstein!«*

Arane verengte die Augen. Eine vage Idee formte sich in ihren Gedanken… Inständig hoffte sie, dass der Wolf den Hasen diesmal schnappte.

# Der Plan

Scapa entdeckte ihn erst zu spät. Die Menge hatte ihn vor seinen Augen verborgen, bis er unmittelbar vor ihnen auftauchte. Scapas Herz zog sich zusammen.

»Fesco!«

Arane drehte sich um und erblickte den Jungen zwischen den Vorbeigehenden, als er ihnen zuwinkte. Scapa war schon auf ihn zugelaufen.

»Fesco, zum Glück!«

»Scapa!« Der Junge schrie fast, öffnete die schlaksigen Arme und schloss Scapa so fest in seine Umarmung, dass der einen Augenblick keine Luft bekam. Als Arane neben ihnen angekommen war, zog Fesco sich die zerlöcherte Mütze vom Kopf und deutete eine Verneigung an.

»Och, Tag, Arane«, murmelte er. Er fürchtete sich ein bisschen vor dem schweigsamen Mädchen, das hinter Scapa wachte wie ein zweites Augenpaar.

»Bei allen Göttern, ich dachte schon, sie hätten dich gestern erwischt!« Scapa musterte den Jungen von oben bis unten. Fesco war ein schmaler Hering mit einem unruhigen, spitzen Mausegesicht und Beinen und Armen, die immer ein wenig hilflos am Körper herabbaumelten. Aber wenn es ums Zulangen ging, konnte er ganz flink sein. Er hatte sich inzwischen wieder die Mütze auf die strubbeligen roten Locken gesetzt, was ihn sogleich viel größer erscheinen ließ. Dabei überragte er Scapa schon mindestens um einen Kopf, obwohl auch Scapa für sein Alter nicht klein war.

»Beim Henker«, murmelte Fesco und rieb sich mit der Hand die Nase, »ich dachte gestern Nacht wirklich, jetzt schnappen die mich. Durch die halbe Stadt haben die mich gehetzt, diese Soldatenschweine! Zuletzt hab ich mich in einem Korb versteckt.« Er atmete hörbar aus und blickte in alle Richtungen. »Ich sag's dir, lieber würd ich mich nackt in den Fuchsbau schleichen als in einem muffigen Kerker zu krepieren!«

Scapa grinste – und das war die höchste Ehrbezeugung, die jemand von ihm erwarten konnte.

»Und?«, fuhr Fesco fort. »Was macht ihr beide heute noch so? Gibt's schon einen neuen Plan?«

Scapas Gesicht verfinsterte sich. Er kniff die Augen zusammen, als er in die sonnenüberflutete Menge blickte. »Nein, ich habe mir noch nicht überlegt, wie's weitergeht. Wir müssen uns etwas viel Besseres ausdenken als diese sinnlosen Einbrüche. Das mit den Waffen ist…« Plötzlich brach er mitten im Satz ab. Mit zitternden Fingern packte er Fesco am Arm, den Blick noch immer in die Menge gerichtet.

»Fesco – ist dir jemand gefolgt?«

»Was? Mir? Nein, ich, äh –«

»Da vorne ist Gregov!«, keuchte Scapa.

Fesco drehte sich erschrocken um, Arane duckte sich wie eine Katze, bereit davon zu springen. In der Menge tauchte das breite Gesicht eines Mannes auf. Der Backenbart und die blaue Tätowierung, die sich fast über seine ganze Glatze zog, machten ihn unverkennbar: Es war Gregov, der Mann, der an Torrons Seite klebte wie eine Schmeißfliege an faulem Obst. Hinter ihm marschierte eine Hand voll weiterer Männer mit vor Anstrengung roten Köpfen. Sie mussten gerannt sein.

»Abhauen!«, zischte Scapa.

Fesco hielt sich die Hand auf den Kopf, damit er die Mütze nicht verlor. Eine Sekunde später waren sie davongeflitzt.

Aber zu spät. Rufe schwollen hinter ihnen an. Fesco duckte sich, damit sein Krauskopf nicht aus der Menge ragte, und holte so weit mit seinen langen Beinen aus wie ein galoppierendes Pferd. Scapa rannte hinter Arane. Links und rechts verschwamm alles um ihn, nur noch die tanzenden Locken wiesen ihm den Weg. Ein geflochtener Binsenkorb streifte seine Schulter. Hinter ihm brach heilloser Lärm aus, als der Korb umfiel; der Inhalt, Körner oder Nüsse, verstreute sich auf dem Boden.

Arane bog in eine schmale Gasse ab. Das Sonnenlicht war auf einmal wie verschluckt, es dauerte einige Momente, ehe Scapa etwas in der grauen Dunkelheit erkannte: fleckige Mauern, niedrige Dächer, Wäscheleinen. Sie hatten das Ende der Gasse erreicht, da hallten die schweren Schritte von Torrons Männern schon hinter ihnen von Hauswand zu Hauswand.

Scapa keuchte und rannte noch schneller. Die acht Kupfermünzen, die vom Tauschgeschäft heute Morgen übrig geblieben waren, klirrten in seiner Hosentasche. Eine fiel durch ein Loch im Stoff und schlug klappernd auf den Boden. Noch eine Münze fiel. Dann noch eine.

»Verflucht!« Scapa schloss die Hand um seine Hosentasche und rannte weiter.

Wieder bog Arane ab, Fesco war jetzt ganz vorne. Er lief geradewegs in eine Sackgasse. Arane stolperte ihm in den Rücken, dann stieß Scapa gegen die beiden.

»Verdammt, was – wieso rennst du hier rein, du Trottel?«, fauchte Arane. Vom Rennen hatten ihre Wangen rote Flecken bekommen.

Fesco zitterte am ganzen Leib, er konnte kaum antworten. »Hier rein«, japste er und stieg durch einen schmalen Hauseingang.

In dem Raum saß eine Familie beim Mittagessen. Mehrere Männer und Frauen und ein Dutzend Kinder umringten dampfende Schüsseln und Töpfe. Fragend blickten sie auf, als die drei ins Haus stürmten.

»Äh – ähm«, stammelte Fesco. »Kommt!«

Er hechtete an den Leuten vorbei und eine schmale Treppe hinauf. Arane und Scapa beeilten sich, ihm zu folgen. Sogleich erhob sich ein schimpfender Mann und wollte ihnen nach.

Im oberen Stockwerk lagen drei kleine Zimmer nebeneinander, Fesco rannte in eines hinein und beugte sich weit aus dem schmalen Fenster. Hinter ihnen hörten sie das Poltern des Mannes, der die Treppe hinaufkam. Unter dem Fenster waren gerade Gregov und Torrons Männer angekommen. Suchend sahen sie sich in der Sackgasse um.

Fesco wiederholte wie eine Beschwörung immer dasselbe Schimpfwort und klang jedes Mal verzweifelter. Unschlüssig trat er vom Fenster zurück, bis die Tür aufschlug und der Mann von unten hereinpolterte. »Wer seid ihr? Was macht ihr Rotzbengel in meinem Haus? Ich rufe die Soldaten!«

»Nun zieh dir mal den Zeigestock aus dem Hintern!« Fesco schaffte es sogar noch, eine Fratze zu schneiden, dann war er mit einem Satz auf dem Fenstersims, griff nach oben und zog sich zum Dach hoch. Scapa und Arane beschlossen ihm schleunigst zu folgen.

Gleichzeitig standen sie auf dem schmalen Fensterbrett, unter ihnen schrien Torrons Männer, die sie bereits entdeckt hatten. Der Hausbesitzer hatte sich inzwischen einen Besen geschnappt, um damit nach ihnen zu stochern.

Arane sprang in die Höhe und zog sich am Dach hinauf. Scapa schob von unten nach und stemmte die Hände gegen ihre Füße. Dann schwang er sich selbst hoch. Arane und Fesco packten ihn beide an einer Hand und zogen. Einen kurzen Moment schwankten seine Füße noch vor dem Fenster und bekamen einen Besenstoß ab, dann rollte sich Scapa auf den Bauch und sprang auf.

Die drei stolperten über die Dachziegel. Lärm schwoll hinter ihnen an. Als Scapa sich umdrehte, hing Gregovs rotes Gesicht am Dachrand und starrte ihnen wutverzerrt nach.

Sie erreichten die Dachrinne und ließen sich so schnell am Regenablauf hinuntergleiten, dass ihre Handflächen brannten. Taumelnd landeten sie auf der Straße. Von links hallte zorniges Gebrüll durch die Gassen, über ihnen kam das Poltern auf dem Dach immer näher.

Sie flitzten rechts die Straße hinauf, schlitterten um eine

Ecke, rannten, rannten, ungeachtet des Seitenstechens. Schließlich sprangen sie über einen Haufen Schutt und Steine hinweg, der eine Lücke zwischen zwei Häusern versperrte, und krochen bis in die tiefsten Schatten. Eine Weile später stürzten mehrere Männer an ihnen vorbei, ohne sie zu entdecken.

Nach Luft ringend und dicht an die Mauern gepresst, verharrten sie eine lange Zeit. Hitze stieg ihnen in die geröteten Gesichter.

»Das – war verdammt knapp!«, stieß Fesco hervor.

Scapa lauschte nach verdächtigen Geräuschen. Aber nur der gewöhnliche Stadtlärm umgab sie jetzt. Die Gefahr war vorbei. Seufzend lehnte er den Kopf gegen die Hauswand. Sie mussten Torron besiegen, alleine schon, damit diese ständigen Hetzjagden aufhörten!

Fesco zog sich die Mütze vom Kopf und klopfte den Staub ab. »Wenigstens haben wir den dämlichen Gregov ein bisschen zum Schwitzen gebracht.«

Arane richtete sich auf. Würdevoll strich sie eine Haarsträhne aus der Stirn. »Heute Abend treffen wir uns. Und zwar alle, die dazugehören. Scapa und ich haben einen Plan.«

Scapa sah sie überrascht an – davon hatte er noch nichts gewusst.

An diesem Abend zündete Arane alle drei Öllampen an, die sie besaßen. Sie stellte sie rings im Zimmer auf, damit sie so viel Licht wie nur möglich hatten. Die Schlafmatten waren so weit über den Fußboden ausgebreitet, dass die meisten Besucher dieser Nacht einen Platz darauf finden würden. Scapa saß grübelnd da und verschränkte die Arme über den Knien, während Arane die Schlafmatten noch hin und her zog, um die bestmögliche Position für sie zu finden.

»Und du meinst, das klappt?«, fragte er leise.

»Natürlich. Das heißt, wenn wir die richtigen Leute zusammen kriegen. Wenn sie denn auch kämpfen können. Und wenn wir nicht zu früh entdeckt werden.«

»Hm.« Scapa faltete die Hände. Dann löste er sie ungeduldig wieder und knackte mit einem Fingerknöchel nach dem anderen. Als sie von draußen Schritte vernahmen, sprang er auf und schlich mit dem Dolch in der Hand zum dunkelroten Vorhang.

»Scapa?«, flüsterte jemand.

»Komm rein.«

Fesco trat durch den Vorhang. In seinem Schlepptau waren vier weitere Jungen. Leise grüßten sie und schenkten Arane scheue Blicke. Auf eine Geste von ihr hin ließen sich die Jungen sofort auf den Bodenmatten nieder und nahmen die Mützen ab.

Bald tauchten noch mehr Besucher auf. In kleinen Trauben kamen sie angeschlichen, zu fünft, zu sechst, manchmal nur zu dritt. Schließlich war der Raum voll. Es mussten mindestens fünfundzwanzig Leute sein. Für die meisten war Platz zum Sitzen, die anderen standen dicht an die Wand gedrängt. Es waren fast nur Jungen, aber hier und da saß auch ein Mädchen unter ihnen, sonnengebräunt und mit struppigen Haaren. Leises Murmeln erfüllte den Raum, doch niemand hob die Stimme lauter als nötig. Die Angst, von Torrons Männern entdeckt zu werden, war ihnen bis hierher gefolgt.

Arane saß auf dem einzigen Stuhl, den sie besaßen, und hatte die Hände gefaltet. Ruhig beobachtete sie die Menge, bis Scapa neben sie auf den Tisch kletterte. Alle verstummten.

»Danke, dass ihr gekommen seid«, begann Scapa. »Leider ist der Einbruch in der Soldatenwache gestern nicht so erfolgreich gewesen, wie wir gehofft hatten. Ich bin froh, viele von letzter Nacht wieder zu sehen. Andere, um die ich gefürchtet habe, sehe ich leider nicht.« Sein Blick streifte durch die Reihen der Anwesenden. Der Lampenschein flackerte auf ihren dunklen oder blassen, mageren oder runden Gesichtern. »Aber vielleicht gibt es einen anderen Weg, den Fuchsbau endgültig zu erobern und Torron zu besiegen. Wir haben einen Plan.« Er spürte die Spannung um sich herum und versuchte seine Gefährten einzuschätzen: Die meisten wirkten noch immer fest entschlossen. Schließlich sprach Scapa die Idee aus, auf der ihre ganze irrsinnige Hoffung beruhte, er sagte es schnell und schmerzlos: »Wir holen uns Torrons Waffen.«

»Was?«, rief ein älterer Junge namens Cev und sprang auf. »Was soll das denn heißen?«

»Es heißt genau das, was ich gesagt habe«, erwiderte Scapa. »Bitte, hört mir erst zu.«

Allmählich verebbte das verwirrte Raunen.

»Es gibt einen Weg, in den Fuchsbau zu gelangen, ohne von Torrons Männern entdeckt zu werden. Wisst ihr, wie der Wolf ins Haus des Hasen kam? Er konnte die Tür nicht aufbrechen, deshalb kletterte er durch den Schornstein… Denkt nach.« Niemand sagte etwas. Kurz sah Scapa zu Arane herab. Sie erwiderte seinen Blick eindringlich.

»Die Kanalisation«, flüsterte er. Dann blickte er wieder auf: »Die Kanalisationsschächte! Selbst der Fuchsbau muss alte Schächte haben, die bis in sein Inneres führen! Durch sie werden wir unbemerkt in Torrons Festung kommen!« Das große Staunen beflügelte Scapa. Er schloss die Hand zur Faust. »Wenn wir erst mal drin sind, finden wir die Waffenkammern. Von dort nehmen wir uns alles, was wir tragen können und greifen von innen heraus an! Torron und seine Männer werden überrumpelt sein. Wenn sie zu ihren Waffen greifen wollen, sind sie nicht mehr da. So lösen wir nicht nur das Problem, an Speere, Schwerter und Knüppel zu kommen, wir verhindern auch, dass Torrons Männer uns als gewappnete Feinde begegnen. Nur so können wir tatsächlich gewinnen!«

»Das heißt, wir dringen vollkommen unbewaffnet in den Fuchsbau ein?«, fragte Cev ungläubig.

»Ja. Wir brauchen Hacken und Schaufeln, falls die unterirdischen Wege zugebaut sind. Dann sind wir auf uns gestellt, bis wir die Waffenkammern erreichen.«

»Woher willst du wissen, wo diese Waffenkammern sind?«

Schatten erfassten Scapas Gesicht. »Die Waffen werden, wie Torrons Schätze, im Zentrum des Fuchsbaus versteckt sein, wo es weder Fenster, noch zerbröckelte Mauern gibt. Wir müssen auf unser Glück vertrauen. Aber das hätten wir so oder so tun müssen.«

Eine Weile blieb es still. Jeder schien darüber nachzudenken – eine Entscheidung würde für manche Leben oder Tod bedeuten.

Scapa sprang vom Tisch und trat in die Mitte des Zimmers. Langsam drehte er sich im Kreis und sah jeden Jungen und jedes Mädchen einzeln an.

»Ich weiß, dass manche von euch verletzt werden. Einige werden sogar sterben. Es ist ein großes Risiko. Für uns alle. Wir riskieren unser Leben. Aber der Gewinn – der Gewinn ist die Freiheit! Der Gewinn ist Macht! Der Gewinn ist der Fuchsbau, Torrons Schätze, ein Leben ohne Hunger und Elend!« Ein verzweifeltes Lächeln glitt über seine Züge. »Was ist schon ein Leben, in dem man bloß versucht, so lange wie möglich dem Tod auszuweichen? Wozu kämpfen, frage ich euch, wozu klauen und hungern und den ganzen elenden Mist, wenn die Welt uns keinen einzigen Augenblick Frieden schenkt? Ich sage, wir *erbeuten* uns den Frieden! Wir nehmen uns, was uns zusteht! Niemand kann uns davon abhalten, um unser Glück zu kämpfen. Das Schicksal hat uns arm geboren. Die Götter – ich sage, die Götter wissen nicht mal, dass es uns gibt! Und ich spucke auf sie! Ich brauche sie nicht, wenn ich eine Faust zum Zuschlagen habe und ein Herz voller Mut! Ich brauch sie nicht! *Ich* entscheide, wer ich bin und was mir gehört. Und wenn wir jetzt nicht unser Schicksal in die Hand nehmen, dann bleiben wir das, was wir unser ganzes Leben lang waren: Torrons Sklaven! Seine – seine Hunde! Kämpft! Kämpft mit Mut und Kraft! Es geht um unser Leben!«

Von überall kamen Jubelrufe.

»Ich werde mitkommen!« Fesco sprang auf. Ihm folgten andere.

»Ich auch!«

»Ich bin dabei!«

Cev erhob sich. »Mir gefällt nicht, wie du über die Götter redest!«

Stille senkte sich über die Menge. Gespannt beobachtete man Cev und Scapa.

»Ich glaube an die Götter«, sagte Cev eisig. »Man darf sich nicht gegen sie stellen. Aber … ich glaube auch, dass du Recht hast. Die Götter wissen nichts von uns. Straßenkinder sind ihnen egal.« Cev blickte in die Runde. »Ich werde mitkämpfen.«

Erleichterte Rufe wurden laut. Nun standen alle auf, reckten die Fäuste und stimmten in den Jubel ein.

Scapa drehte sich zu Arane um. Sie lächelte.

## Der Fuchsbau

Innerhalb der nächsten fünf Tage hatten Scapa, Arane und ihre Verbündeten mehrere dutzend Anhänger aufgelesen. In Gruppen zogen sie durch die Straßen, blieben vor jedem Jungen und Mädchen stehen und fragten sie: »Verlangt Torron Schutzgeld von dir?« Und weil jeder bejahte, erklärten sie: »Dann kannst du jetzt um deine Freiheit kämpfen. Wir zahlen dir alles zurück, was du Torron je geben musstest. Wenn du nur Mut dazu hast.«

Auf diese Art sammelten sich mehr als siebzig Straßenkinder hinter Scapa und Arane. In allen Winkeln Kesselstadts tuschelte man über den Bandenkrieg, der sich wie ein Gewitter zusammenbraute. Es gab Gerüchte über Verräter, die zu Torron überliefen, und Drohungen, dass Torrons Männer jedes

Kind töten würden, das ihnen über den Weg lief. Aber all das konnte nicht aufhalten, was Scapa und Arane begonnen hatten. Sie bereiteten sich vor, eisern und entschlossen, so wie unzählige andere Jungen und Mädchen.

An dem Tag, der der letzte vor dem Kampf sein sollte, hing der Himmel düster und schwer über Kesselstadt. Die sommerliche Hitze lastete auf den tiefsten Vierteln, kein Windzug rührte sich, und die Feuchtigkeit eines nahenden Gewitters mischte sich in die Gerüche der Stadt. In der Nacht begann es erst leicht zu nieseln, dann goss es in Strömen. Weite Pfützen bildeten sich, zogen in blutroten Bächen durch die Gassen und überfluteten manche Gegenden. Die Laternenanzünder gingen auf Stelzenschuhen von Straßenlampe zu Straßenlampe. In manchen Vierteln stand das Wasser auch so hoch, dass sie die Laternen ganz ausließen.

Scapa, der in dieser Nacht nicht schlief, beobachtete vom dunkelroten Vorhang aus, wie die graubraune Brühe von der Straße über den Rand des Zimmers schwappte und den Fußboden überschwemmte. Als das Wasser seine Schuhe einholte, trat er nicht davor zurück.

»Wieso Elfen?«, flüsterte eine Stimme hinter ihm.

Ohne gleich zu antworten, löste er seine drei Haarzöpfe. Straff band er sich die vorderen Strähnen zurück, dann kniete er nieder und schöpfte mit der Hand Wasser vom Boden. Er schrubbte sich den Schmutz von Wangen und Stirn und wischte sich das Gesicht am Ärmel trocken. »Jede Hand zählt«, antwortete er schließlich.

Arane, die bis jetzt mit angewinkelten Beinen auf ihrem Stuhl gesessen hatte, erhob sich. Ihre Füße traten platschend ins Wasser, das sich immer weiter in den Raum vortastete. »Elfen!«, zischte sie und kam auf Scapa zu. Sie fasste ihn eindringlich am Ärmel. »Du hast erlaubt, dass elfische Jungen mit uns kämpfen! Wenn sie uns nicht gleich verraten, dann werden sie am Ende noch mit uns gemeinsam den Fuchsbau bewohnen!«

Arane schien fassungslos, aber Scapa sah sie nicht einmal an. Sein Blick war hinaus in die Dunkelheit gerichtet. Nur der Regen glomm manchmal im Mondschein auf, wie in silbrigen Fäden zog er sich durch die Nacht. Es sah so schön aus, dass Scapa ganz schwer zumute wurde.

»Am Ende werden die Elfen die Macht über den Fuchsbau an sich reißen, und dann gehört Kesselstadt endgültig den Schlammfressern!«

Scapa drehte sich um. »Traust du uns beiden so wenig zu, den Fuchsbau behalten zu können?«

Dass Scapa nicht so hitzig wie sie, sondern sehr leise und ruhig geantwortet hatte, schien sie nur noch wütender zu machen. Ihre Nasenflügel bebten. »Aber es ist nicht die Angelegenheit der Elfen! Es ist unser Krieg.«

»Und du willst ihn doch gewinnen, oder?« Scapa sah sie von oben bis unten an. »Dafür können uns ruhig ein paar Leute mehr helfen. Elfen, Menschen – ist doch egal, wer oder was sie sind, Hauptsache wir haben am Ende, was wir wollen.«

Arane atmete langsam aus. Der Zorn wich aus ihrem Gesicht und ein unzufriedenes Zucken ging ihr um den Mund. Scapa beobachtete den Wechsel ihrer Gefühle geduldig. Manchmal kam es ihm fast vor, als könne sie ihre Empfindungen lenken, wie es ihr gerade passte. Als diene alles, was sie von sich zeigte, irgendeiner Strategie.

Plötzlich spürte er, wie ihm ein Kloß in den Hals stieg, und er musste schwer schlucken.

»Was wirst du eigentlich tun?«, fragte er leise. Seine Stimme war mit einem Mal dünn.

Arane erwiderte seinen Blick. »Was willst *du*?«, flüsterte sie.

»Ich will nicht, dass du kämpfst.« Scapa räusperte sich und fügte hinzu: »Es wird ganz schön gefährlich.«

»Ich weiß«, sagte Arane, ohne zu blinzeln. »Ich glaube, ich sollte doch mitkämpfen. Du sagst es ja selbst: Jede Hand zählt.«

Wieso warf Arane ihm seine eigenen Worte vor? Dankte sie ihm so seine Besorgnis? Manchmal hasste er es, wie sie ihre Worte benutzen konnte! »Du hast aber noch nie ein Schwert in den Händen gehalten«, gab Scapa trocken zu bedenken.

»Du auch nicht.«

»Aber ich kann mit einem Dolch umgehen. Das ist gar nicht so anders als mit einem Schwert oder einer Lanze oder... einem Knüppel.« Er starrte auf seine Füße. Plötzlich überkam ihn die Angst, stärker denn je. Was, wenn er, wenn Arane tatsächlich umkam in dieser Nacht? Für einen Moment wünschte er sich, sie hätten sich nie gegen Torron erhoben. Er wünschte sich, Arane hätte nie ausgesprochen, was jeder in Kesselstadt wusste: dass Torron sie ausbeutete. Und, dass man sich ihm stellen sollte.

»Du könntest ja Wache halten, wenn wir in den Fuchsbau gehen«, schlug Scapa vor. »Ja – halte doch Wache!«

Arane sah ihn lange an. Es schien, als glänzten Tränen in ihren Augen. Tränen der Angst, vielleicht, aber gewiss Tränen des Stolzes. Langsam nickte sie.

»In Ordnung. Ja, in Ordnung...«

Aus allen Straßen strömten sie zusammen. Links und rechts schlossen sich Scapa neue Gruppen an. Bemalungen aus Schlamm und Asche verbargen die ängstlichen Gesichter wie Totenmasken. Immer mehr Gestalten lösten sich aus der Dunkelheit, schleichend, geduckt, und vereinten sich zu einer Armee. Aus jeder Gasse, jedem Winkel der Stadt schlüpften neue Schatten, und das Heer wuchs hinter Scapa. Hinter Scapa und Arane.

Sie drehte sich zu den Jungen und Mädchen um, die ihnen durch die Regennacht folgten, verbissen und auf eine Weise gehorsam, die ihr Herz zum Springen brachte. Sie warf Scapa einen Blick zu. Die Kleider klebten ihm nass auf dem Körper, er hatte die Schultern hochgezogen und den Kopf geduckt.

Für Sekunden übergoss ihn der Schein einer Straßenlampe wie mit flüssigem Silber, dann tauchte er wieder in Schwärze. Arane fasste nach seinem Handgelenk und drückte es fest. Er erwiderte ihren glühenden Blick. *Kämpfe*, sagten ihre Augen. *Kämpfe für uns beide und mit unser beider Kraft.*

Die Jungen und Mädchen gingen schnell, ihre Füße brachten die Pfützen zum Schäumen. Wie viele waren es? Wie viele würden es am Ende dieser Nacht noch sein?

Ein Donnerbeben grollte durch die Finsternis und blieb hier, in den Tiefen der Stadt, als unheilvolles Echo gefangen.

Scapa blieb stehen.

*Drummmmm…*

Unter ihnen lag der Fuchsbau, wie ein Ungeheuer in einem Erdgraben. Vereinzelt spähten Lichter zu ihnen herauf, sie lugten aus den Ruinen hervor wie wachsame Augen und erinnerten daran, dass das Ungeheuer aus Steinen und Schutt noch nicht ganz tot war.

Einst war der Fuchsbau ein Palast mit unzähligen Zimmern und langen Korridoren gewesen, mit Türmen, Terrassen und Balkonen. Ein reicher Verbrecher hatte ihn vor Jahrzehnten errichten lassen. Eine Flut, vielleicht auch ein Brand – manche munkelten, ein Bandenkrieg – hatte das imposante Haus zerstört. Zurückgeblieben war der größte Trümmerhaufen von Kesselstadt.

Niemand hatte versucht, die Ruine wieder aufzubauen oder neue Häuser darauf zu errichten, denn die Gegend gehörte den Dieben und Verbrechern. Sie blieben selbst nach dem Verfall des Hauses, blieben wie die Ratten und verbargen sich in den tiefen Ruinen, die ihnen mehr Sicherheit boten als jedes ordentliche Zimmer. Später hatten Torron und seine Männer das verfallene Schloss bezogen und gaben ihm den Namen Fuchsbau.

Der Donner ließ die Erde erzittern. Die Regentropfen sprangen immer schneller, immer höher auf den Pfützen. In dieser Nacht war Kesselstadt ein schwarzer Brunnen, tief in die Erde geschraubt, in dem sich das Regenwasser sammelte wie eine Flut.

»Los«, flüsterte Scapa. Laut wiederholte er: »Los, an die Arbeit!«

Manche von ihnen hatten eine Schaufel oder eine Hacke mitgebracht. Die Jungen und Mädchen brachen ein Straßengitter auf, durch das der Regen in die Kanalisation abfließen konnte. Dann zündeten sie ihre Laternen an und kletterten einer nach dem anderen in den nassen Abgrund.

Das schäumende Wasser griff nach Scapa und stieg ihm augenblicklich bis zu den Hüften. Er spürte, wie der eisige Strom ihn voranzog, beinahe sackten ihm die Knie ein. Arane sprang neben ihn. Sie hielt eine Laterne in der Hand, aber selbst der Lichtschein verriet keine Regung in ihrem Gesicht.

Eine Zeit wateten die Jungen und Mädchen durch die Kanalwege. Das stinkende Wasser spritzte ihnen um die Beine. Von den Steinen über ihnen tropfte es unablässig herab – an manchen Stellen drang der Regen ganz hindurch und zog Wasservorhänge durch den Tunnel.

*Drummmmm.* Der Donner füllte die Kanalwege mit einem dichten, tiefen Vibrieren und jeder Stein schien aufzustöhnen.

Scapa wusste nicht mehr, wie lange sie schon durch das brackige Wasser gingen, als er rechts von sich etwas entdeckte: eine Abzweigung, etwa einen halben Meter über dem Wasser, die in die Richtung führte, in der er den Fuchsbau vermutete. Ein Gitter versperrte aber den Weg.

Mit ihren Hacken war das verrostete Schloss leicht aufzubrechen. Die ganze Gittertür fiel aus den Angeln und versank in den Wasserfluten. Scapa stemmte sich an den Steinen hinauf und trat als Erster in den trockenen Gang. Danach half er Arane, dann den anderen zu sich hoch.

Der Tunnelgang war so schmal, dass man kaum nebeneinander Platz hatte, und die Decke war gerade hoch genug, dass sie aufrecht stehen konnten. Auf dem Boden lagen verfaulte Dreckklumpen. Aufgeschreckte Ratten kamen ihnen entgegen, ergriffen aber angesichts des Laternenlichts wieder die Flucht.

Als der Kanalweg endete, versperrten ihnen schwere Mauerbrocken den Durchgang. Mit ihren Hacken und Schaufeln ließen sich die Steine aber so leicht durchschlagen wie das Gerippe eines verwesten Tieres. Nach einer Weile war ein schmaler Riss zu erkennen, gerade breit genug, dass ein schmaler Mensch hindurchpasste. Nun herrschte Schweigen.

Scapa nahm Arane die Laterne ab. Niemand regte sich, als er durch den Riss schlüpfte. Nur das Rumoren des Regens war zu hören.

Endlich erschien Scapa wieder. Er trat zurück und verkündete leise, sodass nur die nahe stehenden Kameraden ihn hörten: »Der Weg ist frei. Löscht eure Laternen!«

Er machte Platz, damit einer nach dem anderen durch den Spalt schlüpfen konnte. Sie ließen ihre Schaufeln an die Wand gelehnt zurück und pusteten gehorsam die Lichter aus. Arane leuchtete ihnen mit ihrer Laterne, die als einzige anblieb, den Weg durch den Riss.

Bald waren fast alle durch den Spalt getreten. Scapa wandte sich an Arane. Sie sah, dass er zitterte. Im Laternenschein glänzte sein Gesicht wie Wachs.

»Wenn wir fliehen müssen«, sagte er, »dann musst du uns rausführen. Warte hier und ... warte hier.«

Sie umarmte ihn fest. Scapa drückte sie an sich, als wäre es das letzte Mal; er vergrub das Gesicht in ihren nassen Haaren und merkte, dass nicht nur er, sondern auch sie Angst hatte. Ihr Herz schlug wild.

»Wenn alles gut geht, hole ich dich nach.«

Sie nickte kaum merklich. Der letzte Junge schlüpfte hinter ihnen durch den Spalt in der Wand. Arane beugte sich vor. Zitternd öffnete sie den Mund, brachte aber doch kein Wort hervor. Dann schloss sie die Hand um seinen Nacken und küsste Scapa. Er spürte ihre kalten Lippen wie einen Hauch auf den seinen.

Auch er verschwand hinter der zerfallenen Mauer und Arane blieb allein im Licht ihrer Laterne zurück. Das Unwetter grollte über ihr.

## Torron

Sie tauchten in vollkommene Dunkelheit ein. Scapa drehte sich um. In der Ferne schimmerte blasses Licht.

»Voran jetzt«, flüsterte er. »Bleibt dicht zusammen. Und kein Geräusch mehr!«

In einem langen Zug schlichen sie dem schwachen Leuchten entgegen. Mit bebenden Fingern zog Scapa seinen Dolch. Er umschloss den feuchten Griff so fest, dass das Wasser aus dem Leder sickerte.

Das war der Kampf seines Lebens. Die Nacht, in der sich alles entscheiden würde. Der Augenblick, in dem er dem Schicksal ins Gesicht sehen konnte.

Er wiederholte diese Gedanken wie eine Beschwörung immer wieder, bis sie das Licht erreichten und durch eine runde Öffnung in der Mauer treten konnten. Vor ihnen standen schwere, hölzerne Weinfässer. Dahinter lag ein schmaler Gang.

Einen Augenblick blieb Scapa hinter den Fässern stehen. Welche Richtung sollten sie nehmen? Er versuchte angestrengt zu lauschen. Waren da nicht Stimmen? Nein, nur das Rauschen des Regens drang durch die dicken Steine.

Er entschied sich für rechts. Dicht an der Wand entlang, möglichst fern der Fackeln, die hier und da an den Mauern befestigt waren, schlich er los. Leises Fußgetrappel folgte ihm.

Schweiß benetzte seine Stirn. Durch die Mauern echote ab

und zu ein Lachen oder verzerrte Musik. Er zuckte zusammen, als der Donner abermals grollte. Einen Moment lang kam Scapa die absurde Angst, man könne die Feuchtigkeit ihrer Kleider riechen und sie entdecken. Rasch schüttelte er diese Vorstellung ab. Unsinn!

Der Flur machte eine Biegung. Vor ihnen erschien eine breite, verfallene Steintreppe. Scapa schlich die Stufen empor, ihm folgten grüppchenweise die anderen.

Vor der Treppe erstreckte sich ein wahres Labyrinth von Gängen und Stufen. Drei Flure führten geradeaus, zwei nach links und rechts, und zwei Treppen schraubten sich in die Höhe.

Scapa entschied sich für einen Flur geradeaus. Hier hingen mehr Fackeln an den Wänden, auch der Regen schien lauter. Ein seltsames Ächzen und Heulen irrte durch die Flure.

Einmal kamen sie an einer Türöffnung vorbei, aus der helles Licht und laute Stimmen drangen. Mit gespannten Muskeln schlich sich Scapa heran und lugte hinein. Da saßen mehrere Männer und speisten. Auf den Tischen tanzten Frauen mit Flöten und Rasseln. Die Luft war erfüllt von Bratenduft, Biergeruch und Schweiß.

Scapa wich zurück. Dann wies er die Jungen und Mädchen an, dicht an der gegenüberliegenden Mauer entlang zu schleichen. Dort war ein schmaler Streifen Dunkelheit außer Reichweite der Fackeln. Einer neben dem anderen drängten sie sich an der Mauer entlang, bis der Speisesaal hinter ihnen zurückblieb.

Der Flur mündete in eine offene Halle, von der aus mehrere Gänge und weitere Kammern abzweigten. Kaum waren die meisten von ihnen in die Halle getreten, hörten sie schlurfende Schritte, die sich aus einem der Korridore näherten. Dann einen grölenden Ruf. Rasselndes Lachen echote durch die Gemäuer.

»Schnell!«, zischte Scapa und lief in die nächste Raumöffnung. Schützende Finsternis glitt über ihn. Innerhalb von

Sekunden hatten sich alle durch die Öffnung gedrängt und duckten sich gebannt hinter Scapa.

Von hier aus sahen sie, wie zwei Männer aus dem gegenüberliegenden Flur geschritten kamen und in den Gang einbogen, aus dem sie selbst gerade gekommen waren.

Plötzlich klirrte etwas hinter Scapa. Er fuhr herum.

»Tut mir Leid!«, flüsterte jemand.

»Du Idiot!« Scapa ging mit großen Schritten in die Dunkelheit, fest entschlossen, dem Narren eine Ohrfeige zu verpassen, der den Lärm verursacht hatte. Doch dann flüsterte jemand: »Hier sind die Waffen!«

Scapa blieb stehen. Er trat aus dem blassen Lichtschein, der von der Halle zu ihnen hereinfiel und strengte seine Augen an. Tatsächlich: Lange, schmale Speere glänzten im Licht, nur darauf wartend, von ihnen genommen zu werden.

Ein Junge lief in die Halle hinaus und holte eine Fackel von der Wand. Der Feuerschein ließ die unzähligen Lanzen, Messer und Schwerter erstrahlen. Ein Raunen ging durch die Reihen der Straßenkinder. Scapa steckte seinen eigenen Dolch ein, ergriff einen kleinen Knüppel und ein Kurzschwert. »Nehmt euch, was ihr braucht!«

Aufgeregt rüsteten sich die Jungen und Mädchen mit den Waffen. Die meisten wollten ein Schwert haben, andere entschieden sich für eine Lanze, die wesentlich leichter zu handhaben war. Es gab sogar Armbrüste mit schwarzen, spitzen Pfeilen. Eine davon schwang Scapa sich über die Schulter. Extra Pfeile steckte er sich im Gürtel fest. Dann war er bereit, und auch die anderen hatten sich inzwischen genommen, was sie brauchten. Es war nicht viel in der Kammer übrig geblieben. Manche von ihnen hatten sich regelrecht mit Waffen beladen, trugen gleich zwei Speere auf dem Rücken und hatten sich ein zusätzliches Messer in den Stiefel gesteckt. Scapas Augen glühten. Das würde eine Überraschung für Torron und seine Männer geben!

Lautlos und erwartungsvoll erschien der Fuchsbau Scapa,

als sie die Waffenkammer verließen. Er drehte sich in jede Richtung. Er atmete tief ein, roch den feuchten, herrlich wilden Modergeruch des Fuchsbaus und spürte, dass dieser Geruch ihm gehören musste. Der Geruch seines Palastes… Ein dumpfer Donnerschlag erschütterte die alten Mauern, er fuhr Scapa durch jede Zelle seines Körpers, doch es erfüllte ihn nicht mehr mit Furcht, sondern mit Mut, unbändigem Kampfesmut.

Die jungen Krieger teilten sich und eine bewaffnete Gruppe lief in jeden Gang. Auch Scapa begann zu gehen, zu laufen, dann zu rennen. Das Scheppern und Klirren der Waffen wurde zum Takt ihrer Schritte, zum dröhnenden Herzschlag der Nacht. Es verwandelte sich in Scapas Ohren zu einem Namen, schwer wie ein beschwörerischer Sog: *Vio, Vio Torron…*

Vio Torron war nie ein Mann großer Gefühle gewesen. Er wuchs in den tiefen Vierteln Kesselstadts auf, auch wenn heute viele behaupteten, er sei erst viel später als erwachsener Mann hergezogen. Seine Mutter war eine Taschendiebin namens Isred gewesen, unter deren Dielenboden man, als Vio sieben Jahre alt war, eine verweste Leiche fand. Es stellte sich heraus, dass der Tote Vios Vater Edor Juness war, ein unehelicher Sohn gehobener Herkunft, der als Kartenspieler und Trinker gelebt und schließlich als versteckte Leiche geendet hatte. Vio Juness' Mutter wurde vor Gericht gestellt und an einem schneelosen Wintermorgen auf der Brücke von Grejonn, der »Straße der Henker«, wie manche sie wegen den zur Schau gestellten Köpfen ehrloser Verbrecher nannten, enthauptet. Noch bevor Isred Juness' Kopf über den braunen Kanalwassern baumelte, hatte Vio seine Mutter vergessen.

Vio begann, wie so viele Waisen, sich alleine durchzuschlagen und geriet an den bekannten Ganoven Kaav Volrog. Volrog erkannte große Talente in Vio, und so wurde der Junge zu seiner rechten Hand und stieg mit zwölf Jahren in die finsteren Geschäfte ein. Wie Volrogs ehemaliger Meister, ein legendärer Bandit namens Jakos Torron, es damals für Volrog getan hatte, so nahm nun Volrog Vio unter seine Fittiche und eröffnete ihm den Eintritt in die zwielichtige Welt der Verbrecher. Vio, »der Ring« nannte man ihn bald – wegen des Rings, den er sich durch die Unterlippe stechen ließ, und seiner Angewohnheit, Volrogs Gegnern eine ringförmige Narbe ins Gesicht zu ritzen. Der Junge, auf dem Weg zu einem gefürchteten Mann, besaß dabei eine Kälte und Gefühllosigkeit, die ihn einzigartig und für Volrog unentbehrlich machten.

Zu dieser Zeit wurde Vio erstmals auf den Fuchsbau aufmerksam. Damals lebte er mit Volrog und dessen Anhängern in verschiedenen Wirtshäusern zweifelhaften Rufes; aber er träumte davon, sein eigenes Reich zu haben, ein Haus, oder noch besser, einen Palast. Der Fuchsbau war in den Händen anderer Banden, die ihre Schmuggelgeschäfte in den alten Ruinen abhielten. Vio bat seinen Meister um einen offenen Kampf. Aber Volrog, der schon zu lange mit den anderen Banden in erträglichem Frieden gelebt hatte, lehnte es ab, Kesselstadts Unterwelt zu beherrschen.

In jenen Tagen starb Kaav Volrog auf geheimnisvolle Weise und sein Name verschwand aus den Straßen der Stadt.

Nun war Vio der neue Bandenführer. Weil er sich als den wahren Erben des alten Jakos Torron empfand, übernahm er dessen Namen, ließ *den Ring* hinter sich und wurde als Vio Torron über Nacht zu einem berühmten Mann. Er eroberte den Fuchsbau für sich und erlangte die Gewalt über die dunklen Geschäfte Kesselstadts. Damals war er knapp zwanzig Jahre alt.

Doch seitdem waren viele Jahre vergangen. Jahre, die sich immer zu wiederholen schienen, ein endlos gleiches Band, das sich abspielte, während die Falten in Torrons Gesicht tiefer, seine Züge härter und seine Wangen hohler wurden. Er war bereits mit zwölf Jahren alt gewesen und zehn Jahre nach seinem Aufstieg zum wahren Herrscher Kesselstadts lastete das Leben so schwer auf ihm wie ein riesiges Gebirge. Nicht nur Gefahr, Hass und der allgegenwärtige Tod, der in Torrons Geschäftsbranche reich bedient war, sondern auch der Wein hatten ihn altern lassen.

Torron kippte seinen Kelch und spülte das vom Inhalt die Kehle hinunter, was ihm nicht an den Mundwinkeln wieder hinaus rann. Ein Rülpser brachte ihm den versäuerten Geschmack des Hammelfleisches in den Mund zurück. Torron zog sein Messer und stocherte sich damit die Essensreste aus den Zahnlücken. Dabei beobachtete er die Tänzerinnen auf den Tischen und spürte, wie sich der angenehme, ermüdende Rausch des Weins in seine Glieder schlich.

Es war auch eine Elfe unter den Tänzerinnen. Sie stach unter den anderen Frauen hervor wie ein dunkler Opal unter Kieseln: Sie war wesentlich größer als die Menschenfrauen, gertenschlank und hatte grauschimmernde Haut. Ihr glattes, dunkles Haar – wie schwarzes Wasser schimmerte es im Fackelschein – war nach Elfenart frisiert.

Torron mochte keine Elfen, ob nun männlich oder weiblich, Tänzerin oder Hehler. Sie waren ihm unheimlich, doch seine Ablehnung ihnen gegenüber speiste sich vor allem aus dem Reichtum, den viele von ihnen angehäuft hatten – und auf den die Menschen schon immer ein neidisches Auge geworfen hatten. Waren sie einmal aus ihren schmuddeligen Stämmen verstoßen, so schien es, erwachten sie zu hartherzigen, ehrgeizigen und listigen Geschäftemachern.

Aber wenn seine Männer Spaß daran hatten, überlegte Torron und ließ sich von einer dicklichen Tänzerin neuen Wein einschenken, sollten sie doch so viele Elfen einladen, wie sie wollten. Solange er nur nicht ihre schnelle Sprache hören musste, die er an diesem Volk am meisten verabscheute.

Torron lehnte sich zurück und ließ sich tiefer in seinen throngleichen Stuhl sinken. Seine Arme ruhten gebieterisch und schlaff auf den Lehnen. Sein Kopf nickte ihm auf die

Brust. Er war nun soweit, unter der klimpernden Musik und dem grölenden Gelächter seiner Banditen einzuschlummern. So wie jede Nacht.

## Im Kerker

Es war wie ein wilder Alptraum. Die Musik der Rasseln, Flöten und Handtrommeln erstarb in einem abrupten Ton. Schreie erklangen, die Tänzerinnen sprangen vom Tisch und stoben davon. Torrons Männer schnellten von den Stühlen hoch und zogen ihre Messer und Dolche – doch angesichts der Krieger, die rings um die Halle in jeder Türöffnung erschienen waren, hielten sie verblüfft inne.

Die Jungen und Mädchen brüllten. Waffen schwingend stürzten sich die Horden auf Torron und seine Männer, und die Speisehalle verwandelte sich in ein wüstes Schlachtfeld.

Kampfgebrüll und das Klirren der Schwerter ließen die Deckengemäuer erzittern. Betrunkene Männer sanken vornüber und zogen rote Spuren über die Teller. Auch Straßenkinder fielen im Handgemenge zu Boden.

Scapa schlug um sich, ohne etwas zu spüren. Die brüllenden Männer verblassten um ihn. »Torron«, sagte er zu sich selbst. »Torron gehört mir.«

Inzwischen stürmten immer mehr Jungen und Mädchen in die Halle. Manche von ihnen genossen sichtlich die Rache an ihren einstigen Peinigern. An einer Stelle standen mehrere Jungen um einen Banditen und hieben immer wieder mit den stumpfen Enden ihrer Speere auf ihn ein.

Torrons Gesicht tauchte aus der flimmernden Menge auf. Scapa näherte sich langsam, das Schwert fest mit seinen Fingern umschlossen. Er hatte den Bandenführer noch nie so nah gesehen wie jetzt.

Normalerweise zeigte sich Torron nur im schwarzen Mantel, mit seinem großen Krempenhut über dem halben Gesicht und umringt von treuen Bewachern. Er war Scapa stets wie ein unheilvoller Geist erschienen. Aber jetzt sah er ihn richtig. Und sein wahres Gesicht war nicht weniger Furcht erregend als das dunkle Gespenst im Mantel.

Torron war älter, als Scapa gedacht hatte. Aber auch in seinen jungen Jahren konnte der Bandit nicht schön gewesen sein. Seine Nase war lang und von einem Bruch gebuckelt. Eng standen die schwarzen, kleinen Augen beieinander, eng und bösartig. Grausträhnige Locken klebten ihm fettig um den schmalen Kopf und fielen zu den Schultern herab. Auf dem vorstehenden Kinn, über den schmalen Lippen und den hohlen Wangen wucherten Bartstoppeln. Seine Züge waren zur Grimasse verzerrt, während er mit Faust und Messer um sich stieß, sodass ein Junge nach dem anderen zusammensackte.

Scapa war beinahe vor ihm angekommen. Rings um ihn war der Kampf fast zu Ende gebracht, siegreiche Straßenkinder traten über die Männer hinweg, die sich nicht mehr regten, und trieben Gefangene zusammen. Scapa hob sein Schwert, als Torron ihn entdeckte. Ein abscheuliches Grinsen machte sich auf Torrons Lippen breit; vielleicht verzerrten sie sich aber auch bloß vor Hass. Als er sich für Scapas Angriff bereit machte, schlug ihm von hinten ein Knüppel auf den Kopf. Torrons Haarsträhnen flogen durch die Luft. Er fiel auf die Knie.

»Hör auf!«, schrie Scapa.

Der Junge mit dem Knüppel hielt inne. Scapa ließ das Schwert fallen, packte die Armbrust und zielte auf Torron, der wie betäubt vor ihm kniete. Einen Moment wartete Scapa ab, ob Torron das Bewusstsein verlieren würde. Doch dann richtete sich der Blick des Mannes flackernd auf ihn.

»Ich kenn' dich. Du bis' Scaret, oder?«

Scapa hielt die Armbrust in bebenden Händen.

»Der Name«, sagte er, »der deinen Untergang bedeutet, lautet Scapa.«

Torron lachte keuchend, doch seine Augen glühten so hasserfüllt, dass sich Scapas Herz zusammenzog. Immer lauter wurde sein heiseres Lachen, bis Scapa merkte, dass es in der Halle ganz still geworden war.

»Ich war mal nich' viel anders als du.« Torron grinste zu Scapa auf. Die vielen Silberringe in seinen Ohren und seiner Unterlippe klirrten, als er den Kopf vor Lachen schüttelte. »Aber natürlich war ich nich' so 'n scheiß Hosenscheißer.«

Scapas Augen verengten sich. »*Was* sagst du, alter Mann?«

»Na los«, brüllte Torron. Die Adern traten an seinem schmutzigen Hals vor. »Bring's hinter dich. Drück ab. Schau dir die dummen Jungs an, die hier um uns liegen. Ich hab nich' gezögert, ihnen die Hälse zu verdrehn. Na, aus Rache – du schuldest es deinen kleinen Freunden, mich zu töten. Das willst du doch!« Er warf den Kopf in den Nacken und lachte irr. »Töte mich! Töte Vio Torron, den mächtigsten Mann von Kesselstadt! Dann gehört die Stadt 'nem kleinen Hosenscheißer!«

»Fesselt ihm die Hände!«, schrie Scapa. »Fesselt ihn!« Die Straßenkinder traten zögernd näher und taten, was Scapa befahl. »Und jetzt bringen wir ihn in den Keller. Hier gibt es doch Kerker, oder, Torron? Ich hoffe, die hast du genauso schön eingerichtet wie den Rest von meinem Fuchsbau.«

Jetzt sagte Torron nichts mehr. Während sie die Halle verließen, die Jungen und Mädchen ihn voran stießen, die Gänge entlang und die Treppen hinunter, fixierten seine Augen unablässig Scapa.

Hinter dem Weinfasslager der Kellergewölbe befanden sich niedrige Zellen, in denen die Banditen ihre Gefangenen zu halten pflegten. In einen der Kerker stießen sie Torron hinein. Scapa selbst schloss den Riegel ab.

Die Armbrust sank ihm aus den Armen, er lehnte sich gegen die Steinwand und atmete tief durch. Dann befahl er den anderen: »Durchsucht den ganzen Fuchsbau nach Torrons Männern. Und seht nach, ob es Verwundete gibt.«

Als die jungen Krieger sich auf den Weg machten, rief Scapa zwei von ihnen zurück – sie sollten Torrons Kerker bewachen.

»Geht nicht zu nah an die Tür!«, rief Scapa ihnen noch zu. Dann lief er los, begann zu rennen. Er stieß gegen die Weinfässer und stolperte durch den Riss in der Wand.

»Arane!«

Sie hatte gegen die feuchten Steine gelehnt und betend auf dem Boden gekauert. Nun erhob sie sich langsam. Im Schein der fast erloschenen Laterne schien sie geisterhafter denn je.

»Oh ihr Götter«, wisperte Arane. »Oh Götter... Scapa!«

Fassungslos vor Erleichterung fielen sie sich in die Arme.

Die Nacht war nicht vorüber und es regnete noch immer in Strömen. Man hörte das Rauschen selbst hier, im Keller des Fuchsbaus, wie ein hohles Summen.

»Bist du sicher?«, fragte Scapa.

Arane nickte und umfasste seinen Ärmel. Scapa hatte sich ein neues Hemd aus den Schatzkammern des Fuchsbaus genommen und dazu einen herrlichen Harnisch aus Nieten besetztem Leder. Mit den neuen Kleidern fühlte er sich tatsächlich schon fast wie der Herr des Fuchsbaus.

»Ich will es sehen. Wirklich.«

»Na gut.« Scapa nahm den Laternengriff fester in die Hand, dann klemmte er sich die Armbrust unter den Arm und schloss den Kerker auf.

Das Laternenlicht tastete sich mit bleichen Fingern in die Finsternis. In einer Ecke des Raumes lag Torron, den Rücken gegen die Wand gelehnt, den Kopf auf die Brust gesunken, und starrte sie mit reglosen Augen an. Scapa spürte, wie Arane neben ihm die Luft anhielt. Minuten der Stille verstrichen, während Torron Arane und Arane Torron anstarrte und Scapa die Armbrust immer fester drückte.

»Wen haben wir denn da«, sagte Torron. Seine Stimme war gebrochen, sie war so faltig und träge wie sein Körper geworden. »Das ist also das berühmte Banditenpaar, von dem die Waschweiber reden.« Er legte den Kopf schief und beobachtete Arane aus schmalen Augen. »Na, Goldlöckchen? Du bist die jüngste Hure, die ich je gesehen habe.«

Scapa hob die Armbrust und zielte auf Torrons Stirn. »Noch ein falsches Wort und ich schieße dir in den Kopf.«

Ein grunzendes, kurzes Lachen erklang. »Wie alt bist du? Zehn? Elf?«

»Ich bin sechzehn.« Das stimmte nicht. Scapa wusste, dass er bestimmt nicht älter als dreizehn sein konnte. Dasselbe schien Torron zu denken, aber es war Scapa gleich. Tatsache war, dass er Torron besiegt hatte.

Mit einer Schnelligkeit, die Scapa ihm nie zugetraut hätte, drehte Torron sich und kroch auf den Knien auf ihn zu. Erschrocken wich Scapa einen Schritt zurück und hätte dabei fast den Pfeil abgefeuert.

»Oh, du bist also schon fast ein Mann, was? Aber wieso verhältst du dich wie ein verflixter Feigling?« Er lachte keuchend, wankte vor und zurück und machte eine ruckartige Bewegung in Scapas Richtung. Er fletschte die Zähne. Als Scapa vor Schreck zusammenzuckte, warf Torron den Kopf zurück. »Du willst Kesselstadt beherrschen!«, grölte er. »Aber du kannst keinen Mann töten, dem du in die Augen geblickt hast! Was willst du jetzt mit mir machen, hä? Willst du mich hier drinnen lassen, durchfüttern, und deine kleine Freundin täglich zur Besichtigung führen? Du kannst mich nich töten, du hast nich den Mut dazu. Ich kenn Jungen wie dich, ihr träumt von großen Dingen und kneift, wenn's drauf ankommt. Du weißt es, dass dir der Mumm fehlt, um in meine Fußstapfen zu treten. Du weißt es, in deinem kleinen Herzchen, oder nich? Du *kannst* es nicht... du kannst nich mein Nachfolger sein, weil du in Wahrheit ein elender Feigling bist.« Torron riss den Mund auf vor Lachen. »Du kannst mich nicht töten! Du kannst mich nicht –«

Plötzlich stand Arane hinter Torron. Ihre schmale Hand

riss seinen Kopf zurück. »Oh, Scapa kann dich töten. Aber tun – werde ich es.«

Torron stieß ein heiseres Gurgeln aus. Die Augäpfel traten ihm fast aus den Höhlen, als er die Messerklinge an seinem Hals spürte.

»Arane!« Scapa ließ Laterne und Armbrust fallen und taumelte gegen die Wand. Das Laternenlicht flackerte auf. Es beleuchtete Arane, weit über Torron gebeugt. Torrons Körper zuckte, die Dunkelheit war erfüllt von Röcheln und Würgen.

Als die Flamme sich beruhigt hatte, richtete sich Arane schwer atmend auf. Torron schwankte einen Augenblick. Dann nickte sein Kopf zur Seite und er fiel wie ein Mehlsack zu Boden.

»Arane...«

Von ihrem Messer tropfte Blut. Eine Haarsträhne klebte ihr im glänzenden Gesicht.

»Jetzt ist es getan«, sagte sie.

Scapas Finger lagen zitternd auf den Steinen hinter ihm. »Du – du hast ihn getötet! Du hast ihm die Kehle... Du hast einen Menschen...«

»Was hättest du sonst tun wollen?« Sie ging um Torron herum, der sich nicht mehr regte, und trat ihm in den Rücken. Der leblose Körper rollte auf den Bauch. Scapa wurde übel, als er die dunkle Pfütze unter dem Leichnam wachsen sah.

»Wolltest du ihn bis an sein Lebensende hier drinnen halten, deinen größten Feind? Er wollte uns töten, Scapa! Er hat den Tod durch meine Hand verdient, wenn du es schon nicht getan hast.«

Als Scapa nichts erwidern konnte, trat Arane auf ihn zu. Plötzlich schien sie zu begreifen.

»Oh – ich... jetzt verstehe ich. Scapa, es tut mir so Leid – *du* wolltest es tun! Du wolltest ihn umbringen.«

»Nein!« Scapa wich vor ihr zurück. Sie stand direkt in Torrons Blut, aber sie merkte es nicht. Langsam verdunkelte es ihre Schuhsohlen. Scapa ging rückwärts aus dem Kerker, dann lief er davon.

Ein Turm war seit dem Verfall des Fuchsbaus auf wundersame Weise vollkommen heil geblieben. Gerade wie ein Pfeil ragte er aus dem restlichen Trümmerhaufen. Er war so schmal, dass sein Inneres nur für eine Spiraltreppe Platz bot, die sich bis hinauf in sein Dach schraubte. Dort öffnete der Turm sich zu einer Sonnenterrasse. Schlanke Steinsäulen stützen das runde Dach, ansonsten umgab die Terrasse weder eine Mauer noch eine andere Abgrenzung vor der darunter liegenden Tiefe, die immerhin zwanzig Meter bis zum Erdboden messen mochte.

Scapa stand reglos an eine der Säulen gelehnt und beobachtete die Dämmerung. Vom Turmdach sponnen sich schimmernde Rinnsale. Überall plätscherte es noch, doch der heftige Regen war versiegt. Grau und ausgewaschen lagen die Häuser Kesselstadts im bleichen Morgenlicht. Selbst der Himmel schien so farblos, als habe der Regen sein Blau fort gewaschen.

Scapa fühlte sich wie der Himmel, wie die grauen Häuser; er fühlte sich leer und still wie die Stadt an diesem lauen Morgen.

Der Fuchsbau gehörte ihm. Das konnte er kaum fassen.

Und Arane ... immer wieder sah er die hastigen Bewegungen, wie sie Torron die Kehle durchschnitt.

Was sie in diesem Augenblick so abstoßend machte, war nicht die Tatsache, dass sie Torron getötet hatte. Es war nur so plötzlich, so unerwartet geschehen. In diesem Augenblick hatte Scapa eine Fremde vor sich gesehen. Das Mädchen, das kalt und konsequent wie ein geübter Krieger einen Mann getötet hatte, war nicht Arane gewesen. Nicht Arane, die ihm so vertraut war wie er selbst.

Er hörte ihre behutsamen Schritte auf dem Boden, als sie hinter ihm die Turmterrasse betrat, aber er drehte sich nicht um. Vielleicht hatte er Angst, sie anzusehen und in ihr das Mädchen aus den Kerkern wieder zu erkennen. Erst, als sich eine vorsichtige Hand auf seine Schulter legte, wandte er sich ihr zu.

Arane blickte zu ihm auf, und da war es wieder: das ihm so vertraute Gesicht. Die großen hellen Augen. Die Lippen mit der kleinen Falte in der Mitte. Das Mädchen, das Scapa liebte. Schon immer geliebt hatte. Und immer lieben würde.

Sie umarmte ihn stumm. Scapa musste erneut an das Bild im Kerker denken – das grässliche Gurgeln und Würgen …

Doch allmählich verblasste alles Geschehene. Es war so viel bedeutungsloser als Aranes Nähe, ihre Arme, die ihn umschlangen. Was war schon die Erinnerung angesichts ihrer Gegenwart. Was musste er schon wissen über sich selbst, über Arane, wenn er wusste, dass er sie liebte?

Langsam legte Scapa die Hände um ihren Rücken.

## Die Grauen Krieger

Scapa schickte noch am selben Morgen seine Mitstreiter aus, um in allen Straßen den Sieg zu verkünden. Jeder Bewohner Kesselstadts sollte es wissen: Torrons Herrschaft war vorüber. Und der neue Name – *die* neuen Namen – lauteten Scapa und Arane.

Während die Jungen und Mädchen den Fuchsbau verließen, prachtvoll in die erbeuteten Hosen und Harnische gekleidet, versorgte ein kleiner Rest die Verwundeten und schickte sie zu einem Kräuterarzt, der sein Geschäft nicht weit vom Fuchsbau betrieb. Die Gefangenen blieben vorerst in den Kerkern des Fuchsbaus, da niemand so recht wusste, wohin mit ihnen. Vielleicht würde Scapa die freilassen, die um Vergebung baten – auch wenn Arane davon nichts hören wollte.

Auch die Toten mussten sie aus dem Fuchsbau schleppen. Auf Holzbahren wurden die gefallenen Jungen und Mädchen zu den Dächern des Fuchsbaus hinaufgetragen. Die Straßenkinder beobachteten, wie die Flammen die Toten fraßen und ihre Geister mit dem schwarzen Rauch dem Himmel entgegen stiegen. Die gefallenen Männer Torrons wurden auf einen Karren geworfen, den man am Morgen aufgetrieben hatte, und zur Brücke von Grejonn gebracht. Auf der »Straße der Henker« lehnte man die Toten einen neben den anderen gegen die Brückenpfosten, so wie Torron es angeblich einst mit den Bandenführern gemacht hatte, die von ihm aus dem Fuchsbau vertrieben worden waren. Kein Mann, keine Frau sagte etwas, als Torrons Leichnam auf das Pflaster sank. Und die Soldaten des Fürsten, die für gewöhnlich die Brücke von Grejonn auf und ab marschierten, waren an diesem Morgen gar nicht da.

Es war bereits Nachmittag, als Scapa und Arane jedem ihrer Gefährten seine Belohnung auszahlten. Großzügig wurde aus den Schatzkammern des Fuchsbaus verteilt; es gab neue Schuhe, kostbare Mäntel, Gürtelschnallen, sogar Haarnadeln, die natürlich vollkommen nutzlos waren – dazu kam eine Belohung aus den Speisekammern: Bohnen, Speck, Brot, Nüsse und sogar Feigen und Datteln wurden vergeben. Das Wichtigste aber war das Geld. Fünf Goldmünzen, sieben Silbermünzen und fünfzehn Kupfermünzen bekam jeder – keines der Straßenkinder hatte je so viel in der Hand gehalten.

Als jeder seine Bezahlung hatte, gab es ein Festessen in der größten Halle des Fuchsbaus. Zwar besaß sie keine Fenster, doch Torrons Männer hatten sich bereits bemüht, Kerzenleuchter und Fackeln an Decke und Wänden anzubringen, sodass alles wie in flackerndes Gold getaucht war. In der Halle befand sich auch eine Empore, zu der drei Steinstufen hinaufführten; auf dieser Empore ließ Scapa zwei hübsche, schwere Stühle aufstellen. Darauf würden er und Arane sitzen wie König und Königin.

Beim Essen herrschte so viel Freude, dass selbst Scapa, dessen Gesicht ansonsten verschlossen war, offen lachte und scherzte. Die Jungen und Mädchen aßen weit über ihren Hunger hinaus, schließlich gab es Pökelfleisch und Braten, mächtige Brotfladen, so groß wie die Brust eines Mannes, Käse, Obst und jegliche Art von Süßigkeiten. Dazu tranken sie literweise Honigwein und Milch; vor Übereifer mussten sich zwei Jungen und ein Mädchen übergeben. Das minderte aber nicht die ausgelassene Stimmung. Ja, selbst zwischen den Menschen und Elfen, die mitgekämpft hatten, bestand nichts als fröhliche Gemeinschaft, obwohl man sich zuvor streng gemieden hatte.

»Auf Scapa!«, rief Fesco und schwenkte schon wieder seinen Silberbecher. Er hatte zuviel Wein getrunken und war berauscht von Getränk und Sieg. »Der Herr aller Halunken und Gauner, Menschen und Elfen, Männer und Frauen! Der Herr von Kesselstadt!«

Das Hoch auf Scapa erntete grölende Zustimmung von allen Seiten. Fesco ließ sich auf seinen Stuhl zurückfallen und kippte sich den Becher über das halbe Gesicht.

»Auf Arane!«, fiel Fesco dann noch ein, Gesicht und Hals mit Milch übergossen, und schwenkte seinen leeren Kelch in die Höhe. Die Jungen und Mädchen trommelten mit den Fäusten auf den Tisch und applaudierten. Aranes Hand legte sich auf Scapas.

»Du bist ihr König!«, flüsterte sie ihm zu. Er sah ihr lächelnd ins Gesicht. »König und Königin, so wie wir es immer wollten! Scapa, wir haben es geschafft. Ich bin eine Königin!« Sie schlang einen Arm um seinen Nacken. »Und du bist ein König...«

In diesem Moment wurde die Hallentür aufgestoßen. Arane fuhr zusammen, auch ein paar andere erschraken und drehten sich, die Messer und Dolche bereits gezogen, zur Tür um. Aber da stand keine Meute wilder Banditen.

»Cev!« Scapa lehnte sich erleichtert wieder zurück. Er

hatte ein Bein über die Stuhllehne geschwungen und nippte an seinem Wein. »Hast du die Nachricht unseres Sieges schon verbreitet?«

Der Junge kam wortlos auf den Tisch zu. Kurz blieb er davor stehen, sein zerstreuter Blick wanderte über das wild durcheinander gestapelte Essen. Dann ging er um den Tisch und die Reihen der Jungen und Mädchen herum und stellte sich vor Scapa.

»Was ist los?« Scapa richtete sich auf. »Cev. Was ist passiert?«

Einen bangen Augenblick schweifte Cevs Blick durch die Halle. Der Junge schluckte. »Die Leute erzählen sich was«, sagte er leise. »Seit heute Morgen sprechen sie davon – alle, die Händler und die Wäscherinnen, die Elfen und die Wirte.«

»Wovon?« Scapas Augen wurden schmal. »Was erzählen sie sich, Cev?« Tausend Ängste und Befürchtungen bestürmten ihn auf einmal. Hatte Torron Verbündete außerhalb Kesselstadts, die sich nun rächen würden? Mischten sich die Soldaten des Fürsten in die Angelegenheit ein? Lauerte in einem fernen Winkel der Stadt eine verborgene Schar von Torrons Anhängern?

»Es, es gibt… da ist so ein… es gibt einen neuen König«, stammelte Cev schließlich.

»Von *Kesselstadt*?« Scapa runzelte verwirrt die Stirn.

»Na klar!«, schrie Fesco und deutete auf Scapa. »Da sitzt er!«

Die Straßenkinder lachten und applaudierten.

»Nein«, erwiderte Cev. »Ich meine – doch. Es gibt einen König, der über die Marschen von Korr gebietet und auch über Kesselstadt.«

Das allgemeine Lachen erstarb. Fragende Blicke wanderten herum.

»Was redest du da?«, fragte Fesco schon halb ärgerlich. »Die Marschen von Korr sind so riesig, dass… so riesig wie das Meer! Kein König hat jemals über die ganzen Marschen geherrscht. Jeder weiß doch, dass diese Dickwanste, diese Fürsten der einzelnen Städte über die Marschen von Korr gebieten.«

Cevs Lippen wurden schmal. Dann wandte er sich erneut an Scapa. »Ich habe es auch nicht geglaubt. Aber dann – ich habe sie gesehen. Sie waren da.«

»Wer war da?«, rief jemand.

»Die Krieger des Königs! Ich hab sie gesehen, sie – es heißt, der König hat sie ausgesandt, um den Fürsten von Kesselstadt zu töten. Er beherrscht ganz Korr und Kesselstadt und alle anderen Städte hat er auch erobert.«

Nun erhob sich ein junger Elf. Obwohl er nicht älter als die anderen sein konnte, war er bereits größer und hatte ein kantigeres Gesicht als jeder Menschenjunge.

»Kein König kann über die ganzen Marschen von Korr herrschen«, widersprach er kühl. »Mindestens ein Drittel vom Land gehört nämlich den Stämmen der Moorelfen.«

Cev starrte den Elfenjungen an, als sähe er einen Geist. »Das ist es ja... Die Krieger des Königs sind Moorelfen. Und der König ist ihr Kronenträger.«

»Was?«, stieß der Junge aus. Die anderen Elfen begannen wild in ihrer Sprache durcheinander zu rufen. Nach einigen Augenblicken schienen sie sich geeinigt zu haben und der Elf wandte sich mit würdevoller Miene an Cev: »Unmöglich. Kein König der Moorelfen würde je die Macht über *Land* gewinnen wollen. Der Träger *Elrysjars* ist stets ehrbar – sonst würde man ihm die Krone nicht überreichen. Du hast dich auf den Märkten verhört!«

»Verhört, sagst du? Und verguckt habe ich mich etwa auch, oder? Du hast ja keine Ahnung«, erwiderte Cev verächtlich. »Der Träger dieser Krone ist ein Mensch.«

Nun verwandelten sich die Elfenjungen tatsächlich in Gespenster: Binnen weniger Sekunden wich die Farbe aus ihren Gesichtern.

Cev fuhr sich mit der Zunge über die trockenen Lippen.

»Die Krieger ziehen durch die Straßen. Sie durchsuchen die Häuser und holen alle Moorelfen aus Kesselstadt. Ihnen folgen Männer, Frauen und Kinder und keiner wehrt sich. Nur die, die verstoßen oder verbannt sind, bleiben und versuchen die Krieger zu befragen, aber die schweigen wie Tote. Manche sagen, die Hälfte aller Elfen hat Kesselstadt schon verlassen.«

Scapa konnte keinen klaren Gedanken mehr fassen. Was war da los? Ausgerechnet jetzt, wo wahrlich genug in seinem Leben geschah, tauchte irgendein König auf! Die ganze Geschichte erschien ihm vollkommen absurd.

Er erhob sich. Auch Arane stand auf. Als sie losgingen, schlichen ihnen die anderen murmelnd aus der Halle und durch die Gänge des Fuchsbaus hinterher. Scapa lief die Turmtreppe Rundung um Rundung hinauf. Auf der Sonnenterrasse stützte er sich mit beiden Händen an eine Steinsäule und rang nach Luft.

Der Wind brauste ihnen kühl entgegen und brachte die Wassertropfen am Turmdach zum Zittern. Ihm war, als höre er im Wind verzerrte Schreie und Rufe. In den Straßen, die sich rings um sie erstreckten, wimmelte es vor grau gekleideten Gestalten. Sie liefen in Häusern ein und aus, waren überall, und hinter ihnen schritten, aufrecht und starr, Männer, Frauen und Kinder.

»Das sind sie«, flüsterte Cev. »Das sind die Grauen Krieger des neuen Königs.«

Eine Windböe heulte um den Turm und riss Scapa den neuen schwarzen Mantel zurück. Aranes Hand umschloss unbemerkt seine Finger.

Die Elfenjungen hinter ihnen verkrampften sich. Etwas hatte ihre Gesichter erfrieren lassen. Ohne ein Wort drehten sie sich um.

Die Straßenkinder beobachteten bleich vor Schreck, wie die Elfen die Sonnenterrasse verließen, hinabstiegen und aus dem Fuchsbau gingen, um sich den Grauen Kriegern anzuschließen.

Seltsame Dinge gingen in Kesselstadt vor sich. Dass der Fuchsbau in die Hände der Straßenkinder gefallen war, ging in der allgemeinen Panik vollkommen unter.

Denn die Moorelfen verschwanden reihenweise aus der Stadt. Einen Tag, nachdem die Grauen Krieger des Königs aufgetaucht waren, schienen ganze Stadtviertel wie ausgestorben. Märkte waren nicht mehr da, Häuser standen plötzlich leer. Schausteller, Akrobaten und Flötenspieler entschwanden aus den Straßen, und mit ihnen der Rauchgeruch der elfischen Pfeifen und das Rufen in einer Sprache, die die Menschen nie verstanden hatten. Die Moorelfen, die verbannt waren und darum nicht mehr der Macht ihres Königs unterstanden, verließen Kesselstadt ebenfalls in Scharen; Angst und schreckliche Gerüchte gingen um, man munkelte nämlich, dass bald auch die Verstoßenen von den Grauen Kriegern geholt würden.

Je weniger Moorelfen in Kesselstadt zurückblieben, desto zahlreicher schienen die grau gekleideten Krieger des Königs zu werden. Sie bewegten sich starr und langsam wie in einem merkwürdigen Rausch. Manche behaupteten, die Krieger könnten nicht sprechen, aber Scapa wusste, dass das nicht stimmte. Er hatte sie einmal sprechen gehört, in der raschen Sprache ihres Volkes, knapp und seltsam gehetzt, als fürchteten sie etwas.

Die Gerüchteküche brodelte. Man erzählte sich hinter vorgehaltener Hand, der Fürst sei längst tot und Kesselstadt in der Hand des geheimnisvollen Königs: Auf Marktplätzen hielten Gesandte der Freien Elfen Reden und versuchten den wenigen Moorelfen, die in Kesselstadt verblieben waren, Mut zu machen.

»Eure Brüder«, rief einer, »sind bei euch! Die Krone *Elyor* der Freien Elfen ist in das magische Messer verwandelt worden, das den unverwundbaren Träger *Elrysjars* töten kann! Die Freien Elfen der Dunklen Wälder werden bald einschreiten! Kein Mensch wird unser Volk zugrunde richten!«

Der Gesandte der Freien Elfen predigte weiter, bis eine Schar Grauer Krieger kam. Die Zuhörer rannten erschrocken davon, als sie den Gesandten von seinem Podest zerrten.

»Wo bringen sie ihn hin?«, fragte Arane leise.

Ein Moorelf stand mit erschrockenen Augen neben ihnen und rührte sich nicht. »Das, das muss der König sein! Er will das magische Messer finden und zerstören... Unser Volk ist dem Untergang geweiht. Wir gehen unter. Wir verschwinden vom Gesicht der Welt...«

Als der Elf zu weinen begann, liefen Scapa und Arane fort. Womöglich würden sie den Redner bald auf der Brücke von Grejonn wiedersehen – oder besser gesagt, seinen Kopf. Aber in diesen Tagen verschwanden Männer und Frauen auch spurlos, und nicht einmal der Tod war mehr gewiss.

Allmählich glaubten Scapa und Arane, dass der Fürst beseitigt worden war. Seine Soldaten hatten sich aufgelöst. Für Recht und Ordnung sorgten nun die Grauen Krieger des geheimnisvollen Königs, und zwar noch weniger als die Soldaten zuvor, die wenigstens mit Geld zu kaufen gewesen waren.

Das alles hatte auch auf die Unterwelt Kesselstadts Auswirkungen. Jetzt war es an den Menschen, die Geschäfte der verschwundenen Moorelfen zu übernehmen und weiterzuführen, und um diese Anrechte wurde bitter gekämpft. Es kam zu Straßenschlachten, Meuterei und Überfällen. Die letzten Moorelfen, die in Kesselstadt geblieben waren, wurden Opfer hass- und neiderfüllter Menschen – schließlich gab es jetzt niemanden mehr, der einen getöteten »Schlammfresser« rächen würde. Das mächtige Imperium der elfischen Hehler zerfiel und wurde in Trümmerstücken von den Menschen übernommen.

Scapa und Arane sahen hilflos zu, wie die Stadt vor ihren Augen im Chaos versank.

## Die Vision

Es gibt keine Hoffnung mehr. Früher hatten die Banden die Herrschaft in Kesselstadt. Jetzt fürchtet man nicht mehr den mächtigsten Mann der Stadt, sondern die Grauen Krieger eines Königs, dessen Vergangenheit und Name niemand kennt. Wir wären Fürsten geworden. Die Fürsten von Kesselstadt... Aber jetzt... Ich bin keine Fürstin.«

Arane hielt einen bangen Augenblick den Atem an. Wie Scapa neben ihr blickte sie zum dunklen Baldachin auf, der sich über ihr Bett spannte. Es war beinahe finster, nur durch einen schmalen Türspalt drang der matte Schein einer Fackel. Augenblicke der Stille verstrichen, während sie in den kostbaren Decken und Kissen versunken lagen wie in einem Meer aus Stoff.

Jetzt, da ihnen der gesamte Fuchsbau gehörte, mussten sie sich natürlich kein Zimmer mehr teilen, und schon gar kein Bett. Aber es war die Gewohnheit, neben jemandem einzuschlafen, Scapas leises Atmen zu hören, die Arane immer wieder zu ihm führte. Nachts, wenn alle Bewohner des Fuchsbaus schliefen, konnte Scapa sich sicher sein, bald das Trappeln von Füßen auf dem Steinflur zu vernehmen. Dann das Knarren seiner Zimmertür, die sich einen Spalt öffnete, gerade weit genug, dass Arane hindurchschlüpfen konnte. Er würde merken, wie die Matratze unter ihm nachgab, da ein vorsichtiges Knie im Bett aufsetzte. Die Decken würden rascheln und schon schlänge sich ein Arm um seine Brust. Er würde ein Flüstern hören, *Scapa*, und dann, nach einer Weile, den ruhigen Atem einer Schlafenden. Und wie froh war er, dass es so geblieben war – sonst würde er sich verloren und allein in dem Bett mit der feinen Wäsche fühlen.

Auch jetzt lag Arane neben ihm wie in so vielen Nächten schon, ihre Locken kitzelten ihn am Hals und ihr Arm ruhte, warm und vertraut, neben dem seinen. Das alles milderte die

Beklommenheit, die schon seit Nächten das große Bett mit ihnen teilte.

»Hier gibt es keine Hoffnung mehr, unsere Träume zu erfüllen, Scapa. Einfluss, das ist nur noch ein leeres Wort, gestohlen von diesem furchtbaren König –« Sie legte den Kopf an seine Schulter und seufzte.

»Du hast doch immer gesagt, am liebsten sei es dir, Kesselstadt gehöre allein den Menschen und die Elfen wären allesamt fort. Das ist ja nun wahr geworden.«

Trotz der Dunkelheit war Scapa sich sicher, dass Arane ihm einen wütenden Blick zuwarf. »Willst du mich provozieren? Es geht hier nicht um die verflixten Elfen – es geht um das, was der neue König *uns* weggenommen hat: die Macht über Kesselstadt!«

Scapa fasste ihre Hände und drückte sie, so fest er konnte. »Arane! Bist du total übergeschnappt? Sieh dich doch um: Wir haben alles, was wir uns erträumen konnten! Du liegst in einem Bett mit weißen Laken und Samtkissen. Du hast fünf verschiedene Schuhpaare und uns gehört ein ganzes Haus! Hast du vergessen, wo wir herkommen? Hast du vergessen, dass wir vor drei Wochen noch auf der Straße waren? Was willst du mehr als das, was wir schon haben?«

»Ich will, was uns zusteht!« Ihre Hände waren zu Fäusten geballt. »Kesselstadt sollte uns gehören, uns allein! Die Grauen Krieger und der König, sie alle müssen verschwinden!«

Scapa ließ ihre Hände los. »Tut mir Leid, den Wunsch kann ich dir nicht erfüllen.«

Nach einigen Augenblicken ließ Arane sich zurück in die Kissen sinken. »Nein. Das kannst du nicht.« Sie atmete tief aus und klang dabei so erschöpft, dass Scapa elend zumute wurde. Selbst wenn er im Recht zu sein schien, schaffte sie es immer irgendwie, dass er sich schuldig fühlte.

»Weißt du«, flüsterte er, »manchmal denke ich, du suchst irgendetwas… Aber du sagst mir nicht, was es ist! Als hättest du ein Geheimnis, von dem ich nicht erfahren darf.« Er drehte sich auf die Seite und betrachtete die dunklen Umrisse ihrer Gestalt. »Arane, was willst du? Was willst du bloß? Der Fuchsbau gehört uns. Die Grauen Krieger und dieser Elfenkönig haben nichts mit uns zu tun, schon gar nicht mit unseren Träumen. Du *bist* eine Königin, Arane! Du lebst zumindest wie eine. Dreimal täglich Essen, verflucht! Kamine, Speisehallen, ein Turm! Sag mir, wieso du trotzdem so bist. So... unzufrieden.«

Arane schmiegte sich an Scapa und schloss die Arme um ihn, als müsse sie ihn vor der Finsternis des Zimmers beschützen. Er verstand es nicht. Er verstand gar nichts! Er konnte ihre Gedanken und ihre Worte wiederholen, ja, aber er *fühlte* sie nicht wie sie. Scapa wollte das Glück. Aber sie, Arane, wollte noch viel mehr – sie wollte das, worauf es ihr wirklich ankam...

»Ich verheimliche dir nichts, Scapa«, flüsterte sie und schloss die Augen. Arane drückte ihn fest, fast als fürchte sie, er könne aufstehen und fortgehen. »Ich will nur niemals etwas verlieren. Ich will immer mehr. Das heißt es doch, zu leben.«

Scapa träumte in dieser Nacht. Es war einer jener Träume, die sich ganz und gar echt anfühlen und bei denen man nicht das geringste Bewusstsein dafür hat, dass man schläft.

*Scapa rennt durch tiefe Moore. Klauenartige Äste und Sumpfgewächs greifen nach ihm, aber er kann nicht anhalten. Er rennt mit wachsender Angst. Die Nebel werden immer dichter, rauben ihm die Sicht und machen seine Glieder schwer. Unendlich langsam kommt er voran und schwitzt dabei vor Anstrengung, bis ihm Rinnsäle den Rücken hinablaufen. Aber er ist nicht allein. Da läuft jemand neben ihm, ein vertrauter Schatten, der ihn liebt und kennt und doch nicht versteht. Arane ist es nicht.*

*Da lichten sich die flimmernden Nebel und reißen auf wie Vorhänge. Unter ihm ragt ein mächtiges Gebäude aus der*

*Erde, wie eine Pfeilspitze sieht es aus. Und plötzlich steht Arane neben ihm. Das riesige Bauwerk schrumpft und schrumpft, bis es in Aranes ausgestreckte Hand passt. Es ist ein Steinsplitter. Ein Messer. Scapa gibt Arane den Arm, obwohl er es nicht möchte; er muss. Sie ergreift seinen Arm, hebt das Messer und schlitzt ihm die Pulsadern auf. Als das Messer sein Blut berührt, schmilzt es fort. Er will schreien, aber kein Laut kommt ihm über die Lippen.*

*»Jetzt sind wir frei«, haucht Arane.*

Scapa blinzelte. Ockergelbes Sonnenlicht strömte durch die Fenster und tastete sich mit schmalen Fingern durch den Bettvorhang. Verwirrt richtete er sich auf. Sein Hemd war durchgeschwitzt. Seine Zunge klebte trocken am Gaumen.

»Arane«, murmelte er rau. »Ich, ich habe geträumt, von dir und mir, und du hast –« Erst jetzt merkte er, dass er allein im Bett lag.

Er stand auf. Eilig schlüpfte er in Hose und Wams und in seine weichen Stoffschuhe. Dann lief er aus dem Zimmer und die Wendeltreppe zum Turm hinauf.

Arane stand wie erwartet auf der Terrasse und blickte dem Sonnenlicht entgegen, das die Hausdächer überflutete, weil es bereits Mittagszeit war. Die Geräusche der Stadt waren erwacht, es klapperte und klirrte, Stimmen und Hundegebell kamen von überall, doch das alles klang nicht mehr wie früher. Seit dem Erscheinen der Grauen Krieger schien die Stadt um einiges leiser geworden zu sein, die Straßen wirkten lebloser – vielleicht, weil es weniger Obdachlose gab. Jetzt suchten sie alle in den leer stehenden Häusern Schutz vor der Sommerhitze.

Scapa lehnte sich gegenüber von Arane an eine Steinsäule und verschränkte die Arme. Blinzelnd blickte er auf die Stadt. Die gelben Hausdächer flimmerten in der Hitze, Wäscheleinen, die sich von Wand zu Wand spannten, leuchteten im Licht wie Spinnenfäden.

»Arane, ich muss dir etwas erzählen. Heute Nacht –«

»Ich habe einen Traum gehabt«, unterbrach ihn Arane. Ein merkwürdiges Lächeln lag auf ihrem Gesicht. »Eine… Vision.«

Er starrte sie groß an. Mittlerweile hatte Scapa schon so manche Eigenheit ihres Wesens kennen gelernt. Aber Visionen kamen selbst bei Arane äußerst selten vor. Er überwand sich, seinen eigenen Traum beiseite zu schieben und erst ihr zuzuhören.

»Wovon?«, erkundigte er sich, ihrer Erwartung gemäß.

Ihr rätselhaftes Lächeln wurde breiter. »Du hast doch von diesem magischen Messer gehört, das den unverwundbaren König töten kann?«

Scapa nickte langsam.

»Und es heißt doch, dass der König alles daran setzt, dieses Messer zu finden und zu zerstören, weil es ihn töten kann.«

Scapa starrte sie dunkel an. »Wenn du mir jetzt sagen möchtest, dass du den König töten willst, bist du wirklich übergeschnappt.«

»Nein, du Dummkopf!« Arane blinzelte ihm schelmisch zu. »Ich weiß nur, wo das Messer ist.«

»Woher?«, fragte Scapa verblüfft.

»Hab ich doch gesagt – meine Vision.«

»Und… wo ist dieses Messer?«

Arane lachte und wandte sich der Treppe zu. Eiligen Schrittes verließ sie die Terrasse und rief zu Scapa zurück: »Nicht dir – den Grauen Kriegern muss ich es sagen!«

»*Was?*«

Scapa stolperte ihr nach. Er musste sich verhört haben. Hatte sie den Verstand verloren? Arane hatte keine Vision gehabt – sondern eine Gehirnerschütterung!

»Arane, warte – Moment mal!«

Aber Arane lief fest entschlossen die Treppe hinab und durch die Gänge des Fuchsbaus. Selbst als sie draußen auf der Straße angekommen waren, ging sie nicht langsamer.

»Bist du lebensmüde?« Scapa hielt sie am Arm fest. »Wer weiß, was diese hypnotisierten Moorelfen dann mit dir machen! Wieso willst du dich überhaupt mit ihnen anlegen? Nur wegen eines Traums!«

»Einer Vision«, verbesserte Arane ihn und lief weiter. »Ich will dir was sagen, Scapa. Für nichts gebe ich auch nichts. Wenn ich den Grauen Kriegern und ihrem König verrate, wo sie das Messer finden, dann will ich dafür ein Tauschgeschäft machen. Der König kann sicher sein, dass er unbesiegbar bleibt, wenn er das Messer hat. Und wir...« Sie strahlte ihn an. »Wir schließen einen Pakt mit seinen Kriegern! Wen wir nicht besiegen können, müssen wir auf unsere Seite holen, und das tun wir auch. Fortan bekommt jeder Schwierigkeiten mit den Grauen Kriegern, der nicht tut, was wir wollen, weil die ab jetzt auch *unsere* Krieger sind. Und dann – dann haben wir wirklich die Macht über Kesselstadt errungen.«

Scapa verzog das Gesicht. »Du willst die Grauen Krieger und den König mit einer Vision bestechen? Das gefällt mir nicht. Es gefällt mir nicht, mit diesen Moorelfen zu verhandeln. Die sind doch alle – gar nicht *lebendig*!«

»Quicklebendigen Elfen habe ich sowieso nie getraut.«

Sie liefen geradewegs in Richtung Soldatenwache. Dort war seit kurzem der Hauptsitz der Grauen Krieger.

»Ich hatte auch einen Traum!« Scapa schwenkte die Arme. »Deshalb renne ich aber nicht gleich zu den Grauen Kriegern!«

»Du hast Träume, Scapa. Ich habe Visionen«, sagte Arane.

Die Straßen kamen ihnen wie ausgestorben vor. Leer und kahl wirkte alles ohne die magischen Elfenzauberer, die Musiker, die rauchenden Händler! Wie sehr hatte Kesselstadt sich binnen weniger Wochen verändert...

Arane und Scapa blieben an einer Hausecke vor dem Wachhaus stehen. Es war ein viereckiger, schmuddeliger Klotz, aber im Vergleich zu den anderen Häusern war es wahrscheinlich das einzige solide Gebäude der Stadt – das einzige, das nicht früher oder später zusammenbrechen würde.

Arane drehte sich zu Scapa um. Ihr Blick glitt einen Moment über sein Gesicht, als wolle sie es sich noch einmal besonders gut einprägen. Bei diesem Gedanken wurde Scapa nur noch unruhiger.

»Warte hier«, sagte sie. »Ich komme bald zurück. Und dann sind wir wirklich die Herrscher Kesselstadts.«

Sie lächelte, Scapa gelang nur ein knappes Mundzucken. Dann drehte sie sich um – und Scapa hielt sie noch einmal am Handgelenk zurück. »Hattest du wirklich eine Vision?«

Sie sah ihn lange an. Dann beugte sie sich mit einem eindringlichen Blick zu ihm vor. »Ohne Visionen wäre ich längst tot«, flüsterte sie. Entschlossen machte sie sich von ihm los. »Bis dann. Und warte auf mich!«

Mit einem flauen Gefühl beobachtete Scapa, wie Arane über die Straße ging, vor den Wächtern des Hauses stehen blieb und eingelassen wurde. Das hohe Eisengitter schloss sich hinter ihr. Scapa lehnte sich gegen die Hauswand, verschränkte die Arme und wartete.

Es war brütend heiß. Ausgerechnet hier gab es kein Fleckchen Schatten, in dem Scapa sich hätte niedersetzen können. Das flimmernde Sonnenlicht brannte ihm auf Schultern und Nacken. Sein dunkles Haar begann zu glühen, Scapa zerstrubbelte es sich mit den Händen. Verfluchte Hitze!

Allmählich wurde er durstig. Er kannte einen Brunnen nicht weit von hier, wo er etwas trinken und außerdem den Kopf ins kalte Wasser tauchen konnte – aber er geduldete sich noch eine Weile. Vielleicht kam Arane bald zurück und dann konnten sie gemeinsam zum Brunnen gehen.

Arane kam nicht. Menschen liefen an Scapa vorbei: ein Händler mit einem Ziehkarren, drei alte, gemütlich bummelnde Frauen, eine Schar Kinder.

Scapa warf einen Blick zum Wachhaus hinüber. Wo blieb Arane? Zweifel und dunkle Ahnungen überfielen ihn. Und das nicht nur, weil Wachhäuser und Gittertüren ohnehin eine beklemmende Wirkung auf ihn hatten. Ja, immer deutlicher erkannte er, dass sie einen Fehler gemacht hatten. Den Grauen Kriegern konnte man nicht über den Weg trauen und jetzt war Arane ihnen schutzlos ausgeliefert! Scapa fuhr sich nervös mit den Händen über das Gesicht. Ihm war schummrig vor Hitze.

Bald hielt er es nicht mehr aus. Er lief zum Brunnen, und sobald sein Durst gelöscht war, hetzte er wieder zurück. Die Haare kitzelten ihn angenehm kalt im Nacken, denn er hatte den Kopf tatsächlich in einen Wassereimer gesteckt. Wenn er jetzt noch einmal Durst bekam, würde er einfach das Wasser aus einer Haarsträhne saugen.

Arane war noch nicht zurückgekommen. Wie spät mochte es sein? Scapa blieb gegen die Hauswand gelehnt stehen. Als seine Füße zu schmerzen begannen, ließ er sich auf den Boden sinken.

Sein Hunger machte sich bald bemerkbar. Aber Arane konnte schließlich jeden Augenblick wiederkommen – es sei denn, ihre Vision war eine Stunden umfassende Geschichte. Und das schien Scapa, während die Zeit verging, immer wahrscheinlicher.

Der Himmel begann sich rot zu färben. Scapa hockte matt auf dem Boden. Seine Haare waren inzwischen wieder getrocknet. Ein zerbröckelter Ziegelstein begann neben ihm längere Schatten zu werfen.

Wo blieb Arane bloß?

Scapas Befürchtungen reiften zur Gewissheit heran. Er war sich jetzt sicher, dass etwas nicht stimmte. Als die Sonne unterging, stand er auf und lief zum Haus. Er verlangte Einlass, aber die Wache haltenden Moorelfen beachteten ihn überhaupt nicht; ihre Blicke schienen durch ihn hindurch zu gehen. Scapa schrie sie laut an. Aber erst, als er an dem Eisengitter zu rütteln begann und Aranes Namen rief, zerrten die Grauen Krieger ihn zurück und schubsten ihn auf die Straße.

Jetzt wusste Scapa, dass etwas nicht stimmte. Panik brach in ihm aus.

»Arane!«, schrie er. »Arane!«

Er lief wieder auf das Wachhaus zu, schlug nach den Kriegern und versuchte über das Tor zu klettern – aber alles blieb vergebens. Als einer der beiden Moorelfen ihm einen Faustschlag ins Gesicht versetzte, fiel Scapa zu Boden und blieb reglos liegen.

Der Schmerz des Schlags pochte in seinem Wangenknochen. Bittere Tränen rollten ihm die Nasenspitze herab, aber es waren keine Schmerzenstränen. Er weinte, weil er es jetzt wusste: Man würde Arane nicht wieder gehen lassen. Arane würde nicht zurückkehren.

Er hatte sie gehen lassen, hatte sie direkt in die Fänge der Grauen Krieger laufen lassen. Es war so absurd, so unvorstellbar, dass er sie tatsächlich verloren hatte – aber doch spürte er, dass es stimmte. Was hatte sie nur getan? Was hatte sie sich gedacht! Nur aus Ehrgeiz und wegen einer unüberlegten Idee hatte sie ihr Leben verwirkt! Und Scapas gleich dazu…

Die Sonne ging unter. Blutrot schimmerten einzelne Wolkenfetzen am Himmel. Der Geräusche der Stadt wurden lauter und klangen dabei so fremd wie nie zuvor. Jahre schienen vergangen zu sein; Jahre schien Scapa im gelben Staub zu liegen, am Straßenrand vor dem Wachhaus.

Schließlich kam er wieder auf die Beine. Unruhig lief er vor dem groben Hausklotz auf und ab, beobachtete die reglosen Wachen und rief immer wieder nach Arane.

Es dämmerte, als die Tore sich endlich öffneten.

Scapa spürte, wie ihm das Herz sank.

»Arane!«

Sie schritt inmitten eines Elfentrupps. Mindestens acht Graue Krieger gingen neben, vor und hinter ihr und umschlossen sie wie lebendige Mauern. Scapa rannte dem Trupp entgegen und erhaschte einen Blick von Arane. Tränen glänzten in ihren Augen.

Scapa blieb ruckartig stehen. Arane hob die Hände, um ihm zu zeigen, dass sie gefesselt war.

*Nein*, dachte er. *Nein, nein, nein.* Das war das einzige Wort, das er finden konnte. »NEIN!« Er stürzte auf sie zu. Die Wachen stellten sich ihm in den Weg, doch nun brauchte es mehr, um Scapa aufzuhalten. Drei der Grauen Krieger, die neben Arane geschritten waren, warfen sich auf ihn und packten ihn wie mit eisernen Klauen.

»Scapa!« Er hörte Arane im Hintergrund schreien. Er versuchte sich loszureißen, trat und biss und boxte um sich, aber die Wachen rangen ihn nieder.

*»Scapa! Tu es nicht! Versuche es nicht – versuche es nicht!«*

Schließlich schlug ihm eine Faust in den Magen. Eine zweite traf ihn auf die Wange.

*»Scapa! Lasst ihn in Ruhe! Nein!«*

Scapa schwanden die Sinne. Der Schmerz der Schläge und Tritte ließ nach, als er auf den Boden fiel. Aber die Verzweiflung… Die Verzweiflung folgte ihm bis in die Bewusstlosigkeit. Arane war fort.

Für immer.

## Das Ende der Legende

Scapa erwachte in irgendeiner abgelegenen Gasse, als die Nacht fast vorüber war. An seinen Handgelenken waren blaue und grüne Abdrücke von den Kriegern, die ihn hergeschleift hatten. Er schmeckte Blut im Mund. Langsam stand er auf. Sandstaub rieselte ihm aus den Haaren. Zwischen den engen Häusern war vom Himmel nur ein Spalt zu sehen. Die Sterne leuchteten blass in der dünner werdenden Dunkelheit.

Scapa ging. Er wusste nicht, wohin seine Füße ihn trugen. Er schlich durch die stille, schlafende Stadt und erreichte den

Fuchsbau, als das erste Morgenlicht auf die Ruinen fiel. Er betrat seine Zimmer, aber sie waren alle leer. Wie stumme Gesichter sahen sie ihn an, wie Bilder aus der Vergangenheit, die sich nicht bewegen konnten. Alles lag so unberührt vor ihm, als habe ohne ihn die Zeit im Fuchsbau stillgestanden. Arane war nicht da.

Sie war auch nicht vor dem Wachhaus, als Scapa erneut hinüberschlich. Unbewegt hockte das klotzige Gebäude da, während der Tag aufzog, und stierte ihn aus seinen Fensterschlitzen an. Es war, als sei hier nie etwas geschehen, nur der staubige Boden zeigte noch die Fußspuren von gestern. Nichts deutete darauf hin, dass Arane verschleppt worden war. Nichts darauf, dass sie je existiert hatte.

Scapa wurde zum Geist.

Arane, Arane – das war alles, woran er denken konnte. Tage und Nächte verbrachte er vor dem Wachhaus, lief auf und ab und betete, sie möge wieder auftauchen. Doch je länger er wartete, desto sicherer wurde er sich, dass sie niemals zurückkehren würde.

Irgendwann rang er sich dazu durch, die Brücke von Grejonn aufzusuchen. Wie ein geprügelter Hund schlich er an den toten Verbrechern vorbei, suchte mit dem Blick die aufgestellten Köpfe ab, war bei jedem fremden Gesicht erleichtert, dass es nicht Arane war, und verzweifelt, weil er von ihr nichts finden konnte.

Scapa befragte die Straßenkinder, die Wäscherinnen, die Wirte und Händler und Diebe. Doch wer bemerkte schon das Verschwinden eines Mädchens von der Straße, jetzt, während die Bandenkriege wüteten und die Grauen Krieger Tausende verschleppten und ermordeten? Aranes Name ging unter in den Wirren der aufschäumenden Stadt.

Scapa gab sie noch nicht auf. Er durchsuchte die finstersten Winkel von Kesselstadt, fischte in den übel riechendsten Kanälen, und je wahnsinniger er nach Arane suchte, desto öfter stieß er auf den Tod. Der Tod umgab ihn. Er folgte ihm wie ein Schatten, sein fauligsüßer Atem brannte sich in seine Nase. Aber Arane fand er nirgends, keinen Hinweis auf sie, keinen Stofffetzen von ihr, kein einziges Zeichen.

Wenn Scapa schlaflos durch den Fuchsbau strich, stellte er sich vor, was mit ihr geschah. Grässliche Bilder und Visionen trieben ihn um, sodass er vor Verzweiflung gegen die Wände schlug und alles auf der Welt, sich selbst und die Grauen Krieger zu hassen begann.

Lange stand er in der großen Halle des Fuchsbaus und starrte die beiden Stühle auf der Empore an, auf denen er nie wieder mit Arane sitzen würde. Er hörte kaum, wie Fesco sich näherte.

»Scapa?«, fragte Fesco leise.

Er regte sich nicht.

»Scapa... Scapa!«

Scapa warf ihm einen glühenden Blick über die Schulter zu. Fesco erschrak sichtlich, als er seinem Freund ins Gesicht sah, und wäre fast einen Schritt zurückgestolpert. »Was?«, zischte Scapa.

Fesco musste angesichts von Scapas rot umränderten Augen und seinem bleichen Gesicht schwer schlucken. »Scapa... was geschieht bloß mit dir?«, flüsterte er.

»Was geschieht mit mir?«, wiederholte Scapa dumpf. Geschehen – was war schon geschehen? Arane war verschwunden. Nichts sonst. Nichts hatte sich verändert. Noch verhöhnte das Leben die Menschen, die so armselig um ihr Glück strampelten. Verhöhnte ihn, Scapa... Wut packte ihn, die letzte verzweifelte Wut, die in ihm steckte.

»Es ist *nichts* geschehen! Die Sonne scheint noch und der Mond leuchtet in der Nacht! Und die Menschen schreien auf den Straßen – hörst du sie denn nicht?« Er rannte auf die Wand der Halle zu und begann mit dem Ellbogen gegen die alten Steine zu schlagen. Die Mauer begann zu bröckeln.

»Scapa... nicht!«

Dunstige Sonnenstrahlen drangen durch die Dunkelheit. Scapa wich mit zusammengekniffenen Augen zurück und hustete im aufwirbelnden Staub. Ohne auf Fesco zu achten, lief Scapa auf die Empore zu.

»Gar nichts!«, brüllte er. »Es ist nie was gewesen! Es gab nie was!«

Er packte einen der Stühle und warf ihn von der Empore. Das Holz prallte auf, ein Stuhlbein brach ab. Als er das heisere Wimmern nicht mehr zurückhalten konnte, sank Scapa zu Boden und presste die Handballen gegen seine Augen.

»Was soll ich tun?«, schluchzte Fesco. »Scapa… was soll ich denn machen?«

»Geht alle. Macht, was ihr immer gemacht habt. Raubt und klaut und stehlt und besticht und lebt euer dreckiges Elend. MACHT SCHON!«

Fesco rannte aus der Halle. Das war das Ende, erkannte er. Das Ende von Arane, ganz sicher, und von Scapa ebenfalls. Die große Legende vom Dieb und der Straßenprinzessin war vorbei.

Es dauerte nicht lange, da hatten die Waschweiber sie vergessen.

Die Tage verstrichen, die Wochen, die Monate. Scapa war nun überzeugt, dass Arane den Tod gefunden hatte. Bestimmt wollte der geheimnisvolle König verhindern, dass jemand das Messer fand, das ihn bedrohte, und er hatte Arane aus Furcht vor ihrer Vision töten lassen. Anfangs schien Scapa Aranes Tod unvorstellbar – viel zu deutlich konnte er ihr Gesicht vor sich sehen und ihre Stimme hören, ihr Lachen, und sich die Bewegungen ihrer Hände in Erinnerung rufen. Vielleicht begann er schließlich trotz alldem an ihren Tod zu glauben, weil es noch viel unvorstellbarer war, dass sie an einem fernen Ort ohne ihn weiterlebte.

Dann wurde ihr Gesicht in seiner Erinnerung immer durchsichtiger. Ihre Augen wurden heller, bis sie nur noch weiße Lichtflecken waren, wie Sterne, die über Scapa wachten und doch weiter weg waren als jeder Traum.

Allmählich vergaß man Aranes Verschwinden. Die Straßenkinder stahlen und raubten, wie sie es immer getan hatten, und brachten ihre Beute in die Schatzkammern ihres Herrn, als hätten sie auch das schon immer getan. Es war, als hätte es nie etwas anderes gegeben, weder einen Torron, noch ein Kesselstadt ohne die Grauen Krieger, noch eine Arane und ihren Scapa... Denn auch Scapa war verschwunden. An seine Stelle war ein fremder Anführer getreten. Er wachte finster und schweigsam in der großen Halle des Fuchsbaus, saß auf seinem Thron aus Eichenholz und Eisen und gebot über die Scharen seiner Diebe. Sein Gesicht war eine Maske. Nur manchmal, wenn jemand seinen Namen sagte, schnell, leise, versehentlich – *Scapa* – dann schien ein fernes Licht durch seine dunklen Augen zu wandern.

Die Einsamkeit wurde ein Teil von Scapas Leben. Und als die Zeit verstrich, als die Sommer und die Winter kamen und vergingen und wieder kamen, nistete sie sich tief in seinem Herzen ein.

So fand die Legende von Scapa, dem Dieb, ihr Ende.

ZWEITES BUCH

# Das Dornenmädchen

# Der Fund

*So findet deine Geschichte einen Anfang…*

Nill sank mit einem leisen Seufzen ins Moos. Hundert Stimmen hauchten ihr aus den Kronen der Bäume zu.

*Etwas wird passieren, ein Anfang.*

*Deine Geschichte, dein Leben.*

*Nill….*

Sie öffnete die Augen und blinzelte. Über ihr rauschten die Pinien und Buchen. Dahinter funkelte Sonnenlicht, tanzte in flimmernden Punkten über ihr Gesicht. Sie lächelte, weil sie das Grün und das Licht so liebte, weil es schön war und weil auch sie sich in diesem Moment schön fühlen durfte – auch wenn sie wusste, dass sie es nicht wirklich war. Ihre Nase war zu kantig, ihre Augen waren zu grün, zu merkwürdig, um den Vorstellungen der Menschen zu entsprechen, und ihre dichten, struppigen Haare fielen ihr unordentlich über die Schultern. Das Schlimmste aber war nicht, dass ihre Haare so widerspenstig waren, sondern dass sie grün schimmerten. Das war eine Eigenart, die Nill schon mit allen erdenklichen Mitteln zu vertuschen versucht hatte: mit scharf riechenden Ölen, Kräutersud, Baumharzgemischen und sogar eingeriebener Asche. Nichts davon half.

Doch nun war es Nill egal, dass ihre Haare im Sonnenlicht so grün schimmerten wie das Moos unter ihr. Sie lauschte dem Knarren der alten Bäume, dem Fispeln der Blätter.

Etwas wird passieren, dachte sie. Heute ist ein besonderer Tag.

Eine Weile spielte sie mit dem Gedanken, ihr Leben könnte aufregend werden, aber in diesem Augenblick war keiner ihrer Wünsche größer als der, einfach nichts zu tun. Könnte sie doch für immer so liegen bleiben, mitten im Wald und eins mit dem Licht!

Nill reckte die Arme in die Höhe und beobachtete, wie die Sonne ihre Hand umfloss. Wie ein goldenes Band zog es sich um ihre Finger. Dann ließ sie die Arme hinter den Kopf sinken und atmete tief ein. Es roch nach Moos und Baumharz und der Wärme eines endenden Sommertages.

»Nill!«, hallte es durch den Wald. Und lauter: »NIIILL!«

Nill fuhr zusammen. Binnen eines Wimpernschlags war sie aufgesprungen, ihre Träume und das Sonnenlicht und alle Zukunftsgedanken waren zerstoben. Hastig ergriff sie die beiden Wassereimer, die an den Wurzeln einer Zeder standen, und lief los.

Sie hätte nicht so lange trödeln dürfen. Vor einer halben Stunde war sie losgegangen, um Wasser vom nahen Fluss zu holen, und sie hätte schon lange wieder zurück sein müssen.

»NILL!«

Nills Herz zog sich zusammen. Eilig lief sie über Moos und Wurzeln und Gestein, bedacht, dabei das Wasser nicht zu verschütten.

*»NIILL!«*

»Ich komme!«, japste sie, sprang über Steine und einen umgestürzten Baumstamm, wich dem Dornengestrüpp aus, das zwei verschlungene Eichen umwucherte, und duckte sich unter den Zweigen der Fichten hindurch. Plötzlich blieb ihr Fuß unter einer Wurzel stecken. Sie stieß einen verblüfften Schrei aus, die Eimer rutschten ihr aus den Händen. Kaltes Wasser ergoss sich über ihren Rock, als sie auf die Knie fiel. Aber noch bevor sie einen Laut von sich geben konnte, erklang ein seltsames Rumpeln. Stöhnend drehte sie sich um.

Die Wurzel, über die sie gestolpert war, hatte sich aus dem Boden erhoben: Tatsächlich, Erdklumpen und Steinchen rieselten von ihr herab! Aber das seltsame Grummeln kam nicht von der Wurzel. Sondern aus der Birke vor Nill.

Erschrocken und auf allen Vieren wich sie vor dem grollenden Baum zurück. Blätter und kleine Zweige segelten herab und fielen auf Nills Kopf. Mit einem Knarren öffnete sich die weiß- und schwarzscheckige Rinde des Stammes. Der Riss wuchs und wuchs wie von Zauberhand, bis sich die Birke in ihrer Mitte zu einem finsteren Schlitz gespalten hatte. Dann erst verebbte das Ächzen des Holzes; nur ein leises Rumoren, kaum hörbar, hallte in die Tiefen der hohlen Birke zurück.

Nill hatte sich von ihrem ersten Schrecken erholt. Mit klopfendem Herzen starrte sie auf den Baum, der sich vor ihr geöffnet hatte.

War sie verrückt? Sie rieb sich mit dem Handrücken über die Augen und sah noch genauer hin. Aber es bestand kein Zweifel: Da klaffte ein Spalt in der Birke, der zuvor nicht gewesen war.

»Das ist unmöglich!«, flüsterte Nill. Doch noch während sie es sagte, näherte sie sich der Birke auf Händen und Knien. Tausend Geschichten kamen ihr gleichzeitig in den Sinn. Legenden, Märchen und Abenteuer fingen damit an, dass ein mutiger Held etwas Außergewöhnliches fand. Aber Nill war keine Heldin, und ihr Leben war auch bestimmt keine Legende – es war stinklangweilig! Trotzdem kamen ihr in Sekundenbruchteilen neue Vorstellungen davon, was sie in dem hohlen Baum erwarten mochte… ein Schatz… ein gefangener Geist… eine neue Welt…

Bebend streckte sie die Hand aus. Aus der Finsternis der Birke blitzte ihr etwas entgegen. Ihre Finger fuhren durch den Spalt, ertasteten die feuchte Kühle des hohlen Baumstammes…

Und nichts. Sie fühlte einen modrigen Boden und wurmzerfressene Wände. Hastig zog Nill die Hand zurück und spürte, wie die Enttäuschung Besitz von ihr ergriff. Was hatte sie sich bloß gedacht: dass ein hohler Baum sich öffnen würde, damit *sie* ein Abenteuer erlebte?

»NILL!«

Sie besann sich bei diesem Ruf, der mittlerweile ziemlich wütend klang, und stand mühevoll auf. Jetzt hatte sie einen Eimer verschüttet, und ihr Rock war nass. Innerlich verfluchte sie die Wurzel.

Nill wollte gerade die Eimer aufheben und losgehen, da zögerte sie noch einmal. Es war, als ziehe sie ein unsichtbarer Faden zum Baum zurück … *Geh nicht! Dreh dich um … Hast du nicht etwas blitzen gesehen?*

Ein zweites Mal streckte sie die Hand durch den Spalt im Baum. Ihre Finger fassten in Finsternis. Und ergriffen einen unebenen Gegenstand.

Verdutzt starrte Nill das Ding an, das plötzlich in ihrer Hand lag. Es sah aus wie ein schwarzer, schlanker Dorn aus Stein. Der Dorn glänzte an seinen Kanten und Unebenheiten und Nill erkannte mit einem Mal, dass er etwas Besonderes war. Etwas Bedeutsames.

Ohne nachzudenken, schob Nill sich den Steindorn in die Rocktasche. Rasch ergriff sie die Wassereimer, schüttelte das Bein, sodass der nasse Rock ihr nicht mehr auf der Haut klebte, und lief los.

Mit jedem Schritt spürte sie, wie ihr der lange Stein gegen die Hüfte schlug. Ihre Gedanken flirrten. Wieso hatte sie ihn bloß mitgenommen? Je weiter sie lief, desto deutlicher erkannte sie, dass das Gefühl, das der Steindorn hervorgerufen hatte, eine Vorahnung war. Eine unbestimmte dunkle Vorahnung.

Schauder rieselten ihr zwischen den Schulterblättern herab. Plötzlich schien es kühl geworden zu sein, die Sonne war untergegangen. Rauschende Winde brausten durch die Baumkronen und ließen Blätter in der Luft tanzen. Ihr war, als höre sie verzerrte Stimmen im Flüstern des Laubes – aufgeregte, tuschelnde, rufende Stimmen. Warnende Stimmen.

Bald lichteten sich die mächtigen Bäume und ein Haus trat aus dem Grauschimmer der Dämmerung. Eine hagere Frauengestalt stand in dem Hof, der Haus und Bäume trennte, und starrte in den Wald. Ihre Hand umschloss den Hals eines toten Huhns.

»Nill!«, zeterte sie, als das Mädchen aus der Dunkelheit des Waldes auftauchte. »Wo bist du solange gewesen?«

Nach Luft ringend blieb Nill stehen und stellte die Eimer ab. »Entschuldige, Agwin«, sagte sie und fuhr sich mit der Hand über den feuchten Rock.

Agwin war eine knochige Frau, die trotz ihrer dichten blonden Haare alt wirkte. In ihrem Haus war Nill aufgenommen worden. Denn Nill lebte nicht bei ihren Eltern – sie wusste nicht mal, wer sie waren. Ihr Vater musste ein Mann des Dorfes sein, doch er hatte sich nie zu erkennen gegeben. Und ihre Mutter war eine Elfe.

Ja, Nill war halbelfisch. Ein Kind der Wilden für die Menschen und ein Kind der Barbaren für die Elfen. Eines Tages hatte man vor den Toren des Dorfes einen Säugling gefunden, gewickelt in die Stoffe des Elfenvolkes. Man hatte sich das Kind angesehen, seine grünbraunen Haare, die hellen Augen, die für einen Menschen viel zu groß waren, die zarten Knochen, die kein Menschensäugling hatte, und die Ohren, nur eine Spur zu spitz, um normal zu sein. Und man hatte sofort erkannt, dass es ein Bastard war.

Und doch, aufgrund der Barmherzigkeit der Menschen, die, wie Agwin immer wieder betonte, dem Elfenvolk schlichtweg fehle, hatte man Nill aufgenommen, und Agwin zog sie groß wie ihr eigenes Kind. Vielleicht stimmte das auch – womöglich hätte Agwin ihre eigene Tochter genauso behandelt wie Nill, hätte sie leibliche Kinder gehabt.

Nun musterte Agwin Nill mit dem verächtlichen Mitleid, das ihr so vertraut und zuwider war. Sie folgte Agwins Blick, der langsam an ihr hinaufwanderte, und strich sich hastig die Blätter und Moosstückchen aus den Haaren. Dann fiel Agwin auf, dass nur einer der beiden Eimer voll war.

»Was soll das sein?«, fragte sie scharf. Ihr Zeigefinger deutete auf den leeren Eimer und das tote Huhn in ihrer Faust schwenkte auf Nill zu.

»Ich bin hingefallen. Soll ich vielleicht noch einmal zurücklaufen und –«

»Es ist schon dunkel, du dummes Ding!« Agwin kniff die schmalen Lippen zusammen und blinzelte Nill an, wie sie es immer tat, wenn sie wütend war. »Du bist zu nichts fähig! Du – du faules Stück treibst dich im verwunschenen Wald rum, wie es dir gerade passt!«

Nill hob die Eimer hoch und wandte sich in Richtung Haus. »Ich setze das Wasser auf.«

»Das ist das verfluchte Elfenblut«, zischte Agwin und trat unruhig von einem Fuß auf den anderen.

Nill erwiderte nichts darauf. Sie hatte es nur einmal getan, vor Jahren; da hatte Agwin wegen einer Nichtigkeit mit ihr geschimpft und sie ein verfluchtes Elfenblut genannt. Nill hatte sich nicht zurückhalten können – sie war aufgesprungen und hatte gesagt: »Mir scheint, nicht das Elfenblut, sondern das Menschenblut hat mich verdorben!« Daraufhin hatte Agwin ihr zwei kräftige Ohrfeigen gegeben. Seitdem ließ Nill Agwin schimpfen, wie sie wollte. Schließlich war sie nicht die Einzige, die sie grob behandelte.

Nill schob die schwere Hintertür auf und betrat eine Stube. Das Haus war einstöckig, wenn man von der kleinen Dachstiege absah, und stützte sich auf seine Holzbalken wie ein Greis auf seine Krücken. Trotzdem hatte es mit seinem Strohdach und dem schiefen Kamin etwas Friedliches und Einladendes. Die Fenster waren sehr klein, darum lagen die Zimmer in dämmriger Dunkelheit.

In der Küche, die der größte Raum des Hauses war, stellte Nill die Eimer ab und machte sich daran, das Herdfeuer zu entfachen. Während sie die Holzscheite aufstapelte, hörte sie, wie die Dielen knarrten. Agwin trat ein. Sie setzte sich an den Tisch und begann, das Huhn zu rupfen. Nill drehte sich nicht zu ihr um, obgleich sie Agwins Blick im Rücken spürte.

Agwin beobachtete sie so oft es ging bei der Arbeit, um irgendwelche Fehler zu entdecken – dann schimpfte sie furchtbar, bis sie verbissen den Mund zusammenkniff und sich selbst bedauerte.

Die Bitterkeit war es, die Agwin älter erscheinen ließ, als ihre Jahre zählten. Sie hatte gelernt, alle Ungerechtigkeiten des Lebens mit der Gewissheit ihrer eigenen Unschuld zu ertragen: dass die Götter ihr nie ein Kind geschenkt hatten, dass ihr das Bastardmädchen aufgehalst worden war, dass sie einen Mann ohne Ehre geheiratet hatte... All dies erduldete sie mit tiefer Selbstzufriedenheit. Opfer eines Unrechts zu werden, gab ihr beinahe Bestätigung, denn sie genoss ihre heimliche, süße Unschuld. Und weil sie die Einzige war, die von der Größe ihres eigenen Opfers zu wissen schien, sammelte sich jeder zurückgehaltene Zorn in ihrem Inneren zu einem harten, festen Knoten.

Nill hatte das Feuer angemacht. Fröhlich fraßen sich die Flammen am Holz entlang und züngelten schon bald am Kessel empor, in den Nill das Wasser goss.

»Putze die Karotten und dann schneide sie ins Wasser«, befahl Agwin.

Nill tat, wie ihr geheißen wurde, und setzte sich gegenüber von Agwin an den Tisch. Die Federn tanzten um Agwins verbissenes Gesicht, während ihre Hand riss und rupfte, als führe sie einen stummen Kampf mit dem Gefieder aus. Nill ergriff ein plötzliches Bedauern für das Huhn – sie hatte es heute Morgen bestimmt noch gefüttert – und für jede einzelne Feder, die Agwin so mitleidslos herausriss.

Soweit Nill sich erinnern konnte, hatte sie sich nie für Agwins leibliche Tochter gehalten. Ihr war lange nicht in den Sinn gekommen, dass sie eine Mutter haben musste, und später, als ihr dieser Gedanke doch kam, hatte man ihr erklärt, dass ihre wahre Mutter eine Wilde gewesen sei, die sie vor den Toren des Dorfes zurückgelassen hatte.

Aber einen Vater zu haben, hatte Nill lange geglaubt. Im Nachhinein machte es natürlich keinen Sinn, da er doch mit Agwin verheiratet war. Trotzdem hatte Nill in ihm stets das Gesicht ihres Vaters gesehen.

Grenjo war ein stiller, großer, gebeugter Mann mit den Augen eines erlegten Bären, in denen selbst nach dem Tod noch die Traurigkeit eines ganzen Lebens schwimmt. Dachte Nill an Grenjo, so kamen ihr zuerst seine Hände in den Sinn, wie er sie im Schoß zu falten pflegte, nachdenklich und bedacht, zwei schwielige Pranken voller Risse. Sie musste an einen warmen Tag im Herbst denken, an dem sie neben ihm vor dem Haus gesessen und das Dorf im Sturm der bunten Ahornblätter beobachtet hatte. Damals hatte sie schon gewusst, dass er nicht ihr Vater sein konnte. Und trotzdem schien er ihr so ähnlich, so verwandt, dass es wehtat!

»Ich wünschte«, hatte Nill mit klopfendem Herzen gesagt, »ich wüsste wenigstens, wie meine Mutter gewesen ist. War sie wirklich nur eine Wilde, die ihr eigenes Kind verstoßen hat?« Sie schielte zu Grenjo hinüber und versuchte eine Regung in seinem Gesicht zu erkennen. Aber es blieb im warmen Schein der Sonne so traurig wie immer.

»Ich glaube«, sagte er nach einer Weile, »dass sie nicht nur wild war. Ich glaube, dass sie eine Frau gewesen ist, die einen Mann unseres Dorfes geliebt hat – trotz des Hasses zwischen unseren Völkern. Ich glaube … sie hatte grüne Haare wie du. Sie haben im Sonnenlicht geleuchtet wie das Laub der Buchen im Frühling, so wie bei dir. Bestimmt war ihr Lachen warm und schön. Ich glaube, dass sie sehr schön war.«

Nill hatte Tränen in den Augen gehabt. In diesem Moment war sie sich sicher gewesen, dass Grenjo ihr Vater war, der Mann, der ihre Mutter geliebt hatte – ganz gleich, was Agwin sagte, ganz gleich, ob er verheiratet war! Aber Nill traute sich nie, ihn wirklich zu fragen. Und wenn sie es getan hätte, das wusste sie, hätte Grenjo sie nur angesehen, so gedankenversunken und verloren wie immer, und kaum merklich den Kopf geschüttelt.

## Entdeckt

Der Mond stand bereits am Himmel, als sie von draußen schwere Schritte hörten. Die Tür öffnete sich und eine große Männergestalt erschien in der Küche.

Agwin, die gerade am Herdfeuer gestanden und die Hühnersuppe probiert hatte, drehte sich um und betrachtete ihren Mann einen Augenblick von oben bis unten.

»Wo warst du?«, fragte sie spitz.

»Holzhacken«, murmelte Grenjo. Er kam immer erst nach Hause, wenn es bereits dunkel war. Manchmal roch er nach dem Schnaps, den es in der Schänke des Dorfes gab. Manchmal schienen seine Augen feucht.

»Holzhacken?«, wiederholte Agwin scharf und runzelte die Stirn. »Es ist schon Nacht. Du willst mir doch nicht erzählen, dass du in tiefer Finsternis Bäume fällst? Nun setz dich.«

Grenjo ließ sich auf seinen Stuhl am Tischende sinken. Agwin schöpfte mit einer Holzkelle aus dem leise dahinköchelnden Kessel und goss die Suppe in eine Schale. Dann stellte sie die Schale vor Grenjo und setzte sich mit auf dem Schoß verschränkten Händen neben ihn.

»Nill, hol meinem Mann Wasser.«

Sie nannte ihn immer »mein Mann«, wenn sie mit Nill sprach. Etwas Verächtliches lag in diesen Worten, so als mache sie sich über ihn lustig. Nill goss Wasser in einen Holzbecher und gab ihn Grenjo. Nur für einen kurzen Moment blickte er zu ihr auf und dankte ihr mit dem stillen Lächeln seiner Augen.

»Du solltest wieder auf die Jagd gehen«, sagte Agwin. Ihre

Stirn blieb gerunzelt, fast als sei Grenjos bloße Gegenwart eine Beleidigung. »Ich könnte wieder Hirschfleisch einsalzen und zum Trocknen legen. Die anderen Familien haben größere Vorräte als wir, habe ich gehört. Und du bringst immer nur Fisch, Fisch, Fisch – ich kann es nicht mehr sehen, Grenjo.«

Bevor Grenjo etwas dazu sagen konnte, wandte sich Agwin an Nill: »Willst du nur herumstehen, oder gibst du mir auch etwas zu essen und zu trinken? Soll ich etwa alles selbst tun?« Mit einem starren Lächeln drehte sie sich wieder zu Grenjo. »Dieses Mädchen!«, sagte sie und lachte. »Heute ist sie wieder für Stunden fort geblieben, als ich sie zum Wasserholen schickte. Und als sie wiederkam, hatte sie den einen Eimer schon verschüttet. Sie treibt sich in den finsteren Wäldern herum wie ein wildes Tier!« Mit glühenden Augen lehnte Agwin sich vor und nahm Nill den Löffel aus der Hand, den sie ihr mit der Suppenschale entgegenhielt. »Das ist das Elfenblut, jawohl, sie wird immer mehr eine Elfe! Kein Mensch würde sich so in den Wäldern herumtreiben wie sie. Guck dir ihre Ohren an – da, guck!«

Agwin ergriff mit Daumen und Zeigefinger Nills Ohr und zog sie zu sich heran. »Da, Grenjo, siehst du's? Sie werden immer spitzer.«

Grenjo sah Nill nachdenklich an, bis Agwin ihr Ohr losließ.

»Wie alt bist du denn jetzt, Nill?«, fragte er.

Sie warf ihm einen zögernden Blick zu. »Vierzehn Winter und fünfzehn Sommer.«

Plötzlich breitete sich ein Lächeln auf Grenjos Gesicht aus. Es war ein Gesicht voller Furchen, und doch ließen Augen und Mund erahnen, dass er einmal schön gewesen war. Vielleicht war das gar nicht lange her. Ein paar Tage und Nächte der Traurigkeit reichten schon, um alt zu werden.

»So alt schon«, murmelte er. »Ich erinnere mich noch an das kleine Mädchen, das früher hier herumgetappt ist und stundenlang die Bäume im Wind beobachtet hat.«

»Sie war ein unerträgliches Nervenbündel«, fügte Agwin

hinzu. »Als Kind hat sie mir alle Kraft abverlangt und jetzt macht mir ihre Selbstsucht graue Strähnen.«

Nill wandte sich zur Tür. Unbemerkt hatte sie sich die Haare wieder über die Ohren gestrichen – das war schon eine Angewohnheit geworden. Sie versteckte alles, was an ihr elfisch war, so sorgfältig wie möglich. »Ich gehe schlafen.«

Agwin hielt im Suppeschlürfen inne. »Morgen gehst du und verkaufst meine Kohlköpfe auf dem Markt. Und sieh zu, dass man dich nicht vollends übers Ohr haut.«

Nill blickte verstohlen zu Agwin zurück, ehe sie die Küche verließ. Sie war noch nie übers Ohr gehauen worden. Aber das spielte in Agwins Augen keine Rolle. Sie hätte Nill genauso ungerührt beschuldigt, die Bäume in den Hof gefällt zu haben, die ein Sturm aus der Erde gerissen hatte.

Nill kletterte eine Stiege hinauf zum Dachboden, wo ihr Zimmer lag. Aus Gewohnheit konnte sie sich in der Dunkelheit bewegen, ohne gegen etwas zu stoßen, bis sie das schmale Strohbett erreichte. Ihr Zimmer war klein und hatte schräge Wände. Ein einziges Fenster, wie ein Guckloch, war über ihrem Bett. Sie öffnete das Binsengeflecht, das das Fenster im Sommer abdeckte, und blickte hinaus.

Der Wind strich zu ihr herein und kitzelte kühl und duftend auf ihrer Haut. Sie sah die mächtigen Baumwipfel, die sich vor dem Nachthimmel abzeichneten. Blass schimmerte die Mondsichel durch das Geäst. Grillen zirpten und aus der Ferne klang das Heulen der Wölfe.

Nill streifte die Kleider ab, ohne den Blick vom Mond und den Bäumen und dem Himmel zu wenden. Wie viele Menschen vor ihr schon denselben Mond und denselben Himmel gesehen haben mochten! Helden hatten zu den gleichen Sternen aufgeblickt wie sie nun. Und Helden würden in tausend Jahren noch denselben Nachtwind flüstern hören. Nill lächelte matt, denn in Momenten wie diesem war sie der Welt, dem Leben, sich selbst so nah, dass sie sich wie von unsichtbaren Geistern umarmt glaubte.

Als ihr Rock zu Boden glitt, spürte sie etwas Hartes. Ihr Herz zog sich zusammen.

Der steinerne Dorn! Nill hatte ihn vollkommen vergessen.

Sie zog ihn aus der Rocktasche und hielt ihn eine Weile in den Händen. Er lag kalt und geschmeidig in ihren Fingern und namenlose Furcht überkam Nill. Mit einem Mal hatte sie das drängende Bedürfnis, den Dorn aus dem Fenster zu werfen; aber gleichzeitig wusste sie, dass das nicht weit genug wäre. Sie müsste ihn ganz fortbringen, bis zu der hohlen Birke. Nur wenn sich der Baum wieder schloss, erkannte Nill, würde sie vor dem Stein sicher sein.

»Unsinn«, murmelte sie und schüttelte diese Gedanken ab. »Es ist nur ein Stein.«

Sie schob ihn unter ihre Strohpritsche. Dann schlüpfte sie unter ihre dünne Wolldecke und zog sie sich bis zum Kinn hoch. Der Himmel über ihr, der Mond, das Windflüstern in den Bäumen – alles schwebte in ihrem Kopf herum. Himmel, Mond, Windflüstern … Steindorn … *der Steindorn …*

Nach einer Weile war Nill eingeschlafen.

Nill hatte oft denselben Traum. Er spielte sich immer gleich ab und ließ sie jedes Mal mit demselben bitteren Geschmack und dem Gefühl einer unheimlichen Leere erwachen. Es war der einzige Traum – und die einzige Vorstellung überhaupt –, die Nill von ihrer Mutter hatte.

Die Frau wanderte schweren Schrittes durch den Wald. Die Dämmerung kroch herauf. Die wehenden Fichten und Tannen blickten anklagend auf sie herab. Der Wind pfiff aus allen Winkeln der Finsternis; er schien zu schreien, zu toben, zu verfluchen. Böse Geister schwebten um die Frau, die so schwerfällig durch das Unterholz wanderte wie ein trächtiges Reh. Im Arm trug sie einen Korb.

Bald schälten sich die Häuser der Hykaden aus dem trüben Dämmerlicht. Die Fenster blickten ihr entgegen wie die Augenhöhlen von Totenköpfen. Furcht und Abscheu keimten in der Frau – und Nill spürte ihre Gefühle so stark, als seien sie ihre eigenen.

Augenblicke später ragte das Dorftor vor ihr auf. Die Frau warf einen letzten widerwilligen Blick in ihren Korb, den sie vor ihren Füßen abstellte, und Nill überfiel das Bedürfnis, nur noch zu weinen. Denn was die Frau da von sich stieß, war die hilflose Kreatur, die in dem Korb lag. Ein Kind.

Die Frau hatte es nicht haben wollen, denn es war ein Bastard, ein feindliches Blut, und noch dazu weckte es in der Frau brennende Schuldgefühle. Sie lief davon, ohne sich umzudrehen. Sie lief davon, um das Kind zu vergessen, um wieder glücklich zu sein, um schön zu sein, frei und unschuldig. Das Kind blieb in dem Korb zurück. Wolkenfetzen trieben über den Himmel hinweg. Die ganze Welt schien erfüllt von dem herzzerreißenden Schluchzen der erbärmlichen Kreatur.

Oft war Nill sehr ruhig aus diesem Traum erwacht und hatte eine Weile weinend im Bett gelegen, ohne sich zu rühren. Sie wollte sich nicht bewegen und dabei spüren, dass sie selbst das plumpe Geschöpf war, das nur Abscheu in jener Frau hervorgerufen hatte. In der Frau, die Nill mehr als alles, mehr als irgendjemanden sonst lieben wollte.

Doch in dieser Nacht träumte Nill nicht von ihrer Mutter. Heute suchten sie ganz andere, viel seltsamere Bilder und Gefühle heim…

*Sie ist allein in den Tiefen der Dunklen Wälder. Nein, nicht allein: Um sie flüstern und raunen die Geister der Bäume und des Windes. In ihrer Hand liegt, wohlgeformt und schwer, der schwarze Dorn. Sie muss ihn loswerden. Sie muss ihn zerstören. Doch gleichzeitig ist sie an ihn gebunden, er ist Teil ihres Schicksals geworden. Nill beginnt zu rennen. Schatten und Lichter der Wälder greifen nach ihr. Ihr Herz pocht vor Angst, bis sie etwas neben sich spürt: Da rennt jemand an ihrer Seite. Ein Mensch. Er ist ein warmer, vertrauter Schatten, den sie fürchtet und gleichzeitig liebt. Nun fühlt sie sich sicherer.*

*Die Bäume lichten sich, ein tiefer Abgrund öffnet sich direkt vor ihnen im Boden. Einen Augenblick lang sieht Nill einen gigantischen schwarzen Turm aus der Tiefe ragen, der dem steinernen Dorn erschreckend ähnlich sieht. Sie wendet sich an ihren Begleiter und erkennt plötzlich sein Gesicht; erkennt jedes Detail, sieht seine Lippen, die Nase, die tiefen, finsteren Augen – er packt ihre Hand und Nill schreit auf. Er hat ihr den schwarzen Dorn in die Brust gebohrt. Schmerz, Entsetzen und ein verwirrendes Gefühl der Liebe vereinen sich zu einer Flut, die durch jede Zelle ihres Körpers rauscht –*

Mit einem Luftschnappen fuhr Nill auf. Einen Herzschlag lang flirrten die Bilder des Traumes vor ihr; dann umgab sie wieder ihr vertrautes Zimmer. Staub schwebte im Licht, das die Sonne durch ihr Fenster warf.

Es war nichts geschehen. Sie hatte nur geträumt.

Nill schwang sich kurzentschlossen aus ihrem Bett und zog den seltsamen Stein unter der Matratze hervor. Eine Weile betrachtete sie ihn gedankenverloren. Er war ungeschliffen und sogar ein bisschen krumm, und doch... Nill konnte unmöglich glauben, dass er auf natürliche Weise zu seiner Form gefunden hatte. Er lag ihr perfekt in der Hand, so wie ein Dolch oder ein Messer.

Außerdem war er *schön*. Sie konnte jetzt, da sein Anblick ihr vertrauter war, kaum die Augen von ihm wenden. Die Schwärze des Dorns war so tief und samtig wie eine mondlose Nacht. Doch an seinen Kanten und Ecken umgab ihn ein Schillern von undefinierbarer Farbe. Was für ein Stein mochte das sein? Sie konnte sich nicht daran erinnern, je einen ähnlichen Gegenstand gesehen zu haben. Die Furcht, die der Dorn gestern in ihr wachgerufen hatte, kribbelte ihr noch ein bisschen im Bauch – aber jetzt gewann die Neugier die Oberhand, was für ein Geheimnis ihn wohl umgab.

Schließlich stand Nill auf und zog sich an. Wie die meisten Frauen und Mädchen im Dorf trug sie ein Kleid aus grobem

Leinen, das ihr ausgefranst um die Waden tanzte. Darüber zog sie eine dunkelgrün gefärbte Tunika, die Agwin abgelegt hatte, und band einen Gürtel um die Taille. Als sie in ihre knöchelhohen Schuhe geschlüpft war, steckte sie sich den Dorn in die Rocktasche und strich verstohlen die Tunika darüber glatt. Es war bestimmt besser, wenn sie ihn bei sich behielt.

Nill verließ ihr Zimmer und ging in Richtung Hof, wo die Kohlköpfe bereits auf sie warteten.

Das Reich der Dunklen Wälder war unendlich. Es erstreckte sich in alle Himmelsrichtungen, umfasste die tiefen Waldgebiete, in die sich selten Wanderer und Sonnenstrahlen verirrten, die weiten Länder der Birken und Buchen, deren Stämme so mächtig waren, dass drei Menschen sie nicht umfassen konnten, und Berge: gigantische Berge, deren weiße Gipfel die Bäuche der Wolken durchbohrten. Unzählige Völker und Wesen lebten im Dunklen Waldreich – viele von ihnen waren einander nicht einmal bekannt, denn sie waren sich nie begegnet.

Auch die Menschen hatten sich in ihrem Eifer, die gesamte Welt zu besiedeln, in den Dunklen Wäldern niedergelassen. Man nannte ihre Dörfer, die sich von den nördlichen Gebirgslandschaften bis hin zu den westlichen Tiefwäldern ausdehnten, die Dörfer der Hykaden. Dieser Begriff kam aus der Sprache des Elfenvolkes: *Hykaed* bedeutete Barbar. Aber da selbst die Menschen jenseits der Dunklen Wälder die Hykadenstämme barbarisch fanden, hatte sich der Name durchgesetzt. Im Verlauf der Zeit hatten die Hykaden wohl vergessen, was ihr Name bedeutete, oder sie erachteten es nicht als Schande, von Elfen – die in ihren Augen nichts als Wilde waren – für barbarisch gehalten zu werden. Die Missverständnisse zwischen den beiden Völkern reichten so weit zurück wie die Geschichte ihrer Stämme. Nie hatten Menschen und Elfen in Einklang miteinander gelebt, denn solange es

Land, Wasser und Luft gab, konnte die Welt nur einem der Völker gehören.

Vor allem in den tiefen Wäldern des Südens, wo der Boden fruchtbarer war als irgendwo sonst, die breiten Flüsse Lachse und Krebse im Überfluss boten und die gigantischen Bäume so weit in den Himmel ragten wie Riesen, war die Feindschaft zwischen Hykadenstämmen und Elfenvolk seit Urzeiten unerbittlich. Die Menschen unternahmen Hetzjagden auf die Tiere des Nebels, die die Elfen als heilig erachteten, und holzten die von Dunstschwaden und Zauberkraft durchtränkten Haine ab. Und die Elfen schossen das Wild, auf das die Menschen so angewiesen waren, und waren mit den Wölfen im Bunde, die die Schafe und Hühner der Dörfer rissen. Außerdem beschuldigten die Hykaden die Elfen, immer wieder Menschen mit geheimnisvollen Bannsprüchen und Zaubern in die Tiefen der Wälder zu locken. Denn ganz anders als die Elfen fürchteten die Menschen den Wald, sobald sie alleine und ohne ihr schützendes Feuer waren.

So war es nicht verwunderlich, dass es in den gesamten Tiefwäldern des Westens nur ein einziges Kind zu geben schien, in dem das Blut beider Völker floss. Nill wusste von keinem ähnlichen Fall, und wenn es doch mehr Kinder gemischten Geblüts gab, so verschwieg man sie ebenso, wie Nill verschwiegen wurde.

Trotz ihrer elfischen Abstammung fühlte sich Nill wie ein Mensch. Sie kannte ja nur die Menschen – und von den Elfen erzählte man sich so finstere Geschichten, dass Nill sich unmöglich vorstellen konnte, eine von ihnen zu sein. Manchmal war sie sogar dankbar, von ihrer Mutter verstoßen worden zu sein, damit sie nicht zu dem wilden, blutrünstigen Volk gehören musste, das man in ihrem Dorf so hasste und fürchtete.

Nein, hätte man Nill nicht ständig daran erinnert, anders zu sein, wäre sie ein gewöhnlicher Mensch gewesen. Nur ein paar Kleinigkeiten verrieten, dass sie etwas Fremdes, etwas Eflisches in sich hatte: Nill sah nachts besser als die restlichen

Dorfbewohner. Das Mondlicht konnte für sie so manches in der Dunkelheit erstrahlen lassen, was Menschenaugen nicht erfassten. Ihre Haut bräunte sich in der Sonne nicht, so lange sie auch in den Gemüsebeeten arbeitete, und blieb stets bläulich blass. Und Nill fürchtete sich nicht vor dem Wald. Im Gegenteil, sie fühlte sich von den hohen Bäumen, dem tiefen, weichen Moos, dem undurchdringlichen und ewig tanzenden Grün des Waldes geradezu gerufen. Das Rauschen der Buchen und Weiden lockte sie fort in stille Tiefen, in denen es nichts außer Sonnenlicht und Schatten und den Echos winziger Geräusche gab. Die Angst, sich zu verlaufen oder von den Geschöpfen des Waldes entdeckt zu werden, war Nill völlig unbekannt.

Und manchmal, da hatte Nill sogar das merkwürdige Gefühl, die Bäume flüstern zu hören. Wenn sie genau in die Stille des Waldes horchte, wenn sie sich auf das Schweigen der uralten Eichen konzentrierte, das wie ein angehaltener Atem in der Luft hing, dann kamen ihr merkwürdige Eingebungen, so als hauche ihr etwas eine Botschaft ein. So wusste Nill oft aus unerklärlichem Grund, wann ein Gewitter heraufziehen würde, ob ein entwurzelter Baum den Hühnerstall zerschlagen oder wann die aufschäumenden Fluten des Flusses über das Ufer treten und die Felder überschwemmen würden.

Als Nill nun, den schweren Korb mit den Kohlköpfen auf dem Rücken, die kleinen Straßen des Dorfes entlangging, folgten ihr die Blicke der anderen Bewohner. Zwei Mädchen tuschelten hinter vorgehaltenen Händen und kicherten. Nill ging schneller. Ich hätte mir, dachte sie, noch einmal die Haare kämmen sollen. Bestimmt machten sich die beiden Mädchen darüber lustig, dass sie wie eine Vogelscheuche aussah.

Auf dem Platz, der in der Mitte des Dorfes und direkt vor dem Haus des Obersten lag, wurde ein Markt abgehalten. Hühnergackern, Stimmengewirr und Münzengeklimper mischten sich zu dem gewöhnlichen Marktlärm, der in Nill so manche dunkle Erinnerung weckte. Sie mochte es nicht, unter Leuten zu sein.

Stumm und mit gesenktem Kopf baute sie ihre Kohlköpfe auf. Die Schatten der Vorbeigehenden tanzten über sie hinweg und das Lachen von Kindern näherte sich ihr. Plötzlich griffen mehrere Hände nach ihren Kohlköpfen. Erschrocken blickte Nill auf: Eine Schar Jungen und Mädchen, bestimmt nicht älter als zehn, hatte sich lachend um sie versammelt und sprang um sie herum. Im Chor sangen sie:

*»Schmuddelmädchen, Strubbelkind,*
*kamst aus dem Sturm, kamst in den Wind,*
*fielst in die Dornen, auf die Erd',*
*Dornenmädchen, bist nichts wert!«*

»Gebt mir mein Gemüse zurück!« Nill griff nach den Kohlköpfen, die die Kinder sich gegenseitig zuwarfen, doch sobald sie einen packte, hatten die Kinder bereits einen neuen genommen. »Hört auf! Verschwindet!«

Noch immer sangen sie das Lied vom Dornenmädchen. Sobald Nill einen Schritt auf sie zumachte, kreischten sie vor Freude.

»Dreckige Elfe! Das Dornenmädchen will mich holen!«

Dornenmädchen – das war sie also immer noch.

Ein Junge zog sie so fest an den Haaren, dass sie gegen die aufgestapelten Kohlköpfe fiel. Polternd brach der kleine Turm in sich zusammen und Nill stürzte genau in die Mitte des rollenden Gemüses. Die Kinder schrien und suchten das Weite, als sich ein Schatten über sie senkte.

Benommen blickte Nill auf. Vor ihr standen zwei Füße in spitzen Schuhen. Und direkt davor lag – der steinerne Dorn.

Erschrocken tasteten Nills Finger nach der leeren Rocktasche – der Dorn musste ihr herausgefallen sein! Aber nun war es zu spät. Eine alte, knochige Hand ergriff ihn vor ihren Augen.

»So, so, was ist denn das?« Es war eine alte, krächzende

Rabenstimme, die Nill bekannt vorkam. Sie richtete sich auf und schnappte nach Luft. »Seherin!«

Die Alte warf ihr einen wachen Blick zu. Dann drehte sie den Steindorn in der Hand und betrachtete ihn eingehend. Die Seherin des Dorfes war nicht nur Nill und den Kindern unheimlich; sogar der Dorfoberste, so hieß es, fürchtete und ehrte die alte Frau. Außer einem weißen Haarknoten auf der Mitte ihres Kopfes war sie kahl und trug Zeichen aus blauer Farbe auf der runzligen Haut. In ihren Ohrläppchen steckten flache Ringe aus Perlmutt und um den Hals hing ihr ein Sammelsurium von Steinketten.

»Sag mir, wo hast du das hier her?« Sie hielt den Steindorn höher.

Nill bekam zunächst keinen Ton über die Lippen. »Ich weiß nicht, was es ist – ich, ich habe es nur gefunden und mir nichts dabei gedacht.«

Eine Weile musterte die Seherin sie eindringlich. Dann wog sie den Steindorn in der Hand und schloss schließlich die Finger darum.

»Ich nehme das Messer mit«, erklärte die Seherin und ließ den Steindorn in die eigene Rocktasche sinken. »Und du, mach dich auf den Weg nach Hause.«

»Ja, aber –«

Die Seherin hob gebieterisch die Hand. »Kümmere dich nicht um dein Gemüse. Sag Agwin, ich habe dich heimgeschickt. Die Kohlköpfe zahle ich ihr.«

Einen Augenblick später hatte die Alte kehrt gemacht und war im regen Treiben des Marktes verschwunden.

# Versammlung der Hykaden

Ein Zusammentreffen der Stammesführer hatte seit den Festlichkeiten der letzten Sommersonnenwende nicht mehr stattgefunden. Normalerweise versammelten sich alle zwölf Hykadendörfer der westlichen Tiefwälder nur bei einer traditionellen Zeremonie oder Kriegsbesprechung. Umso erstaunter folgten die Dorfobersten der plötzlichen Einladung.

Diesmal gab es kein Fest und auch keine religiöse Zusammenkunft. Nun, da die Stammesführer sich alle im Haus des Gastgebers zusammengefunden hatten, lag gespannte Neugier in der Luft. Der große Raum war erfüllt vom Gemurmel der Anwesenden. Die Fensterläden aus geflochtenen Binsen waren geschlossen, dafür spendete ein Herdfeuer in der Mitte des hohen Zimmers Licht. Ein runder Holztisch schloss sich um die Flammen, an dem sich ringsum die Fürsten der zwölf Stämme niedergelassen hatten. Der Dorfoberste von Yugg war in Begleitung seiner beiden Töchter erschienen, die links und rechts neben ihm saßen wie wachsame Amazonen. Auch der Fürst von Hegva, dem am nördlichsten gelegenen Dorf, hatte seinen Sohn mitgenommen, auf dessen kräftigem Arm die Hand des Vaters ruhte wie auf einem guten Gehstock.

Andere Stammesführer, die noch nicht der Stütze ihrer Kinder bedurften, hatten ihre Druiden und Heiler mitgenommen. Eine wichtige Entscheidung konnte schließlich nicht ohne den Rat der Weisen getroffen werden, durch die der Wille der Götter sprach.

In der Runde saß auch der Gastgeber, ein hünenhafter Mann mittleren Alters, der der Fürst des Dorfes Lhorga war. Wie eine Statue thronte er auf seinem fellbezogenen Stuhl, die Unterarme auf den Tisch vor sich gelegt und das bärtige Gesicht düster. Neben ihm saß sein erster Sohn. Er war mit seinen knappen zwölf Jahren noch jung – aber auf den Rat der Seherin hin ließ der Fürst von Lhorga ihn dennoch an der Sitzung teilnehmen. »Nur das Vogeljunge, das früh über den Rand des Nests hinwegsieht«, hatte die Alte gesagt, »wird eines Tages hoch fliegen.«

Doch dieses Vogeljunge schien am Fliegen noch nicht so interessiert zu sein, wie sein Vater es gerne gesehen hätte: Unruhig rutschte der Junge auf seinem Stuhl herum und behielt das Spitzmausgesicht zu einer ärgerlichen Grimasse verzogen. Der Fürst hatte ihm nämlich verboten, den roten Speer mit in die Versammlung zu nehmen, den zu tragen allein den Fürsten und Prinzen gebührte. »Mit einem roten Speer darfst du dich zeigen, sobald du deinen ersten Hirsch damit erlegt hast!«, waren die Worte des Dorfobersten gewesen. »Diese Ehre steht dir nicht einfach zu, nur weil du ein Prinz von Lhorga bist.«

Bald öffnete sich ein Türvorhang, der das nebenan liegende Zimmer vom Versammlungsraum trennte, und die Seherin von Lhorga erschien. Stille kehrte ein, und die Blicke der zwölf Stammesführer und ihrer Begleiter richteten sich auf die glatzköpfige Alte.

»Seid gegrüßt.« Sie neigte sich kaum merklich nach vorne und legte eine Hand auf die Brust.

»Celdwyn«, rief der Dorfoberste Lhorgas und bot ihr den Stuhl an seiner Seite an. Dankend nahm die Seherin neben ihm Platz. Dann legte der Stammesfürst wieder die Hände auf den Tisch und blickte ernst in die Gesichter der Versammelten. »Nun, da meine Seherin gekommen ist, können wir die Versammlung eröffnen. Ich mache es kurz: Dinge haben sich zugetragen. Dinge, über die die Stämme der Hykaden gemeinsam entscheiden sollten. Am besten, ich übergebe das Wort an die Seherin Celdwyn, sie wird euch Näheres erklären.« Er nickte ihr zu.

Einige Augenblicke lang herrschte erwartungsvolles Schweigen. Nur das Knistern des Feuers war zu hören, während Celdwyn die Augen halb schloss und in Gedanken zu versinken schien. Aber so war das mit Druiden: Bevor sie ihr Anliegen verkündeten, musste die Spannung um sie wachsen.

Schließlich war es auch für Celdwyn soweit. Mit dem trägen, sonderbaren Lächeln, das ihr zu Eigen war, blickte sie in die Runde der Anwesenden und begann zu erzählen.

»Bestimmt fragt ihr euch, wieso Lhorga um eine sofortige Versammlung gebeten hat. So will ich euch im Namen des mächtigen *Yen-nur*, Gottvater der Menschen, vom Schicksal berichten, das sich vor den Hykaden eröffnet.« Sie zog scharf die Luft durch den Mund ein. »Wie ihr alle wisst, hat vor drei Jahren ein König die Macht über das Volk der Moorelfen und die Marschen von Korr erlangt. Er, von dem nur soviel bekannt ist, dass er dem Menschengeschlecht entstammt, trägt die Zauberkrone der Moorelfen und ist somit ihr unverwundbarer König. Keine Hand eines Sterblichen vermag ihn zu töten; allein die Zeit und die Götter können ihm einen friedlichen Tod bringen.

Ja, ungefähr drei Jahre müssen vergangen sein, seit jener Menschenkönig die Moorelfen unterwarf. Doch nicht nur die Moorelfen wurden in Angst und Schrecken versetzt. Aus Furcht, demselben Schicksal zu erliegen – einmal unter Herrschaft eines Menschen zu stehen – handelten die Freien Elfen der Dunklen Wälder rasch. Wie ihr wisst, besaßen beide Elfenstämme, die des Waldes und die der Marschen, jeweils eine Hälfte der Steinkrone, die einst ihr Volk einte. Als der König sich die Kronenhälfte der Moorelfen aneignete, verwandelten die mächtigen Zauber der Freien Elfen ihre Hälfte in ein magisches Messer, welches, da es aus demselben Stein besteht wie die Krone, den unverwundbaren König zu töten vermag.

Dieses Messer ist eine Waffe, die für den König den Untergang bedeuten kann. Wegen dieses Messers, so heißt es, verbirgt er sich in den Marschen und hat bis heute keinem Freien Elf ein Haar gekrümmt. Ich selbst habe geglaubt, die Freien Elfen seien längst aufgebrochen, um den König zu töten, der ihre Brüder und Schwestern versklavt. Aber das Messer befindet sich in keiner Elfenhand.«

Celdwyn zog etwas aus ihrer Rocktasche. Mit einem

dumpfen Laut schlug sie den Gegenstand auf den Tisch. Die Stammesfürsten zuckten zusammen und reckten dann verblüfft die Köpfe. Unter der knochigen Hand der Seherin glänzte ein Dorn aus Stein.

»Dies ist das Messer, gefertigt mit dem größten Zauber des Elfenvolks! Durch einen Zufall ist es in unseren Besitz gekommen – und nun geben die Götter uns auf, zu entscheiden, was mit ihm geschehen soll.«

»Das soll ein Messer sein?«, wiederholte einer der Dorfobersten und hielt sich den langen Bart zurück, während er sich reckte, um einen Blick auf den Dorn zu erhaschen. »Es sieht stumpf aus!«

»Und das ist es«, erklärte Celdwyn. »Es wird kaum eine Brust durchbohren können. Und doch ist es die einzige Waffe, die den Träger der Halbkrone töten kann. Ich wüsste nicht, was dieser Dorn sonst sein sollte – einen ähnlichen Stein habe ich noch nie gesehen. Es kann nur Elfenmagie dahinter stecken.«

Lautes Stimmengewirr brach los.

»Ruhe – Ruhe!«, rief der Fürst von Lhorga und gebot der aufgebrachten Runde, wieder Platz zu nehmen. Dann erhob er sich feierlich. »Ich sage, das Messer ist durch den Willen der Götter in unseren Besitz gelangt. Ein Mensch hat die Krone der Moorelfen erobert, wir Hykaden finden das magische Messer – das sind Zeichen von Vater Himmel und Mutter Erde! Die Götter sagen uns, dass die Menschen das Elfenvolk erobern sollen!«

Nun erhoben sich mehrere Stammesfürsten und sprachen wild durcheinander – hatte der Fürst von Lhorga vielleicht Recht? War es ein Zeichen der Götter, dass die Menschen die Elfen unterwerfen sollten?

»Mir ist das Messer nicht geheuer!«, rief schließlich ein junger Fürst. »Es ist das Werk elfischer Zauberkraft und wird so oder so nur Unheil über uns bringen. Werfen wir es in eine tiefe Schlucht!«

»Bist du des Wahnsinns?« Der Dorfoberste von Hegva sprang schneller auf, als man seinen alten Knochen zugetraut hätte. »Dieses Messer ist ein göttliches Geschenk!«

Eine Tochter von Yugg erhob sich. »Ihr habt beide Recht, edle Fürsten. Wir sollten das Messer loswerden, doch ohne den Göttern dabei undankbar zu sein. Schickt einen mutigen Krieger aus, um das Messer zu den Hainen der Elfen zurückzubringen.«

»Zu den Elfen?«, empörte sich ein anderer Fürst. »Lieber weiß ich das Messer in den Händen von *Mug-hor*, dem Herrn der Toten, als bei den Wilden!«

»Das Messer gebührt dem König!«, rief eine Stimme. Verblüffte Stille trat ein. Die Streitenden wandten sich um und blickten auf einen jungen Stammesführer. Nun, da die Aufmerksamkeit der Versammelten ihm gehörte, stand er auf.

»Ich sage, das Messer gebührt dem König«, wiederholte er. »Vor zwei Jahren schickte ich meine ersten Späher aus, um mehr über den König in Erfahrung zu bringen. Von ihnen erfuhr ich, dass Gerüchte umgehen, Gerüchte, dass der König auch das Reich der Dunklen Wälder erobern und dessen Völker unterwerfen will. Doch der König von Korr ist ein Mensch und damit unser Bruder. Er wird uns verschonen, wenn wir ihm unsere Brüderlichkeit zeigen. Wenn wir aber das Messer den Freien Elfen zurückgeben, schenken wir damit dem Feind, der unseren Bruder erstechen will, den Speer! Lasst uns genau überlegen, was wir tun! Wenn wir das Messer für uns bewahren oder gar den Elfen geben, helfen wir vielleicht den Wilden, einen Menschenkönig zu stürzen. Geben wir dem König von Korr aber das Messer, sichern wir ihm die Macht über die Wilden – und uns seine ewige Freundschaft.«

Eine Weile schwiegen alle. Doch die Gesichter der Versammelten verrieten bereits, dass die gesagten Worte Zustimmung gefunden hatten. Schließlich klang es sehr sinnvoll, dem König gegen die Elfen beizustehen. Denn egal, wer er war, er war ein Mensch – und die Elfen waren feindlich.

»Und wer ist mutig genug, das Messer zu überbringen?«, fragte Celdwyn leise. Ihre Rabenstimme war während der letzten Minuten nicht erklungen. Nun wurde die Stille nur noch beklemmender und das Feuer schien lauter zu knistern.

Wer war schon bereit für so eine waghalsige Aufgabe? Niemand wusste, wer der König war, und die Schauermärchen seiner Grauen Moorelfenkrieger waren bis in die Dunklen Wälder vorgedrungen. Angeblich lebte der König in einem mächtigen Turm tief in den Marschen, im Reich der Moorelfen versteckt, und der Weg von den Dunklen Wäldern bis nach Korr war auch ohne das magische Messer gefährlich genug.

»Ich weiß jemanden«, sagte plötzlich der unscheinbare Knabe, der neben dem Stammesführer von Lhorga saß. Der junge Fürstensohn blickte unruhig zu seinem Vater auf, als alle sich ihm zuwandten. »Das Dornenmädchen. Der Bastard, ihr wisst schon... Niemand wird um sie bangen.«

Unsichere Blicke wanderten umher.

»Unsinn«, sagte schließlich der Fürst von Lhorga. »Wir können kein Mädchen allein auf diese Reise schicken. Noch dazu hat sie elfisches Blut, man weiß also nie, ob man ihr trauen kann. Und ich habe gehört, dass sie schwachsinnig ist.«

»Ist das nicht ein Vorteil?«, erwiderte eine Tochter Yuggs zögernd. »Ein schwachsinniges Mädchen wird keine Aufmerksamkeit erregen. Sie wird bestimmt unbemerkt bis zum König gelangen, sofern sie nicht zu schwachsinnig ist, um den Weg zu finden...«

»Oh, man kann ihr Angst machen«, schlug der Fürstensohn vor, durch die Zustimmung der Frau offensichtlich ermutigt. »Ja, ja, sie ist furchtsam! Wenn man ihr droht, dass sie aus dem Dorf verbannt wird und den Zorn der Götter auf sich zieht, wird sie tun, was man ihr sagt. Ich kenne sie. Ich habe sie oft genug mit meinen Freunden gesehen.«

Der Fürst von Hegva ergriff rasch das Wort: »Der Knabe hat Recht. Ein einfaches Mädchen wird am wenigsten Misstrauen erregen. Wir müssen ihr gar nicht sagen, was genau es mit dem Messer auf sich hat – erteilt ihr einfach den Befehl, so kann sie auch nichts verraten! Und keiner von uns muss um sein Kind bangen, wenn wir stattdessen sie ausschicken.« Sorgsam tätschelte er den Arm seines Sohnes. »Und wenn das Mädchen tatsächlich versagt und das Messer nicht zum König findet ... nun, dann ist auch das der Wille der Götter, will ich meinen. Und wir müssen nie wieder einen Gedanken an das Messer verschwenden. Unser Gewissen bleibt rein.«

Der Fürst von Lhorga schwieg nachdenklich. Dann wandte er sich Celdwyn zu. Für einen kurzen Augenblick war die Ratlosigkeit in seinem Gesicht zu lesen.

»Was sagst du, Celdwyn?«, murmelte er.

Die Augen der Alten richteten sich auf den Fürstensohn. Wie gut, dass sie rechtzeitig für seine Anwesenheit in der Versammlung gesorgt hatte ...

»Schicke das Bastardmädchen«, sagte sie leise.

## Celdwyns weises Wort

Es war bereits Abend, als es an der Tür klopfte. Agwin selbst erhob sich und legte ihr Nähzeug zur Seite, um nachzusehen, wer sie besuchte. Vielleicht war es die Seherin, die ihr das Geld für die Kohlköpfe bringen wollte. Oder, überlegte Agwin düster, ein anderer, der sich aus irgendeinem Grund über Nill beschweren wollte. Das Mädchen war zu nichts fähig, dachte Agwin, nicht einmal Kohlköpfe zu verkaufen gelang ihr.

Aber vor der Tür stand tatsächlich die Seherin Celdwyn. In der rechten Hand hielt sie eine Laterne, denn ihre Hütte stand abseits des Dorfes, und es war bereits so dunkel, dass sie den schmalen Trampelpfad ohne Licht nicht gefunden hätte.

»Die Götter seien mit dir, Agwin«, grüßte Celdwyn.

Agwin musterte argwöhnisch die Seherin, die vor ihr stand wie eine alte, krumme Krähe und sogar den Kopf auf vogelähnliche Weise schief gelegt hatte. Dann verzog sie die verkniffenen Mundwinkel zu einem knappen Lächeln und trat zur Seite. »Sei gegrüßt, hohe Seherin«, erwiderte Agwin und schielte bereits auf den Leinenbeutel, den die Alte in der linken Hand hielt. »Was führt dich her? Tritt ein – sei willkommen.«

»Oh, vielen Dank.« Celdwyn stellte ihre Laterne ab und ging an Agwin vorbei ins Haus. Einen Augenblick hielt sie inne, das Gesicht erhoben, als wittere sie etwas in der Luft, dann erspähte sie Nill, die im Türrahmen der Küche erschien.

Als sie die Seherin erblickte, erschrak Nill so sehr, dass sie sofort wieder zurücktrat.

Nun war sie hier. Den ganzen Tag über hatte Nill gebangt und gefürchtet, was wegen des Steindorns mit ihr geschehen würde. Sie hatte schließlich geahnt, dass es ein bedeutender Gegenstand war, vielleicht sogar ein gefährlicher. Ausgerechnet die Seherin hatte ihn entdeckt, die bestimmt wusste, was es damit auf sich hatte. Und jetzt war sie gekommen, um Nill zur Rede zu stellen!

Celdwyn trat in die Küche. Angesichts der erschrockenen Nill musste Celdwyn lächeln und entblößte dabei eine Reihe blau gefärbter Zähne.

»Guten Abend, Nill. Das ist doch dein Name?«

Nill nickte. Inzwischen war Agwin hinter der Seherin aufgetaucht. Fragend sah sie Nill an. »Was stehst du an der Wand herum? Hast du dich in einen Besen verwandelt?«

Celdwyn lachte auf und drehte sich zu Agwin um. Die schien gar nicht zu wissen, wie sie mit der beschwingten Fröhlichkeit der Alten umgehen sollte. Verdattert wanderte ihr Blick zwischen Celdwyn und Nill hin und her. Dann nahm die Seherin, noch immer kichernd, am Tisch Platz und legte ihren Leinenbeutel vor sich hin.

»Nill, setze dich bitte zu mir«, sagte sie.

Nill zögerte. Erst auf einen erwartungsvollen Blick Agwins hin löste sie sich von der Wand und näherte sich der Seherin.

Bevor Agwin es ihr gleichtun konnte, bat Celdwyn sie: »Agwin, wärst du so gut und machst uns einen Tee? Ich bin alt, wie ihr wisst, und die Kälte ergreift mich immer wieder. Dann werden meine Gelenke und Glieder steif und ich habe doch noch einen Heimweg vor mir. Etwas Warmes wäre sehr schön.«

Wortlos machte sich Agwin daran, den Wunsch der Seherin zu erfüllen, beobachtete aber aus den Augenwinkeln, wie sie sich näher zu Nill vorbeugte.

Eine Weile sagte Celwyn gar nichts. Ihre alten, versunkenen Augen waren auf Nills Gesicht gerichtet, und ihr Blick schien jeden ihrer Gedanken abzutasten... vorsichtig, bedacht, wie mit rauen, behutsamen Händen. Celdwyn musterte Nills Augen, die halb hinter ihrem strubbeligem Haar verschwanden; an ihnen war leicht abzulesen, dass das Mädchen kein gewöhnlicher Mensch war. Und doch, überlegte die Alte, war in ihnen dieselbe menschliche Furcht wie in allen anderen Augen.

»Ahnst du, wieso ich hier bin?«, fragte Celdwyn schließlich.

Nill warf einen ängstlichen Blick zu Agwin, die unablässig zu ihr herüberschielte, und schluckte schwer.

»Wegen des Dorns«, murmelte sie.

Celdwyn schien ein wenig zu lächeln – aber ihr Gesicht war so runzlig, dass man es kaum erkennen konnte. »Du hast gesagt, du weißt nicht, was der Dorn ist. Aber ich sehe dir sehr wohl an, dass du etwas von seiner Bedeutsamkeit verstehst. Und tatsächlich, mein Kind: Er wird bedeutsam für dich sein. Sehr sogar.«

Celdwyns Blick schien plötzlich verschwommen und fern. Erst als Agwin eine dampfende Tasse vor sie hinstellte, fuhr die Seherin kaum merklich auf. Agwin setzte sich neben sie, faltete die Hände im Schoß und beobachtete sie gebannt. Nur kurz glitt ihr Blick zu Nill herüber, bereits mit einem unheilvollen Funkeln, das eine Strafe oder mindestens eine ordentliche Standpauke prophezeite.

»Weißt du, Nill«, erklärte Celdwyn, nachdem sie an ihrem Tee genippt hatte, »ich will dich nicht lange mit Ungewissheit quälen. Der Dorn ist ein magisches Messer, gefertigt von Elfenhand, um den König von Korr zu töten. Im Rat der versammelten Hykadenstämme wurdest du dazu auserwählt, den König zu schützen und ihm das unheilvolle Messer zu überbringen.«

»*Ich?*«, entfuhr es Nill.

»Ja. Du.«

Kreidebleich starrte Nill die Seherin an. Mehrere Herzschläge lang konnte sie weder einen Gedanken fassen, noch etwas erwidern. Nicht einmal Agwin, die sie wie ein verblüfftes Huhn anstierte, brachte Nill zur Besinnung.

Andächtig schlürfte Celdwyn von ihrem Tee und schürzte die Lippen. »Fürchte dich nicht, mein Kind. Jetzt ist sowieso nichts mehr daran zu ändern. Deine Zukunft steht fest, Nill, und nichts wird sie mehr umschreiben können.«

Nach mehreren Augenblicken fand Nill ihre Stimme endlich wieder. »Wieso ich?«

Celdwyn legte eine Hand auf die ihre. Die langen, blau bemalten Fingernägel schlossen sich um Nills Handrücken wie Klauen. »Oh, Kind, es war eine Entscheidung der Götter, glaube mir. Und außerdem warst du diejenige, die das Messer gefunden hat. Das Messer hat also schon längst selbst entschieden, in wessen Hand es gehört.«

Celdwyn schlug den Leinenbeutel auf und legte behutsam das Messer vor Nill. Wie ein schwarzer Knochen sah es jetzt aus. Nill spürte, wie ihr vor Furcht und Aufregung ganz übel wurde. Aber sie war auch froh, es wieder zu sehen – auf eine sonderbare und unheimliche Weise.

»Wie soll ich denn in die Marschen von Korr kommen?«, fragte Nill erstickt.

»Du wirst alleine reisen – so ist es am sichersten für das Messer und für dich. Folge den Flüssen immer stromaufwärts nach Osten, dann gelangst du wie von selbst in die Marschen. Dort gibt es Straßen und Wege, die beschriftet sind.«

Nill sah die Seherin an. »Ich kann nicht lesen.«

»Nun… dann wirst du die Menschen nach deinem Weg fragen müssen. Vielleicht geleiten dich die Grauen Krieger des Königs bis zu ihm. Aber wenn du schon verzagst, bevor du deine Aufgabe auch nur begonnen hast, dann bringst du den Göttern nicht genügend Vertrauen entgegen!«

Nills Mundwinkel zuckten. Den Göttern vertraute sie gerne – sie selbst war es, an der sie zweifelte! Und an den Menschen, die sie für diese irrsinnige Reise bestimmt hatten.

»Auf deinem Weg gib Acht, dass niemand vom Sinn und Zweck deiner Reise erfährt. Verrate keiner Seele von dem Messer, dass du bei dir trägst! Dein Leben und das Leben des Königs hängen davon ab, dass du das Geheimnis für dich behältst.«

Wie betäubt nickte Nill. Sie spürte kaum, wie Celdwyn ihr noch einmal zuversichtlich auf die Schulter klopfte. Dann wandte die Seherin sich an Agwin, die mindestens genauso überrumpelt war wie Nill.

»Ich hoffe, du verzeihst mir, was ich dir antue, Agwin. Das Mädchen bedeutet dir sehr viel, habe ich gehört. Du hast sie wie deine eigene Tochter großgezogen. Und nun nehme ich sie dir weg und schicke sie in Gefahren, die kein Mädchen ihres Alters bestehen sollte.«

»Mein ganzes Herz hängt an ihr!«, stammelte Agwin. Sie hatte Tränen in den Augen und blickte verzweifelt von Nill zu Celdwyn. »Was – was tue ich denn ohne sie? Ich meine, sie war eine Last und ihr störrisches Wesen hat mich die Kraft meiner Jahre gekostet, ich bin an ihr verzweifelt und hatte stets mit dem bösen Blut ihrer elfischen Herkunft zu kämpfen, um sie zu einem halbwegs guten Menschen zu erziehen –«

»Ich weiß«, erwiderte Celdwyn sanft. »Ich weiß.«

»Ich habe mich aufgeopfert für ihre Erziehung! Wie eine Mutter habe ich sie aufgenommen, hier an meiner Brust habe ich sie als Baby gewärmt, ich habe mich darum gesorgt, dass sie nicht krank wird, und – und – dass sie nicht in den Wald ausbricht wie ein wildes Tier, ich habe sie großgezogen wie eine gut genährte Pflanze, während ich selbst alt und kraftlos geworden bin.«

»Ich habe nur eine Frage an dich, Agwin«, unterbrach Celdwyn sie leise, aber fest. »Nill gehört dir, wie ein Kind seiner Mutter gehört. Gibst du sie frei, um den Willen der Götter zu erfüllen?«

Agwin schloss und öffnete ihre Fäuste. »Was soll ich denn sonst tun? Ich bin ja machtlos angesichts der Mächte, von denen du sprichst. Was kann ich schon tun als zu erdulden, was das Leben mir an Narben zufügt?«

»Ich danke dir, Agwin. Mein Mitgefühl gehört dir.«

Celdwyn erhob sich und sah noch einmal auf Nill herab: Ganz unbemerkt hatte Nill die Hand um das Steinmesser geschlossen. Als sie den Blick der Seherin bemerkte, zog sie rasch die Finger zurück und starrte wieder so erschrocken zu ihr auf wie vorher.

»Schlafe gut, Nill. Morgen, noch bevor die Sonne aufgeht, werden wir dich abholen und bis zum Fluss begleiten, wo unser Weg endet... und der deine beginnt.«

Wie vom Donner gerührt blieb Nill sitzen. Bald schloss sich die Haustür hinter der Seherin. Agwin kam zurück, stand eine lange Zeit vor der Küche und starrte auf Nill und das Messer. Sie fuhr sich immer wieder mit den Händen über den Rock, rang sich aber zu keinem Wort durch, bis sie schließlich sagte: »Du hast die Alte gehört. Du solltest früh schlafen.«

Plötzlich erkannte Nill die Verzweiflung in Agwins Stimme. In dem Gesicht der hageren Frau konnte sie es ablesen: Sie hatte Angst. Aber nicht um Nill. Nein. Sie hatte Angst vor dem Alleinsein, vor einem Leben, in dem sich ihre Verachtung nur noch auf sich selbst richten konnte.

Nill stand auf und schob sich das Messer in die Rocktasche. Es fühlte sich schwerer an als vorher. Einen Moment stand sie reglos vor Agwin, der einzigen Mutter, die sie je gehabt hatte; dann trat Agwin zur Seite und machte ihr Platz.

Nill stieg in ihr Zimmer hinauf und legte sich angezogen ins Bett. Dort blieb sie lange liegen, ohne die Augen zu schließen oder einen Gedanken fassen zu können. Nur Gefühle überkamen sie immer wieder: Mal Angst, mal Ungläubigkeit, mal eine seltsame Mischung, die sie nicht erklären konnte.

Irgendwann hörte sie unten im Haus Schritte. Leise Stimmen drangen aus der Küche. Etwas später knarrte die Holzstiege, als jemand heraufkam.

Im bleichen Licht, das durch ihr Fenster drang, erkannte sie eine gebeugte Männergestalt auf der Zimmerschwelle. Er konnte sie nicht sehen, das wusste sie, denn ihr Bett stand im Schatten. Trotzdem blieb Grenjo dort stehen, völlig reglos, während Minuten verstrichen. Erst, als Nill Tränen über die Nasenspitze rollten, drehte er sich langsam um und verschwand.

Tatsächlich kamen sie noch vor Sonnenaufgang, um Nill abzuholen. Aber sie war bereit. Sie hatte in der letzten Nacht nur zwei Stunden geschlafen und war erwacht, noch bevor die ersten Vögel zwitscherten. Nun saß Nill reglos auf ihrem Bett und betrachtete ihr Zimmer mit den schrägen Wänden.

Vierzehn Jahre – fast fünfzehn schon – hatte sie hier verbracht. Hier hatte sie oft geweint und sich mindestens genauso oft in Tagträumen verloren. Zwischen diesen Wänden hatte sie gehofft und gebetet, geflucht und sich gelangweilt; das alles sollte nun mit einem Mal vorbei sein. Jedenfalls für die nächste Zeit – sollte sie von ihrer Reise jemals wiederkehren. Für einen kurzen Moment machte dieser Gedanke ihr Angst.

Was, wenn sie tatsächlich zurückkam und alles wäre wie früher? Sie wusste nicht, ob diese Vorstellung sie tröstete oder abschreckte, und es war wohl auch zu früh, um sich über diese Gefühle klar zu werden.

Unten klopfte es an der Tür. Nill stand sofort auf. Sie war fertig angezogen und hatte ihre Habseligkeiten in einem alten Lederbeutel verstaut: einen Wasserschlauch, Nahrung, eine dünne Wolldecke, Kleidung und einen flachen Stein, den sie einmal im Fluss gefunden und seitdem als Glücksbringer behalten hatte.

Rasch kletterte sie die Stiege hinab.

Unten vor der Haustür warteten bereits Celdwyn, der Stammesfürst und einige hoch angesehene Jäger des Dorfes. Die Männer trugen graue Gesichter zur Schau. Allein die alte Seherin schien ein wenig fröhlicher, was Nill nicht unbedingt aufmunterte.

Der Dorfoberste räusperte sich, kam steif auf Nill zu und hielt ihr einen Quersack entgegen.

»Sei gegrüßt, Nill. Wir sind stolz auf dich. Für deine Reise haben wir dir einen Proviantbeutel zusammengestellt. Hier drinnen ist genügend Fladenbrot und Dörrfleisch für ein paar Wochen und auch sechs Silberlinge, solltest du etwas kaufen müssen, außerdem ein Jagdmesser und eine Angelschnur, falls du damit umgehen kannst …« Letzteres fügte der Fürst murmelnd hinzu.

»Danke.« Mit zitternden Fingern nahm Nill den Quersack an sich und schlang ihn über ihre Schulter.

»Und hier«, fiel dem Dorfobersten noch ein, wobei er die andere Hand vorstreckte und Nill einen dunklen Umhang hinhielt. »In den Nächten könnte es kalt werden.«

Dann gingen sie los.

Sie verließen den Hof und mit jedem Schritt hatte Nill das Gefühl, ein Stück mehr von sich zu verlieren. Als sie das Haus mit dem Strohdach schon fast hinter sich gelassen hatten, drehte Nill sich noch einmal um. Im geöffneten Küchenfenster war Agwin zu sehen. Als Nills Blick sie traf, verschwand sie rasch.

Nill drehte sich um. Sie atmete tief aus und konzentrierte sich ausschließlich darauf, einen Fuß vor den anderen zu setzen. Unter ihren Schuhen knirschten die Kieselsteine der schmalen Straße, die an den anderen Häusern mit ihren Höfen und Wiesen vorbeiführte. Auf dieser Straße war sie jeden Tag ihres Lebens entlanggelaufen, in allen Sommern und Wintern, bei Regen und Schnee und Sonne; sie hatte auf ihr gewartet, dass Grenjo vom Holzfällen, von der Jagd oder vom Fischen heimkommen würde. Er war immer zwischen den hohen Bäumen erschienen, die bei der Straßenbiegung im Wind rauschten …

Nill wandte sich noch einmal um. Neben ihrem Haus, das inzwischen fast im Wald verschwunden war, stand jemand und blickte ihr nach. Nill spürte, wie ihr erneut Tränen in die Augen steigen wollten, aber sie zwang sie zurück. So schwer war es gar nicht.

Grenjo stand dort und sie wusste, dass er noch stehen bleiben würde, wenn sie verschwunden war. Aber es war zu spät. Er würde nicht mehr die Möglichkeit haben, ihr zu erzählen, wonach sie sich immer gesehnt hatte: dass sein Kummer ein Geheimnis war, das er mit ihr teilen wollte, dass er sie besser verstand als irgendein Mensch sonst, und vielleicht sogar, dass sie ihr ganzes Leben lang bei ihrem Vater verbracht und er ihre Mutter so sehr geliebt hatte wie seine einzige Tochter.

Nill wandte sich ab und die hohen Bäume verschluckten das Haus und die Straße und die ferne, gebeugte Gestalt.

An einem breiten Fluss, der die einzige verlässliche Straße durch die Dunklen Wälder war, machten Nill und ihre Begleiter Halt. Eine schmale Barke war am Ufer festgebunden und sollte Nill den Fluss stromabwärts bringen, fort aus den Dunklen Wäldern und direkt hinein in die Marschen von Korr. Dort würde Nill auf sich selbst gestellt sein. Sie fragte sich verzweifelt, ob der Dorfoberste oder die Seherin selbst wussten, was sie dann tun sollte – denn Nill hatte den Verdacht, dass sie ebenso ratlos waren wie sie. Aber ihnen konnte das schließlich egal sein. Nill war es, die die Gefahren überstehen musste, in die sie ohne Erklärung oder Vorbereitung geschickt wurde… Es war vollkommen verrückt! Ihr Leben wurde ganz einfach verspielt, ohne dass man nach ihrer Meinung fragte.

Mit wachsender Fassungslosigkeit kletterte Nill in die Barke. Wahrscheinlich, dachte sie bitter, versuchte man sie ganz einfach loszuwerden. Sie war dem Dorf doch ihr ganzes Leben lang ein Dorn im Auge gewesen. Teilnahmslos ergriff sie das Ruder und legte es sich auf den Schoß, während einer der Männer des Dorfes das Seil löste, mit dem die Barke am Ufer festgemacht war. Die Seherin trat direkt neben ihn und beobachtete Nill mit einem rätselhaften Lächeln.

»Warte noch«, befahl sie dem Mann, ohne Nill aus den Augen zu lassen. »Gib mir das Seil.«

Der Mann legte ihr den Strick in die ausgestreckte Hand und ging zurück zum Rest der Gruppe, die etwas abseits bei der Uferböschung stand.

»Hast du noch eine letzte Frage?« Die Alte lächelte.

War das ihr Ernst? Nill hatte einen ganzen Haufen von Fragen – man hatte ihr schließlich gar nichts erklärt! »Ja, allerdings«, erwiderte Nill trotzig. »Wieso bin ich die Auserwählte? Weil ich meinen – meinen Heldenmut schon so oft bewiesen habe? Oder weil man mir so vertraut, mir, dem Elfenblut?«

Celdwyn lächelte noch immer. Plötzlich war sie näher gekommen – stand sie mit den Füßen im Wasser? Der Blick ihrer alten Augen brannte sich in Nill hinein. »In dir schlummern große Kräfte, Nill Dornenmädchen. Die Macht, die in deinem Innern liegt, ist tief wie ein Wald und wird die Zukunft prägen nach dem Willen der Götter! Doch noch schweigt der Wald deines Herzens. Wann beginnen seine Bäume wohl zu flüstern?«

»Was?«, hauchte Nill.

Die Seherin beugte sich zurück und warf das Seil ins Boot. Rasch nahm die Strömung die Barke auf und trug Nill davon. Sie kletterte bis an den äußersten Rand des Bootes und sah zur alten Celdwyn zurück. Ihr runzliges Gesicht gab keine Erklärung preis außer einem versonnenen Lächeln.

»Was …?«

Bald waren die Seherin und die Männer des Dorfes verschwunden und Nill umgab nichts als der rauschende Fluss und die tiefen Wälder.

## Auf der Reise

Obwohl Nill noch nie so hilflos gewesen war wie jetzt, schlich sich allmählich ein ganz anderes Gefühl in ihr Herz: die Freude.

Nie war sie so weit in die Tiefen des Waldreichs vorgedrungen! Mit glänzenden Augen beobachtete sie die Welt, die an ihr vorbeizog. Inzwischen war es Tag geworden, Sonnenstrahlen drangen durch den Wald und vergoldeten die schnellen Wellen des Flusses. Nill kam an flachen Sandufern vorbei, wo Biber ihre Staudämme bauten und das Wasser so klar glitzerte wie flüssiger Kristall. An anderen Stellen säumten schroffe Felsbrocken den Fluss, an denen die Wellen schäumend und dunkelgrün emporklatschten und wo Wurzeln in so hohem Bogen ins Wasser griffen, dass das Boot beinahe unter ihnen hindurchgepasst hätte. Auch die Bäume veränderten sich. Erst glitt Nill durch einen Buchenwald, dessen grün getupftes Blätterdach den Fluss mit einem Netz aus Sonnenstrahlen überspannte. Später wurden die Bäume riesenhafter, mächtige Eichen tasteten sich mit ihren Wurzeln in den Fluss und reichten so weit in die Höhe, dass sie den Himmel zu berühren schienen. Zwischen ihrem Geäst tanzten leuchtende Pollen.

Der Fluss bahnte sich seinen Weg durch die Wälder und zwängte sich bald in ein schmaleres Bett. Zuletzt hatten sich seine wilden Strudel und Strömungen in kleine, glucksende Wellen verwandelt, die die Steinufer auf- und abschwappten. Dunkle Pinien und Fichten säumten das Wasser, das trotz der Baumschatten glitzerte und glänzte wie pures Glas.

Zwar war Nill alleine, doch wohin sie auch blickte, umgab sie Leben. Im Wasser konnte sie die Fische beobachten – manche schillernd im Sonnenlicht, manche grau wie Stein – und insgeheim versprach sie sich, von der Angelschnur in ihrem Quersack keinen Gebrauch zu machen. Hin und wieder brach ein Rabenschwarm aus den Baumkronen und ließ für ein paar Sekunden Schatten über den Fluss tanzen. Zwischen den breiten Eichenstämmen entdeckte Nill ein ganzes Rudel Wild – die Hirsche schienen winzig im Vergleich zu den gigantischen Bäumen. Und selbst am Heck ihrer Barke hatte sich eine braune Spinne ihr Netz gesponnen.

Nill öffnete ihren Quersack und erkundete den Proviant. Er waren alles Lebensmittel, die sich lange hielten: Brot, Wurzelknollen, gesalzenes und getrocknetes Fleisch, geräucherte Fischstreifen und getrocknetes Obst. Am Ende dieser Reise, dachte Nill lächelnd, werde ich selbst getrocknet sein. Sie riss sich ein Stück Fladenbrot ab und aß es mit Dörrfleisch.

Die Zeit verging. Allmählich wurde Nill vom Wechselspiel der Lichter schläfrig – nicht zuletzt, weil sie die halbe Nacht durchwacht hatte. Sie rollte sich im Boot zusammen, benutzte ihren neuen Umhang als Kissen und döste vor sich hin, während das Plätschern der Wellen, das Flüstern der Bäume und die hallenden Rufe der Vögel sie sanft in den Halbschlaf begleiteten.

Es dämmerte bereits, als Nill erwachte. Das Rauschen des Flusses war zu einem Flüstern geworden, und das Wasser war so seicht und ruhig, dass Nill die Steine unter sich schimmern sah. Amselrufe hallten durch den hohen Wald und kündigten das Tagesende an.

Nill beschloss, die Barke ans Ufer zu bringen, ehe es ganz dunkel wurde. Sie nahm das Ruder und schaffte es schließlich, an Land zu kommen. Mit dem Seil in der Hand sprang sie ins kühle Gras und zog die Barke heran. Sie führte sie ein wenig am Ufer entlang und band das Seil an einer mächtigen Wurzel fest, die die Barke gleichzeitig gegen die Strömung schützte.

Direkt über der Uferböschung, zwischen den Wurzelarmen einer riesigen Zeder, schlug Nill ihr Lager auf. In ihrem Quersack befanden sich auch zwei Feuersteine. Sie trug Reisig aus der nahen Umgebung herbei und häufte es neben ihre ausgebreitete Decke. Es dauerte eine Weile, bevor die Feuersteine Funken warfen, und es kostete Nill noch mehr Zeit, bis das Reisig schließlich brannte. Froh über die gefräßigen Flämmchen, legte sie immer mehr Zweige und Stöcke ins Feuer, bis es hell und warm flackerte. Es würde die Tiere der Nacht fernhalten.

Nill machte es sich auf ihrer Decke gemütlich und wickelte sich in ihren dunklen Umhang. Wie gut, dass sie ihn bekommen hatte! Er war weich und roch nach Wärme; der Wärme mütterlicher Hände, die den Stoff gewoben und genäht hatten für einen Menschen, der ihnen wichtig war. Nill atmete langsam und tief ein. Hätte die Person, die diesen Umhang gefertigt hatte, doch Nill mit ihrer Sorgfalt und Liebe gemeint… Sie hatte plötzlich das Gefühl, dass niemand sie wirklich liebte. Ja, es war wahrscheinlich niemand im Dorf, niemand in ihrer Heimat, der nun mit Sorge an sie dachte und vor dem Schlafen darum beten würde, dass die Götter sie schützten. Nill war alleine in der Welt. Sie existierte nur hier, unter der großen Zeder am Fluss, und war in keines anderen Herzen und niemandes Gedanken zu Hause.

Weit über ihr zeichneten sich die Äste vor dem Himmel ab, der von Augenblick zu Augenblick finsterer wurde. Bald glommen die Sterne hier und da durch das Blätterwerk und schienen Nills Blick so aufmerksam zu erwidern, als sähen sie nur sie und nichts anderes auf der Erde.

Von der anderen Seite des Flusses erklang das Jaulen von Wölfen. Aber Nill fürchtete sich nicht – sie war mit dem Bewusstsein aufgewachsen, von wilden Tieren umgeben zu sein, und außerdem wachte das Feuer über sie. Nur Dämonen und Waldgeister, die angeblich des Nachts durch die Dunklen Wälder streiften, fürchteten sich nicht vor Flammen.

Nill drehte sich zur Seite und griff in ihre Rocktasche. Nachdenklich hielt sie das steinerne Messer ins Licht.

Wie schön es glänzte! Trotz seiner buckeligen Form, trotz seiner Plumpheit hatte es etwas Hübsches an sich. Nein, noch viel mehr: Etwas Außergewöhnliches, Reines, etwas Magisches. Nill wog es in der Hand, fühlte es zwischen den Fingern; es schmiegte sich in ihre Handfläche, als wäre es für sie geschaffen. Sie fühlte sich auf einmal sehr sicher damit.

Das Ufergras raschelte. Nill blickte auf. War ein Windzug aufgekommen? Sie sah zu den Flammen hinüber. Sie loderten friedlich auf und ab. Plötzlich beschlich Nill doch ein wenig Furcht.

»Ein Dachs«, flüsterte sie sich beruhigend zu. »Es ist nur ein Dachs gewesen.«

Angestrengt blickte sie in die Dunkelheit. Auf den Wellen des Flusses direkt unter ihr spiegelte sich blass das Feuer, ansonsten sah sie kaum mehr etwas. Oder? Wenn sie sich bemühte, konnte sie das Ufergras genauer erkennen, mit Augen, die ihr das elfische Blut schenkte... Sie spitzte die Ohren.

Ein Rascheln ging durch das Schilf, dann huschte ein Schatten vorüber. Jede Zelle in ihr spannte sich.

»Wer ist da?«, rief sie mit unsicherer Stimme. Erst einen Moment später wurde ihr bewusst, dass sie das steinerne Messer vor die Brust gehoben hatte. Erschrocken versteckte sie es hinter dem Rücken. Wer auch immer dort in der Dunkelheit war, er durfte nicht von dem magischen Dorn erfahren!

Trappelnde Geräusche drangen aus dem Schilf. Für einen kurzen Augenblick glaubte Nill einen Umriss zu sehen, der die Uferböschung hinaufkam und im finsteren Wald verschwand. Ein leises Grunzen blieb zurück, ein Ast knackte – dann war es wieder still.

Eine Weile lauschte Nill, aber sie hörte nur den Puls in ihren Ohren rauschen, nur das Rauschen des Wassers und die zirpenden Grillen.

Hör auf, befahl sie sich schließlich. Hör auf, dich wie ein kleines Mädchen zu fürchten. Im Uferschilf war sicher nur ein Tier gewesen; ein Wildschwein wahrscheinlich wegen des Grunzens. Nill legte sich wieder hin. Sie rutschte dicht an die Flammen heran und zog sich den Umhang um die Schultern. Wenigstens die Zeder und ihre Wurzeln schienen Nill vor all den Augen zu schützen, die hinter ihr im Wald lauerten.

Nach einer Weile griff Nill wieder in den Quersack und aß im Liegen ihr Abendbrot. Mittlerweile schimmerte die Mondsichel auf dem Wasser. Doch alles jenseits des Lichtkreises um ihr Feuer verschwamm in der Finsternis. Der Schlaf wogte über sie hinweg.

Noch bevor es dämmerte, erwachte Nill durch einen Tautropfen, der ihr auf die Wange fiel. Sie blinzelte und wusste einen kurzen Augenblick nicht, wieso sie nicht ihr gewohntes Bett unter sich fühlte. Der Umhang, in den sie sich gekauert hatte, war von Feuchtigkeit durchzogen. Vom Ufer und aus der Erde stieg wässrige Morgenkälte.

Nill richtete sich auf. Die Kleider und Haare klebten ihr feucht am Körper. Das Feuer der letzten Nacht war niedergebrannt, nur noch ein paar Glutstückchen glommen im Zwielicht. Halbwegs ordnete sie ihre Haare, dann schüttelte sie die Tannennadeln, Erdklumpen und Moosstückchen von ihrer Decke und legte sie gefaltet in den Quersack. Mit den Füßen trat sie die letzten Funken des Feuers aus, dann kletterte sie die Uferböschung runter und kniete sich ans kalte Wasser. In kleinen, silbrigen Wellen schwappte es über die Kieselsteine. Nill tauchte ihre Hände hinein, wusch sich das Gesicht und trank ein paar Schlucke. Dann kletterte sie in die Barke, löste das Seil von der Wurzel und steuerte mit dem Ruder in den offenen Fluss.

Allmählich wurde es heller. Grau wob sich in die Dunkelheit und mit dem anbrechenden Tag stiegen die Nebel. Es schien, als hauchten die Rachen des Waldes einen seidigen Dunstschleier über den Fluss. Die Welt schlief noch, erst allmählich ein Glied nach dem anderen streckend – hier ein Astknacken, da ein leises Platschen.

Während die Barke durch die Nebel glitt, lauschte Nill dem Erwachen der Wälder. Das Hämmern eines Spechts hallte durch die Baumwipfel. Das Ächzen von jahrhundertealtem Holz hing wie ein Echo in der Ferne.

Sie zog die Knie an den Körper und war erfüllt von der Schönheit der Farben – denn der Wald war nicht nur Grün. Er änderte ständig sein Gesicht, vor allem jetzt, da das Licht aus allen Winkeln zu kriechen schien. Die Baumstämme, vor wenigen Augenblicken noch steingrau, wurden vom Nebel in ein milchiges Blau getaucht. Blau schimmerten auch das Laub, das Wasser, die Luft; bis sich die ersten Sonnenstrahlen durch die Dämmerung zogen und junges kräftiges Grün in die Welt malten. Die Nebelschwaden verdampften im Licht, dessen Fäden immer breiter wurden und sich bald wie Fächer durch das Unterholz spreizten.

Nill aß und trank. Ihr wurde bewusst, dass das letzte

menschliche Gesicht, das sie gesehen hatte, das der alten Celdwyn gewesen war. Womöglich würde sie für Tage, ja für Wochen nur noch die tiefen Wälder um sich haben. Sonderbarerweise fühlte sie sich dabei nicht alleine. Im Gegenteil, sie war sogar froh darüber.

Das Brechen eines Astes hallte über den Fluss. Nill drehte sich um. Plötzlich funkelte ihr etwas Helles aus dem Unterholz entgegen. Ehe sie genauer hinsehen konnte, war das Licht verschwunden. Ihr Herz machte einen jähen Sprung. Nicht nur Wasser konnte so blitzen. Auch Metall.

Sie musste an die letzte Nacht denken, an das Rascheln im Uferschilf – war es vielleicht doch kein Tier gewesen? Ein erschreckender Gedanke pochte ihr im Hinterkopf: Sie wurde beobachtet. Sie wurde verfolgt.

Nill duckte sich in die Barke und schielte zum Ufer hinüber. Wer lauerte da in der Finsternis der Wälder? Wusste jemand, dass sie das Messer bei sich hatte?

Wie hatte sie so dumm sein können! Das Feuer letzte Nacht war schließlich nur schwerlich zu übersehen gewesen. Durch den ganzen Wald musste es geleuchtet haben und dann hatte sie auch noch den steinernen Dorn hervorgeholt!

»Verfluchte Närrin!«, schalt sie sich selbst. Schlagartig wurde ihr bewusst, dass sie genau das wiederholte, was Agwin jetzt zu ihr gesagt hätte. Aber das spielte im Augenblick keine Rolle. Schließlich war es diesmal auch gerechtfertigt.

Nach dem Blitzen im Unterholz machten sich Nills Beobachter nicht mehr bemerkbar. Als es Tag wurde, der Fluss sie durch immer neue Waldabschnitte führte und sich mal schnell und wild, mal träge seinen Weg bahnte, entdeckte Nill nichts Auffälliges mehr. Bis zu den Mittagsstunden hatte sie trotzdem das Gefühl, von fremden Augen beobachtet zu werden; Blicke schienen ihr auf der Haut zu haften wie der kalte Film von Angstschweiß, den sie einfach nicht abstreifen konnte.

Doch als die Stunden vergingen, begannen ihre Befürchtungen an Überzeugung zu verlieren. Die Barke schwamm schnell mit der Strömung des Flusses; ein heimlicher Verfolger würde wahrscheinlich gar nicht mithalten können, noch dazu ohne Geräusche zu verursachen oder sich anderswie zu verraten. Womöglich hatte sie sich sogar das Aufblitzen eingebildet… Vielleicht war es nur ein Tautropfen gewesen, in dem sich das Sonnenlicht verfangen hatte. Nill beschloss, Ruhe zu bewahren und sich nicht schon am zweiten Tag ihrer Reise verfolgt zu fühlen – schließlich war sie hier in den Dunklen Wäldern! Sie war gewiss der einzige Mensch weit und breit.

Aber trotz allem konnte sie ihr Unwohlsein nicht völlig vertreiben. Es hatte sich kalt und kribbelnd in ihr verankert.

## Das Flüstern im Schilf

An diesem Abend beschloss Nill, kein Feuer zu entfachen. Sie wickelte sich dicht in Umhang und Decke, zog die Knie an und machte sich in der Erdmulde, die sie gefunden hatte, so klein wie möglich. Rings um sie beugte sich das Schilfgras über ihr Schlaflager. Ein paar Schritte weiter, wo die Wurzelarme einer alten Weide ins Wasser griffen, fiel der Boden senkrecht zum Fluss ab. Nill war an den Wurzeln heraufgeklettert, ansonsten konnte man das Ufer kaum erklimmen.

Nun lag sie zusammengerollt wie ein Fuchs in ihrem Versteck und nagte an einem Stück Fladenbrot, während ihr Blick durch das Dunkel streifte. Sie musste die Augen anstrengen, um besser zu sehen. So nahm sie das Mondlicht auf dem vorbeiströmenden Wasser heller wahr; es rahmte die Baumstämme und die Schilfrohre mit einem bleichen Schein, kaum wahrnehmbar für alle, die nicht wie ein Nachttier sehen konnten – oder wie eine Elfe.

Nill wurde mulmiger zumute, denn jetzt, da es dunkel war, kehrten ihre Befürchtungen zu ihr zurück. Sie war müde, und doch erlaubte ihr der kalte Schauder, der ihr bei jedem Geräusch über den Rücken lief, nicht zu schlafen. Ihre Augen wurden schwer. Die Hände, die sie zu schwitzenden Fäusten geballt hatte, entkrampften sich. Trotzdem blieben ihre Finger um die Steine geschlossen, die sie dicht an ihrer Brust hielt. Falls etwas in dieser Nacht kommen würde – falls – dann würde Nill die Steine werfen, die sie vorher aus dem Wasser gesammelt hatte. Neben ihrer Hüfte lag das Jagdmesser aus ihrem Quersack.

Schließlich übermannte Nill die Müdigkeit. Sie fiel in leichten, traumlosen Schlaf.

Vorsichtig schlich er durch das Schilf. Er schlich auf Händen und Knien, so wie ein Raubtier sich anpirscht. Seine Bewegungen waren geschmeidig wie die eines Wolfs, seine Augen so wachsam wie die einer Eule. Das Schilfgras rauschte wie in einem sachten Wind, als er es zur Seite strich.

Er beobachtete sie einige Atemzüge lang. Im Mondschein schimmerten die Konturen ihrer Gestalt, doch sie war in eine Decke gehüllt, und ein Blick in ihr Gesicht blieb ihm verwehrt.

Auch egal. Er wusste ja, wie sie aussah. Er wusste, wie sie sich bewegte; auf diese scheue, zögernde Art, deren Grund ihm noch ein Rätsel war. Es war nicht wichtig, dass er in diesem Moment kaum mehr von ihr erkennen konnte als ein rundes Knäuel aus Stoff. Das Entscheidende war, dass er ihr nahe war – näher als es vorher möglich gewesen wäre. Er glaubte fast den Atem der Schlafenden in der Luft zu spüren.

Plötzlich raschelte es neben ihm. Ein stämmiges, großes Tier, wie ein einziger Schattenfleck in der Nacht, und ein junger Mann erschienen in der Dunkelheit.

»Erijel – was machst du hier?«, flüsterte er so leise, dass seine Stimme fast vom Zirpen der Grillen verschluckt wurde.

»Was machst *du* hier?«, entgegnete der Neuankömmling.

»Geh zurück zu den anderen. Bitte.«

Statt Antwort zu geben oder gar der Bitte zu folgen, wandte der Neuankömmling sich der Schlafenden zu. »Du meinst also, das ist sie.«

»Psst! Du redest zu laut.«

Ein warmes Lachen erklang. »Das ist ein Mensch, Kaveh ... Die hören nicht einmal das Brüllen der Bäume im Sturm.«

Später wusste Nill nicht mehr, warum sie erwacht war. Die Geräusche waren sicher nicht laut genug gewesen, um jemanden zu wecken.

Und doch – sobald sie aus dem Schlaf glitt, bemerkte sie sie. *Die Stimmen*. Sie hingen in der Luft wie feines Windrauschen. Jemand war hier.

Nill wagte nicht zu schlucken. Ihre Faust schloss sich um einen Stein. Die absurde Furcht beschlich sie, sie könnte plötzlich die Macht über ihren Körper verlieren und ihre Beine oder Arme könnten mit einem Mal unkontrolliert zucken. Ganz langsam öffnete sie die Augen.

Nichts. Nur das hohe Schilfgras fispelte. Warte, mahnte sie sich. Warte ...

Und wieder waren da Stimmen. So leise, dass sie nur aus weiter Ferne kommen konnten. Gleichzeitig spürte Nill aber, dass sie nah waren, greifbar nah. Kein Mensch konnte so leise flüstern – das war unmöglich! Nill hörte jetzt die Worte, aber sie machten keinen Sinn. Träumte sie?

Ein warmes Lachen schien über den Geräuschen der Nacht zu schweben, einen kurzen Augenblick lang bloß.

*»Nôr el Hykaed, Kaveh ... El renya nej khal gryuh sen Brahas vy Urbhèl.«*

Nills Blick irrte durch die Dunkelheit. Sie strengte die Augen an, suchte nach jedem Lichtschimmer, nach jeder Kontur, etwas, woran sie sich festhalten konnte ... Es dauerte mehrere Herzschläge, in denen sich Nill in der Finsternis verloren glaubte. Und dann, mit einem Mal, löste sich das Gesicht vor ihr aus der Nacht wie ein Muster in einem Bild, das ihre Augen zuvor nicht erkannt hatten.

Es harrte reglos zwischen den Schilfrohren und sah sie an. Mehr als die vom Mondlicht nachgezeichneten Lippen, den Nasenrücken und die in Schatten verschwindenden Augen erkannte Nill nicht.

Sie fuhr auf, dass die Decke zurückflog, und warf ihren Stein. Er landete mit einem dumpfen Geräusch im Gras. Das Gesicht war verschwunden. Nein, das *Licht* war verschwunden: Nill umgab erneut undurchdringliche Finsternis. Sie warf alle Steine, die sie hatte, während ihre Beine und Arme vor Schwäche und Furcht zitterten.

Ein wildes Grunzen erklang. Plötzlich tauchte ein Tier vor Nill auf und preschte geradewegs auf sie zu. Jetzt gelang es ihr zu schreien. Entsetzt stolperte sie zurück, fiel – und die Knie zitterten ihr so sehr, dass sie erst nicht wieder aufstehen konnte. Ihre Hände gruben sich in feuchte Erde, dann kam sie endlich auf die Füße und rannte los. Hinter ihr erklangen noch immer das tiefe Grunzen, aufgeregte Stimmen und fremde Worte. Blindlings rannte sie in die Finsternis, rannte, rannte –

Und ihr Fuß blieb an etwas hängen. Vielleicht an einer Falle. Vielleicht an einer Hand. Dass es eine Wurzel sein konnte, darauf kam Nill in ihrer Angst nicht. Sie stieß einen entsetzten Laut aus, verlor das Gleichgewicht und stürzte vornüber.

Das Rauschen des Flusses kam Nill entgegen und im selben Augenblick ergriff sie eine Welle aus schäumendem Wasser. Ihr Kopf prallte hart gegen etwas, sie hörte Steine oder Knochen knirschen – aber den Schmerz nahm sie schon nicht mehr wahr. Ihr schwand das Bewusstsein, noch bevor sie die Hände spüren konnte, die sie vor der Strömung retteten.

Ein Feuer knisterte. War Nill zu Hause? Ja, das Knistern und Prasseln klang ganz so wie Agwins Herdfeuer. Vielleicht war

Nill bei der Arbeit eingeschlafen, wie es so oft schon geschehen war, weil sie geträumt statt Rüben geschält oder Körner gestampft hatte... Bestimmt würde Agwin erzürnt sein!

Blinzelnd öffnete Nill die Augen und erkannte einen Moment lang nichts als die lodernden Flammen vor sich. Sie hob den Kopf, wurde aber sofort von Schwindel erfasst. Ihre Kleider und Haare waren feucht.

Wo, wenn nicht im Totenreich, war sie?

Plötzlich glaubte Nill etwas hinter dem Feuer zu erspähen. Sie reckte sich ein wenig und blickte über die Flammen. Ein Gesicht war ihr zugewandt. Zwei Augen erwiderten ihren Blick.

Nill fuhr auf. Mit zitternden Händen wich sie zurück, bis ihr Rücken gegen einen Baumstamm stieß. Nun, da sie halbwegs aufrecht dasaß, erkannte sie, dass nicht nur *ein* Gesicht im Feuerschein erstrahlte. Sondern vier.

»Götter im Himmel und auf der Erde, steht mir bei, die ihr alle Kraft in euren Händen haltet!« Nill hatte nie sonderlich an die Götter geglaubt, die man bei den Hykaden verehrte. Dieser Augenblick schien ihr jedoch wie geschaffen dafür, mit dem Glauben anzufangen.

Einer der Fremden wandte sich an den Jungen, der Nill genau gegenüber saß, und stieß ein Seufzen aus.

*»Hykaed, el rynjé khevâs yor!«*

Nill starrte den Fremden gegenüber an und konnte den Blick nicht von ihm lösen, da sich auch seine Augen fest auf sie richteten. Es waren zwei helle Augen, deren reines Blau der Feuerschein fast in ein Grün verwandelte. Eine gerade Nase deutete zu den Lippen herab, die wie fein geformte Bogen direkt über dem eckigen Kinn saßen.

Das hellbraune Haar war am Hinterkopf zu einem Knoten gesteckt, die restlichen Strähnen hatte der Fremde zu ungleichmäßigen Zöpfen gedreht, die ihm über den Rücken baumelten und im Nacken noch einmal lose zusammengebunden waren.

»Hab keine Angst«, sagte der Junge.

Nill starrte ihn an, ohne eines Wortes fähig zu sein. Etwas an ihm – an allen vier Fremden – war anders. *Merkwürdig*. Ihre Gesichter waren normal und doch eine Spur zu fein. Ja, das war es: Sie wirkten wie feine Zeichnungen. Außerdem war ihre Haut blass wie früher Morgennebel, die Schatten um ihre Augen schimmerten bläulich. Mit demselben unbestimmten Gefühl, dass ihr Gegenüber seltsam war, schienen auch die Fremden Nill zu beäugen.

»Bist du... bist du ein Hykadenmädchen?«, fragte der Braunhaarige zögernd.

War Nill das? Einen Augenblick wusste sie nicht, was sie antworten sollte. Zu den Hykaden hatte sie gehört, wie ein Fuchsjunges zu einem Wolfsrudel gehören konnte; aber wenn sie schon kein Hykade war, was war sie dann? »Wer seid ihr?«, entgegnete sie schließlich, ohne selbst Antwort zu geben.

Ein Lächeln glitt über das Gesicht ihres Gegenübers. Er senkte kaum merklich den Kopf, ohne sie aus den Augen zu lassen, und legte eine Hand auf die Brust: »Mein Name ist Kaveh, zweiter Sohn von König Lorgios, Prinz der Freien Elfen vom Dunklen Waldreich. Und meine Absichten«, setzte er ruhig hinzu, »sind friedlich.«

Nill starrte ihn an. Ihr wurde bewusst, dass sie zum ersten Mal in das Gesicht eines Elfs blickte.

Ein Elf. Er war ein Elf. Und angeblich ein Prinz noch dazu!

»Wieso kannst du so sprechen?« Ihre Stimme war kaum mehr als ein erschrockenes Luftschnappen.

Der Elf tauschte einen flüchtigen Blick mit dem jungen Mann neben sich, dann wandte er sich wieder an Nill. »Mein Vater«, erklärte der Junge lächelnd, »legt viel Wert auf meine Bildung. Ich habe die Sprache der Menschen erlernt, seit ich drei Jahre alt bin. So wie jeder meiner Gefährten.«

Nun wies er auf den jungen Mann an seiner Seite. Er hatte glänzend schwarze Haare, die in vielen Zöpfen sein Gesicht umrahmten, eine etwas lange Nase und einen Hauch festere

Züge als der Prinz. Vielleicht schien das aber auch nur so, weil seine Miene reglos und verschlossen war.

»Dies ist der Ritter Erijel, mein Cousin und treuester Freund. Er hat mich schon aus mancher schlimmen Lage befreit.«

»Was diesmal ja nicht geklappt hat«, zischte Erijel ihm zu. Kaveh schenkte ihm einen glühenden Blick. Erijel stieß scharf die Luft durch die Nase, wandte sich aber dann an Nill und neigte ein wenig den Kopf. »Sei gegrüßt, Mädchen der Hykaden.«

»Und diese beiden«, fuhr Kaveh fort, wobei er auf die anderen zwei Gestalten wies, »sind mir ebenso teuer wie Brüder. Sein Name ist Arjas, und seiner Mareju, beide Ritter der Freien Elfen.«

Der Junge, den Kaveh als Arjas vorgestellt hatte, nickte Nill zu. Sie fühlte sich ein bisschen flau beim Anblick seiner Haare, von denen nur zwei vordere Strähnen in Holzperlen gedreht waren und die so grün schimmerten wie ihre. Seine Augen waren groß und grün, die breiten Lippen waren zu einem freundlichen Lächeln verzogen. Der andere Junge, Mareju, sah genauso aus. Verdutzt stellte Nill fest, dass die beiden wie Spiegelbilder nebeneinander saßen. Es mussten Zwillinge sein.

»Du schuldest uns einen Namen«, erinnerte sie Erijel. »Willst du dich nicht auch vorstellen?«

Fragend ruhten die Blicke der Elfen auf Nill. Kavehs Augen verschmälerten sich. »Du… bist du wirklich ein Mensch? Ich meine, bist du wirklich ein Hykadenmädchen? Deine Haare und auch deine Augen…«

»Ihre Ohren«, flüsterte Mareju. Hastig befühlte Nill ihr linkes Ohr und strich die feuchten Haare darüber. Ihr Herz hämmerte noch immer heftig. Elfen, bei allen Göttern – sie saß hier Elfen gegenüber! Schreckliche Geschichten und Erzählungen stoben ihr durch den Kopf: Was das Elfenvolk mit Menschen anstellte, die ihm in die Fänge kamen, was Elfen mit Kindern taten, die sich im Wald verirrten, wie sie Jungen und Mädchen zum Spaß in den Irrsinn trieben...

»Bist du eine Tochter der Hykaden?«, wiederholte der schwarzhaarige Ritter betont deutlich und lehnte sich sogar ein Stück vor, damit Nill ihn besser verstand.

»Nein. Nein, ich –«

»Ich wusste es!«, rief Kaveh und erhob sich sogleich, um auf sie zuzukommen. Erijels Hand schloss sich um Kavehs Gürtel und zog ihn unsanft auf den Boden zurück. Das Gesicht des Prinzen begann zu glühen. Er machte sich vom Griff seines Cousins los, blieb aber nun sitzen und blickte Nill fröhlich an. »Ich wusste es. *Yen sûr mearél liurjas*?«

Nill erwiderte seinen Blick mit der Verständnislosigkeit eines Karpfens. Einige schreckliche Augenblicke lang erwarteten die Elfen eine Antwort, die Nill natürlich nicht geben konnte. Das Zirpen der Grillen schien plötzlich sehr laut zu werden.

»Das Mädchen *ist* ein Mensch«, raunte Erijel Kaveh zu. »Oder sie ist, was fast genauso bedauerlich wäre, schwachsinnig.«

Ein wenig enttäuscht sah Kaveh über das Feuer hinweg. Nill beschloss die Stille mit einer Frage zu vertreiben: »Was ist passiert? Was wollt ihr von mir?«

Bevor Erijel etwas erklären konnte, hielt Kaveh ihm in einer gebieterischen Geste den Arm vor die Brust (wobei er nicht ausließ, ihm auch noch einen kräftigen Ellbogenstoß zu verpassen). »Wir sind zufällig an deinem Lager am Fluss vorbeigekommen, wie es scheint. Du musst uns gehört haben und hast Steine geworfen.« Kaveh lachte kurz. »Bei allen guten Baumgeistern, wirklich, du hättest mir fast den Schädel eingehauen.«

»Du bist auch geflohen«, fügte Erijel trocken hinzu. »Und hätte Kaveh« – dabei warf er ihm einen Blick zu – »dich nicht aus dem Wasser gefischt, hätte die Strömung dich ans nächste Ufer gespült. Mausetot.«

Nill versuchte, die Zunge vom Gaumen zu lösen. »Also … seid ihr *zufällig* in der Nähe gewesen?«

Die beiden Zwillinge Mareju und Arjas sahen sich an. Dann wandten sie sich wie Erijel Prinz Kaveh zu.

»Ja«, entfuhr es ihm. »Also … Ja! Wir sind nämlich …«

In diesem Augenblick begann es laut hinter Nill zu rascheln. Zweige brachen, dann tauchte etwas hinter den Wurzeln auf. Etwas Großes, Dunkles. Nill stieß einen erstickten Schrei aus und sprang auf die Füße. Noch bevor sie erkannte, was für ein Tier da hinter ihr aus dem Unterholz gebrochen war, hörte sie Kavehs herzliches Gelächter.

»Bruno! Das ist nur Bruno, der tut dir nichts!«

»Wer ist *Bruno*?«, entgegnete sie schrill, erkannte aber schon, dass Bruno ein Wildschwein war.

Kaveh breitete die Arme aus und schlang sie um das schwere, schnaubende Tier. Der Keiler mochte so groß wie ein Schaf in voller Wollpracht sein – und genauso breit. Ein Paar mächtiger gelber Hauer ragte neben dem Rüssel hervor, der unaufhörlich schnüffelte und schniefte. Um seinen umfangreichen Bauch waren zwei Taschen geschnürt. Das leise Klirren von Geschirr begleitete jede seiner Bewegungen. Das Wildschwein trappelte einmal um Kaveh herum, stupste dann seinen Arm an und drängelte seine Schnauze unter Kavehs Hand. Nill entschied sich endlich für ein verblüfftes Lachen.

Da stand sie dann mit feuchten Haaren und ein wenig hilflos, während die Blicke von vier Fremden und einem Wildschwein auf ihr ruhten.

# Der Geleitschutz

Dichte graue Nebelschwaden zogen sich durch die Wälder und verschluckten die Geräusche des anbrechenden Tages. Die Welt schien wie versunken in einen regungslosen Schlaf. Nill hatte sich zögernd am Feuer der Elfen niedergelassen. Was sollte sie auch anderes tun? Sie war noch kalt und feucht vom Fall ins Wasser, und sie wusste nicht, wo ihre Sachen waren.

Außerdem ging keine Gefahr von den Elfen aus – jedenfalls schien das Gesicht des Prinzen das zu sagen. Seine Worte und Blicke waren so vorsichtig, als wende er sich an ein verletztes Reh.

»Nun weißt du also, wer wir alle sind«, sagte Kaveh, einen Arm noch immer über sein Wildschwein gelegt. »Willst du uns jetzt auch verraten, wie dein Name lautet?«

»Nill«, antwortete Nill scheu.

»*Nill*?« Die Brauen des Elfen runzelten sich. »Das ist ja elfisch! Das bedeutet…« Er verstummte.

Nill fühlte einen Kloß im Hals. »Was bedeutet das? Mein Name hat eine Bedeutung?«

Kaveh blickte irritiert zu den Zwillingen hinüber und wieder zu Nill. Er schluckte. »Nun ja… das heißt… das bedeutet so etwas wie… Also, ich meine, bestimmt hat dein Name eine ganz andere Bedeutung, das ist ja sicher ein Zufall«, faselte er und räusperte sich. »Nill, also, bedeutet… *schmutziges… Blut.*«

»Oh«, hauchte sie und senkte den Kopf.

*Schmutziges Blut*… Ein bitteres Lächeln grub sich in Nills Züge. Man hatte sie ihr ganzes Leben lang so genannt. Und jetzt erfuhr sie, dass ihr Name selbst nichts anderes bedeutete. Sie schämte sich in Grund und Boden und war gar nicht mehr fähig, irgendetwas zu sagen. Selbst das unsichere Schweigen der Elfen brachte sie vor Scham zum Glühen.

»Wieso heißt du so?«, fragte Kaveh schließlich. Sie wagte einen Blick durch ihre Haare. Aber sie entdeckte nicht den erwarteten Spott. Nicht einmal ein verkniffenes Grinsen. Sie presste die Lippen fest aufeinander.

»Oh. Oh…« Sein Gesicht überschattete Mitgefühl. »Ich verstehe. Du… du bist keine Elfe. Aber auch kein Mensch.« Erst nachdem Kaveh sie eine Weile gedankenversunken angeblickt hatte, wurde ihm bewusst, was er da gesagt hatte. »Ich meine, du bist natürlich schon ein Mensch und du bist auch eine Elfe, du bist eben…« Kaveh verstummte.

Nill lächelte, ohne jemanden ansehen zu können. »Ist schon gut. Ich weiß, was ich bin.«

Um rasch abzulenken und um nicht noch eine peinliche Stille erdulden zu müssen, fragte sie etwas anderes: »Wenn du wirklich ein Prinz bist, und ihr Ritter seid, was macht ihr dann hier?« Hatte man sie nicht gewarnt, sich ja vor den Elfen fernzuhalten? Schließlich trug sie das magische Messer bei sich, nach dem sie vielleicht – oder gar wahrscheinlich! – suchten.

Kaveh blickte von einem erwartungsvollen Gesicht zum nächsten. »Wir sind…«

»…auf dem Weg zum König der Moorelfen. Als Kundschafter«, beendete einer der Zwillinge, Mareju, den Satz des Prinzen. Erijel legte eine Hand über seine Augen.

»Zum König der Moorelfen?«, wiederholte Nill zögernd. »Ihr meint den König von Korr?«

Kaveh räusperte sich abermals. »Ja. Genau. Wir hätten es dir eigentlich nicht anvertrauen dürfen –«, er blickte ein wenig hilflos zu Erijel, dessen Augen Blitze in Marejus Richtung feuerten – »aber ich hoffe und ich glaube, dass wir dir vertrauen können,… Nill. Wie ein Spion des Königs siehst du nicht unbedingt aus.« Er lächelte und räusperte sich sogleich wieder. »Wir wollen nur mal sehen, wie es in Korr eben, du weißt schon, aussieht… Ja. Aber was tust du hier, so ganz alleine in den Dunklen Wäldern?«

Einige Momente lang schwieg sie, als hätte sie ihre eigene Stimme verschluckt. Dann beschloss sie den Elfen einen Teil der Wahrheit zu sagen: »Auch ich bin sozusagen auf dem Weg zum König von Korr. Als Kundschafterin.«

»*Tatsächlich*?« Kaveh strahlte. »Das ist ja ein seltsamer Zufall. Und du bist trotzdem ganz allein?«

»Nun, ja.« Nills Hand rutschte unauffällig zu ihrem Rock hinab. Ganz alleine war sie nicht… Durch den Stoff spürte sie zum Glück noch den Steindorn.

»Kennst du den Weg nach Korr?«, erkundigte Kaveh sich weiter.

Nill kam sich zusehends dümmer vor. Sie wusste nicht, was ihr eigener Name bedeutete, und jetzt auch noch das! Die Elfen mussten sie schlichtweg für einen Trottel halten. »Nein… nicht direkt.«

»Aber wir kennen den Weg«, fiel Arjas ins Gespräch ein. Er erntete einen aufmunternden Blick von Kaveh und ein Augenrollen von Erijel. »Ja – eigentlich ziemlich genau, wenn ich es mir genau überlege. Der Weg wurde uns haargenau erklärt.«

»Genau.« Mareju strahlte. »Und wenn Prinz Kaveh sich dazu bereit erklären würde, dann würden wir den Weg vielleicht mit dir zusammen gehen.«

Nill wandte sich verdutzt an Kaveh. Sein Lächeln malte ihm Grübchen auf die Wangen, und in diesem Moment beschloss Nill, ihm endgültig zu vertrauen, aus einem Grund, den sie sich selbst nicht ganz erklären konnte.

»Du bist schließlich ganz allein in den Dunklen Wäldern. Wenn du also willst, könnten wir dir sicheren Geleitschutz bieten.«

Ihr Puls ging sonderbarer Weise schneller als sonst, aber nicht aus Furcht – nur ein unbekanntes Gefühl breitete sich in ihr aus. Vielleicht war es das Gefühl, das man hatte, wenn man geachtet wurde. Wenn plötzlich jemand da war, der sich sorgte.

»Geleitschutz?«, murmelte Nill und biss sich auf die Unterlippe, um nicht einfach zu strahlen.

»Ja, es wäre uns eine Ehre.«

»Wieso?« Ihre Stimme klang zu ihrem eigenen Ärgernis wie ein heiseres Piepsen.

Kaveh blickte in die Gesichter seiner Gefährten und lachte. »Wir sind Ritter der Freien Elfen! Unser Stand verlangt es, dass wir uns wie Ehrenmänner verhalten.«

»Ja«, knurrte Erijel. »Ehrenmänner – uns wie *Männer* zu verhalten, ist uns schließlich unmöglich.«

Nill war losgelaufen, um die Barke zu holen. Wenn sie Glück hatten, passten sie alle zusammen hinein und konnten die Dunklen Wälder schneller hinter sich lassen als zu Fuß – auch wenn Nill noch nicht so recht wusste, wie das Wildschwein des Prinzen in dem schmalen Boot Platz finden sollte.

Kaveh stand an einem seichteren Uferabschnitt, wo die Wellen über den Kies glitten, und wartete auf Nill. Erijel, Mareju und Arjas standen neben ihm. Ausnahmsweise waren die Zwillingsbrüder still. Die Erkenntnis, dass das Mädchen sich ihnen nun tatsächlich angeschlossen hatte, schien ihnen noch ein wenig das Sprechen zu erschweren. Ganz anders als Erijel. Kaveh atmete seufzend aus, als sich die bereits erwartete Hand auf seine Schulter legte.

»Kaveh«, sagte Erijel eindringlich. »Bist du dir auch ganz sicher, was du hier tust?«

Kaveh sah seinen Cousin an. Erijel hatte ein schönes Gesicht; es war schärfer geschnitten als die der meisten Elfen und hatte feste, dunkle Augenbrauen, was ihm einen gewissen Ernst verlieh. Kaveh seufzte wieder. Leider war Erijel auch so ernst. »Ja. Ich bin mir ganz sicher.«

»Sie ist eine Fremde«, gab Erijel zu bedenken. »Und ein Halbmensch noch dazu.«

Kaveh zog die Augenbrauen zusammen und fasste seinen Cousin am Unterarm.

»Bei allen guten Geistern, Erijel! Als du gesagt hast, dass du mit mir kommst, hast du mir Ergebenheit, Treue und Gehorsam geschworen!«

»Eben darum mache ich mir Sorgen«, sagte Erijel jetzt mit einem Lächeln, dünn wie Papier. »Weißt du, in wie viele Schwierigkeiten mich dieser Schwur schon gebracht hat seit unserer Kindheit? Kannst du dich erinnern, als ich dir damals half, die Pferde deines Vaters zu stehlen? Du bist gestürzt und hast dir das Schienbein gebrochen. Und ich musste solange die Ställe ausmisten, bis der Bruch geheilt war.«

»Ich habe dir jede Nacht dabei geholfen!«, erinnerte Kaveh ihn.

Erijel schüttelte den Kopf. »Bei diesem Streich fürchte ich aber, dass deine Unüberlegtheit alles bereits Geschehene übertreffen wird.«

»Es ist keine Unüberlegtheit!«, brauste Kaveh auf. »Und ein Streich schon gar nicht.« Er presste die Lippen aufeinander und blickte zum Fluss. »Die Prophezeiung war eindeutig. *Es* sollte im Baum behütet weilen, bis der kam, *der die Bäume flüstern hört.*«

»Ja, ja, ich weiß«, knurrte Erijel ungeduldig. Seit Wochen hatte Kaveh von nichts anderem mehr gesprochen. Und wie jedes Mal stellte Erijel ihm auch jetzt dieselbe Frage: »Und woher, verflucht noch mal, willst du denn wissen, dass *der, der die Bäume flüstern hört*, gleichzeitig das Weiße Kind ist?«

Kaveh zuckte mit den Schultern. »Ich weiß es einfach. Vertrau mir.«

Erijel schnaubte. »Damit habe ich schlechte Erfahrungen gemacht. König Lorgios erwürgt mich mit bloßen Händen, wenn dir was zustößt und ich mit deinen Gebeinen heimkehre.«

Mareju und Arjas unterbrachen ihr leises Gespräch und wateten ins seichte Wasser.

»Da kommt sie!«

Kaveh erspähte eine Barke, die rasch von der Strömung herangetragen wurde.

»Nill«, murmelte er nachdenklich. »So einen abscheulichen Namen hat sie nicht verdient. Wenn man doch schon früher von ihrem Schicksal gewusst hätte...« Dann wandte er sich noch einmal an Erijel und packte ihn an den Schultern. Eindringlich richtete sich sein Blick auf Erijels Augen. »Ich danke dir für deine Treue. Ich weiß sie zu schätzen. Und ich schwöre dir, dass ich dich in kein Unglück stürzen werde... jedenfalls dieses Mal nicht, Cousin.«

Er drückte ihn kurz fest an sich und schlug ihm gegen den Oberarm. »Und außerdem: Manchmal klingst du echt wie ein alter Opa.« Damit lief er in den Fluss hinein.

Mit sorgenvollem Gesicht folgte Erijel ihm. So wie immer.

Nill hob die Hand zu einem kurzen Gruß, als die Elfen an der nächsten Uferbiegung auftauchten. Mareju und Arjas wateten bereits ins Wasser, ihre Lederrucksäcke und Kurzschwerter über den Kopf erhoben, obgleich das Wasser ihnen gerade bis zu den Knöcheln reichte. Auch Kaveh watete in den seichten Fluss. Das Wasser verdunkelte augenblicklich seine hochgeschlagenen Lederstiefel und den Mantel, der sich, obwohl Kaveh schließlich ein Prinz war, nicht von denen der Ritter unterschied: Er war aus demselben blassblauen, dünnen Stoff und hatte eine lange Kapuze.

Erijel folgte dem Prinzen. Er war der Einzige der Elfen, bei dem Nill ein ungutes Gefühl hatte. Er schien sie nicht besonders zu mögen und machte auch keinen Hehl daraus – selbst jetzt beobachtete er sie mit einer Mischung aus Misstrauen und Sorge. Vielleicht begleitete er seinen jüngeren Cousin, weil er es musste; vielleicht hatte man ihn zum Schutz des Prinzen mitgeschickt. Wenn dem so war, schien es Kaveh jedoch nicht zu stören, denn er behandelte den Elfenritter sehr vertraut.

»Werden wir da alle reinpassen?«, fragte Mareju mit gerunzelter Stirn, als er bei der Barke angekommen war und den Bootsrand festhielt.

Arjas kam neben ihn. »Wenn du dich so breit machst wie beim Schlafen, nicht.«

Mareju stieß seinen Bruder an, und die beiden Zwillinge schubsten sich, in der Elfensprache streitend, hin und her, bis Kaveh bei ihnen ankam. Er warf sich die zusammengebundenen Zöpfe über die Schulter und legte sein Kurzschwert, einen Köcher voller Pfeile und einen geschwungenen Bogen in die Barke. Dann blickte er lächelnd zu Nill auf, und sie spürte, wie sie sein Lächeln mit Erleichterung erwiderte.

Bruno, das Wildschwein des Prinzen, passte nicht in die Barke. Er hatte Schwierigkeiten, mit seinen Hufen einzusteigen, und wehrte sich mit einem empörten Grunzen dagegen, von Kaveh hineingehievt zu werden. Außerdem war die Barke bereits beträchtlich tiefer ins Wasser gesunken, seit sich Mareju, Arjas und Erijel hinter Nill gesetzt hatten; für das zusätzliche Gewicht eines ausgewachsenen Keilers war das Boot nicht geschaffen.

»Es nützt alles nichts«, seufzte Kaveh. Mit einem wütenden Schnauben befreite Bruno sich aus seinen Armen und galoppierte ans Ufer zurück. »Bruno muss auf festem Boden bleiben. Und ich bei ihm.«

Damit hob Kaveh Bogen und Köcher wieder aus der Barke und schlang sich beides um die Schulter.

»Zu Fuß seid ihr nicht schnell genug«, sagte Nill.

Daraufhin lächelten die Elfen gutmütig.

»Keine Angst.« Kaveh trat ans Ufer zurück. Langsam nahm die Strömung das Boot auf und es kam in Bewegung. »Bruno und ich sind gute Läufer.«

Kaveh winkte ihnen noch einmal, dann war er im Uferdickicht verschwunden.

# Gefährten

Nill wusste nicht recht, wie sie sich verhalten sollte. Bereits zehn Minuten nach ihrem Aufbruch bezweifelte sie ihre Entscheidung – sie hätte sich nie von den Elfen begleiten lassen dürfen! Sie kannte sie nicht einmal. In der Nacht konnten sie ihr den Steindorn stehlen. Und das war noch das Harmloseste, was ihr zustoßen mochte.

Die Blicke der Elfen schienen ihr in den Rücken zu brennen und sie wagte nicht, sich zu ihnen umzudrehen. So vergingen mehrere Minuten der Fahrt, während Nill sich in immer schrecklicheren Ängsten und Vorwürfen verlor.

Dann lenkte sie ein Blitzen aus dem Wald ab. Sie blickte zum Ufer hinüber. Da war es wieder – eine Reflektion.

»Habt ihr das gesehen?«, fragte sie mit brüchiger Stimme. »Da, da, das Licht.«

»Das ist bloß Kaveh. Sein Brustpanzer reflektiert.« Der Elfenritter Arjas zuckte mit den Schultern. Dabei kamen seine Schultern Nill fast noch zu schmal vor, um zu einem Ritter zu gehören – die Elfen waren allesamt mehr Jungen als Männer und bestimmt nicht viel älter als Nill selbst. Nur Erijel traute sie zwei, drei Jahre mehr zu.

»Und… ihr seid alle Ritter des Königs?«, fragte sie.

»Ja«, erwiderte Mareju prompt. Und nach einem kurzen Stocken fügte er hinzu: »Nicht direkt. Unsere Treue haben wir Prinz Kaveh, dem zweitgeborenen Sohn des Königs, geschworen. Wir sind seine persönliche Rittergarde.« Er sagte es mit so viel Stolz, dass Nill ausschloss, dass er log.

»Hat er denn einen älteren Bruder?«, fragte Nill weiter.

Arjas kratzte sich das grün schimmernde Haar. »Der Erstgeborene ist Prinz Kejael. Der hat wie Kaveh seinen selbst erwählten Ritterstab. Aber seine Ritter sind natürlich nicht mit denen von Prinz Kaveh zu vergleichen.« Er grinste breit und steckte auch seinen Zwillingsbruder damit an.

»Ist das der Grund, weshalb der König euch als Kundschafter ausgeschickt hat?«, fragte Nill.

»Na klar!«, sagte Mareju mit einem eifrigen Nicken. »Genau deshalb. Wir haben uns schon oft als Kundschafter bewiesen. Wir sind absolut unschlagbar, weißt du.«

Nill lächelte zögernd. »Ihr müsst euch gut verstehen. Mit dem Prinzen, meine ich.«

Der Meinung waren die Zwillinge auch. »Wir sind Blutsbrüder!«, erklärte Arjas. »Die Treue, die wir ihm geschworen haben, hat auch Kaveh uns geschworen.«

»Ja«, knurrte plötzlich Erijel, der ganz hinten mit einer säuerlichen Miene in der Barke saß. »Und einen besonderen Eid haben wir auf Tollkühnheit abgelegt.«

Die Zwillinge zuckten fast gleichzeitig mit den Achseln. Inzwischen hatte sich Erijels scharfer Blick auf Nill gerichtet. »Aus welchem Grund genau hat man dich nach Korr geschickt?«

Nills Zunge fühlte sich plötzlich wie gelähmt an. »Ich soll mich nur umhören«, wich sie seiner Frage aus. Natürlich nahm er ihr das kein bisschen ab, sie hätte es selbst nicht getan.

»Und ihr, ihr hört euch auch nur um?«, fragte sie zurück.

Arjas, Mareju und Erijel nickten.

Genauso rasch, wie Nills Angst vor den Elfen zuvor gekommen war, schwand sie wieder. Als die ersten Sonnenstrahlen durch die Wolken brachen und blasses Licht durch die Laubdächer weit über ihnen sickerte, lachte und scherzte Nill ausgelassen mit Mareju und Arjas. Erijel hatte sich inzwischen eingerollt und schlief. Er hatte, wie er grummelte, »die letzte Nacht schließlich nicht geschnarcht, sondern Wache gehalten.«

Das bekümmerte die beiden Zwillinge nicht im Geringsten. Nill lächelte erst verlegen, dann begann sie zu kichern, und schließlich, als sie alle Unsicherheit überwunden hatte, lachte sie ungewohnt laut über die Witze der beiden Elfenbrüder. Das war ein ganz neues Gefühl für sie: Niemals hätte sie für möglich gehalten, dass man mit jemandem nach so kurzer Zeit so vertraut sein konnte. Es war auch ganz neu für sie, mit jemandem fröhlich zu sein.

Mareju und Arjas erzählten Nill ein paar amüsante elfische Volksmärchen, in denen aber so viele Begriffe vorkamen, die nur ein Elf kennen konnte, dass Nill kaum die Hälfte verstand (sie wusste weder, was ein *heiliges Tier der Nebel* war, das in den Mythen immer wieder eine Rolle spielte, noch was ein *Hainlicht* sein mochte – oder ein *Gnobbkop*).

Schließlich musste sich Nill beide Hände vor den Mund halten, um nicht in lautes Gelächter auszubrechen, als die beiden Brüder eine Wette abschlossen.

»Nie im Leben«, raunte Mareju und verschränkte entschlossen die Arme vor der Brust. »Erijel im Schlaf das Schwert zu ziehen – das schaffst du nicht, Bruderherz! Hast du vergessen, dass Erijel mit gespitzten Ohren und wachen Händen schläft?«

»Und ich werd's trotzdem schaffen.« Arjas grinste siegesgewiss. Seine Lippen vermochten sich zu jedem erdenklichen Lächeln zu kräuseln – allein sie erzählten schon von hundert Streichen und Flausen. »Ich wette, dass ich sein Schwert klauen kann, ohne dass er was merkt.«

Eine Weile drucksten und kicherten die Brüder herum, dann schlossen sie ihre Wette ab. Wenn Arjas tatsächlich die Geschicklichkeit bewies, Erijel bestehlen zu können, wollte Mareju ins Wasser springen.

»Und mit dem Mund einen Fisch fangen«, setzte er noch hinzu. Arjas beließ es dabei, einfach nur in den Fluss zu springen.

Schelmisch drehte er sich schließlich zu dem Schlafenden um. Er streckte behutsam eine Hand aus, zog sie wieder zurück, fuhr sich über die Stirn und rieb sich die Finger am Mantel ab. Hastig zog er sich den Mantel aus und schnallte sich sogar den Brustpanzer ab. Dann überwand er sich unter Marejus Drängen. Er biss sich auf die Zunge, um Erijel nicht mit einem prustenden Lachen zu wecken – und kroch an den Schlafenden heran. Seine bebenden Finger reckten sich, umschlossen den Griff des Schwertes wie in Zeitlupe und zogen die Klinge hervor. Ein Klirren hing in der Luft. Plötzlich riss Erijel die Augen auf. Seine Hand umschloss Arjas' Unterarm. Verwirrt und wütend starrte er dem Jungen ins Gesicht.

»Bei allen Waldgeistern und Himmelsseelen!« Arjas vollführte ein selbstsegnendes Zeichen, dann sprang er an den Barkenrand und hechtete kopfüber ins Wasser.

»Was – du Spinner!« Erijel sprang hoch, während Nill und Mareju sich die Bäuche hielten vor Lachen. Wenig später tauchte Arjas prustend wieder auf und beeilte sich, die Barke einzuholen. Nill half ihm kichernd ins Boot, während Erijel und Mareju fluchten, denn Arjas machte sie alle ganz nass.

»Eiskalt«, murmelte Arjas und streifte sich schnell die tropfende Tunika ab. Dann setzte er sich in die Barke und ließ sich vom Sonnenlicht trocknen. Nill wusste, wie kalt das Wasser war – aber es schien Arjas nicht wirklich etwas auszumachen, ob das nun an seinem elfischen Geblüt lag oder an seiner ritterlichen Unerschrockenheit.

Als der Abend dämmerte, ruderten sie ans Ufer. Erijel stieß ein helles Pfeifen aus, das bald von einem ganz ähnlichen Pfeifen aus den Wäldern beantwortet wurde. So wussten sie, dass Kaveh noch in der Nähe war.

Als sie die Barke an einer Wurzel vertäuten und auf festen Boden traten, erschien hinter den Bäumen Kaveh mit dem Wildschein. Er schien weder außer Atem vom Tagesmarsch noch besonders müde.

Gemeinsam trugen sie Reisig unter eine mächtige Birke und entfachten ein Lagerfeuer. Dann packten die Elfen ihre Proviantbeutel aus und zeigten Nill (die schon neugierig darauf gewartet hatte), was man im Elfenvolk aß.

Dünne, weiche Brotfladen waren ihre Hauptnahrung.

»Man mahlt das Mehl aus der Rinde eines Baumes, den es kaum noch in den Dunklen Wäldern gibt, lässt es sieben Wochen unter dem Mondlicht gären, räuchert es über den Feuern des *Nejuddha* und mischt es mit dem heiligen Wasser der *Fiajud* Quelle«, erzählte Mareju und hob beschwörend die Hände. Dann biss er herzhaft ins Brot und fügte kauend hinzu: »Man kann's aber auch aus Wurzeln machen.«

Und Wurzeln hatten sie in großen Mengen dabei. Es waren runde, dunkle Knollen, die einen kaum wahrnehmbaren Duft verströmten.

»Die schmecken gut!« Arjas hielt ihr eine seiner Wurzelknollen entgegen. »Nur ein bisschen sauer.«

Zögernd nahm Nill die Wurzel. Die Blicke der Elfen ruhten neugierig auf ihr, als sie den Mund öffnete und sich zu einem kleinen Bissen überwand.

Tatsächlich schmeckte die Wurzel – süß! Nills Geschmacksnerven waren einen Augenblick lang ganz verwirrt. Sie starrte die Elfen groß an. Mareju und Arjas brachen in Gelächter aus.

»Ah – reingefallen!«

»Wieso?«, erwiderte Nill und schluckte den Bissen hinunter. Es war ein seltsamer Geschmack. Sie musste erst an Nüsse denken, an Walnüsse, aber dann an etwas viel Weicheres; so wie Nüsse, die in Honig aufgeweicht waren.

»Na ja«, erklärte Arjas, »du dachtest, sie wäre sauer, dabei ist die Wurzel süß, und du hast etwas Saures erwartet und warst erschrocken, als sie nicht sauer war.«

Stille breitete sich aus.

»Beschissener Scherz«, bemerkte Erijel.

»Ja, du hast Recht.« Mareju zuckte mit den Schultern, woraufhin Arjas seinen Bruder anfunkelte.

»Du hast mitgelacht, Verräter!«

»Aus Mitleid.« Mareju wandte sich an Nill: »Was soll man

bloß machen, mit so einem unlustigen Stinkbeutel als Bruder? Ich bin da natürlich ganz anders…«

Während die Zwillinge lautstark auf Elfisch zu streiten anfingen, aß Nill lächelnd die Wurzel auf.

Dann sollte sie auch das Fladenbrot – *Manjam* hieß es – kosten.

»Pass auf«, sagte Kaveh und nahm einen seiner Fladen. »Ich wickle dir jetzt ein richtiges *Manjam Kher*! Mit *Kanye, Sorva, Ilijen* und getrockneten Fleischstreifen. Mit allem, was ich dabei hab.«

Die Elfenritter lachten, denn offensichtlich umfassten die Zutaten, die Kaveh besaß, nicht annähernd alles, was man für ein *Manjam Kher* benötigte. Kaveh legte Kräuter, Fleischstreifen und seltsame Raspel – wie Baumrindenstücke oder gebratene Zwiebeln sahen sie aus – in die Mitte des Fladenbrotes, dann faltete er es geschickt zusammen und formte eine viereckige Tasche. Er übergab sie Nill.

»Vorsicht«, mahnte Arjas kichernd. »Kaveh hat mehr Zeit draußen in den Wäldern verbracht als an den Herdfeuern. Es würde mich nicht wundern, wenn Bruno besser kocht.«

»Solange es nicht *sauer* ist.« Sie schenkte Arjas ein Grinsen. Dann nahm sie die Brottasche neugierig in die Hände. Sie sah fremd und ulkig und köstlich aus. Nill biss hinein.

Das Brot war weich und salzig. Die Kräuter waren von unbeschreiblicher Würze, das Trockenfleisch viel besser als Nills und die Raspeln erwiesen sich als eine unbekannte, knusprige Köstlichkeit.

Nun wollten die Elfen wissen, was man bei den Menschen aß. Ein bisschen beschämt öffnete Nill ihren Quersack, hatte sie doch nicht annähernd so geheimnisvolle Speisen dabei. Sie zeigte ihnen das Brot, das viel dicker und größer und gar nicht zum Wickeln war, und die getrockneten Fleischstreifen. Aber wenn Kaveh wirklich so unbeeindruckt war, wie Nill fürchtete, dann überspielte er es meisterhaft. Mit Neugier und Begeisterung nahm er eine langweilige Kost nach der anderen in Augenschein und biss in ein Brot hinein, als erwarte er davon in eine ferne Welt entführt zu werden.

Später erzählten die Elfen Nill Geschichten ihres Volkes – und Geschichten von sich. An diesem Abend erfuhr Nill, dass Kaveh, Arjas und Mareju schon ein Dutzend kostbare oder bedeutsame Gegenstände gestohlen, verloren, versehentlich zerstört, angebrochen, fallen gelassen und verunstaltet hatten; dass sie schon genauso oft bestraft, gescholten und eingesperrt und ebenso oft ausgebüchst, geflohen, entwischt und mit List drum rum gekommen waren. Es schien, als gäbe es auf der ganzen Welt keinen Streich mehr, den Kaveh mithilfe der Zwillinge nicht gewagt hätte. Dabei geschah all dies, wie Nill schien, nicht aus Bosheit. Im Gegenteil, in jeder Geschichte schien Kaveh mehr oder weniger gute Absichten gehabt zu haben – oder zumindest wagemutige –, die aber auf unerklärliche Weise immer schief gingen und in Katastrophen endeten.

»Und ich sage dir auch, warum«, meldete sich plötzlich Erijel zu Wort, der fast den ganzen Abend über still gewesen war. »Weil Kaveh ein kopfloser Träumer ist, der seinen Spinnereien folgt, wie sie ihm gerade in den Sinn kommen.«

Kaveh legte ihm einen Arm um die Schultern und lachte. »Kannst du mir mal verraten, wann du dich in meinen Vater verwandelt hast? Himmel, Erijel, hör auf wie ein Lehrer zu reden! Übrigens«, fuhr er mit einem Augenzwinkern zu Nill fort, »ist Erijel ohnehin der Schlimmste von uns allen. Denn obwohl er mir immer droht, dass er mich an meinen Vater verrät, begeht am Ende immer er die größte Untat. Stell dir vor, dass er einem Mädchen namens Ylenja geschworen hat, dass er sie liebt – obwohl ein Ritter niemandem außer seinem Herren schwören darf...« Ein etwas strengerer Unterton lag nun in Kavehs Stimme. Aber er verschwand sogleich wieder, als er ein Lachen unterdrücken musste. »Und geschworen hat er es ihr mit einem Brandmal!«

Mareju und Arjas stürzten sich auf Erijel und zogen ihm

den Ärmel hoch. Auf der Innenseite seines Unterarms war ein geschwungenes Zeichen, ein Buchstabe wohl, in die Haut gebrannt.

»Lasst das!«, keifte Erijel und versuchte, sein glühendes Gesicht hinter einer wütenden Miene zu verbergen. »Das ist nur – es ist nur ein Zeichen, einfach so!«

Daraufhin erntete er noch lauteres Gelächter. Aber Nill schien Erijel mit einem Schlag sehr viel sympathischer.

Später am Abend sangen die Elfen Nill alte Volkslieder vor und erzählten ihr von ihren Festen und Bräuchen, die alles andere als blutrünstig waren und nichts mit den Schauermärchen zu tun hatten, die die Menschen sich ausmalten. Nur manchmal erwähnten die Ritter ein paar Begriffe, die Nill nicht verstand; sie beinhalteten geheimnisvolle Zauber, die Nill nur erahnen konnte.

Eines der Elfenlieder, die die Ritter ihr im Takt klatschend vorsangen, gefiel Nill besonders:

*»Feuer der Dämonennacht,*
*tanz mit dem Lied, das hier erwacht!*
*Leuchte nun für hundert Jahre,*
*die eine Nacht nur in dir wahre.*
*Sollt unser Volk einmal vergehen,*
*wird tief im Schlaf Erinnerung bestehen,*
*die als Legende einst erwacht;*
*drum tanz für hundert Jahre,*
*Feuer der Dämonennacht!«*

Die Dämonennacht, so erklärte man ihr, war ein Fest, in der die Jungen und Mädchen tanzten, bis die Feuer im Morgengrauen erloschen. Die Ritter baten auch Nill, ihnen ein Lied der Menschen vorzusingen. Und Nills Herz zog sich zusammen.

Nur ein Lied kam ihr in den Sinn. Nur eines, das zu stark in ihrer Erinnerung brannte, um vergessen zu werden: das Lied vom Dornenmädchen!

»Nein«, sagte sie mit leiser Stimme. »Ich kenne keine Lieder.« Als die Elfen sie verwundert ansahen, fügte sie schnell hinzu: »Was aber natürlich nicht heißt, dass es bei den Menschen keine Lieder gibt. Aber ich mochte die gesprochenen Gedichte der Menschen lieber.«

»Gesprochene Gedichte?« Kaveh lächelte. »Willst du uns eins vortragen?«

Nill fuhr sich mit der Zunge über die Lippen. Nie hätte sie gedacht, dass sie mal ein Gedicht aufsagen würde. Doch dann, kaum dass das erste Wort ihr über die Lippen gekommen war, schien das Gedicht wie von selbst zu fließen:

*»Dreh dich, dreh dich, Schicksalsrad!*
*Komm Leben, ungestüm und zart.*
*Lass mich fliegen auf den Winden,*
*wie ein Lichtstrahl kommen und verschwinden.*
*Ich will mutig sein und feige wie die Wellen*
*und die Herzen dieser Welt erhellen.*
*Nur sollst du so wild sein, wie ich bat,*
*und ich dreh mich, dreh mich mit dem Schicksalsrad.«*

»Ein schönes Gedicht«, sagte Kaveh und verschränkte nachdenklich die Arme auf den Knien. »Ich wusste, um ehrlich zu sein, nicht, dass die Menschen ... Na ja, bei den Elfen erzählt man sich viel Unfug über sie, glaube ich.«

»Das tut man bei den Menschen auch über euch«, sagte Nill.

»Es ist furchtbar!«, rief Kaveh. »Die Menschen und Elfen hassen sich, obwohl sie im Grunde nichts voneinander wissen! Wenn ich einmal König bin, werde ich etwas daran ändern.«

»Du wirst König? Ich dachte, du hättest einen älteren Bruder.«

»Ja und?«, meldete sich Mareju zu Wort. Seine Augen waren schon schläfrig klein geworden. »Oh ja«, murmelte er. »Ich hab ja vergessen, bei den Menschen erben die ältesten

Kinder alles. Bei uns ist das anders … Kaveh wurde bestimmt, König zu werden und die Krone zu tragen.«

Kaveh lächelte, als sich Marejus Worte in einem schläfrigen Nuscheln verloren. »Es ist schon spät«, sagte der Prinz der Freien Elfen leise. »Wir sollten schlafen.«

Nill nickte. Sie zog sich die Decke über die Schultern und rollte sich nahe dem Lagerfeuer ein.

»Gute Nacht«, flüsterte sie.

»Gute Nacht.«

Sie schloss die Augen und hörte das Knistern der Flammen, das Flussrauschen, das Zirpen der Grillen und das ruhige Atmen der schlafenden Zwillinge. Bald hing ein Flüstern in der Luft. Es war das Flüstern von Kaveh und Erijel. Nill lauschte ihm, wie man einem Lied lauschen würde. Sie lauschte dem Klang der melodischen Elfensprache und schlief mit dem Gedanken ein, dass sie sehr, sehr hübsch klang …

## Die falsche Fährte

Sie brachen früh morgens auf. Wie am Tag zuvor erklärte Kaveh sich bereit, mit Bruno zu Fuß zu gehen. Nill erschien es mittlerweile gar nicht mehr seltsam, dass des Prinzen Haustier ein Wildschwein war. Junge und Keiler gingen in äußerster Vertrautheit miteinander um und der eine wich nicht von der Seite des anderen. Später, als sie auf dem Fluss dahinfuhren, fragte Nill Erijel, wie Kaveh zu dem Keiler gekommen sei. Und sie war fast ein bisschen überrascht, dass Erijel ihr nicht nur in einem knappen Satz antwortete.

»Das war eine der wenigen Leichtsinnigkeiten von ihm, die noch mal gut gingen«, erklärte er mit einem kleinen Lächeln. »Als er zehn war, ist Kaveh mal in die Wälder gegangen. Er hat eine Gruppe menschlicher Jäger beobachtet, die ein Wildschwein gejagt haben. Sie erlegten es. Als die Menschen mit ihrer Beute verschwunden waren, war Kaveh den Spuren des Wildschweins zurück zu dem Ort gefolgt, wo es von den Menschen entdeckt worden war. Er hat einen sechsten Sinn dafür, Gefahren auszumachen. Leider fehlen ihm dann die restlichen fünf Sinne, um den Gefahren aus dem Weg zu gehen. Jedenfalls hat er den Unterschlupf des Wildschweins gefunden, obwohl es in den *Yen Argwha*, den verbotenen Wäldern gewesen ist, wo die Menschen jagen und ein Elf mit Verstand sich besser nicht zeigt. In dem Erdbau war ein einziger Frischling, kaum ein paar Wochen alt. Kaveh hat das Findelschwein mit nach Hause genommen. Das ist Brauch, dass ein Elf ein Tier aufnimmt, das ohne ihn sterben würde. Normalerweise ist es ein verstoßenes Wolfsjunges, ein verletzter Habicht oder Falke oder ein Rabe, manchmal auch ein Fuchs – aber einen Keiler mitzubringen, darauf kann nur Kaveh kommen. Irgendwie hat er es geschafft, mit Bruno die Freundschaft aufzubauen, die Elfen und ihre Tierbrüder verbindet. Auch wenn nur wenige es ihm zugetraut haben.«

Nill blickte in den Wald, der Baum um Baum an ihnen vorbeizog. Irgendwo in seinen Schatten wanderten nun Kaveh und sein Keiler. Nill spürte, wie ihr das Herz schwer wurde, weil die Freundschaft der beiden so innig war – und weil sie so eine Freundschaft nie gehabt hatte. Ein sehnliches Gefühl kam erneut in ihr auf, das sie schon seit dem Auftauchen der Elfen hatte: Wieso war sie bei den Menschen aufgewachsen? Wieso konnte sie nicht zu den Elfen gehören?

Wie gestern blieb der Tag bewölkt und ein wenig kühl. Die Luft hing schwer und still über ihnen und war erfüllt von süßen Sommergerüchen, die sich hier, inmitten der tiefen Wälder, prächtiger entfalteten als irgendwo sonst. Trotzdem mischte sich eine Kühle in den Duft, erwartungsvoll wie ein angehaltener Atem – man konnte es fast schmecken. Nill kannte diesen Geruch sehr gut. Es würde Regen geben.

Die Stunden verstrichen. Mittags ruderten sie ans Ufer, Kaveh stieg ins Boot und Erijel ging an Land, um mit Bruno den Fußweg zu nehmen. Nill hatte inzwischen alle Scheu vor den Elfen verloren und wurde nicht mehr unruhig, wenn sie nichts zu besprechen hatten und einfach stillschweigend beieinander saßen. Nur manchmal, wenn sie Kavehs Blick auf sich spürte, wusste sie nicht recht, wie sie sich verhalten sollte.

Abends gingen sie wieder an Land und machten ein Feuer. Sie aßen und erzählten und Nill schloss ein bisschen Freundschaft mit Bruno. Genau genommen beschnupperte er sie und schnaubte sie an, als wollte er sagen, dass sie für ihn schon in Ordnung war. Vielleicht ein wenig uninteressant verglichen mit den Nüssen und Pilzen auf dem Waldboden.

Erst als die Nacht fast vorüber war und die Dämmerung hereinbrach, erfüllte sich Nills Ahnung. Ein leises Grollen rollte durch die Wälder. Bald fielen hier und da Tropfen durch die Baumkronen. Dann trommelte der Regen auf die Blätter. Nill, die Elfen und Bruno erwachten notgedrungen und beschlossen aufzubrechen. Mit hochgezogenen Schultern stiegen sie in die Barke und Kaveh blieb wie gewohnt bei Bruno.

Der Regen verwandelte den Fluss in ein graues Sprengfeld und malte unzählige Ringe auf die Oberfläche. Es dauerte nicht lange, da waren Nill, Mareju, Arjas und Erijel bis auf die Knochen durchnässt. Nill zog die Knie an den Körper und umschlang die Beine mit ihren Armen.

Bibbernd warteten sie den Tag ab, aber die Zeit wollte nicht vergehen und der Regen nicht nachlassen. Nill war kalt. Die Kleider hingen ihr schwer und vollgesogen am Leib, ja selbst die Haare klebten ihr auf den Wangen, dem Nacken, am Hals, und von ihren Wimpern rollten die Regentropfen. Aus Langeweile holte sie einen Brotkanten aus ihrem Quersack, brach ihn in immer kleinere Stücke und aß sie, während der Regen das Brot noch in ihrer Hand aufweichte.

Der Regen blieb und hin und wieder mischte sich ein unheilvolles Beben in sein Prasseln. Dann wurde es schlagartig dunkel und die Nacht goss sich wie Tinte über das Land. Nill und die Elfen suchten unter einer mächtigen Tanne Schutz, deren Wurzeln selbst dick wie Baumstämme und so hoch waren, dass man auf ihnen hätte klettern können. Mit viel Geschick gelang es Arjas und Mareju, ein Feuer zu entfachen, wobei die Brüder sich erst gegenseitig rau anherrschten und später, als ihr Werk fröhlich vor sich hinflackerte, eifrig beglückwünschten. Sie zogen sich die tropfenden Kleider aus und hängten sie nahe der Flammen an Äste. Nill war beschämt und wusste mehrere Augenblicke lang nicht, was sie tun sollte. Aber schließlich überwand sie sich, legte ihren dunklen Umhang und die Tunika ab und ließ sich im Unterkleid vor dem Feuer in die Hocke sinken. Dann wartete sie mit den Jungen und dem Keiler darauf, dass die Wärme sich in ihre halbgefrorenen Glieder schlich.

Die nächsten zwei Tage und Nächte regnete es unaufhörlich. Nill konnte sich kaum mehr erinnern, wie es sich anfühlte, trocken und warm zu sein. Sie hatte sich an das ewige Prasseln gewöhnt, das ihr auf den Kopf und die Schultern schlug und das Denken fast unmöglich machte. Die Gefährten sprachen kaum mehr miteinander. In den zäh dahin rinnenden Stunden merkte Nill, wie ihre Hand immer öfter nach dem Steindorn tastete. Wenn sie spürte, dass er noch in ihrer Rocktasche war, ganz nah an ihrem Körper, war sie erleichtert und wollte die Hand kaum von der leichten Wölbung unter dem Stoff nehmen.

Es war am späten Nachmittag des dritten Tages, als der Regen für eine kurze Weile schwächer wurde, die einzelnen Tropfen sich dünn und lang machten und sich wie silberne Fäden vom Himmel herabließen. Ein wabernder Nebel kroch von den Ufern her über den Fluss. Bald reichte Nills Blick kaum mehr über den Rand der Barke hinweg. Sie fürchtete, dass Arjas, der im Augenblick mit Bruno im Wald wanderte, sie bei diesem Nebel verlieren könnte, aber Kaveh machte ihre Sorgen mit einem Lächeln zunichte. Der ewige Regen hatte den Prinz still und reglos werden lassen. Seine Augen waren rötlich umschattet, die Wangen blass und glänzend. Doch abgesehen davon schien die Kälte weder ihm noch seinen Rittern wirklich etwas auszumachen. Nill hingegen hatte einen Schnupfen bekommen und hüstelte immer wieder.

»Bruno verliert nie eine Fährte. Und Arjas … na ja. Er verliert nie Bruno.« Kaveh verzog die Mundwinkel erneut zu einem durchsichtigen Lächeln. Dann deutete er mit einem Kopfnicken geradeaus. »Der Fluss verändert sich.«

Nill wandte sich um. Sie sah nichts außer den dampfenden Nebelschwaden. Das Wasser perlte ihr über die Stirn. Und plötzlich streifte die Barke hohes Schilf. Nill wich erschrocken zurück. Die Pflanzen hatten sich wie aus dem Nichts vor ihnen aufgetan.

Mit einem Mal umgab sie von allen Seiten mannshohes Ufergras. Unter der Barke sah Nill verworrene Schlingpflanzen und Algen durch das Wasser schimmern.

»Sind wir ans Ufer getrieben worden?«, fragte sie.

Erijel stand auf und nahm das Ruder in die Hand. »Nein. Der Fluss hat sich geteilt. Wir sind in einem Nebenstrom gelandet. Vielleicht treiben wir auch auf einen See zu.«

Bis jetzt war Nill noch gar nicht der Gedanke gekommen, dass der Fluss irgendwo enden musste. Aber schließlich zog er sich nur durch die Dunklen Wälder – dahinter begannen die Marschen von Korr. Plötzlich schien sie wie aus einem langen Traum zu erwachen. Die Marschen! Das Dunkle Waldreich lag endgültig hinter ihnen und mit ihm das letzte Stückchen Heimat.

Ein Pfeifen durchdrang den Nebel. Kaveh legte zwei Finger an den Mund und antwortete ihm. Ein paar Augenblicke später schälte sich Arjas' Silhouette aus dem Dunst und neben ihm, wie ein großer Schatten, Bruno.

Erijel steuerte die Barke an ihn heran und sprang als Erster ans Ufer. Vom Regen platt gedrücktes, gelbes Gras hing wie wirres Haar ins Wasser.

»Weiter vorne lichten sich die Wälder«, sagte Arjas. »Die Flussläufe zweigen nun in alle Himmelsrichtungen ab. Sie sind mit Schilf überwuchert – mit einem Boot wird man kaum weiterkommen.«

Kaveh nickte und trat ebenfalls ans Ufer. Dann reichte er Nill die Hände, um ihr aus der Barke zu helfen. Nills Herz begann zu klopfen bei der Berührung, denn sie hatte noch nie einem Elf – oder sonst einem Jungen – beide Hände gereicht und sich auf so vornehme Art helfen lassen.

»Wir müssen die Barke hier lassen«, sagte Kaveh.

Sie schulterten ihre Proviantbeutel, Bogen und Köcher und ließen die Barke im hohen Schilf zurück. Das war das Letzte, dachte Nill, das Letzte aus ihrer Vergangenheit.

In den Wäldern empfing sie matte Dunkelheit. Rings um sie herum erhoben sich Fichten und Tannen mit glänzenden schwarzen Stämmen. Sie verschluckten zwar das meiste Tageslicht, standen aber zu weit auseinander, um den Regen ernsthaft abzuschirmen. Der Boden war ein fleckiger Teppich aus Moos und braunen Tannennadeln, die bald an den Stiefeln der Elfen und an Nills Waden klebten.

Allmählich standen die Bäume immer weiter voneinander entfernt. Obwohl die Dämmerung bereits einsetzte, wurde es nicht dunkler, denn auch der Wald lichtete sich, je weiter sie kamen. Immer öfter konnten sie Flecken vom Himmel über sich erspähen. Schließlich blieb Bruno stehen und wandte sich fragend zu Kaveh um. Der lief ihm schon entgegen. Er öffnete die Taschen, die der Keiler um den Leib trug, und zog fünf Fackeln hervor.

»Es wird bald dunkel. Und wie es aussieht, wird der Mond nicht scheinen. Wir sollten Licht machen.«

Nill und die Ritter warteten ab, bis Kaveh die Fackeln angezündet hatte. In den Taschen waren sie einigermaßen trocken geblieben. Nill dachte verwundert daran, wie Bruno stehen geblieben war, sobald Kaveh die Fackeln hatte holen wollen. Konnten die beiden womöglich miteinander sprechen – und das ohne jeden Laut …?

Jeder der Gefährten nahm eine Fackel. Bis jetzt war ihnen gar nicht aufgefallen, wie dunkel es schon geworden war. Als sie sich wieder in Bewegung setzten, sah Nill schon nichts mehr, was außerhalb der hellen Lichtkreise ihrer Fackeln lag. Selbst der Boden schien unter ihren Füßen zu versinken … Sie wanderten bald in Finsternis, in der es nur das leise Prasseln des Regens und den flackernden Feuerschein gab.

So fiel Nill zunächst nicht auf, wie die Bäume des Waldes hinter ihnen zurückblieben und der unebene Moosboden sich in eine unebene Straße verwandelte. Sie folgte nur den Fackeln, folgte nur dem Licht, einen Schritt nach dem anderen, einen Fuß vor den nächsten, weiter, weiter durch die Nacht. Bleierne Müdigkeit überkam Nill. Ihre Augen wollten immer wieder zufallen. Die Knie sackten ihr ein, ihr Arm, der die Fackel hielt, wurde schwer. Der Hunger wuchs zu einem schwarzen Loch heran und verwandelte sich in Kälte, die Kälte in noch mehr Müdigkeit … Aber an Schlafen war bei diesem Wetter ohne einen Unterschlupf nicht zu denken.

Donner rollte über das Land, nun in seiner ganzen monströsen Lautstärke und ohne von den Bäumen des Waldes gedämpft zu werden. Blitze zuckten in der Finsternis und erhellten für weniger als eine Sekunde die Welt: Nill glaubte sich mit einem Schlag in einer Wüste, denn in dem kurzen Moment, in dem sie ihre Umgebung in gleißendes Licht getaucht sehen konnte, war absolut nichts zu erkennen. Nichts außer kargen Hügeln, nichts außer fernen Umrissen, die Berge sein mochten oder auch nur Wolkenfetzen. Nill sehnte das Tageslicht herbei und fürchtete sich zugleich davor, was für eine öde Landschaft es enthüllen würde.

Plötzlich machten die Elfen Halt. Nill wäre fast gegen die anderen gestolpert und musste ihre Augen erst zwingen, wieder scharf zu sehen, ehe sie erkannte, was vor ihnen lag. Kavehs Fackel war zu einem schmächtigen Flämmchen geworden, das sich kaum noch gegen den Regen behaupten konnte. Er hielt sie dicht an ein Holzbrett. Es war ein verwittertes Straßenschild.

Das wurmzerfressene Holz glänzte im triefenden Regen. Kaveh beugte sich näher heran. Das Fackelfeuer leckte zischend am glitschigen Schild.

»Was steht da?«, murmelte Mareju. »Könnt ihr es lesen?«

»Ich erkenne kein Wort.« Arjas zuckte mit den Schultern.

»Wartet«, sagte Kaveh.

Nill stellte sich auf die Zehenspitzen, um das Straßenschild zu sehen. Aber selbst für jemanden, der lesen konnte, waren die Buchstaben so verwittert, dass man sie kaum entziffern konnte.

»... K, das ist ein K aus der Menschenschrift«, sagte Kaveh. »K wie Korr.«

Mit einem Hilfe suchenden Blick wandte er sich an die anderen. »Was meint ihr? Sollen wir den Weg nehmen?«

»Was bleibt uns übrig?«, fragte Nill.

Kaveh ging ein paar Schritte zur Seite und wies mit der Fackel in die Finsternis. Ein schmaler Trampelpfad war zu erkennen. »Zwei Wege, einer beschriftet, der andere nicht.«

Eine Weile sagte niemand etwas. Nill wartete darauf, dass die Elfen sich entscheiden würden; schließlich hatten sie behauptet, dass sie den Weg kannten. Als niemand etwas sagte, fasste sie Mut und zog sich den Quersack zurecht.

»Wir folgen dem Straßenschild«, sagte sie.

»Das finde ich auch«, sagte Mareju.

Kaveh nickte. »Dann also los.«

Sie schlugen den breiteren Weg ein. Nill drehte sich im Vorbeigehen noch einmal zum Schild um. Der Schein ihrer Fackel glitt über die eingeritzten Buchstaben hinweg, und mit einem Mal sah sie darin hämische Grimassen und Fratzen... Dann hatte die Finsternis hinter ihr das Schild verschlungen.

Sie gingen wachsam weiter. Nill hielt nach etwas Ausschau,

das bestätigen konnte, dass sie dem richtigen Weg folgten. Aber es gab nichts, woran ihr Blick sich klammern konnte. Sie bewegten sich nach wie vor in absoluter Dunkelheit.

Umso verwirrter war Nill über das erste Licht, das zu ihnen durch die Nacht drang.

»Was ist das?«, flüsterte sie.

Mit zusammengekniffenen Augen fixierten sie den Lichtfunken, der vor ihnen der Finsternis trotzte. Als sie näher kamen, erschien ein zweites Licht. Und bald noch eines. Immer mehr Lichter traten aus der Nacht, eins nach dem anderen.

Nill lief schneller, bis sich direkt vor ihren Füßen der Boden öffnete. Mit angehaltenem Atem starrte sie hinab.

Und auch die Ritter und der Prinz hielten den Atem an, als sie auf das glühende Nest herabblickten. Wie ein Tal voll Glühwürmchen eröffnete sich ein Wirrwarr von Lichtern vor ihnen – sie strahlten ihnen entgegen und versilberten den Regen über sich, sodass ein glänzender Schweif über der gesamten Stadt hing.

»In den Marschen sind wir nicht. Das hier«, sagte Erijel, »ist die Heimat der Verstoßenen und Verbannten. Das ist Kesselstadt.«

## Zum versunkenen Palast

Wir werden nur so lange bleiben wie gerade nötig«, erklärte Kaveh entschlossen, während sie sich dem funkelnden Lichtgewimmel näherten. »Wir fragen jemanden nach dem Weg in die Marschen. Dann suchen wir uns ein Zimmer für die Nacht und brechen gleich in aller Frühe wieder auf…«

Erijel bedachte ihn mit einem dunklen Blick.

»Also gut«, murmelte Kaveh. »Wir übernachten nicht. Nur nach dem Weg fragen wir. Vielleicht können wir eine Karte kaufen.«

»Du weißt, was Kesselstadt für uns bedeutet«, sagte Erijel. Selbst Mareju und Arjas hörten ihm ausnahmsweise sorgenvoll zu. »Das Leben eines Elfs ist hier keinen Pfifferling mehr wert, seit der König die Macht hat und die Menschen die Stadt beherrschen! Ganz zu schweigen davon, was das Leben eines Fremden hier zählt...«

»In Ordnung«, sagte Kaveh. »Wir bleiben nicht länger als nötig.« Mit diesen Worten zog er sich die Kapuze tiefer ins Gesicht, was die Ritter ihm sogleich nachmachten, und mit seiner freien Hand tätschelte er Brunos Kopf.

Vor ihnen tat sich ein hohes Holztor auf. In unzähligen glimmenden Rinnsälen zog sich der Regen durch die Holzfurchen. Ein Fenster öffnete sich im Tor und das Gesicht eines Moorelfs erschien.

»Wer seid ihr? Was wollt ihr?«, fragte er knapp. Er sprach in der Sprache der Menschen, wobei er sich sehr schwer zu tun schien, denn er spuckte die Silben wie Gräten aus.

»Wir sind Wanderer und suchen Schutz vor dem Regen«, sagte Kaveh, ohne den Kopf höher als nötig zu heben.

»Das kostet Steuern«, erwiderte der Graue Krieger. Wenn er wusste, dass vor ihm Elfen standen, hielt ihn das nicht davon ab, weiter die Menschensprache zu gebrauchen. Vielleicht durfte er es gar nicht anders.

»Wie viel?«, fragte Kaveh und zog ein kleines Ledersäckchen unter seinem Mantel hervor.

»Zwei Kupfertaler für jeden Kopf.«

Kaveh ließ seine Münzen in die ausgestreckte Hand des Grauen Kriegers fallen.

Das Fenster schloss sich. Dann wurde ein Riegel aufgeschoben, und laut knarrend öffnete sich eine Tür, die in das Tor eingelassen war.

»Kommt rein.« Der Graue Krieger machte eine ungeduldige Geste mit seiner Lanze.

Rasch schlüpften die Gefährten durch die Tür. Sie gingen eilig an den Grauen Kriegern vorbei, die mit Lanzen und

Speeren an den Mauern standen. Vor ihnen ragte ein steinerner Torbogen auf, gesäumt von einem Wasservorhang. Die Gefährten liefen darunter hindurch und folgten den Straßen, die steil in die Tiefe führten.

Laternen tauchten die Gassen in verschwommenes Licht. Rings um sie erhoben sich hohe, dicht aneinander gebaute Häuser mit Balkonen, Vorsprüngen und Terrassen. Fahnen hingen tropfend von Turmspitzen herab und Türglocken klirrten im Regen. Durch die Fenster, die mal rund, mal eckig, mal flaschenförmig auf die Straße hinausguckten, drang von Vorhängen bunt gefärbtes Licht.

Bald tauchten breite, glitschige Treppen vor Nill und den Elfen auf, drehten sich wie Spiralen in die Tiefe oder änderten immer wieder ihre Verläufe mit unerwarteten Ecken. Häuser mit viel zu kleinen Türen und dafür doppelt so großen Fenstern, mit riesigen glockenförmigen Dächern und Türmen, deren Spitzen wie bunte Hauben auf den Lehmwänden saßen, drängten sich an die Treppen und verbanden sich darüber mit Hängebrücken und wackeligen Steinbogen. Gestalten liefen durch die Dunkelheit, beachteten die Gefährten aber nicht oder waren so schnell verschwunden, dass man nur das Platschen ihrer Füße in den Pfützen hörte.

Die Stufen endeten in einer Pflasterstraße. Gedämpfte Musik, Gelächter und Stimmen kamen ihnen entgegen.

»Da sind Schänken«, sagte Kaveh und deutete in die Straße. Sie gingen an den Häusern vorbei, deren bunte Glasfenster Licht in die Nacht entließen. Die Häuser waren in allen Farben gestrichen, von schwungvoll geschnitzten Balken gestützt und auf jede erdenkliche Art verziert; dennoch täuschte das nicht darüber hinweg, dass sie jeden Augenblick einzustürzen drohten.

Kaveh trat vor die Tür eines Wirtshauses, zog aber dann abrupt die Hand vor der Klinke zurück.

»Was ist?«, flüsterte Nill. Kavehs Blick hing an einem Schild vor der Tür. »Was steht da?«

»Zutritt für Elfen verboten«, sagte er. Allerdings stand es wesentlich ungebührlicher auf dem Schild – und statt des Wortes »Elfen« hatte sich der Besitzer für ein Schimpfwort entschieden.

Nill spürte, wie ihr ein Kloß in den Hals stieg. Entschlossen fasste sie nach Kavehs Ärmel.

»Komm«, sagte sie. »Lass uns einen anderen Gasthof suchen.«

Wie benommen ließ Kaveh sich von Nill wegziehen. Sie gingen weiter. Männer, geschminkte Frauen mit Papierschirmen und Straßenkinder standen hier und dort vor den Schänken, sprachen miteinander oder rauchten. Manche folgten den Gefährten mit neugierigen Blicken, während sie von Wirtshaus zu Wirtshaus liefen. Aber vor jeder Tür stand dasselbe: Elfen waren hier unerwünscht. Die Mienen der Ritter wurden zusehends verschlossener, während Nill immer verwirrter wurde. Sollte sie mit den Elfen gegen die Menschen wettern, oder musste sie die Menschen irgendwie verteidigen? Sie wusste nicht, auf welche Seite sie nun gehörte.

»Du gehst allein rein«, beschloss Kaveh vor dem nächsten Wirtshaus. Durch das nahe Fenster drang rotes Licht und umzeichnete sein Profil.

»Ich alleine?«, stammelte Nill.

Kaveh nickte, wobei ihm der Regen von der Kapuze tröpfelte. »Du bist ein Mensch. Jedenfalls mehr als wir. Frag einfach nach dem Weg in die Marschen. Und wir warten direkt vor der Tür. Einverstanden?«

Nill fasste sich und nickte. »In Ordnung.«

Kaveh klopfte ihr zögernd auf die Schulter. »Und … Nill. Viel Glück.«

Sie nickte wieder, dann wandte sie sich der Tür zu. Ein rundes Schild mit der Aufschrift *Bei Gomwins Glatze* hing darüber, und die schnörkeligen Buchstaben glänzten im Regen. Nills Finger glitten zum Türgriff. Vorsichtig drückte sie dagegen, die Tür ließ sich nur schwer öffnen. Sie warf noch einen Blick zu den Rittern, Kaveh und Bruno zurück.

»Bis gleich!«, riefen die Zwillinge.

Dann trat sie ein. Die Tür fiel mit einem dumpfen Knarren hinter ihr zu. Flötenmusik, gedämpftes Licht, Stimmengewirr und stickige, feuchte Luft empfingen sie. Nill strich sich die Kapuze vom Kopf. Das Wasser lief ihr von den Kleidern und tropfte auf die Holzdielen. Sie sah sich um.

Rechts von der Tür standen mehrere Tische und Stühle. Finster aussehende Männer und Frauen lachten und tranken und spielten Karten. Direkt vor Nill zog sich eine Theke entlang, an der noch mehr Menschen saßen. Und links, wo es ein wenig dunkler war, konnte Nill eine Treppe ausmachen, die in ein höheres Stockwerk führte, und einen engen Hinterausgang.

Nill räusperte sich. Die Blicke einiger Gäste folgten ihr, als sie sich der Theke näherte.

Nill legte die Hände auf den Tresen. Links von ihr saß ein Mann, der starken Bier- und Schweißgeruch verströmte und mehr schlafend als wach schien. Das gelegentliche Grunzen, das er von sich gab, konnte gut ein Schnarchen sein. Rechts neben Nill saßen zwei Jungen, einer mit braunen Haaren, der andere mit roten Strubbellocken, und beäugten sie ohne Scheu.

»Entschuldigung«, murmelte Nill.

Der glatzköpfige Mann hinter der Theke hörte sie nicht. Ungerührt wischte er seine Gläser mit einem Tuch trocken und zog gelegentlich die Nase hoch, sodass die beiden goldenen Ringe in seinem Nasenflügel klirrten.

Nill räusperte sich wieder. »Entschuldigung!«

Der Glatzkopf blickte auf. Seine Augen wanderten an dem Mädchen hoch und runter, das dort mit klatschnassen Haaren vor seiner Theke stand. Nill wurde sich bewusst, wie bleich und abgerissen sie aussehen musste.

»Hast du die Pest?«, fragte der Glatzkopf.

»Was? Ich, nein, ich –«

»Wenn du krank bist«, knurrte der Glatzkopf, wobei er das Geschirrtuch warnend in ihre Richtung schwenkte, »dann mach, dass du fort kommst! Du bist wohl nicht ganz bei Trost, mit Fieber hier reinzukommen und uns anzustecken!«

Ein leises Stimmchen in Nill verriet ihr, dass Fieber gar nicht ansteckend war, aber dem Glatzkopf das zu erklären, wäre sicher sinnlos gewesen. »Ich habe weder die Pest, noch Fieber. Ich habe nur eine Frage.«

Die beiden Jungen, die gerade noch ein Stück vor ihr zurückgerutscht waren, kamen jetzt wieder näher. Nill wagte den Blick aber nicht vom Glatzkopf hinter den Tresen zu wenden.

»Könnt Ihr mir vielleicht sagen, wie man in die Marschen kommt?«

Der Mann kniff die Augen zusammen. »Sehe ich aus wie eine verdammte Landkarte? Willst du was trinken, oder stehst du da nur rum und machst meinen Boden nass? Hm?«

»Ich wollte Euch nur etwas fragen...«, versuchte Nill es erneut.

»Und ich hab dich auch was gefragt, Mädchen. Trinkst du was oder soll ich dich rauswerfen?«

Plötzlich lehnte sich einer der Jungen vor. Sein Arm stützte sich vor Nill auf die Theke und versperrte ihr den Blick auf den Glatzkopf.

»Du willst wissen, wie man in die Marschen kommt?«, fragte er. Es war der mit den roten Locken. Ein Lächeln spielte um seine Lippen, das Nill nicht zu deuten wusste. Seine Augenbrauen zogen sich ganz leicht zusammen.

»Ähm, ja. Kannst du es mir vielleicht sagen?«

»Oh, *ich* kann das nicht«, sagte der Junge und ließ seinen Blick durch den Raum schweifen, als dächte er nach. »Aber ich kenne jemanden, der kann dir alles sagen, alles zeigen und alles verkaufen. Eine Landkarte, zum Beispiel.«

»Wer?«, fragte Nill misstrauisch.

Der Junge grinste. »Du bist neu hier, was? Hab ich mir doch gleich gedacht.«

»Woher willst du das wissen?«, fragte sie verblüfft.

Der Junge rutschte von seinem Stuhl. Mit einer knappen Geste bedeutete er dem Braunhaarigen hinter sich, ebenfalls aufzustehen. Dann nahm er eine alte Mütze von der Theke und setzte sie auf. »Weil du den Herrn der Füchse nicht kennst.« Er kippte den Rest seines Getränks hinunter und drehte sich in Richtung Hinterausgang um. »Komm mit!«

Nill warf einen unsicheren Blick zur Tür hin – durch das rote Glasfenster sah sie Kaveh und die Ritter stehen. Sie nahm ihren Mut zusammen und ging dem rothaarigen Jungen hinterher.

»Wo willst du hin?«, fragte sie.

Die beiden Jungen waren bereits an der Hintertür angekommen und stießen sie auf. Der Regen prasselte auf sie nieder, sie stiegen achtlos in die braunen Pfützen.

Der Rothaarige wandte sich nur kurz zu Nill um. »Na, zum Herrn der Füchse. Das ist nicht weit von hier. Nur ein paar Schritte.« Als er Nill zögern sah, setzte er hinzu: »Willst du jetzt eine Landkarte kaufen oder nicht? Bei ihm kriegst du alles.«

»Wartet kurz. Ich muss noch meine Gefährten holen.«

Der Rothaarige neigte sich zur Seite und spähte an Nill vorbei, obwohl er Kaveh und die Ritter von hier aus längst nicht mehr sehen konnte.

»Du meinst die finsteren Kerle da draußen?«

»Also, sie sind nicht –«

»Tut mir Leid«, sagte der Rothaarige und schwenkte seine langen Arme. »Keine Elfen zugelassen. Der Herr der Füchse hat's nicht so mit Grauen Kriegern, du verstehst?«

»Sie sind aber keine Grauen Krieger«, erwiderte Nill.

»Mach du ihm das mal klar! Ich bring ihm keine Elfen ins Haus, bin doch nicht lebensmüde. Also, was ist? Kommst du oder nicht? Na los, ist doch gleich hier um die Ecke. Und im Nu«, fügte er mit einem Lächeln hinzu, »bist du wieder draußen bei deinen Freunden.«

Nill holte tief Luft. Dann trat sie in die Gasse hinaus und zog sich die Kapuze über den Kopf. »Wenn es nicht weit ist, dann bring mich zu ihm.«

»Wenn die Dame gestattet?« Der Rothaarige verneigte sich, wobei er in die Richtung wies, in die er zu gehen gedachte.

Dann machten sie sich auf den Weg. Die Gassen waren so eng, dass Nill mit ausgestreckten Armen beide Wände hätte berühren können. Der Regen stand knöchelhoch und überflutete die Straßengräben. An manchen Stellen herrschte bestialischer Gestank, feucht und modrig.

Sie folgte den beiden Jungen eine schmale Treppe hinab. Einmal rutschte sie auf dem glitschigen Stein aus und der Rothaarige fing sie gerade noch auf. Nill dankte murmelnd und ging rasch weiter.

Niemand begegnete ihnen. Nur einmal lief ihnen eine vom Regen zerzauste Katze über den Weg, machte einen Buckel und fauchte.

»Wo sind wir?«, fragte Nill und versuchte, dabei nicht ängstlich zu klingen.

»Gleich da.«

Schließlich blieben die beiden Jungen stehen. Unter ihnen lag ein Gebäude, aber Nill konnte in der Dunkelheit nicht mehr ausmachen als den Umriss eines mächtigen Steinhaufens. Vereinzelt blinzelte ein Licht zu ihnen herauf.

»Da wären wir«, sagte der Rothaarige und stützte die Hände auf die schmalen Hüften. Er sah seinen Kumpan an und die beiden begannen zu grinsen, dann leise zu lachen.

»Was ist?«, fragte Nill unbehaglich.

Der Rothaarige winkte ab. »Ach nichts. Komm, wir bringen dich zu ihm.«

Ein ungutes Gefühl kroch in Nill hoch. Aber was sollte sie jetzt schon tun? Sie konnte nicht mal mit Sicherheit sagen, dass sie noch den Weg zurück finden würde.

Ein sehr steiler Weg mit vereinzelten Stufen führte zum Gebäude hinab. Beim Näherkommen entpuppte es sich als eine imposante Ruine: Es war ein Palast, halb versunken und vergraben in seinen eigenen Steinen.

Die Jungen steuerten eine kleine Öffnung zwischen zwei Trümmern an. Kein Licht verriet, dass dort jemand war. Erst nachdem sie hineingekrochen waren und sich um ein Eck getastet hatten, strahlte ihnen eine schummrige Laterne entgegen.

Drei Jungen saßen um einen Tisch und spielten Karten. Als sie die Geräusche von draußen gehört hatten, waren ihre Hände zu den Waffen geglitten. Nill war die Einzige, die angesichts der gespannten Armbrüste unruhig zu werden schien.

»Wir sind's nur«, sagte der Rothaarige.

Die Wachposten senkten langsam ihre Waffen. »Wer ist die?«, fragte einer von ihnen und wies nachlässig mit seiner Armbrust auf Nill.

»Eine, die zu uns gehört.« Der Rothaarige schob sich an den Wachposten vorbei und bedeutete Nill, ihm zu folgen. »Komm! Komm.«

Nill ging schnell an den Jungen vorbei und senkte das Gesicht, damit die Kapuze tiefer rutschte.

Vor ihnen öffnete sich ein schmaler Gang. Mehrere Fackeln hingen an den Wänden und malten den Jungen vor Nill lange Schatten. Jetzt gab es wirklich kein Zurück mehr. Ihre Hand schloss sich unter dem Umhang um ihr Jagdmesser.

Bald erschien eine Treppe vor ihnen. Die Stufen schraubten sich immer weiter in die Höhe; dabei fiel Nill auf, dass die gesamte Treppe schief war. Wahrscheinlich befanden sie sich in einem der Türme, die nur noch halb aus den Trümmern geragt hatten. Tatsächlich klaffte an einer Stelle ein großes Loch in der Wand, wo die Steine herausgebröckelt waren. Der Regen drang hindurch und nieselte auf die Stufen.

Die Treppe endete unter einem runden Torbogen, wo mehrere Jungen mit Speeren und Armbrüsten saßen. Sie grüßten Nills Begleiter und folgten Nill mit neugierigen Blicken.

Sie kamen in einen Steinflur. Links und rechts waren mehrere Doppeltüren, deren kunstvolle Ornamente von Fackelschein beleuchtet wurden. Hier und dort zogen sich Rinnsäle über die Wände und bildeten Pfützen. Die weiten Korridore waren erfüllt vom Platschen einzelner Regentropfen, die überall durch die alten Mauern sickerten. Ihre Schritte hallten gespenstisch im Korridor wider.

»Wo sind wir hier?«, fragte sie.

»In seinem Palast«, antwortete der Rothaarige. Er drehte sich im Gehen zu ihr um und lächelte amüsiert. »So was hast du wohl noch nie gesehen, was?«

Nill schüttelte den Kopf. Natürlich war sie nie an einem vergleichbaren Ort gewesen. Sie fühlte sich wie in einem versunkenen Schloss, das seine Bewohner längst dem Verfall überlassen hatten.

Der Flur machte eine Biegung und endete vor vier breiten Steinstufen. Die beiden Jungen sprangen sie leichtfüßig hinauf und blieben vor der Doppeltür stehen, die über den Stufen aufragte.

»Da wären wir.« Der Junge mit den roten Locken zog sich die Mütze vom Kopf, wischte sich mit dem Unterarm den Regen von der Stirn und legte eine Hand auf die Türklinke.

Gedämpft drang ein Gewirr aus Stimmen und Musik aus dem Raum jenseits. Nill schluckte. Ihre Finger klammerten sich um das Jagdmesser. Und der Rothaarige stieß die Türflügel auf.

## Der Herr der Füchse

Später hätte Nill nicht mehr sagen können, wie sie von der geöffneten Tür bis in die Mitte der Halle gekommen war. Vielleicht waren die Eindrücke rings um sie zu stark, als dass sie sich an ihre wackeligen Schritte hätte erinnern können.

Ein riesiger Kronleuchter, mit unzähligen Talgkerzen beklebt, hing über der Tafel, die Mittelpunkt der fensterlosen Halle war. Mindestens dreißig Jungen und Mädchen saßen an der Tafel und um die reichen Speisen herum: Es gab rauchende Spießbraten, Brot, glasierte Pflaumen, Äpfel, Nüsse, massenhaft Wein, Milch, Honigbrötchen, geräucherten Fisch – die Holzplatten und Silberschalen quollen fast über.

Das Lachen der Feiernden und die Musik der Flötenspieler brachen ab, als man Nill und ihre Begleiter bemerkte. Stille senkte sich über die Halle. Alle Augen richteten sich auf Nill.

Aber sie konnte nur ein Gesicht ansehen.

Er saß ihr genau gegenüber am Ende der langen Tafel. Seine Beine waren über die Stuhllehne geschwungen und in seiner Hand hielt er einen saphirbesetzten Kelch. Um die Schultern hatte er sich einen schwarzen Umhang mit hohem Kragen geworfen, der ihn kräftiger erscheinen ließ, als er wohl war. Er sah Nill an. Und sie spürte, dass sie den Augenblick nie vergessen würde, in dem sie dem Herrn der Füchse das erste Mal gegenüber stand.

»Hallo«, sagte er. Auf seine Lippen zeichnete sich ein zartes Lächeln. Seine Brauen hoben sich. »Wen hast du mir denn da an meine Tafel gebracht, Fesco?«

Der rothaarige Junge ging in ein paar Schritten um Nill herum, stützte die Hände in die Hüften und betrachtete sie von oben bis unten, wie sie erstarrt vor den Versammelten stand.

»Wirst du mir nicht glauben. Sie sagt, sie kennt dich nicht, hat aber eine Bitte.«

Nill schob sich die Kapuze vom Kopf und sah den Herrn der Füchse an. Er war vielleicht so alt wie sie, höchstens ein Jahr älter. Der Herr der Füchse war ein Junge, und sein Gesicht, aus dem er die schwarzen Haare in drei Zöpfen zurückgedreht hatte, war fast noch das eines Kindes. Und doch – oder gerade deshalb – sah er unheimlich aus.

Schatten lagen unter seinen dunklen Augen. Er blickte Nill

an und vermochte sie im Handumdrehen zu verunsichern – wie ein Wolf, der seine Beute bis zum Rand einer Klippe drängt.

»Ich will eine Landkarte kaufen«, erklärte Nill.

Der schwarzhaarige Junge ließ seinen unheimlichen Blick einmal nach links, einmal nach rechts zu seinen Gefolgsleuten schweifen. Dann sah er wieder zu Nill zurück. Und plötzlich brach Gelächter aus.

Nill kämpfte gegen ihre Nervosität an. »Wer bist du?«, fragte sie und trat einen unsicheren Schritt zurück.

Der Junge am Ende der Tafel breitete die Arme aus wie ein König, der auf seine Untertanen weist. »Ich bin der Herr der Füchse«, rief er und neigte spöttisch den Kopf vor Nill. »Und das«, er blickte lachend in die Runde, »sind die Füchse.«

»Ich will eine Landkarte kaufen. Hast du so was oder nicht?«

Der Junge schwang die Beine vom Stuhl und stand auf. Er kam ein paar Schritte auf sie zugeschlendert, verschränkte die Arme und beobachtete Nill mit einem amüsierten Lächeln. »Oh, natürlich habe ich eine Landkarte. Ich habe alles, was Kesselstadt mir bieten kann.«

»Dann will ich dir eine Karte abkaufen. Um den Weg in die Marschen zu finden.«

Sein Wolfsgrinsen wurde breiter. »Natürlich«, erwiderte er gelassen. »Aber … hast du schon deine Steuern gezahlt?«

»Steuern – ja, am Stadttor bereits.«

Gelächter erhob sich an der Tafel. Auch der Herr der Füchse lachte.

»Die meine ich nicht. Ich meine die Steuern … an mich.«

Daraufhin erhoben sich ein Mädchen und ein Junge von der Tafel und kamen auf sie zu. Ehe Nill es sich versah, hatten die beiden Jungen von vorhin – der Rothaarige und der Braunhaarige – ihre Arme gepackt.

»He! Lasst mich los! Lasst mich!« Nill trat mit den Füßen um sich und versuchte, sich zu befreien, aber vergebens. Eiserne Griffe hielten sie fest. Das Mädchen und der Junge vom Tisch nahmen ihr den Quersack ab und schlugen, nach Wertsachen suchend, ihren Umhang zurück. Vor Schreck glitt Nill das Jagdmesser aus der Hand. Das Mädchen hob es auf und brachte es ihrem Herrn.

Der öffnete die Hände und ließ sich Jagdmesser und Quersack überreichen. Inzwischen hatte man Nill losgelassen und war von ihr zurückgetreten. Zerzaust und keuchend stand sie in der Halle und fühlte sich so elend, dass sie am liebsten geweint hätte.

»Gebt das zurück!«, rief sie. »Gebt mir meine Sachen!«

Niemand beachtete sie.

»Was ist drin?«, fragten die Jungen und Mädchen neugierig und reckten die Köpfe, als ihr Herr Nills Quersack öffnete. Mit Zeigefinger und Daumen hob er ein angebissenes Brot heraus, sodass alle es sehen konnten, bevor er es wieder zurücksinken ließ. Er zog auch den Wasserschlauch, ein Stück Angelschnur und den Zipfel ihrer Decke hervor. Schließlich ließ er den Quersack auf die Tafel fallen und warf das Jagdmesser unachtsam auf seinen Teller.

»Weißt du – wie heißt du eigentlich? –, besonders viel hast du ja nicht dabei. Nicht genug, fürchte ich, um eine Übernachtung in meinem Haus zu bezahlen.«

Die Füchse lachten.

Der Rothaarige trat vor. »Ich glaub, ich hätte da eine Idee, Sc–«

Plötzlich schlugen die hohen Türflügel auf, es knallte so laut, dass Nill zusammenfuhr, und ein paar Füchse sprangen mit gezückten Waffen auf.

»NILL!«

Vor Erleichterung schnappte sie nach Luft. »Kaveh!«

Er kam dicht gefolgt von Erijel, Mareju, Arjas und Bruno in die Halle gestürmt. Sie hatten ihre Bogen gespannt und zielten auf die Jungen, die mit erhobenen Händen vor ihnen herstolperten. Es waren die Wachposten, die am Eingang der

Ruine am Tisch gesessen hatten. Entsetzte Ausrufe erklangen rings um die Tafel.

»Lasst sie frei!«, befahl Kaveh und richtete seinen Pfeil direkt auf den nächststehenden Jungen. Kavehs Blick irrte von Gesicht zu Gesicht, bis er den Herrn der Füchse entdeckte. An ihm blieben seine Augen hängen.

Der Herr der Füchse runzelte die Stirn. Er hatte sich keinen Zentimeter gerührt. Erst als von draußen laute Stimmen und klappernde Schritte erklangen, wandte er den Kopf zur Tür.

Einen Moment später brach eine Horde von Jungen mit Speeren und Armbrüsten in die Halle ein.

»STEHEN BLEIBEN! RUNTER MIT DEN BOGEN!«

Innerhalb eines Wimpernschlags waren Nill und die Elfen umzingelt. Auf jeden Kopf richteten sich mindestens fünf Pfeile, sogar auf Bruno – es war aussichtslos.

Bebend senkte Kaveh seinen Bogen. Die Elfenritter taten es ihm nach kurzem Zögern gleich.

Ein Lachen erklang und die Gefährten starrten den Herrn der Füchse an.

»Was für Zeiten!«, rief er. »Was für ein Leben, in dem einem Dieb die Beute freiwillig ins Haus kommt!« Er lachte noch immer, als er die Arme ausbreitete und eine Verneigung andeutete. »Willkommen, Willkommen! Seid herzlich willkommen im Fuchsbau!« Und mit einer nachlässigen Handbewegung befahl der Herr der Füchse seinen Dieben: »Lasst mal – aber nehmt ihnen das spitze Zeug ab. Hier geht leicht etwas ins Auge …«

Er beobachtete lauernd, wie seine Diebe die Elfen nach versteckten Waffen absuchten. Unter anderem nahmen sie den Dolch aus Kavehs Gürtel und zogen Erijel ein verborgenes Messer aus dem Stiefel.

Der Fuchsherr hatte sich inzwischen wieder auf seinem Stuhl niedergelassen. Majestätisch ruhten seine Hände auf den Armlehnen. »Wirklich, so eine komische Bande ist mir noch nie untergekommen«, sagte er vergnügt. »Vier Elfen, ein Wildschwein und ein Mädchen – bist du eigentlich ein Mensch oder eine Elfe?« Er machte die Augen schmal.

Bevor Nill sich zu einer Antwort durchdringen musste, trat Kaveh vor sie. »Sie ist unsere Gefährtin. Mehr musst du nicht wissen.« Er sagte es so bestimmt, als sei er jetzt schon der König der Freien Elfen und dem Fuchsherrn weit überlegen.

Der allerdings hob belustigt eine Augenbraue und lehnte sich zurück. »Also gut, ihr braucht euch nicht zu fürchten«, erklärte er gönnerhaft. »Bei euren Habseligkeiten werde ich mich wohl noch mal zurückhalten.«

Seine Diebe lachten über das Gespött, als er Nills Quersack nahm und einigen Jungen überreichte, die den Proviantbeutel von Hand zu Hand weitergaben, bis er vor Nill ankam. Sie schnappte ihn hastig und drückte den nassen Stoff gegen ihre Brust.

»Wie habt ihr überhaupt hergefunden? Seid ihr uns nachgeschlichen?«, fragte Fesco die Elfen mit einem scheelen Blick.

Kaveh rümpfte verächtlich die Nase. »Bruno findet jede Fährte. Wer glaubt, einer Wildschweinnase entwischen zu können, ist ein Narr.«

Die Augen des Fuchsherrn leuchteten auf. »So ein Schwein ist wohl ziemlich nützlich, was? Ich sollte mir auch eins zulegen.« Er erhob sich wie eine Katze, die sich zum Sprung bereit macht, und spähte zu Bruno hinüber. Der Keiler stieß jedoch ein so tiefes Grollen aus, dass der Junge zurückwich. »Vielleicht doch nicht.«

Der Herr der Füchse ließ sich wieder auf den Stuhl sinken und verzog leicht den Mund. »Also, wenn ihr mir schon nichts Interessantes zu überlassen habt, dann erfreut unsere Runde doch mit einer Geschichte! Eurer Geschichte, zum Beispiel.«

Kavehs Blick erwiderte den des Jungen finster.

»Ich weiß immer noch nicht, wer du bist. Deine Wachen

haben uns bedroht und Nill verschleppt. Wieso sollten wir dir etwas von uns verraten?«

»Was die Bedrohung meiner Wachen angeht, so habt ihr sie zuerst angegriffen, wie mir scheint. Und das Mädchen – ah, Nill heißt du also – ist, wie ich glaube, vollkommen freiwillig hergekommen. Und wer ich bin...« Das Wolfslächeln glitt über sein Gesicht. »Eurer Nill habe ich das schon gesagt. Ich bin der Herr der Füchse.«

»Deinen Namen will ich wissen!«, knurrte Kaveh.

Fesco wollte einschreiten, denn so durfte niemand mit seinem Herrn umspringen – aber der schwarzhaarige Junge gebot ihm mit einer Geste zu schweigen. Seine Augen fixierten Kaveh. Und mit sehr ruhiger Stimme sagte der Herr der Füchse: »Mein Name ist Scapa.«

## Die Gastfreundschaft der Diebe

Drei Jahre... drei Jahre war es her. Seit drei Sommern und Wintern war Scapa der Herr der Füchse, der gefährlichsten Diebe Kesselstadts. Aber manchmal glaubte er, sein ganzes Leben schon im Fuchsbau verbracht zu haben.

Scapa fühlte sich alt. Wenn er einmal in einen Spiegel blickte, sah er einen Fremden vor sich – wie sonst konnte das Jungengesicht zu ihm gehören, wo er doch in seinem Herzen so ausgebrannt war wie ein alter Mann! Dabei hatte Scapa vollkommen vergessen, dass er vor drei Sommern noch ein Kind gewesen war. Sein Gesicht hatte sich sehr wohl verändert.

Es war vor allem bleicher als früher. Scapa verließ den Fuchsbau nämlich nur selten und verbrachte seine Tage in finsteren Hallen und Zimmern. In seinen Augen schien sich bereits das Kerzenflackern festgesetzt zu haben, das ihn ständig umgab.

Und Scapa war unheimlicher geworden. Das spürte er. Seine Blicke konnten Befehle erteilen und Forderungen stellen, ohne dass er ein Wort sagen musste. Wer nicht sein Anhänger war, der fürchtete ihn, und der eine wie der andere bewunderte ihn.

Umso erstaunter war Scapa angesichts dieser seltsamen Gefährten, und er konnte nicht leugnen, dass er so etwas wie – ja, Neugierde empfand. Vor allem das Mädchen hatte etwas Geheimnisvolles an sich, das zu enthüllen Scapa gar nicht erwarten konnte. Sie war nicht unbedingt schön, doch ihr Aussehen war … interessant. Ihre Augen blickten ihn so intensiv an, dass sie nicht menschlich sein konnte – aber wie eine Elfe sah sie auch nicht aus. Und noch verwunderlicher war, dass sie die Gefährtin vier Freier Elfen und eines Wildschweins war.

»Setzt euch!« Scapa breitete die Arme aus. »Setzt euch an meine Tafel. Heute Abend werdet ihr erfahren, dass Diebe ausgezeichnete Gastgeber sind.«

Bewegung kam in die Jungen und Mädchen. Man rutschte zusammen und machte Nill, Kaveh und den Elfenrittern Platz.

Die Gefährten zögerten, doch dann ließen sie sich an der Tafel der Diebe nieder. Und sie taten gut daran, sich zu setzen – schließlich türmten sich vor ihnen die herrlichsten Speisen auf! Allein der herrliche Bratenduft zog Nill magisch an. Der Herr der Füchse bemerkte sofort ihre sehnsüchtigen Blicke.

»Greift zu!«, forderte er sie und die Elfen auf. »Esst und trinkt mit uns. Na los, keine Bange!«

Die Flötenmusik setzte wieder ein. Auch die Gespräche der Füchse wurden wieder aufgenommen, und bald herrschte so ausgelassener Lärm wie zuvor. Nur die Blicke der Füchse streiften immer wieder halb neugierig, halb misstrauisch die Gefährten.

Nill war die Erste, die nach dem Essen griff. Sie nahm sich

ein herrliches, warmes Rosinenbrötchen mit Honigüberzug, biss hinein – und versank völlig im süßen, weichen Geschmack! Hatte sie sich zuvor noch gefürchtet, so wischte das Rosinenbrötchen die letzten Zweifel fort.

Auch die Elfen griffen schließlich zu. Kaveh war ganz fasziniert von all den fremden Speisen, die ihn umgaben, er schnupperte und betrachtete alles sorgfältig, ehe er in etwas hineinbiss. Mareju und Arjas stopften bald Apfelküchlein für eine ganze Meute Verhungerter in sich hinein. Auch Erijel aß mit vollen Backen, während sein Blick forschend durch die Reihe der Füchse strich.

Plötzlich fühlte Kaveh eine leichte Berührung auf seiner Hand.

»Danke«, flüsterte Nill, ohne ihn anzusehen. Ein scheues Lächeln zuckte über ihre Lippen, sie senkte den Kopf und warf ihm einen kurzen Blick zu. »Und... es tut mir so Leid, dass ich einfach gegangen –... Danke, dass ihr gekommen seid.«

Kaveh räusperte sich und ein roter Hauch stieg in seine Wangen. »Das, das war doch selbstverständlich.«

Nill und Kaveh schielten zum Herrn des Fuchsbaus hinüber. Der wiederum starrte sie unverwandt an. Wann immer Nill nicht mit Essen beschäftigt war, lief es ihr kalt über den Rücken: Bei den meisten Menschen konnte man doch wenigstens eine ganz kleine Regung erkennen – aber bei dem schwarzhaarigen Jungen sah sie nichts. *Gar* nichts. Sein Gesicht war eine reglose Maske, und die Augen starrten, als könnten sie in die tiefsten Winkel eines jeden Herzens blicken. Nill wurde ganz nervös.

Nach einer Weile erhob der Herr der Füchse erneut die Stimme. Schlagartig wurde es still in der großen Halle. »Nun, da ihr wisst, wer ich bin –«, er warf Kaveh einen flackernden Blick zu und griff wieder nach seinem Kelch – »und ihr an meinem Tisch gespeist habt, erzählt mir von euch. Wer seid ihr?«

Kaveh reckte sich. »Mein Name ist Kaveh. Ich bin ein Prinz und Gesandter der Freien Elfen. Dies sind meine Begleiter, die Ritter Mareju, Arjas und Erijel. Und unsere Gefährtin Nill kennst du ja.«

»Ein Gesandter also. Und wohin seid ihr gesandt worden?«

Unsichere Blicke wanderten zwischen den Rittern hin und her.

»Nach Korr«, erklärte Kaveh schließlich.

Scapas Augen wurden schmal. »Einfach nur *Korr*? Wenn ihr die Marschen meint – die sind ziemlich groß.«

Kaveh atmete aus. »Wir sind auf dem Weg zum König von Korr.«

Plötzlich schien sich etwas im Gesicht des Fuchsherrn zu verändern. Ein kaum wahrnehmbares Flackern glitt über seine Augen. »Wieso?«

»Wir sind Kundschafter.« Nill sah unsicher zu Kaveh hinüber. »Wir sind Kundschafter und wollen die Lage in Korr ergründen.«

»Die Lage ist herrlich«, sagte Scapa und kippte sich den Inhalt des Kelches in den Mund. Der Wein schien so zu brennen, dass ihm Tränen in die Augen stiegen. »Keine Macht der Welt könnte mich je zum König bringen.«

Nill beobachtete Scapa argwöhnisch. Wieso war er plötzlich so hasserfüllt?

»Es heißt«, sagte Erijel, »der König sei unverwundbar. Trägt er nicht die Krone *Elrysjar* der Moorelfen? Man erzählt sich, dass nur ein magisches Messer ihn töten kann.«

Seine Worte trafen Nill wie Faustschläge. Sie wagte nicht zu schlucken, geschweige denn Erijels Blick zu erwidern, der einen schrecklich langen Moment auf ihr ruhte. Ihre rechte Hand fühlte nach dem Steindorn in ihrer Rocktasche…

Scapa schien es zu bemerken. Obwohl er Nills Hand unter dem Tisch nicht sehen konnte, starrte er sie an, als wüsste er etwas. Nill spürte, dass diese instinktive Geste ein Fehler gewesen war.

»Mag sein.« Scapa deutete ein Schulterzucken an. »Mir ist es gleich.« Er ergriff einen Weinkrug und goss sich nach. Dann nahm er erneut einen Schluck, ohne Nill aus den Augen zu lassen.

Der Herr der Füchse fragte sie noch eine Weile über dies und jenes aus, woher sie kämen, wer sie ausgesandt habe, wie lange sie schon auf ihrer Reise waren. Auf alles gaben die Elfen vage Antworten, und Nill fiel auf, dass sie dem Fuchsherrn genauso viel anvertrauten wie ihr damals … Was hatten sie ihr überhaupt anvertraut? Nur dieselben ungenauen Ausreden, die sie selbst benutzt hatte.

Nun fragten die Elfen Scapa, ob er den Weg in die Marschen kenne. Das tat er nicht. Seine Diebe überlegten mit, wie man den besten Weg fand, und man kam zu dem Schluss, dass wohl nur der zweite, unbeschriftete Pfad in die Sümpfe führen konnte. Eine andere Straße war den Füchsen nicht bekannt. Und auch eine Landkarte, bedauerte Scapa ziemlich halbherzig, besäße er nicht.

Das Gespräch zog sich noch eine Weile hin, aber der Fuchsherr schien jetzt seltsam nachdenklich und abwesend. Seit Erijel das magische Messer erwähnt hatte, lag etwas Unruhiges in seinen Zügen.

Schließlich stellte Scapa den Kelch ab und ließ sich mit einem Seufzen zurücksinken. So saß er einige Augenblicke auf seinem throngleichen Stuhl, die Hände auf den Armlehnen ruhend und in sich zusammengesunken wie ein alter König. Er zog ein Knie an und stützte sich mit dem Fuß gegen die Tischkante.

»Ich nehme an, dass ihr müde seid, wenn ihr den ganzen Tag auf Reise wart. Ich will euch für die Nacht im Fuchsbau beherbergen.«

»Das ist sehr großzügig von dir«, sagte Kaveh zögernd.

»Flipp – Mola: Bringt meine Gäste in den Ostflügel. Sie sollen in dem Zimmer mit den Kleeblattfenstern schlafen. Und wenn ihr noch irgendwelche Wünsche habt«, fuhr Scapa an die Gefährten gewandt fort, »dann zögert nicht, sie mir anzuvertrauen.«

Nill und die Elfen erhoben sich dankend. Auch ein Junge, kaum älter als Nill, der aber schon so stämmig wie ein Bär war, und ein flinkes Mädchen mit kurzen Haaren standen auf. Sie führten die Gefährten aus der Halle.

Noch einmal drehte Nill sich zu Scapa um. Und wie erwartet – sein Blick haftete auf ihr! Das heißt, nicht auf ihr – auf ihrem Rock! Genau dort, wo ihre Hand auf dem magischen Messer lag.

Sie erschrak so sehr, dass sie über ihren eigenen Umhang stolperte und den Mund zu einem verblüfften Laut aufriss. Dann fielen die hohen Türflügel mit einem Ächzen hinter ihr ins Schloss.

Das Zimmer, in das sie geführt wurden, war umsäumt von Türbögen und kleinen Säulen, die die sandgelben Steinwände verzierten. Obgleich sich ein Dutzend Türen in dieses Zimmer zu öffnen schienen, war nur noch die passierbar, durch die Nill, die Elfen und Bruno gebracht wurden; die anderen waren durch Gesteinsbrocken und zerfallene Mauern verschlossen.

Die drei kleeblattförmigen Fenster eröffneten den Blick in die Nacht. Einen Kamin gab es nicht, dafür war das imposante Himmelbett in der Mitte des Raumes verschwenderisch mit Fellen und weichen Daunendecken ausgestattet. Mehrere Lagen bunter Leinenvorhänge überdachten das Bett.

Die Füchse holten eine Fackel aus dem Gang und hängten sie im Zimmer auf. »Guten Schlummer«, murmelten sie und zogen die Tür hinter sich zu.

Einige Augenblicke lang sahen sich die Gefährten um. Dann räusperte sich Kaveh. Er ging festen Schrittes auf das Bett zu, strich die Vorhänge zur Seite und nahm sich ein Fell und eine Überdecke.

»Erijel – Arjas – Mareju – wir schlafen auf dem Boden.«

»Das ist wirklich nicht nötig«, widersprach Nill. Sie kam auf ihn zu. »Das ist Blödsinn. Das Bett ist viel zu groß für eine Person! Ihr schlaft darin, und *ich* schlafe auf dem Boden.«

Kaveh öffnete den Mund um zu protestieren, aber Arjas kam ihm zuvor. Er drängelte sich zwischen Nill und Kaveh durch und schnappte sich eine Decke.

»Damen schlafen im Bett, so gehört es sich. Nun ja – und Mädchen auch.«

»Komm schon Nill«, drängte jetzt auch Mareju, der sich eine Decke griff. »Lass Kaveh doch den Kavalier spielen. Abgesehen davon schlafen wir wirklich viel lieber auf dem Boden, da ist viel mehr Platz. Und den brauchen wir, weil Erijel sich breiter macht als eine schwangere Kuh.«

Arjas kicherte über Erijels zornigen Blick. Erijel knurrte etwas in der Elfensprache, das nicht überschwänglich freundlich klang.

Nill verkniff sich ein Lächeln. »Also gut.«

Die Nacht war erfüllt vom flüsternden Regen. Es war vollkommen finster draußen, man konnte ihn nicht sehen, aber hören konnte Nill ihn, als läge sie direkt unter freiem Himmel.

Nill konnte nicht schlafen. Sie lag reglos im Bett, inmitten der weichen Kissen und Decken, und wollte kaum glauben, wo sie war.

Vor einer Woche noch hatte sie gedacht, ihr Leben zwischen Agwins Vorwürfen und dem Gemüsebeet im Hof zubringen zu müssen. Und nun schlief sie in einem riesigen Himmelbett, das bestimmt für eine Königin gebaut worden war, hatte Freunde gefunden, die noch dazu dasselbe elfische Blut hatten wie sie, und reiste durch unbekannte Reiche.

*Ja, ich bin glücklich!*, rief eine Stimme in ihr. Aber Nill wusste, dass diese Stimme sich nur hier und jetzt zu Wort zu melden wagte, in der Dunkelheit. Schon morgen früh würden ihre Sorgen jedes Glücksgefühl wieder ersticken.

Nill schloss die Augen. Unter der Decke fühlte sie den Steindorn neben ihrer Hüfte. Erleichterung und Furcht durchrieselten sie zugleich. Solange ich ihn nur bei mir habe, dachte sie, ist alles gut. Und solange ich ihn bei mir habe, bin ich in Gefahr …

Dann sank sie in einen leichten Schlaf.

Es mochten Stunden oder auch nur Minuten vergangen sein, als Nill erwachte. Sie fuhr aus den Kissen, als hätte jemand Wasser über sie gegossen, und unterdrückte erst im letzten Augenblick einen Schreckensschrei.

Träumte sie noch?

Nein. An ihrem Bett, halb verborgen hinter den Vorhängen, war ein Gesicht. Das Gesicht des Herrn der Füchse. Nills Herz setzte einen Augenblick aus. Binnen eines Wimpernschlags saß sie aufrecht zwischen den Decken. »Was willst du hier?«

Ruhig strich der Junge die Vorhänge zur Seite. Das spärliche Licht der Fackel tauchte die Hälfte seines Gesichts in Rot. »Du bist schön, wenn du schläfst.«

In Nills Kopf kreisten die Gedanken wie in einem Wirbelsturm. Sie hätte kaum für möglich gehalten, wie schnell ihr das Blut in die Ohren steigen konnte.

»*Was?*« Sie schüttelte verwirrt den Kopf. »Was – du – was machst du hier?«

Er legte den Kopf schief und lächelte. »Was denkst *du*?«

»Ich denke, du hast mich zu Tode erschreckt!«

Augenblicklich fiel das Lächeln von seinen Lippen. »Soll ich wieder gehen?« Er klang, als hätte sie ihm befohlen, aus dem Fenster zu springen.

»Nun – ja!«

Er runzelte die Stirn. Dann war er schneller auf den Füßen, als Nill gedacht hätte.

»Na schön.« Er zuckte mit den Schultern und ging schnurstracks zur Tür. Fassungslos starrte Nill ihm nach, bis er aus dem Zimmer getreten war und die Tür knarrend ins Schloss fiel.

Das Geräusch ließ Kaveh aus den Kissen fahren. »Was ist passiert?«, rief er schlaftrunken.

Nill starrte mit pochendem Herzen die Tür an. »Nichts«, murmelte sie. »Nur ein Windstoß.«

## Die Wahrheit

Fesco wollte es kaum glauben. Seit drei Jahren war er Scapas engster Vertrauter – er war nicht nur der beste Dieb, im Stillen wagte er sich gar seinen Freund zu nennen – und nun war Scapa fort.

Der Herr der Füchse hatte den Fuchsbau verlassen.

Ein unbestimmtes Gefühl hatte Fesco gleich beim Erwachen verraten, dass etwas nicht stimmte. Es war, als hätte über Nacht der Herzschlag des Fuchsbaus innegehalten.

Fesco zog sich an und lief durch die Irrgänge der Ruine. Er erklomm schiefe Treppen und schlüpfte an zerbröckelten Mauern vorbei. Schließlich erreichte er die große Halle. Aber hier war Scapa nicht. Die Halle schien den Atem anzuhalten, bis ihr Herr sie wieder betreten würde. Dass Scapa nicht da war, musste nichts heißen. Fesco wusste, wo er sich morgens oft aufhielt, und machte sich auf den Weg.

Normalerweise wäre er den Turm nicht hinaufgestiegen, denn er wusste, dass Scapa dort oben alleine sein wollte. Früh morgens, manchmal noch während es dämmerte, trat der Herr der Füchse auf die Sonnenterrasse und beobachtete die Stadt. Es war, als hielte er nach etwas Ausschau – vielleicht nach der Zukunft, vielleicht auch nach etwas längst Vergangenem. Dabei wollte er nicht gestört werden.

Aber heute musste es sein. Fesco hatte ein äußerst ungutes Gefühl, das irgendwie mit den fremden Gästen zu tun hatte.

Hätte er das Mädchen doch nicht hergebracht! Nun spürte er, dass Unglück im Fuchsbau lauerte; es hing in der Luft und flüsterte durch die Ritzen der alten Steine.

Schließlich erreichte Fesco die Sonnenterrasse. Vor ihm erstreckte sich ganz Kesselstadt. Die sandfarbenen Häuser waren vom Regen dunkel gefärbt, weiß und kahl wölbte sich der Himmel über ihnen. Von Scapa war keine Spur.

Fesco machte kehrt. Er lief die Spiraltreppe wieder zurück, jetzt mit heftig klopfendem Herzen. Etwas stimmte nicht. Er spürte es ganz genau.

Fesco erreichte atemlos das Schlafzimmer des Fuchsherrn. Er klopfte an, nein, er hämmerte mit der Faust gegen das Holz.

»Scapa?«, rief er. »Scapa! Verdammt, seit wann schläfst du wie ein Stein?«

Wieso antwortete er nicht? Normalerweise hätte Scapa längst zurückgerufen, er solle seinen Rausch ausschlafen und ihm nicht vor der Tür rumjammern. Aber es blieb still in dem Zimmer hinter der Tür.

Fesco trat einen Augenblick zögernd zurück, dann griff er nach der Türklinke und drückte sie hinunter. Er trat in einen dunklen Raum. Die Fenstervorhänge waren zugezogen und erlaubten nur einem blassen dunkelroten Schein einzudringen. Das Bett war leer. Auf dem Boden lagen durcheinander geworfene Sachen. Truhen waren umgestoßen und halb geleert. Mit stockendem Atem stieg Fesco über das Chaos hinweg. Er fühlte sich wie in einem Alptraum.

Das Messer, das sonst an einem Haken über den Kissen hing, war weg. Scapas Umhang fehlte.

Fesco rannte aus dem Zimmer und rief jetzt laut nach Scapa. Keuchend erreichte er die Vorratskammern und erkannte sofort, dass Brot fehlte und Unordnung in die Regale gebracht worden war, als hätte jemand eilig darin herumgesucht.

Fesco musste sich gegen die Wand lehnen.

Scapa war fortgegangen. Ohne Erklärung. Wegen nichts! Wegen der Fremden.

Die Tür schlug auf.

»Was habt ihr getan?«

Nill schrak aus dem Schlaf. Vor ihren Augen flimmerten Punkte, so blitzartig war sie aufgefahren. Im Türrahmen stand der rothaarige Dieb – Fesco hieß er.

»Wer seid ihr?«, fragte er bebend. »Und was habt ihr mit Scapa gemacht?«

»Was?« Ein sehr verschlafener Mareju hatte sich aufgerichtet und wandte sich, das Gesicht unter einem struppigen Haarnest verborgen, an die Gefährten. »Wovon, bei allen Geistern, schwafelt der Kerl?«

Fesco schnaubte. Mit drei Schritten kam er auf Mareju zu und hielt ihm eine Messerklinge an den Hals.

»Was habt ihr ihm gesagt?«, fragte Fesco drohend. »Wo ist er hingegangen?«

Mareju starrte einen Augenblick reglos zu ihm auf. Dann wich er flink zur Seite, sprang auf die Füße und hatte Fesco das Messer aus der Hand gedreht, ehe der wusste, wie ihm geschah. Der Elfenritter trat einen Schritt vor ihm zurück und hielt nun seinerseits das Messer an Fescos Kehle. »Vorsicht, Dieb. Richte keine Waffe gegen einen Ritter der Freien Elfen!«

Fesco zitterte am ganzen Leib, doch nicht vor Angst, sondern vor verzweifelter Wut. Plötzlich erklang ein spitzer Schrei. Alle Blicke richteten sich auf Nill.

»Nein!«, kreischte sie. »Nein, nein, nein… Er ist weg!«

Kaveh stand auf und schloss die Zimmertür. Seine Züge waren erstarrt. Ohne Nill aus den Augen zu lassen, die verzweifelt Kissen und Decken durchsuchte, hob er sein Wams und seinen Mantel auf und zog sich an. Dann trat er neben Mareju und gebot ihm mit einem Wink, das Messer zu senken. Fesco rührte sich nicht. Er starrte durch die Bettvorhänge auf Nill. Ihr Atmen wurde zu einem Schluchzen.

»Der Steindorn«, japste sie. »Der Steindorn… der Steindorn! Nein, nein, nein…«

Kaveh beobachtete sie. »War Scapa letzte Nacht in diesem Zimmer? Nill – war er hier?«

Sie sank in sich zusammen. Der Steindorn. Das magische Messer. Verschwunden. Gestohlen von diesem gemeinen Dieb, diesem Halunken und Lügner... Seine Worte kamen Nill in Erinnerung und ihre eigene Dummheit brannte ihr wie Säure im Gewissen... *Du bist schön, wenn du schläfst.* Und sie – sie war darauf reingefallen!

»Ist er hier gewesen, Nill?«, wiederholte Kaveh mit bebender Stimme.

»Ja.«

»Verfluchter Dieb! Dreckiger Abschaum, dieser – *Ahh*!« Kaveh verpasste der Wand einen kräftigen Fußtritt. »*Yen Hykaed slenj whalchaéd RAH! Rah sorjanie srel – srel nôr!*«

Arjas und Erijel vergruben die Gesichter in den Händen. Mareju stöhnte auf. Nur Fesco verstand kein Wort, und Nill auch nicht so recht. Fassungslos stieg sie aus dem Bett.

»Was sagst du da?«, flüsterte sie. »Kaveh... was wisst ihr?« Ihr Blick wanderte über die Gesichter der Elfenritter. »Woher wisst ihr von... Wer seid ihr? Beim Himmel, WER SEID IHR WIRKLICH?« Sie trat mit dem Fuß auf und spürte gleichzeitig, wie die Furcht ihr die Kehle zuschnürte.

Kaveh drückte die Hände flach gegen die Wand. Wirre Haarsträhnen hatten sich aus seinen Zöpfen gelöst.

»Was wollt ihr von mir?«, flüsterte sie.

Kaveh schüttelte den Kopf, ganz langsam. »Du weißt nicht, was es bedeutet, oder?« Er stieß in einem bitteren Lächeln die Luft aus. »Das Messer befindet sich in der Hand eines Diebes. Und der mag bereits über alle Berge verschwunden sein, um es dem König von Korr zu bringen.«

»Was –?« Nills Stimme brach ab. Sie wagte sich nicht zu rühren. »Bitte«, flüsterte sie. »Erklärt mir, was hier vor sich geht... Wer seid ihr?« Alles um Nill schien sich in wahnwitziger Geschwindigkeit zu drehen. Man hatte sie mit dem Steindorn ausgeschickt, ohne ihr ein Wort zu erklären, und nun hatte sie Gefährten, die ihr ebenso viel vorenthielten – wieso? Wieso wurde sie mit verbundenen Augen von einer Hand zur nächsten geschoben? Welche Gefahr wollte man ihr zumuten, aber nicht *erklären*?

Kaveh richtete sich auf. Er sah sie an, dann schluckte er schwer.

»Du hast Recht. Nun ist sowieso alles zu spät. Ich muss es dir erzählen.« Mit hängenden Schultern stand er vor ihr. Die Ritter starrten ihn an und auch Fesco wartete auf eine Erklärung.

»Wo soll ich anfangen? Ich bin kein Gesandter. Ich wurde nicht vom König geschickt. Ich bin heimlich aufgebrochen.«

»Was?« Nill starrte erst ihn fassungslos an, dann die Ritter. »Ihr alle –«

»Mareju und Arjas würden mich nie im Stich lassen, und Erijel würde mir bis ins Totenreich folgen, wenn ich ihn darum bäte. Es ist nicht das erste Mal, dass ich sie gegen den Willen des Königs anführe.«

»Und wieso seid ihr dann aufgebrochen?«

Kaveh sah sie eindringlich an. »Weil ich an Taten und nicht ans Abwarten glaube. Weil ich mein Volk liebe und eher sterben würde, als es untergehen zu sehen. Weil die Zeit drängt. Weil...« Sein Blick durchbohrte sie. »Weil du das magische Messer gefunden hast.«

Nills Finger tasteten automatisch nach der Rocktasche, aber sie war schließlich leer. »Woher wusstet ihr das?«

»Alle wussten es. Die ganze Zeit. Die Winde haben es geheult... die Bäume haben es geflüstert. Der Wald hat viele Augen. Und er hat viele Stimmen. Wir wussten, dass du das magische Messer hattest, seit du es in dem hohlen Baum gefunden hast.«

Ihre Finger tasteten zitternd nach ihrer Stirn. »Bei allen... allen Göttern!«

Ja, sie hatte es gewusst. Sie hatte gewusst, dass Augen auf sie gerichtet waren und jeden ihrer Schritte verfolgten, seit sie das magische Messer besaß. Nill war der Mittelpunkt einer großen Verschwörung gewesen, solange das Messer sich in ihrer Hand befand. Sie hatte es gewusst und war vor Furcht und Glück fast besinnungslos geworden.

»Wieso habt ihr es mir nicht gleich weggenommen?« Nill sank gegen die Bettkante. Mit angewinkelten Beinen blieb sie sitzen und schluchzte trocken. »Hattet ihr etwa Angst, mir zu nahe zu kommen?! Habt ihr gedacht, ich würde den Steindorn verteidigen wie – wie eine Wölfin ihre *Beute*?!«

»Nein«, flüsterte Kaveh. Er sank vor ihr auf die Knie. »Keiner ist dazu bestimmt, das magische Messer zu tragen außer dir! Du... Nill... du hast es gefunden. Du hast es aus dem Baum geholt. So hat das Messer selbst entschieden, in wessen Hand es gehört. Nämlich in deine.« Seine Finger berührten ihre Faust und umschlossen sie vorsichtig.

»Wieso seid ihr mir dann gefolgt?«, flüsterte Nill. »Warum seid ihr zu mir gekommen?«

Kaveh lächelte. »Wir sind dein Geleitschutz. Ich habe mir geschworen, dich zu beschützen, bis du den König von Korr...«

»Bis was?«

Kaveh starrte sie an, als habe er sich längst im Grün ihrer Augen verloren.

»Bis *was* geschieht, Kaveh?«

»Bis das Weiße Kind seinen Turm erreicht. Und den König tötet.«

Scapa ging schnell. Er wäre gerannt, hätte er nicht gewusst, dass der Weg vor ihm zu lang war, um jetzt gleich alle Kraft aufzubrauchen. Seit der Morgendämmerung lag Kesselstadt hinter ihm. Er hatte den Fuchsbau hinter sich gelassen, er hatte den Herrn der Füchse, hatte sein ganzes Leben hinter sich gelassen. Vor ihm zeichneten sich die kargen Gebirge ab, dahinter warteten die Marschen und seine Rache. Das magische Messer, der einstige Verlust, die Erinnerung – sie hatten ihn wie ein Schwall Eiswasser aus dem bodenlosen Traum geweckt, in dem er der Herr der Füchse gewesen war.

Nun spürte er den Dorn direkt auf der Haut. Er trug ihn unter seinem Hemd, fühlte den kalten Stein mit jedem Schritt. Bestimmt, er ging seiner Vergangenheit entgegen, die nun wieder so klar vor ihm lag, als sei in drei Jahren nur eine Stunde vergangen. Und er ging seinem Ende entgegen.

Er würde sterben. Das fühlte er ganz genau. Aber es war ihm gleich, oder, mehr noch: Eine stille, kühle Befriedigung lag in diesem Gedanken. Er würde, das erkannte er nun, nur so mit dem Vergangenen abschließen können. Und er würde den mitnehmen, der *ihr* Leben auf dem Gewissen hatte und Scapas Leben dazu.

Das war alles, woran er denken konnte. Es war, als hätte ihn der Steindorn, die längst verlorene Hoffnung auf Rache in sein wahres Leben zurückgerissen. Und er sagte ihren Namen, er sprach ihn endlich wieder laut aus, wie er es seit drei Jahren nicht mehr gewagt hatte.

»Arane«, stieß er mit jedem Schritt hervor. »Arane. Arane!«

Jetzt würde Scapa den König mit in den Tod reißen, der Arane getötet hatte. Der Steindorn war ihm so nah wie die Erinnerung. Wie hatte er sie so lange verdrängen können?

Arane…

Er würde sie rächen, ja, er würde sie rächen und zu ihr zurückkehren. Er würde im Tod mit Arane vereint sein. Er war auf dem Weg zu ihr.

Und seit drei Jahren endlich spürte Scapa wieder, dass er lebte.

DRITTES BUCH

# Das Weiße Kind

# Der verlorene Sohn

In den Tiefen der Dunklen Wälder reckten sich die Birken und Buchen so weit in den Himmel, dass die Baumkronen bis in die Wolken zu reichen schienen. Man erzählte sich die Geschichte von einem Jungen namens Ijumalah, der einst den höchsten Baum der Dunklen Wälder fand. Es war eine verwitterte Eiche, deren Stamm die Jahre in eine wundersame Form gebogen hatten: Man konnte auf seinen Windungen hinauflaufen wie auf einer Treppe.

Ijumalah, der gerade seinen geliebten Bruder an das Totenreich verloren hatte, wollte die Eiche erklimmen. Von oben aus hoffte der Junge die ganze Welt sehen zu können, bis hin zum fernen *Großen Wasser*, dem Meer, und sogar bis hinab in das Totenreich tief unter den Schatten der Wälder. Ijumalah stieg sieben Tage und Nächte den Baum empor, bis er seine Krone erreichte. Hier bedeckte Schnee die Laubhauben. Der Junge reckte den Kopf und tatsächlich: Er erspähte die ganze Welt, sah die unendlichen Sandwüsten im Westen und die schäumenden Meere im Osten. Er entdeckte die Marschen jenseits der Dunklen Wälder, er konnte über die Berge hinwegsehen bis ans Ende aller Länder. Er sah alle Seelen der Welt, jeden Strauch und Baum und jedes Tier. Aber das Reich der Toten blieb seinen Augen verborgen.

In seinem Kummer erschienen ihm die Geister der Bäume, die zwischen den Ästen der Eiche hausten. Sie fragten den Jungen, was er suche, das von hier oben nicht zu sehen sei. Und Ijumalah antwortete ihnen, dass er Ausschau nach seinem geliebten Bruder halte. Die Baumgeister raunten eine Weile im Wind, ehe sie ihm antworteten, dass er Recht habe;

seinen toten Bruder könne man in keinem Winkel der Welt finden. Um ihn zu finden, müsse Ijumalah in sein Herz blicken, und wenn er Glück habe, sei dies genauso weit und groß wie die Welt vom höchsten Baum aus.

Aber der Junge wollte sich damit nicht zufrieden geben. Obwohl sein Herz so groß war wie die Welt unter ihm, war es erfüllt von Trauer, und er hatte seinen Bruder und sich selbst – ja, alle, die er liebte – längst darin verloren. Ijumalah wollte seinen Bruder leibhaftig vor sich sehen, und wenn er das Reich der Toten selbst betreten müsste. Nun, erwiderten die Baumgeister, dann gäbe es nur einen Weg für ihn. Das Totenreich, flüsterten sie, befand sich nicht in der Ferne, sondern direkt unter ihm. Er müsse nur hinein springen. Und der Junge Ijumalah sprang... Er sprang direkt in das Reich der Toten hinab, wo er seinen toten Bruder endlich wieder fand.

Diese Geschichte hatte Aryjèn unendlich oft erzählen müssen, seit ihr zweitgeborener Sohn das Märchen zum ersten Mal gehört hatte. Als Kind hatte Kaveh Geschichten verschlungen und mit leuchtenden Augen zugehört, bis die Stimme des Erzählers ihn so hoch in die Wolkenreiche getragen hatte wie die alte Eiche Ijumalah. Kein anderes Kind, auch nicht Aryjèns erster Sohn Kejael, war so versessen auf Heldenlegenden und Märchen gewesen. Wäre es doch nur dabei geblieben, dachte Aryjèn nun und spürte einen Stich in der Brust. Sie musste an den Tag zurückdenken, an dem Kaveh wohl beschlossen hatte, seine eigenen Abenteuer zu erleben: Auch er hatte sich auf die Suche nach dem höchsten Baum der Dunklen Wälder begeben. Diese Suche bescherte ihm einen zwei Meter tiefen Sturz, einen verstauchten Arm und seiner Mutter fast ein Herzversagen. »Bei allen guten Geistern«, hatte Aryjèn ihn ausgeschimpft, »welchen Verstorbenen hast *du* im Todesreich besuchen wollen?«

»Niemanden«, gab Kaveh zögernd zurück. »Ich wollte nur die ganze Welt sehen.«

Damals war er sieben Jahre alt gewesen. Und heute, wo er seine eigene Tollkühnheit fast schon bis zum Mannesalter überlebt hatte, war er zum zweiten Mal aufgebrochen, um die Welt zu erkunden. Und mit einem verstauchten Arm kam er diesmal bestimmt nicht davon.

Bei diesen Gedanken tastete die Königin der Freien Elfen nach der Hand ihres Gemahls. »Wann kommt sie wohl?«, murmelte Aryjèn und spähte in den Wald hinein, um ihre Sorgen abzuschütteln.

König Lorgios atmete langsam ein und drückte ihre Hand, so wie er es immer tat, wenn er ihr ein Gefühl von Ruhe vermitteln wollte – dabei konnte auch er, das wusste sie, nachts vor Kummer nicht schlafen.

Plötzlich verkrampften sich seine Finger. »Da ist sie«, murmelte er und reckte sich. Auch Aryjèn nahm wieder die Haltung einer Königin an, als sich eine gebeugte Gestalt aus dem Grün der Wälder löste.

Die Alte kam dafür, dass sie einen Wanderstab benötigte, erstaunlich geschickt voran. Nicht zu vergessen, dass sie ein Mensch war – und somit für die Elfen die Eleganz eines humpelnden Raben hatte. Tatsächlich hatte sie auch das Erscheinen eines Raben.

Aryjèn neigte kaum merklich den Kopf, als die Seherin vor ihnen ankam, während König Lorgios die Hände zusammenschloss und im Zeichen eines ehrerbietigen Grußes an die Stirn hob. Er hielt sehr viel von der Seherin des Hykadendorfes. Aryjèn hingegen beobachtete die Alte mit dem runzligen Baumgesicht und der blau bemalten Glatze, auf der nur noch ein kleiner weißer Haarknoten saß, majestätisch.

»Sei gegrüßt, Celdwyn, Seherin des Hykadendorfes Lhorga«, sagte König Lorgios.

Die Alte lächelte versonnen und stützte sich auf ihren Wanderstab. »Sei gegrüßt, Lorgios, König der Freien Elfen. Königin Aryjèn.« Celdwyn schlug die Augen nieder und blickte einen Moment später wieder zu Aryjèn auf.

Aryjèns dunkles Haar war zu einem kunstvollen Kranz geflochten, der sich um ihre Stirn wand wie ein Diadem. Das Gesicht der Königin war nicht mehr das des jungen Mädchens, das Celdwyn noch so gut in Erinnerung hatte. Zarte Falten umspielten nun die tiefen, hellen Augen, doch die Königin der Freien Elfen hatte ihre Schönheit behalten. Mit den Jahren schien sich die Feinheit ihrer Züge sogar noch auszuprägen.

Auch König Lorgios war älter geworden. Man sah es den Schatten unter seinen Augen an. Doch sonst hatte er noch immer das knabenhafte Aussehen, das ihn von je her jünger erscheinen ließ als Aryjèn. Celdwyn lächelte. Kaveh war ihm wie aus dem Gesicht geschnitten, während Kejael, der Ältere, die zarte Eleganz seiner Mutter geerbt hatte.

»Wollen wir hinabgehen?«, fragte König Lorgios und trat zur Seite. Ein sanfter Hang lag vor ihnen und gab den Blick auf eine Lichtung frei, die von hohen, schmalen Buchen umschlossen war. Celdwyn wagte einen neugierigen Blick hinab und beobachtete, wie durch ein fließendes Handzeichen des Königs zwischen Schatten und Licht ein Dorf sichtbar wurde. Die Laubhütten und Baumhäuser traten aus dem Grün hervor wie Bilder auf einem Teppichmuster, in dem man zuvor nichts erkannt hatte.

Celdwyn folgte dem Königspaar hinab ins Elfendorf. Kinder kamen ihnen entgegen und beobachteten, schüchtern auf ihren Haarsträhnen kauend, wie die drei durch das Dorf schritten. Runde Hütten wie Pilzköpfe saßen hier und dort nebeneinander, doch das wahre Elfendorf erstreckte sich über die Baumkronen.

Die Buchen wuchsen nach dem Willen – oder besser gesagt dem Zauber – der Elfen. So wunderte es Celdwyn nicht, dass Lorgios und Aryjèn sie einen Baum empor führten, dessen Stamm so breit war, dass drei Menschen darauf nebeneinander hätten stehen können, und der sich wie eine Spirale in die Höhe schraubte. Wilder Efeu bewucherte das Holz, und ein

Teppich aus Moos zog sich über die unebene Baumrinde, die wie eine Treppe nach oben führte.

Der Baum war zu einer breiten Plattform gewachsen, die ringsum vom dichten Blätterwerk überdacht wurde. Stufen aus Ranken und lebendigen Zweigen führten weiter in die Baumkrone, wo Räume zu finden waren, geschützt durch Dächer und Wände aus Moos, Ästen und Laub. Es hieß, dass kein Regentropfen in die Elfenhäuser dringen konnte. Und Celdwyn glaubte es nun.

Der Duft elfischen Räucherwerks empfing Celdwyn im großen Baumzimmer des Königs, sodass sie einen Moment stehen blieb, die Augen schloss und tief einatmete. Der Geruch hing so fein in der Luft wie Regenduft oder der Duft eines warmen Sommertages; aber er zerfiel, sobald man ihn zu riechen versuchte, so wie eine ferne Erinnerung, die man besser nur fühlt und nicht zu begreifen versucht. Oft hatte Celdwyn überlegt, dass der Duft wahrscheinlich nicht vom Räucherwerk kam, sondern in Wirklichkeit der *Zauber* der Elfenhaine war. Denn war nicht alles hier wie eine Illusion – oder, viel eher, etwas, das zwar da war, aber nicht wahrgenommen werden konnte?

»Setz dich doch«, forderte Lorgios die Seherin auf.

Mit einem dankenden Nicken ließ Celdwyn sich auf den Fellen nieder, die auf dem glatten Holz ausgebreitet waren. Zwar gab es Stühle und Liegen, die mit Stoff und Tierhäuten bespannt waren, aber nach alter elfischer Sitte teilten sich Gäste und Gastgeber gemeinsam den Boden – das war auch ein Symbol dafür, dass die Erde, auf der man sich befand, allen gehörte.

Gegenüber von Celdwyn setzten sich Lorgios und Aryjèn nieder. Angesichts der wundersamen Umgebung und des stolzen Königspaars wurde Celdwyn bewusst, wie einflussreich die Elfen noch waren. Ihre Kultur, selbst wenn sie sich hinter zahllosen Geheimnissen und Zauberschleiern verbarg, war an ihrem Höhepunkt angelangt. Schon lange, befürchtete die Seherin – denn wie bei allen Reichen der Welt würde auch dieses Hoch einmal enden. Vermutlich sehr bald, wenn nichts unternommen wurde.

»Ich danke für euren Empfang«, begann Celdwyn. »Wahrscheinlich wisst ihr, wieso ich gekommen bin.«

Lorgios nickte ernst. Das Licht, das durch die Laubvorhänge ringsum drang, tauchte sein Gesicht in sanftes Gold und ließ ihn jungenhafter denn je erscheinen. »Die Stimmen des Waldes verschweigen uns nichts.«

Auch Celdwyn nickte. »Wer hätte gedacht, dass ein Hykadenmädchen das magische Messer finden würde? Dass der alte Zauber des Steins eine *Menschin* erwählt? Obwohl – in ihr fließt das Blut zweier Völker.«

»Davon haben wir gehört«, erwiderte Aryjèn. »Leider weiß ich nicht, wer ihre Mutter war. Wahrscheinlich hat sie nicht einmal zu unseren Dörfern gehört.«

Celdwyn schlug verstehend die Augen nieder. »Ich habe dafür gesorgt, dass das Mädchen auch diejenige ist, die mit dem Messer aufbricht. Es sollte schließlich nicht in falsche Hände kommen.«

»Wir haben uns ernste Sorgen gemacht«, murmelte Lorgios. »Bist du dir sicher, dass das Mädchen auch … den richtigen Weg einschlagen wird?«

»Gewiss.« Celdwyn lächelte, sodass man einen Moment lang ihre gefärbten Zähne sah. »Sie wird sich gegen ihre Aufgabe stellen und ihrem Gewissen folgen, da bin ich sicher. Außerdem ist mir etwas zu Ohren gekommen: dass euer Sohn sich auf die Suche nach ihr begeben hat. Wenn er sie findet, wird er ihr sicher helfen, richtig zu entscheiden.«

Celdwyn bemerkte, wie die Gesichter der Elfen härter wurden.

»Er ist heimlich aufgebrochen«, knurrte Lorgios. »Und mit ihm diese wilden Taugenichtse, diese Rabauken von Zwillingsbrüdern, die mehr ausgefressen haben als alle Kinder des Dorfes zusammen! Und Erijel … Der Sohn meiner

Schwester lässt Kaveh bei keinem Abenteuer alleine. Damit setzt Kaveh nicht nur sein eigenes Leben aufs Spiel, sondern auch das seiner Ritter. Sein Gemüt ist frei von jeder Angst, selbst wenn die für ihn mal ganz vernünftig wäre.«

Celdwyn lächelte noch immer, doch ihre Augen blickten ernst. »Ich werde zu meinen Göttern beten und auch die Geister der Elfen bitten, über eurem Sohn und seinen Rittern zu wachen. Ich hoffe jedoch, dass Kaveh und seine Gefährten nur zum Guten beitragen… und nichts aus der Bahn bringen, was wir mit viel Mühe geplant haben.«

Die Miene des Königs wurde zusehends finsterer. »Dieser Narr von einem Sohn! Er sucht das Weiße Kind und ist voll ungestümer Ideen. Dass Abwarten auch eine Tugend ist, dass Geduld mehr wiegt als stürmische Taten, hat er nicht verstanden.«

»Das Weiße Kind?« Celdwyn verschmälerte die Augen. »Wer soll das sein?«

Aryjèns Gesicht regte sich nicht und doch schien sich wie ein dünner Schleier Sorge über ihre Züge zu legen. »Es gibt eine Prophezeiung unserer Seher. Sie erzählen von einem Kind, das dem König von Korr die Krone *Elrysjar* durch eine List entwenden wird, ohne Blut zu vergießen. Darum ist es das Weiße Kind, rein von Sünde. Und wie jede gute Geschichte hat auch diese, fürchte ich, unseren Sohn fasziniert. Kaveh hat sich in den Kopf gesetzt, dass er das Weiße Kind ausfindig machen wird und sicher zum König führt. Er glaubt, dass das Mädchen, das bereits das Messer fand, die Auserwählte ist.«

»Obwohl das Messer den König töten und somit doch Blut vergießen würde?«

Lorgios seufzte und fuhr sich mit der Hand über die Stirn und seine hellbraunen Zöpfe. »Den Teil über das nicht vergossene Blut hat er wohl vergessen. Er passt anscheinend nicht in seinen jungen Verstand, in dem es nur Heldentum gibt und kopflosen Mut.« Lorgios presste die Lippen fest aufeinander, um sich nicht weiter in Zorn zu reden.

Celdwyn fühlte, wie verzweifelt der König der Freien Elfen war. Kinder sind in der Tat das Schlimmste, was einem Mann und einer Frau zustoßen kann, dachte Celdwyn mit einem mitleidsvollen Blick. Und kehrt der stürmische Elfenprinz gesund heim – sind Lorgios und Aryjèn die glücklichsten Elfen der Erde.

## Gemeinsamer Weg

Nill wusste nicht, was sie sagen sollte. Aber was erwidert man schon, wenn man erfährt, von einem Zauber erwählt zu sein, um einen unbesiegbaren König zu töten? Sie starrte Kaveh an und konnte keinen einzigen Gedanken fassen. Schließlich bekam sie ein Stottern zustande. »Ich kann den König doch nicht mit dem Messer… Ich bin kein Mörder und schon gar kein prophezeiter Retter oder dieses Weiße Kind…«

»Der König muss getötet werden.« In Kavehs Augen rangen Hoffnung und Verzweiflung miteinander. »Wenn dieser Mensch weiterlebt, wird er die ganze Welt ins Verderben stürzen. Er *muss* aufgehalten werden. Er muss sterben! Und allein du kannst es vollbringen.«

Nill war es, als schwanke der Boden unter ihr. Das alles konnte nicht wahr sein. *Sie*, Nill, konnte nicht das Mädchen sein, in dem Kaveh so Großes sah.

»Ich habe Anweisungen«, erwiderte sie leise. »Ich muss dem König das Messer als Friedenszeichen überbringen. Wenn nicht, dann… dann wird womöglich sein Zorn die Dunklen Wälder treffen, und… Ich kann niemanden töten. Der König von Korr hat doch nichts verbrochen, das –«

»Nichts *verbrochen*?! Du kennst den König von Korr nicht!«, rief Kaveh. »Er hat den Moorelfen ihre Krone gestohlen und ein ganzes Volk versklavt! Weißt du, was in den

Marschen vor sich geht? Hat man dir das erzählt?« Kaveh hob den Zeigefinger und deutete zum Fenster hinaus. »Alle Moorelfen, die Frauen, Männer und die Kinder, sie alle arbeiten in den Minen und Steinbrüchen des Königs. In den letzten drei Jahren hat er sich einen Turm errichten lassen, der alle Bauwerke der Welt in seinen Schatten stellt. Täglich sterben Hunderte, nein Tausende in den fernen Sümpfen für diesen Bau! Und wenn dir das nicht genug ist«, setzte Kaveh hinzu, »wenn dir das als Grund nicht reicht, dann wisse auch, dass in den Marschen eine Armee heranwächst, die die Dunklen Wälder überrennen wird. Was glaubst du, wohin all das Holz aus den Dunklen Wäldern verkauft wird, seit der König von Korr die Macht in den Händen hält? Er baut Waffen damit, er rüstet sich für einen Krieg, der die ganze Welt unter seine Herrschaft zwingen wird!«

Nill presste die Lippen fest aufeinander. »Aber wenn ich ihm das Messer bringe, wird er die Dunklen Wälder verschonen.«

»Wenn du ihm das Messer bringst, ist unsere letzte Hoffnung dahin! Er *wartet* doch nur darauf, dass er das Messer in die Finger bekommt! Wenn er selbst die steinerne Klinge nicht mehr zu fürchten hat, hält ihn nichts mehr auf. Das Messer allein ist es, das die Dunklen Wälder bis heute schützte. Sobald es in seinem Besitz ist, wird der König uns angreifen.«

Nill wurde ganz übel vor Angst. Sie sah die Dunklen Wälder vor sich, die hohen, stillen, schützenden Bäume, das weiche Moos, die wogenden Gräser … Es war unmöglich, dass all dies, die Geister von Jahrhunderten, durch einen einzigen Menschen zerstört würden. Durch einen einzigen Krieg. Durch ein einziges Messer …

»Ich flehe dich an«, flüsterte Kaveh und ergriff ihre Hände. »Ich flehe dich an, Nill: Bekenne dich zu deinem Schicksal! Das Messer hat dich zu seiner Trägerin erwählt, darum musst du auch das Weiße Kind sein. An dir hängt die ganze Hoffnung der Moorelfen. Und der Dunklen Wälder! Und an dir hängt *meine* ganze Hoffnung…«

Sie verlor die Macht über ihre Stimme. Nichts konnte sie sagen – was hätte sie auch erwidern sollen? Es gab kein Wort, das nun gepasst hätte. Nach einer Weile schluckte Nill, senkte den Kopf und nickte. »Mal sehen – mal sehen…«

Der Herr der Füchse konnte noch nicht weit sein, wenn er erst in der letzten Nacht aufgebrochen war. Bestimmt hatte er noch nicht einmal den Fuß der Berge erreicht, die die tiefen Sümpfe hinter sich verbargen. Sie würden ihn noch rechtzeitig einholen können. Hoffentlich. Wenn nichts dazwischenkam und sie aufhielt.

Fesco hielt sie nicht auf, als sie ihre Sachen packten und das Zimmer verließen. Nur der Blick des rothaarigen Jungen folgte ihnen.

Im Fuchsbau standen und liefen Füchse umher, tuschelten aufgeregt und sahen sich hilflos um. Anscheinend war ihr Herr ohne ein Wort der Erklärung aufgebrochen. Kaveh konnte sich schon denken, wieso: Ein Spion hinterlässt keine Spuren und schon gar keine Nachrichten. Und dass dieser finstere, heuchlerische, unheimliche Bandenführer ein Spion des Königs war, das schien Kaveh so sicher wie der morgige Sonnenaufgang.

Sie verließen Kesselstadt eiligen Schrittes, blickten nicht links, nicht rechts, und gingen immerfort bergauf, bis sie die Stadttore erreichten. Man ließ sie wortlos passieren und zum ersten Mal konnte Nill die Landschaft im Tageslicht erkennen. Sie war aber noch immer viel zu verwirrt, um die kargen Hügel und Schluchten richtig wahrzunehmen.

Die Gefährten nahmen den Pfad zurück bis zur Weggabelung und schlugen nun die unbeschilderte Straße ein. Sie führte in eine Wüste voll dürrer Sträucher und Felsen, zwischen hohen Gesteinsbrocken und sandigen Dünen hindurch, auf deren Kämmen das Gras im Wind fispelte. Morsche Bäume, vom Wetter verzerrt, beugten sich an manchen Stellen mit zitternden Zweigen zu ihnen herab. Das Land erschien Nill wie ein einziger Friedhof und sie sehnte sich mehr denn je nach den Tiefen der Wälder. Hatte der König von Korr wirklich vor, das Dunkle Waldreich anzugreifen? Würden dann die lichtdurchzogenen Haine, die tiefen Tannenwälder auch wie diese trostlose Erde aussehen? Nill wurde ganz schlecht bei dem Gedanken.

Es musste bereits Mittag sein, obwohl die Sonne kaum Lichtstrahlen durch die Wolkendecke sandte. Sie hatten einen flachen Abhang erreicht, über den sich das Geäst einer verwitterten Eiche beugte. Kaveh blieb neben Bruno stehen. Junge und Keiler witterten schnuppernd in die Luft. Plötzlich zogen die Elfenritter ihre Bogen von den Schultern und legten Pfeile auf.

Auch Kaveh nahm sein Schwert in die Hand. »Es riecht nach Rauch«, murmelte er. »Ein Feuer…« Kurzerhand verließ er den Pfad, um den felsigen Abhang hinunterzuklettern.

Erijel und Arjas folgten ihm, Mareju blieb mit gespanntem Bogen über ihnen stehen und gab ihnen Rückendeckung.

Zwischen den Felsbrocken hatte sich ein Unterschlupf gebildet, der durch den Abhang vor jedem Blick geschützt war. Schon bevor Kaveh auf dem Boden aufkam, sah er die Feuerstelle, deren Asche nur noch ein paar fade Rauchfäden entstiegen. Jeder Muskel seines Körpers spannte sich. Er ließ sich tiefer an den Felsen hinabsinken und entdeckte unweit der Feuerstelle ein zusammengerolltes Kleiderbündel. In dem Kleiderbündel steckte jemand. Der Dieb!

Kaveh kletterte das letzte Stück so hastig hinunter, dass ihm plötzlich das Schwert aus den Fingern glitt. Klirrend schlug es gegen die Steine.

Erschrocken fuhr Scapa aus dem Schlaf. Ein Schwert fiel vor ihn, und kaum einen Herzschlag später sprang eine Gestalt auf die niedergebrannte Feuerstelle, sodass eine Wolke aus Asche aufwirbelte. Scapa blickte hoch, erkannte kaum noch das verzerrte Gesicht des Elfenjungen; dann traf ihn eine Faust gegen das Nasenbein.

»Was ist da los?« Nill hielt den Atem an, als sie einen Aufschrei vernahm. Auch Mareju ließ den Bogen sinken und begann schleunigst, die Felsen hinunterzuklettern. Nill folgte ihm, riss sich die Hände am rauen Gestein auf, sprang das letzte Stück hinab und fand sich strauchelnd auf dem Boden wieder. Sandstaub umwölkte sie. Die Ritter standen rings um Kaveh und Scapa, ohne einzuschreiten.

»Elender Dieb!« Der Prinz ging mit bloßen Fäusten auf Scapa los, der noch ganz verwirrt vor ihm zurückstolperte. »Wo ist das Messer?!«

Scapa tauchte unter einem Schlag hinweg. Dann versuchte er Kaveh von hinten zu ergreifen, aber der wich ihm aus, packte seinen Arm und wollte ihn verdrehen. Jetzt zog Scapa mit seiner freien Hand ein Messer aus dem Gürtel. Kaveh ließ seinen Arm los und zückte noch im selben Moment seinen Dolch. Und dann standen sich beide gegenüber und hielten einander ihre Klingen an die Kehlen. Sie atmeten schwer, doch wagten nicht zu schlucken, während das kalte Metall ihnen auf der Haut zitterte. Ein wenig Blut kroch Scapa aus der Nase.

»Du verfluchter Bastard«, zischte Kaveh. »Gib den Steindorn zurück, sofort!«

»Lass das Messer fallen!« Erijel zog die Bogensehne zurück. Sein Pfeil zielte auf Scapas Brust.

»Niemals!« Scapas Augen glühten. »Nie im Leben gebe ich euch das Messer zurück. Lieber sterbe ich hier, bevor ihr es dem König bringt!«

*»DU* willst es dem König bringen!«, schrie Kaveh. »Du hast uns das Messer gestohlen, weil du ein Spion des Königs bist, genau das bist du!«

Nun schrien die beiden sich an, ohne den anderen überhaupt noch zu hören.

»Ich bin kein verdammter Spion, ich bin kein Spion, aber

ihr wollt dem König das Messer bringen, weil ihr ihn fürchtet, und das werde ich nicht zulassen, ICH WERDE IHN TÖTEN!«

Kaveh und Scapa hielten verblüfft inne, denn sie hatten gleichzeitig dasselbe geschrien. Einen Moment starrten sie einander an; dann senkten sie ihre Klingen und sprangen einen Satz zurück.

Ohne Kaveh aus den Augen zu lassen, betastete Scapa seine Nase und warf erst einen Blick auf seine Finger, als er das Blut fühlte. »Dreckige Elfenbrut!«, knurrte er.

»Rück das Messer raus!« Kaveh deutete mit seinem Dolch auf Scapa, woraufhin die Bogen seiner Ritter sich knirschend spannten.

Aber der Herr der Füchse würdigte sie keines Blickes. »Den Steindorn gebe ich niemals her, schon gar nicht einem Elf! Du glaubst wohl, ich bin übergeschnappt? Ich weiß, dass der König von Korr dein Herr ist.« Aber er klang bereits sehr viel unsicherer.

Kaveh blähte vor Zorn die Nasenflügel. »Gib ihn mir. Du weißt nicht, was du anrichtest, *Dieb*.« Als Scapa keine Anstalten machte, sich zu rühren, setzte Kaveh hinzu: »Es gibt nur eine, die berechtigt ist, das Messer zu tragen.« Sein Blick schwenkte zu Nill herüber. Scapa folgte ihm verwundert.

Sofort begann Nills Herz zu rasen.

*Du siehst schön aus, wenn du schläfst.*

Bestohlen. Er hatte sie belogen und bestohlen.

»Sie ist das Weiße Kind«, erklärte Kaveh widerwillig, als ihm unangenehm zu werden schien, wie eindringlich Scapas Blick auf ihr ruhte. »Sie ist dazu bestimmt, den König zu töten. Und darum muss das Messer in ihrer Hand bleiben.«

Scapas Augen wurden schmal. »Ist das wahr?«

Nill wich seinem Blick aus und sah zu Boden. Die Antwort darauf hätte sie selbst gerne gewusst.

Eine Weile beobachtete Scapa sie durchdringend, dann trat

er einen Schritt zurück. »Ich traue euch nicht«, sagte er feindselig. »Wenn *sie* den König töten kann, werde ich bei ihr bleiben und aufpassen, dass sie es auch wirklich tut.«

»Nein, danke!«, sagte Kaveh. »Jeder von uns würde sein Leben dafür geben, dass sie unversehrt den Turm des Königs erreicht.«

»Ach, deshalb also der peinliche Auftritt in meinem Fuchsbau gestern Abend.«

Nill starrte Kaveh an. Das Gesicht des Prinzen färbte sich rot.

»Nein«, knurrte Kaveh und vermied es, in Nills Richtung zu blicken. »Wir hätten das natürlich auch so getan – weil Nill unsere Gefährtin ist, du Idiot!«

»Ja, klar.« Scapa schnaubte verächtlich und sein Blick wanderte von einem Elf zum nächsten. Plötzlich zog er etwas unter dem Hemd hervor. Erleichtert erkannte Nill den Steindorn wieder. Sein Messer warnend auf die Elfen gerichtet, kam Scapa auf Nill zu. Er stand so nah neben ihr, dass sie ihm den steinernen Dorn aus der Hand hätte reißen können. Aber das musste sie nicht. Er übergab ihn freiwillig. Nill nahm ihn und drückte den kalten Stein instinktiv mit beiden Händen an sich.

»Wenn ihr glaubt, ich lasse euch einfach mit dem Messer ziehen, habt ihr euch geschnitten. Ich werde mitkommen und ich werde neben ihr stehen, wenn sie den König tötet«, sagte Scapa.

Kaveh sah ihn fassungslos an. Es konnte sich ihnen doch kein Dieb anschließen! Aber Scapa wirkte aus einem unerklärlichen Grund fest entschlossen, sie zu belästigen.

»Nein. Auf keinen Fall kommst du mit.« Kaveh verschränkte die Arme.

»Doch, auf jeden Fall.«

»Nein.«

»Oh doch.«

»Nein!«

»Doch!«

Kaveh löste die Arme, hob entgeistert seinen Dolch und senkte ihn wieder. »Also – bist du taub? DU KOMMST NICHT MIT!«

Scapa lächelte und wischte sich das Blut mit dem Ärmel ab. »Du kannst mich nicht davon abhalten, euch hinterher zu schleichen, Schweineprinz.«

»Oh doch. Und wie.« Kaveh hob den Dolch und ging mit großen Schritten auf ihn zu.

»Halt!« Nill lief dazwischen und breitete die Arme aus. »Guck doch, er blutet schon wegen dir«, murmelte sie Kaveh eindringlich zu.

»Er wird gleich noch mehr bluten«, erklärte Kaveh.

Nill hielt ihn fest, als er sich an ihr vorbeischieben wollte. »Du kannst ihn doch nicht einfach – erstechen! Bist du verrückt? Das … das lasse ich nicht zu.«

Zu ihrer Überraschung senkte Kaveh tatsächlich den Dolch. Er drehte sich um, fuhr sich mit den Händen über die Zöpfe und atmete tief aus. Dann wandte er sich mit erzwungener Ruhe wieder an Nill.

»Es geht um deine Sicherheit«, sagte er gepresst. »Du sollst entscheiden, ob wir wirklich einen Dieb mitnehmen.«

Nill sah Scapa an. Sein Blick war weder flehend noch bittend, sondern so finster wie immer. »Er soll verraten, wieso das Messer ihn interessiert«, hörte sie sich selbst sagen. »Ich muss wissen, wieso er den König töten will.«

Kaveh nickte unwirsch. »Du sollst den Mund aufmachen!«

Aber bevor Scapa etwas sagen konnte, erklangen Geräusche. Etwas abseits, wo der Hang seichter war, schlitterte Bruno die Felsen hinab und galoppierte mit einem erschrockenen Grunzen auf Kaveh zu.

Kaveh riss die Augen auf. »Da kommen Graue Krieger!«, zischte er. Sofort starrten alle in die Höhe – dahin, wo der Pfad am Abhang entlang führte.

»Dieser verdammte Feuergeruch! Die Grauen Krieger riechen ihn sofort«, fluchte Kaveh. Er wandte sich an die Ritter und Nill. »Los, in diese Richtung!«

Er lief ihnen voraus und blieb nur kurz vor Scapa stehen, um seinen Dolch auf ihn zu richten. »Du kommst mit, Dieb!«

»Schön, dass du das endlich verstanden hast«, sagte Scapa bissig. Dann schloss er sich, einen guten Abstand wahrend, den Gefährten an.

Sie liefen geduckt an den Felsen entlang, bis sich der Abhang in einem Gesteinshaufen verlor und sie den Pfad wieder sehen konnten. Es dauerte nicht lange, da vernahmen sie donnernde Hufschläge. Einen Augenblick später preschte ein Trupp Grauer Krieger den Pfad entlang. Die sandige Erde wirbelte auf und Kieselsteine sprangen durch die Luft. Graue Mäntel flatterten. Ein paar Herzschläge später waren die Reiter hinter den Staubwolken verschwunden und das Wiehern der Pferde verlor sich in der Ferne.

»Die haben nach uns gesucht«, flüsterte Kaveh. »Irgendwoher wissen sie, dass wir das magische Messer haben.« In einer blitzartigen Bewegung fuhr er herum und packte Scapa am Kragen seines schwarzen Umhangs. Ebenso rasch lag Scapas Dolch dem Prinzen am Hals.

»Einen Verräter braucht es nicht dazu, dass eine Gruppe Freier Elfen mit einem Wildschwein aus den Dunklen Wäldern auffällt!«, zischte Scapa.

Mit zornfunkelnden Augen ließ Kaveh ihn wieder los. »Die schlauen Sprüche kannst du dir sparen, Dieb. Wenn du nicht willst, dass ich dir die Faust in den Mund stopfe, dann halt ihn gefälligst.«

»Und wenn du noch mal wagst, deine dreckigen Elfengriffel auf mich zu legen, dann schwöre ich beim Himmel, dass ich sie dir abhacke!«

»Hört auf damit!«, rief Nill.

Verblüfft starrten die Elfen und Scapa sie an. Aber Nill hatte genug von den kindischen Spielchen – sie hatte genug von der Geheimniskrämerei, den Beschuldigungen und den Drohungen! Auch Scapas Blick erwiderte sie wütend.

»Reißt euch zusammen und benehmt euch nicht wie kleine Kinder! Offensichtlich suchen diese Grauen Krieger nach dem Messer. Oder nach uns, das spielt ja keine Rolle. Wir sollten jedenfalls losgehen, anstatt zu streiten!« Nill drückte Scapa und Kaveh auseinander, um zwischen ihnen hindurch zu gehen. Nach ein paar Schritten drehte sie sich um. Die Ritter, Kaveh und Scapa starrten sie noch immer an, als hätten sie bis jetzt nicht gewusst, dass sie sprechen konnte. Bruno war der Erste, der schließlich auf Nill zukam.

»Offensichtlich ist Bruno heute geistreicher als ihr«, setzte Nill hinzu, als sich die Jungen noch immer nicht regten.

Scapa besann sich endlich und kam zu ihr.

»Der Dieb soll erst erzählen, wieso er so fest entschlossen ist, uns mit seiner Gesellschaft zu quälen!«, rief Kaveh und holte ihn ein.

Scapa würdigte ihn keines Blickes; er sah Nill an. »Das werde ich nur Nill sagen.« Dann schritt er an ihnen vorbei und kletterte über die letzten Felsbrocken zum Pfad zurück.

## Der letzte Gefährte

Zweimal mussten Nill und ihre Begleiter sich hinter Felsbergen und Dünen verstecken, als ein Trupp Grauer Krieger den Pfad entlang preschte. Die Angst griff mit kalten Fingern nach Nill; bis jetzt hatte sie nicht daran gedacht, dass der Steindorn sie wirklich in solche Gefahr bringen würde – in Lebensgefahr. Denn bestimmt trieben die Grauen Krieger ihre Pferde nicht so unbarmherzig voran, weil sie ihr und den Elfen einen guten Tag wünschen wollten. Sie wussten tatsächlich, dass die Gefährten etwas im Schilde führten – ob ihrer verdächtigen Herkunft aus den Dunklen Wäldern wegen oder wegen eines Spions, der sie gemeldet hatte.

Immer wieder warf Nill Scapa heimliche Blicke zu, aber die Miene des Diebes blieb so verschlossen, als ginge ihn die Gefahr gar nichts an.

Die Dämmerung brach schneller herein als erwartet. Der Himmel färbte sich steingrau, dann lilafarben, und innerhalb weniger Augenblicke umgab sie samtiges Nachtblau.

Kaveh führte sie unter einen vorstehenden Fels und ließ Bogen, Köcher und Proviantbeutel zu Boden sinken.

»Ein Feuer ist zu gefährlich. Wir werden uns so unterhalten müssen, Dieb.«

Nill hatte den Verdacht, dass Kaveh nicht nur wegen der Grauen Krieger auf ein Feuer verzichtete: Offensichtlich kostete er es aus, dass er in der Dunkelheit wie eine Katze sehen konnte, während Scapa schon jetzt über jeden Stein stolperte.

Scapa aber legte in aller Ruhe seinen Quersack zu Boden und setzte sich mit gekreuzten Beinen nieder. »Dir werde ich gar nichts erzählen«, sagte er gelassen und suchte in seinem Quersack nach einem Brotkanten. Herzhaft biss er hinein und fügte kauend hinzu: »Nill sag ich es. Sie ist doch dieses Kristallkind.«

»Das *Weiße Kind*«, fauchte Arjas.

Scapa wandte den Kopf in die Richtung des Ritters.

»*Danke.* Das *Weiße* Kind. Ihr sagt also, dass Nill den König töten kann. Dann werde ich ihr verraten, wieso ich dabei mithelfen will, und das geht nur sie was an.«

»Uns geht es sehr wohl auch was an!«, sagte Kaveh. »Wir sind für Nills Sicherheit zuständig, glaubst du, da lassen wir einen fremden Dieb in ihre Nähe, dessen Beweggründe wahrscheinlich genauso zweifelhaft sind wie seine Ehre?«

Scapa schluckte den Bissen Brot hinunter. »Sei froh, dass ich auf meine Ehre pfeife, Schweineprinz, sonst lägst du jetzt mit dem Rücken auf der Erde.«

Das war eine leere Drohung. Kaveh war zweifelsohne besser im Kampf ausgebildet, abgesehen davon machte die Finsternis Scapa mittlerweile so gut wie blind. Trotzdem klang er, als stünden nicht die Elfenritter, sondern seine treuen Füchse hinter ihm. Er zog einen Wasserschlauch aus seiner Tasche und nahm einen Schluck. Geduldig schraubte er den Schlauch wieder zu. »Solange ihr hier seid, sage ich überhaupt nichts.«

Kaveh bebte vor Wut. Was bildete sich dieser Halunke ein! Trotzdem zwang sich Kaveh, Ruhe zu bewahren. »Bevor ich dich mit Nill allein lasse«, sagte er, »will ich deinen Schwur, dass du ihr kein Haar krümmen wirst. Du sollst schwören, dass du, wenn du bei uns bleibst, dein Leben für sie zu opfern bereit bist. Schwöre es!«

»Ich schwöre es«, erklärte Scapa schlicht.

»Schwöre bei deiner Seele!«

»Ich… schwöre es bei der Seele einer Toten. Die ist mir mehr wert als die eigene.«

Einen Moment stand Kaveh reglos vor ihm. Dann schlug er den Mantel zu und ging, in der Elfensprache fluchend, davon. Erijel, die Zwillinge und Bruno folgten ihm schweigend.

Zwanzig Schritte weiter blieb Kaveh stehen, verschränkte die Arme vor der Brust und fixierte die beiden Umrisse, die er von Nill und Scapa erkennen konnte.

»Die Seele einer Toten!«, schnaubte er. »Pfeift auf seine Ehre und legt keinen Wert auf die eigene Seele… Kann ein Mensch noch schlimmer sein?«

»Hm!« Mareju stellte sich dicht hinter den Prinzen. »Bestimmt ist er ein kleines Muttersöhnchen und denkt an die Seele seiner dicken Mama im Himmel.«

Eine Weile stand Nill wortlos vor Scapa und blickte auf ihn herab. Er hatte die Arme auf die angewinkelten Knie gestützt und schien ihren Blick ruhig zu erwidern.

Dann grinste er. »Zu beneiden bist du auch nicht gerade mit diesen Hampelmännern in deinem Gefolge.«

»Du bist ein Lügner!«, stieß Nill hervor. Zu ihrem eigenen Erstaunen fiel es ihr leichter, die Wut herauszulassen, als sie gedacht hatte.

»Was?«, fragte er verdutzt.

»Du hast schon richtig gehört, du – du Betrüger!«

Wieso starrte er sie an, als wisse er nicht, wovon sie sprach? Hatte er sie etwa schon öfter angelogen als das eine Mal in der Nacht?

Scapa lehnte sich zurück. »Wie kommst du darauf? Ich habe keinen Schimmer, was du meinst.«

Nill ballte die Fäuste, zum Glück konnte er nicht sehen, wie ihr vor Scham und Demütigung das Blut in die Wangen stieg, dieser Halunke! Nill kam auf ihn zu und stieß mit dem Fuß Sand in seine Richtung. Erschrocken hob er die Hände.

»Du hast mich bestohlen letzte Nacht, und du hast gesagt, dass ich… Du hast mir den Steindorn im Schlaf geklaut!«

Wie wütend war sie auf ihn, wütend auf diese eine Nacht, wütend darauf, das er ihr ins Gesicht gelogen hatte, und wütend, dass sie… dass sie es geglaubt hatte.

»Ich – Nill – ich habe nicht gelogen in dieser Nacht«, sagte er schnell. Dann fuhr er sich durch die Haare und wies ungeduldig auf den Boden. »Was ist, soll ich dir jetzt erzählen, was ich hier zu suchen habe oder nicht?«

Nill begriff einen Moment lang gar nichts mehr. Hatte sie wirklich gehört, was sie da gerade *gehört* hatte? Mit einem Mal war ihr Zorn wie verpufft, dafür glühte sie bis in die Ohrenspitzen.

*Er hatte nicht gelogen?*

Sie stockte erst, doch dann setzte sie sich und faltete die Hände im Schoß. »Dann erzähl mal, wieso du mich bestohlen hast.«

Scapa blickte in die Nacht hinaus. Grillen zirpten in der Nähe. Sonst war es sonderbar still. Kein Rasseln, kein Klappern, kein Hundegebell im Umkreis von Meilen. Es war beängstigend und zugleich hatte er das Gefühl, als könne er jetzt zum ersten Mal richtig atmen.

»Der König hat jemanden getötet«, sagte er einfach. Scapa wunderte sich, wie leicht ihm die Worte über die Lippen kamen. Er hatte geglaubt, dass jeder Gedanke an Arane zu tief in ihm verankert war, um in einen einfachen Satz zu passen. »Ich habe einmal jemanden gekannt ... Nun, das ist lange her. Jedenfalls ist dieser Mensch tot und der König von Korr trägt die Schuld daran. Und sollte ich irgendwie die Möglichkeit haben, diesen Menschen an dem König zu rächen, dann will ich es tun. Um jeden Preis.«

Nill hielt den Atem an. »Dieser Mensch war dir sehr wichtig, was?«, sagte sie leise.

»Ja. Könnte man sagen.«

»Hast du ...« Sie räusperte sich. »Hast du diese Person geliebt?«

Ein schrecklich langer Moment der Stille schwebte zwischen ihnen.

»Mit ihr habe ich meine Vergangenheit verloren. Meine Zukunft. Und mein Leben.«

»Klingt fast wie ein Fluch«, sagte sie halb flüsternd.

»Vielleicht ist es ja einer«, gab Scapa zurück. Dann stützte er sich auf die Hände und wandte unruhig den Kopf in die Ferne. »Willst du den Schweineprinz nicht zurückrufen? Bestimmt haben er und seine Freunde da draußen die Hosen voll vor Angst.«

»Also – ich gehe bloß deshalb auf das *Schweineprinz* nicht ein, weil an Bruno ganz und gar nichts Schlimmes ist, verstanden?«, sagte Nill und klang sehr viel mutiger, als sie sich fühlte. Dann winkte sie in die Dunkelheit. Kaum ein paar Augenblicke später tauchten Kaveh, Bruno und die Elfenritter wieder auf.

Scapa war wach, als sich das erste Licht der Dämmerung in die Nacht wob. Mit angewinkelten Beinen saß er unter dem

Felsvorsprung und blickte in die Unendlichkeit des Landes hinaus bis zum fernen Horizont, wo sich blass und verschleiert die Berge abzeichneten. Er war wohl durch nahe Geräusche erwacht, durch das leise Bröckeln von Steinen, irgendwo hinter den Dünen – das sagte er sich jedenfalls, seit er aus dem Schlaf gefahren war.

Aber in Wirklichkeit war Scapa durch einen Traum erwacht.

Es war seltsam. Seit Jahren, so schien ihm, hatte er nicht mehr geträumt. Schon gar nicht von ... von Schneestürmen. Und von – ganz bestimmt, da bröckelten Steine!

Scapa drehte sich um. Hinter ihm unter dem Felsvorsprung schliefen die Elfen und Nill. Keiner von ihnen hatte sich gerührt. Scapa stand misstrauisch auf. Irgendetwas war dort hinter den Dünen.

Er zog sein Messer und schlich zu den Felsen hinüber.

Kaveh fuhr auf. Er sah sofort das Messer in der Hand des Diebes, rollte sich auf die Knie, ergriff seinen Bogen und einen Pfeil und spannte die Sehne. »Bleib stehen!«

Inzwischen waren die Ritter und Nill erwacht. Verwirrt starrten sie erst Kaveh, dann Scapa an, der langsam die Hände hob.

»Er ist ein Verräter, ich wusste es!«, rief Kaveh.

»Ach, halt den Mund!«, fuhr Scapa ihn an. »Du hast ja keine Ahnung, dass –«

»Bleib da stehen! Bleib genau da stehen und wage nicht, dich von der Stelle zu rühren.«

»Da waren Geräusche! Ich wollte doch nur nachsehen, ob da hinten jemand ist, ich habe nicht im Entferntesten versucht –«

»Das reicht!«, rief Erijel, stand auf und zielte mit seinem Bogen auf Scapa. Der stieß ein resigniertes Seufzen aus. »Schluss damit, dem Dieb ist nicht zu trauen!«

»Wenn ihr nicht wie Murmeltiere schlafen würdet, hättet ihr die Geräusche gehört!«

Wie gestern schrien Scapa und Kaveh nun wild durcheinander – nur, dass jetzt auch Erijel mitstritt. Müde beobachtete Nill, wie die Bogensehnen der beiden Elfen zu zittern begannen. Sie kam mit einem Knurren auf die Füße und stellte sich zwischen Kaveh und Scapa.

»Hört auf!«, rief sie. »Hört auf, hört auf, *hört auf*!« Als die Schreie rings um sie verstummten, ließ Nill die Arme fallen. »Bitte. Wir können uns nicht die ganze Zeit streiten. Am Ende haben wir uns noch gegenseitig umgebracht, bevor wir den König erreichen! Ich vertraue dem Die... ich vertraue Scapa. Wir alle müssen einander vertrauen.«

Scapa schnaubte. »Ich habe nicht angefangen. Aber wenn der Elf da einen Pfeil auf mich richtet, sobald ich mich bewege, kann ich wohl kaum das magische Messer und Nill beschützen!«

Mit einem Gähnen ging Nill unter die Felsen zurück, hüllte sich in ihren Umhang und packte ihre Sachen zusammen.

»Lasst uns aufbrechen«, sagte sie. »Wenn ich richtig liege, sind wir in den Bergen sicherer vor den Grauen Kriegern als hier.«

»Da hat Nill Recht«, pflichtete Arjas ihr zu, der bereits seinen Proviantbeutel geschultert hatte und sich die vom Schlaf zerzausten Haare glatt strich. »Lasst uns einfach gehen. Je schneller wir diese Sandebene verlassen, desto besser.«

Kaveh und Scapa sahen sich finster an. Doch schließlich senkte Kaveh seinen Bogen wieder, und ohne den Dieb aus den Augen zu lassen, packte er seine Sachen.

Sie gingen schweigend ihres Weges. Wie gestern schon lief Scapa ganz hinten und immer ein Stück abseits. Sein Blick verließ nur selten den Horizont, an dem die Berge sich immer deutlicher vom Himmelsblau abhoben.

Bruno lief währenddessen dicht neben dem Prinzen her und grunzte unruhig. Er roch die Grauen Krieger. Manchmal schien ihr Geruch so schwach, dass sie vor mehreren Stunden hier gewesen sein mussten, manchmal war er so nah, dass Bruno laut aufschnaubte und sie sich rasch hinter Felsen versteckten, weil eine Reiterei an ihnen vorbeipreschte.

Die Sonne brach im Westen durch die bauschigen Wolken und tauchte das Land in Rot. Mittlerweile lagen die Sandhügel fast ganz hinter ihnen. Der Weg schlängelte sich an Felsen entlang und es ging an manchen Stellen schon bergauf. Direkt vor den Gefährten erhoben sich die Gebirge, tiefgrün an ihren Abhängen, blassblau an ihren Spitzen. Die Berge waren nicht sehr gefährlich und auch nicht so hoch wie in den Dunklen Wäldern. Kaveh schätzte, dass sie in drei Tagen zu überqueren sein mussten, sofern nichts dazwischen kam. Wenn sie sich beeilten, erreichten sie womöglich den Fuß der Berge vor Einbruch der Nacht.

Schon ein paar hundert Meter, bevor sie es sahen, bemerkte Bruno den Geruch. Kaveh blieb stehen, als der Keiler schnaubte. Er zog sein Schwert und wandte sich zu den Gefährten um.

»Da ist etwas«, sagte er. Augenblicklich kehrte die Spannung in die Gesichter der anderen zurück. Sie hatten sich während des Tages schon viermal vor den Grauen Kriegern versteckt. »Etwas … Totes.«

Sie zogen ihre Waffen. Erijel und Mareju hatten ihre Bogen sogleich von den Schultern genommen, Arjas nahm sein Schwert in beide Hände. Auch Nill und Scapa hielten Dolch und Jagdmesser bereit. Scapa trat zum ersten Mal direkt neben Nill.

Sie gingen vorsichtig weiter. Der Pfad bog um einen Felsvorsprung. Schatten malten sich auf den Boden. Stockend hielten die Gefährten inne. Vor ihnen zeichnete sich eine seltsame Form auf dem Kies ab. Es war der lang gezogene Schattenwurf eines Stabes oder eines sehr geraden Baumes – dann verlor sich der Stab- oder Baumschatten in einer unförmigen Masse. Kaveh schluckte. Schließlich fasste er Mut und trat um die Wegbiegung.

Krähen flatterten auf und begannen, am roten Himmel zu kreisen. Das Schwert in Kavehs Händen sank. Hinter ihm knirschte der Kies, als die anderen sich näherten.

Am Wegrand waren Holzpfähle in die Erde gerammt. Fünfzehn, zwanzig mochten es sein. An ihnen hingen leblose Elfen.

Kavehs Schwertspitze stieß mit einem Klirren gegen den Boden. Wie benommen trat er an die Gehängten heran.

Fliegenschwärme schwirrten auf, als Kaveh zu den Toten aufsah. Starre Augen blickten ihm entgegen, manche waren gen Himmel verdreht. Wie im Traum ging Kaveh an der langen Reihe vorbei. *Verräter* stand in Elfen- und Menschensprache auf den Schildern geschrieben, die an die Pfähle genagelt waren. *Verräter am König. Verleumder der Krone. Spion der Dunklen Wälder…*

Es waren auch Freie Elfen aufgehängt. Kaveh stiegen Tränen in die Augen, als er in das verdrehte Gesicht einer Elfe der Wälder blickte. Aus ihrem Mund hing ein roter Speichelfaden. Plötzlich kroch eine Fliege zwischen ihren Lippen hervor, das Insekt tastete sich langsam und mit flirrenden Flügeln aus dem Mundwinkel –

Kaveh schrie. Er taumelte, ihm versagten die Knie und er kroch auf Händen zurück, während er den Blick nicht von der Elfe lösen konnte.

*Die Fliegen. Sie war tot und in ihr die Fliegen.*

Erijel war vor Kaveh getreten, er musste herbeigerannt sein und ergriff Kaveh an den Schultern. »Kaveh, sie ist tot! Sie ist doch schon tot!« Erijel verstummte.

Dann blieb es still, und im Umkreis von Meilen, so schien es, war Kavehs Schluchzen das einzige Geräusch.

*Das getrocknete Blut. Der Strick, ihre Kehle. Die Augen. Die Fliegen…*

Kaveh zitterte am ganzen Körper. Die Übelkeit durchspülte in einer heißen, pochenden Welle seinen Körper. Nill stand plötzlich neben ihm. Sie sank auf die Knie und legte vorsichtig einen Arm um seine Schultern. Er spürte ihre Hand kaum auf der Wange.

Wie konnte so ein Grauen zwischen Himmel und Erde sein… Wie konnte es so etwas geben, während die Sonne schien und der Mond leuchtete und die Bäume sich grün im Wind wiegten?

Schließlich kam Kaveh auf die Beine, entzog sich Nills und Erijels Umarmungen und lief auf die Felsen zu. Er beugte sich vornüber, hustete und übergab sich. Es war das erste Mal, dass Scapa ihn sympathisch fand.

Scapa biss die Zähne zusammen. Er hatte natürlich schon viel Schlimmes gesehen – in Kesselstadt gab es seit der Herrschaft des Königs täglich Pfählungen, Kreuzigungen, Enthauptungen – und wer weiß wie viel anderes noch, das man nicht öffentlich zeigte. Das war das alltägliche Grauen. Scapa hatte drei Jahre lang damit gelebt. Aber jetzt war das vorbei. Und der Anblick der toten Elfen ergriff ihn, ja ergriff ihn zum ersten Mal in seinem Leben so sehr, dass er sogar für den Prinz der Freien Elfen Verständnis hatte.

Scapa trat neben Nill, die auf dem Boden saß, und streckte vorsichtig die Hand aus. Er wollte ihr Zuversicht geben, egal, ob er sie selbst hatte oder nicht. Er wollte ihre Schulter berühren und versuchen, sie zu trösten. Aber Nill wandte sich zu ihm um und sah ihm ins Gesicht. Scapa zog rasch die Hand zurück. Er räusperte sich. »Lasst uns gehen.«

Plötzlich bröckelten Steine hinter Kaveh. Er fuhr zurück. Da rollte etwas den Felshang hinab, direkt auf den Weg zu. Scapa zog Nill hoch und stieß sie zur Seite, als das wilde Knäuel auf sie zuschoss.

Ein Husten drang aus dem Stoffbündel. Zwei Arme und Beine kamen zum Vorschein, abgewinkelt wie bei einem sterbenden Käfer. Scapa stand schon über dem Fremden, packte ihn dort, wo er den Kragen vermutete, und drückte ihm die Dolchklinge an den Hals.

»Scapa! Scapa – ich bin's!«

Scapas Augen weiteten sich. Er zog seinen Dolch zurück, als ein wilder roter Lockenschopf zum Vorschein kam.

»Fesco!«, schrie er.

Fesco hustete. Sein Gesicht war über und über mit gelbem Sand bestäubt. Schrammen und Kratzer zogen sich über seine Haut, seine Kleider waren so zerrissen und schmutzig wie damals, als Scapa ihn zum ersten Mal in den Straßen von Kesselstadt gesehen hatte.

»Fesco! Was zum Henker machst du hier?!«

»Was machst *du* hier?«, schrie Fesco zurück. Er strampelte mit Armen und Beinen, bis Scapa ihn losließ. Dann kroch er ein Stück zurück, rappelte sich umständlich auf und drehte sich einmal im Kreis, unentschieden, wem von den Gefährten er den Rücken kehren konnte. Schließlich wandte er sich wieder Scapa zu. »Ich bin dir nachgelaufen.«

Scapa stieß ein ungläubiges Schnauben aus. »Ist mir aufgefallen!«

Fesco trat von einem Fuß auf den anderen, warf einen unsicheren Blick auf die erhängten Elfen und auf Kaveh, der, noch immer leichenblass, an den Felsen lehnte. Fesco starrte ihn an, als hätte Kaveh sich soeben auf wundersame Weise von *seinem* Galgen befreit.

»Ich… ich kann dich doch nicht allein gehen lassen«, rief Fesco. »Sieh dich doch um! Du bist umgeben von Elfen! Und ich weiß nicht, was schlimmer ist: dass manche tot sind oder dass manche noch leben!«

Scapa sah kurz zu Nill herüber. Dann kam er in großen Schritten auf Fesco zu und packte ihn erneut an den Schultern. »Das ist meine Entscheidung, Fesco! Nicht deine! Du solltest nicht hier sein!«

»Dann ist es auch *meine* Entscheidung, ob *ich* hier bin!«, rief Fesco zurück. »Wenn du hier sein kannst, kann ich das auch.«

Scapa starrte ihn an und kam ihm dabei so nah, dass ihre Nasen sich fast berührten. »Was?«

Fesco versuchte sich loszumachen und gleichzeitig dem finsteren Blick des Fuchsherrn standzuhalten. »Ich gehe nicht zurück. Ich bleibe bei dir, Scapa... Glaubst du vielleicht, ich gehe den ganzen Weg allein zurück? Hä?! Es wimmelt doch vor Grauen Kriegern!«

»Verflucht noch mal. Wie viele Menschendiebe hängen sich jetzt *noch* an uns?«, knurrte Kaveh und strich sich über die Stirn.

»Er ist der letzte«, sagte Scapa. »Er ist unser letzter Gefährte.« Und an Fesco gewandt fuhr er fort: »Denn der nächste Fuchs, der mir jetzt noch über den Weg läuft, wird weder mitkommen, noch zurückgehen.«

Aber Scapa wusste, dass kein zweiter Dieb kommen würde. Kein Fuchs wäre ihm so weit gefolgt wie Fesco.

*Du Narr! Fesco, du Narr...*, dachte Scapa. Und es tat ihm weh.

## In der Nacht

Scapa lag wach in der Dunkelheit. Er hatte sich fest in seinen Umhang und die dünne Stoffdecke gehüllt, die er mitgenommen hatte, denn die Nacht war kühl.

Vielleicht waren es auch nur die Gedanken, die ihn frösteln ließen. Wieso, zum Henker, war Fesco ihm gefolgt? Er zerstörte all seine Pläne! Und Scapa konnte ihm nicht einmal böse sein.

Es war zum Verrücktwerden. Plötzlich trug Scapa die Verantwortung für Fesco, und das nur, weil Fesco die Verantwortung für *ihn* tragen wollte. Dabei brauchte Scapa niemanden. Er hatte bereits beschlossen, seinen Tod in Kauf zu nehmen, da konnte er auf einen Beschützer verzichten. Und selbst schützen wollte er doch nur Nill, damit sie ungehindert seine Rache vollziehen konnte.

Scapa schloss die Augen, um diese Gedanken zu vertreiben. Er wollte nicht mehr überlegen. Er fürchtete die Einsichten, zu denen er dabei kommen könnte… dass das alles hier, sein ganzer Racheplan, nichts als das verzweifelte Aufbäumen seiner Sehnsucht war. Seiner Sehnsucht nach Arane.

Er war nicht nur aus Wut darüber hier, dass er sie niemals wiederbekommen würde, sondern auch, weil er ihr jetzt in einer Weise doch nahe sein konnte. Die Entschlossenheit, sie zu rächen, brachte sie fast ins Leben zurück. Es war, als sei sie wieder neben ihm, als höre er wieder ihre Stimme, sanft und bestimmend.

Scapa seufzte. Nun hatte er es doch gedacht. Unruhig drehte er sich auf die Seite. Fescos leises Schnarchen war tröstlich und beklemmend zugleich. Die Elfen gaben fast keinen Ton von sich – man konnte meinen, sie lägen dort in der Dunkelheit und beobachteten ihn aus starren Augen. Bei ihnen konnte man nie wissen. Und Nill… Scapa war sich unsicher. Ihm war richtig unwohl bei dem Gedanken, dass er nicht genau wusste, ob sie eine Elfe oder ein Mensch war. Dass sie etwas *dazwischen* sein könnte, war ihm schon durch den Kopf gegangen. In Kesselstadt gab es eine Menge Leute, in denen Menschen- und Moorelfenblut floss. Aber sie waren meistens sehr hager, nicht besonders schön und hatten seltsame Augen und eine undefinierbare Hautfarbe. Vielleicht vertrug sich das Blut von Menschen besser mit dem der Freien Elfen aus dem Dunklen Waldreich. Ja, vielleicht war Nill eine Tochter der Elfen aus den Wäldern, nicht aus dem Moor. Denn sie hatte irgendwo in ihrem Gesicht doch eine unbestimmte Feinheit, wie nur die Freien Elfen sie hatten. Scapa drehte sich noch einmal auf die andere Seite und schüttelte auch diese Gedanken ab. Wie lange der Schlaf in dieser Nacht auf sich warten ließ!

Nill öffnete die Augen, als sie ein Luftschnappen hörte – und einen Namen. Neben ihr zeichnete sich Scapas Silhouette ab.

Er saß aufrecht, sein Atem ging schnell. Mit der Hand fuhr er sich über die Haare.

Nill stützte sich lautlos auf ihre Arme. »Kannst du nicht schlafen?«, flüsterte sie.

Scapa schrak zusammen. »Nill?«, fragte er zögernd zurück.

Sie verkreuzte die Beine. »Du hast wohl im Traum geschluchzt.«

»Was?« Entsetzt berührte er seine Wange und stellte fest, dass sie feucht von Tränen war. Er wischte sie hastig ab. »Ich, äh, das wusste ich gar nicht«, murmelte er und räusperte sich.

»Du… hast einen Namen gesagt. Wer ist das? Wer ist *Arane*?«

Scapa legte den Kopf in den Nacken, und seine Augen irrten durch die Finsternis, die sich über ihnen erstreckte wie ein tiefer, endloser Ozean.

»Wie könnte ich erklären, wer sie ist?«, flüsterte er, ganz leise bloß. »Arane… Das ist eine Welt. Sie war *meine* Welt. Meine Familie… Und jetzt ist Arane mein Tod. Sie…« Er drückte sich Daumen und Zeigefinger gegen die Nasenwurzel. »Liebst *du* jemanden, Nill?«

Nill dachte an ihre Eltern. Nicht an Agwin, nicht an Grenjo; sie dachte an einen Mann und an eine Frau, die sie sich nicht deutlicher als in zwei Schemen vorstellen konnte. Sie dachte daran, wie dieses Paar sich geliebt hatte – so sehr, dass es den Hass ihrer Völker zu überwinden fähig war. Und sie dachte daran, dass sie, Nill, das trostlose Ergebnis dessen war, was vielleicht nur einen Sommer gehalten hatte.

»Was ist das schon, Liebe?«, murmelte Nill und zuckte mit den Schultern. »Sie ist auch nur ein Gefühl wie Hass oder Trauer oder Langeweile. Liebe ist nur ein Gefühl, das kommt und geht, aufglimmt und erlischt, es ist vergänglich wie die Jahreszeiten, wie Tag und Nacht, wie der Herzschlag eines jeden Menschen… und Elfen. Das ist so wie das Leben und der Tod. Liebe vergeht, weißt du, und wird an einem neuen Ort einfach wiedergeboren.«

Scapa schüttelt den Kopf. »Nein!« Nill blickte überrascht auf. »Nein. Das glaube ich nicht. Manchmal«, flüsterte er, »ist die Liebe unsterblich!«

Nill schwieg eine Weile. Dann glitt ein scheues Lächeln über ihr Gesicht, ihr Haar fiel ihr in die Stirn und sie strich es sich hinter die Ohren. »Ja, manchmal können Augenblicke der Liebe vielleicht unendlich sein.«

»Es gibt sie, die Liebe, die so ewig währt wie eine Legende.« Er hatte sich vorgebeugt, so als fürchte er, jemand anderer als Nill könne ihn hören. Dann ließ er sich auf den Rücken sinken. Auch Nill hüllte sich wieder in die Decke. Sie lagen sich gegenüber, nicht sehr nah, aber nah genug, dass Nill seinen Atem hörte, ganz leicht nur.

»Ich kenne so eine Liebe«, wisperte er. »Sie ist eine Erinnerung. Drei Jahre sind vergangen, seit ich sie das letzte Mal gesehen habe. Arane.« Ihr Name war wie ein Ausatmen; er schien ihm zu entgleiten, ganz leicht, ganz schwer. »Sie war alles, was ich je hatte. Das einzig Gute, Schöne, das ich je gefunden habe. Der einzige Mensch, der mich geliebt hat. Ich habe viel gekämpft in meinem Leben, ich habe getötet… Ich habe schreckliche Dinge getan, um mächtig zu werden, so schreckliche Dinge… Vielleicht tut es mir nicht mal Leid. Denn alles, was ich getan habe, habe ich auch für Arane getan. Ich hätte hundert Männer erschlagen mit meinen eigenen Händen, um sie ins Leben zurückzuholen! Ich wäre für sie gestorben… Ich *werde* für sie sterben.«

Nill wagte sich nicht zu rühren. War diese schwankende, verzweifelte Stimme wirklich die des Herrn der Füchse?

»Tu es nicht«, flüsterte Nill, bevor sie nachdachte. »Du solltest nicht hier sein, Scapa. Wirf doch dein Leben nicht weg für – für etwas, das dich schmerzt.«

»Die Erinnerung an Arane schmerzt mich nicht. Sie ist alles, was ich noch habe. Ich finde nur schlimm, wie die Erinnerung endet – und ich werde es ändern. Ich lasse es so ausgehen, wie es ausgehen sollte. Arane hat es verdient, gerächt zu werden. Und ich habe es verdient, nicht mehr allein zu sein.«

»Vielleicht bist du gar nicht allein. Dein Freund Fesco ist dir soweit gefolgt – ihm scheinst du sehr wichtig zu sein. Und außerdem…« Nill atmete tief durch. Sie drehte sich auf den Rücken. Es war eine dunkle Nacht, nur hier und da, wie weiße Kieselsteine in einem schwarzen See, funkelte eine Hand voll Sterne über ihnen. »Weißt du, ich war auch sehr lange allein. Vielleicht bin ich es noch. Aber früher, in den Dunklen Wäldern, da habe ich mit den Lichtern und Schatten zwischen den Ästen gelebt. Ich habe den Bäumen gelauscht, ich habe… mit ihnen geflüstert wie wir beide jetzt flüstern. Kaveh sagt, dass die Elfen an Geister glauben, nicht an Götter, und dass diese Geister überall um uns herum sind: im Wasser, im Wind, in Bäumen und Pflanzen, sogar in der Erde und in uns selbst. Ich glaube, solange es diese Geister gibt, können wir niemals ganz allein sein. Wir müssen ihnen nur zuhören.«

Mit pochendem Herzen wartete Nill seine Antwort ab. Aber damit ließ er sich Zeit. Schließlich raschelte seine Decke, sie hörte, wie er sich ebenfalls umdrehte. Sah er zum Himmel empor?

»Es ist schwer, sich mit Bäumen und Geistern zufrieden zu geben, wenn man einmal jemanden aus Fleisch und Blut gemocht hat«, sagte er.

Nill biss die Zähne aufeinander. Schließlich wälzte sie sich auf die andere Seite und zog die Knie an die Brust. »Vielleicht hast du Recht. Gute Nacht.«

Eine Weile schwebte Stille zwischen ihnen.

»Gute Nacht, Nill«, flüsterte Scapa.

Nill gab keinen Ton mehr von sich. Sie tat, als würde sie schlafen.

# Die Klippen

»Na, meine Kleine? Hast du Hunger? Warte, hier… Mal sehen, ob ich ein Stückchen Brot für dich finde.«

Erijel öffnete die Augen und hatte Fesco bereits am Hemd gepackt, bevor er seinen Proviantbeutel überhaupt anrühren konnte.

»He, he, nimm deine Griffel weg!«, rief Fesco.

»Lass dir eins gesagt sein, Dieb«, knurrte Erijel und setzte sich auf, ohne Fesco loszulassen. »Einen Ritter der Freien Elfen bestiehlt niemand!«

Plötzlich sprang etwas aus Fescos Hemd und stürzte sich geradewegs auf Erijel. Schreiend schüttelte der die Hand, in die sich etwas Graues, Fiependes krallte. Fesco brach in schallendes Gelächter aus.

»Was ist das?!«, schrie Erijel.

Endlich sprang das Etwas von ihm ab, schlug einen Haken und kletterte auf Fescos Schulter. Flink umrundete es den Nacken seines Herrn und stieg neben Fescos Gesicht auf die Hinterbeine.

Scapa hatte sich inzwischen aufgesetzt. Mit schmalen Augen sah er zu Fesco hinüber. »Verdammt noch mal, hast du *Kröte* mitgenommen?«

Fesco zuckte mit den Schultern, die das Tier schon wieder verlassen hatte, und strich mit den Händen über das graue Fellknäuel in seinem Schoß. »Ich kann sie doch nicht allein lassen.«

»Was hat der da?«, flüsterte Arjas und beugte sich vor.

»Eine Ratte hat er da«, erwiderte Fesco und hob das Tier an den Mund, um ihm einen Kuss auf den Nacken zu drücken. »Und sie heißt Kröte, weil sie so süß ist, nicht wahr, Kleine, na, das bist du doch?«

Mit angewidertem Gesicht beobachtete Arjas, wie die Ratte mit ihrer rosafarbenen Zunge über Fescos Wange schleckte.

»Der Kerl hat eine Ratte als Tierbruder und findet Kröten süß«, murmelte er Mareju zu. »Das übertrifft selbst den alten Yenuhar zu Hause, der als Tierbruder eine Kaulquappe hatte.«

Scapa hatte inzwischen einen Brotkanten aus seinem Beutel geholt und fütterte Kröte. Eine Weile beobachteten die Gefährten schweigend die Ratte. Sie war so groß wie Fescos Hand, hatte einen langen, rosafarbenen Schwanz, war struppig am Rücken und hatte weiches, glänzendes Fell an der Stirn und den runden Ohren. Ihre schwarzen Murmelaugen beäugten die Fremden äußerst aufmerksam, während sie Scapas Brot abnagte. Als sie satt war, hob Fesco sie auf und setzte sie sich wieder auf die Schulter.

»So«, sagte er. »Wollen wir jetzt auch frühstücken?«

Kaveh ergriff seinen Beutel und stand auf. »Wir essen im Gehen.«

Sie machten sich auf den Weg. Scapa teilte seinen Proviant mit Fesco, der nie von seiner Seite wich – was daran liegen konnte, dass er keinen Krümel Essen besaß. Nill warf Scapa ab und an einen Seitenblick zu und musste sich an das erinnern, was er in der letzten Nacht geflüstert hatte. Aber nun, im Tageslicht, war er wieder so verschlossen und unbeteiligt, als habe er in seinem Leben noch nie ein Wort an Nill gerichtet. Nill blieb an der Seite der Elfen, weil Kaveh bei jedem Stein und Strauch auf sie wartete und stets Acht gab, dass ihr die beiden Diebe nicht näher kamen als nötig.

Sie mussten sich vor keinen Reitern mehr verstecken, denn niemand störte ihren Weg. Am frühen Vormittag erreichten sie den Fuß des ersten Berges. Ein karges Fichtenwäldchen empfing sie, dessen Bäume wie Streichhölzer in den Himmel ragten. Krähen flatterten zwischen dem Geäst und waren die einzigen Tiere, denen sie begegneten. Als die Sonne hoch über ihnen stand, legten sie eine Rast ein.

Schweigend aßen sie und die Elfen mieden die Blicke der anderen. Sie wirkten unruhiger als sonst. Erst dachte Nill, sie dächten noch an die Erhängten vom Tag zuvor. Doch dann bemerkte sie Kavehs unsichere Blicke, die immer wieder durch die Gegend schweiften. Die Elfen hatten schon bei der Wegbiegung nach Kesselstadt nicht gewusst, welcher Richtung sie folgen mussten. Nill hatte die ganze Zeit den Verdacht, dass sie sich nicht gut auskannten – aber dass sie wirklich *gar* keine Ahnung hatten, war ein Schock.

Gerade als sie weiter wollten, zog Scapa ein gefaltetes Papierstück aus der Tasche und breitete es vor sich aus: Es war eine Landkarte.

»Du hast gesagt, dass du keine Karte hast!«, rief Nill und trat hinter ihn, um sich die Landkarte selbst anzusehen.

»Ich hatte keine Karte, um sie *wegzugeben.*«

Auch die Elfen scharten sich um das vergilbte Papier. Wälder, Berge, Moore und Küsten waren mit so feinen roten Tintenstrichen aufgezeichnet, dass Nill vom bloßen Hinsehen ganz schummrig wurde. In wundervoller geschwungener Schrift waren die Orte benannt: das Reich der Dunklen Wälder, wo sich zwischen verschnörkelten Bäumen Werwölfe, Drachen und Zentauren versteckten, aber auch die Hykadendörfer und die Plätze, an denen angeblich die Elfen zu finden waren. Die wüstengleiche Ebene zwischen den Gebirgen und den Dunklen Wäldern war verschwindend klein im Vergleich zu den Marschen, die sich dahinter erstreckten – und bei ihrem Anblick stockte Nill der Atem. Unheil versprechende Sümpfe, Nebelwälder, Treibsandmulden und messerscharfe Klippen erwachten in ihrer Fantasie zum Leben. Selbst der Schriftzug *Die Marschen von Korr* wirkte wie eine stumme Drohung.

»Wir sind hier«, sagte Scapa und setzte einen Finger auf die Karte, wo sich eine Gebirgskette an die Marschen schloss. Sein Finger fuhr über die Berge und über ein weites Feld verwitterter Bäume. »Hier sind die Dörfer der Moorelfen«, erklärte er und ließ die Fingerspitze von einem Schriftzug zum nächsten fahren.

Nill runzelte die Stirn. »Der Turm des Königs ist nicht eingezeichnet.«

»Die Karte ist ja auch über drei Jahre alt«, erwiderte Scapa.

Kaveh drängte sich vor und drückte Scapa zur Seite, sodass er selbst einen Finger auf die Karte setzen konnte. »Hier hat man Eisen und Erz gefunden.« Er tippte auf eine Region nahe der östlichen Küste. »Seitdem haben sich Menschen am Meer niedergelassen und kleinere Minen betrieben. Da der König selbst ein Mensch ist, vielleicht sogar aus der Küstenregion stammt und außerdem die Eisenminen für seine Kriegsrüstung braucht, vermute ich, dass sein Turm hier errichtet wurde. An der östlichen Küste, zum offenen Meer hin.«

»Das wird ein langer Weg«, murmelte Erijel. »Wir müssen fast die ganzen Marschen durchqueren, wenn wir zum Meer wollen. Mindestens vier Tage brauchen wir für die Gebirge, und dann...« Alle blickten fragend zu ihm auf. Erijel sah jedem einzeln ins Gesicht, ernst und besorgt. »Ich würde mit zwei Wochen rechnen. Mindestens.«

Mareju zuckte nach einem Moment mit den Schultern. »Zwei Wochen, das wird gehen. Mit unseren Vorräten kommen wir noch knapp drei Wochen aus.«

»Was ist mit dem Rückweg?«, warf Scapa mit einem kalten Lächeln ein, als sei das allein ein Problem der Elfen.

Kaveh zeigte nach einigem Zögern auf ein Dörfchen in der Wildnis. »Bei den Moorelfen können wir keine Hilfe suchen, ihre Stämme gibt es nicht mehr. Aber die Tyrmäen...«

Arjas starrte ihn mit großen Augen an. »Tyrmäen? *Tyrmäen*? Du meinst die *Abtrünnigen*? Das können wir nicht!«

»Was sind die Tyrmäen?«, fiel Fesco ins Gespräch ein.

Kaveh sah zu Nill herüber, die ebenso fragend dreinblickte wie Fesco, dann erklärte er geduldig: »Einige der Moorelfenstämme haben sich von den traditionellen Sitten und Bräuchen losgesagt, das ist schon ein paar Jahrhunderte her. Sie haben auch dem Kronenträger die Treue gebrochen und stehen deshalb nicht unter der Herrschaft des Königs. *Tyrmäe* ist ein vom Moorelfendialekt abgewandeltes Wort für *Tyra* – in ursprünglichem Elfisch *Tyrahá* – und bedeutet *glaubenslos* oder *unwürdig*. Die Stämme der Tyrmäen sind barbarisch, selbst die Moorelfen haben sie bekriegt und unterdrückt. Heute sind die Tyrmäen vielleicht die einzigen Moorelfenstämme, die noch frei leben.«

Scapa stieß ein verächtliches, kurzes Lachen aus und die Gefährten wandten sich ihm zu. »Ist das nicht eine Ironie? Die Elfen, die ihren Glauben ablegen, sind am Ende die einzigen, die überleben.« Er sah Kaveh direkt ins Gesicht. »Es scheint, als gäbe es doch ein paar kluge Köpfe unter euch.«

»Die Tyrmäen sind zu Recht geächtete Stämme, weil sie sich an den Menschen ein Vorbild genommen haben!«, erwiderte Mareju und drehte sich zu Kaveh. »Wir können nicht auf die Hilfe der Tyrmäen zählen! Ich wette, bevor die zu Freien Elfen halten, sind sie längst zum Menschenkönig übergewechselt!«

Kaveh atmete langsam aus. »Wir werden sehen. Jedenfalls ist es gut, dass wir eine Karte haben. Unser Weg führt in nordöstliche Richtung.« Und er blickte zu den Baumkronen auf, um sich an der durchblitzenden Sonne zu orientieren.

Sie machten sich schweigend auf den Weg und jeder hing seinen eigenen Sorgen und Gedanken nach. Die Gefährten kamen gut voran, denn der Wald blieb licht und leicht zu durchqueren. Allmählich tauchten hier und da große Felsen auf, die aus dem Boden brachen wie vorgestreckte Zungen. Kleinere Steinhänge, Klamme und Felswände verrieten den Gefährten, dass sie nun das Gebirge erreicht hatten. Scapa, der in seinem Leben nichts anderes als die engen Gassen Kesselstadts erlebt hatte, schnupperte erstaunt die klare Luft und lauschte den hin- und herhallenden Stimmen des Waldes. Auch Kaveh und seine Ritter blieben aufmerksam. Hier schien alles ganz anders als in den Dunklen Wäldern: Es kam ihnen seltsam leer vor, so weit standen die Bäume voneinander entfernt, so schmal waren ihre Stämme und so geheimnislos klangen die Vogelrufe. Ganz sicher, die Wälder hier waren tot oder zumindest in einen tiefen Schlaf versunken. Kein Geist, weder in Wind noch Tau noch Bäumen offenbarte sich.

Bald schnitt ihnen eine hohe Felswand den Weg ab. Arjas und Mareju prüften, ob man daran empor klettern konnte, aber der Fels war zu glatt und viel zu hoch. Sie beschlossen, die Wand zu umgehen und wanderten an dem Steilhang entlang. Zu ihrem Verdruss wollte und wollte der sich nicht dem Boden entgegen neigen. Sie folgten ihm eine gute halbe Stunde, ehe sie erkennen mussten, dass die Felswand nicht etwa niedriger wurde, sondern noch länger. Der Hang machte einen Bogen. Die Bäume wichen zurück und vor ihnen öffnete sich ein gähnender Abgrund. Ein Tal lag unter der schroffen Felswand, nur hier und da durchzogen von Geröllbergen, die einst von oben herabgesprungen sein mussten. Ein schmaler Vorsprung führte an den Klippen entlang und verschwand hinter einer Biegung.

Anfangs war der Vorsprung an den Felsen so schmal, dass Nill kaum mit beiden Füßen darauf stehen konnte. Dann wurde der Weg ein wenig breiter, und sie konnten normal gehen, ohne sich an die Felswand lehnen zu müssen. Altes Laub vom letzten Herbst bedeckte den Steinpfad, denn über ihnen beugten sich vereinzelte Buchen und Eichen über den Abgrund.

Fesco, der als Letzter hinter Scapa ging, sah sie zuerst. Sein Mund öffnete sich leicht, er zog zitternd die Luft ein und legte eine Hand über Kröte, die dicht an seiner Brust unter seinem Hemd hockte. Versehentlich stolperte er in Scapas Rücken. Scapa verlor fast das Gleichgewicht, sein Herz zog sich zusammen – seine Nerven waren in dieser Höhe ohnehin so angespannt wie die zu straff gezogenen Saiten einer Fiedel.

»Was soll das? Willst du mich vielleicht in den Abgrund –« Scapa erstarrte. Unter ihnen, auf einem breiteren Klippenweg, ritt eine Schar Grauer Krieger.

»Graue Krieger!«, stieß Scapa aus.

Die Elfenritter und Nill fuhren herum. Mareju, der vor Nill gelaufen war, rutschte vor Schreck aus. Er unterdrückte einen Schrei, fiel auf den Hosenboden und trat mit seinen Füßen einen Haufen Kieselsteine und Laub über den Klippenrand. Keiner der Gefährten wagte sich zu rühren, während die Kiesel und Blätter fielen und auf den unteren Pfad rieselten. Kaum ein paar Meter hinter dem letzten Reiter.

Der Graue Krieger fuhr herum, sah die springenden Steine und blickte an den Felsen empor. Er stieß einen Ruf aus und deutete zu den Gefährten hoch. Kaveh rief ebenfalls etwas: »RENNT!«

Und das taten sie.

Einen Herzschlag später klirrten Pfeile gegen die Klippenwände und bohrten sich in die Felsspalten. Im Laufen zogen die Elfen ihre Bogen, legten Pfeile auf und schossen zurück; Nill wagte sich nicht umzudrehen. Sie wagte nicht zurückzublicken, zu den galoppierenden Pferden, den rufenden Kriegern, den zischenden Pfeilen.

Der Felsvorsprung machte eine Biegung. Hier waren sie einen Augenblick geschützt vor den feindlichen Pfeilen. Kaveh und die Elfen blieben stehen, Mareju zog Nill nach vorne und drückte sie an sich vorbei.

»Ihr lauft vor – wir lenken die Krieger ab«, befahl Kaveh.

Bevor Nill Widerspruch einlegen konnte, waren die Elfen zurück zur Biegung gelaufen.

Scapa war hinter Nill. »Lauf!«, rief er.

Noch einmal warf sie einen Blick zu Kaveh und den Rittern zurück – erbittert spannten sie ihre Bogensehnen, feuerten einen Pfeil nach dem anderen und duckten sich vor den tödlichen Geschossen, die von unten empor hagelten. Dann rannte Nill los, Scapa und Fesco dicht hinter sich. Ihre Füße rutschten auf den Kieselsteinen und dem Laub. Der Abgrund gähnte neben ihnen, die Tiefe schien unendlich, wie ein Sog, der sie hinunterziehen wollte. Ein verirrter Pfeil surrte eine

Haaresbreite an Nills Gesicht vorbei und bohrte sich genau vor ihr in einen Felsritz. Sie stieß einen erstickten Schrei aus, stolperte zurück und prallte gegen Scapa. Der Zusammenstoß ließ Nill taumeln. Sie spürte, wie spitze Felskanten unter ihren Fußsohlen wegrutschten. Dann fiel sie.

»NILL!«

Sie spürte einen betäubenden Schmerz, als sie abrutschte und der raue Fels ihr wie Raubtierklauen über Bauch und Brust riss. Ihre Füße hingen in der Luft. Ein jäher Windzug brauste ihr aus der Tiefe durch die Kleider, ihre Ellbogen stießen gegen den Stein, ihre Hände durchfuhr ein Schmerz, als bohrten sich hundert Scherben in die Haut.

»Nill!« Scapa war über ihr. Er hielt ihren Arm fest gepackt, den anderen Arm umklammerte Fesco. »Nill – Nill, komm hoch! Komm! Stütz dich mit den Füßen ab!«

Nill strampelte panisch durch die Luft, dann stießen ihre Füße gegen die Felswand. Sie stemmte sich in die Höhe, so gut es ging, während Scapa und Fesco an ihren Armen zogen. Nill reckte sich, mit dem Oberkörper konnte sie sich fast wieder über den Vorsprung beugen. Etwas sirrte durch die Luft.

Ein gellender Schrei ertönte – dann ließ Fesco sie los und fiel zurück. Augenblicklich stürzte Nill, sie schrie auf – und ein Ruck ging ihr durch Arm und Schulter, als Scapa sie festhielt. Ihr Quersack fiel ihr von der anderen Schulter und sie hörte das Flattern des Stoffes, als er in der Tiefe verschwand.

Dann baumelte sie am felsigen Abgrund, beide Beine und einen Arm frei in der Luft, während Scapa wilde Flüche ausstieß und zu Fesco zurückzublicken versuchte, der wie am Spieß schrie.

Mit pochenden Schläfen starrte sie Scapa an. Schweiß glänzte ihm auf dem Gesicht. Unerträglich langsam rutschten seine Finger ab. Nill fasste mit der freien Hand in ihre Rocktasche und zog den Steindorn hervor. Scapa erkannte im Bruchteil einer Sekunde, was sie vorhatte.

»Nein!«, rief er. *»NEIN!«*

Er keuchte, packte sie so fest er konnte, beugte sich über den Abgrund, dass er selbst um ein Haar abrutschte, krallte die Finger in ihren Ärmel, hielt sie, hielt sie.

»Nimm den Steindorn«, flüsterte Nill. Sie hörte sich selbst kaum. Steine bröckelten unter Scapas Armen und fielen Nill gegen die Brust.

Er würde sie nicht mehr hochziehen können. Er würde sie nicht mehr halten können.

Es war aus.

Mit letzter Verzweiflung schwang sie die freie Hand in die Höhe, um den Steindorn in Sicherheit zu bringen.

In diesem Augenblick packte jemand ihr Handgelenk. Vor Schreck ließ sie beinahe den Steindorn los – über ihr tauchte Kaveh auf.

Er ergriff ihren Arm und zog. Zusammen gelang es den beiden Jungen, Nill hoch zu zerren, und einen Moment später rollte sie sich auf den Boden, hustete und rang nach Atem und tastete nach ihrem Hals, wo die Angst ihr fast die Luft abgeschnürt hatte.

»Nill«, keuchte Scapa und beugte sich zu ihr. »Bist –«

Kaveh stieß ihn unsanft zur Seite. »Alles in Ordnung? Bei allen Geistern, Nill, geht es dir gut?« Der Prinz der Freien Elfen schüttelte sie vorsichtig am Oberarm, so als wolle er sichergehen, dass sie noch ganz war.

Nill gelang ein zittriges Nicken. »Wo«, brachte sie mit weicher Stimme hervor, »wo sind die Grauen Krieger?«

Inzwischen war nicht nur Kaveh bei ihnen angekommen; auch die restlichen Elfenritter standen allem Anschein nach unversehrt bei ihnen.

»Sie sind umgekehrt, zurück in die Wälder. Von da aus dauert es nicht lange, bis sie hier sind«, sagte Kaveh.

Benommen fühlte Nill nach ihrer Schulter. »Ich habe meinen Quersack verloren.«

»Das ist egal. Steck den Steindorn ein.« Kaveh half ihr auf

die Beine. Dann wandten sie sich um und wurden erst jetzt auf Fesco aufmerksam. Der Dieb lag schluchzend auf dem Boden. Scapa beugte sich tief über ihn und zerrte an seinem Wams.

»Ist er verletzt?«, fragte Nill wie betäubt. Weder Scapa noch Fesco antworteten. Schließlich beugte sich Scapa zurück, damit alle den Pfeil sehen konnten. Fesco keuchte unter den erschrockenen Blicken der Gefährten.

Mit beiden Händen ergriff Scapa das Geschoss. Fesco hatte schon die Augen zugekniffen, als komme der Schmerz in einer großen, grässlichen Welle. Und langsam zog Scapa den Pfeil hervor.

Fesco spannte jeden Muskel seines Körpers an, und auch die Gefährten machten sich auf einen Schmerzensschrei gefasst; aber der kam nicht. Und Fesco war wohl der Erstaunteste von allen.

Nur ein leises Stöhnen glitt ihm über die Lippen, als Scapa den Pfeil unter Fescos Achselhöhle hervorzog. Einen Augenblick starrten sie das Geschoss verwundert an. Ein winziges Bluttröpfchen zog sich über die Ränder der Eisenspitze, die Fescos Haut beim Durchbohren seines Wamses gestreift hatte.

Fesco richtete sich auf, besah den Pfeil, dann die Schramme an der Innenseite seines Oberarms, sein aufgeschnittenes Wams, den Pfeil und wieder die Schramme. »Das, das ist einfach … hahaha, haha …«

Auch Nill spürte, wie sich ein Lächeln der Erleichterung auf ihr Gesicht stahl, so fürchterlich war die Angst, die man um sein Leben haben konnte.

»Los jetzt, wir haben keine Zeit zu verschwenden«, sagte Kaveh, dem Fescos Panik anscheinend herzlich egal war, und deutete voraus. »Das nächste Mal zielen die Grauen Krieger genauer.«

Fesco und Scapa standen auf und folgten den Elfen im Eilschritt. Obgleich Scapa keine Erleichterung über den daneben gegangenen Pfeil zeigte, merkte Nill, dass er vor Sorge bleicher geworden war. Auch wenn er sich selbst versteckt, dachte sie, er ist hinter seiner Maske doch ein normaler Junge… Und das schien Nill fast so unglaublich wie der Pfeil, der Fesco um ein paar Zentimeter verfehlt hatte.

## Maferis, der Verstoßene

Sie rannten das letzte Stück am Abgrund, bis sie wieder den Wald erreichten und in die schützenden Schatten der Bäume tauchten. Nill spürte bereits ein Stechen in den Seiten, aber sie machten keine Rast, im Gegenteil; die Furcht trieb sie zu einem immer rascheren Tempo an.

Bald umgab sie nur noch der flüsternde Wald. Es ging bergauf, sie zogen sich an Grasbüscheln, Wurzeln und Gebüsch die steilen Hänge hoch und stolperten durch dunkle Täler. Irgendwo in der Ferne erklang Pferdewiehern.

In ihrer Hast merkten sie kaum, wie es dunkelte. Erst als die Nacht plötzlich da war, ihren schwarzen Mantel über sie breitete und ein Weiterkommen verhinderte, suchten sie bei einem Felsen Unterschlupf. Die Elfenritter teilten ihre Rationen mit Nill, die ja nichts mehr zu essen hatte. Sie sprachen nicht miteinander, wagten nicht einmal zu flüstern, und als jeder seine Portion verzehrt hatte, legten sich die Gefährten nieder und schliefen ein. Hin und wieder bebte die Erde unter ihnen vor preschenden Hufen.

Zwei Tage verstrichen auf diese Weise. Die Gefährten brachen bei der Morgendämmerung auf und hetzten bei Sonnenuntergang ihren eigenen Schatten nach. Sie machten keine Rast, liefen geduckt und schnell und ließen sich flach auf den Boden sinken, wenn sie in der Nähe die Grauen Krieger durch den Wald preschen sahen. Es mussten mehrere Reitertrosse sein, die die Gebirge durchstreiften.

Aber wieso? So viel Aufwand, nur weil sie an Kesselstadts Toren verdächtig erschienen waren?

Zum Grübeln blieb keine Zeit, und selbst wenn sie den Grund herausgefunden hätten, gegen die Grauen Krieger hätte es ihnen nichts genützt. Nichts half ihnen, nur die Morgennebel, Brunos wachsame Nase und die schweigenden, schützenden Bäume.

Es wurde kühler. Als Nill am dritten Morgen erwachte, war ihr Mantel von einem Netz aus glitzerndem Frost überzogen. Von den Zehen bis hinter die Ohren fühlte sie sich feucht und klamm und wie mit dem eisigen Schweiß eines Alptraums beklebt.

Und ein Alptraum stand ihnen tatsächlich bevor … Er kam in Gestalt weißer Flocken. Erst regnete es und von jedem Ast und Blatt klatschten kalte Tropfen auf sie herab. Als die Gefährten höher in die Gebirge kamen, wurde der Regen fester und verwandelte sich in wässrigen Schnee.

Es war schrecklich kalt, zumal Nill nicht einmal mehr eine Decke hatte. In den Nächten wachte sie zitternd auf, weil sie fror oder weil sie das Tröpfeln im Wald für herankommende Pferdehufe hielt.

Aber die Grauen Krieger sahen sie nur noch einmal in der Abenddämmerung: eine Reihe blasser Gestalten, die hinter den nass glänzenden Bäumen mehr wie Schatten als wie echte Wesen wirkten. Danach tauchten sie nicht mehr auf. Womöglich trauten sie den Gefährten nicht zu, weiter hinauf zu den Gipfeln der Berge zu flüchten. Die Grauen Krieger mussten wissen, wie aussichtslos es war, sich dort oben zu verstecken. Darum warteten sie lieber unten, bis Kälte und Hunger die Gesuchten zurücktrieben.

Aber Kaveh schien ans Umkehren nicht zu denken. Dass ausgerechnet die Berge sie besiegen würden und nicht die Pfeile der Grauen Krieger, war zu absurd.

Die Wälder veränderten sich, als der Schnee wie leichte Daunenfedern auf das Land niederfiel. Enger rückten die dunklen Tannen und Fichten zusammen und saßen geduckt unter ihren Schneehauben. Das Treiben der Flocken trübte jedes Sonnenlicht und im Schneegestöber versanken die Gebirge in gräulichem Dämmer. Ob Tag war, ob Nacht, ob Morgen oder Abend... das spürten die Gefährten bald nur noch am Hunger und der Erschöpfung.

Das Wasser war ihnen bald zur Neige gegangen. Sie nahmen Schnee in den Mund und schmolzen ihn auf der Zunge, bis die Kälte ihre Lippen blau färbte. Ihr Brot gefror, die Wurzelknollen wurden so hart, als hätte man sie gerade aus dem vereisten Winterboden gekratzt.

Mehr als alle anderen litten Scapa und Fesco. Die beiden Jungen husteten bald, atmeten rasselnd und keuchten im Schlaf. Scapas Nasenspitze war rot angelaufen, er schniefte und schnupfte und auch seine Augen lagen in roten Schatten versunken. Fesco wankte durch den kniehohen Schnee wie ein klappriger Greis. Selbst Nill, die unaufhörlich bibberte und zitterte, erlag der Kälte nicht so sehr wie die beiden Diebe. Vielleicht war es das Menschenblut, das Scapa und Fesco so empfindlich machte; vielleicht war es aber auch die Tatsache, dass sie die letzten drei Jahre fast ausschließlich in geheizten Hallen und kaminwarmen Kammern verbracht hatten. Und Scapa hatte den Weg in die Marschen allein gehen wollen! Selbst wenn er den Grauen Kriegern entkommen wäre – hier oben, im Toben der Schneeflocken, hätte er längst die Orientierung verloren.

Und Nill... Auch sie war alleine von den Hykaden losgeschickt worden, um Korr zu erreichen, nicht einmal eine Karte, geschweige denn eine Ahnung von dem Weg hatte sie gehabt. So weit reichte also die Weisheit der Hykaden – so weit reichte der Verstand der Seherin Celdwyn. Nill wurde fast schlecht, als sie daran dachte, wie viel die Dummheit der Menschenstämme hätte ausrichten können: Hätte sie, Nill, sich nicht entschlossen, Kaveh zu glauben und das Messer seiner wahren Bestimmung zuzuführen, wäre das Elfenvolk – und das ganze Reich der Dunklen Wälder – verloren gewesen!

Scapa hatte Fieber bekommen. Seine Stirn und seine Wangen glühten, aber er sagte kein Wort, bis er in der Dämmerung in den Schnee fiel. Die anderen ließen sich rings um ihn herum nieder und beschlossen, die Nacht hier zu verbringen.

Im Halbdunkel legte Nill eine Hand auf Scapas Stirn. Der Schnee schmolz darauf wie auf einer heißen Steinplatte. Obwohl Scapas Lippen zu waren, hörte Nill das Klappern der Zähne dahinter; ganz leise bloß, gleich einem Räderwerk, das hinter geschlossenen Wänden arbeitet.

Ob er dem Tod nahe war? Nill wusste nicht, wie viel ein Mensch erträgt, sie wusste nicht, wie lange ein Körper krank sein kann, ehe er seinen letzten Lebensfunken aushaucht. Aber wie Scapa so neben ihr lag, bleich und fiebrig und völlig versunken in seinen feuchten Kleidern, da kam er ihr so verletzlich vor, als könne der nächste Wind ihm das restliche bisschen Wärme rauben.

Keiner der Gefährten, nicht einmal Bruno, bemerkte im stillen Schneefall, wie *er* näher kam. Und plötzlich war es vor ihnen: sein Licht…

Nill blickte erschrocken auf. Da, zwischen den Fichten, stand eine gebeugte Gestalt. In der rechten Hand hielt sie eine Laterne, die so hell und blendend war, dass Nill die Augen zukniff.

»Wer ist da?«, flüsterte Kaveh und packte seinen Schwertknauf.

Die Gestalt trat näher. Kaum ein paar Meter entfernt blieb der Fremde abermals stehen. Er trug einen dichten Umhang aus Wolfspelzen und eine Kapuze hing über dem Gesicht.

»Wer bist du?«, fragte Kaveh verblüfft.

Der Fremde hob die Laterne und beleuchtete Scapa. »Euer Gefährte ist krank«, sagte er und seine Stimme war so rau, dass Nill instinktiv an einen Baum denken musste, der plötzlich sprechen konnte. »Hier draußen wird es mit ihm schlimmer. Ich werde ihm helfen.« Der Fremde drehte sich um, als habe er nun alles gesagt, was gesagt werden musste.

Kaveh stand auf, seine Ritter taten es ihm gleich, und auch Nill kam auf die Beine.

»Wer bist du überhaupt?«, rief Kaveh.

Der Fremde blieb stehen. Es schien einen Moment, als recke er sich und blicke mit erhobenem Kopf in die Dunkelheit. »Maferis.«

Etwas ratlos starrten die Gefährten ihm nach. In Kavehs Gesicht arbeitete es. Dann wandte er sich kurzerhand um und packte den schlafenden oder bewusstlosen Scapa unter den Armen.

»Los, helft mir.«

Erijel trat neben ihn. »Willst du dem da wirklich folgen?«, zischte er.

Kaveh sah seinem Cousin in die Augen. »Ein Spion kann er nicht sein. Dafür ist er viel zu unfreundlich.«

Erijel fluchte in der Elfensprache. »Du bist leichtgläubiger als ein kleines Kind, Kaveh! Für den Dieb kannst du doch nicht alles riskieren!«

Da hielt Kaveh inne. Inzwischen hatte Nill Scapas Beine angehoben und blickte die Elfen erwartungsvoll an. Schließlich zog Kaveh die Brauen zusammen und packte Scapa fester, wobei er nicht besonders sanft mit ihm umging und auch nicht sonderlich auf seinen hin und her schwankenden Kopf achtete.

»Ja, ich riskiere es für … den Dieb. Er ist unser Gefährte, also werde ich ihn auch so behandeln. Kommt, packt mit an.«

Gemeinsam trugen sie Scapa hinter dem Fremden her.

Der Mann im Wolfpelz drehte sich kein einziges Mal zu ihnen um, um nachzusehen, ob sie ihm folgten. Bald tauchten verschwommene Lichter vor ihnen auf. Erst im Näherkommen erkannten sie, dass es eine Holzhütte war: Durch ein kleines Fensterchen und die Ritzen im Türrahmen sickerte warmes Gelb in die Nacht. Nill war selig vor Erleichterung. Mochte der Fremde sein Gesicht auch nicht zeigen, mochte er wie ein Geist erschienen sein, das lockende Licht eines Herdfeuers konnte nicht trügen.

»Gleich geht es dir besser, Herr der Füchse«, murmelte sie mit einem matten Blick zur Hütte hin, während sie näherkamen.

Jahrhunderte hatten die Berge in Frieden vor sich hingeschlummert. Ihre felsigen Gipfel hüllten sich seit Anbeginn der Zeit in weiße, kalte Decken, die nur im kurzen Sommer sanft zerschmolzen, und wurden nie gestört. Allein das träge Wachsen der Fichten und Tannen, nur ein Fuchs, der sich verirrt hatte, brachte ab und zu ein zartes Aufglimmen von Leben in die reglose Schneewelt.

Aber vor vierzehn Sommern und Wintern hatte etwas die Einsamkeit der Berge durchdrungen – Fußstapfen, die sich in den reinen, unberührten Schnee gruben.

Vor vierzehn Jahren war ein Vergehen besonderer Art unter den Moorelfen vorgekommen. Ihre Dörfer in den Marschen verstießen zwar nicht selten ein abtrünniges Mitglied; aber etwas wie vor vierzehn Jahren hatte sich noch nie zugetragen. Welcher Moorelf würde schon so weit gehen, sich in der schlimmsten aller Untaten zu versuchen: den eigenen Vorteil über das Wohl des ganzen Volkes, über den König zu stellen? Nur einen hatte es gegeben, und der war verstoßen worden, um sein Leben fern der Marschen zu fristen, so wie es das Schicksal aller Verräter war.

Doch anders als erwartet war dieser Moorelf nicht nach Kesselstadt gezogen, um fortan ein Ganove, ein Säufer oder Hehler zu werden. Nein, er hatte sich entschieden, die Einsamkeit zu suchen und seine Machtgelüste dabei sterben zu lassen wie einen erstickenden Fisch. Er hatte sich entschieden, in die ungestörten Berggipfel zu ziehen. Er zerriss die uralte Stille, brach die reinen Schneedecken mit Fußspuren und den Spuren der gefällten Bäume, die er hinter sich herzog. Dann errichtete er ein Haus inmitten der friedlichen Einsamkeit, baute und hämmerte und bohrte in die unberührte Erde, und schließlich entfachte er das Feuer, das noch nie die tiefen Nächte entweiht hatte. Dann schloss er die Tür seines Baus und verharrte in seinem Licht, bis der Hunger ihn hinaustrieb und zum Jagen zwang. Und war dies erledigt, verkroch er sich wieder in seinem kleinen Fleckchen Licht, und lebte immer so weiter, bis vierzehn Jahre verstrichen waren und abermals die Fußspuren fremder Eindringlinge den Frieden der Berge störten. Fast war es, als atmeten Wind und Schnee erleichtert aus, als der Mann die Fremden zu sich in seine Hütte nahm und sorgsam die Tür hinter ihnen verschloss, sodass es wenigstens für eine Weile so war, als herrsche in den Gebirgen wieder stiller, unberührter Schlummer.

## Träume vom Schnee

Scapa schien es, als breite sich die ganze Welt vor ihm aus. Das Land war eins mit dem Himmel, es war alles ein riesiger, stiller Ozean – und der goss sein kaltes dunkelblaues Licht über Scapa, tauchte seine Gedanken in den Glanz einer klaren Nacht kurz vor der Morgendämmerung. Seine Wahrnehmungen waren so intensiv, dass sie fast in den Augen schmerzten.

Er wanderte durch die Unendlichkeit des reglosen Ozeans, lief und lief und war mit jedem Atemzug hundert Schritte weiter. Er fühlte sich dabei sehr leer und rein, war mal Scapa und mal der Herr der Füchse, bis er am fernen Horizont einen weißen Flecken ausmachte. Er atmete drei Atemzüge und war dabei so weit näher gekommen, dass er in dem Flecken einen Menschen erkannte. Der Mensch näherte sich – aber immer erst dann, wenn auch Scapa auf ihn zuging.

Die Gestalt strahlte immer heller, je deutlicher er sie hätte erkennen sollen. Der Ozean rings um ihn begann zu pochen wie sein Herzschlag und wurde von einem Augenblick zum nächsten tintenschwarz. Und jetzt, in dieser Finsternis, wo es weder oben noch unten, fern noch nah gab, erkannte Scapa die weiße Gestalt und blieb stehen.

Arane rannte auf ihn zu und weiße Funken erblühten unter ihren Füßen. Es waren Schneeflocken, die aus der Finsternis sprossen, sie wirbelten auf und schwebten um Scapa und Arane, bis sich alles vor seinen Augen in ein Flimmern aus Weiß und Schwarz verwandelte.

Arane stand nun vor ihm und sah ihn an, wie sie ihn vor Jahren in Kesselstadt angesehen hatte. Ihr Gesicht war so klar, so deutlich, so *nah* – er sah ihre Wimpern zucken, er sah die Fältchen ihrer Lippen, er sah jedes einzelne dunkle Haar, das sich dem Bogen ihrer Augenbrauen anschloss.

»Wieso kommt der Schnee aus der Erde?«, flüsterte er ihrem Gesicht entgegen, und sein Flüstern erfüllte die weite Finsternis, die vielleicht auch nur noch so groß war wie ein winziger Raum.

»Wir stehen am Himmel, Scapa«, flüsterte sie, ohne dass ihre Lippen sich bewegten. »Über uns liegt die Welt.«

Und Arane stieg auf die Zehenspitzen und küsste Scapa, wie sie ihn in jener Nacht im Fuchsbau geküsst hatte, als sie Torron besiegt hatten. Er spürte ihre vom Regen kalten Lippen auf den seinen. Ihre Hände schlossen sich um seinen Nacken. Er roch wieder den Moder der Kanalwege, spürte seine eigenen Kleider nass auf der Haut und die Aufregung in jeder Zelle seines Körpers.

Plötzlich schlitzte ihm etwas durch die Arme. Er starrte hinab. Dickes, rotes Blut strömte ihm aus den Pulsadern, strömte in die Höhe und tanzte in schlangenhaften Rinnsalen an Arane vorbei. Dann zog in den hoch fließenden Blutbächen ein anderes Bild vor ihm auf: Wiesen, die so grün leuchteten, dass ihm das Herz stehen blieb vor Staunen – und inmitten des Grüns stand Nill in weiter Ferne. Ihre Haare und ihr Kleid flatterten im Wind. Sie streckte eine Hand nach ihm aus. Dann brausten die Schneeflocken auf, ein weißer Wirbel stob über Scapa hinweg, verschlang das Bild der Wiesen und löste auch Arane in winzige flimmernde Flocken auf.

Er schrie ihren Namen und griff nach ihr, aber es war zu spät. Sie war nicht mehr als eine Schneeböe, die vor ihm in die Höhe brauste. Und Scapa fiel. Er fiel nach oben, wo die Erde lag, oder nach unten in den Himmel hinein, wer wusste das schon, er fiel, fiel, fiel aus seinem Traum zurück in ein enges, feucht geschwitztes Bett.

Entsetzt fuhr er auf. Ein Kaminfeuer knisterte. Sanftes rotes Licht schimmerte im Raum. Sein Rücken war nass vor Schweiß. Wo war er? Träumte er noch? Verwirrt strich er sich über die unverletzten Arme.

»Wer ist Arane?«

Scapa fuhr herum. Er blickte geradewegs in das Gesicht eines Mannes – aber was für ein Gesicht! Es war verbrannt ... jeder Zentimeter der Haut war entstellt, verbuckelt ... es sah aus, als sei ein Feuerregen darauf herniedergegangen. Nur das Haar war vollkommen unversehrt und hing in dunklen, wirren Strähnen über die Schultern des Mannes. Zwei Augen, hart wie Steine, erwiderten Scapas Blick.

»Wer bist du?«, fragte Scapa. »Wo bin ich? Wo ist Fesco? Das Mädchen und die Elfen, wo sind sie?«

»Nebenan«, erwiderte der Mann mit dem verbrannten Gesicht, ohne sich zu regen. Scapas Blick irrte kurz zur Seite, wo eine Tür in ein dunkles Zimmer führte, dann sah er wieder den Fremden in den Wolfspelzen an. Einige Herzschläge lang sagten sie nichts. Nur der Wind heulte und pfiff draußen, als verlange er Einlass.

»Wer bist du?«, fragte Scapa.

Der Mann blickte langsam zur Zimmerdecke auf. Seine Augen wirkten verschleiert.

»Maferis«, raunte er. »Maferis, der Verstoßene.«

Jetzt erst fiel Scapa auf, dass es ein Moorelf sein musste.

Trotz der Brandnarben konnte man das einstige Gesicht erahnen, und seine Haut war blassgrau und an manchen Stellen seltsam grünlich von den Verbrennungen. Umso erstaunlicher war es, dass er die Sprache der Menschen beherrschte.

»Du wirst gesund«, fuhr der Moorelf mit rauer Stimme fort. »Du hast nur geträumt. Von Arane.«

Es war absurd, ihren Namen – Scapas tiefstes Geheimnis – aus dem Mund dieses Fremden zu hören.

»Wer bist du?«, wiederholte Scapa mit festerer Stimme. »Und ich meine nicht nur deinen Namen.«

»Was ist schon ein Name, nicht wahr?«, flüsterte der Fremde verbittert. »Ein Name ist nichts und ein Titel hingegen alles.« Er tippte langsam mit der rechten Hand auf seine Stuhllehne. »Ich war… ein Berater des Königs. Des wahren Königs der Moorelfen, des rechtmäßigen Trägers der Krone *Elrysjar*. Ich war sein höchster Seher und Prophet. Und Traumdeuter. Erzähl mir deinen Traum.«

Scapa war sprachlos angesichts der verrückten Behauptung dieses Maferis. Er schwieg, bis der Moorelf fortfuhr: »Ich war ein Seher und jetzt bin ich der Mann, dem du dein Leben zu verdanken hast, Menschenjunge! Reicht dir das als Erklärung?«

Einen Moment lang wusste Scapa nicht, was er erwidern sollte. Hatte ihm der Moorelf wirklich das Leben gerettet?

»Du bist verwirrt«, hob Maferis wieder an, mit Worten, die sich behutsam an Scapa heran zu tasten schienen. »Aber nicht wegen des Fiebers. Du hast etwas Bedeutsames geträumt, nicht wahr? Ich wusste, dass es etwas Bedeutsames sein muss. Ihr alle – du und deine Gefährten – ihr seid bedeutsam.«

Scapa starrte ihn finster an. Er mochte keine Schnuffler, ob sie ihn nun ins warme Haus geholt hatten oder nicht. »Ich kann mich nicht mehr an den Traum erinnern«, log er mit dem drohenden Unterton, der bis jetzt jeden zum Verstummen gebracht hatte.

Nicht aber den Moorelf. »Ich glaube, du kannst dich noch an den Namen Arane erinnern.«

Nun reichte es! Scapa fasste instinktiv nach hinten, aber er trug weder den Gürtel, in dem sein Dolch steckte, noch Hemd oder Wams. Maferis schien das verunstaltete Gesicht zu einem dünnen Lächeln zu verziehen, als erkenne er Scapas Absicht.

»Wenn du diesen Namen noch einmal in den Mund nimmst«, zischte Scapa, »werde ich dir die Zunge herausreißen.«

Das Lächeln des Moorelfs verblasste. »Was? Ich... ich habe dich vor dem Erfrieren bewahrt. Seit zwei Tagen pflege ich dich schon!«

Scapa sah ihn verächtlich an. »Du hast keine Ahnung, wer ich bin. Ich bin der Anführer der gefährlichsten Diebe Kesselstadts – mir gehört die Unterwelt. Man hat mir schon weitaus größere Dienste als zwei Tage Pflege erwiesen, ohne dass ich mich bedanken musste.«

»Und bestimmt hat man dich schon genauso gehasst wie verehrt«, erwiderte Maferis unbeeindruckt. Ganz leicht lehnte er sich nun zu ihm vor. »Nur dass der Hass sich in deinen Alpträumen und deiner Seele eingenistet hat.«

»Du kennst mich nicht, Moorelf! Niemand kennt mich.«

»Oh doch, ich kenne dich.« Maferis erhob sich gemächlich und wandte sich einer Tür zu, die aus dem Zimmer führte. »Ich kenne Menschen wie dich. Ich kenne Kesselstadt. Menschen wie du sind aus Hass und Armut und Verlust geknetet worden wie feuchter Ton.«

Damit war der seltsame Moorelf hinter der Tür verschwunden. Scapa saß allein in dem fremden Bett. Draußen heulte der Wind.

Die Geschichte von Maferis, dem Seher des Königs, von Maferis, dem Geliebten der Xanye, und schließlich von Maferis, dem Verstoßenen, war eine traurige. Bei den Moorelfen war er schon früh ein verehrter Mann gewesen. Denn was Maferis auszeichnete, war eine Intelligenz, die die der alten Seher bei weitem übertraf. Beobachtete er einen beliebigen Elf, konnte er bis ins kleinste Detail erklären, was für eine Persönlichkeit dieser hatte; welche Ängste, welche Wünsche, welche Gedanken. Und daraus ließ sich für Maferis leicht schließen, wie seine Vergangenheit ausgesehen haben mochte. Er konnte regelrecht einen seelischen Steckbrief verfassen – und das alles nur durch Berechnung. Nur durch Beobachten, Kombinieren und Bewerten von Gesten, Tonfall, Blick. Seine Weissagungen waren eine Mathematik, die auf logischen Regeln basierte. Was Maferis aber nicht besaß, war ein übersinnliches Gespür. Er hatte weder prophetische Träume, noch konnte er aus Opfergaben lesen oder dem Wind ein geheimnisvolles Flüstern abhören, so wie man es von einem Elfendruiden eigentlich erwartete. Maferis' Klugheit ruhte allein auf den kühlen Säulen des Verstandes.

Mit kühlem Verstand erlernte Maferis die Fähigkeiten der Druiden und Seher, ohne je etwas zu sehen, noch die Geister des Übersinnlichen zu spüren. Trotzdem galt er bald als der größte Weise der Moorelfen, und er kam zum König, dem Träger der Krone *Elrysjar*, um ihm sein Wissen zu Diensten zu stellen. Bald bildete sich eine so innige Freundschaft zwischen den jungen Männern, dass der König jedem Rat des Druiden folgte.

Und Maferis, der zwar kein schöner, aber auch kein hässlicher Mann war, konnte mithilfe seines neu erworbenen Standes sogar eine Frau umgarnen: Xanye, die Schwester des Königs, die ihm für seine Ehrerbietung alle Bewunderung zurückgab, derer sie fähig war. Sie war die erste und letzte Elfe, der Maferis seine geheimen Ziele, seinen wahren Ehrgeiz anvertraute.

Denn was er wirklich wollte, das war etwas, das einem Elfenherz vollkommen fremd erschien – etwas, das viel eher einem Menschenverstand entsprungen wäre. Was Maferis wollte, das war die Krone *Elrysjar*. Und das ganze Elfenvolk, das ihm – ihm allein – huldigte. Je öfter er die schwarze Steinkrone an der Stirn seines Königs erblickte, desto stärker wurde seine Gier, desto brennender zerfraß ihn der Neid.

In einer kalten Herbstnacht verriet er Xanye sein Geheimnis. Er verriet, dass er keine Visionen hatte, dass er eigentlich kein Seher war und dass das, was er dem König erzählte, einzig und allein dem Vorhaben diente, einmal selbst die Krone zu tragen. Er wollte und würde den König so mit Weissagungen verblenden, dass er schließlich ihm, Maferis, die Krone übergab.

Xanye war mit Herz und Seele eine Elfe. Sie wusste, dass die Krone nur von erwählten Königen getragen werden durfte, denn vom guten Wesen des Königs hing das Schicksal aller Elfen ab. Niemals dürfte ein Betrüger die Krone an sich bringen, ob er nun klug war oder nicht, ob sie ihn liebte oder nicht. Wenn ein Betrüger die Krone durch eine List an sich brächte, das wusste Xanye, dann wäre das Ende der Elfen gekommen. Und sie verriet Maferis an ihren Bruder.

Das war das jähe Ende seiner Ruhmeszeit. Seine Ziele und alles, was ihn im Leben vorangetrieben hatte, wurden mit einem Mal enttarnt und aus dem Dunkel seiner Gedanken gerissen. Als er dem König als Betrüger gegenüberstand, stürzte er auf ihn zu und wollte ihm die Krone vom Kopf reißen, genau so, wie er es schon in unzähligen Träumen getan hatte. Maferis wollte nach der Krone *Elrysjar* greifen, die sich so verlockend an des anderen Stirn schmiegte… Da begann seine Haut Feuer zu fangen. Das Feuer des Kronenzaubers, es fraß sich tief in sein Gesicht, verätzte Stück für Stück das letzte Restchen seiner heuchlerischen Maske. Nur die glühende Sehnsucht nach der Krone konnte das Schutzfeuer *Elrysjars* nicht tilgen.

Verbrannt und entstellt wurde er aus den Reihen der Moorelfen verstoßen. Nach Kesselstadt solle er gehen, rief man ihm nach – zu den Menschen, zu deren Habgier er passte. Aber

Maferis zog sich in die Kälte zurück, dorthin, wo er seine Feuernarben zu kühlen hoffte und vielleicht auch seine Machtgier …

Womöglich war ihm das über die Jahre sogar gelungen, ohne dass er das langsame Sterben seines Inneren bemerkte. Womöglich dürstete ihn nun nicht mehr nach Einfluss und Herrschaft. Er war nur noch erfüllt von dumpfem Hass auf jene, die ihn verlockt und dann verraten hatten: die Krone *Elrysjar* … und Xanye.

Xanye, der er vertraut hatte. Xanye, die ihn zerstört hatte.

Irgendwo in seinem Herzen hatte Maferis Frauen nie gemocht, auch wenn ihn eine von ihnen hatte erweichen können. Waren sie es nicht immer, die die Männer zu Fall brachten? Trugen sie nicht die Schuld daran, dass alle großen Pläne scheiterten? Sie allein, weil sie sich wie listige Schlangen an die Seite eines Mannes schlichen, um ihn heimlich zu vergiften; weil sie die Schwäche eines Mannes offenbarten wie ein Loch im eisernen Kettenhemd? Er wäre der König der Moorelfen geworden, wenn Xanye, die furchtsame, gutgläubige Xanye ihn nicht verraten hätte!

Xanye war schuld daran, dass sein Leben zerstört war und er nichts hatte erschaffen können. Und was hätte er als König alles geschaffen! Er hätte die Moorelfen verändert. Er hätte die Welt verändert. Er hätte die dümmlichen Traditionen begraben, zusammen mit dem Geisterglauben und den überholten Weisheiten! Er hätte etwas Anständiges getan, etwas Logisches, Sachliches.

Zuerst hätte er Städte errichtet, so wie die Menschen es taten. Denn nur in einer Gemeinschaft von Tausenden konnte sich eine richtige Gesellschaft formen, die das primitive Dorfleben, in dem man wie in einer großen Familie lebte, überwand. Nur in einer Stadt konnte es außerdem einen richtigen König geben, einen, der wirklich von *Massen* verehrt und wie ein Gott hinter verschlossenen Toren unsterblich wurde. Was nützte es schon, König zu sein, wenn man in denselben schmuddeligen Erdlöchern hauste wie jeder andere auch?

Maferis glaubte es am Wandel der Zeiten zu sehen: Nur die Völker überlebten, die sich in einer großen Masse zusammenschlossen, in der alle aufeinander eintrampelten und sich gegenseitig begruben, um nicht im Strom des Lebens zu ertrinken. Das taten die Menschen, und siehe da: Sie waren den Elfen trotz ihrer beschränkten Sinne überlegen und waren dabei, sich die ganze Welt anzueignen. Das taten auch die Ratten, und siehe da: Sie hatten sich in jedem Winkel der Erde angesiedelt, wo es ein bisschen Dreck und Dunkelheit gab. Ihre Art würde die Jahrtausende überstehen. Nur die Elfen, die sich an ihre Traditionen klammerten und freiwillig auf einen Platz in der Welt verzichteten, bloß weil sie das hässlich fanden – sie würden in ihren kleinen Dörfchen untergehen, wenn die Menschen über sie hereinbrachen gleich einer gigantischen Flut.

In den vierzehn Jahren der Einsamkeit hatte Maferis dennoch zu glauben begonnen, dass das einstige Verlangen nach der Krone in ihm gestorben war. Es schien, als habe er mit seiner Vergangenheit Frieden geschlossen. Bis jetzt ... Denn in der Nacht war Maferis nicht zufällig in den Schnee hinausgegangen. Er verließ sein Kaminfeuer so selten wie möglich und bestimmt nicht, um irgendwelche fremden Wanderer vor dem Erfrieren zu bewahren. Nein, er hatte es gespürt: die Anwesenheit von etwas, das wie die Krone *Elrysjar* war. Als ob ein Schatten der Krone in der Nähe wäre. Etwas, das aus demselben Stein geschlagen war wie sie.

Es war verrückt! Jetzt, da er als Verstoßener lebte, hatte Maferis plötzlich seherische Fähigkeiten! Und noch dazu hatten sie sich als wahr erwiesen. Denn die fremden Gefährten, die er in sein Haus gebracht hatte, mussten etwas mit der Krone zu tun haben. Ganz sicher. Etwas ging von dem Mädchen mit den grünlichen Haaren aus, das Maferis so stark an die Krone erinnerte wie ein alter Duft aus der Vergangenheit.

Aber da war auch der Menschenjunge mit den finsteren Augen – ihn mochte Maferis sofort, denn ganz offensichtlich hausten auch in ihm Hass und Trauer. Den Jungen musste er im Auge behalten. Ein merkwürdiges Gefühl verriet Maferis, dass der Junge ein bedeutsames Schicksal erfüllen musste. Ein Schicksal, das irgendwie mit der Krone – der herrlichen, magischen, noch immer lockenden Krone – zu tun hatte.

## Ein besonderes Schneekorn

Seit drei Tagen gewährte Maferis den Gefährten Unterkunft. Sie teilten sein winziges Hüttchen, das nur drei Zimmer umfasste: eine Küchenstube, ein Schlafzimmer und eine Vorratskammer. In der Vorratskammer, in der Maferis Wolfspelze ausgebreitet hatte, schliefen die Elfenritter, Nill und Bruno. Für Scapa und Fesco, die beide noch genesen mussten, waren zwei Strohpritschen in die Küche gebracht worden, denn hier war ein Kamin, der die Stube in das wärmste Zimmer der Hütte verwandelte.

Trotz des Zusammenlebens auf engstem Raum wusste Nill nach den drei Tagen noch immer nicht mehr über den geheimnisvollen Moorelf, als dass er ein verbranntes Gesicht hatte, sehr lange schon als Verstoßener in der Einsamkeit lebte – denn daraus machte er keinen Hehl – und dass er sehr, sehr wortkarg war. Nill hatte das Gefühl, dass Maferis sie nicht besonders gut leiden konnte. Er starrte sie manchmal finster an, und wenn sie seinen Blick bemerkte, wandte er sich wie gelangweilt ab. Mit Kaveh und den Rittern sprach er gelegentlich in der Elfensprache, aber sein breiter Moorelfenakzent erschwerte es ihnen, sich zu verstehen. Abgesehen davon schien es – jedenfalls aus Maferis' Sicht – nicht viel zu bereden zu geben. Ihn interessierte nicht sonderlich, was sie in den verschneiten Gebirgen zu suchen hatten, wo ihr Reiseziel lag und weshalb zwei Menschen, vier Freie Elfen, ein Mischlingsmädchen und ein Wildschwein sich zusammentaten.

Erst war Nill sehr misstrauisch und dachte wie die Elfenritter öfters daran, dass Maferis ein Spion sein könnte. Aber er verließ die Hütte nie und schien auch sonst so desinteressiert an der Welt jenseits seines Hauses, dass sich dieser Verdacht rasch erübrigte. Schließlich glaubte Nill, dass Maferis ihnen allein deshalb half, weil er nichts anderes zu tun hatte. Und wäre sie selbst so einsam gewesen, sie hätte gewiss dasselbe getan.

Um Scapa kümmerte sich Maferis sehr sorgsam. Er legte ihm kühle Kompressen auf die Stirn, während Scapa in Fieberträumen sprach, und kochte ihm heiße Brühen, als er wieder zu sich kam. Obwohl er auch mit Scapa kaum ein Wort wechselte, schien er den Menschenjungen doch zu mögen – oder wenigstens etwas interessanter zu finden als die anderen.

Nill und die Elfen verbrachten langweilige Stunden in der Vorratskammer, während Fesco und Scapa wieder zu Kräften kamen. Die meiste Zeit über betrachteten sie die Landkarte, verfolgten mit dem Zeigefinger den Weg, der ihnen noch bevorstand, versuchten gegen das Gefühl der Verlorenheit anzukämpfen, das sie beim Betrachten der wirren Tintenstriche überkam, und hingen ihren eigenen Ängsten und Befürchtungen nach.

Was, wenn der Turm des Königs doch nicht bei den Eisenminen an der Küste stand? Was, wenn sie in die vollkommen falsche Richtung aufbrachen? Sie würden ohne Proviant verloren sein in den unendlichen Weiten der Marschen und Sümpfe!

Um einander von den nagenden Sorgen abzulenken, versuchten die Elfen Nill ein paar Wörter in ihrer Sprache beizubringen. »*Medaj*« – das bedeutete Bruder, Freund oder Schwester – und »*Soyél*«, was wohlgesonnen oder freundschaftlich hieß, waren einfache Wörter, die Nill sich gut merken konnte und auch nicht schlecht aussprach. Doch die Elfensprache war voller Redewendungen, die nur dann Sinn machten, wenn man mit der gesamten Elfenkultur vertraut war. »*Enyersol mohedd arev yen Nir*« etwa war ein Segen, der ein langes, gesundes Leben wünschte – aber wörtlich übersetzt bedeutete es nichts anderes als: »Eine gelbe Honigwabe sei dein Leben.« Denn Honigwaben waren im Volk der Elfen ein Zeichen der Gesundheit und Unendlichkeit. Solcherlei Redensarten brachte Nill immer wieder durcheinander, obgleich sie die Worte selbst nicht vergaß. So sagte sie beispielsweise zu Kaveh: »Du bist ein glücklicher Käfer mit Geist.« Wobei sie eigentlich meinte: »Dein Geist fliegt wie der schillernde Käfer«, was eine nette Redewendung von Erijel war, Kaveh an seine kopflose Verträumtheit zu erinnern.

Alle hatten ihren Spaß an Nills Sprachversuchen, besonders sie selbst. Abends lag sie wach auf den Fellen und flüsterte die neuen Silben vor sich hin, denn sie wollte unbedingt die Sprache der Elfen erlernen – nicht zuletzt, weil die Klänge so weich und fließend über die Zunge rollten. Wenn Kaveh und die Ritter sprachen, dann klang es wie ein rasches Lied, wie ein sachter Wind, der durch die Weiden flüstert.

Doch abgesehen von der Zeit, in der die Elfen Nill ihre Sprache beibrachten, warteten sie alle schweigend die Minuten, die Stunden, den Tag ab. Die Langeweile und die Sorgen drückten ihre Stimmung. Einerseits konnte Nill nicht abwarten, dem schweigsamen Maferis zu danken, die Hütte zu verlassen und endlich wieder im Freien zu sein, andererseits fürchtete sie sich davor, wieder in die Welt hinauszutreten. Die Grauen Krieger, der Turm des Königs, die Marschen lauerten jenseits der Hütte … und vielleicht, ja, vielleicht sogar der Tod.

Wenn sie es genau betrachtete, wartete am Ende ihrer Reise sogar sehr wahrscheinlich der Tod, auf die eine oder andere Art. Nill wusste, dass Dinge vor ihr lagen, die sie vielleicht zerstören würden ... Aber sie verdrängte diese Gedanken. Ändern konnte sie ohnehin nichts mehr.

Als es Scapa besser ging, setzte sich Nill öfter neben seine Pritsche, sprach mit ihm über dies und jenes und fragte ihn, wie er sich fühle. Wie er so im Bett lag, bleich und fiebrig und ohne seinen schwarzen Mantel, kam er Nill kaum mehr unheimlich vor. Lediglich die Kühle seines Blicks hatten weder Fieber noch Erschöpfung ihm nehmen können.

Einmal, als Nill neben Scapa saß und ihm erzählte, wie sie Kaveh versehentlich in der Elfensprache ein Rebhuhn genannt hatte, gelang es ihr erstmals, ihm ein kurzes Lachen abzuringen. In dem Augenblick trat Kaveh hinter sie und sagte barsch: »Komm mal mit.«

In der Vorratskammer verschränkte er die Arme vor der Brust. »Ich finde, du solltest dich ein bisschen in Acht nehmen«, sagte er. »Dieser Scapa ist und bleibt ein Dieb, ein Betrüger und ein listiger Lügner. Wer weiß, wie schnell er in deine Rocktasche greifen und den Steindorn ein zweites Mal stehlen kann, wenn du ständig bei ihm bist und mit ihm kicherst!«

Nill klopfte dem Prinzen auf die Schulter. »Ich lasse mich schon kein zweites Mal überlisten. Außerdem, was sollte Scapa denn mit dem Steindorn anfangen? In seinem Zustand hinaus in den Schnee rennen und uns davonlaufen?« Sie lächelte bei dieser Vorstellung.

»Ich sage bloß, dass man ihm nicht vertrauen kann. Er ist – er ist gefährlich.«

»Ja, ja«, erwiderte Nill. »Ich würde mir aber mehr Gedanken über Maferis machen. Der kommt mir doch noch unheimlicher vor als Scapa.«

Es war spät in der Nacht, lange nach dem mageren Abendessen aus harten Wurzelknollen und gedörrtem Hirschfleisch, als Scapa aus dem Schlaf schrak. Für mehrere Augenblicke rieselte noch Schnee vor ihm; dann umgaben ihn wieder die gewohnte Umgebung und das friedliche Licht des Kamins. Er richtete sich auf und tastete nach seinem Herzen. Es schlug ihm heftig gegen die Brust.

»Wieder der Traum?«, flüsterte eine Stimme.

Scapa fuhr herum und blickte in das verbrannte Gesicht des Moorelfen. Er saß ihm gegenüber und beobachtete ihn.

Soweit Scapa wusste, hatte Maferis sich den ganzen Tag über in seine Schlafkammer zurückgezogen. Nur einmal war es Scapa gelungen, einen Blick hineinzuwerfen, als Maferis nach dem Abendessen hinter seiner Tür verschwunden war. Scapa hatte riesige Berge von Pergament gesehen, einen dunklen Tisch und ein paar Schreibutensilien. Das hieß, dass der Moorelf doch hin und wieder sein Versteck verließ und sich irgendwo Papier, Feder und Tinte besorgte – höchstwahrscheinlich in einer kleineren Menschenstadt jenseits der Berge.

»Morgen müsst ihr gehen«, sagte Maferis jetzt leise.

»Warum?«

Etwas wie ein Lächeln glitt über Maferis' verunstaltete Züge. »Weil du morgen wieder gesund bist.«

Tatsächlich hatte Scapas Gesundheitszustand in den vergangenen vier Tagen große Fortschritte gemacht. Inzwischen hatte er selbst das Gefühl, dass das schummrige Brummen in seinem Kopf nur noch vom langen Liegen kam.

»Also«, murmelte Maferis. »Du kannst mir jetzt deinen Traum verraten. Ich werde euch alle danach nie wieder sehen.«

Scapa musterte den Moorelf eine Weile. Ihn überkam Mitleid, als er an dessen einsames Leben dachte, und zur gleichen Zeit… ja, ein Gefühl erfasste Scapa, das er lange, lange nicht mehr bei einem anderen empfunden hatte: ein bisschen Furcht. Da war etwas in Maferis' Augen, etwas Kühles, Berechnendes, das Scapa bis auf die Knochen zu durchschauen schien.

»Wieso sollte ich dir meine Träume verraten?«, erwiderte Scapa.

Maferis zuckte mit den Schultern. »Mir hat lange niemand mehr seinen Traum erzählt. Und ich habe lange keinen mehr gedeutet. Es würde mich unterhalten.«

Wieder spürte Scapa, wie ihn die Mischung aus Mitleid und Furcht verunsicherte. Er zog unter der Decke die Knie an den Körper und stützte sich mit seinen Armen darauf.

»Du würdest ihn nicht verstehen. Keiner versteht mich.«

Zu Scapas Erstaunen lachte Maferis auf. »Was bist du nur für ein Dramatiker!«

»Was soll *das* denn heißen?«, fauchte Scapa.

Das Kichern des Moorelfs schwebte im Raum, aber seine Augen blieben kalt und reglos. »Du bist so dramatisch, dass dich der Tod einer Fliege, die du irgendwie gerne hattest, zum ewigen Trauern bringen könnte! Ich kenne Jungen wie dich genau, junger Dieb, auch wenn es nicht viele von dir gibt – das stimmt.« Ein verschwommener Glanz trat in seinen Blick. Es war, als versinke er in fernen Erinnerungen. »Du kannst so schrecklich leidenschaftlich hassen wie lieben, nicht wahr? Etwas dazwischen gibt es für dich gar nicht. Du verzehrst dich nach etwas mit aller Leidenschaft oder bist so gleichgültig wie ein Stein. Genauso kannst du entweder der glücklichste König der Welt sein oder die kummervollste Kreatur auf Erden und sonst nichts anderes – eben weil du so verflucht tragisch bist mit allem, was dir passiert! Nur Regen oder Sonne, aber wehe etwas dazwischen!«

Scapa fühlte sich, als hätte der Moorelf einen heiligen Altar in seinem Inneren umgestoßen und entweiht. Und auch jetzt noch tanzte er mit schmutzigen Füßen darauf herum: »Also, Junge, ich kenne dich, ich kenne dich sehr gut. All deine herzzerreißenden Leidenschaften. All das Verzweifeln und Sehnen und Lodern und Glühen hinter deinem bleichen Gesicht, ja, ja, mir kannst du nichts verbergen. Nicht deinen übertriebenen Kummer und auch nicht deine verheiligte Liebe.«

Scapas Blick wurde so verächtlich wie nur möglich. »Du hast nicht den blassesten Schimmer.«

Maferis klang nun fast freundlich. »Ach nein? Beweise es mir. Erzähle mir deinen Traum. *Ecrath seyouváh*, verschlossene Seele.«

Nach einigem Zögern beschloss Scapa doch, seinen Traum zu erzählen. Wieso, das war ihm nicht recht klar. Vielleicht erzählte er ihn aus Mitleid für Maferis, vielleicht aus Langeweile, vielleicht... vielleicht, weil er tatsächlich neugierig auf eine Deutung war.

»Na schön. Hier ist mein Traum, reim dir davon zusammen, was du willst.« Scapa fuhr sich mit der Zunge über die Lippen. Und dann brauchte er doch einen Moment länger, um einen Anfang zu finden.

»Ich stehe am Himmel«, begann er. »Jedenfalls... ich weiß, dass es der Himmel ist, obwohl alles um mich finster bleibt. Und über mir erstreckt sich die Welt. Ich sehe jemanden, und... es beginnt zu schneien.«

»Zu schneien?«, wiederholte Maferis.

»Ja, es schneit. Doch der Schnee fällt aus dem Boden unter mir in die Höhe. Und dann – jemand steht vor mir. Eine Erinnerung. Und ich weiß plötzlich, dass die Erinnerung nicht in der Vergangenheit ist, sondern in meiner Zukunft, und dass sie dort auf mich wartet. Dann fange ich aus meinen Armen zu bluten an, und überall um ihr Gesicht strömt das Blut nach oben. Ich will die Hand nach ihr ausstrecken, aber sie ist nicht mehr echt. Sie löst sich in Schnee auf und wirbelt in die Höhe, das heißt in die Welt hinunter, und dann – dann wird alles weiß. Und davor, da sehe ich einen Herzschlag lang bloß Wiesen, unendlich weite, grüne. Und da ist... Jetzt ist der Traum zuende.«

Einige Augenblicke wartete Scapa auf eine Antwort. Als Maferis schwieg, wandte er sich fragend zu ihm um. Der Moorelf lehnte sich auf seinem Stuhl zurück. Er beobachtete Scapa reglos, während draußen der Wind um die Hütte pfiff. Das Knarren der Holzwände erfüllte die Stube. Maferis lächelte kaum merklich und deutete mit dem Zeigefinger in die Höhe.

»Ja, der Wind. Höre nur, wie er heult. Wie er mit den rieselnden Schneeflocken spielt…« Er stützte beide Ellbogen auf die Stuhllehnen und richtete die Handflächen gen Himmel. »Er sammelt sie und verwandelt sie in weiße Wogen, treibt sie unbarmherzig aufeinander zu. Wir Elfen und Menschen sind auch nicht mehr als Schneeflocken im Wind, weißt du. Das Leben reißt und zerrt uns in verschiedene Richtungen, manchmal zusammen, dann gegeneinander. Es scheint, wir sind für das Leben nicht mehr als ein lustiges Spiel.« Maferis lehnte sich zu Scapa vor, ein kleines Stück nur. »Du, mein Junge, scheinst mir ein besonderes Schneekorn zu sein. Der Wind wird dich hoch emportragen in den weißen Himmel, und du wirst ziellos durch die Straßen des Lebens irren, hin- und hergerissen zwischen Erde und Luft. Nur in den friedlichen Wiesen dazwischen wirst du niemals sein. Am Himmel wirst du wandeln, während die flirrenden Massen gegen dich wirbeln, in die andere Richtung, der Welt entgegen, die dir über dem Kopf zusammenstürzt… Du wirst tanzen zu dem Lied des Windes, ob du willst oder nicht. Und doch kannst du etwas an der Richtung ändern, in der du dem Leben folgst, mein Junge. Höre, höre nur dem Wind zu… lausche seinen Worten… dann erkennst du den Weg, dem du folgen musst. Und dort, wo du deine Füße aufsetzt, wird das Schicksal der Welt geschrieben.«

Scapa bewegte keinen Muskel. Er versuchte den Blick des Moorelfs fest zu erwidern, doch es gelang ihm nicht; seine Wimpern zitterten. »Wieso prophezeist du ausgerechnet mir so ein Schicksal? Ich bin nicht so wichtig, wie du denkst. Nill hat vielleicht ein so großes Schicksal, aber ich…«

»Nill?«, rief der Moorelf und verzog das entstellte Gesicht. »Nill, das Mädchen?« Dann lehnte er sich vor und packte Scapa so plötzlich am Handgelenk, dass der zusammenzuckte. »Es gibt einen Grund, warum die Welt von Männern geformt und geführt wird. Männer wie ich – wie du – wir leiten große Dinge. Und Frauen…« Ein Zischen lag in der Stimme des

Moorelfs. »Frauen, wenn sie bedeutsam sind, zerstören große Dinge!«

Scapa musterte Maferis kühl, obgleich er erschrocken war, weil soviel Hass in seiner Stimme schwang. »Das glaube ich nicht«, flüsterte Scapa. »Ich glaube nicht, dass ich mehr bewirken kann und werde als Nill.«

Ungeduldig winkte der Moorelf ab. »Das wirst du sehen, Junge, so wie du zum rechten Zeitpunkt alles sehen wirst. Aber zweifele nicht an deinem Schicksal. Zukunft und Vergangenheit hängen bei dir so nah zusammen wie Himmel und Erde, Hass und Liebe. Dein Blut wird fließen, um die Welt zu ändern, so wie in deinem Traum. Vielleicht wird es nur in deinen Adern fließen, und du wirst leben; vielleicht fließt es aber auch in den Schnee... Und vielleicht liegt die Entscheidung darüber bei dir allein. Wenn du beschließt, am Leben zu bleiben, mag das den Tod Tausender bedeuten. Wenn du stirbst, werden womöglich unzählige gerettet. Vielleicht auch anders herum, wer weiß... Das ist dein Schicksal.«

Maferis erhob sich, die Hände auf dem Rücken verschränkt, nickte und ging in seine Kammer zurück. Er hatte es dem Jungen gesagt. Er hatte ihm seine Zukunft gedeutet, so wie er es seit seiner Ankunft geplant hatte. Seine Aufgabe war getan, und vielleicht nur für diese eine Nacht, diesen einen Augenblick, hatte alles in seinem Leben so kommen müssen, wie es gekommen war. Vielleicht war dieser Moment schon alles, was Maferis auf Erden bezwecken sollte; und der Gedanke fühlte sich sehr gut an.

Kein Elfenkönig würde er je werden. Kein Volk würde er führen und nie würde er die Welt verändern. Aber doch hatte er seinen Teil zu allem beigetragen. Der Junge mit den dunklen Augen würde die Geschehnisse der Welt für ihn mitbewegen. Der Junge, in den Maferis ein Stückchen seiner selbst gepflanzt hatte. Der Junge, der Maferis *war* – denn was Maferis an Schmerz und Einsamkeit trug, das lebte auch im

Inneren des Jungen. Und dieses Innere würde es sein, das die Welt zum Einsturz brachte.

Und zum Erwachen.

## Die Marschen

Maferis hatte sich in seiner Kammer eingesperrt, als die Gefährten am nächsten Morgen erwachten. Vor seiner Tür lag ein Proviantpaket für sie bereit. Der Einzige, den diese wortkarge Aufforderung zu gehen, nicht überraschte, war Scapa.

Himmel und Erde… Würde er tatsächlich zwischen Luft und Boden hin und herirren? Hatte er es nicht in seinem ganzen Leben schon getan? Er kam aus den tiefsten, schmutzigsten Winkeln Kesselstadts, die gewiss auch die tiefsten, schmutzigsten Winkel der Welt waren, er war ein Nichts, ein Niemand, ein Straßenjunge gewesen, und mit einem Schlag hatte er den Fuchsbau bewohnt, war der mächtigste Dieb von Kesselstadt geworden – und hatte mit Aranes Verschwinden alles Glück wieder verloren.

Aber was Maferis über sein Blut gesagt hatte – da lief Scapa ein Schauder über den Rücken. »Wir sollten gehen«, murmelte er und zog sich den Umhang über. »Fesco und ich sind wieder gesund.«

»Sollten wir nicht noch Maferis danken?«, fragte Nill und blickte ratlos zur verschlossenen Schlafzimmertür.

Scapa schüttelte den Kopf. »Das will er nicht. Wir müssen aufbrechen.« Und er hob den bereitgelegten Proviantbeutel auf. »Vielleicht kommt einer von uns irgendwann zurück und kann ihn besuchen.« Aber Scapa wusste, dass er es nicht sein würde. Für ihn gab es keinen Weg zurück.

»Auf Wiedersehen«, murmelte Nill dem Holz der Tür entgegen. »Und danke!«

Schweigend verließen sie die Hütte. Sobald Nill aus der Tür trat, brauste ihr ein eisiger Wind entgegen. Sie kniff die Augen zu und zog den Umhang enger um die Schultern. Kaum ein paar Schritte weiter hatten die flimmernden Flocken Maferis' Haus verschluckt, und den Gefährten war, als hätten sie die vergangenen vier Tage nur geträumt.

Am Abend wurde der Schneefall schwächer. Sie suchten sich unter dichten Tannen Schutz und schliefen augenblicklich ein.

Morgens, als ein fades Licht den Schnee durchwirkte, zogen sie weiter. Dass Scapa und Fesco wieder gesund waren, stimmte bei Weitem nicht. Noch immer hüstelten sie vor sich hin; aber sie waren doch wieder soweit bei Kräften, dass sie nicht das Vorankommen der anderen behinderten.

Als die Nacht anbrach, ging es endlich wieder bergab. Felsen brachen hier und dort durch die Schneedecken und boten den Gefährten einen trockenen Schlafplatz. Scapa verkroch sich in seinem Umhang und schloss die Augen. Er stellte sich das weite Dünenland vor, das Kesselstadt umgab. Er stellte sich vor, wie die trockene Sommerluft in der Ferne flimmerte. Er dachte an Tage in Kesselstadt, die so heiß gewesen waren, dass jeder Atemzug schwer wie durch ein Tuch ging, und daran, wie der Sandstaub in den Straßen aufgestiegen war, ohne dass ein Windzug wehte. Er dachte daran, wie er mit schweißverklebtem Nacken erwacht war, auf einer Schlafmatte in einem kleinen, heruntergekommenen Zimmer – erwacht durch den Lärm der Gassen und das Kitzeln blonder Locken, die auf seiner Schulter lagen. Und als Scapa in der Nacht im Schnee lag und einschlief, erwachte er hundertmal in Kesselstadt.

Die Welt des Schnees blieb mit ihren eisigen Berggipfeln hinter den Gefährten zurück. Nach einigen Tagen fanden sie sich im hohen, flüsternden Wald wieder. Sie wanderten durch das

Mosaik der Schatten und Sonnenstrahlen und lauschten dem Rauschen des Laubes ... Es war unvorstellbar, dass hinter jedem Hang und Baum Graue Krieger lauern konnten.

In manchen Augenblicken vergaß Nill sogar, dass sie nicht allein war, denn sie sprachen kaum miteinander. Sie fühlte, wie der Wald sie in sich aufsog, sie unsichtbar und leicht machte, und in einigen Momenten wunderte sie sich sogar, wenn der Blick einer der Gefährten sie streifte und ihr bewusst wurde, dass sie noch da und zu sehen war und nicht etwa ein durchscheinender Sonnenstrahl.

Gegen Nachmittag des dritten Tages bewölkte sich der Himmel und der Wald veränderte sein Gesicht. Dünne Fichten ragten in die Höhe, und mit einem Mal fühlte Nill sich wieder beobachtet und unwohl – in so einer Gegend konnte man sich Graue Krieger vorstellen.

Gleichzeitig war Nill erleichtert, weil die Berge hinter ihnen lagen und die kahlen Wälder ringsum ihre letzten Ausläufer waren. Die Marschen von Korr eröffneten sich direkt vor ihnen. Und Nill näherte sich dem Ziel ihrer Reise.

In der Nacht schloss sie die Hände fest um den Steindorn. Trotz der Finsternis glaubte sie ihn sehen zu können: Seine Aura schien so verräterisch zu pochen, dass die Grauen Krieger es im Umkreis von Meilen spüren mussten. Nill drückte ihn an die Brust. Er war ein wärmender Trost und eine schreckliche Drohung zugleich.

Sie würde damit töten müssen.

Nill bekam zitternde Finger bei diesem Gedanken. Sie konnte niemanden töten. Unmöglich konnte sie jemandem ein Messer ins Herz stoßen, der unmittelbar vor ihr stand – jemandem noch dazu, den sie noch nie gesehen hatte! Abgesehen davon war der Steindorn doch gar nicht spitz. Er war ungeschliffen und stumpf, es würde Kraft kosten, ihn durch Haut, Fleisch und Knochen zu stoßen ...

Nill wurde übel bei der Vorstellung. Sie schloss die Finger ganz fest um das magische Messer, befühlte den wunderbaren, glatten Stein und erkannte gleichzeitig, wieso sie ihn so fürchtete. Der Steindorn würde ihr etwas nehmen.

Ihre Unschuld.

Der Himmel hing schwer und bleiern über dem Land, das sich vor den Gefährten erstreckte. Die letzten Bäume des Waldes waren hinter ihnen zurückgeblieben. So weit das Auge blickte, reichten die Sümpfe von Korr. Ein Bach führte durch die graue Ödlandschaft.

Mit bangen Schritten gingen die Gefährten in die Marschen hinein. Schon aus der Ferne hatten sie die dichten, reglosen Nebelschwaden gesehen, die über dem Moorland lagen wie ein staubiger Pelz – nun tauchten sie geradewegs in sie ein. Der Boden war weich und schlammig. An manchen Stellen wucherte hohes Gras, unter dem sich tückische Treibsandmulden und Morastgruben versteckten. Knotige Bäume, von der Witterung verrenkt, schmückten das trostlose Land, und schwarze Wäldchen erschienen hier und dort. Das dichte Geäst schien sich nach den Gefährten zu recken, die Zweige waren wie Hexenhände und Klauen, im letzten Augenblick erstarrt, bevor sie einen unvorsichtigen Wanderer hätten ergreifen können. Einmal stieß Kaveh einen überraschten Laut aus, als er in einen Tümpel trat, den er hinter dem Schilf nicht gesehen hatte. Ein erschrockener Krähenschwarm flatterte aus den Bäumen und verschwand in den Nebeln.

»Ich wusste ja gar nicht, dass du kreischst wie ein kleines Mädchen. Da werden die Grauen Krieger wohl auch verblüfft sein, was?«, sagte Scapa bissig.

»*Edyen Shár*«, zischte Kaveh zurück und erklärte nicht weiter, welches Schimpfwort er Scapa damit an den Kopf geworfen hatte.

Zufällig stießen sie auf einen Trampelpfad im Unterholz: Wie ein dünner brauner Faden schlängelte er sich an dem Bach entlang. Auf dem Weg liefen sie zwar Gefahr, von Grauen Kriegern entdeckt zu werden, doch das war weniger riskant als blindlings durch die Wildnis zu stolpern, wo bei jedem Schritt Sumpfschlamm nach ihren Füßen greifen konnte – ganz zu schweigen von den gefährlichen Schlangen.

Der Pfad war so schmal und verwildert, dass sie ihn immer wieder im Dickicht verloren.

Der Bach neben ihnen mündete bald in einen breiten, trägen Fluss. Sie hatten ihn zuvor wegen der dichten Dunstschwaden weder gesehen noch hatten sie sein Rauschen gehört, denn er strömte so gemächlich dahin, dass kaum Wellen gegen die Ufer schwappten.

»Guckt mal, da!« Mareju wies geradeaus. Ein Stück abseits neigte sich ein verwitterter Steg in den Fluss. Im Näherkommen sahen sie, dass ein festgebundenes Floß im brackigen Ufergewässer lag. Es schien wie für die Gefährten bereitgestellt worden zu sein. Allerdings ein paar Jahrzehnte zu früh.

»Was meint ihr, sollen wir's versuchen?«, frage Arjas.

Fesco zog die Augenbrauen so hoch, dass sie unter seinen Locken verschwanden. »Ich tu jetzt einfach so, als wüsste ich nicht, was du meinst!«

»Ist unser Dieb vielleicht wasserscheu?«, bemerkte Mareju. »Dabei ist deine beste Freundin doch eine Wasserratte.«

»Eine *Hausratte*!« Fesco hob würdevoll das Gesicht. »Außerdem bin ich gar nicht wasserscheu. Du spinnst wohl. Ich könnte einmal quer durchs Meer paddeln, verstanden? Aber das Ding da, das ist ja unappetitlich, überall dieser dicke Schlamm.«

»Du musst das Floß ja auch nicht fressen, oder?«, erwiderte Mareju.

»Es wird uns aber nicht alle tragen können.«

»Das wissen wir erst, wenn wir es versucht haben«, sagte Kaveh und kämpfte sich durch das Dornengestrüpp zum Ufer. Grummelnd folgte Fesco den anderen. Der Steg war bereits halb im Uferschlamm versunken. Das Tau, das den schiefen Holzpfosten mit dem Floß verband, war über und über von Moos bewuchert.

Kaveh sprang vom Steg. Das Floß wankte bedrohlich, die ersten Wurzelgeflechte, die es überzogen hatten, zerrissen und sanken ins aufschwappende Brackwasser zurück. Kaveh ließ seinen Bogen und Quersack fallen, ergriff mit beiden Händen etwas, das der Algenteppich vollkommen bedeckte, und zerrte ein vermodertes Ruder hervor. Er zupfte die Erd- und Grünzeugklumpen davon ab, wandte sich dann zu den Gefährten um und warf das Ruder Scapa zu. Der fing es mit einer Hand auf.

»Los, kommt!«, rief Kaveh, ging ein paar Schritte weiter und befreite ein zweites Ruder aus dem dichten Pflanzengewächs.

»Das bricht doch gleich zusammen. Also, ich will nicht in dieser Schlammbrühe landen.« Fesco kräuselte die Lippen.

»Ein Bad würde dir ganz gut tun«, erwiderte Erijel von hinten und gab Fesco einen Schubs, sodass er mit einem erschrockenen Laut auf das Floß stolperte. Erijel sprang ihm hinterher. Das Floß schwankte und die letzten Rankenarme rissen von ihm ab. Arjas und Mareju, die den unwirsch schnaubenden Bruno in den Armen hielten, kletterten ebenfalls vom Steg. Schwarzes Wasser sickerte zwischen den dünnen Baumstämmen auf, als sie tiefer sanken. Nill und Scapa blieben zuletzt am Steg stehen. Als beide das Zögern des anderen bemerkten, warf Scapa ihr einen Blick zu, packte dann das Ruder fester und sprang zu den anderen. Dann wandte er sich zu Nill um und wollte ihr die Hand reichen – allerdings war sie bereits gesprungen und fiel mehr gegen Scapa, als dass er sie auffing. Sie stolperten auseinander und Scapa sah sie danach nicht mehr an.

Erijel hatte sein Schwert gezückt und hieb das Tau am Stegpfosten ab. Schlamm spritzte auf, als das Seil ins Wasser platschte. Kaveh tauchte sein Ruder in den weichen Ufergrund und stieß ab.

»Stake los!«, rief er Scapa zu.

Mit einem finsteren Blick in die Richtung des Prinzen

folgte Scapa der Aufforderung. Dabei musste er sich mit beiden Armen gegen das Ruder stemmen – das Floß saß im Morast fest und war mit den Unterwasserpflanzen verwachsen. Doch Scapa hütete sich, seine Anstrengung zu zeigen. Unter ihnen knarrte und ächzte es – einen Moment fürchteten sie, die Baumstämme könnten sich lösen und das Floß auseinanderbrechen – dann glitt es mit leichtem Schwung vom Ufer ab und zum offenen Fluss hinaus.

Wasserläufer und Libellen, die auf der Wasseroberfläche gesessen hatten, flohen vor ihnen. Mücken surrten auf. Mit angehaltenem Atem warteten die Gefährten ab, ob das Floß standhalten würde. Das Holz knackte, das dickflüssige Wasser schmatzte, wann immer Scapa und Kaveh die Ruder aus ihm herauszogen, und blubberte, wenn sie sie wieder eintauchten. Sonst geschah nichts. Das Floß hielt.

Die Strömung des Flusses war so schwach, dass Kaveh und Scapa fortwährend staken mussten, um voran zu kommen. Allein ihr stiller Konkurrenzkampf trieb die Jungen dazu an, länger als eine halbe Stunde durchzuhalten. Als das erste verbissene Keuchen zwischen Kavehs Zähnen hervorpfiff, stand Mareju auf und bot sich an, das Rudern zu übernehmen. Erst als sich auch Arjas erhob, um Scapa abzulösen, gab Kaveh das Ruder aus der Hand und ließ sich im Schneidersitz nieder. Eine Weile erwiderte er Scapas Blick. Zufrieden stellte er fest, dass Scapa ein zarter Schweißfilm auf der Stirn schimmerte und seine Brust sich sehr viel schneller hob und senkte als Kavehs. Der Prinz lächelte in sich hinein. Sollte der Dieb ruhig merken, dass Menschenblut dünner war!

Tatsächlich merkte Scapa aber, dass das Menschenblut *begehrter* war – von den Mücken. Es dauerte nicht lange, da schwirrten die Insekten aus den Sümpfen zusammen, um sich auf ihre neue Beute zu stürzen. Frisches, erhitztes Blut war rar in den Mooren. Und der warme Menschengeruch, den Scapa und Fesco ausstrahlten, war verlockend genug, um sich in die Gefahrenzone ihrer schlagenden Hände zu begeben.

Die beiden fluchten, während sie sich bemühten, die Mücken zu verscheuchen – und je mehr sie sich anstrengten, desto begieriger wurden die Blutsauger. Auch Nill wurde gestochen, wenn auch nicht so oft wie die beiden Jungen. Nur die Elfen blieben fast unberührt; ihr Blut schien den Stechfliegen nicht zu schmecken.

Allmählich senkte sich eine bedrückende Hitze über sie. Doch die Wärme kam nicht von der Sonne, die hinter Nebeln und Wolken blieb und sich nur selten zeigte, kalkweiß und verschwommen. Die Luft selbst war warm und feucht und so schwer zu atmen wie Dunst. Sie legte sich über die Gefährten wie eine zweite, klebrige Haut. Ein träges Elendsgefühl überkam sie, je länger sie auf dem Fluss dahintrieben. Nach einer Weile hörten sie auf, nach den Stechfliegen zu schlagen, und zogen sich trotz der Hitze einfach die Umhänge enger um den Körper.

Sie wechselten sich mit dem Staken häufig ab, denn keiner konnte es länger als ein paar Minuten. Schließlich waren Erijel und Kaveh an der Reihe. Die anderen saßen reglos auf dem Floßboden, die Mäntel über den Kopf gezogen und die Knie an der Brust. Selbst Brunos Wachsamkeit hatte der fiebrige Sumpfnebel getrübt: Die Schnauze auf beide Vorderbeine gestützt, lag er neben Kaveh und rang sich nur hin und wieder zu einem matten Grunzen durch.

Dann hob der Keiler plötzlich den Kopf. Seine haarigen Ohren zitterten. Kaveh starrte zu Bruno herab und dann in die Richtung, in die die schnüffelnde Schweineschnauze zeigte. Wegen des Modergeruchs, der sich wie ein feuchtes Leichentuch über die Marschen ausbreitete, hatte Bruno sie erst gerochen, als sie sich schon vor ihnen aus dem Dunst lösten: die Toten.

Irgendwo in den milchigen Dunstschwaden rief eine Eule. Die Wellen platschten unter dem Floß. Kaveh hob sein Ruder aus dem Wasser, erst Rinnsale, dann Tropfen rollten vom Holz. Am nebligen Ufer erschienen die Pfähle wie große schwarze Schilfrohre. Sie zogen sich in einer langen Reihe am Wasser entlang und dahinter erstreckte sich ein regelrechtes Feld. Es war ein Friedhof, nur dass es keine Grabsteine gab, sondern Holzlanzen mit Stricken daran, und dass keine Namensschilder an den Pfählen hingen, sondern die Toten selbst.

Kaveh ließ das Ruder mit einem dumpfen Geräusch zu Boden fallen. Die Gefährten blickten nieder. Nur Kaveh sah nicht weg. Er sah sie sich genau an: die Gesichter der Verräter am König von Korr, oder das, was davon übrig geblieben war. Sie zogen langsam an ihnen vorbei. Und Kaveh zollte jedem von ihnen einen anerkennenden Blick, auch wenn ihn das den Schlaf so mancher Nacht kosten würde.

Ein Holzschild trat aus dem Dunst, das vor dem Leichenfeld in den Boden eingelassen war. In Elfen- und Menschenschrift stand dort eingeritzt: *In Ewigkeit verdammt, die Seelen der Königsverräter.*

Kaveh zog seinen Bogen von der Schulter und legte einen Pfeil auf. Den Toten konnte er nicht mehr helfen. Aber er konnte einen Pfeil in das Schild schießen, er konnte ihnen diese letzte Ehre erweisen, und jeder, der hierher kam, Gefangener oder Grauer Krieger, würde sehen, dass es Widerstand gab.

»Kaveh!« Erijel kam einen Schritt auf ihn zu. »Schieß nicht! Die Grauen Krieger werden den Pfeil sehen und dann haben sie unsere Fährte.«

Kaveh drehte sich nicht zu seinem Cousin um, doch er senkte zögernd den Bogen.

»Bitte, Kaveh, es ist gefährlich«, beschwor ihn Erijel.

Mehrere Augenblicke verstrichen. Dann spannte Kaveh die Bogensehne bis zum Ohr. Sein Pfeil schnellte durch die Luft, traf das Schild und bohrte sich direkt in das Wort *verdammt.*

Erijels Herz zog sich zusammen. Ihm war, als durchbohre Kavehs Pfeil nicht nur das Schild, sondern auch ihn … Ein schwerer Schatten schien mit diesem Schuss über ihn zu fallen.

»Mit Gefahr kann ich leben«, sagte Kaveh. »Tatenlos nicht.«

Und er legte einen neuen Pfeil auf, zielte auf das Schild, traf die Worte; er schoss fünf Pfeile ab, bis die Inschrift nicht mehr zu lesen war.

Mit zusammengebissenen Zähnen ergriff er sein Ruder und tauchte es in das Sumpfwasser, stieß sich ab, kraftvoller und schneller als zuvor. Nach ein paar Ruderstößen hatten sich die Nebelvorhänge wieder geschlossen und die Gehängten waren hinter ihnen verschwunden.

## In der Dunkelheit

Die Nacht hielt lärmend und krächzend Einzug in die Marschen von Korr. Das wenige Leben in den Sümpfen schien sich mit der hereinbrechenden Dunkelheit aufzuraffen, um wenigstens einmal am Tag die Grabesstille mit einem Orchester von Geräuschen zu durchbrechen. Frösche quakten, es blubberte, gurgelte und platschte, Äste knackten, als verschlafene Eulen sich zum Nachthimmel erhoben, und das Flattern der Fledermäuse hing wie ein schneller Wind über den Mooren.

Die Gefährten legten die Ruder zur Seite und aßen. Erst jetzt merkte Nill, dass sie schon seit der Dämmerung keine Mücken mehr stachen. Als noch das letzte graue Tageslicht zwischen den Baumstümpfen schimmerte, beugte sie sich über die Wasseroberfläche: Aber auch auf dem Fluss waren keine Stechfliegen mehr zu sehen, so wie am Mittag noch, als es im brackigen Wasser gewimmelt hatte vor zitternden Fühlern und schlagenden Flügeln. Seltsam, dachte Nill, obwohl das plötzliche Verschwinden der Blutsauger sie erleichterte.

»Die Stechfliegen sind weg«, sagte sie zwischen zwei Bissen.

Mareju runzelte überrascht die Stirn. »Stimmt.« Er zog einen Streifen Trockenfleisch aus seinem Beutel und biss ab. »Bestimmt schlafen die Mücken jetzt, wo sie sich die Bäuche an leckerem Menschenblut vollgeschlagen haben.« Er grinste breit zu Fesco hinüber.

»Im Wasser schwimmen auch keine Stechfliegen mehr«, sagte Nill. »Dabei waren es vorher noch so viele.«

Mareju beugte sich schwungvoll über den Rand des Floßes, um hinabzuschauen. Als er dabei vom Fleisch abbeißen wollte, fiel ihm versehentlich der ganze Streifen in den Fluss.

»Verflucht noch mal!« Einen Augenblick schien er unentschlossen, ob er das Fleischstück aus dem Wasser fischen sollte oder nicht; doch schließlich ließ er es im schlammigen Fluss versinken. Murrend setzte er sich wieder zurück und zog einen neuen Fleischstreifen aus seinem Proviantbeutel.

»Ist doch egal, was mit den Mücken ist.« Mareju zuckte mit den Schultern. »Hauptsache, sie zerstechen unseren Menschenfreunden nicht die fröhlichen Gesichter, was?«

In der Nacht wurde es so kühl, dass Kavehs Atem zu weißen Wölkchen gefror. Auf dem Rücken liegend beobachtete er, wie der warme Dunst zwischen seinen Lippen hervorstieg und in der Finsternis zerfiel. Kaveh schob die Arme unter seinen Kopf. Er sog die feuchte Luft ein und schärfte seine Sinne. So hatte er viele Nächte seiner Kindheit in den Dunklen Wäldern verbracht. Wenn es Sommer war und das Zirpen der Grillen die Wiesen erfüllte, war er aus dem Elfendorf geschlichen und hinein in den tiefen, großen Wald gelaufen. Er hatte sich auf das kühle Moos gesetzt und dem Tanz der Glühwürmchen zugesehen, die durch die Nacht schwebten wie leuchtender Sternenstaub. Er hatte so tief und lange geatmet, dass ihm die Brust wehtat, um alle Gerüche in sich aufzusaugen: den Duft des frischen Holzes, das Aroma der grünen Blätter, die Süße der wilden Orchideen. Die Nacht, den Wald, die Welt hatte er in sich aufnehmen wollen. Auch jetzt konzentrierte sich Kaveh auf die gestaltlose Umgebung. Aber da waren nur Modergeruch und der gurgelnde Fluss und die feuchte drückende Luft. Unendlich riesig wurden die Marschen von Korr in seiner Vorstellung. Er spürte, wie verloren er hier war, wie fern dem Zuhause, in das er gehörte. Und wohl zum ersten Mal seit seinem Aufbruch wurde ihm bewusst, dass die Befriedigung seiner Neugier auf die Welt vielleicht nicht in den Marschen lag und auch an keinem anderen fernen Ort. Sondern nur allein in den Dunklen Wäldern...

Er seufzte tief. Aber er war schließlich nicht aus Abenteuerlust hier – jedenfalls nicht nur deshalb. Es ging darum, das zu retten, was er wirklich liebte: die Dunklen Wälder. Das Elfenvolk. Und, eingewoben in diese beiden Dinge, sein eigenes Leben, die Erinnerung an tausend wunderbare Augenblicke. Denn was ihn wirklich so mutig machte, war die Angst – die Angst, dass alles Schöne, was er bis jetzt erlebt und gesehen und gefühlt hatte, verschwand, wenn die Zeit der Elfen endete. Dann würde nicht nur er sterben, sondern auch alles, was er je gedacht und getan hatte.

»Wo hast du uns da bloß reingeritten«, kam ein Flüstern aus der Finsternis. »Kaveh... ach! Ich hasse dich.«

Kaveh musste lächeln und fühlte, wie ihm ganz schwer zumute wurde. »Tut mir Leid«, murmelte er. »Tut mir Leid, Cousin...«

Als alle Gefährten schliefen – Fesco atmete laut, Scapa zuckte im Traum mit den Wimpern, Nill hatte sich fest eingerollt, die Elfen lagen wie Tote da und selbst Bruno schnarchte – war einer wach. Kröte kletterte aus Fescos Hemdkragen, witterte die kalte Luft und knirschte vor Nervosität mit den Schneidezähnen. Dann hüpfte sie aus ihrem sicheren Versteck, schlug Fesco versehentlich mit der Schwanzspitze gegen die

Nase, sodass er aufgrunzte, und trappelte über das Floß. Im Vorbeihuschen schnupperte sie das morsche Holz und die wuchernden Algen ab und stufte beides als ungenießbar ein – eine Kategorie, zu der in der Vorstellung einer Ratte nur die wenigsten Dinge zählen.

Bald hatte Krötes feine rosa Nase sie zum Ziel des nächtlichen Ausflugs geführt: dem Proviantbeutel von Arjas. Mit zuckenden Barthaaren kroch Kröte hinein und schüttelte sich vor Wonne, weil der fremde Essensduft so herrlich war. In den letzten Nächten hatte sie die getrockneten Fleischstreifen zu ihrer Lieblingsmahlzeit auserkoren. Und tagsüber, wenn Arjas seinen Zwillingsbruder anschrie und ihn ein gefräßiges Pickelreptil nannte, fuhr Kröte sich, sicher auf Fescos Schulter hockend, mit flinken Pfoten über die Schnauze und schleckte sich den letzten Rest der Köstlichkeit von den Krallen. Schließlich war Kröte von Haus aus eine Überlebenskünstlerin und Genießerin und als Diebin sogar noch geschickter als Fesco und der Herr der Füchse. Diesmal war sie gut gelaunt und wollte großzügig sein. Kröte verputzte ihren nächtlichen Festschmaus nicht gleich, sondern zog ihn aus dem Beutel. Sie würde ihn bis zum Morgen verstecken, nicht anrühren – nein, gewiss nicht – und dann Fesco schenken. Er schien nämlich ein bisschen kränklich.

Mit viel Mühe hatte Kröte es endlich geschafft, die Beute aus dem Rucksack zu ziehen. Rasch schnüffelte sie über den Fleischstreifen hinweg – wie herrlich er roch! – und betastete ihn, um sicherzugehen, dass noch alles dran war. Dann begann sie sich nervös den Rücken zu putzen, bis ihr einfiel, dass sie sich ja beeilen musste: Schließlich saß sie vor Nahrung, die noch nicht in Sicherheit war! Sie klemmte den Fleischstreifen zwischen die Zähne – die Liebe zu Fesco musste unendlich sein, dass sie in diesem Augenblick der Versuchung widerstand, den ganzen Streifen in drei Happen hinunterzuschlingen! Gerade wollte sie loslaufen, da ließ sie etwas innehalten. Ohne den Fleischstreifen aus der Schnauze zu nehmen, spitzte Kröte die runden Ohren. War da nicht etwas? Ihre Nackenhaare sträubten sich blitzartig – und die Nackenhaare einer Ratte irrten sich nie! Sie ließ die Beute los. Ihr kleines Herz zog sich zusammen. Kröte stieß ein schrilles Fiepen aus, gerade in dem Augenblick, in dem die Gefährten aus dem Schlaf schraken.

Mareju erwachte, als etwas Kaltes, Glitschiges sein Handgelenk umschloss. Erschrocken hob er den Kopf. Kaum dass er sich bewegt hatte, ging ein Ruck durch seinen Arm, und etwas zerrte ihn vom Floß. Mareju schrie, als sich dasselbe schleimige Etwas um seinen Hals wickelte, dann erstickte seine Stimme.

Die Gefährten waren sofort wach. Die Finsternis kreiste vor Kavehs Augen, doch er hatte sein Schwert bereits gezogen. »Mareju?«

Der Ritter strampelte und schlug krächzend um sich. Etwas zischte aus dem Wasser – Mareju zuckte zusammen, als sich ein strammes Seil um seine Brust schnürte. Nill, die direkt neben ihm gelegen hatte, sah als Erste die dunklen Schlingen, die Mareju ins Wasser zerrten.

Ohne nachzudenken sprang sie auf die Beine und klammerte sich um ihn. Die Schlingen spannten sich, Nill rutschte über das Holz. Allein würde sie ihn nicht halten können. Mit einem Satz stand Kaveh über ihnen und hackte mit dem Schwert durch die Luft. Mareju rang keuchend nach Atem, als sich die erste zerschlagene Schlinge von seiner Brust löste. Er zappelte mit den Armen und Beinen, bis Kaveh alle Schlingen zerschnitten hatte.

»Mareju!«, keuchte er, das Schwert noch mit beiden Händen umklammernd. Mareju wankte, dann kroch er japsend vor dem Wasser weg.

»Was, zum –« Nill stieß einen Schrei aus. Etwas schnellte auf sie zu. Schleimige, kalte Fesseln schlangen sich um ihre

Arme und zogen sich straff. Ruckartig wurde sie vorgezogen, direkt zum Wasser hin. Binnen eines Herzschlags hatte sich eine zweite Schlinge um ihren Fuß gewunden. Nill verlor das Gleichgewicht und fiel – als sie links und rechts zwei Arme auffingen. Irgendwo an ihrer Seite schrie eine Stimme, die sie entfernt als Kavehs erkannte.

»Das sind Algen!«

Kaum dass Kavehs Schwert die Schlingen an ihrer rechten Hand zerschlagen hatte, schlossen sich neue um ihren Oberarm, enger und fester als zuvor.

»Nill!«, schrie Scapa, der an ihrem linken Arm zerrte.

Nill glaubte in der Mitte zu zerreißen. An ihren Händen und ihrem Fuß, bald auch an ihrer Brust zog das glitschige Algengewächs, an ihrem linken Arm Scapa, am rechten Kaveh. Nun kamen auch die anderen Gefährten zu Hilfe, die Elfenritter zückten ihre Klingen und schlugen nach den fremdartigen Schlingen, aber für jeden der lebendigen Algenarme, den sie zerschnitten, schossen drei neue aus dem finsteren Wasser. Überall klebte das Gewächs, ringelte sich noch zusammen wie Würmer, wenn es zerhackt war, kroch ihnen in die Kleider, klammerte sich um ihre Knöchel und versuchte, sie mit eisernem Griff zu erwürgen.

Kaveh stieß einen wilden Fluch aus. Dann warf er sich direkt vor Nill und war innerhalb eines Augenblicks von den Fangarmen umschlossen. Nill spürte wie im Traum, dass die Schlingen sich von ihr lösten, um sich auf Kaveh zu stürzen. Es sog und schmatzte in der Dunkelheit. Der Prinz schlug mit dem Schwert um sich, verhedderte sich mit den Füßen im Algengewächs, und noch immer mit der Klinge nach den Fangarmen schlagend, stürzte er ins schäumende Wasser.

»KAVEH!«

Rings um Nill erhob sich Geschrei. Bruno rannte schnaubend und winselnd von einer Floßecke zur anderen.

»Er ist gefallen!«

Nill stürzte auf die Knie und tauchte die Arme ins blubbernde Wasser. Sie ertastete weiche, ringelige Algen, die sich unter ihren wühlenden Händen wanden wie Würmer und sofort an ihren Fingern festsogen.

»Nein«, wimmerte sie. »Kaveh!« Er war wegen ihr ins Wasser gestürzt. Er war dort unten, in der kalten Tiefe. Inmitten der Algen. Er trug einen Brustpanzer – damit ging er mit Sicherheit unter!

»Tut doch was!«, schluchzte Nill. Die Elfenritter zerrten sich schon die Umhänge und Brustpanzer ab, denn mit dem schweren Metall konnten sie nicht schwimmen, geschweige denn Kaveh helfen. Erijel stöhnte, während er an seinen Schulterpanzern riss. Wieso waren die Schnallen nur so verflucht festgezogen?! Die Blicke der Gefährten irrten über das Wasser. Wieso tauchte Kaveh nicht auf …?! Nill stiegen Tränen in die Augen.

»Verdammt, gebt mir ein Messer!«, schrie sie, sprang auf und wandte sich um – und ihr Blick traf Scapa. Schwer atmend stand er vor ihr und zerrte sich die letzte Alge vom Hals. Nill packte ihn am Arm und riss ihm seinen Dolch aus der Hand.

»Halt!« Er hielt sie fest, bevor sie ins Wasser springen konnte, und versuchte, ihr den Dolch wieder aus der Faust zu winden.

»Lass mich los!«, schrie sie. Kaveh war dort unten. Und Scapa hielt sie davon ab, ihm zu helfen! »Lass mich los! Kaveh stirbt, du – du –«

»Du springst nicht! *Ich* springe.« Scapa sah sie an, mit einem Blick, der ihr bis ins Innerste drang. Dann riss er ihr den Dolch aus den Fingern und stürzte sich in den schwarzen Fluss.

»Verfluchter Kerl!« Erijel stürmte mit bloßem Oberkörper an den Rand des Floßes. Dann stockte er, weil er nicht recht wusste, ob er wütend oder verzweifelt oder erleichtert war. »Der – der soll sich *beeilen*!«

Scapa tauchte in eisige Finsternis. Ihm war für einen Augenblick, als erdrücke die Kälte seinen Brustkorb. Dann riss er die Augen auf, aber er erkannte natürlich nichts – noch weniger sogar als oben auf dem Floß. Er war allein auf seinen Tastsinn angewiesen.

Langsam stieß er sich hinab. Die Algen strichen ihm über das Gesicht, die Arme, die Beine, den Nacken. Scapa schwamm in ihnen. Sie ringelten sich zusammen wie Schlangen, rollten sich träge um seine Brust, seine Hüfte, seine Füße. Er schlug mit dem Dolch um sich, zerfetzte das lebende Dickicht, nur um einen Moment später wieder dicht umschlossen zu werden.

Plötzlich hörte er etwas. Einen Schrei, gedämpft durch Wasser. Scapa drehte sich um. Luftbläschen tanzten vor ihm. Das musste Kaveh sein. Scapa tauchte tiefer, die Hände vorgestreckt, bis er etwas ertastete, das nicht schleimig war: einen Umhang. Kavehs Schulter.

Der Prinz prustete einen Schwarm Luftblasen. Die lebendigen Algen hatten ihn komplett gefesselt, und er trieb in ihren Fangarmen. Sie warteten darauf, dass er in ihren Armen ertrank.

Scapa holte aus und zerschnitt die dichten Pflanzenwürmer. Es war, als brodele die Finsternis um ihn herum. Mit immer heftigeren Hieben schlug er durch das Pflanzengewirr, bis er den Prinz an der Seite umfassen konnte. Mittlerweile regte Kaveh sich nicht mehr. Scapa stieß sich mit hastigen Schwimmzügen in die Höhe, denn längst ging auch ihm die Luft aus... Blasen wirbelten ihm aus der Nase und dem Mund. Kaveh hing schwer in seinen Armen, und Scapa glaubte tiefer zu sinken, je mehr er sich anstrengte. Die ekelerregenden Algen glitten ihm über die Haut, krallten sich an seinen Händen, Fingern, Knöcheln, Haaren fest, wollten ihn zurückzerren, und er schlug und strampelte und riss und zog, bis ihm ein verzweifelter Schrei entfuhr, den niemand, nicht einmal er selbst, hören konnte. Er wusste nicht, dass direkt über ihm die Wasseroberfläche war, denn sie war ebenso rabenschwarz wie die Tiefe. Todesangst übermannte ihn. Nein, nicht *Todesangst*. Es war mehr eine tiefe Traurigkeit, weil er in der Finsternis ertrinken würde und nicht einmal seine Leiche zurückblieb. Die Zeit würde stillstehen, jetzt gleich, Scapa musste nur noch ein bisschen warten, bis seine leeren Lungen ihn ohnmächtig machten, und dann würde er in einen Schlaf fallen, so tief wie das Wasser. Dann würden die Algen ihn fressen, denn dessen war Scapa sich sicher: dass die Algen sie ertränken und fressen wollten, auf irgendeine verrückte Weise. Deshalb hatte es hier keine Mücken gegeben. Sie waren alle gefressen worden. Deshalb waren die Algen in der Nacht gekommen. Weil Mareju ein Stück Fleisch ins Wasser hatte fallen lassen.

Scapa streckte die Hand in die Höhe, vielleicht nur, weil er ein letztes Mal noch der Welt dort oben nahe sein wollte… und seine Finger griffen in kalte Luft.

Fort waren alle Gedanken an den Tod. Fort waren die stille Traurigkeit und die Vision eines ewig währenden Schlafes. Scapa, der lebendige Scapa, erwachte wieder. Er stieß sich mit aller Kraft ab, riss sich los von den Algen, die sich um ihn und Kaveh geschlungen hatten, und tauchte prustend auf, ehe die Schlingen ihn wieder zurückzogen. Gurgelnd ging er unter – aber da hatten die Gefährten ihn bereits entdeckt.

Ihre erleichterten Schreie erschienen ihm wie ferne Echos. Die Elfenritter zerrten ihm den bewusstlosen Kaveh aus dem Arm und hievten auch ihn soweit am Kragen hoch, dass er nach Luft schnappen konnte.

»Scapa!«

Benommen blickte er auf. Nills Gesicht erschien direkt über ihm. Weinte sie? Schluchzte sie vor Erleichterung? Scapa merkte, wie er sich nichts sehnlicher wünschte als ein Ja! auf diese Fragen.

Ihre Hände ergriffen ihn. Scapa versuchte, sich aus eigener Kraft aufzurichten, aber er schaffte es nicht. Sie zog ihn hoch, bis er prustend und japsend auf dem Floß lag. Nill und Fesco befreiten ihn von den letzten Algenwürmern, die sich auf seinem Rücken wanden, in seinen Haaren hingen, im Hemd einkringelten.

»Scapa!«, flüsterte Fesco. »Hörst du mich denn?«

Dann hielt Nill sein Gesicht in beiden Händen, sehr vorsichtig und leicht, und ihre Augen waren trotz der Dunkelheit deutlich vor ihm.

»Geht es dir gut?«, wisperte sie. »Scapa – alles in Ordnung?«

»Klar.« Er nickte benommen und fiel in Ohnmacht.

Aus weiter Ferne hörte Kaveh die Stimmen der anderen zu sich dringen. Er lag in den Armen seiner Ritter, spürte, wie sie die Algenschlangen von ihm abstreiften und das Schwert aus seiner steifen Faust lösten. Ihre Gesichter verschwammen zu entfernten Farben. Aber sehr klar sah er Nill knien – nicht bei ihm, bei Scapa. Sie beugte sich über ihn und hielt sein Gesicht in den Händen.

## Das Geisterdorf

Dicht zusammengedrängt saßen die Gefährten auf dem Floß und warteten die Dämmerung ab. Immer wieder krochen Algenwürmer zu ihnen herauf, tasteten glitschig und weich nach ihren Füßen. Aber dann schlugen sie sie in Stücke, und bald zuckte es überall auf dem Holz von zerhackten Algen. Sobald sich die ersten Lichter in die Finsternis woben, stakten sie ans Ufer und verließen das Floß. Es war zu gefährlich, weiterhin über den fleischfressenden Pflanzen zu fahren. Ganz zu schweigen von dem Ekel, von dem ihnen fast übel wurde.

»Danke«, flüsterte Kaveh Scapa beklommen zu, als sie ans Ufer kletterten. »Ich denke, ich schulde dir was.«

»Vergiss es einfach«, gab Scapa zurück.

Danach schwiegen sie und ihre Gesichter schienen sich in Grimmigkeit übertreffen zu wollen. Kaveh schlich vor sich hin wie ein grauer Schatten, während Scapa die Nähe und die Blicke aller anderen mied – vor allem die von Nill. Sie versuchte gar nicht mehr, Scapa zu verstehen. Erst hatte er es um ihretwillen auf sich genommen, ins Wasser zu springen, dann hatte er sie so sehnlich angesehen, als er in Ohnmacht gefallen war, und nun ignorierte er sie vollkommen. Auch Kaveh war Nill mittlerweile ein Rätsel. Wahrscheinlich waren Jungen schlichtweg *noch* komplizierter als die Sprichwörter der Elfensprache. Sie sagten das eine und meinten das andere, und wehe, man brachte ein kleines Wörtchen durcheinander!

Kaveh, der sich ihnen voran durch die Sümpfe kämpfte, blieb abrupt stehen. Direkt vor seinen Füßen lag etwas Glänzendes. Langsam kniete er nieder und hob den Gegenstand auf. Es war ein verbeulter Topf. Verwundert drehte er sich zu den anderen um und hielt den Topf hoch.

»Das ist ein Topf«, sagte Fesco überrascht.

Mareju warf ihm einen genervten Blick zu. »Scharf erkannt.«

»Hier muss irgendwo ein Dorf sein.« Kaveh drehte den Topf in der Hand. Sein Blick schweifte durch die grauen Dunstschleier. Bruno schnüffelte in die Luft. Dann schlug der Keiler einen Weg ein und die Gefährten folgten ihm.

Es dauerte nicht lange, da traten die ersten Umrisse aus den Morgennebeln. Hütten aus Lehm und Zweigen tauchten vor ihnen auf, die wie Erdhügel aus dem Boden ragten. Das Gras raschelte unter den Schritten der Gefährten. Kaveh warf den Topf zur Seite. Überall auf dem Boden lagen zerstörte Gegenstände: Tongefäße, Schalen, morscher Stoff, Holzfiguren. Es schien, als hätte ein Wirbelsturm das gesamte Dorf auf den Kopf gestellt und durchgeschüttelt. Einige Häuser waren zertrümmert, andere waren bis zum Boden niedergebrannt und ihre Überreste ragten aus den Gräsern wie verkohlte Rippen.

»Das waren die Grauen Krieger«, flüsterte Kaveh und seine Fäuste ballten sich.

Erijel trat hinter ihn. Er schüttelte langsam den Kopf. »Nein. Das waren nicht die Grauen Krieger. Die Grauen Krieger *stammen* aus diesem Dorf.«

Kaveh biss die Zähne zusammen. Er wollte die Grauen Krieger hassen für alles, alles, was sie taten; für ihre abscheulichen Morde, ihre Verfolgungsjagden, ihre Grausamkeit. Und doch waren sie selbst ihre hilflosesten Opfer.

Kaveh ging zwischen den zerfallenen und verlassenen Hütten hindurch, stieß mit den Füßen Tonscherben zur Seite und wirbelte graue Asche auf. Er blieb stehen, als er aus einer Morastpfütze einen bleichen Arm hervorragen sah.

Die Gefährten hielten sich den Ärmel vor die Nase. Der Verwesungsgeruch hing beißend über der Schlammgrube. Trotzdem kam Kaveh einen vorsichtigen Schritt näher und warf einen Blick auf die Leiche.

Teile der Schulter, des knochigen Rückens und ein paar Haarsträhnen schimmerten unter dem grünlichen Morast zu ihnen herauf. Die Leiche musste schon etwas länger da unten liegen.

»Henker und Galgenstrick«, murmelte Fesco und zog die Nase kraus. »Hier riecht's strenger als in der Küche meiner Oma.«

Kaveh trat zurück und warf sich die langen Haarzöpfe über die Schulter. »Ich glaube –«

Plötzlich zischte etwas durch die Luft. Kaveh warf sich blindlings zu Boden. Ein Pfeil sirrte über ihm durch die Luft.

»Graue Krieger!«, rief Arjas und schon pfiff eine Pfeilsalve aus dem Himmel.

Nill fiel auf Knie und Hände. Ein Pfeil bohrte sich direkt vor ihr in die Erde, der Schaft vibrierte noch.

»Komm weg!«

Eine Hand ergriff sie am Umhang und zerrte sie vorwärts. Erst als sie mit geducktem Kopf voranstolperte, erkannte sie Erijel vor sich. Wo waren die anderen? Rannten sie hinter ihr? Nill hörte nichts, nur ihren eigenen dröhnenden Herzschlag und das Zischen der Pfeile, die um Haaresbreite an ihr vorbeischossen. Erijel rannte auf eine Hütte zu, von der nur noch der Mauergrundriss geblieben war. Keuchend zog er Nill neben sich, und dann lehnten sich beide gegen die bröckelige Wand, um wegen ihrer weichen Knie nicht umzufallen.

Die Luft war erfüllt von flimmernden Geschossen. Sie zischten über die Hütte hinweg und einer der Pfeile bohrte sich in die gegenüberliegende Mauer. Nill schnappte nach Luft. Während sie noch den Pfeil anstarrte, drückte ihr Erijel sein Kurzschwert in die Hand. Erstaunt sah sie zu ihm auf.

»Wenn die Grauen Krieger kommen«, sagte er eindringlich, »dann zögere nicht. Zögere nicht!«

Und er schloss ihre klammen Finger um den Schwertgriff. Dann zog er sich selbst den Bogen von der Schulter, spannte die Sehne und legte einen Pfeil auf. Schweiß rann ihm an den Schläfen entlang, als er an den Rand der Mauer trat. Er spähte nach draußen. Noch immer hagelte es Pfeile.

Auf der gegenüberliegenden Seite standen Kaveh, die Ritter und Bruno mit den beiden Dieben in einer verfallenen Scheune. Die Elfen hatten ihre Bogen gespannt. Kaveh sah Nill und Erijel in der Hütte stehen und nickte seinem Cousin zu. Erijel nickte zurück. Sie würden kämpfen, wenn die Grauen Krieger kamen. Sie *mussten* kämpfen.

Doch die Grauen Krieger kamen nicht. Mehrere Augenblicke, die ihnen schrecklich lang vorkamen, standen die Gefährten bereit, während die Waffengriffe und Bogen in ihren Fäusten heiß und rutschig wurden. Aber niemand kam. Kein Angriff. Kein Kriegsgebrüll – obwohl das von den geisterhaften Grauen Kriegern auch nicht zu erwarten gewesen wäre.

Bald hielt der Pfeilregen inne. Eine erschreckende Stille senkte sich über das zerfallene Dorf.

Kaveh ließ die Bogensehne los und drehte sich zu den anderen um. »Woher wissen die Grauen Krieger, dass wir hier sind?«

»Weil du auf das Schild bei den Erhängten geschossen hast!« Plötzlich stieß Arjas seinen Bogen in die Erde. Seine Fäuste ballten sich. »Die haben deine Pfeile ja schwer übersehen können! Du hast ihnen sozusagen eine hübsche Nachricht hinterlassen!«

»Hör doch auf«, fuhr Mareju dazwischen. »*El esyor se wabáud nèr il-jit* – ein See entsteht nicht nur durch Regen! Die Grauen Krieger folgen uns nicht erst seit den Marschen. Nein, es muss einen anderen Grund geben, weshalb sie uns auf den Fersen sind.« Mareju warf einen blitzenden Blick in ihre Runde. »Sie haben von unserem Vorhaben gehört. Sie haben uns doch schon die ganze Zeit verfolgt. Eine andere Erklärung als dass sie von unserem Plan wissen, gibt es nicht. Sie wussten es die ganze Zeit! Schon seit wir in Kesselstadt waren…«

Schweigen trat zwischen sie. Und vielleicht war es nur das leise Luftschnappen, nur das – was die Blicke der Gefährten auf Fesco lenkte.

Scapa starrte ihm ins Gesicht. Fesco war ein ausgezeichneter Lügner. Bis Scapa in der Nähe war. Und nun schien sein Blick ein glühendes Loch in Fescos Stirn zu brennen. »Oh nein, Fesco…«

Fesco versuchte verzweifelt, Kröte nicht aus den Händen flutschen zu lassen, die bereits ein Donnerwetter witterte und sich schleunigst von Fesco entfernen wollte. Mit einem Quieken sprang sie ihm aus den Fingern und hoppelte in die Dunkelheit der Scheune. Fesco schnappte nach Luft. Verzweifelt sah er sich im Kreis der Gefährten um und entdeckte nichts als immer größer werdendes Entsetzen.

»Ich – ich wusste es ja nicht!«, rief er endlich. »Scapa – ich dachte, die Elfen da wollen dir was antun!« Er wies mit bebendem Zeigefinger auf die Ritter und Kaveh. »Nachdem ich gehört hab, was sie vorhatten ... das mit dem Messer, das du geklaut hast ... verdammt noch mal, ich dachte, die wollen dir was tun.« Er fuhr sich nervös mit der Zunge über die Lippen. »Ich – ich dachte es wäre besser, sie den Grauen Kriegern zu melden und dir zu helfen, bevor sie dich finden ...«

Spätestens jetzt konnte Kaveh sich nicht mehr zurückhalten. Mit einem spitzen Schrei (genau gesagt schrie er »*Ecnêru!*«) stürzte er sich auf den Dieb und traktierte ihn mit Faustschlägen, Fußtritten und Ohrfeigen. Mareju und Arjas kamen ihm dabei tatkräftig zur Hilfe und Bruno rannte aufgeregt um sie herum. Erst als Scapa sich in das Knäuel der raufenden Jungen warf und sein Messer gegen die Elfen zückte, wichen Kaveh und seine Ritter mit roten Köpfen zurück.

»Verteidige ihn nicht!«, rief Kaveh wütend. »Der *sharám* verdient es nicht, verteidigt zu werden!«

Scapa hielt die Klinge einen Augenblick lang drohend in ihre Richtung. Dann ließ er das Messer in den Boden fallen und drehte sich zu Fesco um. Und mit einem Ausruf (der übersetzt wahrscheinlich dasselbe bedeutete wie *Ecnêru* und diesmal von Fesco verstanden wurde) sprang er ihm an den Hals und warf ihn so schwungvoll zu Boden, dass er selbst auf die Knie gehen musste.

»DU! FESCO, DU IDIOT!« Er schüttelte ihn am Kragen, bis auch er das Gleichgewicht verlor, Fesco sich von seinem Schreck erholte und ihn zur Seite stieß. Scapa griff erneut nach ihm. Einen Moment lang rollten die beiden Jungen schnaufend und schlagend über den Boden. Die Elfen traten näher und beobachteten den Ringkampf, bis Fesco Scapa den Umhang über den Kopf zog, sich auf diese Weise retten konnte und rückwärts auf die Beine kam. Wütend wickelte Scapa sich aus seinem Umhang und stand schwungvoll auf. Erst ballte er die Fäuste und machte einen großen Schritt, so als wolle er noch einmal auf Fesco losgehen. Aber dann verwarf er den Gedanken. Was nützte es jetzt, Fesco zu verprügeln? Es änderte nichts mehr.

»Das wäre nie soweit gekommen, wenn du dich um dich selbst kümmern könntest!«, rief Fesco und zog sich sein Wams zurecht.

»*Was?*«, zischte Scapa.

Fesco schnaubte. »Du hast mich schon verstanden, Scapa! Du lebst so in deiner Welt vor dich hin und merkst gar nicht, was andere alles für dich tun! Wer war es denn, der die besten Diebe von Kesselstadt zu dir geführt hat? Wer hat ihnen eingebläut, dir auch wirklich immer den Anteil zu zahlen, der dir zusteht? Das war alles ich! Ich hab mich drum gekümmert, dass man dich achtet und fürchtet, so wie ich mich immer um alles kümmern musste!«

»Und wer«, schnaufte Scapa, »hat gesagt, dass du dich um DAS HIER kümmern musst?!«

»Falls du es nicht merkst, ich versuche dir immer zu HELFEN!«

»Du hilfst mir aber nicht! Du machst alles nur tausendmal schlimmer, kapiert?!«

Fescos Kinn begann zu beben. »Das ist dein Problem, Scapa. Das Schlechte im Leben siehst du haarscharf, aber, weißt du, das Gute, das andere dir tun, das erkennst du nie.« Damit drehte Fesco sich um und stapfte in die dunkle Scheune.

»Oho, das Gute?«, rief Scapa ihm nach. »Du meinst wohl, ich erkenne nicht das Gute darin, dass uns wegen dir die Grauen Krieger auf die Pelle rücken!« Er kniff die Lippen zusammen. »Wo willst du überhaupt hin?«

Fesco ging nur noch schneller. »Ich suche Kröte – die weiß wenigstens, was Freundschaft bedeutet!«

»Oh, na toll«, knurrte Scapa. »Befreundet mit einer Ratte! Falls sie nicht weggelaufen ist.«

»Kröte!« Fesco stieß Gerümpel, Schutt und Heuhaufen herum. »Kröte! Wo steckst du?«

Missmutig drehte Scapa sich um. Die Elfen hatten sich auf dem Boden niedergelassen. Mit feindseligen Blicken beobachteten sie ihn.

»Was?«, bellte Scapa. Mit einer würdevollen Geste riss er sich den Umhang zurecht. Dann zog er seinen Dolch aus dem Boden, und mit einem leisen »Ihr könnt mir doch alle gestohlen bleiben!« verzog er sich in die nächstbeste Scheunenecke, wo er sich auf einen Heuhaufen fallen ließ.

Erijel und Nill, die auf der anderen Seite des Dorfes saßen, sahen sich verwirrt an. Was war da drüben nur los?

## Erijel

Sie hatten ihre Waffen zur Seite gelegt und saßen mit gekreuzten Beinen auf dem Boden. Nill kaute auf ihrer Unterlippe. Sie hatte das Gefühl, Erijel noch nie aus solcher Nähe gesehen zu haben. Und tatsächlich hatte sie, das fiel ihr jetzt auf, während ihrer langen Reise mit ihm kaum ein Wort gewechselt.

»Wer hat da so geschrien?«, murmelte sie und spähte noch einmal zur niedrigen Scheune hinüber. Aber die anderen waren nicht mehr zu sehen.

»Das eine Mal ganz bestimmt Kaveh«, erwiderte Erijel. Fast stahl sich ein Lächeln auf sein Gesicht. »Das Wort klang ziemlich nach ihm.«

»Welches denn?«

Erijel winkte mit der Hand ab. »Das erkläre ich dir ein anderes Mal. Das brauchst du erst, wenn du die restliche Elfensprache beherrschst.«

Nill hob neugierig die Augenbrauen, beschloss aber dann, das Thema zu wechseln. »Das vorhin hat sich wie ein Streit angehört. Hoffentlich ist nichts Schlimmes passiert.«

Erijel zuckte mit den Schultern. »Solange sie schreien, ist ja noch alles in Ordnung. Wenn sie nichts mehr sagen, würde ich mir mehr Sorgen machen.«

Die beiden sahen sich beklommen an. Über dem Dorf draußen hing eine unheimliche Stille. Nill schluckte. »Sollten wir nicht rübergehen?«

Erijel schüttelte entschieden den Kopf. »Die Grauen Krieger warten nur darauf, dass wir herauskommen. Ich weiß nicht, wieso sie sich nicht zeigen, aber bestimmt sind sie nicht einfach gegangen.«

Nills Blick irrte zu den nebligen Sümpfen, die sie durch einen Riss in der Holzwand sehen konnte. Nichts regte sich. Und doch lauerten hinter dem grauen Dunst Krieger – Augen, die sie gerade beobachteten... Die Sumpfgräser rauschten im Wind. Nill war, als höre sie darin Stimmen, verzerrte, klagende, traurige Stimmen... Sie bekam eine Gänsehaut.

»Sie haben Angst vor dem Dorf«, murmelte Nill abwesend. »Sie fürchten sich vor ihrer Vergangenheit.«

Erijel zog die Augenbrauen zusammen. »Was?«

Nill wandte den Blick von den Mooren ab und sah Erijel an. »Wenn sie das Dorf betreten, nun ja, dann sehen sie, wer sie eigentlich waren – und dann stehen sie plötzlich zwischen sich selbst und dem König. Plötzlich wissen sie wieder, woher sie gekommen sind und was es bedeutete, ein Moorelf zu sein. Wenn sie sich soweit erinnern, dann müssen sie den König hassen für das, was er ihnen angetan hat, und dann fürchten sie, zu Verrätern am König zu werden. Deshalb verdrängen sie lieber sich selbst. Und das nur«, fügte Nill mit einem traurigen Lächeln hinzu, »um sich selbst vor dem Tod zu retten. Es macht keinen Sinn, und doch... fast alle Elfen machen mit.«

Erijel sah sie so intensiv an, dass Nill den Blick senkte.

»Das ist nur, was ich glaube...« Sie zuckte mit den Schultern.

»Also, das ist eine interessante Erklärung.« Er beobachtete aufmerksam, wie sie ihre Haarspitzen einzwirbelte. »Ich glaube, du weiß mehr, als du denkst«, sagte er plötzlich und runzelte die Stirn, als überrasche ihn, dass Nill überrascht war. »Du bist klug. Und du lernst schnell. Wer weiß. Vielleicht lag Kaveh dieses Mal doch nicht falsch.«

Nill lächelte. »Und ich dachte, du kannst mich nicht leiden.«

»Mareju und Arjas und ich riskieren unser Leben für das, woran Kaveh glaubt.« Erijel schien plötzlich sehr müde. »Ich war nur skeptisch.«

Nill überlegte, ob Erijel wohl aus freien Stücken beschlossen hatte, Kaveh zu begleiten. Und weil sie zu keiner Antwort kam, fragte sie ihn: »Wolltest du denn hier sein?«

Erijel lächelte. Zum ersten Mal fiel Nill auf, wie warm seine Augen waren. Bestimmt war er, wenn man sein Vertrauen erst errungen hatte, ein unvergleichlicher Freund.

»Genau *hier* nicht unbedingt.« Er hob ein kleines Stöckchen auf und malte damit Muster auf dem Boden. »Aber ich bin so aufgewachsen – mit der Pflicht, auf Kaveh aufzupassen. Das habe ich nie gegen meinen Willen getan.« Er sah Nill freundlich an, dann senkte sich noch im selben Augenblick Sorge über sein Gesicht. Erijel schnipste das Stöckchen weg. »Wir sollten bis heute Nacht warten. Wenn die Grauen Krieger dann noch nicht angreifen, gehen wir zu den anderen rüber. Und dann … wir werden sehen.«

Langsam kam die Dämmerung. Als es dunkel wurde, bemerkte Nill es gar nicht mehr, denn sie saß mehr schlafend als wach gegen die Mauer gelehnt. Allein die Angst vor den Grauen Kriegern ließ sie immer wieder Erijels Kurzschwert ergreifen und sich aufsetzen. Als sich der Abend über die Marschen wälzte, legte Erijel die Finger auf seine Lippen und stieß ein helles Pfeifen aus. Es dauerte mehrere Herzschläge, ehe ein identisches Pfeifen von der Scheune auf der gegenüberliegenden Dorfseite antwortete. Wenig später tauchte Kaveh drüben im Scheunentor auf. Er winkte ihnen zu.

Erijel drehte sich zu Nill um und ergriff seinen Bogen. »Lass uns jetzt gehen. Aber wir schleichen in einem Bogen durch das Dorf – gut möglich, dass die Grauen Krieger nur diese Stelle beobachten.« Er wies mit einem Kopfnicken zur Scheune hinüber, die durch ein Feld zerfallener Hütten und Schlammgruben von ihnen getrennt war.

Mit pochenden Herzen standen Nill und Erijel auf. Erijel glitt an der Türöffnung vorüber und lehnte sich dahinter gegen die Mauer. Nichts regte sich. Es blieb vollkommen ruhig, nur das ferne Quaken eines Frosches echote durch die Dunstschwaden. Hintereinander liefen sie los.

Die Umgebung war grau wie ein Bleifeld. Ihre Schritte raschelten im feuchten, blassgelben Gras. Augen schienen ihnen im Nacken zu brennen. Aber nichts geschah. Sie erreichten den Rand des Dorfes, als wären sie die letzten Überlebenden in einer ausgestorbenen Welt. Zu ihrer Rechten eröffneten sich die tiefen Sümpfe. Nun schlugen sie einen Bogen ein, um die Scheune von hinten zu erreichen – weit war es nicht mehr.

Nill ging ein bisschen schneller, um neben Erijel herlaufen zu können.

»Bevor wir wieder bei den anderen sind«, flüsterte sie, und Erijel sah sie verwundert an, »bevor wir wieder zurück sind, wollte ich dir sagen, dass ich froh bin.« Sie lächelte ihn an. »Ich bin froh, dass ich mich einen Gefährten von euch – von dir – nennen kann.« Sie wollte noch etwas hinzufügen, fand aber keine Worte und biss sich auf die Unterlippe.

Erijel lächelte. »Die Ehre ist auf unserer – auf meiner Seite.«

Was dann geschah, verschwamm in Nills Wahrnehmung. Aus den Nebeln hatten sich mehrere Gestalten gelöst. Ohne einen Laut hoben sie ihre Schwerter und stießen zu.

Nill schrie nicht. Dafür war keine Zeit. Mit einem Mal hatte Erijel die Arme fest um einen der Grauen Krieger geschlungen; im nächsten Augenblick sank der Fremde zu Boden und Erijel hielt sein Schwert in den Händen. Nill sah nicht den Grauen Krieger, den Erijels Schwert bis zum Griff durchbohrte; aber das Geräusch brannte sich in ihr Gedächtnis: das Geräusch der Klinge, das Geräusch der dumpf splitternden Knochen. Über die Lippen des Grauen Kriegers kam ein Keuchen. Und noch bevor er tot war, hatte Erijel die drei Krieger niedergestreckt.

»Lauf!«, schrie Erijel. Und beide rannten los.

Die Ruinen der Häuser, die Gräser, der Nebel – alles zerfiel rings um Nill. Plötzlich stand ein Grauer Krieger direkt vor ihnen. Nill stieß fast gegen Erijel, als er stehen blieb. Er holte zu einem Schwertstreich aus und der Krieger sackte in sich zusammen. Genau hinter ihm stand ein zweiter Scherge des Königs. Aber nicht mit einem Schwert.

Mit einem Bogen.

Erijel reagierte rasch. Er ließ das Schwert fallen, riss sich den Bogen von der Schulter, hatte einen Pfeil schon in der Hand – aber der Graue Krieger war schneller. Er spannte den Bogen und fixierte Nill.

Erijel machte einen Satz vor sie und legte seinen Pfeil auf. Ein Zischen ging durch die Luft. Dann schleuderte eine fremde Wucht Erijel gegen Nill und riss sie zu Boden.

Nill entfuhr ein erstickter Schrei, als sie den Pfeil sah – irgendwo in Erijels Schulter, seiner Brust oder seinem Bauch –

Ein zweites Mal zog der Graue Krieger vor ihnen die Bogensehne zurück. Nun würde er Nill treffen. Mit heißen Fingern bekam sie Erijels Bogen zu fassen. Mit einem Mal lag ihr der Schaft eines Pfeils in der Hand, sie spannte die Sehne. Und es musste eine höhere Macht sein, die ihr jetzt Arme und Hände führte, denn sie selbst fühlte sich wie gelähmt und begriff nichts von dem, was ihr Körper tat. Ihr Pfeil sirrte los und durchbohrte die Brust des Grauen Kriegers. Sein eigener Pfeil schoss ebenfalls von der Bogensehne und pfiff in einem schwankenden Strudeln über Nill hinweg. Dann sackte der Krieger in sich zusammen und blieb reglos liegen.

»Erijel!« Der Bogen fiel ihr aus der Hand. Ihre Finger zitterten so sehr, dass sie kaum seine Arme berühren konnte. »Oh nein, nein, nein, nein!«

Er lag keuchend vor ihr auf dem Boden. Seine Hände fuhren über seinen zerrissenen Harnisch, erst die Fingerkuppen, dann auch die Handflächen färbten sich rot. Ein Gurgeln entrang sich seiner Kehle. Blut rann aus seinem Mundwinkel. Nill wurde schwarz vor Augen. Dann hörte sie einen rauen Schrei hinter sich und Kaveh stürzte neben ihr ins Gras.

»Erijel!« Tränen schossen Kaveh in die Augen. Der Pfeil ragte mitten aus Erijels Brust.

»Cousin«, schluchzte er, »oh Geister, *Nâdem*... hörst du mich?«

Erijels Hand schloss sich um Kavehs Arm. Mit fiebrigen Augen sah er zu ihm auf. Ein verzerrtes, kurzes Lächeln glitt ihm über die Lippen. »Bring mich weg hier, ja? Zu den anderen.«

Kaveh nickte und schob seine Arme unter Erijels Nacken und Kniekehlen. Der Ritter stöhnte auf, als Kaveh ihn hochhob.

»Warte – warte, ich helfe dir!«, rief Nill, aber Kaveh drehte sich schon um und ging alleine mit Erijel in den Armen zur Scheune zurück. Bei jedem Schritt schien er tiefer in die Knie zu sinken, aber er sah weder zu Nill noch zu Arjas und Mareju, die bleich vor Entsetzen auf sie zukamen.

Sie erreichten die Scheune. Scapa sprang auf, als er sie sah: Erijels Hand hatte sich um Kavehs Nacken geklammert und ihm blutige Spuren über Hals und Wange gezogen.

»Was ist passiert?«, stammelte Scapa.

Kaveh bettete Erijel so vorsichtig wie möglich auf einen Strohhaufen.

»*Nâdem*«, flüsterte Kaveh seinem Cousin zu. »Hörst du mich? Ich werde dir den Pfeil herausziehen. Bitte – bitte...« Kavehs Stimme brach ab. Er schloss seine Hand um Erijels

Nacken und kniete sich so tief neben ihn, dass der Pfeil auf seiner Kopfhöhe war. Mit zitternden Fingern umfasste er ihn, schluckte.

»Jetzt, Cousin…«

Mit einem Ruck zog er.

Erijel schrie durch zusammengebissene Zähne. Der Pfeil saß fest. Kaveh kniff die Augen zu, als könne er Erijels Leid so entgehen. Erijels Finger krallten sich um seinen Arm. Der Pfeil ragte nun schräg aus der Wunde.

»Erijel!« Kaveh legte die Stirn an die Brust seines Freundes, seine Hand krampfte sich um den Pfeil. »Es tut mir Leid!«, flüsterte Kaveh – und zog den Pfeil.

Diesmal erstarb Erijels Schrei in einem kehligen Laut. Er kniff die Augen zu und wölbte den Rücken, und als Kaveh den Pfeil in der Faust hielt, versank Erijel in tiefe Bewusstlosigkeit.

Keiner der Gefährten wagte sich in ihre Nähe, während Kaveh schweigend Mantel und Wams auszog und aus seinem Hemd breite Stoffstreifen riss. Sie schwiegen, als er den Stoff mit Wasser aus seinem Lederschlauch befeuchtete und damit über Erijels Wunde tupfte. Kaveh verband die Verletzung und wischte Erijel vorsichtig die Blutspuren vom Gesicht.

Endlich kam Erijel zu sich. Seine Augenlider flatterten, er wandte den Kopf. Kaveh war dicht neben ihm und hielt seine Hand. Erijel atmete rasselnd. Rote Blasen stiegen ihm beim Ausatmen aus den Mundwinkeln. Sein Gesicht glänzte wie Kerzenwachs.

»Wie sieht es aus?«, flüsterte er, so leise wie ein Gräserwispern.

»Gut. Sehr gut«, log Kaveh. »Es ist keine schlimme Wunde. Morgen früh können wir aufbrechen. Morgen früh… ja?«

Erijel machte einen Versuch, den Kopf zu heben, um den Verband an seiner Brust zu sehen, sank aber keuchend zurück. Mit geschlossenen Augen begann er zu weinen.

»Kaveh!« Seine Finger klammerten sich um seine Hand. »Ich will nicht sterben, *Nâdem,* lass mich nicht hier sterben! Nicht so ... will hier nicht krepieren.«

»Du stirbst doch nicht, Erijel!« Kaveh drückte seine kalten Hände. »Sag so etwas doch nicht! *Nior hael soyah, Erijel...*«

Erijel sah mit feuchten Augen zu ihm auf. Er sah wieder aus wie früher, als sie Kinder gewesen waren. Als sie Kinder gewesen waren ... Sie waren jetzt noch Kinder! Kinder mit Schwertern, nicht mehr.

»Lass mich nicht sterben«, hauchte Erijel. Als auch Kaveh weinen musste, wandte Erijel den Kopf in die andere Richtung. Er starrte in die Dunkelheit der Scheune. »Ich will nach Hause. Ich wollte im Sommer in den Wiesen sein. Ich wollte doch noch ... und Ylenja ...« Erijel versuchte den Arm zu heben und das Brandmal an der Innenseite seines Unterarms anzusehen, den geschwungenen Buchstaben Y. Aber er war zu kraftlos und senkte den Arm, bevor er es betrachten konnte. »Ich wollte ein Haus bauen, bei den drei Buchen am Rand des Dorfs.«

»Du wirst es bauen!«, sagte Kaveh heiser. »Erijel, alles wird gut und wir werden zusammen nach Hause kommen. Alles wird wie früher und besser. Weißt du noch, die Eiche über dem Wolfstal? Da werden wir stehen und meinen Vater wieder bei der Jagd erschrecken ... Weißt du noch? Diesen Sommer?«

Erijel nickte, ohne Kavehs verzerrtes Lächeln anzusehen. »Sie hat gesagt, sie will mich heiraten«, flüsterte er. Dann verstummte Erijel. Er lag eine Weile still, bis seine Augen sich schlossen. Sein Atem wurde ruhiger.

Kaveh legte sich mit angewinkelten Beinen neben ihn. Mit Tränen in den Augen schlichen Arjas und Mareju heran und ließen sich vor ihm in die Hocke sinken. Erijel schlief jetzt ganz friedlich. Der Ernst war aus seinem Gesicht gewichen, es wirkte weicher und elfenhafter denn je. Seine Haut begann weißer zu schimmern mit jedem Herzschlag.

Als der Morgen dämmerte, war Erijel tot.

# Das Versprechen

Kaveh sprach mit niemandem. Er hielt Erijel in den Armen, bis sich das fahle Tageslicht durch die Ritzen der Scheune tastete, er hielt den kalten Körper so fest, als könne er ihn dadurch noch einmal erwärmen.

»Kaveh«, flüsterte eine Stimme. Blinzelnd öffnete er die geschwollenen Augen und glaubte für einen schmerzhaften Moment, er hätte Erijel sprechen gehört. Aber es war nur Mareju. »Kaveh«, sagte er. »Er … ist tot.«

Kaveh hob den Kopf und blickte auf Erijel, der reglos neben ihm lag. Er schlief nicht, und die letzte verzweifelte Hoffnung, an die Kaveh sich geklammert hatte, zerfiel.

Er war tot. Endgültig. Nie wieder würde Kaveh ihm in die Augen sehen, nie mehr seine Stimme hören. Erijel … War sein Geist nun wirklich irgendwo in der Ferne, in den Winden, in den Bäumen, im Totenreich? Kavehs Herz zog sich zusammen, als er daran dachte, wie verloren Erijel dort sein würde – er, der sein Leben doch noch gar nicht gelebt hatte!

Kaveh senkte den Kopf. Und es war seine Schuld …

Mit den Fäusten wischte er sich die Tränen aus den Augen, kam auf die Knie hoch und legte Erijel die Hände auf die Brust. Dann nahm er den Bogen des Ritters und schob ihn vorsichtig in Erijels kalte Finger. Kaveh stand auf und ging an den anderen vorbei. Einen Moment später kehrte er wieder und entzündete eine Fackel. Er ließ sich auf die Knie fallen, schloss die Hand um Erijels Hinterkopf und presste seine Stirn gegen die des Toten. So verharrte er eine Weile, dann erhob er sich und entzündete das Heu rings um Erijel. Die Flammen brannten sofort lichterloh.

Scapa stand aus seiner Ecke auf und trat näher. »Das Feuer wird man meilenweit sehen«, sagte er leise.

Niemand achtete auf ihn. Dass die Flammen wie ein Signal durch die Marschen leuchten würden, wussten sie alle. Aber trotzdem hielt niemand Kaveh auf. Rasch fraß sich das Feuer an den Holzwänden empor, beißender Qualm durchzog die Luft.

Endlich wandte Kaveh sich um. Im Gehen zog er sein Schwert. Die Gefährten folgten ihm aus der brennenden Scheune.

Ängstlich blieb Nill vor dem Scheunentor stehen und warf einen Blick in jede Richtung – von überall konnten die Pfeile der Grauen Krieger auf sie herniederhageln. Sie rief nach Kaveh, der festen Schrittes voranging. Er drehte sich schwungvoll um. Nill erschrak, so hasserfüllt und eisig waren seine Augen – er sah vollkommen anders aus. Wirre Haarsträhnen hingen ihm im Gesicht und flatterten in der glühenden Luft, die aus der Scheune quoll.

»Ich werde Erijel rächen.« Die Worte kamen ihm wie Glutbrocken über die Lippen.

Mareju und Arjas liefen auf ihn zu. »Wir kommen mit!« Die beiden Ritter zogen ihre Schwerter.

Kaveh erwiderte nichts, als sie sich hinter ihn stellten. Sein Blick richtete sich auf Nill. »Versteckt euch im Dorf. Hier seid ihr sicherer.«

Nill schüttelte erst langsam, dann heftiger den Kopf. »Tu es nicht.«

Scapa trat neben sie. »Das ist Wahnsinn!«, rief er. »Wenn ihr jetzt in die Sümpfe geht, um ein paar Graue Krieger abzuschlachten, dann bringt das überhaupt nichts!«

Kavehs Blick wurde so verächtlich, dass Nill den Atem anhielt. Er fixierte erst Scapa, dann Nill. Und obwohl er nichts sagte, fühlte sie sich dabei, als hätte sie ihn für immer als Freund verloren.

Plötzlich erklang ein aufgeregtes Grunzen hinter ihnen und Bruno galoppierte an Nill vorbei.

Kaveh hielt inne, als der Keiler auf ihn zurannte. »*Rynjé arak!* – Bleib zurück!«

Der Keiler strich unruhig um ihn herum. Als Kaveh einen

Schritt zurücktrat, lief er hinterher. Schließlich ließ Kaveh die Schultern sinken. »Dann komm ...« Er legte sanft seine Hand auf Brunos Rücken. Als er losging, folgten ihm Bruno und die Zwillinge.

»Bitte«, rief Nill und trat unschlüssig vor. »Bitte, Kaveh! Komm zurück! Arjas, Mareju, das könnt ihr nicht machen!«

Mareju und Arjas sahen sie noch einmal beklommen an. Dann senkten sie die Köpfe und schritten davon. Bald hatten die Nebelschwaden der Sümpfe sie verschluckt.

Von einer niedrigen Hütte aus, die seit dem Verfall des Dorfes beinahe unversehrt geblieben war, beobachteten Scapa, Nill und Fesco, wie die Scheune in Flammen aufging. Der Rauch legte sich wie eine dunkle Gewitterwolke über das ganze Dorf. Dann fiel das Dach der Scheune in sich zusammen. Ein Funkenwirbel stob durch die Luft, erstrahlte und verglühte innerhalb eines Augenblicks. Danach sanken die Feuersäulen langsam immer tiefer.

Nill schloss die Arme um ihre angezogenen Knie. Was hier vor ihr einfach so niederbrannte, das war Erijel, und nichts würde von ihm bleiben. Nur ein Häufchen Asche ... Jetzt, wo der Tod unter sie getreten war, wo er einen Gefährten aus ihren Reihen verschlungen hatte, da wurde auch Nill bewusst, dass er nicht etwa eine ferne Gefahr war, die irgendwo am Ende ihres Lebens, irgendwo am Ende der Marschen wartete. Er war direkt neben ihr.

Nill wandte nur kurz den Blick von der brennenden Scheune ab, als sich Scapa neben sie sinken ließ.

»Ich habe nie gesehen, wie jemand gestorben ist«, sagte Nill leise.

Scapa beobachtete ihr Profil. »Täglich sterben Leute«, erwiderte er leise. »Ich kann die Menschen nicht zählen, die der Tod aus meinem Leben gerissen hat. Es ist eben so: Die einen erwischt es, die anderen sehen dabei zu. So ist das Leben.«

Nill warf ihm einen glühenden Blick zu.

Rasch fügte er hinzu: »Du musst doch nun wirklich nicht so traurig sein. Wie lange kanntest du den Elf überhaupt? Ein paar Wochen vielleicht?«

»Vergiss es«, murmelte Nill. Sie sah ihn mit feuchten Augen an, aber ihr Blick war hart. »Ich habe vergessen, dass du für niemanden etwas empfinden kannst.«

Scapa biss die Zähne zusammen. »Du hast Recht«, sagte er. »Ich fühle nichts. Für niemanden!« Er erhob sich und ging zurück in die Hütte.

Langsam atmete Nill aus.

Von der Scheune war nur ein Trümmerhaufen übrig geblieben, als die Dämmerung heraufzog. Kaveh, Arjas und Mareju blieben verschwunden. Vielleicht, dachte Nill, dämmerte es noch gar nicht – womöglich war es nur der Rauch, der das Tageslicht dämpfte und sich wie ein nächtlicher Mantel um das Dorf hüllte.

Schließlich versickerte das letzte bisschen Licht. Verloren und winzig verglommen die Reste des Feuers in der weiten Finsternis. Nill setzte sich zu Fesco und Scapa in die Hütte, und wortlos zogen sie sich die Umhänge fester um die Schultern, kauerten an den Wänden und warteten – vielleicht auf Kaveh und die Ritter; vielleicht auf die Grauen Krieger; vielleicht darauf, einfach einzuschlafen und die Nacht in einem langen Atemzug hinter sich zu bringen.

Was kam, war der Schlaf. Nill erwachte erst, als die Sonne hinter den dichten Sumpfnebeln schwamm. Langsam stützte sie sich vom Boden auf und wischte sich Erde und Steinchen von der Wange. Sie sah sich um. Neben ihr lag Fesco mit weit ausgebreiteten Armen, etwas weiter ab hatte sich Scapa zu einem schwarzen Bündel eingerollt. Von Kaveh, Mareju und Arjas war noch immer keine Spur.

Nill stand auf und trat in die Türöffnung. Das Dorf lag wie die Gebeine eines Riesen vor ihr. Kahle Mauern stachen aus der Erde. Die niedergestürzten Strohdächer lagen blank da, um im Wind zu verwesen wie gelbe Knochen. Nichts Lebendes, weder Kaveh noch die Grauen Krieger waren zu entdecken.

Eine Weile blieb Nill im Türrahmen stehen und starrte über die zerrütteten Häuser hinweg. Plötzlich stand Scapa hinter ihr. Er hatte seinen Proviant geschultert und war aufbruchbereit.

»Komm, Fesco«, sagte er und drehte sich zu seinem Freund um. »Wir gehen.«

Fesco setzte sich schlaftrunken auf und packte seine wenigen Habseligkeiten zusammen.

»Warte, Moment mal! Wir können doch nicht einfach gehen! Kaveh und Arjas und Mareju sind noch da draußen und kommen –«

»– wahrscheinlich nie wieder.« Scapa drängte sich an Nill vorbei und verließ das Haus.

Ihre Nasenflügel bebten. Sie fuhr herum und stapfte ihm hinterher. »Scapa«, rief sie. »Bleib stehen!«

Er hörte nicht. Sie packte ihn an der Schulter und zog ihn herum.

Seine Augen blitzen. »Was?«, zischte er. »Worauf soll ich warten? Dass die Grauen Krieger mich abmurksen wie Erijel?«

Nill öffnete den Mund, um das Verletzendste, Gemeinste auszusprechen, das ihr gerade in den Sinn kam – aber bevor sie auch nur einen Ton von sich geben konnte, pfiff etwas durch die Luft. Eine Pfeilsalve bohrte sich rings um sie in die Erde.

Fesco ließ sich bäuchlings auf den Boden fallen. Nill und Scapa rissen sich gegenseitig von den Füßen. Keinen Atemzug später krochen sie durch das hohe Gras und den Schlamm, das Zischen der Pfeile im Nacken. Die Hütten blieben hinter ihnen zurück. Erst Scapa, dann Nill und schließlich Fesco fielen in den Graben, der das Dorf einst mit Wasser versorgt hatte. Brackige Wellen und glitschiges Pflanzengestrüpp schwappten ihnen entgegen. Sie krochen durch den Graben und kletterten am anderen Ufer wieder hoch. Hier empfing sie das mannshohe Schilfgras der Marschen. Geduckt rannten sie los. Das Pfeilsirren wurde ferner und bald umgaben sie nur noch ihr hastiger Atem und das Rauschen der Gräser.

An den Wurzeln einer knotigen Weide, die die Hälfte ihrer Blätter bereits verloren hatte, kletterten die drei einen Abhang hinab und kamen zum Stehen. Scapa rang nach Luft und sank gegen die Wurzelarme.

Noch immer keuchend betastete Fesco sein Wams und seinen Umhang – und wurde kreidebleich. »Kröte!«, schrie er. »Wo, sie – ich habe sie verloren!«

Scapas Blick glitt über ihn hinweg. Tatsächlich: Von Kröte fehlte jede Spur.

»Ich muss – sie suchen«, rief Fesco, kletterte in wenigen Zügen die Wurzeln hinauf und stolperte davon.

»Fesco!« Scapa ging mehrere Schritte rückwärts und stellte sich auf die Zehenspitzen, aber Fesco war bereits verschwunden. »Verflucht, *verflucht*!«

Mit klammen Fingern strich er sich die Haare aus der Stirn und sein Blick traf Nills. In ihren Augen lag mehr Vorwurf als Scapas Stolz vertrug. »Jetzt... jetzt sehen wir Kaveh und die Ritter vielleicht nie wieder.«

Scapas Lippen wurden schmal. Er runzelte herausfordernd die Stirn, ganz so, als wolle er Nill fragen, was daran so schlimm sei.

»Ist dir eigentlich alles egal?«, rief sie. »Ist dir denn überhaupt etwas wichtig in der Welt?!«

Merkte er nicht, wie finster er jemanden anstarren konnte? Oder tat er es mit Absicht?

»Was mir wichtig ist, habe ich bereits verloren.«

Ein Stich fuhr Nill ins Herz. Und plötzlich übermannte sie der Zorn. »Das ist alles, was du sagen kannst?« In ihr brodelte die Wut. Wut, weil Scapa so ein Mistkerl war, und Wut, weil sie es nicht hatte einsehen wollen. »Du – du lebst ja gar nicht! Du klammerst dich an die Vergangenheit und hast vergessen, dass die Zeit nicht anhält. Sie hält nicht an, egal, was man verliert!«

Scapas Augen flackerten. »Was sagst du da?« Es klang wie die Drohung eines Verbrechers. Denn das war er: der Gebieter einer finsteren Gaunerschar. Und mehr nicht.

»Dass du vergessen sollst!« Nill zog die Nase hoch. »Vergiss deine Vergangenheit. Und komm endlich ins Leben zurück.«

»Ich soll *vergessen*? Soll ich etwa das Einzige vergessen, was ich ... was ich geliebt habe?!«

»Ich glaube dir nicht. Ich glaube dir nicht, dass du je geliebt hast. Du hattest Recht, du liebst niemanden, weil du es gar nicht kannst! Du brauchst deinen Hass und deine Traurigkeit, damit niemand sich dir nähern kann! Du bist einsam, Scapa, so einsam und ängstlich ...«

Seine Augen wurden glasig, doch dann schritt er fest und entschlossen auf sie zu. »*Ängstlich*?«, zischte er. »Ich habe keine Angst! Vor niemandem!«

»Aber du fürchtest dich vor dir selbst!«

Er stand ganz dicht vor ihr, die Zähne zusammengebissen und die Fäuste geballt. Nill wollte ihn anschreien, sie wollte ihm alles sagen, was ihm endlich jemand sagen musste, sie wollte ihn packen und ihn verletzen, wenn er schon nichts anderes fühlen konnte. Aber vielleicht war nicht er es, den Nill hasste. Die Wut in ihr war so unerträglich, weil sie geglaubt hatte, er sei etwas Besonderes. Weil sie geglaubt hatte, sie könnte in seinen Augen etwas Besonderes werden. Dabei interessierte Scapa sich nicht einmal für sie – ihn interessierte nichts, nur seine Rache. Sie hatte so falsch gelegen und sich selbst zum Narren gehalten, dass ihr Gesicht vor Scham glühte.

»Du hast Angst davor, dass du nur ein Mensch bist! Ja, das

ist es, was du fürchtest. Dass auch du verletzt werden kannst, wenn du anderen ein Stück von dir anvertraust! Du hast Angst vor der Wahrheit, denn in deinem Inneren bist du längst tot. Du bist tot und hast kein Herz und –«

Plötzlich schob er die Hand an ihre Wange. Seine Lippen pressten sich auf ihren Mund.

Sie spürte seinen Atem auf dem Gesicht. Die Hand an ihrer Wange war warm und fest und unsicher.

Nill stand vollkommen reglos da, bis ihre Lippen sich lösten. Sie schlug die Augen auf und sah ihn an.

Seine Stimme schwankte. »Vielleicht ... vielleicht hab ich ja doch ein Herz.«

Einen Moment lang suchte Nill nach Worten, fand aber nicht einmal ihre Stimme. Dann berührte sie seine Hände und gab ihm den Kuss zurück.

Es schneite nicht mehr. Arane lief nicht auf ihn zu. Sie löste sich auch nicht in wirbelnde Flocken auf, und er sah nicht mehr ihr Gesicht so nah vor sich, als stehe er ihr leibhaftig gegenüber. Und doch ... Sie war da. Sie war ein stummes Pochen in seinem Hinterkopf, das immer gleichmäßig an- und abschwoll, ganz egal, was er sah.

Er sah Nill. Sie war nicht so schön wie Arane, die in der unendlichen Finsternis schimmerte wie ein Stern. Doch der Duft von süßen Gräsern und warmer Sommerluft umgab sie, und als Nill lächelte, erfasste Scapa eine so tiefe Wärme, dass er am liebsten die Augen geschlossen und mit dieser Wärme zusammen im Erdboden versunken wäre. Die Wärme, das spürte er jetzt, war etwas Echtes, etwas Nahes, Greifbares und keine kühle Widerspiegelung der Vergangenheit.

Er saß mit Nill in weiten Wiesen, die so grün und schimmernd waren wie ihre Augen, und hielt sie in den Armen, ganz leicht, ganz fest. Er versprach ihr, dass sie zusammenhalten würden, bis sie den Turm des Königs erreichten, so wie er es schon am Anfang ihrer Reise getan hatte. Aber diesmal hatte es eine andere Bedeutung. Er schwor nicht seiner Rache Treue, sondern Nill, alleine Nill, und dem Ziel, das sie zusammen verfolgten. Doch das Versprechen galt nur, bis sie das Ziel erreichten.

Nur bis zum Turm des Königs.

Kaveh erwachte in vollkommener Dunkelheit. Erst als er die geschwollenen Augen öffnete, begann irgendwo in der Ferne ein verschwommenes Licht zu glimmen. Er lag auf kalten, feuchten Steinen. Der Geruch von Moder kroch ihm in die Nase.

»Wo bin ich?«, hauchte er. Ein Schemen stand vor ihm. Er erkannte nur den Umriss, den das Licht um die fremde Gestalt malte. »Wer bist du?«, flüsterte er.

»Endlich bist du wach. Ich weiß, wer du bist.« Die Stimme echote ihm lange in den Ohren, verzerrte sich und verebbte. »Du bist der Prinz der Freien Elfen. Meine Späher haben dich schon lange verfolgt.«

Kaveh zog die Knie an den Bauch. Schmerz durchzuckte seinen Körper; längst wusste er nicht mehr, wie viele Schläge ihn getroffen hatten. Im Mund schmeckte er Blut.

»Du bist ein Diener des Königs von Korr!«, flüsterte er.

»Oh nein.« Stoff rauschte über den Boden. Die Gestalt ging in ein paar Schritten um Kaveh herum. »Nein.«

Vor dem Licht blieb die Gestalt stehen. Kaveh sah auf. Seine Brust zog sich zusammen, als ihr Gesicht aus der Finsternis hervortrat, klar, deutlich, lächelnd. Und über dem Gesicht …

»Ich bin niemandes Diener«, hauchte die Stimme. »Ich … bin das Weiße Kind.«

# Der Turm

Fesco hatte Kröte wiedergefunden. Sie hatte sich im Graben verfangen, halb ertrunken in Schlamm und Wasser. Als Fesco sie in die Hände nahm, blinzelte Kröte nur schwach mit den Knopfaugen.

Jetzt war sie wieder quiekfidel und schlug sich in Scapas Proviantbeutel den Magen voll, während Fesco, Scapa und Nill noch schliefen. Es dämmerte gerade.

Als Scapa die Augen aufschlug, regte er sich nicht – weshalb Kröte ihr heimliches Frühstück in Ruhe fortsetzte. Nill lag vor ihm und hatte ihm das Gesicht zugewandt. Allerdings sah man hinter den wirren Haaren und dem Umhang, den sie sich bis ans Kinn gezogen hatte, nicht viel davon.

Scapa versuchte sich darüber klar zu werden, was er empfand. Bei ihrem Anblick ergriff ihn ein wirres Gemisch von Gefühlen. Zuneigung und Angst, Glück und Beschämung und… ein merkwürdiges Schuldgefühl.

In gewisser Weise hatte er sich selbst und alles, was ihm wichtig erschienen war, verraten. Was war mit Arane, mit Arane, die sein Leben war? Konnte er plötzlich das Vergangene als etwas Unbedeutendes abtun – als etwas, das zu einer anderen Zeit gehörte? Scapa seufzte. Nein, das konnte er nicht. Wenn er nicht mehr die Vergangenheit hatte, dann wusste er nicht, wer er war. Aber sich an eine Erinnerung klammern, die nicht zurückkehren würde, das konnte er auch nicht. Jetzt wollte er mit seinen Gedanken, seinem Herz und seinem Leben dort sein, wo es eine Zukunft gab…

Scapa atmete tief ein. Er wollte nicht mehr darüber nachdenken. Das Einzige, was zählte, war ihr geplantes Attentat. Sie mussten zusammenhalten, um den König zu töten. Das schuldete er Arane. Das schuldete er sich selbst. Und danach – wenn es überhaupt ein Danach gab – wenn er Arane gerächt hatte, vielleicht wäre er dann von der Vergangenheit befreit.

Hinter ihm erwachte Fesco. Er richtete sich auf, sah sich nach Kröte um und als ihre Schnauze aus Scapas Proviantbeutel ragte, zog er sie heraus und nahm sie in die Hände. Eine Weile beobachtete Fesco das graue Moorland, das sich vor ihnen erstreckte. Sie hatten unter den Wurzeln der Weide übernachtet. Gedankenverloren kraulte er Kröte. »Scapa?«

Scapa drehte sich halb um.

»Willst du …« Fesco blickte zu Boden. »Willst du wirklich zum König? Jetzt wo die Elfen nicht mehr da sind… Ich meine, ist das *wirklich*, was du willst?«

Scapa setzte sich auf. Zum ersten Mal seit ihrer Reise wurde ihm bewusst, was es bedeutete, dass Fesco mitkam – nicht nur für ihn, sondern für Fesco selbst. Er hatte nichts zu schaffen mit dem König von Korr. Er war nur wegen ihm hier.

»Zu Hause wartet der Fuchsbau«, sagte Fesco ganz leise. »Und die anderen.« Er sah zu Scapa auf. Haarsträhnen hingen dem Herrn der Füchse ins Gesicht. Getrockneter Schlamm klebte auf seinem Gesicht und seinen Kleidern. Er starrte vor Dreck. Und sein einst so nachtschwarzer Umhang war jetzt ausgefranst und lumpig. »Wer weiß, was in Kesselstadt passiert, wenn wir so lange weg sind.« Fesco zuckte mit den Schultern.

Scapa biss sich auf die Unterlippe. Er verdiente nicht das Glück, einen Freund wie Fesco zu haben. Bei allen Göttern, er hatte ihm nicht ein einziges Mal gezeigt, dass seine Freundschaft ihm etwas bedeutete.

Beschämt räusperte Scapa sich. »Fesco, du … du musst das hier nicht machen. Du kannst zurück nach Kesselstadt. Ich wüsste gern den Fuchsbau in deinen Händen.«

Fesco schnaubte ein Lächeln und schüttelte den Kopf. Mit gerunzelter Stirn sagte er: »Also glaubst du ernsthaft, ich komme so weit mit, nur um eines Morgens einfach umzukehren? Ist es dir so egal, dass ich dabei bin, ja? Wärst du lieber allein mit ihr?« Er wies mit einer Kopfbewegung auf Nill.

»Nein«, widersprach Scapa fest. »Fesco, ich mache mir Sorgen. Ich meine... Verfluchter Mist! Der Elfenritter ist gestorben und da musste ich dran denken, dass... Du riskierst dein Leben für eine Sache, die dich nicht kümmern müsste. Und ich will nicht, dass du...«

Fesco kniff die Augen zusammen. »Verdammt, Scapa! Wann verstehst du das endlich: Ich riskiere mein Leben sehr wohl für etwas, das mich kümmert – für deinen blöden Dickschädel!« Fesco zog geräuschvoll die Nase hoch und streichelte Kröte. »Ich erwarte nicht mal was dafür. Aber wenn du wenigstens verstehen könntest, dass ich in dieser Sache drinstecke genau wie du, das würde mir reichen.«

Scapa schluckte schwer. Wie selbstsüchtig war er gewesen – und dabei hatte er die ganze Zeit einen solchen Freund an seiner Seite gehabt! Scapa gab sich einen Ruck, schloss Fesco fest in die Arme und klopfte ihm mit der Hand auf den Rücken. »Danke«, murmelte er aus ganzem Herzen. »Danke.«

»Du zerquetschst Kröte!«

Augenblicklich wich Scapa zurück. Die Ratte wand sich mit einem empörten Quieken aus Fescos Händen, krabbelte ihm auf die Schulter und nieste. Fesco und Scapa lächelten sich an.

»Was ist eigentlich mit Nill?«, wechselte Fesco das Thema und sah zur Schlafenden hinüber. »Sie guckt dich seit gestern so an. Außerdem war sie nicht mehr wütend, dass wir ohne die Elfen das Dorf verlassen haben. Oder? Bist du – und sie...«

»Nein«, sagte Scapa entschieden. »Da ist überhaupt nichts.«

»Ah ja...« Fesco runzelte die Stirn und ließ seinen Blick über die Marschen schweifen. Dass Scapa es abstritt, änderte nichts an dem, was er *wusste*. Und Scapas nervöse Seitenblicke auf Nill verrieten mehr als alle Worte der Welt.

Aber was Fesco wusste, zersprang in diesem Moment für Nill in tausend Scherben. Für Nill, die keineswegs schlief.

Ihre Hände ballten sich um den Stoff ihres Umhangs. *Nichts...* Nein, es war also überhaupt nichts zwischen ihr und Scapa. Was hatte sie sich nur gedacht?

Sie kam sich unheimlich kindisch vor. Wieder einmal.

Schweigend machten sie sich auf den Weg. Nill tat, als halte sie nach den Grauen Kriegern Ausschau, Scapa hatte den Kopf in seine Landkarte gesteckt, und Fesco beäugte abwechselnd Nill und Scapa und fluchte über die Schlammgruben, in die er dabei trat. Scapa war ein bisschen überrascht, dass Nill ihn seit dem Morgen kein einziges Mal angesehen hatte. Dann kam er darauf, dass sie wohl nicht wollte, dass Fesco etwas wusste, und das war ihm nur recht. Sie hatten schließlich Großes vor sich, sie mussten sachlich und aufmerksam bleiben.

Sie begegneten keinen Grauen Kriegern. Die Marschen schwiegen und nur ab und zu hallte ein dumpfes Platschen durch die Stille. Als der Abend aufzog, suchten Nill, Scapa und Fesco nach einem Unterschlupf, fanden aber nichts und mussten sich so im hohen Gras niederlassen. Der Boden war seltsam weich, aber nicht wirklich feucht. Im letzten Dämmerlicht des Tages rollte Scapa noch einmal die Landkarte auf. Das Pergament war inzwischen zerknittert. Mit dem schmutzigen Zeigefinger fuhr er über die Zeichnungen.

»Ich schätze, wir sind etwa hier«, sagte er und wies auf einen Abschnitt in den Marschen, noch weit entfernt von den Eisenminen der Küste. »Diesen Weg müssen wir nehmen ...« Und er fuhr mit der Fingerkuppe den ganzen Weg hinauf bis dorthin, wo sie den Turm des Königs vermuteten.

Fesco schluckte. »Wie lange, glaubt ihr, sind wir noch unterwegs?«

Scapa zuckte nachdenklich mit den Schultern. »Vielleicht eine Woche. Vielleicht drei. Wir werden sehen, wie schnell wir in den Sümpfen vorankommen.«

»Für drei Wochen haben wir nicht genug Proviant«, sagte

Fesco leise. »Das, was wir noch haben, reicht vielleicht gerade für eine Woche.«

Nill legte sich wortlos zu Boden und hüllte sich fest in ihren Umhang. Nimm das mit den Wochen nicht so ernst, hätte sie Fesco gerne beruhigt. Scapa sagt vieles, das nicht stimmt.

Am nächsten Morgen begannen sie, ihre Wegzehrung zu sparen. Es war nicht mehr viel übrig, und wenn das Brot erst einmal weg war, würden sie hungern müssen. Wie am Tag zuvor gingen sie schweigend, wichen Treibsandmulden aus und kletterten über abgestorbene Bäume, wateten durch kniehohe Schlammpfützen und zertraten trockenes Dornengestrüpp. Mittlerweile wunderte sich Scapa über Nills abweisende Art. Schon seit gestern wich sie seinen Blicken aus und behandelte ihn wie Luft. Aber vor Fesco wollte er sie nicht darauf ansprechen – er würde es heute Abend tun, wenn Fesco schlief.

Doch als es dunkel war und sie sich unter einem trockenen Mooshügel ins Gras gekauert hatten, kehrte Nill ihm den Rücken und schien bereits zu schlafen. Scapa seufzte wütend und hilflos. Was hatte er nun schon wieder getan?

»Wieso sagst du nicht einfach, was los ist?«, murrte er in die Nacht.

Überraschenderweise antwortete Nill. Und sie klang so feindselig, dass Scapa zusammenzuckte. »Ich denke an Kaveh, Mareju und Arjas – ist dir das noch nicht in den Sinn gekommen? Sie sind vermutlich tot.« Ihre eigenen Worte schnürten Nill die Kehle zu. Es war, als werde dieser Gedanke jetzt sehr viel wahrscheinlicher, wo sie ihn ausgesprochen hatte.

Was, wenn sie tatsächlich tot waren? Nill wurde ganz schlecht vor Elend. Kaveh! Und die Zwillinge… Das durfte nicht sein, es *durfte* einfach nicht. Aber selbst, wenn Kaveh und die Ritter nicht von den Grauen Kriegern ermordet worden waren – wiedersehen würde Nill sie wahrscheinlich nie mehr. *Und das ist Scapas Schuld*, flüsterte eine heimtückische Stimme in ihrem Hinterkopf.

Die Tage verstrichen. Der Hunger, die trostlose Umgebung, das ewige Laufen, Klettern und Voranstolpern erstickten die Worte der Gefährten und machten ihre Blicke stumpf. Nill ging wie schlafwandelnd voran, setzte einen Fuß vor den anderen, immer weiter, weiter, weiter... Anfangs zerbrach sie sich den Kopf über Scapa, war wütend und traurig und durcheinander. Dann dachte sie an Kaveh und die Zwillinge. Bei den Gedanken an sie verweilte sie lange, bis sich alle Ängste und Sorgen zu einem schweren Elendsklumpen verschlungen hatten. Sie hatte sie einfach verloren.

Sie dachte nicht mehr an den König von Korr, vergaß sogar hin und wieder, wieso sie überhaupt hier waren und immer weiter gingen – alles war ihr fern. Nur der Steindorn... Unbemerkt schlich er sich immer wieder in ihre Hand. Wenn sie sich schlafen legte, merkte sie, dass sie den ganzen Tag die Faust um ihre Rocktasche geschlossen hatte, und wenn sie erwachte, hielt sie ihn wieder zwischen den Fingern.

Der Steindorn führte sie vorwärts. Der Steindorn war alles, was noch zählte. Seinetwegen war sie hier.

Eines Morgens fuhr Nill aus einem Traum auf, der zerfiel, sobald sie die Augen öffnete. Scapa sah sie an, als hätte er sie schon länger beobachtet.

»Das ist alles, was noch da ist.« Er hielt einen verkrusteten Brotkanten in der Hand. »*Du* sollst das Brot essen!« Er rutschte auf den Knien neben sie und ergriff ihr Handgelenk. »Du sollst es haben und Fesco...«

»Hör auf damit, Scapa«, murmelte Nill. »Wir teilen es alle miteinander.«

Er schloss sie ergriffen in die Arme. Nill erwiderte die Umarmung und so klammerten sie sich eine Weile aneinander, und plötzlich schien alles, was sie in den Tagen zuvor getrennt hatte, wie ausgelöscht. Überrascht merkte Nill, dass Scapa schluchzte, ganz kurz nur, ganz leise.

»Wir müssen es schaffen! Wir müssen den König stürzen, und wenn …«

»Ich weiß«, sagte Nill. »Ich weiß!«

»Ich …« Sein Flüstern erstarb, er schluckte. »Ich glaube, ich werde sterben. Mir wurde gesagt, dass ich eines Tages über meinen eigenen Tod entscheiden muss, und wenn ich es jetzt muss, dann werde ich …«

»Hör auf. Sag so etwas nicht.« Sie sah ihn an und strich den Schmutz von seiner Wange. »Es macht mir Angst, wenn du so redest.«

Er senkte das Gesicht. Lange erwiderte er nichts und starrte die Brotkruste an. »Tut mir Leid«, sagte er leise. »Ich … Nein, du hast Recht. Man kann nie wissen, was passieren wird.« Es klang nicht so, als würde er daran glauben.

»Wir tun, was wir können. Ja?«

»Ja.« Er blickte zu ihr auf. »Hauptsache, wir halten zusammen. Du und ich und Fesco. Das ist alles, was zählt!«

Die Augenblicke wurden zu Stunden und die vergangenen Tage verblassten zu Sekunden. Sie stolperten stumpfsinnig weiter, immer voran, während der Hunger sie auszehrte.

Irgendwann in der Dämmerung begann der Boden, unter ihnen zu vibrieren und die Sumpfteiche bekamen Ringe auf der Oberfläche. Sie ließen sich bäuchlings ins Gras sinken, als nicht weit entfernt eine Schar Grauer Krieger durch die Moore preschte. Dann hatte der Nebel die Reiter wieder geschluckt und sie standen auf und setzten ihren Weg fort.

Am nächsten Tag beobachteten die drei, verborgen im hohen Schilf, eine zweite Reiterei. Und ehe der Abend anbrach, mussten sie sich abermals vor einer Truppe verstecken.

In den vergangenen zwölf Tagen waren sie keiner Seele begegnet – und nun gleich drei Reitertrossen innerhalb von zwei

Tagen! Entweder verfolgte man sie noch immer, oder aber (und dabei überkamen sie Erleichterung und Angst zugleich) der Turm des Königs war nahe.

In den frühen Morgenstunden begann es zu nieseln. Die Gefährten erwachten im kalten Regen und machten sich mit hochgezogenen Schultern auf ihren Weg. An manchen Stellen waren die Nebelschwaden so dicht, dass sie kaum mehr ihre Füße auf dem Boden sahen – und nur ein paar Schritte weiter begann es zu gießen und die Luft war klar, als hätten die Wasserwogen sie reingewaschen.

Die letzten Dunstschleier zogen sich auf, wie ein Vorhang öffneten sie sich vor den Gefährten und offenbarten, was vor ihnen lag.

Nill, Scapa und Fesco blieben stehen. Der Anblick riss sie aus dem langen Zustand des Wachträumens.

Ein endlos langer Hang aus Erde und Steinen führte in die Tiefe. In der Ferne erkannten die Gefährten merkwürdige, aufgeschüttete Hügel und Höhlenschächte. In die Nebel der Sümpfe mischten sich schwarze Rauchsäulen. Und dahinter…

Scapas Hand tastete nach Nills. Seine Finger umschlossen die ihren, aber ihre Blicke waren wie gebannt. Nill hielt den Steindorn umklammert. So fest, dass ihre Fingerknöchel vortraten.

In dem weiten Talkessel ragte eine schwarze Pfeilspitze aus der Erde, so gigantisch wie ein Berg. Es war kein Turm. Es war eine Festung, größer als jedes Schloss, es war eine Säule, die aus der Hölle empor brach, direkt hinein in die nebligen Himmel der Marschen. Nills Knie wurden weich. Ihr war, als hätte sie das alles schon einmal in einem Traum gesehen.

Der Turm des Königs sah aus wie das steinerne Messer.

Unbeholfen rutschten und stolperten sie den Hang hinab. Jetzt erkannten sie auch, was zuvor neben dem Turm wie winzige Erdlöcher ausgesehen hatte: die Eisenminen. Überall öffneten sich dunkle Mäuler im Boden. In den aufgerissenen Rachen wimmelte es vor umherlaufenden Gestalten, die von hier aus kaum größer als Ameisen waren. Nill fühlte, dass dies der schrecklichste Ort der Welt war, ein Friedhof für das Leben selbst. In diesem Talkessel, der kein Tal war, sondern ein Krater im Gesicht der Erde, lag der Geburtsort aller Ängste, allen Elends, allen Hasses. Von hier stammte die ungeheuerliche Macht, die die ganze Welt in solch ein Todesfeld verwandeln würde. Wenn Nill – wenn der steinerne Dorn – es nicht verhinderte.

Nill wurde schlecht, als sie daran dachte, dass sie, dass tatsächlich *sie* gegen die Macht dieses Turms antreten sollte. Nicht einmal die Größe einer winzigen Laus hatte sie im Vergleich zu diesem Bauwerk.

Fesco, Scapa und Nill duckten sich im letzten Augenblick hinter einen Geröllhaufen, als eine Truppe Grauer Krieger auf einem gewundenen Pfad hinab zu den Minen ritt. Es waren mehr als fünfzig Mann.

Die Gefährten huschten weiter, als die Reiter vorbeigaloppiert waren, und wollten gerade den Pfad überqueren, da erklang ein Schrei.

»*Los, Los!*«

Sechs Reiter preschten auf sie zu. Der erste knallte mit einer Peitsche in der Luft. »Arbeit!«, kreischte er mit einem starken Elfenakzent, dann schlug seine Peitsche über ihre Köpfe hinweg und die Pferde jagten mit donnernden Hufen an ihnen vorüber.

Scapa löste seine Arme von Nill, als die Grauen Krieger vorbeigeritten waren. Der Peitschenschlag hatte ihn zwar nicht getroffen, doch in seinen Augen glänzte blanke Angst.

»Die – die haben uns für –«, stammelte Fesco.

»– für Arbeiter gehalten.« Scapa schluckte und wandte sich an Nill und Fesco. »Egal was passiert«, flüsterte er, »ganz egal, was passiert – wenn einer von uns die Möglichkeit hat, den König zu töten, dann tötet er ihn! Ihr müsst es schwören.«

Nill biss fest die Zähne zusammen. Sie hatte plötzlich das dumpfe Gefühl, schwören zu müssen, dass sie Scapas Tod hinnehmen würde. Er sah sie traurig an. Dachte er etwa dasselbe?

»Schwört es«, wiederholte er.

»Ich schwöre es«, murmelte Nill. Dann erwiderte sie Scapas Händedruck. »Wir schaffen das. Gemeinsam.«

Scapa blickte zu Fesco. »Du auch?«

»Ja. Ich schwöre es.«

Scapa betrachtete seine Gefährten einen Moment. Ihm wurde bewusst, dass die beiden alles waren, was er hatte. Alles, was ihm noch wichtig war. Was ich liebe, dachte er. Und die Worte erschreckten ihn nicht, wie er so lange gefürchtet hatte. »Kommt. Da wartet unser Schicksal. Und das des Königs.«

Bald führte der Pfad an den Höhleneingängen vorbei. Zerlumpte Moorelfen schleppten Körbe und zogen Karren von einem Ort zum anderen. Es waren Greise, Kinder und, hier und da, ein paar Männer und Frauen, die zu gebrechlich waren, um als Krieger zu dienen. Sie alle waren kaum mehr als Skelette, über die sich schmutzige Haut spannte. Keine Stimme hallte aus den finsteren Höhlen. Nur Hammerschläge, rasselnde Ketten, herabstürzende Steine und das vielfache Keuchen und Husten der Arbeiter. Endlich konnten die Gefährten sich von dem Grauen abwenden. Sie senkten das Gesicht und sahen zu Boden: Nicht weit entfernt standen Graue Krieger, die mit Speeren und langen Holzstöcken über die Arbeiter wachten. Scapa bückte sich rasch und hob einen Steinbrocken auf. Nill verstand und machte es ihm nach.

»Komm, Fesco!«, raunte sie.

Da begriff er und packte zitternd einen Stein. Mit gesenkten Köpfen gingen sie an den Grauen Kriegern vorbei. Keiner nahm Notiz von ihnen. Drei der Grauen Krieger waren damit beschäftigt, eine Gestalt niederzuknüppeln.

Nill, Scapa und Fesco schleppten die Felsbrocken den ganzen Pfad entlang, vorbei an den Minen. Wenn sie das Donnern von Hufen hörten, sprangen sie vom Weg, so wie alle Arbeiter, die mit irgendeiner Last vor oder hinter ihnen liefen. Wenn die Reiter an ihnen vorüber waren, liefen sie eilig weiter, denn die Aufseher mit ihren Schlagstöcken waren nie fern.

Sie mussten eine halbe Stunde laufen. Dann waren sie an der Grenze des Minengebiets angekommen, und vor ihnen lag ein zweihundert Meter weites Feld, das die Bauarbeiten von den mächtigen Mauern des Turms trennte. Unzählige Krieger wimmelten vor den Toren des Turms, die so hoch aufragten, dass eine Armee von Riesen hindurch gepasst hätte.

Scapa, Nill und Fesco steuerten auf die nächstbeste Mine zu. Erst einmal mussten sie vom Weg fortkommen, so wie alle Arbeiter, die bis hierher gelaufen waren. Wer die Minen verließ und sich einen Schritt auf das Feld vor dem Turm wagte, dem konnten nur die Götter gnädig sein.

Unbemerkt schlichen die Gefährten mit den anderen Arbeitern in die Mine. Die Augen der Aufseher bemerkten zwischen ihnen und den anderen dreckstarrenden Gestalten keinen Unterschied.

Finsternis empfing Nill und die Jungen. Schweiß und der Gestank von Fäulnis und Tod mischten sich mit der Feuchtigkeit der Erde. Nill glaubte sich in einem Massengrab gefangen. Ihre Finger konnten kaum mehr den Stein festhalten. Sie schloss fest die Augen. Beruhige dich!, befahl sie sich selbst. Ruhig! Ruhig… Nicht nur ihr Leben hing jetzt von ihrem Geschick ab, sondern auch die Dunklen Wälder, das Gleichgewicht der ganzen Welt. Und doch konnte Nill in diesem Moment nur an ihr eigenes Leben denken. Daran, dass es jetzt so gut wie verwirkt war. Sie wusste es, jetzt wo die schwitzenden, dreckigen, mageren Moorelfen sich um sie drängten, Kreaturen mehr tot als lebendig – sie wusste nun, dass es kein Entkommen mehr geben würde. Zitternd atmete sie, bekam kaum Luft. Wer den Turm des Königs einmal gesehen hatte, war verloren.

## Das Weiße Kind

Finstere Höhlengänge zogen an ihnen vorüber. Dafür stöhnte und ächzte das dunkle Grab, als sei es die Erde selbst, die über die Hacken und Schaufeln klagte, die ihr das kostbare Eisen aus dem Leib schlugen. Feuer und Glut strahlten, wo man das rohe Eisen in Form goss. Die stinkende Hitze schloss sich wie ein Leichentuch um Nill, Scapa und Fesco. Etwas weiter sprangen Funken, wo Schwerter, Lanzenspitzen und Pfeile geschmiedet wurden. Dahinter lagerten Waffen; es waren tausende und abertausende Speere, Schwerter und Bogen, und nur ein Teil von ihnen war im dämmrigen Feuerschein zu sehen.

Überall liefen Arbeiter, sammelten Waffen ein und trugen sie fort, brachten neue und warfen sie in großen Haufen zusammen. Wie von selbst wurden die Gefährten in das stinkende Getümmel gedrängt.

Sie folgten einem breiten Gestaltenstrom und wurden eins mit der Masse, drängten sich gemeinsam durch einen finsteren, breiten Gang und eine Vielzahl unebener Stufen empor. Irgendwann blitzte ihnen ein Lichtschimmer entgegen. Und als sie die letzten Stufen erklommen hatten, fanden sie sich in einem riesigen Hof wieder.

Nein, es war kein Hof – sondern eine Arena. Ringsum erhoben sich so mächtige Steinsäulen, dass kein Baum der Dunklen Wälder sie überragt hätte. Treppen führten ins Innere von Gebäuden wie ausgerollte Zungen. Tore aus massivem Stein klafften groß und finster wie die Rachen eines Ungeheuers. Sie waren im Zentrum des Turms angekommen.

In einer Schlange trotteten die Arbeiter durch die Arena, um die Waffen an irgendeinen sicheren Ort jenseits der Turmmauern zu bringen. Noch immer ihre Steine tragend, folgten die Gefährten den anderen und sahen sich mit furchtsamen Blicken um. Die meterdicken Steinmauern glänzten im Nieselregen. Das Wasser bahnte sich in breiten Rinnsalen seine Wege über den Boden und bildete Pfützen.

Schreie ließen Nill, Fesco und Scapa zusammenzucken. Nicht weit entfernt wurde ein älterer Moorelf aus der Menge gezerrt und von einer Schar Grauer Krieger zu Boden gestoßen. Dann sah Nill nichts mehr von ihm, erkannte nur noch die Grauen Krieger, die ihre Holzstöcke hoben und zu Boden sausen ließen. Die Schreie erstarben.

Nill zitterte so sehr, dass sie in die Knie zu sinken fürchtete. Doch nicht sie fiel hin.

Sondern ihr Felsbrocken.

Er plumpste zu Boden und rollte unbeholfen zwischen den Füßen der anderen Arbeiter hindurch. Hastig lief Nill hinterher und griff nach dem Felsbrocken – als sich ein Stiefel darauf setzte. Sie blickte auf und erstarrte.

Vor ihr stand ein Grauer Krieger.

Braune Tätowierungen überzogen die Hälfte seines Gesichts. Die Haare waren an einer Seite des Schädels kahl geschoren.

Der Moorelf grinste, doch das Glühen in seinen Augen versetzte Nill in Todesangst. »Was das?«, sagte er gebrochen. Regentropfen sprangen von seinen Lippen und landeten auf Nills Stirn. »*Stein*?«

Sie brachte keinen Ton hervor. Nur ihr Kinn zitterte. Der Graue Krieger knurrte etwas Unverständliches, dann streckte er die Hand nach ihr aus.

Plötzlich drängte sich Scapa zwischen sie und den Grauen Krieger. Der Moorelf hielt verblüfft inne, als sich der drohende Blick des Jungen auf ihn richtete – dann erst wurde ihm bewusst, dass er ja ein Junge im tauglichen Alter war.

»Was machst – zu alt für hier und nicht bei Krieger?« Die schmal gekniffenen Augen des Grauen Kriegers wurden mit einem Mal groß. Es war, als erkenne er hinter Dreck und Schlamm plötzlich Scapas Gesicht… ein Gesicht, das nicht aussah, als wäre es…

Er packte Scapa am Kragen und zerrte ihn so nah heran, dass der Junge auf den Zehenspitzen stand.

»Me-ensch!«, sagte der Graue Krieger.

Nill sah, wie Scapas Hand nach dem Dolch in seinem Gürtel griff. Ihr wurde schlecht vor Furcht. »Nein«, rief sie. »Nein! Halt!«

Der Graue Krieger schwenkte Scapa zur Seite, und ohne ihn loszulassen, setzte er seine Speerspitze an Nills Kehle. Das abscheuliche Grinsen war von seinem Gesicht abgefallen.

»Wir – wir sind Gesandte!« Nill hob die Hände. Dann fasste sie Fesco am Arm, der vor Schreck seinen Felsbrocken fallen ließ, und zog ihn neben sich. »Wir sind Gesandte aus den Dunklen Wäldern! Wir müssen zum König von Korr.«

Der Blick des Kriegers durchbohrte erst Nill, dann Fesco und schließlich Scapa. »Gesandte.« Der Moorelf spuckte die Silben aus wie Knochensplitter. »Dann mit zum König.« Er neigte den Kopf mit einem fratzenhaften Lächeln, als hätte er ihnen soeben verkündet, sie würden in eine Löwengrube geworfen. Dann ließ er Scapa los, packte seine Lanze mit beiden Händen und trat mehrere Schritte zurück. »Hier! Hier!«, schrie er und hob die Lanze. Augenblicklich kamen mehrere Krieger mit Tätowierungen auf Gesicht und Schädel heran. »Da Gesandte. Zum König bringen!«

Die Krieger warfen sich unruhige Blicke zu. Mit einer unwirschen Bewegung seines Speeres wies der Moorelf Nill, Scapa und Fesco an, loszugehen.

Der Regen schien stärker zu werden, während sie die

Arena durchquerten. Das Wasser durchweichte ihre Kleider und ließ sie mit den Zähnen klappern. Am Rand des riesigen Hofes erreichten sie eine Treppe aus Stein, die weit hinauf und tief hinein in den Körper des steinernen Ungeheuers führte. Sie erklommen die glitschigen Stufen. Hin und wieder streifte Nills Schulter eine Speerspitze, und sie zuckte zusammen. Was würden sie jetzt tun? Was würden sie sagen, wenn sie vor dem König standen? Und wenn sie nicht vorher getötet wurden – dann musste Nill jemanden töten.

Lange stiegen sie die Steinstufen hinauf. Ein weites Dachgewölbe öffnete sich über ihnen und der Regen prasselte nicht mehr auf sie herab. Die Geräusche von draußen blieben zurück und erwartungsvolle Stille empfing sie. Nur der Wind, der sich im hohen Gemäuer verfangen hatte, heulte wie ein verirrter Geist.

Die Treppe mündete in eine imposante Halle, deren Dachkuppel von steinernen Bogen durchspannt war. Unzählige Pforten führten von hier ins Unbekannte und die Grauen Krieger schlugen einen Weg ein.

Die Korridore und Gänge, denen sie folgten, waren selbst breit wie Hallen. Fackellicht ließ die schwarzen Steinwände erstrahlen, denn Fenster gab es nicht. Zweimal mussten sie eine Treppe nehmen und stiegen mindestens hundert Stufen hinauf. Sie begegneten hin und wieder einem Grauen Krieger, der vor einem Torbogen Wache hielt. Sonst bewegten sich nur die Schatten jenseits des Fackelscheins und der Turm schien wie ein gigantisches Grab.

Schließlich erreichten sie einen langen Korridor. Die Decke war so verschwenderisch hoch wie der Korridor breit. Hier schien alles nicht für Menschen oder Elfen gebaut zu sein, sondern für Riesen.

Am Ende des Korridors ragte eine Doppeltür auf, so mächtig wie ein Tor. Im Näherkommen erkannte Nill, dass sie aus Holz gefertigt war. Unzählige Verzierungen und Reliefs wurden im Flackern des Feuerscheins sichtbar: Schnitzereien von Szenen großer Schlachten, Reitern auf langbeinigen Pferden mit Schwertern und Bogen und Bilder von riesigen Kesseln, in denen Eisen verflüssigt wurde. Aber in der Mitte der Schnitzereien prangte das Bildnis eines Diadems mit klauenartigen Zacken, das größer war als alle anderen Verzierungen. Die Krone *Elrysjar*.

Vor der Tür standen acht Wachen. Es gab einen kurzen Wortwechsel zwischen ihnen und den Wächtern der Gefährten – dabei sprachen sie alle gebrochen in der Sprache der Menschen. Dann traten die Krieger zur Seite und drehten die mächtigen Türräder. Ein tiefes, schweres Knarren durchlief das Holz. Dann öffnete sich ein schmaler Spalt des zentimeterdicken Türflügels, sodass Nill, Scapa, Fesco und ihre Wächter hindurchpassten.

Helles Licht kam ihnen entgegen. Es war nicht nur Feuerschein, sondern auch Tageslicht: Am fernen Ende der Halle erhob sich eine Reihe hoher Fenster. Und was für eine Halle es war! Die Gefährten waren im Herzstück des Turms angekommen.

Links ragte eine Reihe verschnörkelter Portale auf, rechts mehrere Doppeltüren, gesäumt von Obelisken. Und direkt gegenüber dem Eingangstor, unter den hohen Fenstern, zogen sich zehn Treppenstufen hinauf zu einer Thronempore. Die Treppe und einen Teil des Fußbodens bedeckte ein aufwändig bestickter Teppich, der wie eine Landkarte Sonne, Sterne und Mond, Schiffe und Städte zeigte.

Rings um die Thronempore standen ein Dutzend Krieger. Den Thron selbst verbarg ein dunkelroter Vorhang – nur wenn man vor der Empore stand und genau hinsah, konnte man schemenhafte Umrisse durch den Stoff erkennen.

Stimmen drangen durch den Vorhang. Die Grauen Krieger waren auf ein Knie gesunken und verneigten sich ehrerbietig. Erst nach einigen Augenblicken wagten sie sich wieder aufzurichten, und einer von ihnen rief: »Eure Majestät – hier Gesandte von Dunkle Wälder! Was tun, Eure Majestät?«

Ein Flüstern drang durch den Vorhang. Der Wind pfiff hohl in der Dachkuppel, wie ein leises Weinen klang es. Dann rief eine monotone Frauenstimme: »Ihre göttliche Majestät wünscht, dass die Gesandten näher treten.« Und fügte im selben Atemzug hinzu: »Bogen!«

Die Wächter rings um die Empore nahmen ihre Bogen und legten Pfeile auf. Sie spannten noch nicht die Sehnen, trotzdem richteten sich augenblicklich ein Dutzend Eisenspitzen auf die Köpfe der Gefährten. Schwach vor Angst traten die drei näher und durchschritten die riesige Halle. Nicht mehr als zehn Meter trennten sie nun von den Stufen.

Durch den Vorhang sahen sie den Umriss einer Liege. Mehrere Gestalten standen darum und wieder war ein Flüstern zu hören. Dann erklang dieselbe monotone Frauenstimme wie eben: »Ihre göttliche Majestät wünscht, dass die Gesandten sich verneigen vor der höchsten Macht der Welt, dem Herrscher über die Marschen von Korr, Gebieter der östlichen Städte, Eroberer der Meere und namenloser Küsten!«

Nill, Fesco und Scapa sanken auf den Boden und verharrten so, während es abermals hinter den Vorhängen flüsterte, nun leiser als zuvor.

»Ihre göttliche Majestät wünscht, dass … der Gesandte mit dem schwarzen Haar das Gesicht hebt.«

Nills Eingeweide schienen sich irgendwo in ihrem Körper zusammengezogen zu haben. Was sollte das bedeuten? Sie warf Scapa einen unsicheren Seitenblick zu. Langsam hob er den Kopf und sah zu den dunkelroten Vorhängen auf. Dahinter regte es sich. Stoff rauschte, jemand erhob sich. Und dann, für einen kurzen Augenblick nur, schob sich eine weiße Hand zwischen den Vorhängen hindurch und warf einen Pfirsich.

Der Pfirsich hüpfte über die Stufen, rollte über den Teppich und blieb direkt vor Scapas Knie auf dem Boden liegen. Einen Moment lang starrte Scapa verwirrt auf die Frucht. Und einen Moment lang glaubte Nill, sie würde nie wieder aufstehen können – doch dann kam sie blitzartig auf die Füße. Allerdings nicht, weil plötzlich alle Furcht von ihr abgefallen war. Nein. Sie hatte sich verbrannt.

*An dem steinernen Messer.*

Sie stieß einen erstickten Schrei aus, sprang zurück und fuchtelte mit ihrem Rock herum. Der Steindorn glühte! Er hatte ihr auf der Haut gebrannt wie ein heißes Eisen! Ohne nachzudenken fingerte sie ihn aus ihrer Rocktasche und wollte ihn fallen lassen, da – blieben ihre Finger daran hängen. Sie glaubte ein Zischen zu hören, so heiß war der Stein an ihrer Haut.

Der Dorn hatte seine Form verändert. Er war spitz geworden und glühte rot wie Eisen im Feuer.

Nills Herz raste. Sie sah sich um: Alle Blicke waren auf sie gerichtet. Auf sie und das Messer.

»Holt das Messer!«, schrie eine hohe Stimme. »Nehmt ihr das Messer ab!«

Die Grauen Krieger hinter ihnen und die Wächter um die Empore reagierten ebenso schnell wie Fesco und Scapa. Die beiden Jungen sprangen vor Nill. Keine Sekunde später klirrte Metall und die Klingen ihrer Dolche stießen auf Schwerter und Lanzen.

Trotz ihres Muts – gegen so viele Graue Krieger konnten sie nicht lange standhalten, geschweige denn Nill schützen. Schon packte sie jemand, ein Arm schlang sich um ihre Brust und schnürte ihr die Luft ab. Eine zweite Hand riss ihr die Finger auseinander. Das steinerne Messer glitt Nill aus der Faust.

*»NEIN!«* Sie schrie es im selben Augenblick wie Scapa, und er stürzte auf den Grauen Krieger, der den Dorn mit schmerzverzogenem Gesicht in der Hand hielt. Sofort hoben die Krieger ihre Waffen gegen Scapa.

»Verschont den Jungen!«, schrie eine Stimme.

Er warf sich auf den Grauen Krieger, ließ seinen Dolch fallen, schloss dafür beide Hände um den Steindorn. Vor

Schmerz und Überraschung stieß Scapa einen Laut aus – das Messer war heiß! Aber er ließ es nicht los, sondern packte es nur noch fester. Ein Speerhieb traf ihn in die Rippen und ließ ihn aufkeuchen.

»Verschont den Jungen! Verschont ihn! *Scapa!*«

Er stolperte aus dem Gedränge der Grauen Krieger. Der Steindorn glühte in seiner Faust. Scapa merkte es nicht mehr.

Hinter dem Vorhang war ein Mädchen erschienen. Die Grauen Krieger hielten wie versteinert inne, als sie die Hand in einer gebieterischen Geste hob, und fielen auf die Knie. Das Mädchen sah Scapa an.

Sie trug ein prächtiges Kleid aus rotem und gelbem Samt. Der Stehkragen reichte über ihren Kopf hinaus wie ein aufgeschlagenes Blütenblatt, und ihr Haar war zu einem aufwändigen glatten Kranz gesteckt.

Es war das schönste Mädchen, das Nill je gesehen hatte. Und das unheimlichste.

Makellos waren die Gesichtszüge, makellos wie ein gemaltes Bild. Ihre Lippen verliefen in geschwungenen Bogen, doch sie wirkten unfähig zu lächeln. Die Augen blickten eisiger als blanker Stahl. Um ihre Stirn schmiegte sich ein schwarzes, dickes Steindiadem, die Zacken krallten sich wie Klauen um ihren Kopf.

Scapa senkte den Steindorn.

Lähmende Hitze durchflutete Nill. Das Mädchen trug die Krone. Sie war …

»Du bist der König von Korr«, stammelte Nill. Ihre Stimme brach ab.

Verwirrt schwenkte der Blick des Mädchens von Scapa zu ihr herüber, als merke sie erst jetzt, dass noch jemand in der Halle war. »Der König von Korr ist tot«, sagte sie.

Nill spürte den Boden nicht mehr unter sich. Mit zitternder Stimme flüsterte sie: »Wer bist du?«

Keine Regung spiegelte sich in dem Gesicht des Mädchens. »Ich habe den König von Korr mit einer List besiegt. Ich habe die Macht aus seinen Händen gewunden. Ich …« Das Mädchen hob den Kopf. »Ich bin das Weiße Kind.«

Scapa spürte nicht das Tageslicht auf seinem Gesicht. Er verharrte reglos in der Schwärze eines Ozeans, in dem es weder Erde noch Himmel, weder oben noch unten gab.

Und dort, am Rande der Stufen vor dem dunkelroten Vorhang, stand Arane.

VIERTES BUCH

# Nijura

# Verrat

Maferis wusste nicht, welche Rolle er wirklich für das Volk der Moorelfen gespielt hatte – und für die ganze zukünftige Welt. Er würde es nie erfahren. Und gewiss wäre er nicht im Traum darauf gekommen, dass er seine schicksalhafte Aufgabe ausgerechnet in einem dunklen Gasthaus erfüllt hatte, zwischen Bier trinkenden Säufern, an einem Tag, an den er sich kaum mehr erinnern konnte.

Er selbst war betrunken gewesen. Morgens war er aufgebrochen, um in dem Menschendorf am Rande der Berge Besorgungen zu machen: Er brauchte Papier, Federn, Tinte und wollte sich auch Brot und Getreide kaufen. Zum Tausch hatte er mehrere Wolfsfelle und sogar ein Bärenfell dabei.

In der Abenddämmerung erreichte er das kleine Dorf. Er kaufte, was er brauchte, und beschloss, in ein Gasthaus einzukehren. Er wollte nicht nachts durch die Gebirge zurückwandern, denn obgleich die Elfensicht ihm geholfen hätte, den rechten Weg in der Dunkelheit zu finden, war er erschöpft und musste sich vom langen Tagesmarsch ausruhen. In der Stube des Wirtshauses tummelten sich dunkle Gestalten. Stimmen hingen in der Luft. Maferis ließ sich an einem Tisch nieder und bestellte Hammelfleisch. Was er bekam, war ein fetttriefender Holzteller mit einer undefinierbaren Masse. Maferis aß und hatte den Teller fast geleert, da stellte ihm der Wirt einen Bierkrug auf den Tisch.

»Das ist ein Geschenk von dem da«, sagte er und wies mit einem Kopfnicken in eine finstere Ecke der Stube.

Eine Gestalt erhob sich und kam langsam und geduckt auf Maferis zugeschlichen. Das matte Licht der Talgkerzen beleuchtete ein verschlagenes, gleichwohl noch junges Gesicht mit wilden Bartstoppeln.

»Darf ich mich zu dir setzen?«, fragte der Fremde.

Maferis war mehr als überrascht, denn der Mann sprach – wenn auch gebrochen – Elfisch. »Ja«, murmelte Maferis noch immer verwundert und der Fremde ließ sich auf den gegenüberstehenden Stuhl sinken. Sie stießen an und tranken schweigend ihre Bierkrüge leer.

Alkohol hat eine weitaus größere Wirkung auf einen Elf als auf einen Menschen. Außerdem hatte Maferis noch nie einen Schluck Bier zu sich genommen, und nachdem sie zwei Krüge geleert hatten, war er betrunken genug, um alles zu sagen und alles zu vergessen.

»Wer bist du?«, fragte er den Fremden schließlich lallend.

Sie beugten sich nahe zueinander.

Der Mann lachte. »Ich bin ein Prinz von Dhrana«, sagte er.

Dhrana war ein unbedeutendes Königreich zwischen den Marschen und dem Dunklen Waldreich, das gerade einmal aus einer Hand voll Dörfern bestand. Wer noch nie von Dhrana gehört hatte, konnte dennoch welterfahren sein. Aber dass ein Prinz ganz gleich welchen Königreiches hier, *so*, in diesem Dreckloch hockte – diese Vorstellung ließ die beiden Männer vor Lachen prusteten.

»Ich bin der zweite Sohn des Königs Ileofres von Dhrana«, fuhr der Fremde fort und trotz seines Grinsens blieben seine Augen hart. »Man hat mich verstoßen! Ich wollte meinen Bruder töten. Und meinen Vater. Verräter haben sie zu mir gesagt; ich würde versuchen zu morden, um selbst König zu werden. Aber was wissen die schon? Ich, ich bin dazu bestimmt, zu herrschen!« Er lachte und trank einen weiteren Schluck. »Wer bist du? Wieso ist dein Gesicht verbrannt?«

Maferis tastete mit den Fingerspitzen über seine bucklige Haut. Die Erinnerungen, der Schmerz, der Hass zogen wie glühende Sterne an ihm vorüber. »Ich war der engste Berater des Königs der Moorelfen«, sagte er. »Und ich wollte ihn töten.«

Die beiden lachten atemlos, bis ihr Lachen fast zu einem Schluchzen wurde.

»Es ist wahr«, sagte der Fremde plötzlich ernst. Seine Augen blitzten vor Hass.

Maferis erstarrte mitten im Lachen. »Ja. Es ist wahr.«

Der fremde Prinz beugte sich so weit vor, dass sein heißer Bieratem Maferis umwehte. »Erzähle mir deine Geschichte«, hauchte der Prinz in der Elfensprache.

Und Maferis erzählte. Er erzählte so genau, dass die Bilder sich in den Augen seines Gegenübers zu spiegeln schienen.

Als die Nacht vorüber war und Maferis schlafend auf seinem Stuhl lag, wusste der fremde Prinz alles. Er kannte Maferis. Er kannte Xanye. Er kannte den König der Moorelfen, seinen Aberglauben, seine Liebe zu seiner Schwester... Er wusste von den betrügerischen Prophezeiungen und von der verschlingenden Macht der Krone. Wusste, dass die Krone einem Sterblichen alles eröffnen würde. Maferis' Gier hatte sich mit seinen Worten auf eine andere Seele übertragen.

Sobald der Morgen aufzog, hatte der Prinz von Dhrana das Wirtshaus und Maferis verlassen. Er hatte seinen Proviant gepackt und brach in die Marschen von Korr auf, berauscht von der Genialität seines Vorhabens.

Trotz seines scharfen Verstandes wusste Maferis nichts von alledem. Er wusste nichts von den Ereignissen in den tiefen Marschen, die seinetwegen stattgefunden hatten, nichts von dem Menschenkönig, den er einst in einem finsteren Wirtshaus dazu gemacht hatte, nichts von der Geschichte eines namenlosen Straßenmädchens aus Kesselstadt, das genau diesen König mit einer List besiegte. Nichts ahnte er, als er drei Jahre später in seiner Hütte dem Heulen des Windes lauschte und nur an einen schwarzhaarigen Jungen dachte, der die Welt für ihn mitverändern sollte.

»Du bist das Weiße Kind?«, flüsterte Nill. »Aber... Du trägst die Krone... Du bist der König! Du kannst doch nicht...« Verzweifelt wandte Nill sich zu Scapa um. »Scapa«, rief sie. »Das Messer! Du musst... Wir haben es uns geschworen!«

Scapa rührte sich nicht. Der steinerne Dorn hing in seinen kraftlosen Fingern.

»Du musst *den König töten!*«, schrie Nill. Tränen der Panik schossen ihr in die Augen.

Seine Hand zuckte. »Arane...«

»Was?«, flüsterte Nill. »Was sagst du?«

»Scapa!« Die Königin streckte die Hand nach ihm aus.

Endlich konnte er sich rühren. »Ich dachte, du bist... Du bist ein Geist!«

»Nein. Ich bin echt. Aber du...«

Nill kam auf Scapa zu. »Was sagst du da? Das ist der König von Korr! Sie trägt die Krone! Sie ist noch immer –«

Scapa wich zurück, als Nill vor ihm stand. Er zitterte, aber er wich trotzdem zurück.

»Scapa!«, flüsterte die Königin. Sie wiederholte seinen Namen wie eine Beschwörung.

Er ging rückwärts und entfernte sich von Nill. Dann erklomm er die Stufen.

Die Königin regte sich nicht, als er auf sie zukam, den Steindorn in der Hand. Nill wartete gebannt die Sekunden ab, die über alles, *alles* entscheiden würden. Und als Scapa vor der Königin stand und das magische Messer ihm aus den Fingern fiel, glaubte Nill, der Steindorn fahre direkt in ihr Herz.

Mit einem Mal all ihrer Kraft beraubt, sank sie auf den Boden. Sie sackte in sich zusammen, so wie alles in ihr zusammenbrach und einstürzte, aber Scapa sah sie nicht einmal an. Sein Blick hing an der Königin.

Sie lächelte. »Ergreift den Eindringling!«, rief sie herrisch. »Aber verschont den anderen Jungen.«

Fesco sank auf die Knie, als die Hände und Klingen von ihm abließen.

Nill wehrte sich nicht, als die Grauen Krieger sie hochrissen. Wie aus weiter Ferne hörte sie Scapa rufen.

»Bringt sie nicht um! Arane, töte sie nicht!«

Es war ihr egal. Alles war vorbei. Scapa hatte sie verraten.

Als die hohen Türflügel zufielen, war Nill verschwunden. Wie im Traum spürte Scapa eine Hand, die sich auf seine Schulter legte. Er drehte sich um und blickte in Aranes Gesicht. Er streckte die Hände aus, berührte ihre Wangen und ihre Haare. Sie war echt. Sie stand direkt vor ihm. Aber wie sie aussah!

»Du bist eine Königin«, flüsterte er. »Du bist wirklich eine Königin geworden.«

Sie schloss die Augen und fiel ihm um den Hals. Jetzt endlich konnte auch Scapa sie umarmen. Er drückte sie so fest an sich, dass sie auf die Zehenspitzen ging, dann sanken sie zu Boden.

»Ich dachte, du wärst tot«, hauchte sie und streichelte sein Gesicht. »Ich dachte, die Grauen Krieger hätten dich auf der Straße umgebracht! Du lagst da auf dem Boden, und …«

»Oh Arane!« Er schüttelte den Kopf. »Das alles ist unmöglich! Wie ist das alles geschehen?!« Sein Gesicht verzog sich und er umarmte sie heftig. »Du lebst! Du hast die ganze Zeit gelebt!« Mehr als das konnte er nicht sagen. Nicht denken.

Arane war hier. Die Königin von Korr. Das Weiße Kind.

»Erzähle mir, wie das möglich ist!«, sagte er.

Arane sah ihn durch ihre Tränen hindurch an. Sie nickte.

Wochenlang hatte Arane in Finsternis gelebt, denn die Angst hatte sie erblinden und vergessen lassen. Dann wurde sie in die Marschen von Korr gebracht, über die Berge und durch die tiefen Moore, hinein in den Turm. Als sie ihn das erste

Mal gesehen hatte, war der Himmel schwarz gewesen, Donnerrollen ließ jeden Stein und Knochen erzittern, und zuckende Blitze durchäderten die Dunkelheit.

Das Innere des Turms war so schauderhaft gewesen wie das Gerippe eines Monstrums. Vor drei Jahren hatte es dort nichts gegeben, nur schwarzen Stein – Glasfenster, Teppiche und herrliche Möbel sollten das leere Gerippe erst später in einen Palast verwandeln.

Nie würde Arane den Augenblick vergessen, als sie ihn zum ersten Mal sah: den Schatten. Man hatte sie in eine dunkle Kammer geführt. Sie hatte nichts bei sich außer den Kleidern am Leib. Die Grauen Krieger waren draußen geblieben. Der Schatten – und das war etwas, worüber Arane später oft nachdachte – mochte sie nicht in seiner Nähe.

Er saß von Fellen umgeben auf einem breiten Thron. Der Tisch vor ihm war gedeckt, doch nur eine einzige Talgkerze erhellte den Raum. Sein Gesicht blieb ein schwarzer Fleck in der Dunkelheit.

»Hast du ein Messer?«, raunte er. Seine Stimme klang schrecklicher als die Laute aller Sterbenden, die Arane je in Kesselstadt gehört hatte. Mit jeder Silbe war ihr, als hauche ein krankes Tier sein Leben aus.

Sie schüttelte den Kopf. Durch die dicken Steinwände drang der Donner.

»Gut«, flüsterte der Schatten. »Niemand darf ein Messer tragen. Nirgends darf ein Messer sein.«

Arane blickte auf den gedeckten Tisch. Eine Vielzahl goldener Bestecke reihte sich neben dem Teller auf. Kleine Löffel, große Löffel, flache Löffel, tiefe Löffel; spitze, lange Gabeln, kurze Gabeln, dreizackige Gabeln, zweizackige Gabeln; Spieße, ein kleines Schlachtbeil. Kein Messer.

Arane sah zum Thron zurück. »Ihr fürchtet *Elyor*, das Messer der Freien Elfen«, sagte sie leise.

Ein lang gezogenes Stöhnen hallte durch die Räume und Korridore des Turms, als es abermals donnerte. Der Schatten beugte sich vor, unendlich langsam. Das Holz des Throns knarrte. Sein Gesicht tauchte in den blassroten Schein der Kerze und der Schatten verwandelte sich in den König von Korr: ein erschreckendes Gesicht mit blutunterlaufenen Augen, leeren Wangen und weißen Lippen. Um seine Stirn schmiegte sich wie eine riesige Klaue die Krone der Moorelfen. Er hielt den Kopf schief, ganz so, als sei die Krone ihm zu schwer, um ihn aufrecht zu halten. Noch bevor Arane auffiel, dass er jung war, erkannte sie in seinem verschwommenen Blick den Wahnsinn.

Er war verrückt.

Arane spürte, dass sie bis jetzt nicht einmal geahnt hatte, was Furcht bedeutete. Vor Torron hatte sie Angst gehabt, ja. Aber dass selbst der boshafteste Mensch nicht so gefährlich sein konnte wie ein wahnsinniger, das begriff sie erst in diesem Moment.

Ein Zischen wie von einer Schlange drang aus seiner dunklen Mundöffnung, bevor er zu sprechen begann. »Sag nie wieder … diesen … Namen!«

Sein Blick glühte auf ihr. Noch immer zischend – vielleicht war es nur sein Atem, der leise pfiff – hob er ein Fleischstück von seinem Teller und steckte es sich in den Mund. Er kaute langsam. »Wie … heißt du?«

»Arane«, sagte sie.

Ein Lächeln glitt über das Gesicht des Königs. »Ein Name … ist das größte Geheimnis … das man haben kann. *Arane* … Einen Namen kann man *verfluchen*!«

Arane sagte nichts. Sie verschwieg, dass Arane der Name war, den sie sich an einem heißen Sommertag vor dem Puppentheater selbst erwählt hatte. Dafür beobachtete sie gebannt das Flackern in den Augen des Königs. Plötzlich kniete sie vor dem Tisch nieder und sah zu ihm auf.

»Ihr scheint weise zu sein, mein König! Ich bewundere Euch. Ich will von Euch lernen.«

Sie log besser, als Scapa es je vermocht hatte. Sie log so gut, dass sie selbst ihre Angst vergaß. »Erzählt mir mehr! Erzählt mir, wie ihr Euch die Krone aneignen konntet. Ich hatte eine Vision«, fügte Arane eifrig hinzu. »Ich weiß, wie das Messer – das schreckliche Messer – Euch nichts mehr anhaben kann, mein König! Doch Ihr müsst mir erst erzählen, wie Ihr die Krone erlangen konntet. Erzählt es mir… Vertraut mir, mein König!«

Er konnte den Blick nicht von ihren großen, leuchtenden Augen wenden. Nie hatte sie so gut gelogen.

»Vertraut mir!«

Der Donner ließ jeden Stein im Gemäuer erbeben.

»Verratet es mir…«

## Die wahre Legende

Eine Weile saß Arane neben Scapa auf dem Boden, und sie rief Fesco zu sich, umarmte beide und betrachtete mit feuchten Augen Fescos verwirrtes Gesicht. Sie murmelte davon, wie sehr er sich verändert habe, und wie froh sie sei, auch ihn wiederzusehen. Dann ergriff sie die beiden an den Armen. »Ihr müsst halb verhungert sein. Kommt, wir wollen essen!«

Sie standen auf und Arane führte sie in ein großes Kaminzimmer direkt neben der Thronhalle. Über einer Steintafel, die auf gehauenen Löwenpranken ruhte, entzündeten Dienerinnen den Kronleuchter. Holzscheite wurden auf die zwei eisernen Drachen gestapelt, die im Kamin standen. Im Nu war das Zimmer in flackerndes Licht getaucht.

»Setzt euch – setzt euch neben mich«, sagte Arane, lief zu einem gepolsterten Thron am Ende der Tafel und befahl den Dienerinnen, die stumm neben der Tür standen, sie sollen noch zwei Stühle holen. Scapa und Fesco nahmen neben ihr Platz.

»Ihr müsst mir alles erzählen«, sagte Arane. »Alles, was in den drei Jahren geschehen ist. Wie ist es in Kesselstadt?«

Scapa konnte sie eine Weile bloß angucken. Ihr Lächeln war noch so wie früher, aber jetzt saß es in einem ganz anderen Gesicht. In einem älteren.

»Der Himmel ist immer noch weit und hellblau über Kesselstadt«, sagte er leise. »Die Händler sind fetter denn je. Täglich gibt es Hinrichtungen, an den Abenden feiert man Laternenfeste. Der Fuchsbau …« Scapa stockte. »Kesselstadt ist drei Jahre lang mein Grab gewesen«, flüsterte er. Ein merkwürdiges Lächeln huschte über sein Gesicht.

Arane sah ihn an, unfähig, noch ein Wort zu sagen, bis eine lange Schlange von Dienerinnen hereinkam und dampfende Schüsseln, verdeckte Silberteller und Speiseplatten auf die Tafel stellte. Scapa machte große Augen, so herrliche Gerichte wurden vor ihnen aufgetürmt: Es gab knusprig glänzenden Braten, goldene Klöße, gedünstetes Gemüse, glasierte Früchte, Nüsse und elfischen Honigwein. Gerührt und mit Stolz beobachtete Arane das Staunen der beiden. Scapa wagte sich nicht zu rühren, so als könne sonst das wunderbare Essen wie ein Traum vor ihm zerrinnen. Seine Hände schienen ihm zu schmutzig, um nach den Köstlichkeiten zu greifen, und er schämte sich ein bisschen.

»So nehmt doch!« Arane hob Scapas Teller hoch und lud drei dampfende Klöße darauf. Dann begoss sie sie mit dickflüssiger, dunkler Bratensoße, deren bloßer Duft Scapa vor Freude schaudern ließ, und legte ihm zwei dicke Bratenscheiben dazu. Sie stellte den Teller wieder vor ihn und nahm Fescos, auf den sie nicht weniger üppig auftrug.

»Esst! Na los, esst, so viel ihr wollt.« Sie schenkte Scapa ein unsicheres Lächeln. »Ich weiß doch, wie du futtern kannst. Du hast oft genug einen ganzen Brotlaib verdrückt. Esst mit den Fingern!« Sie lachte. »Wir essen so wie früher. So wie immer!«

Sie stand auf, beugte sich über den Tisch und nahm sich mit

bloßen Fingern eine Bratenscheibe. Die Soße tropfte erst auf die Tafel, dann auf ihre Finger, und als sie sich wieder gesetzt hatte, bekleckerte sie ihr kostbares Kleid. Sie legte den Kopf in den Nacken und stopfte sich das Fleisch in den Mund. Nicht einmal mehr lachen konnte sie, so voll waren ihre Backen, und die Soße rann ihr aus den Mundwinkeln.

Scapa zögerte keine Sekunde mehr – viel zu groß war sein Hunger und viel zu herrlich waren die Köstlichkeiten vor ihm. Er kümmerte sich gar nicht um das Besteck neben dem Teller. Mit den Händen nahm er einen Kloß und schlang ihn mit drei Bissen hinunter. Den Kelch mit dem Honigwein trank er in einem Schluck leer. Schon huschte vom Rand des Zimmers eine Dienerin herbei und füllte ihm nach.

Auch Fesco war zu hungrig für Manieren. Mit den Fingern putzten sie ihre Teller blitzblank und griffen danach in die Schüsseln. Bratensoße spritzte auf den Tisch, die Klöße verklebten ihre Hände. Scapa aß und vergaß alles andere, bis sich ihm eine sanfte Hand auf den Unterarm legte.

»Esst nicht zu schnell, wenn ihr davor gehungert habt.« Arane sah ihn an. »Weißt du noch damals in Kesselstadt, als wir den Apfelverkäufer bestohlen haben? Du hattest so lange nichts mehr gegessen und dann einen ganzen Sack Äpfel, und dann wurde dir schrecklich schlecht.«

Scapa würgte einen halb gekauten Bissen Gemüse hinunter. »Es war aber kein ganzer Sack.«

»Ihr müsst euch nicht hetzen.« Aranes Blick schwenkte zu Fesco hinüber. »Ihr werdet hier noch bis zum Ende eures Lebens essen können!«

Scapa und Fesco sahen sich an. Plötzlich mussten sie lachen. Sie lachten und lachten, bis Fesco Mandelsplitter ausprustete und Scapa Tränen in die Augen stiegen.

Hier essen bis zum Ende ihres Lebens! Es war so absurd. So unerwartet. So unmöglich war die Welt, dass Scapa nicht einmal wusste, ob er vor Glück oder vor Kummer lachte und weinte. Das Leben hatte ihn zum Narren gehalten, drei Jahre lang. Er stützte sich mit den Armen auf den Tisch und betrachtete Arane. Sie hatte sich kaum verändert, war ihm vertrauter als der Anblick von Kesselstadt; und doch war es vollkommen anders. Sie war eine Fremde. Eine Königin.

»Wie ist das alles geschehen?«, murmelte er. »Wie wurdest du …«

Arane beugte sich zu ihm vor. Ihr Gesicht war ihm so nahe wie in seinem Traum.

»Das ist die wahre Legende, Scapa. Das hier – dass wir uns hier wiedersehen – das ist unser Schicksal gewesen! Das, wovon wir immer geträumt haben, das, was wir immer wussten, das fängt jetzt erst an. Unser Leben in Kesselstadt war nur ein winziger Augenblick von der Zeit, die uns gehört«, flüsterte sie.

Scapa streckte die Hand aus. Er wollte sie berühren und sicher gehen, dass sie tatsächlich echt war, denn wirklich glauben konnte er es noch nicht.

Ihre Wange fühlte sich weich an. Scapas Finger malten ihr Spuren von der Bratensoße auf die Haut. Sie wich leicht zurück, fuhr sich mit dem Handrücken darüber und lachte.

»Ihr beide starrt ja vor Dreck!« Und noch im selben Atemzug verordnete sie den Dienerinnen, man solle Bäder vorbereiten. Dann ließ Arane ihren Blick so langsam über Scapa wandern, als wolle sie sich jede Einzelheit an ihm einprägen. Sein Herz zog sich zusammen. Mit demselben Blick hatte sie ihn an jenem unglückseligen Tag vor der Soldatenwache angesehen, als er sie für immer verloren geglaubt hatte.

»Kommt.« Sie stand auf.

Die beiden Jungen folgten ihr, nachdem Fesco sich noch zwei Klöße genommen hatte, von denen er sich einen in die Manteltasche stopfte und den anderen in den Mund.

Arane führte sie durch helle Gänge. Der Boden war mit rotem Teppich ausgelegt. Gemälde schmückten die Wände.

Überall huschten Dienerinnen umher, verneigten sich tief vor Arane und wagten auch Scapa und Fesco kaum einen Blick zuzuwerfen. Als sie in einer kleinen Halle ankamen, nahm Arane Scapa bei der Hand und sagte zu Fesco: »Dein Bad erwartet dich dort.« Sie winkte zwei Dienerinnen herbei. Augenblicklich eilten sie zu ihr, verbeugten sich vor Fesco und wiesen auf eine Tür. Fesco räusperte sich. »Ja, also ... danke.« Er folgte den Dienerinnen.

»Und was ist mit ...«, stotterte Scapa, aber da schloss Arane schon beide Hände um die seinen und zog ihn entschieden auf eine Tür zu.

»Du badest in meinem Lieblingsbad«, sagte sie, drehte sich zu ihm um und schob die Tür auf.

Sie betraten ein von Glasfenstern erhelltes Zimmer. Sitzbänke und Steinstühle standen an den Wänden, verziert von Ornamenten aus Perlmutt und Porzellan. In der Mitte des Zimmers aber war das Verblüffendste: Fünf Stufen führten in eine riesige Vertiefung im Boden, in der dampfendes Wasser schwappte. Türkisfarbene und goldgelbe Kacheln malten ein Mosaik unter die sanften Wellen. Mehrere Dienerinnen standen mit Leinentüchern, Blütenblättern und Seifen rings um das Bad und knieten nieder. Arane beachtete sie gar nicht, und ohne den Blick von Scapa zu wenden, der alles mit Staunen betrachtete, winkte sie sie fort. In einer Reihe gingen die Dienerinnen hinaus. Die Handtücher legten sie auf einer Sitzbank unweit des Bades ab.

»Das alles gehört wirklich ...?«

Arane nickte. »Das alles gehört mir. Und jetzt«, fügte sie leise hinzu, »auch dir.«

Sie trat direkt vor ihn. Dann löste sie die seitlichen Knöpfe seines Umhangs und streifte ihn von seinen Schultern. Der Stoff fiel zu Boden.

Sie blickte in sein Gesicht auf. »Du siehst so viel älter aus. Du klingst ganz anders. Ist denn wirklich so viel Zeit vergangen?«

Scapa konnte nichts erwidern. Er hätte auch gar nicht gewusst, was.

Arane senkte den Kopf und knüpfte sein Wams auf. Dann nahm sie ihm den Gürtel ab, in dem sein Dolch und der Steindorn steckten. Sie hob seinen Umhang auf und trug die Sachen zu einer Bank. Von hinten sah Scapa, wie Arane nach kurzem Zögern nach dem Steindorn griff – aber ihre Hand schreckte zurück, als sie spürte, wie heiß er war.

»Ich… werde deinen Umhang waschen lassen«, sagte sie und legte ihn behutsam über den Gürtel und den Steindorn. Währenddessen zog Scapa sich Wams, Hose und Schuhe aus und tauchte den Fuß bis zur ersten Stufe ins Badebecken.

»Das Wasser ist ja warm!«, rief er verblüfft.

Arane schüttelte lächelnd den Kopf. »Was dachtest du denn, du Schafskopf – dass es vor *Kälte* dampft?«

Als sie sich umdrehte, ließ Scapa sich mit einem lauten Platschen ins Wasser fallen. Die Wellen schwappten über den Rand des Beckens und überschwemmten den Boden. Er tauchte unter, kam prustend mit dem Kopf wieder aus dem Wasser und strich sich die Haare aus der Stirn. Als er die Augen öffnete, stand Arane am Rand des Beckens und sah auf ihn herab.

»Ich habe noch nie in so was gebadet«, sagte er. »Und…« Er roch an seinem Arm. »Das Wasser duftet sogar.«

»Ich weiß«, erwiderte Arane. »In Kesselstadt sind wir im Sommer in den Kanälen geschwommen, weißt du noch? Einmal, bei der Brücke von Grejonn, ist der Kopf eines Verbrechers im Wasser getrieben. Ich habe mich schrecklich geekelt. Und du hast ihn mit einem Holzbrett weggestoßen, damit ich schwimmen konnte.«

Scapa erinnerte sich sehr gut an jenen Tag. Er wusste noch, wie das aufgedunsene Gesicht des Toten aus dem Wasser zu ihm heraufgestarrt hatte. Er wusste noch, wie Aranes wilde Locken in der Sonne geglänzt hatten und wie braun ihr Nacken gewesen war. Plötzlich hatte er das Bedürfnis, ihre aufwändige Frisur zu zerstrubbeln und sie wieder in die schmutzige, sonnengebräunte Arane zu verwandeln, die sie immer gewesen war.

»Heute schwimmen keine Köpfe mehr in meinem Badewasser«, bemerkte Arane mit einem Lächeln.

Er senkte das Gesicht und setzte eine böse Miene auf. »Bist du dir da sicher?«

Plötzlich schlang er die Arme um ihren Rock. Arane stieß einen erschrockenen Schrei aus, dann fiel sie mitsamt all ihren Kleidern ins Wasser.

Sie hatte so laut geschrien, dass eine Schar Dienerinnen ins Zimmer stürzte.

»Majestät!«, riefen sie entsetzt. »Majestät! Ist alles in Ordnung?«

Nach Luft ringend kam Arane hoch. Der mehrschichtige Rock hatte sich aufgebläht und füllte fast das ganze Becken aus.

»Ja«, japste sie. »Ja – oh, ja. Alles in Ordnung.« Sie begann atemlos zu lachen. Die Dienerinnen verneigten sich ratlos und schlossen wieder die Türen hinter sich. Es war das erste Mal, dass Scapa die Dienerinnen hatte sprechen hören, und ihm war aufgefallen, dass sie menschliche Frauen waren.

Arane wirbelte zu ihm herum und strich sich die Haare aus dem Gesicht. Er lachte, so hilflos sah sie aus.

»Ich kann mich nicht mehr bewegen!« Er planschte auf ihrem geblähten Rock. »Dein Kleid ist überall! Sag mal, ist das vielleicht ein Zelt, das du da trägst?«

»Du bist verrückt!«, keuchte Arane. »Du bist ja vollkommen übergeschnappt!« Und sie streckte die Hände nach ihm aus, als wolle sie sich an ihm hochhieven. Dann fasste sie aber nach seinen Schultern und zog ihn zu sich heran. Das Wasser tropfte ihr vom Kinn. Dampf stieg rings um sie von den Wellen des Beckens auf. Scapa legte leicht die Hände um ihre Taille. Er spürte, wie sie atmete. Vorsichtig stieß ihre Nasenspitze gegen die seine und sie küsste ihn.

Einen Herzschlag lang glaubte Scapa, wieder in den Kanalschächten des Fuchsbaus zu stehen. Arane fühlte sich nass und zitternd an, und er selbst auch; doch jetzt waren die Lippen, die ihn küssten, nicht kalt, sondern warm. Der heiße Dampf hüllte sie ein wie eine Decke. Scapa zog Arane tiefer ins Wasser.

Er löste das goldene Perlenhaarnetz und ihre Locken fielen feucht und ungeordnet herab. Sie reichten ihr jetzt bis zum Rücken. Scapa näherte seine Hände dem steinernen Diadem und wollte es ihr von der Stirn nehmen.

Arane löste die Lippen von seinen und wich hastig zurück. Für einen kurzen Moment glitt ein kalter Ausdruck über ihre Augen – aber er war so schnell wieder verflogen, dass Scapa sich nicht mehr sicher war, ihn gesehen zu haben. Irritiert sah sie ihn an.

»Was ist?«, murmelte er. »Nimm doch das Ding ab. Es ist so … groß.«

»Nein!« Sie wich noch ein Stück vor ihm zurück. Ihre Hände umfassten die Krone. »Das ist Wahnsinn. Ich darf sie nicht ablegen! Und du darfst sie nicht berühren! Ich lege sie nie ab.«

Scapa zog die Augenbrauen zusammen. »Du legst sie *nie* ab?«, sagte er leise.

»Es ist die Krone *Elrysjar*! Ich bin ihre Trägerin. Ich kann sie nicht einfach ablegen wie ein Kleidungsstück!«

Als er nichts sagte, erhob Arane sich und drehte sich um. Mit schweren Schritten, denn ihr Kleid wog jetzt bestimmt mehr als sie selbst, watete sie aus dem Wasser.

»Arane«, rief Scapa. »Arane! Warte doch, bleib hier. Ich muss mir dir reden.«

Er kam auf sie zu und ergriff ihre Hände. Sie drehte sich um. Seltsam verschlossen wirkte sie nun und die Schatten unter ihren Augen schienen dunkler geworden zu sein.

Scapa senkte den Kopf. Was er jetzt sagen wollte, würde nicht leicht werden. »Es geht um das Mädchen, das mit mir gekommen ist. Du musst mir versprechen, dass ihr nichts zustößt.« Während Scapa hier stand, war Nill vielleicht… Nein, er wollte nicht mal daran denken. Leiser als zuvor murmelte er: »Bitte, lass sie gehen. Sie hat nichts getan.«

Arane blickte zur Seite und schob das Kinn vor. »Ich würde es gerne tun, allein, um dir einen Wunsch zu erfüllen. Aber es geht nicht. Sie hat dir gesagt, dass du mich umbringen sollst. Sie hatte das magische Messer der Freien Elfen dabei. Sie hat ein Attentat auf mich geplant! Ich kann sie nicht freilassen, Scapa, das musst du verstehen. Das ist unmöglich.«

»Aber sie dachte doch, dass du der König von Korr bist!«

»Ich *bin* der König von Korr«, erwiderte Arane. »Ich *bin* der Kronenträger, Scapa! Einen anderen König als mich gibt es nicht.«

Es war, als würde ihm erst jetzt bewusst, wer wirklich vor ihm stand. Er musste an das Todesfeld der Erhängten in den Sümpfen denken… Plötzlich wurde ihm schlecht. Sein Händedruck wurde lockerer.

»Dieses verfluchte Mädchen – wer auch immer sie ist – wollte mich töten.«

»Ich wollte den König auch töten. Aus Rache für dich.«

Sie legte ihm eine Hand auf die Wange, doch die Berührung schien sehr fern. »Was dich zu mir geführt hat, war unser gemeinsames Schicksal«, flüsterte sie. »Es war deine Treue. Aber das Mädchen ist eine Attentäterin. Und wenn sie deine Freundin war«, Arane hielt die Luft an, »wenn du sie irgendwie kanntest, dann tut es mir Leid.« Scapa sah, dass sie die Zähne zusammenbiss, wie sie es früher immer getan hatte, wenn sie gekränkt oder unzufrieden gewesen war. Dann legte sie den Kopf schief und verengte die Augen. »Ist sie nicht eine Elfe? Für mich sah sie wie ein kleiner, schmutziger Elfenbastard aus.«

»Sie ist…«

Arane strich mit den Fingern über seine Lippen, um ihn zum Schweigen zu bringen. »Eigentlich ist es sowieso egal.

Wer kümmert uns schon außer uns selbst, nicht wahr? Denke nur daran, was dir wichtiger ist: ihr Leben oder meines.«

Und als sei dies bereits die Antwort auf die Frage, ließ sie ihn los und wandte sich um.

Als sie aus dem Wasserbecken stieg, nahm sie den schweren Stoff ihres Kleides in die Arme und rief nach ihren Dienerinnen.

## Ein Wiedersehen

Nill saß in vollkommener Dunkelheit. Das rote Schimmern, das zuvor durch die Gitter der Kerkertür geleuchtet hatte, war erloschen: Draußen musste die Fackel ausgegangen sein.

Es war Nill gleich. Sie kauerte an einer moderigen Steinwand, stützte die Arme auf ihre angezogenen Knie und vergrub das Gesicht im Rock. Sie war vollkommen alleine. Auch das war ihr egal. Sollte die Welt doch mit den Grauen Kriegern untergehen! Was interessierte es Nill? Sie würde diesen Kerker ja doch nie wieder verlassen.

Und immer wieder musste sie an den Augenblick denken – den Augenblick, in dem das magische Messer aus Scapas Fingern geglitten war. Immer wieder spürte sie seinen Blick auf sich, als er vor ihr zurückwich.

Er hatte seinen Schwur gebrochen für das Mädchen mit der Krone. Arane hatte er sie genannt. War sie es wirklich? Nill schloss die Arme fester um ihre Knie. Sie wollte nicht darüber nachdenken, es war ihr egal, egal, *egal*! Sie wusste nichts mehr von Scapa, dem Dieb, dem Verräter, sie wollte nichts wissen von der heimlichen Königin und dem Weißen Kind!

Nill schluchzte leise. Sie war zum Narren gehalten worden. Die ganze Zeit.

Man hatte sie zum Narren gehalten, als sie von Celdwyn

auf die Reise geschickt worden war. Die Elfen hatten sie zum Narren gehalten, als sie ihr gesagt hatten, sie sei das Weiße Kind. Scapa hatte sie mehr als alle anderen zum Narren gehalten, weil er ihr geschworen hatte und sie hatte schwören lassen, weil er ihr von Aranes Tod erzählt hatte, weil er ihr in den Rücken gefallen war. Und am schlimmsten war sie selbst, denn sie hatte an all die schäbigen Lügen geglaubt.

Bittere Tränen rollten ihr über das Gesicht, aber das spielte keine Rolle. Es sah ja niemand. Und wer sollte von ihren Tränen schon erfahren? Es gab niemanden mehr, der an Nill denken würde. Zu Hause bei den Hykadenstämmen hatte man sie bestimmt schon vergessen. Kaveh und die Elfenritter waren sicher tot. Und Scapa... der hatte von Anfang an nichts anderes in Nill gesehen als ein Mittel zu seiner Rache. Sie hatte es gewusst und verdrängt, weil sie es nicht wahr haben wollte. Dabei war das Leuchten, das sie in ihm gesehen hatte, nichts anderes gewesen als ein Widerschein seiner Liebe zu Arane.

In Wirklichkeit war Nill alleine, sie war es immer gewesen und würde es immer sein. Sie war in keines anderen Herzen und niemandes Gedanken zu Hause. Sie existierte nur hier, in der Finsternis.

»Ich bin allein«, schluchzte sie, und als sie das Echo ihrer eigenen Stimme hörte, fühlte sie sich nur noch einsamer. »Niemand liebt mich. Niemand hat mich je geliebt –«

Sie hob plötzlich den Kopf und verschluckte sich vor Schreck. War da nicht ein Geräusch? Sie stieß einen verblüfften Laut aus, als aus der Dunkelheit ein Schaben erklang, dann kullernde Steine – sie wagte sich nicht zu rühren.

Ganz nah hörte sie das Kratzen von Hufen. Sie schrie auf, als eine feuchte, weiche Nase aus der Mauer ragte. Ein Grunzen erfüllte den Kerker und hallte von den Deckengewölben wider.

»Bruno!«, rief sie heiser.

Es gab keinen Zweifel. Kavehs Wildschwein schnaubte

und schnupperte in ihrem Kerker! Nill kroch zu ihm heran und hielt ihm die Hand vor die Nase, damit er sie erkannte. Dann hörte sie, wie er irgendwo jenseits der Mauer davonlief. Das Klappern seiner Hufe verlor sich in der Ferne.

»Bruno!« Sie zwängte die Hand durchs Loch. »Warte! Lauf nicht weg!«

Dann war es still um sie.

»Bruno?«

Kein Geräusch. Aber Nills Herz schlug so heftig, dass sie es in den Ohren pochen hörte. Bruno war hier und er lebte! Dann mussten auch Kaveh und die Zwillinge in der Nähe sein. Nill atmete schnell. Kaveh! Und sie hatte längst geglaubt, ihn nie wieder zu sehen!

Sie kroch näher an das Wandloch. Mit zitternden Händen ertastete sie die Steinbrocken. Dahinter war Leere.

»Komm zurück«, flehte sie leise. »Komm zurück!«

Sie begann erst mit dem Handballen, dann dem Ellbogen gegen die Wand zu schlagen. Kleine Splitter lösten sich. Als sie besonders kräftig zustieß, fuhr ihr ein ziehender Schmerz durch den Arm, sie stöhnte und sank mit dem Kopf gegen die Wand. Allein schaffte sie es nicht. Vielleicht, wenn sie ein paar Stunden arbeitete, war das Loch groß genug, damit sie hindurchpasste… Aber ob sie in der engen Finsternis Bruno je wiederfinden würde? Panik beschlich sie. Was, wenn er nicht wiederkam?

Mehrere Minuten kniete Nill mit wild schlagendem Herzen vor dem Loch in der Wand und horchte. Sie hörte in der Ferne das Platschen von Wassertropfen.

Nill verlor jegliches Zeitgefühl, während sie neben dem Loch in der Wand kauerte und wartete.

Irgendwann kam ein Licht. Aber nicht aus dem Loch in der Wand – der matte Schein drang durch die Gitter der Kerkertür. Obwohl das Licht kaum kräftig genug war, um den Schatten des Gitters auf den Boden zu malen, kniff Nill die Augen zusammen. Von jenseits der Tür hörte sie schlurfende

Schritte. Ein Gefängniswärter hatte die Fackel draußen wieder angezündet. Mit dem Licht hatte Nill das Gefühl, aus einem Traum erwacht zu sein. Plötzlich kam sie ins Zweifeln. War tatsächlich Bruno hier gewesen? Hatte sie wirklich seine Nase durch das Loch ragen sehen? Ihr wurde ganz schwindelig vor Angst bei dem Gedanken, dass sie ihren eigenen Sinnen nicht mehr trauen konnte. Sie wusste ja nicht einmal, wie viel Zeit vergangen war, seit sie hier saß. Wenigstens das Loch hatte sie sich nicht eingebildet.

Plötzlich erklang etwas aus der Finsternis.

Ihr Atem stockte. Von jenseits der Mauer drang ein dumpfer Schlag. Die Mauer zitterte. Staub und Steinchen rieselten auf sie herab.

*Bhumm.*

Nill wich zurück. Die Steine knirschten. Plötzlich fiel ein schwerer Gemäuerbrocken aus der Wand, gefolgt von kleineren Steinen und einer dichten Staubwolke.

Ein Gesicht löste sich aus der Schwärze. Das matte Fackellicht erfasste tiefblaue Augen.

Sie wollte seinen Namen rufen, doch der Schreck, die Fassungslosigkeit schnürten ihr die Kehle zu: Aus dem Wandloch kletterte Kaveh.

»NILL!« Er stolperte über die Steine, torkelte auf Nill zu, die sich an der Wand hochgezogen hatte, und umschlang sie fest mit seinen Armen.

Endlich fand auch sie ihre Stimme wieder. »Wie – in aller Welt – du bist hier! Kaveh, du lebst, du *lebst!*« Sie umarmte ihn fest und starrte ihn an und umarmte ihn wieder. Wie er aussah… Sein Gesicht war von Schmutz überzogen. In der Dunkelheit konnte Nill es nicht ganz erkennen, doch es sah so aus, als trage es auch die Spuren von etwas wesentlich Schlimmerem… Dann rief jemand ihren Namen und aus dem Loch taumelten zwei staubige Gestalten. Mareju und Arjas.

Die Zwillinge liefen auf sie zu und fielen Nill um den Hals.

Eine Weile lagen sie sich in den Armen und konnten nichts als lachen und schluchzen. Dann kam Bruno und stupste sie an. Kaveh löste die Arme von Nill und zog dafür das Wildschwein zu sich hoch, dass der Keiler missbilligend grunzte.

»Bruno hat dich gefunden! Als er mir erzählt hat, dass du hier bist, wollte ich ihm nicht glauben, aber er hatte Recht. Ich wusste es doch, die Nase eines Wildschweins macht keine Fehler!«

Nill musste lachen. »Er hat mich *gerochen*?« Dann ließ sie die Arme baumeln und sah langsam an sich herab: Trotz des schwachen Lichtschimmers erkannte man, wie verdreckt ihre Kleider waren. »Wahrscheinlich ist es doch nicht so schwer, mich nach dem Geruch zu finden.«

Kaveh berührte ihre Schultern und sah sie durchdringend an. »Bist du alleine hier? Wo sind Scapa und Fesco? Wie seid ihr hierher gekommen?«

Nill fand keine Worte. Als ihr Tränen in die Augen stiegen, lächelte sie und ließ sich in die Hocke sinken.

»Scapa und Fesco sind hier«, sagte sie endlich. »Aber nicht in den Kerkern.« Mit schimmernden Augen sah sie Kaveh an. »Es gibt keinen König von Korr. Die Krone wird getragen von einem Mädchen.«

»Ich weiß.«

Nill starrte ihn an. »Woher weißt du das?«

»Sie war hier«, flüsterte Kaveh. »Sie ist zu uns gekommen, als die Grauen Krieger uns in die Kerker geworfen haben. Sie hat gesagt, dass sie das Weiße Kind ist.«

»Das hat sie auch mir gesagt.« Sie biss sich auf die Unterlippe. »Und… ist es wahr?«

Kaveh senkte den Blick. »Sie muss den König mit einer List besiegt haben, so wie es dem Weißen Kind prophezeit wurde. Nur dass…« In der Dunkelheit war Nill sich nicht sicher, ob er lächelte oder das Gesicht verzog. »Wir haben die Prophezeiung alle falsch verstanden. Ich habe geglaubt, das Weiße Kind würde den König besiegen und ihm die Krone nehmen, und so ist es auch gekommen. Aber ich habe nicht daran gedacht, was dann geschieht. Ich war so überzeugt, dass das Weiße Kind die Elfen vor dem Untergang bewahrt – ich habe nie daran gedacht, dass das Weiße Kind selbst eine Gefahr sein kann… und zum Nachfolger des Königs werden könnte. Denn keine Prophezeiung hat wirklich besagt, dass das Weiße Kind die Elfen vor der Menschenherrschaft rettet.«

Nills Schultern sackten ein. Sie hatte nicht bloß als Weißes Kind *versagt.* Sie *war* nicht einmal das Weiße Kind. Das Schicksal, das sie die ganze Zeit über als ihres angesehen hatte, gehörte ihr gar nicht. In Wirklichkeit war Arane alles, was sie zu sein geglaubt hatte: das Weiße Kind. Und das Mädchen, das Scapa… – Nein, Nill brach diesen Gedanken ab.

»Scapa und Fesco sind bei ihr«, hauchte sie. Kaveh und die Zwillinge beugten sich vor, um sie zu hören. »Das ist der Grund, weshalb Scapa überhaupt Rache am König nehmen wollte: Er hat geglaubt, dass sie tot ist.«

Kaveh zog die Brauen zusammen. »Die Königin kennt Scapa?«

Nill nickte langsam.

»Dann ist er ein Verräter!«, stieß Mareju aus. »Er war es die ganze Zeit lang!«

»Er hat von der heimlichen Königin gewusst.« Arjas ballte die linke Faust. »Der Feigling hat uns in einen Hinterhalt gelockt.«

»Nein«, erwiderte Nill und schämte sich gleichzeitig, weil sie ihn noch immer verteidigte. »Nein, er wusste es nicht. Er hat wirklich gedacht, dass sie längst tot ist.«

Kaveh sah sie eindringlich an. »Und er hat sich auf ihre Seite gestellt, obwohl sie hinter den Grauen Kriegern und allem Unheil steckt? Und er hat nichts getan, als sie dich in die Kerker bringen ließ?«

Nill starrte auf ihre geschlossenen Fäuste. »Nein.«

Kaveh presste die Lippen zusammen und sagte nichts, wofür Nill ihm dankbar war. Eine Weile schwiegen sie. Scapa war ihr Gefährte gewesen, und doch hatte er nicht genug Ehre und Mut gehabt, um ihnen beizustehen.

Schließlich öffnete Nill die Fäuste. Starr blickte sie in ihre Handflächen. »Ich dachte, ich könnte etwas bewegen«, flüsterte sie. »Ich dachte, ich könnte... Aber, das weiß ich jetzt, man kann nicht mehr sein, als man ist.« Sie biss sich auf die Unterlippe. Was hatte sie sich die ganze Zeit über nur gedacht? Dass tatsächlich *sie* etwas Besonderes sein könnte? Eine Rolle in der Welt spielte? Jemandem wichtig war? »Man kann nicht mehr sein, als man ist. Ich bin und bleibe nur... *Nill.*«

Sie sah, wie Kaveh seine Hände auf die ihren legte, sehr vorsichtig und behutsam. Seine Finger waren so schmutzig wie ihre.

»Weißt du«, begann er, »damit hast du Recht. Man kann gewiss nicht mehr sein, als man ist. Aber man kann sich sehr wohl aussuchen, *wer* man ist. Jemand, der aufgibt. Oder jemand, der weitermacht. Du bist nur Nill, so ist dein Schicksal, aber wer hat gesagt, dass – dass diese Nill nichts Großes leisten kann? Das Schicksal bestimmt unsere Ziele, aber wir bestimmen, ob wir sie erreichen, in jedem Augenblick unseres Lebens!«

Nill sah ihn mit feuchten Augen an. Was hatte sie nur für ein Glück, jemanden wie Kaveh zu haben. Hier in diesem Kerker wollte sie sein, nur um in sein hoffnungsvolles Gesicht blicken zu können. Es war immer hoffnungsvoll gewesen. Sein Anblick hatte stets ihre Zweifel gemildert. Und das tat er auch jetzt.

»Ach, Kaveh.« Sie zog die Nase hoch. »Du weißt es nicht, aber du bist so viel weiser, als du denkst!«

»Was?« Er lächelte. »Ich bin nicht weise.«

»Doch, das bist du. Du weißt mit deinem Herzen mehr als alle klugen Köpfe dieser Welt. Und...« Sie versuchte auszudrücken, was sie nun für ihn empfand. »Dir würde ich mein Leben anvertrauen.«

»Wirklich?«

Nill nickte heftig. Einen Moment sah er sie nur an. Dann beugte er sich näher zu ihr vor. Seine Hand schloss sich um ihr Handgelenk. »Dann bitte ich dich, vertrau es mir jetzt an!«

»Was?«

Kaveh zog Nill auf die Beine und flüsterte: »Wir wollen ausbrechen. Zwei Wochen lang haben wir uns einen Weg aus unserem Kerker gegraben, und jetzt hat Bruno mehrere Stollen gefunden, die uns vielleicht von hier wegbringen. Hast du noch das magische Messer?«

Nill schüttelte den Kopf.

»Egal«, fuhr Kaveh fort. »Wir werden es uns wieder holen.«

»Aber –«

Ehe Nill noch etwas sagen konnte, nahm er ihre Hand und zog sie zum Loch in der Wand. Augenblicke später tastete sie sich mit den Elfen und Bruno durch undurchdringliche Finsternis.

## Durch die Finsternis

Es war spät in der Nacht, als Scapa sich in das Bett legte, zu dem die Dienerinnen ihn geführt hatten. Samtblaue Vorhänge umschlossen das Bett und die bestickten Decken. Scapa lag reglos in der Dunkelheit, die Arme hinter dem Kopf verschränkt, und blickte zum Baldachin auf, als sich die Türflügel des Zimmers einen Spalt öffneten. Eine weiße Gestalt huschte über den Teppich. Vor dem Bett blieb sie stehen und schob die Vorhänge zur Seite. Scapa stützte sich auf seine Ellbogen.

Es war Arane. Sie stand in einem langen Nachthemd vor ihm. Die Krone trug sie noch immer.

Wortlos setzte sie sich neben ihn ins Bett.

»Das verfluchte Messer glüht immerzu.« Arane sagte es so leise, dass er sie kaum hörte. »Und wenn ich in seine Nähe komme, dann glüht auch die Krone.«

Scapas Blick wanderte zu dem Steindiadem hinauf, aber es war so nachtschwarz wie immer. »Dann setz die Krone doch ab.«

Ohne darauf einzugehen, nahm Arane seine Hand. »Ich habe den Steindorn weggebracht.«

»Wohin?«, fragte er verblüfft.

»Er liegt in einem Schmuckkästchen unter meiner Liege, im Thronsaal«, flüsterte sie. »Da ist er sicher vor meinen Dienern und Wächtern. Sie beobachten mich, weißt du. Ich traue ihnen nicht. Sie könnten kommen und das Messer nehmen ... Du weißt, was für eine Gefahr das bedeutet. Aber jetzt ... die Krone, ich glaube, sie wird immer wärmer! Wenn jemand den Steindorn geholt hat und in meiner Nähe ist ...« Ihre Finger krampften sich um seine Hand. »Scapa, du musst nachsehen, ob der Steindorn noch im Kästchen ist!«

Er sah sie eine Weile an. »Wieso willst du nicht selbst gehen?«

Ihr Nachthemd rauschte, als sie sich vorbeugte und die Arme um ihn schlang. Ihre Stirn ruhte an seiner Schulter. Er spürte die Krone am Nacken, aber sie kam ihm nicht warm vor, im Gegenteil, sie bereitete ihm eine Gänsehaut.

»Ich habe Angst, noch mal hinzugehen. Wenn gerade jemand da ist, mit dem Messer, und ich komme in die Thronhalle ... ich hatte schon Angst, allein in meinem Schlafzimmer zu bleiben.«

»Dann wirf das Messer doch weg. Zerstöre es.«

Arane lächelte leise. Es klang wie ein Seufzen. »Du verstehst nicht, Scapa. Ich muss dir viel erzählen. Sehr viel. Aber schau erst nach dem Steindorn. Es ... es tut mir so weh! Mein Kopf ... es *brennt so* ...« Sie hob eine Hand an die Schläfe und Scapa schluckte, als er sah, dass ihre Finger zitterten.

»Ist gut«, murmelte er schnell. »Warte hier.«

Er kletterte aus dem Bett. Dann nahm er das neue Hemd, das die Dienerinnen auf die Betttruhe gelegt hatten, und schlüpfte hinein.

»Bis gleich«, flüsterte Arane.

Er öffnete die Tür und trat in den dunklen Gang hinaus.

Lautlos wie ein Einbrecher lief er durch die Korridore. Elfenwächter standen hier und da vor den Türen, aber keiner trat ihm, dem Menschenjungen, in den Weg. Der Schein der Fackeln glitt über ihn hinweg. Er fühlte sich beobachtet und gleichzeitig so allein, als gäbe es außer ihm kein Lebewesen im Turm. Die Stille saß über allem. Sie saß schwer über den Möbeln, den Statuen, lehnte an den Türen und dunklen Fenstern, sie sickerte aus dem Boden und strömte durch die Wände. Die Stille war es, die Scapa beobachtete – und in der er sich so verlassen fühlte.

Er erreichte die hohe Tür, durch die Arane sie zuvor geführt hatte, und zwei Wächter öffneten ihm.

Groß und finster lag die Thronhalle vor ihm. Die Fackeln, die rings an den Wänden hingen, gaben kaum genug Licht, um die Stufen zur Empore zu beleuchten. Mit einem Ächzen schlossen sich die Türen hinter Scapa und plötzlich stand er allein in der Halle.

Mit seltsam weichen Knien stieg er die Stufen zur Empore hinauf. Vor wenigen Stunden hatte er noch geglaubt, hinter den Vorhängen verberge sich der König von Korr, Aranes Mörder. Und jetzt...

Die Vorhänge bewegten sich wie von unsichtbaren Geistern berührt, als Scapa die Treppe erklomm. Vielleicht war es aber auch nur der Fackelschein, der auf dem Stoff tanzte. Scapa trat durch die Vorhänge. Eine rote Samtliege stand vor ihm, umgeben von Holztischchen und Hockern. Silberschalen voller Trauben, Pfirsichen und anderen Köstlichkeiten standen rings um die Liege. Die Kerne waren unachtsam auf den Boden geworfen worden.

Das alles hier ist Arane, dachte Scapa. Und es kam ihm so unwirklich vor wie ein Traum.

Vor der Liege kniete er sich hin, tastete mit den Fingern unter den Stoff und zog ein breites Kästchen aus Holz hervor. Man musste einen goldenen Haken drehen, um es zu öffnen. Trotz der Dunkelheit glitzerte und glänzte es im Inneren des Kästchens: Lange Ketten aus Perlen und Muscheln, ein Bronzearmreif mit Gravuren und funkelnde Rubinringe lagen auf der eingearbeiteten Samtfüllung. Vorsichtig schob Scapa den Schmuck zur Seite und entdeckte das magische Messer. Es sah seltsam aus, wie der Steindorn neben dem Geschmeide im Kästchen ruhte. Ein mattes rotes Glühen umstrahlte seine Spitze, und Scapa fand, dass er schön und gefährlich zugleich aussah.

Es kostete Scapa etwas Überwindung, das Kästchen zu schließen und unter die Liege zu schieben. Er fragte sich, wieso Arane sich ausgerechnet diesen Platz für den Steindorn ausgesucht hatte. Aber er würde es gewiss noch erfahren.

Im blassen Fackelschein erkannte er plötzlich eine kleine Armbrust zwischen den Kissen der Liege. Scapa nahm sie in die Hand. Zwar war die Armbrust nicht gespannt, aber ein Pfeil war bereits geladen. Arane schien sich gegen Gefahr bestens zu schützen.

Eine Weile wog Scapa die Waffe in der Hand. Er musste an die Eroberung des Fuchsbaus denken, an die Armbrust, die er hatte fallen lassen in jenem finsteren Kerker, in dem Torron gestorben war. Seltsame Gefühle überkamen ihn, aber er konnte keines von ihnen richtig einordnen. Er war so verwirrt wie noch nie. Und vielleicht würde diese Verwirrung sich nie wieder legen.

In der Finsternis gab es keine Zeit. Nill folgte Kaveh, den Zwillingen und Bruno durch die Irrgänge der Kerker, und keiner wusste mehr, wie lange sie sich schon vorantasteten. Manchmal wurden die unsichtbaren Wände so eng, dass Nill

Panik beschlich. An anderen Stellen hallten ihre Schritte unheimlich in der Höhe wider, und etwas weiter mussten sie geduckt laufen, um sich die Köpfe nicht am rauen Fels anzuschlagen.

Es war Nill ein Rätsel, wie sie aus der Finsternis herausfinden sollten. Gewiss war die Nase des Keilers schon oft ein Segen gewesen – aber wie sollte er hier, in diesem meilenweiten Bauwerk aus Fels und Stein, einen Ausweg *riechen* können?

»Duckt euch!«, kam eine Warnung aus der Dunkelheit. Nill zog den Kopf ein und hielt die Hand leicht in die Höhe. Kaum einen Schritt weiter stießen ihre Finger gegen kantige Felsen. Es war nicht das erste Mal seit ihrem Aufbruch, dass Kaveh sie davor bewahrt hatte, irgendwo anzustoßen. Sie lief geduckt hinter ihm und tastete sich an der niedrigen Decke des Stollens voran. Wer hatte diese Wege gebaut? Waren sie überhaupt gebaut worden oder befanden sich Nill und die Elfen in einem Schacht, der zufällig entstanden war? Nill dachte nicht lange darüber nach, die Furcht hielt sie von allen Überlegungen ab. Und das war im Moment auch gut so. Wenigstens vergaß sie für eine Weile, worüber sie in den letzten Stunden ihre Tränen vergossen hatte.

»Wartet!«, flüsterte Kaveh.

Bruno schnaubte. Seine Hufe scharrten auf dem Boden, Steine knirschten, als Kaveh sich bewegte.

»Was ist da?«, hauchte Mareju hinter Nill.

Gebannt wartete auch sie auf eine Antwort – aber Kaveh schwieg vorerst. Er wusste selbst nicht, was er davon halten sollte: Vor ihnen endete der Weg abrupt. Er tastete die Steine ab, die vor ihnen aufragten, aber Bruno hatte Recht. Es gab keinen Durchgang. Sie standen vor einer aufgeschütteten Mauer.

Bruno scharrte ungeduldig mit den Hufen.

»Also gut.« Kaveh biss die Zähne zusammen. Dann begann er, an den Steinen zu zerren und zu ziehen, und schaufelte die Gesteinsklumpen mühselig zur Seite. Er riss sich die Nägel auf, fluchte und stieß mit dem Ellbogen dagegen.

Die Steine bröckelten. Er taumelte einen Schritt zurück, als es ihm gelang, einen besonders großen Brocken herauszureißen. Um ein Haar wäre der Stein ihm auf die Füße gefallen. Ein schmaler Lichtfaden drang in die Dunkelheit. Kaveh hielt sich mit beiden Händen an den rauen Wänden fest und trat diesmal mit dem Fuß zu. Das war weniger schmerzhaft und wirksamer.

Staub wirbelte auf und raubte den Gefährten den Atem. Kaveh trat noch ein paar Mal gegen die Wand, dann brachen die Steine heraus und fielen zusammen. Dunstige Lichtschimmer durchwoben die Finsternis. Mit jedem Tritt zerbröckelte die Mauer mehr, bis Kaveh den Rest der Steine mit den Händen wegstoßen konnte und aus der Enge stolperte.

Nill trat hustend in den Fackelschein, dicht gefolgt von Mareju und Arjas. Erschöpft strich sich Kaveh den Steinstaub von den Haaren und wandte sich nach den anderen um. Nun, da es endlich hell war, konnte Nill sein Gesicht erkennen. Sie stockte.

Unter seinem linken Auge schimmerte es blau und grün von einem Schlag. Eine schmale Blutkruste ging über seine Nase. Unter dem Schmutz schienen am Hals blaue Flecken zu sein.

Nill wollte etwas sagen, aber ihr blieb die Stimme weg. Mareju und Arjas, die mit großen Augen neben sie traten, sahen nicht besser aus als Kaveh, hatten Schrammen auf den Wangen und blutige Krusten an Augenbrauen und Lippen.

»Wo sind wir?«, murmelte Arjas.

Sie befanden sich in einem gewölbten Steingang. Der Schein der Pechfackeln tauchte die Wände in rostiges Rot. Kaum zehn Schritte entfernt führte eine schmale Treppe in die Höhe. Bruno ging auf die Treppe zu und die Elfen und Nill folgten dem Keiler eilig. Leise erklommen sie die steilen Stufen, bis sie zu einer gerundeten Gangöffnung kamen. Kaveh lugte um die Ecke.

Vor ihnen erstreckte sich ein Korridor, gesäumt von Gittertüren. Stroh war auf dem Boden verteilt, es roch nach Moder und alter, feuchter Luft. Von rechts näherte sich eine Gruppe Grauer Krieger.

Es waren fünf Männer. Das Scheppern ihrer Lanzen eilte ihnen in den engen Gemäuern weit voraus, sie selbst sprachen kein Wort miteinander. Verschlungene braune Tätowierungen zogen sich über ihre Gesichter.

»Das sind Tyrmäen!«, flüsterte Mareju, der sich wie Nill zu Kaveh vorgebeugt hatte.

Nill erinnerte sich, dass Kaveh schon einmal Tyrmäen erwähnt hatte: Sie waren die abtrünnigen Stämme der Moorelfen, die ihre Traditionen abgelegt hatten und darum vom restlichen Volk geächtet wurden. Das hätte bedeutet, dass sie nicht dem Träger der Krone *Elrysjar* zu Gehorsam verpflichtet waren ... Also mussten die Grauen Krieger mit den Gesichtstätowierungen aus freien Stücken hier sein.

Kaveh ballte die Fäuste. »Macht euch bereit.«

Nill hatte eine dunkle Ahnung, was er meinte – aber sie konnten doch nicht fünf bewaffnete Krieger überfallen!

Sie wollte die Jungen zurückhalten, aber es war schon zu spät.

Kaveh packte den ersten Mann um die Hüfte und schwang ihn so kraftvoll herum, wie er konnte. Mit einem Schrei fiel der Graue Krieger die Stufen hinunter. Nur seinen Speer hatte Kaveh ihm rechtzeitig aus den Händen gerissen und schlug damit nach dem zweiten Krieger.

Während sich die Jungen auf die überraschten Tyrmäen warfen, drückte Nill sich ganz eng an die Wand und beobachtete, wie ein Krieger nach dem anderen die Stufen hinunterflog. Plötzlich riss einer von ihnen Kaveh mit. Der Prinz rutschte vom Treppenabsatz und prallte hart mit dem Rücken gegen die Stufen. Der Graue Krieger warf sich über ihn. Wie Eisenklammern krallten sich die Hände des Tyrmäen um seinen Hals. Dann zog der Tyrmäe ihn ein Stück hoch, um seinen Kopf gegen die Stufenkante zu schlagen. Kaveh kniff die Augen zusammen.

Und Haare fielen auf Kaveh herab. Er hatte sie überall im Gesicht, in den Augen... Ein Schrei erklang, doch es war nicht seine eigene Stimme, sondern die des Kriegers: Nill hatte beide Arme um seine Kehle geschlungen.

Mit aller Kraft zerrte sie ihn vom zappelnden Kaveh. Endlich ließ der Tyrmäe von ihm ab – um seine Kräfte auf Nill zu richten. Er riss so fest an ihren Haaren, dass sie aufschrie. Ein langer Finger bohrte sich in ihre Wange. Dann holte sie aus. Ihre Faust traf mit einem dumpfen Geräusch ins Gesicht des Kriegers. Wenn seine Nase danach nur halbwegs so schmerzte wie Nills Hand, hatte sie diesen Kampf gewonnen!

Der Tyrmäe überschlug sich und stürzte die Treppe hinab. Auch Nill verlor den Halt – die Stufen waren plötzlich über ihr, sie sah ihre eigenen Füße in der Luft, ihr Hinterkopf schlug schmerzhaft gegen die Wand – dann packten sie zwei Hände an den Armen und hielten sie fest.

Kaveh war unmittelbar vor ihr. Er stützte sich mit einem Fuß gegen die Wand, damit er nicht mit Nill die Treppe hinabrutschte. Erschrocken starrten sie sich an und rangen nach Luft.

»Ich – bin – beeindruckt«, stieß Kaveh hervor. Und er verzog die Mundwinkel zu einem schiefen Lächeln.

»Ich – auch.« Nill grinste, halb betäubt vom rasenden Trommeln ihres Herzens.

# Flucht

Die Kleider der Grauen Krieger waren ihr viel zu groß. Der breite graue Mantel schlotterte ihr um die Füße und sie musste die Ärmel dreimal umkrempeln. Nur für die große Kapuze war Nill überaus dankbar – ihr Gesicht verschwand fast ganz darin. Kaveh und den Rittern passten die Kleider besser, die sie den reglosen Kriegern am Fuß der Treppe abnahmen. Die Speere handhabten sie vom ersten Augenblick an so sicher und natürlich, als hätten sie nie andere Waffen gekannt. Als sie fertig angezogen waren, wandte sich Kaveh zu Nill um und besah sie von oben bis unten. Mit einem kurzen Kopfschütteln zog er ihren Umhang unter dem Mantel hervor und stopfte ihn wie eine Wurst um ihre Schultern. Danach sah sie wie ein kleiner Schrank aus, aber wenigstens ähnelte das einem Grauen Krieger eher. Gemeinsam hievten sie die Tyrmäen hoch und häuften sie auf die Stufen. So würde man sie nicht gleich sehen.

Zwar waren Nill, Kaveh, Mareju und Arjas getarnt, aber aus Bruno konnte man beim besten Willen keinen Grauen Krieger machen. Also stellten sich Nill und die Elfen rings um ihn auf, um ihn notdürftig in ihrer Mitte zu verbergen, und schritten los.

Kaveh führte sie, vom Keiler vorangestupst, durch Kerkergänge und Treppen hinauf und an dunklen Torbogen vorbei. Nill fühlte sich wie in einem Labyrinth – jede Ecke sah gleich aus. Und ein Ausgang war nicht in Sicht. Hinter jeder Treppe und jedem Gang warteten neue Stufen und Korridore.

Endlich sahen sie am Ende eines Ganges ein breites Eisentor aufragen. Dahinter zog sich eine Treppe in die Höhe. Mehrere Graue Krieger hielten am Tor Wache.

Mareju fluchte. »Wie sollen wir Bruno an denen vorbei bringen?«, stöhnte er – und hatte noch im selben Augenblick einen Einfall. Hastig zog er sich seinen eigenen Mantel aus, den er unter dem des Grauen Kriegers getragen hatte. »Gib deinen Mantel auch her, Arjas!«

Zögernd rückte Arjas seinen Mantel heraus. Mareju nahm ihn und breitete beide Mäntel auf dem Boden aus.

»Kaveh – kannst du Bruno vielleicht überreden, da hineinzusteigen?«, fragte Mareju. »Und außerdem muss Bruno still sein. Und darf sich nicht bewegen.«

Ratlos sah Kaveh den Keiler an, der seinen Blick nicht weniger zweifelnd erwiderte.

Nill war klar gewesen, dass ein ausgewachsener Keiler ein schwerer Brocken ist. Aber dass er *so* schwer war – das wäre ihr in den kühnsten Träumen nicht eingefallen.

Sie hatten Bruno in beide Mäntel gewickelt und die Ärmel an seinem Rücken verknotet. Nach größtem Bitten und Flehen von Kaveh hatte der Keiler sich bereit erklärt, ihren Plan zu erdulden; nur ein hoffnungsloses Grunzen drang durch den Mantelstoff, als sie ihn zu viert hochhievten. Nill ging fast in die Knie, so schwer kam ihr der Hinterbau des Wildschweins vor.

Aber weder die Zwillinge noch Kaveh ließen sich etwas anmerken, und so biss auch Nill die Zähne zusammen – schließlich durfte sie nicht stolpernd und ächzend vor die Grauen Krieger treten. Sie senkte den Kopf, sodass die Kapuze ihr noch tiefer ins Gesicht fiel, und dann gingen sie langsam und im Gleichschritt los.

Die Grauen Krieger vor dem Eisentor sahen sie aus der Dunkelheit kommen und hoben ihre Speere höher. Mit misstrauischen Blicken maßen sie die Gefährten und das schwere Bündel in ihrer Mitte. Als sie vor dem Tor angekommen waren, richtete einer der Wächter seine Speerspitze auf sie. Nills Herz schlug bis zum Hals. Sie wagte nicht den Kopf zu heben, geschweige denn die schreckliche Stille zu durchbrechen.

»*Toter*?«, knurrte der Graue Krieger. Die Speerspitze schwenkte auf Bruno.

Kaveh warf einen Blick zu Mareju. Dann nickte er knapp. Er räusperte sich und bestätigte mit einem vorgetäuschten Akzent: »Toter.«

Die Grauen Krieger nickten sich zu und öffneten das Tor ein Stück, sodass die Gefährten mit Bruno hindurchpassten. Nill hörte, wie das Tor hinter ihnen wieder ins Schloss fiel. Schweiß rann ihr den Rücken herab. Stufe um Stufe schleppten sie Bruno hoch.

Die Treppe führte in einen Korridor aus schwarzem Stein, der sich gänzlich von den Gewölben darunter unterschied: Hier war die Decke wieder viermal so hoch. Kein Stroh und keine zerbröckelten Steine lagen auf dem Boden verstreut und die Fackeln an den Wänden steckten in goldverzierten Haltern. Sie waren wieder im Reich des Königs.

*Der Königin*, verbesserte sich Nill. Sie und die drei Jungen traten ein Stück hinter der Treppe zur Seite und ließen mit einem gemeinsamen Aufseufzen Bruno auf den Boden. Sie hatten es geschafft! Sie waren tatsächlich aus den Kerkern entkommen – es war kaum zu glauben.

Augenblicklich regte es sich wieder in den beiden Mänteln, der Keiler röchelte und schnaubte wütend und sprang aus dem Stoff, sobald Mareju die verknoteten Ärmel gelöst hatte.

»Das war ein guter Plan«, sagte Kaveh und tätschelte Bruno den Kopf, der dazu ein eingeschnapptes Grunzen vernehmen ließ.

Mareju grinste. »Vielleicht werde ich später mal dein königlicher Berater.«

»Jaah, wenn es ein Später gibt«, ergänzte Arjas. »Erst mal sollten wir uns verdrücken, und zwar schnell.«

Sie stellten sich wieder rings um Bruno auf und schritten durch die stillen Korridore. Nill versuchte sich an den Weg zu erinnern, den die Grauen Krieger genommen hatten, als sie sie aus der Thronhalle ins Verlies gebracht hatten. Aber ihr schien, als sehe sie die Gänge und Hallen jetzt zum ersten Mal.

Und doch – *etwas* war ihr vertraut. Sie spürte es in der Luft: die Anwesenheit des Steindorns. Er war hier. Er war nah. Als Nills Blick über die dunklen Deckengewölbe glitt, glaubte sie seine Gegenwart durch jede Mauer, jeden Stein zu spüren …

»Das magische Messer«, flüsterte sie. »Wir müssen noch das magische Messer holen. Ohne das können wir nicht gehen.«

Kaveh warf ihr einen Blick zu. »Weißt du, wo es ist?«

Im letzten Moment verkniff Nill sich ein »Nein«. Sie dachte an den Steindorn und glaubte ihn für den Bruchteil einer Sekunde in den Händen zu halten. Sie spürte den kalten, glatten Stein, die buckelige Form –

»Ich weiß, wo er ist.« Die Worte überraschten sie selbst mehr als die anderen. »Das heißt – ich glaube, ich kann es spüren.«

Nill wich Kavehs verwundertem Blick aus und sah geradeaus. Sie musste sich konzentrieren. Sie konnte es.

*Steindorn!*

Der Gedanke an ihn schien durch den ganzen Turm zu hallen. Und von fern her kam die Antwort, ein Pochen, das durch die Gemäuer vibrierte wie ein schwacher Herzschlag …

Nun war es Nill, die die Elfen führte. Sie bogen in verschiedene Korridore ab, liefen wuchtige Wendeltreppen empor, weiter, weiter hinein in die Stille des gigantischen Turms. Es war, als zögen Nill unsichtbare Fäden voran. Aber sie spürte sie stärker als irgendetwas sonst. Es war dasselbe Ahnen, das sie schon früher gehabt hatte. Wenn sie gewusst hatte, dass ein Gewitter heraufziehen oder eine Regenflut kommen würde, noch lange bevor es geschah. Es war ihr immer vorgekommen, als flüsterten ihr die Bäume diese Ahnungen zu. Nill hatte geglaubt, dass sie diese merkwürdige Gabe ihrer elfischen Herkunft verdankte. Doch nun, da Kaveh und die Zwillinge sie erstaunt musterten, erkannte sie, dass es nichts damit zu tun hatte. Es hatte nur etwas mit *ihr* zu tun… Doch auch darüber wollte Nill jetzt nicht nachdenken. Sie versuchte sich ausschließlich auf den Weg zu konzentrieren – und das Flüstern des Steindorns.

In der Ferne ragte ein Tor auf. Im Näherkommen stellte Nill fest, dass dahinter die Thronhalle lag: Sie waren in einem Korridor gelandet, der seitlich von der Halle abbog! Die Gefährten liefen schneller.

Konnte das sein? Befand sich das magische Messer tatsächlich noch dort, wo es Scapa aus den Fingern geglitten war?

Im Schatten des hohen Torbogens blieben Nill, die Elfen und Bruno stehen. Ihre Blicke durchstreiften die riesige Thronhalle, doch es hielt niemand Wache. Nur die Fackellichter bewegten sich leicht. Wolkenfetzen trieben über den Nachthimmel und warfen Schatten durch die hohen Fenster.

»Das Messer muss bei der Empore dort sein«, flüsterte Nill. Sie versuchte beim Anblick der dunkelroten Vorhänge nicht an das Geschehene zu denken, aber es gelang ihr nicht. Der Schmerz des Augenblicks flammte erneut in ihr auf, und sie musste an Scapas Augen denken, die sie fremd und eisig durchdrungen hatten…

Er hatte sie so schändlich im Stich gelassen. Er hatte sie schlichtweg aufgegeben für seine Arane.

»Nill und ich holen das Messer. Mareju, Arjas, ihr haltet hier Wache, in Ordnung?« Die Zwillinge hoben ihre Lanzen und nickten.

»Also los«, murmelte Nill und trat mit Kaveh in die Thronhalle ein.

Ihre Füße rutschten mit jedem Schritt, so spiegelglatt war der Steinboden. Dann erreichten sie den langen Teppich. Nill blickte nicht auf die Stelle, an der sie zu Boden gesunken war. Nicht jetzt, dachte sie. Später… später.

Sie huschten die Stufen zur Empore hinauf. Mit klammen Fingern strich Nill die Vorhänge zur Seite. Im Halbdunkel erkannte sie eine Liege und mehrere kleine Tischchen, Hocker und Tabletts. Eine Harfe stand etwas abseits bei den Vorhängen. Obstkerne bestreuten den Boden. Die Anwesenheit des Steindorns hing so dicht in der Luft wie ein starker Duft.

Nill strich sich die Haare aus der Stirn und strengte die Augen an, um den Boden nach ihm abzusuchen.

*Hier hatten sie gestanden.*

Konzentriere dich!, befahl sie sich. Kaveh drehte sich unruhig zu Mareju, Arjas und Bruno um. Durch die Vorhänge sah man nur Schemen.

Nill sank auf die Knie. Sie tastete die Kissen der Liege ab, fuhr mit den Fingern an der Liege herab und streckte die Hände darunter. Einen Augenblick später zog sie ein Kästchen hervor.

Der goldene Verschluss des Kästchens ließ sich leicht öffnen. Schmuck funkelte Nill entgegen. Inmitten der Diamanten und Perlen und Rubine wirkte der Steindorn unecht wie ein Trugbild.

Einen Augenblick lang glaubte Nill, vor Erleichterung dahin zu schmelzen.

Das magische Messer war noch da! Kurz entschlossen nahm sie den Dorn heraus und wog ihn in der Hand. Eine schwache, pulsierende Wärme ging von ihm aus. Für Sekunden kam Nill die absurde Vorstellung, der Dorn sei etwas Lebendiges. Dann schloss sie eilig das Kästchen und schob es zurück unter die Liege.

»Du hast ihn!«, flüsterte Kaveh überrascht.

Nill steckte ihn unter dem großen Mantel in die Rocktasche. Ja, sie hatte ihn. Aber sie konnte es noch gar nicht richtig fassen.

Hinter ihnen rauschten die Vorhänge. Nill und Kaveh fuhren gleichzeitig herum – doch nichts. Die Vorhänge wogten sachte vor und zurück. Ein Fenster war halb geöffnet und der Nachtwind flüsterte in der Halle.

Wieder strichen die Vorhänge zur Seite, diesmal weiter als zuvor. Es war, als zögen unsichtbare Geister sie auf. Vor Nill und Kaveh, dort, wo eine große Tür aus der Thronhalle führte, stand jemand.

Scapa rührte sich nicht. Kein Muskel zuckte in seinem Gesicht, nur der Fackelschein flackerte über seine Züge. In den Händen hielt er eine Armbrust und zielte damit auf Kaveh und Nill.

Sie hielt den Atem an. Reglos wartete sie darauf, dass der Pfeil sie durchbohrte.

Aber Scapa schoss ihn nicht ab. Er blieb so bewegungslos, als habe der Anblick von Nill und Kaveh ihn versteinert. Sein Kinn begann zu zittern.

Der Vorhang wehte wieder vor. Ein kühler Luftzug umhauchte Nills Gesicht. Sachte schloss Kaveh die Hand um ihren Arm.

»Komm!«, flüsterte er, aber seine Stimme schien aus weiter Ferne zu ihr zu dringen. Sie spürte, wie ihre Füße sich zu bewegen begannen. Der leichte dunkelrote Stoff strich ihr über die Schultern.

Als der Wind die Vorhänge wieder zurückzog, waren Nill und Kaveh verschwunden.

Sie war fern der Wirklichkeit. Kaveh zog sie durch die schweigende Dunkelheit, durch die finstere Stille – sie liefen in Gänge hinein und rannten zurück, Treppen hinauf und hinab, machten kehrt, liefen, liefen immer weiter auf der Flucht vor den Echos ihrer eigenen Schritte.

Als Kaveh anhielt, glaubte Nill für einen kurzen Moment aus einem Traum erwacht zu sein. Es roch plötzlich nach Stroh und Pferden. Kavehs Gesicht schimmerte direkt vor ihr im Feuerschein. Ein Schweißfilm zog sich über seine Stirn. Die Wimpern zitterten. Er hob den Zeigefinger an die Lippen.

»*Kannst du reiten?*« Jedes Wort erreichte Nill unendlich

langsam ... Sie merkte, dass sie den Kopf schüttelte. Kaveh sagte etwas, aber sie hörte ihn nicht oder vergaß das Gesagte sofort wieder. Kaveh, Mareju und Arjas liefen hastig vor ihr auf und ab. Breite Holztüren öffneten sich. Mit einem Mal stand ihr ein Pferd gegenüber. Warmer Atem schlug Nill entgegen.

Kaveh half ihr auf den Pferderücken – einen Sattel hatten sie nicht. Er schloss ihre Hände um die dunkle Mähne und sagte etwas Beschwörendes. Wenig später saßen auch die Elfen auf drei Rappen. Sie stießen ihre Fersen in die Flanken der Tiere, und als die Schlachtrösser der Grauen Krieger losgaloppierten, aus der langen Scheune hinaus und direkt in die Nacht hinein, folgte Nills Pferd ihnen.

Nill klammerte sich mit Beinen und Händen fest, und es dauerte eine Weile, bis sie sich halbwegs an die Bewegungen des Hengstes gewöhnt hatte. Kalter Wind brauste ihr entgegen und wollte ihr die Kapuze vom Kopf reißen. Nill senkte das Gesicht und duckte sich so tief, dass die Pferdemähne ihr im Gesicht kitzelte.

Glühende Lichter zogen an ihnen vorbei. Lärm – der Lärm der Minen – rauschte in solcher Geschwindigkeit vorüber, dass sie die Geräusche nur verzerrt wahrnahm. Das laute Schlagen der preschenden Hufe verwandelte sich in Nills Herzklopfen, es schwoll an und wurde immer stärker, immer schneller. Als die blutroten Lichtflecken hinter ihnen zurückblieben, war in der Finsternis nichts anderes mehr zu hören. Die Erde bebte unter ihnen. Der Wind zerrte an Nill, als wolle er sie zurückhalten, als wolle er sie verraten. Sie hob den Kopf und ließ ihn sich vom Wind in den Nacken reißen. Die Kapuze flatterte von ihrem Gesicht. Über ihr eröffnete sich ein funkelndes, tanzendes Sternenfeld, das in Tränen verschwamm.

# Der Traum der Menschen

Sobald der Morgen aufgezogen war, hatte der Prinz von Dhrana das dunkle Wirtshaus und Maferis verlassen.

Er war drei Wochen unterwegs. Tagsüber wanderte er wie ein Schatten durch die Sümpfe. In den Nächten lag er zwischen Morast und Schilfgras und wiederholte flüsternd die elfischen Wörter, die er sich zurecht gelegt hatte. Wenn er die Augen schloss, sah er funkelnde Schätze vor sich, eine Armee von zehntausend Kriegern, ein Heer, das seinen Namen rief, eine Krone aus Stein… Und er zitterte vor Freude und Machtgier, während er im Dreck kauerte.

Als er das Dorf der Elfen erreichte, starrte er vor Schmutz, war steif vor Kälte und vom Hunger betäubt. Sein menschliches Gesicht verbarg sich hinter dem Schlamm, mit dem er es eingerieben hatte.

Die Späher des Dorfes geleiteten ihn zwischen den Hütten hindurch, die geduckt und zusammengedrängt wie verängstigte Kinder im weiten Land hockten. Der Regen nieselte. Irgendwo hinter bleichen Nebelwänden krächzten Raben.

Das Haus des Königs war eine Schlammhütte, nicht anders als die der gewöhnlichen Elfen. Selbstvertrauen bemächtigte sich der unbewaffneten, schmutzigen Gestalt, die die Späher des Dorfes für einen unbedeutenden Boten der Freien Elfen hielten. Ein König, der in so einem Erdloch hauste, musste leicht zum Narren zu halten sein.

Der verstoßene Prinz schritt die glitschigen Steinstufen zur Hütte hinauf. Dann schob er den Rankenvorhang zur Seite und trat ein.

Die Hütte war erfüllt vom Duft räuchernder Kräuter. Ein Herdfeuer knisterte. Auf einem niedrigen Stuhl aus gespannten Wolfsfellen saß der König, eingesunken und mit abwesendem Blick. Träge sah er auf. Um seine Stirn schmiegte sich die Krone *Elrysjar*, rot schimmernd im Feuerschein.

»Ich bin ein Prophet.« Der Prinz sprach leise, sein Blick ruhte auf der Krone. Langsam straffte er den Rücken. Die Augen des Königs hellten sich auf. Der Prinz wusste, dass er abergläubisch war. Mit so viel Hass und Abscheu hatte Maferis ihm von der Schwäche des Königs erzählt, dass es sich in sein Gedächtnis gebrannt hatte.

»Ich werde dir prophezeien, wie du *Xanye*, deine Schwester, von dem bösen Geist befreien kannst, dessen sterblicher Name Maferis lautet.«

Der König richtete sich schwerfällig in seinem Stuhl auf. Die Hände krallten sich um seine Armlehnen. Starr blickte er den Fremden an.

»Wer bist du? Woher weißt du davon?«

»Ich bin ein Seher aus den tiefen Sümpfen«, flüsterte der Prinz. »Ich lebe jedem Geschöpf verborgen, wie eine Natter in ihrem Versteck.«

Der König wurde bleich vor – ja, *ja!* – bleich vor Ehrfurcht! »Du weißt von Xanye?«, hauchte er. Sein Kinn bebte. »Du weißt von Maferis …? Dann musst du fürwahr ein Seher sein, Fremder. Xanye spricht nicht mehr. Kein Wort kommt über ihre Lippen. Kein Gedanke spricht aus ihren Augen, seit Maferis, der Verräter, gegangen ist. Unsere Krone hat er nicht bekommen, aber Xanyes Herz hat er doch gestohlen!« Die Hände des Königs ballten sich zu zitternden Fäusten. »Nur in den Nächten wandelt sie aus dem Dorf. Sie geht barfuss in die Marschen und kehrt in den Dämmerstunden wieder, wenn das Licht des Tages sie verschreckt.«

»Sie ist… *besessen*«, flüsterte der Prinz. »Von dem bösen Geist des Maferis besessen. Befreit Eure Schwester von Maferis' Geist. Und befreit Maferis' Geist von seiner Gier…«

Reglos blickte der König ihn an. »Wie kann ich sie befreien?«

»Ist das alles, was Ihr wünscht?«

»Ja.«

»Wollt Ihr alles dafür tun?«

»Ja.«

Der Prinz atmete hauchend aus. »Dann hört, was ich Euch sage: Ihr müsst den Geist des Maferis von seinem Begehren freisprechen! Erst dann verlässt er auch Xanyes geplagte Seele. Ihr müsst ihn vom Bann der Krone *Elrysjar* befreien…«

Eine Träne rollte über die Wange des Elfenkönigs. »Wie?«

Die Augen des Menschenprinzen wurden starr wie Kieselsteine. Er hatte es geschafft. Er hatte es *fast* geschafft, er *würde* es tatsächlich schaffen! Seine Hände zuckten, doch er zwang sich, bewegungslos stehen zu bleiben. *Warte*, flüsterte er sich selbst zu. Das Wort zerging ihm in Gedanken wie warme Butter. *Warte noch…*

»Legt die Krone Elyrsjar ab«, befahl er. »Legt sie vor Eure Füße. Legt sie auf den Boden! Und dann wiederholt dreimal den Namen Eurer Schwester. Wiederholt den Namen! Dann wird sich die Gier des Maferis auflösen wie Rauch im Regen.«

Schluchzend sank der König von seinem Stuhl auf die Knie. Seine Hände schlossen sich um die schwarze Krone. Er hob sie sich von der Stirn. Dann lag das steinerne Diadem, die Kronenhälfte der Moorelfen, auf dem Boden zwischen dem König – und dem *neuen König*.

»Xanye«, wimmerte der König. »Xanye! Xanye! *Maferis, gib Xanye frei!*«

Der Prinz stürzte vor. Wie ein dunkler Schatten fiel er über die Krone und begrub sie mit seinem ganzen Körper. Der König schrie auf – dann brach sein Schrei abrupt ab. Erstarrt blickte er in das schmutzige Menschengesicht. Der Mensch hatte ihm ein Messer in die Brust gebohrt.

Verwundert starrte der König der Moorelfen auf das Blut, das ihm aus der Wunde schoss. Er hatte sein eigenes Blut so lange nicht gesehen… Es war so unwirklich! Wer die Krone *Elrysjar* trug, konnte nicht bluten. Er sah von seiner Wunde auf. Der Mensch hielt das steinerne Diadem in verkrampften

Fingern. Und plötzlich brach ein Lachen aus dem Menschen heraus, ein heiseres, keuchendes, wahnsinniges Lachen. Mit diesem Lachen starb der König. Und wurde der neue König geboren.

Aus allen Häusern kamen die Männer, die Frauen und Kinder in den Regen. Zitternd näherten sich die Moorelfen der Hütte ihres Königs. Das Wasser glänzte auf ihrer grauen Haut und ließ sie wie Wesen aus Stein erscheinen. Und wie erstarrt blieben sie stehen, als ihr König aus der Hütte trat.

Der Regen, der jetzt stärker in die Pfützen trommelte, zog Rinnsale über seinen verdreckten Mantel. Einen Augenblick lang stand der neue König reglos vor den Elfen. Dann hob er die Hände und schob sich die Kapuze zurück: Die steinerne Krone *Elrysjar* schmiegte sich um seine Stirn, glänzend wie Sumpföl. Der Regen rann ihm über das Gesicht, er wusch Erde und Schmutz fort und enthüllte das lächelnde Gesicht eines Menschen.

»Folgt mir«, sagte der Menschenmann, feierlich und zischelnd, gebrochen in der Sprache der Elfen. Und als er aus dem Dorf schritt, folgten ihm vierhundert bleiche Gestalten in einem stummen Zug.

»Das ist alles?«, hauchte die Stimme des Mädchens.

Die Augenlider des Königs zuckten. Es war, als erwache er aus den Erinnerungen … Er starrte erst Arane an, dann seine eigenen bebenden Hände, als sähe er das Blut daran kleben. Das Blut des Moorelfenkönigs, den er erdolcht hatte, als er vor ihm auf dem Boden gekniet hatte.

Erstarrt beobachtete Arane, wie die Hände des Königs zu zittern begannen. Ihr fiel auf, dass seine Fingernägel bis aufs Nagelbett zurückgeschnitten waren. Zarte rote Schrammen zogen sich über seine Hände, weil er sie so heftig geschrubbt hatte.

»Ich habe ihm ein *Messer* in die Brust gestoßen.« Plötzlich kicherte er. »Ein Messer hat ihn getötet!«

Arane schluckte schwer. Ihr Mund war wie ausgetrocknet. *Jetzt oder nie!*

»Euch, mein König, wird kein Messer töten!«

Der Blick des Königs richtete sich auf sie.

Aranes Gesicht verriet nichts von ihrer Erregung, nichts von ihrem Plan. »Hört meine Vision an«, hauchte sie. »Hört zu, was Ihr tun müsst, um das magische Messer der Freien Elfen zu zerstören. Es ist ein Zauberspruch. Und wenn Ihr ihn aussprecht, dann wird das magische Messer in seiner Mitte gespalten, es wird zerbrechen und verglühen wie ein Stück Kohle!«

In den Augen des Königs lag ein Funkeln. »Es soll verglühen wie ein Stück Kohle«, wiederholte er.

»Wie ein Stück Kohle, ja. Es wird zerstört.«

»Es soll zerfallen wie Asche!« Der König lachte so schrill auf, dass Arane zusammenzuckte.

Dann stand sie auf. Ihr Blick verschleierte sich. Für die Worte, die ihr jetzt über die Lippen kommen würden, würde sie enthauptet, oder... oder sie würde die mächtigste Königin, die die Welt je gesehen hatte.

»Befolgt die Vision, die ich hatte, mein König, und Ihr werdet unbesiegbar wie ein Gott. Steigt bei Nacht zum höchsten Punkt des Turms hinauf, dorthin, wo die Winde zu den Wolken flüstern. Dort legt die Krone direkt vor Eure Füße, legt sie auf den Boden! Und dann wiederholt dreimal Euren Namen, laut und klar.«

»Meinen Namen?«, fragte der König.

Arane blickte über ihn hinweg. Sie konnte ihm nicht in das erschreckende Gesicht sehen. »Ein Name«, sagte sie, »ist die größte Schwäche, die jemand haben kann. Einen Namen kann man verfluchen. Euer Name ist die letzte Schwäche, die Euch anhaftet. Der Mord am König der Moorelfen klebt an Eurem Namen. So wie das Blut an Euren Händen klebt.«

Die Worte schienen den König wie Knüppelschläge zu treffen.

Arane hörte nicht auf zu sprechen. »Wenn Ihr Euren wahren Namen sagt, dreimal, werden die Winde des Himmels ihn auflösen, so wie sich Rauch im Regen auflöst. Und mit Eurem Namen wird Eure letzte Schwäche, das magische Messer der Freien Elfen, sich ebenfalls auflösen.«

Der König sah sie aus lichtlosen Augen an. Der Donner grollte nicht mehr. Die Stille füllte den gesamten Turm wie Daunenfedern.

Der König starrte Arane noch immer an. Was dachte er? Wollte er sie töten lassen für die Worte, die sie gesprochen hatte? Dachte er überhaupt etwas?

Stunden schienen in der Stille zu verstreichen, während er sie ansah...

...Erschrocken fuhr Arane aus dem Schlaf. Einen Herzschlag lang glaubte sie noch immer die wahnsinnigen Augen des Königs vor sich zu sehen – doch sie blickte auf den fein bestickten Stoff ihres Himmelbettes.

Sie schluckte schwer, setzte sich auf und sah sich im großen Bett um. Scapa war nicht neben ihr. Es dauerte einen Moment, bis sie nach dem Traum ihre Stimme wiederfand.

»Scapa?«

Er befand sich nicht im Zimmer. Durch die hohen Fenster drang bereits helles Tageslicht. Arane stand auf und rief nach ihren Dienerinnen. Mit ausgestreckten Armen ließ sie sich in ein grünes Kleid hüllen und frisieren; weil sie keine Zeit verlieren wollte, entschied sie sich, das Haar in einem lockeren Zopf zu tragen. Dann verließ sie das Zimmer und machte sich auf die Suche nach Scapa.

Noch nie hatte er einen so durchdringenden Schrei gehört. Scapa zuckte zusammen, und als Arane nicht zu schreien aufhörte, trat er rückwärts mehrere Stufen hinab.

Arane hielt das Kästchen mit dem Schmuck in beiden Händen. Das magische Messer war fort. Ihre Finger verkrampften sich. Mit aller Wucht schleuderte sie das Kästchen von der

Empore. Das Holz zersplitterte und die Schmuckstücke schlitterten über den Steinboden. Den Rock gerafft, kam Arane die Stufen herunter.

»WEG?!«, schrie sie. »DAS MESSER IST *WEG*?!«

Einer Dienerin, die mit einem Frühstück neben der Empore stand, riss sie das Tablett aus der Hand. Die Speisen flogen durch die Luft. Die Dienerin zuckte zusammen und Arane gab ihr eine Ohrfeige. Wieder stimmte sie einen ohrenbetäubenden Schrei an und riss am Stoff ihres Kleides. »WEG?! IN – DER – ERS-TEN – NACHT VERSCHWINDET DAS MESSER! WER HAT ES GESTOHLEN?«

Sie fuhr zu den Grauen Kriegern herum, die die brauntätowierten Gesichter gesenkt hatten. Mit bebenden Nasenflügeln schritt sie an den Tyrmäen vorbei.

»*Wer hat es genommen?*«, sagte sie.

Die Krieger warfen sich unruhige Blicke zu. »Die, die… In Nacht, der Prinz von Freie Elfen und… Mädchen verschwunden«, stammelte einer von ihnen.

Arane atmete schwer. Dann wurde ihr Keuchen zu einem wütenden Brüllen, sie packte den Grauen Krieger an den Schultern und stieß ihn zurück. Er ließ sich mehr von selbst zu Boden fallen, als dass er geworfen wurde. Dem zweiten Krieger riss Arane den Speer aus den Händen und schleuderte die Waffe weg.

»GEFANGENE FLIEHEN UND MESSER VERSCHWINDEN AUS MEINER THRONHALLE! UND WAS MACHT IHR? IHR MERKT NICHTS UND KÖNNT NICHT EINMAL *SPRECHEN*!«

»Arane«, rief Scapa. »Arane!« Mit funkelnden Augen drehte sie sich um. »Das waren Elfen. Und ich kenne sie. Wahrscheinlich haben sie irgendeinen Zauber angewendet oder… ja, sie haben ein Wildschwein! Das Wildschwein, das riecht alles.«

Sie kniff die Augen zusammen. »Ein *Wildschwein*?«

»Sie sind nicht wie normale Gefangene. Sie sind…«

»Sie sind entschlossen, mich zu töten«, fauchte Arane. Ihr Blick irrte durch die Halle. »Ja, das ist es, was sie so zielstrebig macht: Sie wollen mich töten. Und sie wissen, wer ich bin.«

Sie reckte sich und nahm allmählich wieder die Haltung einer Königin an. »Aber ich werde sie aufspüren lassen. Und dann ...« Sie lächelte verkrampft. »Dann gibt es Wildschweinbraten.«

Festen Schrittes ging sie durch die Halle. Scapa trat ihr in den Weg.

»Bitte. Tu ihnen nichts an, Arane! Ich bitte dich.« Er ergriff ihren Arm. »Was, was sollen sie mit dem Messer schon anrichten? Sie haben doch keine Chance.«

Arane sah ihn aus schmalen Augen an. Und Scapa erschrak. Ein Schatten schien über ihr Gesicht gefallen zu sein. Ihre Züge blieben unbewegt – und doch erkannte Scapa sie für Sekundenbruchteile nicht wieder.

»Du verstehst es einfach nicht, Scapa.« Ihre Stimme war ein Schlangenzischen. »Du weißt ja nicht, was es *bedeutet*, dass sie das Messer haben!« Mit einem bitteren Lächeln machte sie sich von ihm frei, strich sich über das Gesicht – ihre Hände zitterten – und lief aus der Halle.

## Eine neue Welt

Scapa fand Arane auf einem weiten Balkon wieder, der größer war als das Zimmer, das zu ihm führte. Schwarze Steinplatten bedeckten den Boden und in die Geländersäulen waren Löwenköpfe, Drachen und Dämonen gehauen.

Ein kühler Wind strich hier oben um den Turm. Er trug den Feuergeruch der Minen mit sich, deren Lichter tief unter dem Balkon schimmerten – die einzelnen Arbeiter konnte man von hier oben aus gar nicht sehen. Es war, als blicke man auf ein weites Feld von Ameisenhügeln herab.

Scapa trat neben Arane. Ihr Blick war in die Ferne gerichtet, dorthin, wo der riesige Krater anstieg und der Horizont in den Sumpfnebeln verschwamm. Eine Weile standen Scapa und Arane stillschweigend nebeneinander und beobachteten das graue Land. Der ewig währende Dunst der Marschen schien sie zu umschließen wie ein Laken und schirmte die Welt dahinter ab.

»Du hast Recht«, sagte Scapa leise. »Ich weiß nichts. Ich weiß nicht, was das Messer wirklich bedeutet.«

Er beobachtete ihr Profil. Der Wind spielte mit einzelnen Locken, die sich aus ihrem Zopf gelöst hatten. Von ihrem Wutausbruch war eine leichte Röte in ihre Wangen gestiegen. Aber die merkwürdige, erschreckende Schwärze, die über ihr Gesicht geglitten war, hatte sich längst aufgelöst.

»Ich verstehe nichts von dir.« Scapa wandte sich dem Wind zu. Er ignorierte den Geruch der Feuer und versuchte der Luft eine angenehme Frische abzuringen. Es kostete ihn alle Vorstellungskraft. »Weil du mir nichts erzählt hast.«

Langsam lenkte Arane den Blick auf ihn. Und sehr ruhig begann sie zu sprechen.

»Das Messer ist die andere Hälfte der Krone. Es war die Krone der Freien Elfen. Dann haben sie sie in das Messer verwandelt, das den Träger *Elrysjars* töten kann … das mich töten kann. Weil es aus demselben magischen Stein besteht wie *Elrysjar* selbst. Aber nicht wegen der Gefahr, die vom Messer ausgeht, muss ich es haben. Keine Gefahr kann mich hier berühren.«

Arane blickte wieder in die Ferne. Der Wind spielte mit den Falten ihres Kleides.

»Die beiden Kronenhälften waren irgendwann zusammengefügt. Sie waren eine Krone, die alle Elfen, die der Wälder und die der Marschen, zu einem Volk vereinte. Und wenn ich das Messer habe und es wieder mit *Elrysjar* zusammenfügen kann, dann ist es so wie früher. Und alle Elfen stehen unter einem König.«

»Du willst auch die Freien Elfen beherrschen?«

Aranes Augen glänzten matt. »Ich will die ganze Welt beherrschen. Elfen, Menschen… Dass ich die Königin der Elfen bin, ist nur ein Mittel zum Zweck.«

Eine Weile schwieg Scapa. Irgendwo in der Ferne, hinter den Nebeln waren Nill und die Elfen. Und das magische Messer.

»Bitte«, sagte er mit belegter Stimme, »bitte töte sie nicht. Ich bitte dich, Arane. Es ist mein einziger Wunsch.« Als er Aranes Blick auf sich spürte, senkte er das Gesicht und stützte sich mit den Armen auf die breite Steinbrüstung.

»Denkst du an das Mädchen? Wer war sie? Eine enge Freundin? Hast du… sie gerne gemocht?«

»Keine Ahnung. Ich, also ich kannte sie eigentlich nicht so besonders. Ich glaube, sie war in mich verliebt oder so.« Scapa wurde heiß, doch er war erstaunt, wie leicht er sein Gewissen zum Schweigen bringen konnte. Es war ganz einfach.

»Sie musste dich sehr gemocht haben, dass sie dir bis hier her gefolgt ist. Dich haben die Menschen schon immer gemocht.«

Eine Weile blieb es still zwischen ihnen. Dann sagte Scapa: »Erzähle mir alles. Alles über dich und den Turm und dein Reich. Deine Dienerinnen, zum Beispiel, sind keine Moorelfen. Wer sind sie?«

»Es sind Adelige. Bevor der Menschenkönig von Korr auftauchte, haben die Moorelfen und vierzehn Fürstenhäuser der Menschen Korr regiert, das weißt du bestimmt noch. Früher gab es doch auch in Kesselstadt einen Fürsten. Der König hat sie dann alle ermorden lassen oder gefangen genommen. Als ich die Krone erlangt habe, habe ich die Kerker durchsuchen lassen. Du wirst kaum glauben, wie riesig sie sind! Die Verliese erstrecken sich bis weit unter die Erde, es gibt unendliche Labyrinthe und Irrgänge. Dort habe ich lauter Fürstenkinder, Grafentöchter und Herzogssöhne gefunden – und ich suche immer noch nach neuen, denn ich habe längst nicht alle Kerker entdeckt. Jedenfalls sind sie jetzt meine Diener. Ich mag Elfen nämlich nicht in meiner Nähe, wenn ich es vermeiden kann.«

Scapa runzelte die Stirn. »Und dann bist du ausgerechnet die Königin der Elfen geworden?«

»Nicht, um ihnen nahe zu sein«, erwiderte Arane fest. »Um ihre Kraft zu benutzen – oder, besser gesagt, ihre Schwäche.«

Auch jetzt schwieg Scapa. Arane atmete tief ein und blickte wieder ins Land hinaus. »Ich muss das Mädchen und den Elfenprinz wiederfinden. Allein schon, weil sie wissen, dass es mich gibt.«

»Wieso willst du dich eigentlich verbergen? Wenn jeder gewusst hätte, dass es dich gibt, dann wäre das alles nicht geschehen. Dann wäre ich zu dir gekommen und hätte gewusst, dass du noch lebst und es dir gut geht. Schon früher hast du immer Angst gehabt, dass jemand weiß, wer du wirklich bist.«

»Angst? Ich hatte keine Angst! Aber glaubst du, mir hätte damals jemand zugehört? All diese dummen Straßenkinder in Kesselstadt?« Sie wandte sich ihm zu. Sanft strich sie ihm über die Wange, doch ihre Stimme klang bitter. »Du bist so verträumt, Scapa. Für dich war die Welt immer nur in einer Hinsicht ungerecht: dass man arm oder reich geboren wird. Aber es ist mehr, viel mehr. Wie hättest du das auch wissen können? Du weißt nicht, wie es ist, etwas sagen zu wollen und nicht gehört zu werden. Wenn du etwas kannst und weißt und niemand es dir zutrauen will – niemand davon wissen will. Dir hat man immer zugehört. Und vertraut.

Siehst du, es gibt Dinge, die weiß jeder: Arme brauchen einen Herrscher, der für sie entscheidet. Frauen können nicht regieren. Kinder können nicht die Macht über eine Stadt ergreifen … Und wenn du alles auf einmal bist, Kind und Mädchen und arm, dann wirst du bestimmt auch nicht die Welt erobern können. Wer würde schon ein kleines Mädchen fürchten? Selbst wenn es die Steinkrone trägt, wenn es über ein Heer von fünfzigtausend gebietet, ist es in den Augen der Welt doch nur ein Mädchen. Ein Kind ...«

Als der Wind ihr Gesicht umflüsterte, ihre Augen älter und schöner wirkten denn je, konnte Scapa nur schwer glauben, dass sie ein Mensch aus Fleisch und Blut war. Sie war viel mehr. Sie war sogar mehr als eine Königin.

»Du bist nicht nur ein Mädchen.«

»Eben doch, das bin ich!«, brauste sie auf. »Selbst du begreifst es nicht! Selbst du denkst noch, dass ich mehr als ein Mädchen sein muss, ein Mädchen könnte all dies ja nicht erreicht haben! Scapa, ich bin nur das, was ich bin, und das ist einfach. Alles, was ich getan habe, war, mir von der Welt keinen Namen geben zu lassen! Ich habe mich selbst benannt. Ich habe selbst bestimmt, zu was ich fähig bin! Ich habe nicht daran geglaubt, dass Arme da sind, um beherrscht zu werden, Frauen nur die Frauen von Männern sind, Kinder nicht besitzen können! Ich habe selbst bestimmt, was ein Mädchen ist.« Sie sah ihn aus schmalen Augen an. Ein Lächeln glitt über ihr Gesicht. »Mädchen sind klug und ehrgeizig, sie träumen und begehren und sie arbeiten, wenn es sein muss, sie kämpfen und hassen und sie lieben ...« Ihr Kopf hob sich und sie blickte dem Wind entgegen. »Wenn ich alles erreicht habe, Scapa, dann werde ich mich offenbaren. Dann wird mein Name der Name aller Menschen. Dann wird jeder sich selbst erschaffen können, und wir werden uns nicht mehr *Kind* nennen, nicht mehr *Mann* und *Frau* – unsere Namen werden die, die uns wirklich zustehen. Dann werde ich die Welt verändern, wie es mir gefällt!« Sie öffnete seine Hand und strich mit behutsamen Fingern hindurch. »Und dann wird man sehen, ich bin nur so wenig. Und man wird sehen, ich bin alles.«

Als sie zu Mittag aßen, traf Scapa Fesco wieder. Er sah ganz anders aus, war sauber und hatte gekämmte Haare. Und seine

Kleider waren so fein, dass ein Prinz sie tragen könnte. Dabei fiel Scapa auf, dass er selbst nicht anders aussah, mit seinem bestickten Wams und dem sauberen Hemd.

Sie schwiegen die meiste Zeit, denn Scapa war nicht danach, zu sprechen. Es gab auch nichts zu sagen. Er war in so vielen Gedanken versunken, dass er selbst nicht mehr richtig verstand. Einerseits glaubte er Arane und bewunderte sie. Und dann wieder kehrten Scapas Erinnerungen zurück. Und er dachte an Nill, an die Elfen, an die Minen und das Leid, das die Grauen Krieger verbreiteten …

Nach dem Essen führte Arane ihn in eine kleine Steinhalle, in der ein Puppentheater aufgebaut war. Er lächelte beim Anblick der roten Bühne: Sie sah genauso aus wie das Theater damals in Kesselstadt, und für einen Moment glaubte Scapa sich in eine längst vergangene Zeit zurückversetzt. Er und Arane nahmen auf zwei roten Polsterstühlen Platz, und während das Theaterstück einzig und allein für sie aufgeführt wurde, legte sich Aranes Hand vorsichtig auf Scapas.

Für den Abend wurde ein Bankett vorbereitet. Sie speisten in einer Halle, die der Schein glitzernder Kronleuchter erfüllte, und auf der Tafel häuften sich die herrlichsten Speisen. Erst führten Akrobaten und Feuerspucker ihre Kunststücke auf, dann kamen Musikanten mit Flöten und Trommeln.

»Willst du mit mir tanzen?«, fragte Arane Scapa plötzlich.

Er runzelte die Stirn. »Ich kann doch nicht tanzen.«

Sie lachte. »Was soll das denn heißen? Glaubst du, eine Königin tanzt anders als ein Mädchen aus Kesselstadt? Wir tanzen so wie früher, Scapa! Ich kann mich gut daran erinnern, wie wir früher herumgehüpft sind, wenn aus den Schänken Musik auf die Straßen geweht ist.«

Sie standen auf und Arane raffte ihre Röcke. Während die Musik spielte, drehten sie sich im Kreis und stolperten häufiger über Aranes Rock, als dass sie wirklich tanzten. Also rief Arane ihre Dienerinnen und befahl ihnen, ihr das Kleid zu öffnen. Mitten in der Halle schlüpfte sie aus dem Stoffmeer und stand in weißen Unterkleidern da. Die Musik setzte wieder ein. Schneller und schneller drehten sich Scapa und Arane im Kreis. Sie wirbelten durch die Halle und prustend vor Lachen ließ Scapa sich rückwärts in Aranes Arme sinken. Sie drückte ihn fest an sich, dann wich sie zurück und reckte die Hände in die Höhe.

»Wir sind frei!« Die Musik übertönte beinahe ihre Stimme. »Wir sind frei zu tun, was wir wollen, für den Rest unserer Tage!«

Sie lachte hell und griff mit beiden Händen in eine Schale voller Rosinen. Lachend warf sie sie in die Luft und drehte sich unter dem Rosinenregen. Als sie herumwirbelte, stand Scapa vor ihr und sie schloss ihre Hände um sein Gesicht. »Mir ist, als sei mein ganzer Reichtum erst mit dir gekommen. Wir leben die Vergangenheit neu, hier und jetzt und in alle Ewigkeit!«

»Du bist vollkommen übergeschnappt«, bemerkte er lächelnd.

»War ich das nicht schon immer?« Sie nahm die Rosinenschale von der Tafel und schüttete sie langsam über seinen Kopf.

Unter den fallenden Rosinen nahm Scapa sie in die Arme. »Du warst es schon immer. Wir beide.« Er küsste erst ihre Wangen, dann die Lippen.

Die Tage verstrichen. Allmählich lernte Scapa den Turm kennen. Wenn er nicht mit Arane eine Theateraufführung ansah, mit ihr speiste, für neue Kleider Maß stehen musste oder den Musikern und Geschichtenerzählern der Königin lauschte, durchstreifte er die riesigen Hallen und Korridore. Er durfte sich überall frei bewegen und kein Grauer Krieger, noch sonst ein Untergebener der Königin, wagte ihm in den Weg zu treten.

Es gab so viele Räume, Zimmer, Gänge und verborgene Säle, dass man sie gar nicht alle erkunden konnte. Ganze

Schlossflügel standen vollkommen leer; Arane war noch nicht dazu gekommen, den gesamten Turm zu füllen. Scapa konnte sich jedoch kaum vorstellen, dass man ihr genug Möbel, Teppiche und Statuen liefern konnte, um den Turm nach ihrem Geschmack einzurichten – denn sie wollte mit jedem Blick sehen, dass sie eine Königin war.

Für Scapa schienen Arane und ihre Macht in manchen Momenten noch immer so unglaublich, dass er kaum fassen konnte, dass all dies die Wirklichkeit war. Aranes Vergangenheit – Arane selbst – war so erstaunlich...

Der Regen fiel in Strömen. Immer noch zuckten Blitze in der Schwärze der Nacht, der Donner erschütterte die Marschen, als rebellierte die geschwollene Erde gegen den Regen, der auf sie niederschlug.

Von der höchsten Zinne des Turms spülte das Wasser in breiten Fäden herab. Wie flüssiges Glas glänzte der Regen rings um die Turmspitze, als das Licht einer Fackel heranirrte. Der König stieg die Treppenstufen hoch und stand eine Weile reglos in der Dunkelheit. Rings um ihn gähnte meilenweite Tiefe. Er hörte den Regen fallen, aber nicht das Aufklatschen des Wassers auf dem Boden.

Zitternd atmete er aus, obwohl er in seinem Fellumhang nicht fror. Dann legte er die Fackel auf den Boden. Und daneben die Krone *Elrysjar*.

Es dauerte eine Weile, in der der König nur dem Rauschen des fallenden Regens lauschte, ehe er seinen Namen aussprechen konnte. Der Klang bereitete ihm eine Gänsehaut.

»I- If- Ifredes«, hauchte er in die Nacht. Seine Stimme war rau. »... Ifredes. Ifre... Ifredes!«

Tränen schossen ihm in die Augen. Was war alles mit diesem Namen verbunden! Alle schrecklichen Erinnerungen an eine Zeit lange vor seinem Leben als König von Korr! Eine Kindheit zog vor dem König in der Dunkelheit auf... *Ifredes* war es, der seinen Vater und Bruder hatte töten wollen. *Ifre-*

*des* war es, den man hatte verstoßen müssen. *Ifredes* war es, der den König der Moorelfen erdolcht hatte. Blut, Schande, Hass klebte an diesem Namen.

»Ifredes«, schluchzte der König. »Oh Götter … ihr Götter!«

Plötzlich hörte er ein Geräusch hinter sich. Er fuhr herum.

Am Treppenabsatz stand das blonde Mädchen aus Kesselstadt. Der schwache Schein der Fackel glomm in ihren erschrockenen Augen. In der rechten Hand hielt sie ein Schlachtbeil.

Der König verengte die Augen. »*Du!*«, zischte er, fuhr die Hände zu Klauen aus und wollte nach der Krone auf dem Boden greifen.

»*Ifredes*!«, schrie das Mädchen.

Der König taumelte, wie von einem Peitschenhieb getroffen, zurück. Arane kam einen Schritt näher, das Beil vorgestreckt. Ein Donnerschlag schallte durch die Nacht.

»*Ifredes*! Dein Name ist *Ifredes*! *IFREDES*!«

»Nein, NEIN! Arane! Du heißt Arane!« Ein klirrendes Lachen drang aus seiner Kehle. »Dein Name ist Arane!«

Der Flammenschein tanzte auf ihrem Gesicht. »Ich … habe keinen Namen.«

Sie hob das Beil. Schritt um Schritt kam sie näher. Der König stolperte zurück.

»*Ifredes*«, zischte sie. »Du bist *verflucht*, IFREDES!«

Seine Füße rutschten über den nassen Steinboden. Seine Arme ruderten in der Luft. Er riss den Mund zu einem lang gezogenen Schrei auf, als er fiel …

Dann schwand seine Stimme, schwand seine Gestalt in der schwarzen Tiefe. Nur das Rauschen des Regens blieb zurück.

Das Beil sank Arane aus der Hand. Sie kniete nieder. Ihre Finger umschlossen den kühlen, glatten Stein *Elrysjars*. Als sie die Krone zum ersten Mal aufsetzte, war es, als fiele ein unsichtbares Gewicht über sie. Etwas Schweres, Zähes schien von ihrer Stirn über ihren Kopf bis in ihr Herz zu sinken. Es war die Macht der Krone, die sie durchströmte und erfüllte, mit solcher Heftigkeit, dass kein Menschenkörper sie lange in sich halten konnte. Irgendwann würde auch Arane, das spürte sie in diesem kurzen, schrecklichen Augenblick, zerspringen wie ein Glas, wenn der schwarze Druck in ihrem Inneren zu stark geworden war…

Sie fuhr herum, als sie ein Geräusch hörte. Ein Grauer Krieger war auf den Stufen erschienen. Starr blickte er Arane an.

»Weißes Kind…«, hauchte er.

»Was?«

»Ihr Weißes Kind! Ihr besiegen König mit List.«

»Wieso sprichst du die Menschensprache?«

Der Krieger verneigte sich vor ihr. »Befehl des alten Königs, dass kein Elf mehr sprechen seine Sprache je wieder.«

Arane schluckte schwer. »Gut«, murmelte sie. »Das ist… das ist gut so. Weiter so. Sprecht alle weiter in der Menschensprache.«

Sie reckte den Rücken, obgleich ihr noch schwindelte angesichts dessen, was soeben geschehen war. Angesichts dessen, was noch kommen würde. »Ich bin das Weiße Kind, ja. Und ich bin eure neue Königin. Die Königin aller Moorelfen, hast du das verstanden? Gut. Nun, und dies ist der Beginn einer neuen Zeit. Unter meiner Herrschaft wird eine Ära der Erneuerung und Verbesserung anbrechen. Du wirst sehen.«

Sie deutete ein Nicken an und befahl mit zitternder Stimme: »Geh jetzt. Aber verrate niemandem, was du hier gesehen hast. Sonst – sonst wirst du geköpft.«

Der Krieger schien die Drohung tatsächlich ernst zu nehmen. Er entfernte sich rückwärts mit einer Verbeugung.

In dieser Nacht stand Arane lange in der Finsternis, im Rauschen des Regens, den sie nur fallen hörte, nicht aufschlagen, und fühlte nichts als das Gewicht der Steinkrone.

»Eine neue Welt«, flüsterte sie in die Schwärze.

# Der König von Dhrana

Sie ritten, bis die Morgendämmerung aufzog. Im Schutz der grauen Nebeldecken krochen sie ins Gras und schliefen ein. Doch auch in ihren Träumen jagten die Grauen Krieger sie, und so brachen sie nach wenigen Stunden wieder auf und ritten weiter, immer weiter in die tiefen Sümpfe hinein, südwestlich in Richtung Dunkle Wälder.

Gegen Abend bebte der Boden vom Hufgetrappel der Grauen Reiterscharen. Hinter fadem Dunst sah Nill Trosse von Reitern durch das Land preschen, hörte Peitschen knallen und Pferdegewieher; nur die Männer blieben stumm wie Tote. Es war, als wimmelten die Marschen von Geistern. Hinter jedem knotigen Baum konnte ein Schütze lauern. Durch alle Dunstschwaden konnte ein Pfeilhagel dringen. Der Tod saß den Gefährten im Nacken. Die Augen der Marschen waren kalt und wässrig auf sie gerichtet – und wo sie auch ihr Lager aufschlugen, schienen die Gräser verräterisch zu rauschen und die Tümpel lauter zu glucksen.

Sie schliefen kaum. Nur wenn Bruno erschöpft war, der neben den Pferden mitgaloppieren musste, legten sie eine Pause ein. Tagsüber, wenn die Sonne am höchsten stand und bleiches Licht durch die Wolken flimmerte, machten sie Rast und verbargen sich im Schilf, in Gräben und zwischen Bäumen, deren Äste aus dem Stamm griffen wie Krallen. Wenn die Dämmerung aufzog und die Sümpfe im Dunst verschwammen, brachen sie wieder auf und ritten meist die ganze Nacht durch.

Hunger und Durst begannen, an ihnen zu zehren. Einmal gelang es Kaveh und Arjas, einen Hasen zu erlegen. Ansonsten führte Bruno sie zu Stellen, wo es Wurzelknollen und muffige Nüsse gab. Sie kratzten alles Essbare aus der feuchten schwarzen Erde und tranken aus den brackigen Tümpeln. Keiner von ihnen klagte darüber. Nur die Blicke der Gefährten wurden stumpf. Wenn die Furcht sie nicht lähmte, hingen sie Gedanken nach, die keine Worte fanden. Nur manchmal murmelte Kaveh in die Stille: »Bald sind wir da. Erst einmal in die Dunklen Wälder. Und dann zu den *Freien Elfen…*« Ein Glanz wanderte dabei durch sein Gesicht, als sehe er seine Heimat schon vor sich auftauchen wie Tageslicht am nächtlichen Himmel.

Mit den Pferden erreichten sie bald das Gebirge. Die Berggipfel traten am Horizont hervor wie Greise, die sich verwundert zu ihnen herabbeugten. Sie wirkten viel freundlicher und kleiner als die Berge, in denen sie Maferis begegnet waren.

Die Erleichterung gab ihnen neue Kraft. Sie legten das letzte Stück in den Mooren zurück, ohne länger als ein paar Stunden zu ruhen, und erreichten die Ausläufer der Berge. Als sich die Tümpel in Flüsse verwandelten, die Nebel vor den Sonnenstrahlen wichen und hohe, grüne Pinien sie empfingen, blieben die Marschen von Korr hinter den Gefährten zurück wie ein lang durchlittener Alptraum.

Drei Tage brauchten sie, um die Berge zu überqueren. Sie ritten durch sanfte Täler und hatten einen leichten Weg bergauf, obgleich sie die verwilderten Straßen und Pfade mieden.

In den Wäldern fanden sie auch endlich wieder Nahrung. Mareju fing ein Rebhuhn, ansonsten aßen sie wilde Äpfel und die Wurzeln, die Bruno aufspürte. Es waren drei stille, ruhige Tage, in denen Nill das warme Sonnenlicht und das Rauschen der Bäume auf sich wirken ließ. Das Grün rings um sie erfüllte sie, klärte ihr aufgewühltes Inneres, es verschluckte für einige Augenblicke sogar ihre Vergangenheit und alles, was geschehen war…

Aber nachts suchten Nill merkwürdige Träume heim, und morgens erwachte sie vom Rauschen der Bäume, die ihr unbestimmte, böse Ahnungen zuzuflüstern schienen.

Dann lagen auch die Gebirge hinter ihnen. Die Wälder

lichteten sich und bald sahen die Gefährten Dörfer und Felder. Äcker überzogen das ganze Land bis zum Horizont mit einem buntscheckigen Teppich, auf dem nur hier und da braune Hütten saßen und gemütlich aus ihren Schornsteinen rauchten. Die schmalen Kiesstraßen säumten Obstbäume und goldene Weizenähren.

»Wie heißt dieses Land?«, fragte Nill erstaunt. So friedlich schienen die Dörfer und bunten Felder, als könne kein Unheil sie erschüttern. Und gleichzeitig wuchs kaum ein paar Tagesreisen entfernt das Grauen wie ein unheilvolles Geschwür! Die Zerstörung, die in den tiefen Marschen um sich griff, würde auch dieses Land überschwemmen ... Und niemand hier schien davon zu ahnen.

»Das ist das Königreich von Dhrana«, sagte Kaveh. Auf einen fragenden Blick Nills hin fügte er hinzu: »Dhrana ist so klein und unbedeutend, dass niemand es kennen muss. Trotzdem – ich hätte nicht gedacht, dass wir so weit nach Norden abgekommen sind.« In seinem Gesicht arbeitete es. »Andererseits ... nein, es ist gut, dass wir hier sind. Kommt.« Und er trieb sein Pferd an, ohne ein weiteres Wort der Erklärung.

Bei Sonnenuntergang färbte sich der Himmel leuchtend rot und übergoss die weiten Felder wie mit Glut. Rabenscharen schwebten über die Roggenfelder, ein sachter Wind kam auf und trug den Gefährten den Geruch der Mohnblumen in die Nasen, die ihren Weg säumten. Dort, wo die Sonne am Horizont verschwamm, blitzte ihnen bald etwas entgegen: Es waren die Zinnen einer Burg.

»Dort muss der König von Dhrana sein«, überlegte Kaveh.

»Der König von – was hast du vor?« Arjas lenkte sein Pferd dicht neben Kavehs Rappen. Ohne den Blick von der Burg zu wenden, die auf einem sanften Hügel etwas über den umliegenden Häusern und Hütten thronte, antwortete Kaveh: »Der Krieg gegen die Königin von Korr wird kommen. Sie wird angreifen, das weiß ich, und zwar bald. Wir müssen Verbündete suchen.«

»Was?«, sagten Mareju und Arjas gleichzeitig. Die Brüder tauschten zweifelnde Blicke. Dann neigte Mareju den Kopf, um Kaveh ins Gesicht sehen zu können. »Das ist ein Menschenkönig! Es kann gut sein, dass er so ein neumodischer Spinner ist und uns als Zauberer auf irgendwelchen Scheiterhaufen verbrennen lässt! Oder er könnte... na, alles Mögliche. Ganz zu schweigen davon, dass er uns an die Grauen Krieger verraten könnte!«

Kaveh lächelte. »An die Grauen Krieger verraten?« Er setzte sich die Kapuze seines grauen Mantels auf. Augenblicklich verschwand sein Gesicht darin. Nur seine Lippen waren noch zu sehen. »*Wir* sind die Grauen Krieger.«

Die Zwillinge schwiegen beklommen. Auch Nill wusste nicht recht, was sie von Kavehs Plan halten sollte – bei Kavehs Plänen wusste man *nie*, was man davon halten sollte. Sich jetzt schon auf einen Krieg gegen die Mächte von Korr vorzubereiten und Fremde einzuweihen, war entweder sehr vernünftig oder sehr wahnsinnig.

König Ileofres war einsam. Ihm war, als hätte das Glück ihn schon lange verlassen, dabei waren kaum vier Jahre vergangen, seit es ihm entronnen war, so wie ein schöner Sommer. Ja, er war glücklich gewesen. Damals, vor vier Jahren, die ihm wie Jahrhunderte zurück zu liegen schienen, hatte er mit seinen beiden Söhnen zusammengelebt. Norfed, der ältere, sein Thronfolger, und der jüngere, Ifredes. Sie waren so glücklich gewesen, und dann... König Ileofres hatte von den Mordplänen seines zweiten Sohnes erfahren und ihn für immer aus Dhrana verbannt. »Du wirst sehen«, hatte Ifredes gezischt. »Ich werde König! Ich werde noch ein Reich erobern, das größer ist als Dhrana!« König Ileofres hatte ihm mit Peitschenschlägen geantwortet.

Bald darauf erfuhren der König und sein ältester Sohn, dass es einem Menschen gelungen war, sich die Krone der Moorelfen anzueignen. Vom ersten Augenblick an wusste Ileofres, dass es sein verstoßener Sohn war. Er wusste, dass sein Sohn in den tiefen Marschen einen Turm errichtete, von dem aus er den größten Krieg plante, den die Welt je gesehen hatte. Er wusste, dass es sein verstoßener Sohn war, der einst alle Königreiche unterwerfen würde. Und Ileofres ergriff die Furcht. Ihn überkam Reue, hatte er doch seinen eigenen Sohn verbannt, ihn verjagt und verflucht! Wie würde sich der König von Korr an ihm, an Dhrana, rächen…

Norfed, der ältere, beschwichtigte ihn. »Noch ist Ifredes dein Sohn. Und mein Bruder. Ich werde zu ihm gehen und ihn um Gnade bitten.«

In Wirklichkeit, das wusste Ileofres, loderte in Norfed dasselbe Verlangen nach Macht wie in seinem jüngeren Sohn. Norfed verließ Dhrana und ihn doch nur, um sich Korr und seinem mächtigeren Bruder anzuschließen! Dennoch ließ Ileofres seinen Sohn ziehen. Seitdem waren vier Jahre verstrichen.

Es gab keine Nachricht von ihnen. Kein Zeichen. Bis jetzt.

Der schmale Weg, der sich zuvor durch die Felder geschlängelt hatte, wurde zu einer breiteren Pflasterstraße. Die Gefährten erreichten das Dorf, noch bevor die letzten Lichter des Tages im Westen schwanden. Die Hütten scharten sich um die Burg des Königs und rauchten aus schiefen Kaminen. Der Lärm lachender und schreiender Kinder lag in der Luft, als die Gefährten die Straße entlangritten. Ein junger Mann mit einem Ochsenkarren wich ihnen mit staunenden Augen aus, und eine Gruppe von Jungen und Mädchen, die mit beladenen Weidenkörben von den Obstbäumen heimkehrten, tuschelte aufgeregt.

Kurz bevor die Straße aus dem Dorf führte, machte sie eine elegante Kurve, so als solle jeder Besucher die Burg noch einmal von beiden Seiten betrachten. Die Burg war ein schlichter, aber massiver Bau aus dunklem Stein. Aus einem kleinen Wachturm drang das Läuten einer Glocke. Direkt vor dem runden Tor, das kurz davor war, geschlossen zu werden, entzündeten mehrere Soldaten Fackeln für die Nacht. Als sie Nill, Kaveh, die Ritter und Bruno entdeckten, hielten sie inne und stellten sich vor dem Tor zusammen.

»Wer seid ihr? Was führt euch hierher?«, rief einer der Soldaten ihnen zu.

»Wir sind Boten aus Korr!«, rief Kaveh, und nach kurzem Zögern schob er sich schließlich die Kapuze zurück. Das beruhigte aber nicht das Misstrauen der Soldaten. Als sie erkannten, dass Kaveh ein Elf war, nahmen manche von ihnen ihre Lanzen fester in die Hand und starrten ihn mit unverhohlenem Argwohn an. »Wir sind Boten vom König der Moorelfen. Wir bitten um Erlaubnis, dem König von Dhrana unsere Nachricht zu überbringen.«

Die Soldaten tauschten Blicke. Erstauntes Gemurmel erhob sich zwischen ihnen; sie senkten die Waffen und traten zur Seite.

»Tretet ein!«

Die Gefährten ritten durch das Burgtor und kamen in einen engen Hof. Wagen voller Stroh, Gänse und Hühner und herumstehende Soldaten füllten den Platz. Von irgendwo ertönte das Schlagen eines Hammers. Ein junger Stallknecht führte zwei Pflugpferde hinter sich her.

»Stallbursche!«, rief ein Soldat, der neben die Gefährten getreten war, und winkte dem Jungen. »Bring die Pferde in den Stall und versorge sie.«

Der Knecht nickte und führte eilig die beiden Pflugpferde weg, um einen Augenblick später zurückzukehren.

Nill und die Elfen stiegen von den Pferden und sahen zu, wie der Stallknecht sie fortführte.

»Was ist mit dem Wildschwein?«, fragte der Soldat verwirrt und sah auf Bruno herab. »Soll man ihn für das Abendessen zubereiten?«

»Nein!«, sagte Kaveh entrüstet – und fügte ruhiger hinzu: »Nein. Wir kümmern uns um das Wildschwein. Danke.«

Der Soldat maß ihn mit einem misstrauischen Blick, dann wies er zu einer breiten Treppe und erklärte: »Ich bringe euch zum König. Folgt mir.«

Der Soldat führte sie die breite Treppe hinauf und durch eine dunkle Steinhalle. Eine Schar Wäscherinnen kreuzte laut schnatternd ihren Weg. Sie bogen in einen schmalen, runden Korridor ein, der vor einer hölzernen Doppeltür endete.

»Ich werde euch anmelden. Wartet hier«, sagte der Soldat und verschwand hinter der Tür.

Die Gefährten mussten sich nicht lange gedulden. Trotzdem kam es Nill wie eine Ewigkeit vor – schweigend standen sie beieinander und warfen sich unsichere Blicke zu, nur Kaveh stierte eisern die Tür an.

Dann kam der Soldat zurück. Er trat respektvoll zur Seite und erklärte mit einer leichten Verneigung: »Ihr dürft eintreten.«

Kaveh betrat als Erster die kleine Halle, zu der drei Stufen hinaufführten. Über einem großen Kaminfeuer briet Ochsenfleisch. Der Geruch von zerschmolzenem Fett mischte sich in den Rauch. Runde Türen aus schwerem Holz an den Wänden führten in unbekannte Kammern. In der Mitte der Halle stand eine Holztafel, an der der König von Dhrana saß.

Er war alt. Seinen Haaren sah man noch an, dass sie einmal so flammend gewesen waren wie das Feuer im Kamin, doch heute hatten die gelockten Strähnen an Kopf und Bart die Farbe weißgrauer Asche. Sein Gesicht war ein Furchenfeld, aus dem die Nase scharf hervorstach. Über die Augen hatte sich bereits der gelbliche Schleier des Alters gelegt. Der Umhang aus Fuchsfellen, den er um die Schultern trug, ließ ihn bei weitem kräftiger erscheinen, als er noch war. Und selbst die schmale Goldkrone um seine Stirn schien seltsam stumpf zu sein.

Kaveh legte eine Hand auf die Brust und kniete kurz nieder. Die Gefährten machten es ihm nach.

»Seid gegrüßt, König von –«

»Seid ihr Gesandte aus Korr?«, fiel der König ihm ins Wort. Kaveh neigte den Kopf.

»Das sind wir, Herr.«

Das Holz seines Throns ächzte, als König Ileofres sich ein wenig aufrichtete. »Seid ihr geschickt worden vom Gebieter der Moorelfen?« Seine Stimme war schärfer geworden.

Kaveh schluckte. Nicht nur der König, auch Nill und die Zwillinge warteten gebannt auf seine Antwort. Wenn er die Wahrheit sagte – und das musste er früher oder später, wenn er den König um Hilfe bitten wollte – dann riskierte er dabei das Leben von ihnen allen.

»Mein Herr, weder den einfachen Mann noch einen König will ich belügen. Wir sind Gesandte und bringen eine wichtige Botschaft aus den Sümpfen. Jedoch vom Kronenträger geschickt wurden wir nicht.«

Die Augen des Königs wurden schmal. Er hob eine Hand und winkte sie heran. »Setzt euch zu mir. Setzt euch, Elfen, und erzählt.«

Die Gefährten kamen heran. Es gab nur zwei Stühle links und rechts neben dem König; Kaveh nahm Platz und die Zwillinge überließen den zweiten Stuhl Nill.

»Mein König«, sagte Kaveh ernst, »ich komme mit einer Warnung. Und ich komme … mit einer Hoffnung. In den tiefen Marschen von Korr wächst eine Streitmacht heran. Es wird bald Krieg geben. Einen Krieg, der alle Königreiche betreffen wird – auch Dhrana. Darum müssen wir uns jetzt vorbereiten. Wir müssen uns jetzt verbünden. Und wissen, wem wir vertrauen können.«

König Ileofres beobachtete Kaveh, der sich leicht vorgelehnt hatte und die Fäuste auf die Tafel stützte. »Sprichst du von einem Krieg … gegen den König von Korr?«

»Nicht gegen den König von Korr, Herr. Gegen die *Königin.*«

Allein das Kaminfeuer knisterte und das Fett des Ochsenfleisches zischte und brutzelte in den Flammen. Dann begann

König Ileofres zu lachen. Es war ein Keuchen, dann ein Hüsteln, und der Mund hinter dem ergrauten Bart verzog sich. »Eine Königin? Oh nein!« Noch immer lachte der König, doch seine Augen wurden starr. »Keine Königin herrscht in den Marschen...« Er sagte es abwesend, fast verträumt. »Es sind die Königsbrüder, die sich die Macht über das Elfenvolk und die Marschen angeeignet haben. Die Königsbrüder werden sich die ganze Welt unterwerfen...«

Kaveh runzelte die Stirn. »Was – Königsbrüder? Nein, es ist eine Königin. Sie ist das Weiße Kind. Sie hat den König von Korr mit einer List besiegt und seinen Platz eingenommen. Und wir müssen rasch handeln, bevor sie es tut.«

Das Lachen des Königs war verebbt. Mit der Faust rieb er sich über den Bart, während er Kaveh musterte. »Wie wollt ihr die Macht von Korr bekämpfen, Elf? Nichts kann sich dem König von Korr, dem Träger der Krone in den Weg stellen.«

»Eine Hoffnung gibt es noch«, sagte Kaveh leise. »Das magische Messer der Freien Elfen ist –«

Nill trat ihm unter dem Tisch so fest auf den Fuß, dass Kaveh zusammenzuckte. König Ileofres wandte sich mit einem verwunderten Blinzeln an sie.

»Es gibt Hoffnung, solange es Widerstand gibt«, sagte sie. »Die Grauen Krieger werden die ganze Welt überrennen, wenn sich die Königreiche der Macht der Königin ergeben. Aber wenn wir uns ihr stellen... Vielleicht reichen unsere Kräfte, vielleicht kann sich unser Mut mit ihrer Vielzahl messen. Was uns retten kann, ist Zusammenhalt. Vertrauen. Vor allem Vertrauen.«

Der verschleierte Blick des Königs ruhte auf ihr. Sie konnte beim besten Willen nicht sagen, was der König in diesem Moment dachte – ob er überhaupt irgendetwas dachte.

»Jaah...«, murmelte er endlich. »Eine Waffe gegen die Königsbrüder von Korr gibt es wohl noch.«

»Nein. Es ist eine König-« Wieder trat Nill Kaveh auf den

Fuß. Kaum merklich schüttelte sie den Kopf. Kaveh schloss den Mund. Eine Weile sagte er nichts mehr, bis ihn der eindringliche Blick des Königs auf Nill unruhig machte. »Majestät, können wir auf Euer Bündnis zählen? Wollt Ihr, will Dhrana sich mit den Völkern der Dunklen Wälder gegen Korr stellen?«

Langsam wanderte der Blick des Königs zu Kaveh zurück, so als falle ihm erst jetzt wieder ein, dass er noch da war. »Ja«, erwiderte er nachdenklich. »Man wird sehen. Man wird sehen…«

Als die Sterne über Dhranas Feldern glühten, strich König Ileofres durch die verlassenen Korridore seiner Burg. Er fühlte sich wie ein Schlafwandler. Er war ein Schatten, der in den Schatten seines eigenen Reiches dahinglitt. Was sollte er von den Elfen halten, die ihm heute von einem Krieg erzählt hatten gegen seine eigenen Söhne? Seine Söhne… Sie beherrschten gemeinsam Korr, die Königsbrüder. Sie waren es, die sich die Welt unterwerfen würden, sein Fleisch und Blut! Sie waren es, die in den tiefen Sümpfen herrschten, das wusste Ileofres ganz genau. Er lieferte Korr seit drei Jahren Holz aus den Dunklen Wäldern.

Durch Holzhandel war Dhrana zu Wohlstand gekommen – und heute belieferte das Königreich einzig und allein die Brüder von Korr. Was machte es da schon, dass die Elfen etwas anderes erzählten? Ein Krieg sollte bevorstehen? Das wusste Ileofres! Er war schließlich ein Eingeweihter, ein Verbündeter. Er hatte sich mit seinen Söhnen verschworen, ohne ein Wort mit ihnen gewechselt zu haben. Das war unnötig. Er wusste von ihren Plänen, so wie ein aufmerksamer Vater alle Geheimnisse seiner Söhne kennt. Er hatte sie mit allem Holz beliefert, das sie brauchten für den Krieg, der ihnen die Welt untertan machen würde!

»Ich weiß Bescheid, ich weiß genau Bescheid«, murmelte der König vor sich hin, während er lautlos durch die schmalen Korridore wanderte. »Ich bin eingeweiht! Hah! Ich bin ihr Vater! Ich weiß es genau…«

Es musste ein Zufall sein, der Ileofres genau vor die Tür der Elfen geführt hatte. Oder Schicksal… Er legte die knochige Hand auf die Türklinke. Er trat ein, ohne dem Holz ein verräterisches Knarren oder Ächzen zu entlocken. Er war ein Schatten…

Auf vier Strohpritschen lagen die Elfen und schliefen. Ihre Umrisse zeichneten sich im blassen Mondlicht ab, das durch die Fenster hereinsickerte. Der König ging an ihnen vorüber, bis er das Mädchen erreichte. Ileofres wusste, dass das Mädchen das magische Messer hatte, von dem der Elf mit den langen Zöpfen gesprochen hatte. Jeder Blick, jede Bewegung von ihr hatten es verraten, dass sie ein Geheimnis barg.

»Ich muss das Messer zerstören«, hauchte der König. »Ich muss es den Königsbrüdern von Korr überbringen!«

Doch als er die Hand nach dem Mädchen ausstreckte, die ihre Rocktasche fest umklammert hielt, überfiel den König eine neue Vision: Er würde mit dem Messer nach Korr aufbrechen. Und die Könige töten. Ja, er würde seine missratenen Söhne töten! Und noch eine Vorstellung durchfuhr den König, einen kurzen Augenblick nur: Er würde seinen jüngsten Sohn, den Verräter, mit dem magischen Messer richten, denn der hatte gewiss seinen älteren Bruder Norfed getötet. Ileofres wusste es plötzlich. Nicht beide Brüder herrschten in Korr, der jüngere hatte den älteren töten lassen! Darum war nie eine Nachricht von ihm gekommen! Darum war er nie zurückgekehrt! Ifredes, der Verräter, wartete in den Sümpfen wie eine fette Spinne auf seine eigene Familie, sein eigen Fleisch und Blut, um Bruder und Vater, sobald sie sich in der Hoffnung auf Versöhnung näherten, zu vergiften! Er, König Ileofres, würde seine eigene abscheuliche Brut zerstören, wenn er das magische Messer hatte. Ein Keuchen kam ihm über die Lippen. Dann packte er fest Nills Handgelenk, riss es zurück und griff in ihre Rocktasche.

Nill schrie. Im Dunklen erkannte sie nicht gleich etwas; dann trat das Gesicht des Königs aus der Schwärze des Zimmers. In seinen Augen glühte der Wahnsinn. Röchelnd griff er nach dem Steindorn.

Nill wandte sich herum und trat mit beiden Füßen nach ihm. Er zerrte an ihrem Arm.

»Lass sie los!« Es war Kavehs Stimme. »Lass sie los!«

Ein dumpfer Schlag war zu hören, dann sackte der König reglos zu Boden. Gleichzeitig entfuhr Kaveh ein unterdrückter Schrei: Nills Tritt hatte ihn vor die Brust getroffen.

»Kaveh! Verflucht, ich – oh nein, alles in Ordnung?« Entsetzt krabbelte sie aus der Decke und fasste nach Kaveh.

Er rieb sich die Brust und versuchte gleichmäßig zu atmen. »Alles in Ordnung. Klar«, hüstelte er. »Hier …« Er hielt Nill den Steindorn entgegen.

Sie steckte ihn eilig in ihre Rocktasche und trat einen Schritt zurück, um den reglosen König zu betrachten. Er lag zusammengesunken auf dem Boden. Wo Kavehs Schlag ihn getroffen hatte, lief ihm Blut aus der Nase. Inzwischen waren die Zwillinge und Bruno erwacht und stolperten zu Kaveh und Nill.

»Was ist passiert?«, fragte Mareju.

»Ich wusste es!«, japste Nill. »Ich wusste doch, dass er vollkommen wahnsinnig ist!«

Arjas warf ihnen ihre Mäntel zu. »Ja, und ihr – ihr habt den König von Dhrana *verprügelt*! Bei allen guten Waldgeistern! Lasst uns verschwinden!« Arjas schnappte sich seinen Speer und lief zur Tür.

»Also – wo er Recht hat, hat er Recht«, stammelte Mareju, warf sich den Mantel über und schlüpfte noch im Laufen in beide Ärmel.

Nill, Kaveh und Bruno rannten ihnen keinen Augenblick später nach.

## Die Freien Elfen

Scapa konnte nicht schlafen. Nachts, wenn er in weichen Kissen und Decken lag und blonde Locken seine Wange kitzelten, erwachte er durch Träume, die ihn aus dem Turm entführten. Sie brachten ihn zurück auf grüne Wiesen, zu einem Mädchen mit grünen Haaren und grünen Augen. Jähe Winde zerrten an ihr, nur ihr Blick blieb unverändert auf Scapa gerichtet. Er sah auch die Minen, durch die sie einst geschlichen waren. Der Geruch von Schweiß und Tod und Feuer raubte ihm die Luft, er wollte zu Boden sinken, doch die dichte Menge rings um ihn hielt ihn aufrecht. Oft erwachte er atemringend, als hätte ihn jemand gewürgt.

Lautlos schlüpfte Scapa aus dem großen Bett. Er zog sich sein Wams über, ohne sich die Mühe zu machen, Haken und Ösen zu schließen, und schlich durch das hohe Zimmer zum Balkon.

Draußen wehte ein eisiger Wind. Scapa atmete tief ein und hatte das Gefühl, das erste Mal seit mehreren Stunden wieder Luft zu bekommen. Doch während er durchatmete, roch er einen Gestank – und diesmal war es kein Traum. Mit weichen Knien ging er bis zum steinernen Geländer, das den Balkon säumte, und blickte in die Nacht hinaus.

Die Minen lagen unter ihm in der Dunkelheit wie glühende Nester. Ihr Atem wallte ihm entgegen und trug ihm den Geruch all derer heran, die sie bereits verschlungen hatten. Er musste an die ausgemergelten Gestalten denken, die sich nun da unten in den wimmelnden Nestern bewegten, die dort Eisen schmolzen und schwere Kessel ausgossen, die Waffen herumtrugen, die Erde mit Hacken bearbeiteten, arbeiteten, arbeiteten wie die Ameisen. Ihm wurde ganz schwindelig. Es mussten mehr als zehntausend sein. Viel mehr. Denn die roten Lichter der Minen blühten rings um den Turm wie ein endloses Mohnblumenfeld.

Als Scapa Schritte hinter sich vernahm, drehte er sich nicht um. Er wusste, wer es war.

Schweigend trat Arane neben ihn.

»Wenn ich dort unten wäre, würde ich mit all den Waffen, die ich jeden Tag zu schmieden hätte, einen Aufstand beginnen.« Scapa hatte geglaubt, seine Worte würden Arane erzürnen, doch sie lehnte sich bloß neben ihm gegen das schwere Steingeländer.

»Du, ja. Aber nicht die.« Sie unterdrückte ein Gähnen und zog sich den Fellumhang fester um die Schultern. »Da – das sind keine Menschen, das sind Elfen.«

»Na und?«, erwiderte Scapa trotzig.

»*Na und?* Elfen sind dumm, deshalb.« Arane wich seinem Blick aus und sah zu den Minen hinab. »Die Furcht bindet sie. Jeder, der sich dem König widersetzt, der etwas gegen ihn sagt oder gar die Krone begehrt, der muss vom nächsten Moorelf gemeldet und vor das Gericht des Königs gestellt werden. Und weil sich kein Elf traut, etwas gegen ihren König zu unternehmen – weil sie sich alle selbst nicht mehr trauen können – deshalb bleiben sie stumm.«

»Ist das alles?«, fragte Scapa.

»Ja, das ist alles. Es bedarf nur eines einzigen Anführers und dazu eines Heeres Stillschweigender, um die Welt zu erobern. Natürlich«, fügte sie hinzu, »braucht man ein paar Hilfsmittel, damit die Masse auch still bleibt.«

»Hilfsmittel?« Scapa sah sie an. »Du meinst den Tod.«

Arane lächelte. »Auch den Tod, ja. Aber ich habe eigentlich an die Macht gedacht. Wenn du einer kleinen Gruppe ein wenig Macht überlässt, ist sie dir treu ergeben. Vielleicht hast du von den Tyrmäen gehört. Früher waren sie rechtlose Stämme. Sie wurden von den übrigen Moorelfen gehasst und verachtet. Ich habe ihnen Macht gegeben, und dafür sind sie mir auf ewig treu – obwohl sie im Grunde kein Zauber und kein Schwur an mich bindet, stell dir vor! So einfach sind die Elfen zu lenken. Ich habe mir lediglich den Hass zunutze gemacht, den die Tyrmäen gegen die anderen Moorelfen hegen.«

»Das ist listig.«

»Danke, Herr der Füchse.« Arane lächelte und legte eine Hand auf seine.

Scapa zog seine Finger weg. »Woher kennst du diesen Namen?« Ein plötzlicher Verdacht keimte in Scapa auf. Was, wenn Arane immer gewusst hatte, dass er noch am Leben gewesen war? Was, wenn sie ihn schlichtweg bis jetzt vergessen hatte? Oder ihn gar nicht mehr hatte haben wollen?

»Fesco hat ihn mir genannt«, sagte sie leise.

»Wann hast du mit Fesco geredet?«

»Vorhin. Ich habe mit ihm über alles Mögliche geredet.« Sie stützte sich mit beiden Händen auf die Brüstung. »Zum Beispiel über den Diebstahl des magischen Messers.« Argwohn hatte sich in ihre Stimme geschlichen. Schließlich lächelte sie bitter. »Siehst du, das ist der Unterschied zwischen den Menschen und den Elfen. Die Elfen leben nach ihren Traditionen. Ihre Moral und ihre Loyalität zu diesen Traditionen sind so stark, dass sie sogar einem menschlichen König ergeben folgen, allein, damit es überhaupt einen König gibt! Die Treue der Elfen zu ihren Bräuchen ist der ganze Zauber, die ganze Macht, die die Krone *Elrysjar* umgibt. Das ist alles. Und trotzdem: Die Krone zu tragen bedeutet, dass einem die Welt gehört.

Die Menschen hingegen wahren ihre Traditionen nur, weil sie zu faul sind, ihren Alltag zu ändern. Sie beten so stumpfsinnig zu ihren Göttern, wie sie abends Karten spielen und morgens den Müll ausleeren. Ihre Frömmigkeit ist heuchlerisch, und sie selbst wissen es nicht mal. Moral, Mitgefühl, Nächstenliebe, das ist ein hübscher Mantel, den sie tragen, wenn sie ihn sich leisten können! Sie leben nicht für ihr Volk, sondern für sich selbst. Sie sind selbstsüchtig. Das macht sie verschlagen. Das macht sie klug. Und letzten Endes wird nur das Volk überleben, in dem jeder um sein eigenes Leben strampelt.«

Scapa starrte sie an. »Überleben? Was meinst du mit überleben? Was hast du vor mit –«

Arane winkte ab. »Wenn ich planen würde, ein Volk auszulöschen, würde ich dir das gewiss sagen. Abgesehen davon, wieso sollte ich die Elfen ausrotten? Sie sind doch die Kraft, die hinter mir steht! Nein, aber sie graben sich ihr eigenes Grab ... sie selbst. Und das ist der Gang der Natur. Die Klugen überleben. Und die Dummen, die Träumer, die Verblendeten gehen unter.«

Scapa sah sie reglos an. Was für Worte kamen aus ihrem Mund? Hatte sie schon immer so gesprochen? War ihre Abscheu für die Elfen auch früher schon so groß gewesen? Wieso fiel Hass immer erst dann auf, wenn er mit der Macht einherging, ausgelebt zu werden?

»Wieso siehst du mich so an?«, flüsterte Arane. »Scapa, dein Blick kann einem soviel Angst machen.«

Er lächelte verwundert, doch es war ein freudloses Lächeln. »Du hast Angst vor meinem Blick? Obwohl *dein* Blick in jedem Feuer da unten leuchtet?«

»Was meinst du?« So viel Unsicherheit trat in ihr Gesicht, dass Scapa sich sogleich elend fühlte. Er winkte ab und stützte sich aufs Geländer. »Ach, nichts. Nichts ...« Schuldgefühle, Misstrauen und Verwirrung durchwogten ihn. Er wusste gar nicht mehr, was er denken sollte. Alles schien ihm eine Lüge zu sein, bis Arane die Dinge aussprach. Und selbst dann ...

»Damals in Kesselstadt«, sagte er gepresst, »als du zu den Grauen Kriegern gegangen bist ... Hattest du je eine Vision, Arane?«

»Wenn ich nie Visionen gehabt hätte, wäre ich längst tot, das habe ich dir damals schon gesagt. Visionen auf ein besseres Leben bewahren uns davor, unterzugeh–«

»Hör auf!« Er hob die Hände und drückte sich gegen die Schläfen. »Verflucht, Arane. Sag mir einfach, ob du gelogen hast. Hast du in einer Vision gesehen, wo das magische Messer war, ja oder nein? Winde dich nicht immer heraus mit deinen Worten.«

Sie schwieg mehrere Augenblicke erschrocken.

»Ja. Ich hatte eine Vision.« Ihre Stimme war heiser, sie schluckte. »Ich habe gesehen, wie unser Schicksal aussehen könnte. Und nein, wenn du es so wissen willst: Ich habe nie gewusst, wo das Messer war, niemals, sonst hätte ich es längst selbst geholt! Denn es gibt keine Visionen«, zischte sie. »Es gibt nur Pläne. Hörst du?«

»Gut.« Scapa fuhr sich mit der Zunge über die trockenen Lippen und starrte zum Licht der Minen hinab. »Dann weiß ich es also.«

Eine Weile stand Arane stumm neben ihm und sah ihn an. Dann legte sie die Arme um seinen Rücken und drückte ihn sachte. »Ich habe es damals für uns getan! Für uns... alles habe ich für uns getan, ich wusste ja nicht, dass wir uns drei Jahre nicht – « Sie wartete, bis ihre Stimme nicht mehr zitterte. Schließlich atmete sie aus. »Du bist alles, was ich wirklich habe, weißt du? Die Welt ist so kalt, nur du nicht... Komm bald rein. Ja? Du erkältest dich noch.« Vorsichtig glitt sie zurück.

Scapa lauschte ihren Schritten, als sie den Balkon verließ.

Die Zeit flog an ihnen vorüber. Die Nächte währten nur Augenblicke, die Tage vergingen wie Sekunden. Die Gefährten ließen das Königreich von Dhrana hinter sich. Die fernen Gebirgsketten, die das Letzte waren, das noch an Korr erinnerte, verblassten am Horizont, und bald – bald tauchten sie ein in das Reich der Dunklen Wälder.

Es war, als habe Nill ihre Heimat seit Jahren nicht mehr gesehen. Und wie sonderbar fühlte sie sich, als sie eines Morgens unter den hohen, flüsternden Bäumen erwachte, das weiche Moos unter sich spürte und die süßen Düfte des Waldes atmete! Sie glaubte, in ein längst vergangenes Leben zurückzukehren, einen fernen, friedlichen Traum erneut zu träumen – nur dass alles jetzt anders war. So heftig, wie die Liebe für die Wälder sie nun überfiel, erfüllte Nill auch die Furcht, alles für immer zu verlieren. Zu nah war die Erinnerung an die Marschen von Korr.

Sie ritten Tag und Nacht. Die Pferde waren am Ende und Bruno fiel schlafend um, wenn sie Halt machten. Nill, Kaveh und die Ritter fühlten sich nicht besser. Die Erschöpfung hatte sie an den Rand ihrer Kräfte getrieben. Der Hunger war zu einem stetigen Begleiter geworden, und wenn sie einander in die Gesichter blickten, erkannten sie, wie ausgemergelt und bleich sie geworden waren.

Nach mehreren Tagen rauschte goldenes und rotes Laub durch die Wälder. Es war Herbst geworden. Die Wälder waren erfüllt vom Knistern der schwebenden Blätter, hoch oben in den Baumkronen flimmerte es, als tanzten tausend kleine Flammen in der Luft. Das Laub rieselte auf die Gefährten nieder, gezackte Blätter fielen auf ihre Köpfe herab und besprenkelten sie mit leuchtendem Gold. Der Duft des vergehenden Sommers kam von überall; er stieg aus der weichen trockenen Erde, strömte aus den Bäumen und dem bunten Laub.

»Spürt ihr es?«, sagte Kaveh in das Flüstern der tanzenden Blätter hinein. Ein Lächeln glitt über seine Züge. »Wir sind zu Hause.«

Mareju und Arjas strahlten, als ob sich eine überraschende Aussicht vor ihnen auftun würde.

»Schau«, sagte Kaveh, drehte sich zu Nill um, ergriff sie am Arm und zog sie neben sich. Dann streckte er die Hand aus. Nill sah nichts außer dem gewohnten Wald. Kaveh machte eine Handbewegung, wie ein zärtliches Winken sah sie aus. Plötzlich traten aus dem Flimmern der rauschenden Laubwirbel im Tal mächtige Bäume hervor. Aber was für Bäume!

Nill stockte der Atem, als sie das Dorf der Freien Elfen erblickte. Gigantische Buchen wuchsen aus dem Boden. Die meterdicken Stämme schraubten sich wie Spiralen in die

Höhe und bildeten regelrechte Treppen, Hohlräume und Terrassen. Hängebrücken aus Binsengeflecht, Wurzeln und Ranken verbanden einige der Baumkronen, die zusammenwuchsen wie runde Pilze – so dicht, dass sie gewiss keinen Regentropfen durchließen: Denn obgleich ihr Laub sich golden und scharlachrot gefärbt hatte, ließ es sich vom Wind nicht forttragen.

»Wie – das ist – einfach – erschienen…«, stammelte Nill.

Kaveh lächelte. Dann drückten die Gefährten ihre Fersen an die Flanken der Pferde und ritten das Tal hinab.

Allmählich bemerkte man sie. Kinder hielten im Spielen inne und liefen aufgeregt zu den Baumhäusern zurück. Elfen strömten von überall zusammen. Aus der Menge schritt eine Frau auf sie zu. Ihr schwarzes Haar war zu einem kunstvollen Kranz gesteckt. Mit den zarten Falten, die ihre Augen und Lippen umzeichneten, erschien sie Nill so schön wie ein gemaltes Bild.

Die Frau hielt einen halbfertig geflochtenen Korb in den Armen; doch als die Gefährten auf sie zuritten, fiel er ihr zu Boden.

Kaveh stieg vom Pferd. Mit stockenden Schritten kam er auf die Frau zu. »*Marúen*«, hauchte er.

Aryjèn starrte ihren Sohn wie ein Trugbild an. »*Mutter*?«, wiederholte sie. Ihre Augen schwammen in Tränen. »Ist das alles, was du zu sagen hast?«

Kaveh senkte den Blick. Aryjèn gab ihm eine Ohrfeige; aber sie zitterte viel zu sehr, um ihn ernsthaft zu schlagen, und die Ohrfeige ging in ein Streicheln über. Kaum einen Augenblick später schloss sie ihn so fest in die Arme, dass ihre Tunika sie beide umhüllte.

»Du bist schrecklich!«, schluchzte Aryjèn. »Was ist das für ein Sohn, der seiner Mutter so etwas antut?! Du bist einfach verschwunden, Kaveh!«

»Mama… die anderen!« Er trat langsam zurück und wischte sich mit dem Handrücken über die Augen.

»Das ist das Mädchen, *Marúen*. Hier!« Er zog Nill heran, die wie die Zwillinge schon vom Pferd gestiegen war, und legte einen Arm um sie. »Das ist... ihr Name ist... sie heißt Nill.«

Aryjèn runzelte kaum merklich die Stirn, aber dann neigte sie den Kopf vor Nill und schloss sie behutsam in die Arme. Ein seltsamer, kaum wahrnehmbarer Duft ging von ihr aus, bei dem Nill schwer ums Herz wurde. Nie hatte jemand sie so mütterlich in die Arme genommen. Dabei war die Elfe ja eine Fremde.

»Sei willkommen, Nill«, sagte die Frau mit einem leichten Akzent. »Mein Name ist Aryjèn. Ich bin Kavehs Mutter.«

Nill konnte nichts als stumm nicken. Aryjèn sagte etwas auf Elfisch, dann schloss sie auch die Zwillinge in die Arme und musterte anschließend alle mit feuchten Augen. Ihre Stimme schwang um und Nill hörte aus dem, was sie sagte, den Namen Erijel heraus. Kaveh senkte den Kopf. Er antwortete sehr leise und seine Augen wurden stumpf. Aryjèn hob erschrocken die Hand an die Lippen. Schließlich strich sie Kaveh über die Wange.

»Ihr seht so bleich aus«, murmelte sie. »Ihr... oh, kommt alle mit. Was ist nur aus euch geworden! Was habt ihr nur getan!«

Sie versuchte alle auf einmal in die Arme zu schließen, ergriff links Kaveh und bekam einen Zipfel von Marejus schmutzigem Mantel zu fassen, rechts nahm sie Nill und Arjas zusammen, und dann schritten sie durch das Tal der Elfen.

Kinder, Männer und Frauen standen ringsum und blickten ihnen erleichtert, entsetzt oder ängstlich hinterher. Ein Murmeln ging durch die Elfenmenge, aber Nill verstand kein Wort. Aryjèn führte sie auf einen riesigen Baum zu, dessen Stamm wie eine verwilderte Treppe in die Höhe führte. Zweige, Laub und Ranken schlossen sich über ihren Köpfen zu einem goldscheckigen Dach, durch das die Herbstsonne strahlte.

»Kaveh!« Noch bevor sie die Wurzeltreppe hinter sich gebracht hatten, kam ihnen ein Mann entgegengelaufen. Im ersten Augenblick glaubte Nill, sie sehe Kaveh vor sich – in älteren Jahren. Es musste ganz bestimmt sein Vater sein. Der König der Freien Elfen.

»*Marhùt*«, stammelte Kaveh.

Der König stieß einen Schrei aus, öffnete die Arme und packte Kaveh so ungestüm, dass er auf die Zehenspitzen gerissen wurde.

»Du Narr! Du unglaublicher, starrköpfiger Narr! Du Dickschädel!«, brüllte König Lorgios, während er seinen Sohn an sich presste und seine Tränen Kavehs Kopf beträufelten.

»*Dange, Baba!*«, nuschelte Kaveh in die Tunika seines Vaters.

»Kommt«, rief Lorgios und zog Kaveh die letzten Stufen hinauf. »Oh bei allen Waldgeistern, bei allen guten Geistern, mein Sohn ist zurückgekehrt! Er ist zurück!«

Er zog ihn in einen weitläufigen Raum mit Fellen und Liegen. Getrocknete Kräuter hingen an der Holzwand neben einer Feuerstelle, über der das einzige Loch in der Decke war. Ansonsten wölbte sich das Blätterdach wie eine bunte Glaskuppel über ihnen.

»In ein Bett«, murmelte Aryjèn und führte sie einen nach dem anderen aus dem Raum in verschiedene Kammern, zu denen verschlungene Rankenstufen führten. Auch Nill wurde in eine Kammer gebracht. Auf dem Boden waren Felle und Moosteppiche ausgebreitet, die zum Schlafen einluden.

»Ruhe dich aus«, sagte die Königin der Elfen sanft zu Nill und strich ihr über die zerzausten Haare. »Ich komme gleich wieder und bringe etwas zu Essen. In Ordnung?«

Nill nickte wie benommen. Einen Augenblick später sank sie auf die Felle. Ich bin viel zu aufgeregt, um jetzt zu schlafen!, dachte sie noch. Aber sie irrte sich. Eine Minute später war sie tief und fest eingeschlummert.

# Die Bestattung

Nill erwachte durch einen Duft. Er kroch ihr, noch während sie schlief, in die Nase und erinnerte sie an das dumpfe Rumoren in ihrem Bauch: den Hunger. Blinzelnd schlug sie die Augen auf. Ihre Haare waren zerzauster als ein Stinktierschwanz, und sie strich sie sich mit beiden Händen an den Kopf, ehe sie aufstand und die Kammer verließ.

Mit weichen Knien trat sie die Rankenstufen hinab und blieb zögernd im großen Raum stehen.

Das Herdfeuer flackerte fröhlich vor sich hin. Ein schwarzer Kessel hing über den Flammen. Auf ausgebreiteten Bärenfellen saßen Kaveh, König Lorgios, Aryjèn und ein fremder junger Mann mit dunklem Haar, der dieselben feinen Gesichtszüge hatte wie die Königin. Kaveh war der Erste, der Nill entdeckte. Er stellte die Schale ab, die er in den Händen gehalten hatte, und stand schwungvoll auf. Dann rieb er sich verlegen mit den Händen über die Oberschenkel.

»Hallo, Nill! Hast du gut geschlafen? Setz dich zu uns!«

Nill überwand ihre Scheu und kam zu ihnen. Kaveh machte ihr neben sich Platz und sie setzte sich mit verkreuzten Beinen. Kaveh räusperte sich. »Ich möchte dir meinen älteren Bruder vorstellen – das ist Kejael.«

Der junge Mann mit den dunklen Haaren neigte mit einem freundlichen Lächeln den Kopf. An dem Lächeln erkannte Nill die Verwandtschaft zu Kaveh – doch abgesehen davon sah er ganz anders aus.

»Guten Tag. Nill heißt du, richtig?«

Nill nickte. »Ja .. ja, das ist mein Name.« Ihr wurde erneut bewusst, was er bedeutete – und die Elfen mussten ihn ja alle verstehen! Nill kam sich ungemein bloßgestellt vor. Was würde sie denn denken, wenn sich jemand vorstellen und sagen würde: Hallo, freut mich auch, mein Name ist *schmutziges Blut…?* Und die Stille, die kurz eintrat, machte es ihr nicht unbedingt leichter, den Elfen in die Gesichter zu blicken.

»Hast du dich ein bisschen erholt?«, fragte Aryjèn ruhig.

»Ja, danke. Es geht mir viel besser.«

»Bestimmt hast du Hunger. Hier!« Aryjèn erhob sich, ging zum Herdfeuer hinüber und füllte eine Schale mit dem Inhalt des Kessels. »Iss etwas. Kaveh ist darüber hergefallen, als hätte er drei Jahre nichts mehr gegessen. Ich gehe also davon aus, dass du nicht weniger essen wirst.«

»Na, ob sie das schafft!«, bemerkte König Lorgios mit einem amüsierten Augenzwinkern Richtung Kaveh. »Der Junge futtert, als müsse er für eine ganzes Wolfsrudel mitverdrücken.«

Aryjèn war zurückgekehrt und stieß Lorgios mit der Hand gegen die Schulter. »Ach, still mit dir. Du verschreckst sie noch!« Lächelnd reichte die Königin der Freien Elfen Nill eine dampfende Schale und fügte hinzu: »Iss nur, so viel du kannst. Keine falsche Scham. Du bist doch das erste Mal bei Elfen? Dann lass dir gesagt sein, dass es eine Höflichkeit ist, wenn man Nachschlag möchte.«

»Deshalb gilt Kaveh auch als der höflichste aller Elfen«, ergänzte sein Bruder Kejael mit einem Grinsen.

Da es kein Besteck gab, hob Nill nach kurzem Zögern die Schale an die Lippen. Eine hellbraune, dickflüssige Suppe schwappte darin, die einen pilzigen Duft verströmte. Auch die Elfen hoben ihre Schalen und tranken. Vorsichtig nahm Nill einen Schluck. Ein herrlicher, cremiger Geschmack entfaltete sich in ihrem Mund. Jetzt erst wurde ihr bewusst, wie groß ihr Hunger war. Da niemand sie besonders zu beobachten schien, leerte Nill gierig die ganze Schale, ohne sie einmal von den Lippen zu setzen. Kaum hatte sie den letzten, köstlichen Schluck getan, nahm Aryjèn ihr die Schale auch schon aus den Händen, um sie nachzufüllen.

»Kaveh hat uns von eurer Reise erzählt, während du geschlafen hast«, sagte Kejael.

Nills Blick wanderte zu Kaveh. »Wie lange habe ich denn geschlafen?«

Kejael lachte. »Fast zwei Tage. Auch wenn wir hin und wieder dachten, du wärst tot.«

Als Nill ein wenig bleicher wurde, puffte Kaveh seinem Bruder gegen den Arm. »Hör auf!«

»Stimmt, wir hielten dich nicht für tot«, erklärte Kejael. »Kaveh ist ja alle zwei Minuten in deine Kammer gerannt und hat nachgeguckt.«

»Kejael!« Kaveh kniff die Lippen schmal. »Ist gar nicht wahr!«

Kejaels Lächeln verblasste allmählich. »Das, was Kaveh von eurer Reise erzählt hat... Es muss furchtbar gewesen sein.«

Nill senkte den Blick. »Eigentlich... Solange Kaveh, Mareju und Arjas da waren, war es immer nur halb so schlimm.«

Noch während sie das sagte, färbte sich Kavehs Gesicht laubrot und ein seltsames Ziepen ging durch Nills Brust: Die Erinnerungen an ihre Reise mit Scapa und Fesco überkam sie, aber Nill verdrängte sie rasch. Dankend nahm sie die Schale entgegen, die Aryjèn ihr reichte, und trank noch mehr von der warmen Suppe.

»Wo sind Mareju und Arjas?«, fragte sie dann.

»Zu Hause bei ihren Eltern«, erwiderte Aryjèn sanft. Schlagartig wurde Nill bewusst, dass andere Leute Familien hatten. Sie blickte in die Runde der Elfen und erkannte, dass sie selbst inmitten einer Familie saß, doch ihre war es nicht. Die Erkenntnis, dass sie allein war, fiel schwer in ihr Inneres.

»Und Bruno?«, fragte Nill mit weicher Stimme.

Ein Grunzen erklang in einer Ecke des Raumes, als der Keiler seinen Namen hörte und verwundert den Kopf hob.

»Oh – ach so. Dann sind also doch alle wohlauf.«

Mit einem Geräusch, das bei einem Wildschwein wohl als müdes Seufzen gelten konnte, senkte Bruno den Kopf wieder und stützte ihn auf seine Vorderbeine.

»Noch eine Schale?«, fragte Aryjèn, als Schweigen eintrat. Nill nickte mit einem scheuen Lächeln.

Kaveh zog ein Knie an und senkte das Gesicht. »Heute ist Erijels Bestattung. Wenn du fertig gegessen hast«, sagte er leise, »sollten wir gehen.«

»Oh... Natürlich.« Als die Königin ihr die aufgefüllte Schale ein drittes Mal reichte, hatte Nill plötzlich keinen Hunger mehr.

Aryjèn gab Nill neue Kleider, bevor sie das Baumhaus verließen. Es war seltsam, den Mantel des Grauen Kriegers abzulegen, an den sie sich schon so gewöhnt hatte. Aryjèn nahm ihn mit einem Kopfschütteln entgegen und murmelte: »Den brauche ich wohl nicht zu waschen. Den solltest du nie wieder brauchen.«

In einer kleinen Hinterkammer im Baum gab es einen Holzkübel, in dem sich Regenwasser sammelte. Nill durfte darin baden (genau gesagt drängte Aryjèn sie hinein) und sie wusch sich den Schmutz der vergangenen Wochen von der Haut. Fast hatte sie vergessen, wie es sich anfühlte, sauber zu sein!

Dann war sie bereit, trug ein helles, leichtes Kleid mit weichen Lederschuhen und einem dünnen Mantel, der dem von Kaveh sehr ähnelte. Der Stoff der Kleider schillerte leicht im Sonnenlicht, konnte hell wie Silber sein oder perlgrau, und er war ihr vollkommen unbekannt. Gemeinsam mit Kavehs Familie verließ sie das Baumhaus und schritt durch das Dorf. Elfen, die ihnen über den Weg kamen, legten die gefalteten Hände an die Stirn und verneigten sich. Andere senkten teilnahmsvoll den Blick. Nill sah Kaveh sorgenvoll an. Seine Augen lagen in rötlichen Schatten, und sie war sich sehr sicher, dass er nicht nur wegen der Strapazen ihrer Reise so mitgenommen aussah. Das fröhliche Leuchten, das stets in seinem Gesicht gewesen war, schien erloschen.

Sie und einige andere Elfen, die sich ihnen anschlossen,

verließen das Dorf und stiegen den sanften Hang hinauf. Als sie den Wald erreichten und Nill sich noch einmal umdrehte, konnte sie von den geschwungenen Bäumen und Hütten nichts mehr erkennen. Das Tal lag unter ihr, als habe nie jemand einen Fuß hineingesetzt.

Schweigend wanderten sie durch den Wald. Jeder außer Nill schien zu wissen, wohin sie gingen. Nach einer Weile lichteten sich die Bäume. Vor ihnen tauchte ein weiter See auf, die Oberfläche spiegelglatt und schwarz wie polierter Stein. In der Ferne erkannte Nill Inseln. Die Fichten und Tannen, die sich etwas abseits über die Ufer des Sees beugten, und auch einzelne Flecken vom Himmel spiegelten sich im Wasser.

Elfen standen bereits am Ufer. Nill entdeckte Mareju und Arjas unter ihnen. Die Zwillinge winkten ihr traurig zu.

Auch im Wasser standen Elfen. In ihrer Mitte schwamm ein großes Holzfloß auf dem Wasser, das über und über mit getrockneten Blumenkränzen, buntem Laub und Rankengeflechten bedeckt war. Eine Leiche gab es schließlich nicht.

Als König Lorgios und Königin Aryjèn erschienen, senkten die Elfen gleichzeitig die Köpfe, knieten nieder und legten eine Hand auf die Erde. Auch die Königsfamilie kniete nieder, Nill tat es ihnen rasch gleich und legte die Hand ins Gras. Stille trat ein. Auch der Wald ringsum schwieg, kein Vogel pfiff, kein Wind flüsterte mehr in den Bäumen. Träge zogen die Wolken über den See. Die Elfen im Wasser knieten ebenfalls nieder, sodass die Wellen ihnen gegen die Brust schwappten, nur zwei Frauen blieben stehen, die ältere in Schleier gehüllt. Sie schlug einen tiefen, trockenen Ton an, lang gezogen und schwer. Die zweite, jüngere Frau stimmte mit zitternder Stimme ein. Ihr Trauerlied ließ auch Nill schwer ums Herz werden, und während sie kniete, die Hand auf die Erde gedrückt, rollten ihr Tränen über die Nasenspitze.

Die junge Sängerin zog einen Dolch aus ihrem Gürtel. Dann nahm sie ihre langen dunklen Haare in die Hand und schnitt sie ab. Die Menge am Ufer seufzte auf. Die ältere Sängerin hob eine Fackel und setzte das Floß in Brand. Die getrockneten Blumenkränze loderten auf. Der Rauch war beißend und duftend. Zitternd warf die junge Frau ihre abgeschnittenen Haare ins Feuer. Dann glitt das Floß auf die Mitte des Sees zu. Die Flammen wuchsen immer höher.

Allmählich erhoben sich die Elfen und starrten dem Feuer nach.

»Wieso hat sie das getan?«, flüsterte Nill. »Wieso hat sie sich die Haare abgeschnitten?«

Kavehs Blick hing abwesend am brennenden Floß. »Es ist Brauch, dass man sich die Haare abschneidet, wenn man jemanden geliebt hat, auf diese Weise… der gestorben ist«, flüsterte er.

Nill erinnerte sich an das geschwungene Zeichen, das Erijel am Unterarm getragen hatte. Und er war ihr näher denn je, als ihr klar wurde, dass die Frau mit den abgeschnittenen Haaren Ylenja war.

Die lange Prozession der Elfen wanderte schweigend zum Dorf zurück; nur einige waren am See zurückgeblieben: Ylenja und die Frau in den Schleiern, die – wie Nill erfahren hatte – Erijels Mutter gewesen war. König Lorgios. Und Kaveh.

»Geh schon«, hatte Kaveh Nill zugemurmelt, als die Dämmerung heraufgezogen war. Mit umschlungenen Beinen hatte er am Ufer gesessen und zum Floß hinübergeblickt. Es hatte auf dem schwarzen See geglüht wie ein verirrter Funken.

Schweigend schritt Nill neben Aryjèn und Kejael zum Tal. Die Königin der Freien Elfen streckte die Hand aus, und unmerklich zeichneten sich die Umrisse des Dorfes aus dem Nichts ab. Feuer leuchteten unter ihnen und verströmten mattes Licht. In der Mitte des Dorfes wurden riesige Lagerfeuer aufgebaut, es roch bereits nach gebratenem Fleisch.

»Was bereiten sie hier vor?«, fragte Nill.

Aryjèn erriet ihren Gedanken: Wie konnte ein Fest vorbereitet werden, wenn Erijel gerade bestattet worden war? Die Königin lächelte schwermütig. »Heute ist die Nacht der Dämonen. Schau in den Himmel.«

Sie legte Nill vorsichtig einen Arm um die Schultern und deutete hinauf. Der Abend war aufgezogen, der Himmel trug einen Umhang aus lila-blauem Samt. Verdutzt erkannte Nill, dass Vollmond war – und dennoch so viele Sterne über ihnen funkelten wie in einer Neumondnacht.

»Das ist unmöglich«, murmelte Nill und kniff die Augen zu.

»Zweimal im Jahr *ist* es möglich. Doch man kann den Vollmond und alle Sterne nur von unseren Elfendörfern aus sehen. Und sonst von keinem anderen Ort der Welt.«

»*Wie*?« Nill konnte den Blick nicht vom Himmel lösen. Es sah mehr als merkwürdig aus und dabei wunderschön.

»Nun«, antwortete Aryjèn, »es ist die Nacht, in der Unmögliches möglich wird. Sieh, Vollmond und Sterne teilen sich den Himmel. Und aus diesem Grund wurde auch Erijel heute bestattet. Es bringt Glück, weißt du, ins Reich des Todes überzutreten, wenn Dämonennacht ist. Es heißt, dass der Tote die Unterwelt dann stets verlassen kann, um seine Liebsten zu besuchen. In dieser Nacht sollen die Tore aller Welten offen stehen. Der Tod trifft auf das Leben und sie tanzen miteinander, ohne dass der eine den anderen zu besiegen versucht. Und auch die Jungen und Mädchen in unserem Dorf tanzen bei den Feuern, bis der Morgen hereinbricht, denn die Dämonennacht ist die Nacht, in der schon so manches unerreichbare Herz erobert wurde.«

Nill sah Aryjèn an. Während sie gesprochen hatte, schien die Nacht ganz plötzlich über ihnen hereingebrochen zu sein, das Gesicht der Königin hatte sich verdunkelt, und nun fiel das Licht der großen Lagerfeuer auf ihr Lächeln.

»Komm«, sagte Aryjèn und führte Nill zu den Feuern.

Rings darum hatten sich Elfen im kühlen, weichen Gras niedergelassen, sprachen miteinander und aßen. Kinder ließen ihre Füße von den Ästen der Bäume baumeln und spielten auf den verschlungenen Stämmen und Hängebrücken Fangen. Von fernher hallten Flötenmusik und Trommeln durch das Dorf und bald stimmte eine Frauenstimme mit Gesang ein. Beim Lagerfeuer entdeckte Nill die Zwillinge wieder. Sie winkten Nill heran.

»Geh nur zu ihnen. Ich komme gleich nach.« Aryjèn verschwand im Dunkelblau der Nacht und Nill lief zu Mareju und Arjas.

Sie umarmte die Zwillinge kurz, dann ließ sie sich neben ihnen ins Gras sinken.

»Wie findet ihr das?«, fragte sie schließlich.

Arjas wies mit einem Kopfnicken in Richtung Lagerfeuer. »Du meinst Erijel und jetzt die Dämonennacht?«

Nill nickte beklommen.

Arjas bohrte ein Stöckchen in die Erde. »Weißt du, das ist hier anders als bei den Menschen. Aber komisch fühlt es sich schon an…«

Mareju lächelte freudlos und strich sich mit beiden Händen übers Gesicht. »Die haben alle keine Ahnung, was wirklich passiert ist! Ich musste schon so lange an Erijel denken, verflucht, und dann die Bestattung erst jetzt… Das ist, als würde man Jahre später noch mal eine Wunde untersuchen oder so. Ach, ich weiß nicht, ich will nicht darüber nachdenken.«

»Hoffentlich ist Kaveh nicht allzu traurig«, murmelte Nill.

Die Zwillinge sahen sich zweifelnd an. Nill wusste, wie nahe sich Kaveh und Erijel gewesen waren. Aber die Zwillinge kannten die beiden schließlich schon ihr ganzes Leben. Noch einmal wurde Nill bewusst, dass sie in Wirklichkeit eine Außenstehende war.

»Er kommt schon klar«, murmelte Arjas, aber es klang nicht sehr überzeugt. Dann schnippte er das Stöckchen weg und stand auf. »Ich hole uns mal was zu Essen.« Und er lächelte matt. »Nill, du magst doch noch *Manjam Kher*?«

## Geschichten und Namen

Kaveh kam aus der Dunkelheit geschritten, als Nill und die Zwillinge längst zu Abend gegessen hatten. Der Vollmond leuchtete bereits glühend gelb am finsteren Firmament, und die Sterne blickten auf sie herab wie die Augen der Götter. Kaveh murmelte ein »Hallo, habt ihr Spaß?« und setzte sich zu ihnen. Rings um die Feuer hatte man zu tanzen begonnen. In weiten Kreisen drehten sich Männer, Frauen und Kinder ums Feuer, sangen Lieder zum Trommelklang und klatschten. Andere tanzten zu zweit und hielten sich an Händen und Schultern. In die Musik mischte sich warmes Lachen, das überall aus der Dunkelheit zu kommen schien.

Eine Weile saß Kaveh schweigend neben ihnen und starrte ins Feuer. Seine Augen schienen gerötet, doch er wirkte gefasst. »Es ist ja noch früh«, murmelte er. »Haben die Spiele schon angefangen?«

Die Zwillinge schüttelten die Köpfe.

Dann verzogen sich Kavehs Züge; ein zartes Lächeln zog ihm übers Gesicht. »Was ist mit dieser Carja, Mareju? Hast du sie schon wiedergesehen?«

Mareju senkte den Blick. »Nein… sie hat sich ziemlich verändert.«

»Woher weißt du das, wenn du sie noch nicht gesehen hast?«, warf Arjas beiläufig ein, während er seine Fingernägel betrachtete und Mareju rot wurde wie das Feuer. Als Arjas den zornigen Blick seines Bruders bemerkte, stand er überraschend schnell auf und erklärte grinsend: »Ich hol mir dann mal was zu essen. *Mareju hat vorhin fast mit ihr geheult vor Freude!*« Er verschwand eilig hinter dem Lagerfeuer.

Einen Augenblick schien Mareju ernsthaft zu überlegen, ob er ihm folgen sollte; dann entspannte er die Fäuste und starrte Kaveh hochrot an.

Kaveh runzelte belustigt die Stirn. »Also, sie hat sich verändert, hm?«

»Na ja, ich ... ich komm gleich wieder«, murmelte Mareju, und er murmelte noch einiges mehr, aber er war bereits aufgestanden und ging mit steifen Schritten davon, auf eine große Mädchengruppe zu, die etwas abseits vom Feuer stand.

Mit einem Lächeln sah Kaveh ihm nach. Dann hielten die Trommeln inne und laute Rufe erklangen. Eine ältere Frau mit ergrauten Strähnen wurde aus der sitzenden Menge gezogen.

»Kersha!«, riefen die Elfen – allen voran die jugendlichen – und klatschten begeistert. »Kersha, sing ein Lied!«

Die Frau lächelte erst unschlüssig, aber dann hob sie die Hände und gab schließlich nach. Gebannte Stille trat ein.

»Wer ist das?«, flüsterte Nill.

»Die beste Sängerin, die ich kenne. Pass auf!«

Die Frau begann zu singen. Ihre Stimme war weich und tief und erfüllte die ganze Nacht mit einer wehmütigen Melodie.

*»Ekh nesha meor soy ...*
*Hydhén maer sarât ...«*

Nill hielt die Luft an, aber sie musste nichts sagen; Kaveh verstand schon. Er beugte sich leicht zu ihr herüber und übersetzte das Lied Satz für Satz im Flüsterton. Es war ein schönes Lied über die Liebe, und als die Frau den Refrain einmal gesungen hatte, hob sie die Hände und begann, im Takt zu klatschen, und die Menge stimmte mit ein. Eine Flöte begann, die Melodie aufzugreifen, eine zweite kam dazu. Das Klatschen kam aus allen Richtungen zusammen, wurde zum Pulsschlag der Nacht. Eine zweite Frauenstimme fiel in die Melodie ein, dann eine dritte. Tanzende Paare erhoben sich und füllten den Platz rings um das Feuer.

»Willst du auch tanzen?«, fragte Kaveh.

Nill nickte lächelnd. Sie standen auf, Nill gab Kaveh zögernd die Hände und ihre Finger umschlangen sich. Schritt um Schritt drehten sie sich zwischen den anderen Tanzenden und sahen sich nicht an.

Trommeln stimmten in das Lied ein. Bewegung kam in die Tanzpaare, ihre Hände lösten sich voneinander, legten sich dem Gegenüber um Schultern oder Taille. Man kam sich näher. Die singenden Frauen strichen zwischen den tanzenden Paaren hindurch, sodass ihr Gesang anschwoll und verebbte.

»Wie geht es dir?«, murmelte Nill, während der Feuerschein Kavehs linke Gesichtshälfte bestrahlte. »Ich meine ... wegen Erijel.« Die Hitze der Flammen wallte über sie hinweg. Der stete Trommelklang vibrierte in ihrem Körper. Die Stimmen drangen in einem sanften Rauschen heran.

»Ich denke, es geht schon«, murmelte Kaveh. Seine Augen schimmerten. Er biss die Zähne zusammen. »Weißt du, er war für mich wie ein Bruder. Nein, mehr noch. Ich habe mich mit Kejael nie so gut verstanden wie mit ihm. Erijel war so ernst und vernünftig wie Kejael, das stimmt, aber in seinem Herzen ... Er war so mutig. Er war mutiger als ich es je sein werde.«

Nill wollte etwas sagen, aber sie wusste nicht, was. Vorsichtig rückte sie ein Stück näher, öffnete leicht den Mund und wartete darauf, dass ihr etwas einfiel, um Kaveh aufzumuntern – aber es kam nichts. Sie blieb stumm und musste selbst an alles zurückdenken: an Erijel, die Marschen, den Hunger ...

Der Gesang näherte sich ihnen.

*»Das Leben kommt nicht, wie man glaubt,*
*ein Herz ist leicht verschenkt.*
*Noch lieb' ich den, der meins geraubt.*
*Liebe ist nicht, wie man denkt.«*

... den Hunger, die Marschen ... Scapa. Ja, *Scapa!*

Nill schloss die Augen. Scapa, tausendmal! Sie konnte

nicht mehr, jetzt, in diesem Augenblick, konnte sie ihre Gedanken nicht mehr zurückdrängen. Die Verzweiflung, die Liebe und das unbeschreibliche Gefühl, dem Menschen nichts zu bedeuten, der einem selbst alles bedeutet, brachen in ihr empor, machten ihr den Kopf ganz schwer. Sie wollte nicht mehr sie selbst sein …

*»Die Liebe ist kein Siegeszug,*
*berührt das Herz und stiehlt es dann.*
*Sie ist zuviel und nie genug,*
*sie kommt als Segen und als Bann.«*

Kaveh drückte sachte ihre Hand. Nill blickte zu Boden, damit er nicht die Tränen sah, die ihr in die Augen traten.

»Was bedeutet dieser Vers?«, fragte sie Kaveh leise. Die dritte Strophe kannte sie noch nicht. Kaveh übersetzte flüsternd. Sie spürte seinen Atem auf der Stirn, vielleicht war es aber auch nur die Wärme des Feuers.

*»Was ein jedes Herz verbindet,*
*was meine Mutter Liebe nannt',*
*was jede Seele einmal findet,*
*liegt diese Nacht in deiner Hand …«*

»Hübsch«, murmelte Nill. »Ein hübsches Lied, wirklich.« Sie merkte kaum, was sie sagte, hörte auch Kaveh nur gedämpft.

Scapa … Er war irgendwo in den Marschen, am anderen Ende der Welt bei dem Mädchen. Er hatte Nill verraten. Er hatte sich selbst zu ihrem schlimmsten Feind gemacht. Und Nill konnte ihn nicht einmal dafür hassen. Der Einzige, den sie dafür hassen konnte, war sie selbst.

»Nill.«

Eine Hand legte sich auf ihre Schulter. Sie drehte sich um und wischte sich mit zittrigen Händen über die Augen. Kejael stand vor ihnen.

»Alles klar bei euch?«

»Oh – ja, es ist nur der Rauch, das Feuer«, murmelte Nill und blinzelte.

Kejael wandte sich mit einem breiten Grinsen an Kaveh. »Ich hab ja *einiges* über dich gehört, Brüderchen, aber dass du *so* ein Trampeltänzer bist.«

Kavehs Ohren glühten. »*Arah viet!* Halt den Mund!«

»Wenn du schon übersetzt, dann wenigstens richtig.« Grinsend erklärte er Nill: »Ich wünschte, er würde bloß das sagen, was du verstehst. In Wirklichkeit wirft er mir ganz furchtbare Worte an den Kopf.«

»Kejael, du STÖRST!«, blaffte Kaveh. »Bitte. Verzieh dich.«

»Ihr sollt mitkommen«, fuhr Kejael unbeirrt fort. »*Marhùt el branco dèr mior Nâddes*, er hat anscheinend was Wichtiges zu sagen.«

Eine Weile arbeitete es in Kavehs Gesicht. Dann war die Wut aus ihm gewichen und er wirkte nur noch grimmig. »Gut, wir kommen gleich.«

»Was ist – wer will mit uns sprechen?«, fragte Nill.

»Mein Vater. Wir sollten mal nachsehen.« Kaveh sah sie einen Augenblick an, dann wandte er sich um und folgte seinem Bruder. Sie verließen das Feuer und schritten zum Baumhaus des Königs. Lachende und flüsternde Elfen glitten an ihnen vorüber, nur halb sichtbar in der blauen Dunkelheit. Je weiter sie sich von den Lagerfeuern entfernten, desto lauter wurde das Zirpen der Grillen. Es kam von überall heran wie rasselnder Atem. Ein warmer Wind strich aus den Wäldern ins Tal hinab.

Dort, wo sich der mächtige Stamm hinauf zum Baumhaus des Königs schraubte, waren Laternen an den Zweigen aufgehängt, die gelbe Lichtkreise in die Nacht malten. Falter und Insekten schwirrten darum, man hörte, wie die Flügel gegen das Glas schlugen.

Schon bevor sie den großen Raum im Baum erreichten, kam ihnen das Licht des Herdfeuers entgegen. Es tauchte das Bauminnere in schimmerndes Rot.

Vor dem Herdfeuer saß der König der Freien Elfen mit gekreuzten Beinen. Er blickte auf, als er Nill, Kaveh und Kejael eintreten sah.

»Da seid ihr endlich. Kommt, setzt euch zu mir.«

Die drei nahmen gegenüber dem König am Herdfeuer Platz. Lorgios schnipste nachdenklich etwas in die Flammen, das aussah wie getrocknete blaue Blüten. Es knisterte und Funken stoben auf. Aus den Feuern stieg ein zarter Duft, süßlich und einschläfernd. Die Augen des Königs richteten sich auf Nill.

»Kaveh hat mir, als du schliefst, von eurer Reise und euren Erlebnissen berichtet. Und nun glaube ich, dass der Zeitpunkt gekommen ist, wo du, Nill, alles erfahren sollst, was dir zuvor vielleicht rätselhaft und geheimnisvoll erschienen ist. Zu lange warst du bereits Mittelpunkt der Geschehnisse, von denen du nicht einmal die Hälfte verstehen konntest – und vielleicht auch nicht verstehen durftest. Nun sollst du klar sehen. Wünschst du dir das genauso, Nill?«

Nill nickte schnell.

»Nun.« König Lorgios lächelte ein wenig und schnippte ein weiteres Blütenblatt in die Flammen. Ein blauschimmernder Funken schwebte zu ihm auf. »Ich glaube, ich sollte dort beginnen, wo alles seinen Ursprung fand, was uns in dieser Geschichte bewegt hat. Dieser Ursprung liegt in jenen dunklen Tagen, da die Krone der Elfen in der Mitte entzweibrach.«

Ein Schaudern lag jetzt in der Stimme des Königs und auch Nill bekam plötzlich eine Gänsehaut. Es schien, als sei die Temperatur im Raum um ein paar Grad gefallen. Die Flammen flackerten unruhiger und in den Ecken des Zimmers jagten sich die Schatten.

»Von alters her wurde der Nachfolger des Königs, der über das Volk der Elfen gebot und seine Zukunft sicherte, durch mächtige Orakel und Zauber bestimmt. Der Träger der Krone musste eine Stärke haben, die tief verborgen im Herzen liegt und die man durch noch so viele Untersuchungen nicht entdecken kann – es geht nur durch Prophezeiungen. Es ist eine Stärke, die weder mit Muskelkraft noch mit Verstand oder Mut zu tun hat. Es ist die Stärke, *Macht* zu tragen. Macht, so schwer wie die Steinkrone einst selbst, Macht, die jeden anderen blenden und in den Wahnsinn treiben würde. Darum ist es so schlimm, dass ein Mensch die Krone trägt: Die meisten Menschen sind nicht geschaffen dafür, eine solche Macht zu tragen. Sie wollen ja ihre Macht stets beweisen – und wenn diese Macht in hunderttausend Soldaten liegt, nun, dann ist ein Krieg nicht fern.

Über Generationen hinweg war die Krone friedlich überreicht worden. Oft ging sie an ein Kind des ursprünglichen Kronenträgers, manchmal aber auch an eine ganz andere Elfenfamilie.

Einst gab es einen König, der konnte trotz aller Orakel, Zauber und Prophezeiungen nicht entscheiden, wer seiner beiden Zwillingskinder sein Erbe antreten sollte: seine Tochter Lezire oder sein Sohn Navael. Die einen Seher sagten, Navael würde König werden, die anderen Propheten waren überzeugt, Lezire als künftige Königin zu sehen, und so war die Verzweiflung groß. Als der König starb, war Lezire als Einzige an seinem Sterbebett. Als sie den Toten verließ, verkündete sie, dass sein letzter Wille gewesen sei, dass *sie* die Kronenträgerin werden solle.

Navael wollte das nicht hinnehmen. Zwischen den Geschwistern entbrannte ein schrecklicher Streit, der ihr Blutband für immer vergiftete. Die Elfen teilten sich; die einen folgten Lezire, die anderen Navael. Krieg brach aus. Tausende unseres Volkes starben, getötet durch die Hände ihrer eigenen Brüder und Schwestern. Auch Lezire und Navael kämpften Klinge gegen Klinge und verletzten sich gegenseitig. Als ihr Blut auf die Krone fiel, als zum ersten Mal seit Anbeginn unserer Zeit Blut vergossen wurde für die Macht der Krone – noch dazu das Blut von Geschwistern –, zerbrach der Stein in zwei Hälften: *Elyor*, das Licht, und *Elrysjar. Elrysjar*, die Kraft.

Obgleich der Krieg mit dem Zerbrechen der Krone endete, konnte fortan keine Einigkeit mehr herrschen. Die Gefolgsleute Navaels beschlossen, den Wald zu verlassen und zogen in die Marschen, wo Navael seine Reue als Schuldiger für das Zerbrechen der Krone abbüßen wollte. Was getan war, konnte nie wieder gutgemacht werden: Das Volk der Elfen war geteilt, für immer, und einen König, der alle unter sich einte, würde es nie wieder geben. Lezire nannte ihren Stamm fortan den Stamm der Freien Elfen, da sie sich frei von Schuld empfand. Bis zum Tode behauptete Lezire, von ihrem Vater als Erbin bestimmt worden zu sein. Jedoch heißt es den Sagen und Legenden nach, dass Lezire, unsere erste Königin, im Sterbebett zugab, sich des Blutvergießens schuldig gemacht zu haben.

Dieser Hass, der zwei Geschwister in Feinde verwandelte, Elfen gegen Elfen trieb und die Einigkeit unseres Volkes für immer zerstreute, glüht noch heute in beiden Kronenhälften. Nähert sich die eine Hälfte der anderen, glühen die Vergangenheit und der einstige Hass von neuem auf und erinnern uns an die Schandtat unserer Vorfahren. Das«, schloss Lorgios ab, »ist der Grund, wieso das magische Messer in der Nähe der Kronenträgerin von Korr glühte wie ein heißes Eisen.«

Nills Hand hatte sich unmerklich um den Steindorn in ihrer Rocktasche geschlossen. Er war glatt und kühl, aber Nills Finger schwitzten.

»Hast du noch Fragen, die dir auf dem Herzen brennen?«, fragte der König sanft.

»Ja«, erwiderte sie nach einem Augenblick. »Ich… weiß noch immer nicht, wieso ausgerechnet ich das Messer gefunden habe.«

»Das weiß auch ich nicht!« Lorgios lachte, seine Augen leuchteten fröhlich auf und plötzlich hatte er mehr Ähnlichkeit mit Kaveh als je zuvor. »Es gibt ein Sprichwort in unserer Sprache: *Myrrdhát soyjen Myrrdhát kor el nej myrrdhe.* Kaveh, willst du es übersetzen?«

»Das Schicksal heißt Schicksal, weil es nicht zu erklären ist. Denn Schicksal heißt auf Elfisch«, fügte Kaveh schnell hinzu, »wörtlich übersetzt *erklärungslos.*«

»Das ist verwirrend«, murmelte Nill und die Elfen lachten.

Dann sagte der König: »Kejael, bitte lass uns nun alleine. Ich rufe dich später.«

Kejael blieb einen Moment sitzen, dann erhob er sich wortlos und ging. Stille breitete sich über ihnen aus. Von draußen drang der Lärm des Festes lauter herein als zuvor. Die Trommeln dröhnten in der Nacht. Ein Lied schwebte in der Luft:

*»Feuer der Dämonennacht,*
*tanz mit dem Lied, das hier erwacht!*
*Leuchte nun für hundert Jahre,*
*die eine Nacht nur in dir wahre.*
*Sollt unser Volk einmal vergehen,*
*wird tief im Schlaf Erinnerung bestehen,*
*die als Legende einst erwacht;*
*drum tanz für hundert Jahre,*
*Feuer der Dämonennacht!«*

»Ich habe mit jemandem über dich gesprochen«, sagte Lorgios zu Nill. In seinen Augen flackerte das Herdfeuer. »Mit jemandem, den du kennst. Wir haben wie du überlegt, wieso das Schicksal dich bestimmt hat, das magische Messer in dem hohlen Baum zu finden. Natürlich gibt es dafür keine Erklärung. Und doch gibt es womöglich einen Grund, weshalb du – und nur du – das Messer zu tragen bestimmt warst.« Lorgios schien sich leicht vorzubeugen, doch er saß noch immer so gerade wie zuvor; lediglich sein Gesicht schien näher. Schatten und Licht tanzten darüber. Seine Stimme war leise und kam langsam. »Du, Nill, kannst *die Bäume flüstern hören...*«

»Was bedeutet das?«, fragte Nill.

»Es bedeutet, dass du die Geister hörst, die im Wind raunen und durch das Knistern der Blätter sprechen. Du *ahnst* Dinge, Nill. Geister umgeben uns, in jedem Augenblick unseres Lebens. Manchmal sind sie gewillt, unsere Wünsche zu hören ... Und wenn wir sie im rechten Moment klar aussprechen, dann erfüllen sie sie uns. Du, Nill, spürst die Augenblicke, in denen zarte, geheimnisvolle Mächte dich umgeben und deinem Herzen lauschen. Und du kannst mit ihnen sprechen. Das bedeutet es, Bäume flüstern zu hören.«

Nills Augen glänzten, doch ihr Blick war fern.

»Du bist hier«, fuhr der König ein wenig lauter und fester fort, »da das Schicksal dich zu uns geführt hat. Das Volk der Elfen erlebt eine Zeit der Veränderung und du sollst darin eine entscheidende Rolle spielen. Aus diesem Grund will ich dir einen neuen Namen anbieten, der vergangene Tage Vergangenheit sein lässt und dir eine neue Zukunft schenkt. Willst du diesen Namen annehmen?«

Nill schluckte. »Ja«, flüsterte sie heiser. »Ich meine ... sehr gerne.«

Lorgios schien zu lächeln; doch Nill konnte sich im Spiel der Schatten und Lichter auf seinem Gesicht irren.

»Dein neuer Name eröffnet sich heute Nacht vor dir, um den Beginn einer neuen Zeit anzugeben. Dein Name«, sagte Lorgios feierlich, »bedeutet *die die Bäume flüstern hört*. Er bedeutet *hellhörig*. Dein Name lautet Nijura.«

## Nijura

Einen Moment herrschte Stille. *Nijura*, hallte es in ihrem Kopf wider. Nijura... Sollte sie so heißen? War das ihr Name? Sie, Nill, sollte Nijura sein? Sie blickte zum König auf.

»So ist also der Lauf der Dinge«, murmelte er abwesend. Über seinen Augen hing plötzlich ein Schleier von Müdigkeit und Alter. »Das magische Messer wurde gefunden und zurückgebracht. Am Ende ist nichts erreicht und noch nichts verloren. Das Schicksal treibt uns im Kreis, bis es sich entscheidet – für uns oder gegen uns.«

Nill versuchte die Macht über ihre Stimme zurückzugewinnen, nachdem sie eine Weile lang sprachlos gewesen war. »Wieso haben die Freien Elfen nicht schon vorher vom magischen Messer Gebrauch gemacht? Wieso habt ihr es in einem Baum versteckt? Ihr hättet den König leicht besiegen können, wenn ihr eine Truppe der besten Krieger losgeschickt hättet.«

»Wenn es so einfach wäre.« Ein Lächeln glitt über Lorgios' Gesicht, doch es war freudlos. »Eine Entscheidung ist zweischneidig wie die Klinge eines scharfen Messers. Du musst wissen, Nijura: Als die Krone zerbrach, fiel ein Fluch darüber. Sollte erneut ein König auf unrechtmäßige Weise in Besitz einer Kronenhälfte kommen, dann würde sich die andere Hälfte in ein Messer verwandeln, das den unbesiegbaren König töten kann.Und so ist es gekommen.

Doch wir haben gezögert, das Messer für diesen Zweck zu gebrauchen. Denn sobald das Messer den Träger der Krone tötet und die beiden Steinhälften erneut Blutvergießen heraufbeschworen haben, ist der Zauber der Krone verloren. Und somit der größte Zauber, den wir Elfen noch besitzen. Schwinden die Mächte der Kronenhälften, ist unser Volk nicht mehr das, was es einmal war, und die Magie, die unser Volk heute noch erfüllt, wird versiegen.

Wenn die Kronen nicht mehr da sind, werden die Elfen sich nie wieder unter zwei Königen einen, so wie sie sich vor Jahrhunderten nicht mehr unter einem König zusammenschließen konnten. Es würden einzelne Fürstentümer und Königreiche entstehen. Wir Elfen würden wie die Menschen werden; wir würden einander bekriegen und schließlich von den Menschen verdrängt werden, gegen die wir nur als geeintes Volk bestehen können.

So siehst du also, dass ich immer den Untergang meines Volkes riskiert hätte – egal, ob ich beschlossen hätte, den König mit dem Messer töten zu lassen oder das Messer in einem Baum zu verstecken. Die eine Entscheidung hätte verhindert, dass ein Mensch sich unsere Krone zunutze macht und uns zu seinen Sklaven degradiert, ja. Aber dafür würden wir unseren Einfluss auf die Welt langsam verlieren und über die Jahrhunderte hinweg verbluten wie ein erlegtes Tier. Mit der anderen Entscheidung würden wir abwarten. Abwarten, denn auch ein Menschenkönig stirbt irgendwann. Und wer weiß, vielleicht würden die Natur und das Schicksal allein dafür sorgen, dass die Krone *Elrysjar* wieder in die Hände eines würdigen Moorelfen gelangt. Ich habe die zweite Entscheidung gewählt, das Abwarten. Eine derartige Veränderung für mein Volk, wie sie zuletzt die beiden Geschwister Lezire und Navael heraufbeschworen haben, will ich nicht verantworten.«

Nill kniff die Augen zusammen. »Du fürchtest die Königin von Korr nicht, oder? *Ich* habe Angst. Angst um die Dunklen Wälder. Angst um mich. Um alle. Fürchtest du denn nicht, was sie alles bewirken könnte, bevor sie stirbt? Ein Leben ist lang, da kann viel Schreckliches geschehen.«

Der König hob die Hand und öffnete sie über dem Feuer. Kleine getrocknete Blumen rieselten in die Flammen. Funken stoben auf, schwirrten schimmernd blau um sie herum und blieben so lange in der Luft, dass man sie mit Glühwürmchen hätte verwechseln können.

»Sieh ins Feuer, Nijura«, sagte der König sanft. »Wir Sterblichen sind wie die Funken, die aus den Flammen steigen. Unsere Herzen leuchten hell in der Dunkelheit der Welt, doch binnen eines Wimpernschlags …« Lorgios blickte auf und griff langsam nach einem Funken, der in seiner Hand verschwand. »Binnen eines Wimpernschlags sind wir schon verschwunden. Das Feuer, aus dem wir stammen, ist unser Volk, und es lodert lange und hell, es wärmt uns. Doch selbst die Flammen werden einst schwächer... kleiner... sie verlöschen. Denn wie alles einen Beginn hat, hat auch alles ein Ende. Mit Sicherheit wird der Untergang der Elfen eintreten, ebenso wie der Untergang der Dunklen Wälder. Die Menschen werden untergehen, die Welt, wie wir sie kennen, wird untergehen. Das ist so sicher, wie dieses Herdfeuer erlöschen wird. Doch wir können hoffen, dass es sich damit noch ein wenig Zeit lässt. Und dass bis dahin noch viele strahlende Funken Licht in die Finsternis bringen.«

Die blauen Punkte schwebten um das lächelnde Gesicht des Königs. Nill schwieg. Erst Kaveh brach die Stille.

»Das klingt ja alles schön und nett«, sagte er, und Nill war überrascht von dem gereizten Ton in seiner Stimme. »Aber wenn du so redest, Vater, könnte man meinen, dass du lieber nichts gegen Korr unternehmen willst, sondern aufgeben möchtest – *mal wieder.*«

König Lorgios runzelte die Stirn. »Die Macht, die uns gegenübersteht – das ist die menschliche Habgier, und die wird am besten von der Zeit besiegt. Nicht von Schwertklingen und vergossenem Blut. Noch dazu«, fügte er kaum hörbar hinzu, »wenn es das Blut unbedachter Knaben ist, die Helden spielen wollen...«

»Wie kannst du so teilnahmslos bleiben?«, brauste Kaveh auf. »Du klingst, als wärst du die Welt selbst, die immer wieder den Morgen erlebt, und nicht ein sterblicher Mann, der nur begrenzte Zeit hat. Und diese Zeit sollten wir nicht mit Warten auf bessere Tage verschwenden!«

»Auch wenn wir nichts tun und schweigen, sind wir den Menschen überlegen«, fiel der König ihm laut ins Wort. Er hatte sich aufgerichtet und schien plötzlich größer als zuvor. Sein Schatten, den das Feuer malte, flackerte finster hinter ihm an der Wand. »In unserem Geist existiert eine Welt, die wir nicht mit Schwertern und Pfeilen verteidigen müssen, denn niemand kann sie uns nehmen. Es ist die Welt unserer Weisheit und der Tradition unseres Volkes. Die geistige Freiheit ist die einzige Freiheit, die es gibt! Sie ist deshalb unantastbar und wird ewig uns gehören, weil die Menschheit sie nicht begreift. Sie mögen uns die Erde nehmen, auf der wir stehen. Sie mögen unser Blut vergießen, ja. Aber das, was wir verschweigen, das, was hinter den Pforten unserer Augen liegt, das werden sie niemals besitzen können!«

Kaveh verzog das Gesicht. »Aber was *nützt* denn ein unausgesprochener Gedanke, Vater?! Was ist eine Sonne wert, die nie jemandes Gesicht wärmen konnte? Was ist ein Wort, das nie gehört wird? Was ist schon eine Welt, wenn nur einer sie sehen kann und niemand sonst? Verflucht noch mal, Vater, der, der spricht, der wird die Welt sein eigen nennen, und nicht der, der denkt – ist das nicht ein altes Sprichwort? Wer handelt, wird siegen, und wer zusieht, verliert!«

»Schweig, Kaveh! Du klingst wie einer von ihnen – wie die *Menschen*!« Ein unheilvolles Blitzen lag jetzt im Blick des Königs, bei dem sich Nills Nackenhaare sträubten.

Doch so schnell gab Kaveh nicht auf. »Und sie haben Recht! Vielleicht sind sie dumm und selbstsüchtig und alles, was du sagst, Vater, aber sie haben Recht. Sie haben das Recht auf die ganze Welt, wenn sie sagen *Die Welt gehört uns!* und niemand widerspricht!«

»Was sagst du da, Kaveh? Auf wessen Seite stehst du?«

»Auf der meines Volkes! Auf der meines Königs. Und ich bin bereit, für das Elfenvolk alles aufzugeben, das weißt du. Ich bin bereit, eine Gedankenwelt aufzugeben, nicht mehr nur zu denken, sondern zu handeln und so laut und dumm wie die Menschen zu werden, wenn mein Volk dadurch nur weiter bestehen kann!«

Eine Weile musterte der König seinen Sohn. Wieder schien eine Müdigkeit sein Gesicht zu überschatten und jeden Zorn zu dämpfen. »Kaveh, du bist sehr jung. Du sagst, du willst um jeden Preis das Leben, selbst wenn es ein Leben wie das der Menschen ist. Doch sage mir: Was ist schon eine Existenz wert ohne Geist?«

»Dann denkst du auch, ein Blinder sollte Selbstmord begehen, nur weil er ohne Tageslicht leben muss?«, erwiderte Kaveh.

»Ein Mensch mag geistlos und blind leben können, wir Elfen sind zu stolz für so ein Schicksal.« Lorgios machte eine entschiedene Handbewegung, die jedes weitere Wort Kavehs abschneiden wollte.

Aber auch jetzt ließ sich der Prinz der Freien Elfen nicht beeindrucken. »Dann verehren wir Elfen das Leben nicht genug! Wenn wir zu stolz sind für die Welt, dann – dann … *Nein!* Das glaube und dulde ich nicht. Ich bin ein Elf, in mir fließt dein Blut, Vater! Und ich will leben, ich will nicht stolz und tot sein! Und damit meine Kinder das auch einmal sagen können – genau diese Worte – dafür bin ich bereit zu sterben.«

»Du hast noch gar keine Kinder, Kaveh! Du ahnst nicht mal, was es bedeutet, Kinder zu haben. Und wenn du es ahntest, würdest du nie Kinder wollen!«

»Ich bin bereit, im Kampf für alle Kinder zu sterben, die nach uns kommen«, sagte Kaveh und presste seine Lippen aufeinander.

»So, so, darauf willst du wieder hinaus«, sagte der König ungerührt. »Du willst, dass wir uns für den Krieg rüsten.«

Kavehs Schweigen war Antwort genug. Lorgios verdrehte die Augen und schnaubte.

»Ich habe die Eisenminen gesehen«, flüsterte Kaveh gepresst. »Ich habe gesehen, was sich in den tiefen Marschen von Korr verbirgt. Vater, da ist eine Streitmacht, die uns überrennen wird! Und wenn du dir schon keine Sorgen machst über die Vergänglichkeit dieses Grauens, dann mache dir doch wenigstens um uns Sorgen – um mich, deinen Sohn –, denn wir werden unter dem Grauen leben und sein Verebben vielleicht nicht mehr erleben.«

Lorgios schwieg nachdenklich. Vielleicht schwieg er aber auch, weil er keinen Sinn mehr darin sah, mit Kaveh zu streiten.

»Bitte«, flüsterte Kaveh. Das Wort kostete ihn alle Mühe. »*Bitte*, Vater. Bitte zwing mich nicht, tatenlos zuzusehen …«

»Zwing du mich nicht, meinen Sohn zu verlieren! Durch euren Übermut hat meine Schwester bereits den ihren verloren.«

Kavehs Kinn zitterte, seine Augen wurden finster, als er an Erijel dachte. Dennoch stand der Gedanke, der ihm kam, in seinem Gesicht geschrieben: Erijels Tod wäre ganz sinnlos gewesen, wenn sie jetzt nichts taten!

»Lass mich kämpfen«, flüsterte Kaveh.

»Ich will dich nicht sterben lassen!«

»Ich sterbe aber, wenn ich nichts tun kann!«

»Du lebst in Heldenmärchen und Legenden. Du weißt nicht, was dich erwartet.«

»Ich bin kein Kind mehr!«, rief Kaveh.

»Wieso verhältst du dich dann wie eines?«

»Und wieso verhältst du dich wie ein alter Greis?!«

Lorgios wollte zu einer heftigen Antwort ansetzen – als sich plötzlich Nill zu Wort meldete. Überrascht wandten sich Kaveh und der König ihr zu.

»Auch ich habe Korr gesehen. Und die Königin. Wenn wir nichts tun, wird sie uns unter der Flut ihrer Kriegerscharen begraben. Uns und die riesigen Dunklen Wälder. Wir sollten kämpfen, sonst haben wir schon verloren.«

Lorgios runzelte die Stirn. »Wie wollt ihr kämpfen? Eine Ritterbande von jungen Hitzköpfen kann sich wohl kaum mit der Macht messen, von der ihr sprecht.«

»Ich will mitkämpfen«, hörte Nill sich sagen. Ihre Beine und Arme fühlten sich seltsam schwach an, als die Blicke der beiden Elfen sich erneut auf sie richteten.

»Du? Aber – hast du denn je gekämpft?«, fragte Lorgios stirnrunzelnd.

»Nun, also…«

»Also, ich werde es ihr beibringen«, fuhr Kaveh rasch dazwischen. »Vater, du weißt, dass ich einer der besten Krieger bin. Im Dorf jedenfalls. Ich kann es ihr beibringen. Wenn der Krieg ausbricht, wird sie bereit sein.«

Lorgios schnaubte, doch er ging nicht weiter darauf ein. Das nahm Kaveh offensichtlich als Zeichen seiner Erlaubnis.

»Trotzdem«, knurrte der König. »Nicht einmal alle Elfen der Dunklen Wälder würden reichen, um es mit den Moorelfen aufzunehmen. Sie sind uns zahlenmäßig überlegen. Viele von uns sind an die Küsten gezogen, fernab der Wälder – es würde viel zu lange dauern, sie zu erreichen.«

»Was ist mit den anderen Völkern des Waldreiches?«, warf Kaveh ein. »Schließlich geht es nicht nur um uns, sondern um alle.«

»Und hast du jemand Bestimmten im Sinn?«, fragte Lorgios sarkastisch.

»Nein, aber wir werden erst Freunde finden, wenn wir nach ihnen suchen.«

Lorgios musterte seinen Sohn und plötzlich schien ein Lächeln um seine Mundwinkel zu zucken. Schnell erlosch es wieder. »Von all unseren Traditionen«, sagte der König und wandte sich von Kaveh ab, »sind dir ja wenigstens unsere Sprichwörter in Fleisch und Blut übergegangen.«

Es war späte Nacht – oder fast schon früher Morgen – als Nill darum bat, sich aus dem Baumzimmer des Königs verabschieden zu dürfen. Inzwischen waren Kejael und Aryjèn dazugekommen, zusammen mit den Zwillingen und einer Gruppe weiterer Elfen, die Nill neugierige Blicke zuwarfen und mit dem König und Kaveh die Aufrüstung für den Krieg besprachen. Alle Zweifel, Besorgnisse und Ideen wurden sorgfältig diskutiert und so hatte Kaveh nur kurz verdutzt im Sprechen inne gehalten, als Nill um Erlaubnis gebeten hatte, zu gehen.

»Ich komme später nach«, sagte Kaveh leise, aber Nill beschloss, nicht darauf zu warten. Kaveh war vollkommen vertieft in die Diskussionen und brauchte alle Überzeugungskraft, um gegen das Misstrauen der Anwesenden aufzukommen.

Draußen waren die Feuer um ein Erhebliches geschrumpft. Der Trommellärm war verebbt, nur noch ein leises Singen und Flöten hing über dem Dorf. Die meisten Elfen tanzten nicht mehr, sondern saßen und lagen im Gras. Aber es gab trotz allem noch ein paar Unermüdliche, die lachten und Spiele spielten. Im Vorbeigehen sah Nill ein Mädchen mit verbundenen Augen, die nach den Umstehenden greifen musste, die sie schnell umkreisten. Fröhliche Rufe erschollen irgendwo aus der Dunkelheit.

Nill ließ das Dorf hinter sich und erklomm nachdenklich den sanften Hang. Sie brauchte einen Augenblick der Einsamkeit. Zu viel war geschehen, und sie hatte schon seit längerem das Gefühl, mit allem nicht mehr mitzukommen.

Über dem Tal empfingen sie die hohen Bäume des Waldes. Nill kletterte über die Wurzeln, die aus der Erde ragten wie die Finger eines begrabenen Riesen, sie lief dahin unter den Buchen und Eichen, die sie still beobachteten, und strich durch die fächergleichen Zweige der Fichten. Langsam wanderte sie durch das silbriggrün schimmernde Gras, ihre Schritte machten ein leise raschelndes Geräusch. Irgendwo rief ein Käuzchen.

Zwischen Tannen ließ Nill sich im weichen, hellblauen Moos nieder und legte sich mit dem Rücken auf die Erde.

Wie lange hatte sie nicht mehr so dagelegen! Jahre, Jahre schienen vergangen zu sein seit dem letzten Augenblick des Friedens. Mit geschlossenen Augen lauschte Nill dem Erwachen des Waldes... Bald knarrten die uralten Stämme der Bäume, als würden sie mit dem anbrechenden Tag wieder lebendig... Ein Vogel flatterte durch das Unterholz. Wieder hallte der Ruf des Käuzchens durch den Wald. In den Baumkronen knackte ein Ast. Irgendwo rauschte es… Es musste das Gras sein. Aber kein Wind war aufgekommen.

Nill schlug die Augen auf. Über ihr, wo ein Fleckchen Himmel durch die Bäume blitzte, glomm der Vollmond gelb und satt am Himmel. Nur die Sterne waren hier, außerhalb des Elfendorfes, nicht mehr zu sehen. Sachte wiegten sich die Bäume über Nill. Ein Fispeln und Flüstern hing in ihren Zweigen.

*Da ist jemand.*

»Nijura.«

Nill fuhr auf und drehte sich um. Zwischen den Tannen war eine kleine krumme Gestalt aufgetaucht. Sie stützte sich auf einen knotigen Rebstock und ihre Glatze schien im sanften Licht des Vollmonds hell zu schimmern. Sämtliche Muskeln verkrampften sich in Nill, als sie die Seherin der Hykaden wiedererkannte.

»Geh nicht!« Celdwyn hob eine knochige Hand, als Nill vor ihr zurücktrat. »Flieh nicht wie ein aufgescheuchtes Reh, Nijura. Ich bin kein Jäger.«

In der trüben Dunkelheit war Nill sich nicht sicher, ob die Seherin sie anlächelte.

»Und wie ich sehe…« Celdwyn stützte sich mit beiden Händen auf ihren Rebstock. »…Hast du den Steindorn noch bei dir?«

Erschrocken fühlte Nill nach dem Messer, das sie unter dem Mantel im Gürtel trug, aber Celdwyn hatte ihn unmöglich sehen können.

»Nur zu«, zischte Nill. »Du kannst es dem ganzen Dorf und allen Hykaden erzählen, wenn du willst. Ich habe das Messer nicht der Königin überreicht!«

Celdwyn runzelte die Stirn. »Oh, ich habe gehört, dass es eine Königin ist. Ich war überrascht. Es muss ein ganz außergewöhnliches Mädchen sein.«

Nill verengte die Augen. Woher wusste die Seherin davon? »Sie ist nicht *außergewöhnlich*«, erwiderte Nill. »Sie ist böse bis ins Blut.«

Celdwyns Rabenlachen schallte durch die Dämmerung. »Du denkst also, böse Menschen sind nicht außergewöhnlich?«

Nill biss die Zähne zusammen. Schließlich stand sie auf, ohne die Seherin aus den Augen zu lassen. »Was willst du von mir? Ich kehre nicht zurück zu den Hykaden. Die Menschen sind mir gleichgültig.«

Celdwyns Augen wurden schmal. »Wirklich alle Menschen?«

Allmählich wurde es Nill unheimlich. Was wusste Celdwyn?

»Nun, ich sehe schon«, fuhr Celdwyn vergnügt fort, »du bist nicht mehr das scheue Kind von früher. Aus deinem Mund kommen glühende Worte, und ich bin mir sicher, dass deine Gedanken noch um einiges hitziger sind.« Sie legte den Kopf schief und beobachtete Nill wie ein Vogel, der eine besonders merkwürdige Frucht untersucht. »Habe ich dir nicht gesagt, dass sie zu flüstern beginnen, die Bäume deines Herzens?«

Nills Kinn zitterte. Noch immer wusste sie nicht, auf wessen Seite die Seherin stand – und was sie wirklich bezweckte.

»Flüstere … Flüstere nur, Nijura«, murmelte Celdwyn schmunzelnd, als rede sie mit sich selbst wie ein altes krummes Mütterchen. Dann nahm sie ihren Gehstock fester in die Hand und drehte sich um. Mit einem Schritt war sie zwischen den Zweigen der Tannen verschwunden.

Und Nill stand allein mitten im Wald.

# Die Stämme sammeln sich

Nachdenklich und unruhiger als sie gekommen war ging Nill zum Dorf der Elfen zurück. Woher wusste die Seherin von ihrer Rückkehr? Woher kannte sie den Namen, den König Lorgios ihr gerade erst gegeben hatte – *Nijura*? Nill wusste nicht, was sie von Celdwyn halten sollte. Sie seufzte. Es wäre nicht das erste Mal, dass ein Mensch sie verwirrte.

Vor ihr erschien das sanfte Tal. Doch – das Dorf der Elfen war verschwunden. Abrupt blieb Nill stehen.

»Oh nein«, murmelte sie. Der Illusionszauber hatte das Dorf unsichtbar gemacht. Angst überfiel Nill. Mit weichen Knien lief sie den Hang hinab. Nichts. Keine verwunschenen Bäume. Keine Hütten. Keine Elfen ... Ihr Blick irrte verzweifelt über die Baumkronen, die gegenüber vom Tal im Wind rauschten.

Nill stieß einen überraschten Laut aus, als sie jemandem in die Arme lief. Plötzlich stand Kaveh vor ihr.

»Was machst du hier?«, fragte er und musste über ihren verwirrten Gesichtsausdruck lächeln. Verstört sah sie sich um – und plötzlich war alles wieder da, die spiralförmigen Buchen, die Hängebrücken, die Hütten, die heruntergebrannten Feuer der Dämonennacht.

»Ich – äh – ach ...«, stammelte sie.

Kaveh lachte. »Ich glaube, ich sollte dir mal zeigen, wie man das Dorf herbeiruft. Sonst läufst du mich noch ganz über den Haufen!«

Sie schritten gemeinsam das letzte Stück des Hangs hinab und gingen langsam an den Feuerstellen vorbei, in denen noch die letzte Glut funkelte und ein paar kleine Flammen auf und ab hüpften. Überall im Gras saßen, lagen und standen Elfen und ein einsames Flöten zog sich durch die Luft.

»Und?«, sagte Kaveh. »Wie fühlst du dich mit deinem neuen Namen?«

Nill zuckte mit den Schultern. »Bis jetzt wurde er ja noch nicht benutzt«, log sie.

Kaveh blieb vor ihr stehen. »Nijura.« Er lächelte zögerlich. »Jetzt bin ich der Erste, der dich offiziell so genannt hat. *Nijú.*«

Nill zog die Augenbrauen zusammen. »Was bedeutet das?«

»Na ja, wenn du schon einen neuen Namen hast, dann brauchst du doch auch einen Kosenamen«, murmelte er. »Und von Nijura kommt dann Nijú...«

»Nijú.« Sie lächelte. »Hoffentlich ist das nicht wieder irgendein Schimpfwort, es klingt fast wie Nill.«

»Ist es nicht!«, erwiderte Kaveh und bekam leicht gerötete Ohrenspitzen. »Ich meine – nein, also, Nijú, diese Endung ist so eine Form, wie man Wörter und Namen süßer macht, so wie...« Er suchte nach einem Vergleich. »...wie Blüm*chen.*« Er starrte sie eine Weile an, bis wohl auch ihm die Erkenntnis aufging, dass das Beispiel ziemlich albern geklungen hatte. »Verflucht«, murmelte er. »Du musst wirklich ganz dringend Elfisch lernen.«

Nill grinste. »Du musst es mir beibringen.«

Sie setzten sich wieder in Bewegung. Das Zirpen der Grillen war leiser geworden, nur noch ein feines Rasseln drang aus dem weichen, bläulichen Gras.

»Ich bringe dir dann unsere Sprache bei, wenn ich dir das Kämpfen beibringe. Was für eine Waffe willst du eigentlich? Ein Schwert zu führen ist schwer und man braucht viel Körperkraft. Aber Bogenschießen ist schwieriger, als es aussieht.«

»Ich glaube, ich weiß gar nicht, auf was ich mich da eingelassen habe.«

Kaveh schüttelte den Kopf. »Ach, was sagst du denn? Du lernst das alles schneller, als du denkst! Versprochen.«

Nill schenkte ihm ein zweifelndes Lächeln und Kaveh verfiel eine Weile in Schweigen. Nachdenklich liefen sie nebeneinander her.

»Wir haben viel vor uns«, sagte er schließlich. »Es gibt so viele Völker und Stämme, zu denen wir Boten schicken müssen... Auch ich werde bald aufbrechen.«

»Zu wem?«, fragte Nill, die sich gar nicht erst wunderte, dass Kaveh gleich wieder losziehen wollte. Schließlich war er entschlossener, ihr Vorhaben umzusetzen, als irgendjemand sonst.

»Oh, ich weiß noch nicht. Man weiß nie, wen man in den Dunklen Wäldern trifft.«

»Ich komme mit.«

Er wandte ihr verwundert das Gesicht zu. Aber dann lächelte er. »Weißt du, das habe ich gehofft.«

In den nächsten Tagen gab es viel Aufregung im Dorf der Elfen. Wenn man an den Buchen und den runden Laubhütten vorbeikam, wenn man über die Hängebrücken schlenderte oder an den Abendfeuern entlanglief, hörte man von überall Gemurmel und Geflüster über die Aufrüstung zum Krieg. »Der Prinz«, raunte es überall. »Der Prinz hat König Lorgios überredet! Prinz Kaveh war in Korr und hat die heimliche Königin, das Weiße Kind gesehen!«

Mutige Krieger und überzeugte Anhänger Kavehs brachen täglich auf, um in den Dunklen Wäldern zu verbreiten, dass ein Krieg bevorstand. Bis spät in die Nächte hinein brüteten Kaveh, der König und mehrere Berater über den großen Landkarten, auf denen in der geschwungenen Schrift der Elfen aufgezeichnet war, wo sich bestimmte Völker niedergelassen hatten. Man schickte Boten zu allen Elfenstämmen, die dem König ergeben waren, zu den Bewohnern der fernen Gebirge im Norden, die den Märchen nach klein waren wie Zwerge, und in den tiefen, unbekannten Westen, wo riesenhafte Wesen leben sollten.

Auch Kaveh brach an manchen Tagen auf, um Verbündete zu finden. Einmal riet er Nill, ihn nicht zu begleiten, da das Volk, zu dem er wollte, auf Menschen nicht besonders gut zu sprechen war. Und das wurde bald zum Hauptgrund dafür, dass Nill die meiste Zeit alleine im Dorf zurückblieb, bis Kaveh mit Nachrichten zurückkam.

Doch sie langweilte sich nicht. Die meiste Zeit über waren Aryjèn, Kejael oder andere Elfen bei ihr, die sie kennen gelernt hatte, und brachten ihr die Elfensprache bei. Sich die Worte einzuprägen fiel Nill leicht, da ihr Klang schön war wie ein Lied; nur die Aussprache fiel ihr hin und wieder schwer, und wenn sie einen Satz nur ein bisschen anders stellte, veränderte sich sogleich seine ganze Bedeutung. Aber trotz allem lernte Nill schnell und mit Begeisterung. Bald konnte sie sogar bruchstückhafte Gespräche führen und war sehr stolz darauf.

Ein anderes Mal begleitete sie Kaveh mit Mareju und Arjas, aber Kaveh wollte ihnen einfach nicht sagen, zu welchem Volk sie eigentlich unterwegs waren. Als sie in einem lichten Pinienwäldchen Halt machten, erschien ein großer Hirsch zwischen den Bäumen. Kaveh ging in die Hocke und blieb ganz still, während Nill und die Zwillinge, die ein paar Schritte hinter ihm waren, wie festgewachsen stehen blieben.

Hinter dem Hirsch erschienen zwei – vier – sieben – neun Rehe. Es kamen auch noch mehr Hirsche dazu, bis ein ganzes Wildrudel vor ihnen stand. Die Tiere schnaubten und schlugen mit ihren Hufen auf den weichen, dunklen Boden.

»Was – tut – er – da?«, zischte Nill Arjas zu, bemüht, die Lippen nicht zu bewegen.

Auf dieselbe Weise antwortete er: »Kaveh – hat – einen – Knall.«

»Kann er mit ihnen – *sprechen*?!«

»Er hat doch Bruno, oder?« Arjas, dem schlagartig bewusst wurde, dass er seine Lippen bewegt hatte, und dass ein ziemlich großer Hirsch ihn anfunkelte, zog den Kopf rasch wieder zwischen die Schultern. »Bruno hat's ihm natürlich beigebracht«, flüsterte er.

Mit stockendem Atem beobachtete Nill das Geschehen.

Aber im Grunde geschah gar nichts. Kaveh blieb reglos und stumm, ebenso wie die meisten Rehe und Hirsche, bis das Rudel kehrtmachte und wieder im Wald verschwand. Als Kaveh sich zu seinen etwas hilflos dreinblickenden Freunden umdrehte, strahlte er.

»Wir haben es geschafft!«, rief er. »Die Hirsche sind auf unserer Seite.«

Nill wagte angesichts Kavehs Freude nicht, den Zwillingen einen schrägen Blick zuzuwerfen. Aber sie hätte schwören können, dass sie aus den Augenwinkeln sah, wie sich Mareju und Arjas in die Hände zwickten.

Und wenn Nill glaubte, mit Hirschen gegen die Königin von Korr zu kämpfen, sei verrückt, dann wurde sie drei Tage später eines Besseren belehrt, als Kaveh ihnen siebzig kräftige Wildschweine als Verbündete vorstellte.

In den vergangenen zwei Wochen hatte die Herbstsonne warm und dottergelb über dem Elfendorf gestanden, doch nun wurde es kühler. In der Nacht erwachte Nill vom leisen Regenprasseln, das draußen auf das Blätterdach trommelte. Am nächsten Tag war der Wald grau gewaschen, schwere Wolkenbäuche zogen über den Himmel und im Wind flatterten die letzten Laubblätter, die sich bis jetzt an die Äste der Bäume geklammert hatten. Allein die verwunschenen Buchen im Elfendorf blieben dicht bewachsen, wenngleich das Laub sich stahlgrau färbte wie die restliche Umgebung.

Der Regen versiegte am Abend, und es wurde noch kälter. Sie erwachten mit Frost, der funkelnd die Rinde der Bäume bedeckte und die Grashalme härtete. Bauschige Wolkenfetzen trieben über die Wälder hinweg, es nieselte immer wieder für wenige Augenblicke, und zwischendurch blinzelte die Sonne hervor.

Heute hatte Kaveh sich eine Ladung Waffen besorgt und verließ mit Nill das Dorf. Er kannte eine kleine Lichtung zwischen Tannen, die nicht weit entfernt war. Das blassblaue

Moos war gefroren und knirschte unter ihren Schuhen. Auch die Zweige der Tannen waren hier und dort von Frost überzogen und glitzerten aus tausend winzigen Schneesternen. Kaveh und Nill trugen warme Lederwämser und Hemden mit langen Kragen, die sie sich am Hals mehrfach umgeschlagen hatten. Der graublaue Stoff fühlte sich dick und flauschig an, aber Nill konnte beim besten Willen nicht sagen, woraus er gemacht war. Darüber trugen beide einen hellen Mantel mit Kapuze. Obwohl er dünn war, hielt er den Wind und sogar Regen ab. Als sie zwischen den Tannen angekommen waren, zog Kaveh seinen Mantel aus und ließ ihn neben den Waffen zu Boden sinken.

»Keine Bange«, sagte er zu Nill, als er die Hand nach ihrem Mantel ausstreckte. »Frieren wirst du schon nicht. Versprochen.«

Nill zog den Mantel mit einem ziemlich flauen Gefühl aus. Kaveh hatte zwei Holzstäbe in die Hand genommen, die etwa so lang waren wie Nill und den Umfang ihres Unterarms hatten. Als Kaveh ihr einen der Stäbe zuwarf, umschloss sie ihn fest mit beiden Händen. Ihr Wille gewann die Oberhand über ihre Zweifel, und sie setzte eine ernste Miene auf. Sie wollte das Kämpfen lernen! Sie *musste* es lernen. Dies war auch ihr Krieg.

»Zum Aufwärmen«, erklärte Kaveh und hob den Holzstab in Brusthöhe. »Die Stäbe dienen am Anfang als Ersatz für ein Schwert. Schwerter wiegen viel mehr.«

Nill versuchte unauffällig zu schlucken, der Holzstab war schon schwer genug.

»Außerdem verletzen Schwerter mehr als Stäbe, ist ja klar. Obwohl so ein richtiger Stoß von dem Holzstab auch ganz schön … – ich, ähm, pass auf. Keine Angst.« Kaveh lächelte und sein Lächeln erleichterte Nill. Aber es währte nur einen Augenblick, dann fiel es von Kavehs Gesicht und wich einem sehr ernsten Ausdruck. »Halte ihn so.« Er machte es Nill vor, schloss die Fäuste etwas weiter unten um den Stab, sodass zwischen beiden Händen noch eine Hand breit Abstand war, und hob den Stab in Position.

Nill machte es ihm nach.

»Dein Stand«, sagte Kaveh und wies mit einem Kopfnicken auf ihre Füße. »Beine weiter auseinander. Ein bisschen in die Knie. Du musst fest auf beiden Füßen stehen. Nichts darf dich umwerfen.«

»Nichts darf mich umwerfen«, wiederholte Nill.

Kaveh nickte. »In Ordnung.« Er kam auf sie zu. Dann hob er den Stab über sie. Da Nill ihm reglos zusah, erklärte er freundlich: »Wenn ich dich von oben angreife, dann wehrst du so ab.« Er zeigte ihr, wie sie den Stab über sich heben sollte. In Zeitlupe versuchten sie den ersten Angriff. Mit einem dumpfen *Klock* stießen die Stäbe aufeinander.

»Und jetzt von der Seite.« Kaveh holte – abermals in Zeitlupe – von rechts aus und Nill parierte den Schlag. »Gut! Aber halte den Stab so. Knick die Arme nicht ein. Bleib oben gerade, sonst kippst du um. Hände weiter auseinander, dann hast du mehr Halt am Stab. Gut so. Jetzt die andere Seite.«

Allmählich wurden Kavehs Schläge schneller. Natürlich waren die Angriffe noch immer so langsam, dass Nill jede Bewegung seiner Arme beobachten konnte, doch jetzt wurde alles rascher und realistischer. Dann machte Kaveh einen Schritt auf sie zu, sodass sie zurückweichen musste. Und so begannen sie sich im Kreis zu umrunden. Das Zusammenschlagen der Stäbe bekam einen schnelleren Rhythmus. Nills Abwehr wurde fließender, ihre Bewegungen waren nicht mehr so unsicher. Als Kaveh die Angriffe nicht mehr der Reihe nach wiederholte, sondern Nill mit zufälligen Hieben traktierte, gewannen sie abermals an Tempo. Nills Arme wurden allmählich müde. Ihre Hände waren steif vor Kälte. Unter den Kleidern wurde es ihr warm, ihr Atem ging etwas schneller.

Während sie mit den Holzstäben übten, begann es leicht zu

schneien. Nasse Flocken fielen durch die Tannen und versickerten im gefrorenen Moos. Bald ließen sich die Flocken auch auf Nills und Kavehs Gesichtern nieder und kühlten ihre geröteten Wangen.

»Gut«, sagte Kaveh endlich und ließ den Stab sinken. Er strich sich die langen Zöpfe zurück. »Gar nicht schlecht, wirklich.«

Nill atmete schwer und wischte sich mit dem Handrücken über die Stirn. Sie war nass vom Schnee und vom Schweiß. In Nills Armen pochte es.

»Also.« Kaveh nahm den Stab wieder in beide Hände und stellte sich kampfbereit auf.

»Noch mal?« Nill runzelte die Stirn und versuchte, nicht allzu erschöpft dreinzublicken.

»Oh nein. Jetzt«, fügte Kaveh in der Elfensprache hinzu, »greifst *du* an, Nijú.«

Es war das erste Mal, dass Nill Elfisch verstand und sich wünschte, sie hätte es nicht getan.

In den folgenden Tagen fiel fast unaufhörlich der Schneeregen. Selten unterbrach ihn ein schneidender Wind, der einzelne Schneekörner durch den Wald trieb, doch Sonnenlicht sickerte kein einziges Mal durch die Wolkendecken. An den abendlichen Herdfeuern blickte der König der Elfen trübe drein und murmelte: »Nasser Schnee im Herbst... ein schlechtes Omen. Wird im Herbst die Erde von dünnem Schnee gekühlt, tränkt sie im Winter Blut.«

Aryjèn senkte bloß das Gesicht und sagte nichts.

Draußen wurde man im Schnee nass, aber nicht nass genug, um es als Entschuldigung dafür zu nehmen, dass man zu Hause blieb. Und so führten Kaveh und Nill ihren Kampfunterricht täglich fort. Wenn sie zur Abenddämmerung heimkehrten, brannten Nill die Handflächen vom Halten der Stäbe, ihre Schultern fühlten sich an, als habe man ihr die Gelenke ausgerenkt. Aber Nill beschwerte sich nicht. Sie stand jeden Morgen von neuem auf, um mit Kaveh zu üben, und gab nicht nach. Sie war eine verbissene Schülerin.

Dann tauschte Kaveh die Stäbe mit Schwertern. Nill war ein bisschen verzagt wegen des Gewichts der Waffen – allein wenn sie das Schwert hob, kostete sie das schon eine Menge Kraft.

»Ist schon in Ordnung«, munterte Kaveh sie auf. »Denn wenn die Waffe mehr wiegt, kann sie auch mit mehr Wucht deinen Gegner treffen.«

Er gab ihr ein paar Anweisungen, wie sie das Schwert halten sollte, dann stellte er sich kampfbereit auf. »Also. Ich greife jetzt an. Aber richtig, verstanden?«

»Klar«, sagte Nill fest, obwohl ihr die Knie weich waren.

Kaveh blieb einen Augenblick reglos; dann stieß er einen gedämpften Schrei aus und war plötzlich direkt vor ihr. Sein Schwert sauste in die Höhe – und stieß auf sie herab.

Nill hob ihr Schwert zur Abwehr, aber die Wucht seines Hiebes traf sie vollkommen unerwartet. Völlig überrumpelt fiel sie zurück und verlor ihr Schwert.

Kaveh rammte seine Klinge in die gefrorene Erde und reichte ihr eine Hand zum Aufstehen.

»Wenn ich ein Grauer Krieger wäre, wärst du tot.«

Nill ließ sich hochziehen und ergriff ihr Schwert. »Versuchen wir es noch mal.«

Kaveh lächelte erfreut darüber, dass Nill noch immer entschlossen war, und ging wieder in Position. Diesmal wich Nill seinem Schlag in einer Drehung aus, so wie Kaveh es ihr beigebracht hatte, und ließ ihr Schwert auf seine Seite zusausen. Kaveh parierte ihren Schlag geschickt, und sie verharrten überrascht in einer etwas verrenkten Position.

»Du hast meinen Angriff nicht abgewehrt«, keuchte Kaveh verwundert.

»Musste ich doch auch nicht, oder?«

Sie grinsten sich an. Kaveh befreite sich mit einer Drehung aus der unbequemen Lage und sie standen sich wieder gegenüber. Nun übten sie erneut Angriff, Abwehr und Ausweichmanöver, ohne ihren Schlägen besonders viel Kraft zu verleihen. Die Klingen klirrten, wann immer sie aufeinander trafen.

»Wie – viele – Verbündete haben wir schon?«

»Nicht viele«, keuchte Kaveh, der sich vor einem Hieb duckte und anschließend nah herantrat, um seine Klinge an ihren Hals zu legen. Nill sprang zurück und parierte mit dem Schwert.

»Zu – wenige, fürchte ich.«

Nill schwieg jetzt. Kavehs Angriffe wurden schneller. Nill merkte, wie sie immer weiter von ihm zurückgetrieben wurde. Schließlich schlug sein Schwert gegen ihres und seine Klingenspitze richtete sich auf ihre Brust.

»Du weißt, wer uns noch fehlt«, sagte er und zog die Nase hoch.

Nill trat einen Schritt zurück und zerrte sich den breiten Hemdkragen vom Hals. Ihr war heiß geworden. »Ich gehe nicht zu ihnen. Ich kann nicht zu ihnen«, erwiderte sie.

Kaveh stützte sich auf sein Schwert und blickte kurz in den dunklen Himmel. Noch immer schwebten Schneekörner durch die Luft wie im Sommer weiße Pollenschwärme. »Wir brauchen die Hykaden.« Kaveh sagte es leise und ernst. Mit dem Handrücken fuhr er sich über die Nase.

Nill kehrte ihm den Rücken und dachte darüber nach, wie man seinen Satz auf Elfisch sagen würde. *Aruèn ber sân el Hykaed.* Es klang so viel schöner… Wieso brauchten sie schon Menschen? Nill presste die Lippen fest aufeinander.

»Mal sehen«, murmelte sie, drehte sich um und griff Kaveh so schnell an, dass er sein Schwert vor Verblüffung zu spät hob. Von ihrer Wucht getroffen, flog es ihm aus der Hand und er stolperte zurück.

Aber er strahlte. »*Mal sehen* – das hast du schon einmal gesagt!«

Und das hatte sie wirklich: an einem Morgen im Fuchsbau,

als alle Hoffnung des Prinzen auf ihr geruht hatte. So wie jetzt.

## Die Bäume flüstern

Nieselwogen fegten mit dem Wind über das weite Land. Die Marschen schienen in Feuchtigkeit und Schlamm zu versinken und glühend starrten die Lichter der Minen zum Turm herauf. Als Scapa am Fenster stand und die Hände auf das Glas legte, strich Arane um ihn herum. Klirrend schlugen die dünnen, lang gezogenen Regentropfen gegen Scapas Handflächen, aber er spürte sie nicht – natürlich. Zwischen ihm und der Welt draußen war schließlich die Glasfront.

»Immerzu beobachtest du die Minen«, sagte Arane hinter ihm. Ihre Finger spielten mit dem goldenen Saum seines Umhangs. Mit einem Seufzen stützte sie das Kinn auf seine Schulter und sah ebenfalls aus dem Fenster.

»Was für ein grässliches Wetter. Ich hasse es! Der Himmel ist immer so grau hier. Weißt du noch, in Kesselstadt die Sommer? Kannst du dich erinnern, wie der Himmel aussah? Manchmal konnte man ihn hinter den Hausdächern sehen, und er war ganz blau, so blau wie das Meer an schönen Tagen.«

»Ich habe das Meer nie gesehen, Arane.« Er spürte, wie ihr Kinn von seiner Schulter verschwand. Sie verschränkte die Arme und lehnte sich gegen das Fenster.

»Verfluchter Regen, und diese Kälte«, murmelte sie. »Bald verlassen wir die Marschen, und dann gehen wir irgendwohin, wo es warm ist und die Sonne scheint, ja?«

»Wohin willst du denn gehen?«

Ein zartes Lächeln entfaltete sich auf ihrem Gesicht. Im grauen Morgenlicht, das durch das Fenster strahlte, schien sie sehr bleich und geisterhaft. »Ich möchte dir etwas zeigen, Scapa.«

Er drehte sich um und beobachtete, wie Arane in die Mitte des Zimmers schritt und ihre Dienerinnen rief. In knappem Ton befahl sie ihnen, welche Kleider sie ihr holen sollten. Einen Moment später flochten sie ihr das Haar zu einem kunstvollen Kranz und hüllten Arane, die ihre Untergewänder trug, in ein schlichtes dunkelrotes Kleid mit goldbestickten Borten. Über ihre Schultern legten sie einen dicken, schwarzen Samtumhang. Zuletzt zog sich Arane ein Paar rotgefärbter Lederhandschuhe an. Sie sah Scapa mit einem Lächeln an. »Kommst du?«

Die Minen zogen an ihnen vorüber. Scapa konnte einzelne Gestalten erkennen, die mit Lasten ein- und ausliefen, er hörte Hammerschläge und laute Rufe. Eine Gruppe Arbeiter kam ihnen entgegen. Leere Gesichter blickten zu ihm auf, dann ließ Scapa den Vorhang zufallen und lehnte sich auf der Sitzbank zurück.

Die Kutsche ratterte und rumpelte über den Weg. Arane saß ihm gegenüber. Ihr Lächeln war unbestimmt. Scapa sah sie gedankenverloren an. Er musste an das Mädchen mit den kurzen Locken zurückdenken. Daran, wie er einst an einen Stand herangeschlichen war, angelockt durch den ungewöhnlichen Lärm eines Moorelfenhändlers, der einen Dieb gefangen hatte. Während er den Goldschmuck in sein Hemd gesammelt hatte, war der Dieb vom Moorelf ins Gesicht geschlagen worden. Mit einem Keuchen war er zu Boden gefallen und da hatte Scapa zum ersten Mal Aranes Augen gesehen, klar und glühend. In seinen Gedanken reiste Scapa zurück nach Kesselstadt, es war ein heißer Sommertag, und die Stadt brütete in ihren eigenen wogendheißen Ausdünstungen, dem schummrig machenden Gestank der Färbemittel, dem säuerlich-süßen Biergeruch, der die Schänkenviertel umwaberte, dem schmorenden Fett der Garküchen. Wohin Scapa auch ging, das Mädchen mit den Locken begleitete ihn. Sie lief barfuß neben ihm durch die Gassen, ihre Haut war sonnengebräunt. Wenn sie lächelte, glänzten ihre schiefen Zähne im Tageslicht.

»Wohin fahren wir?«, fragte Scapa gedankenverloren.

»Wir fahren der Zukunft entgegen.« Ihre Stimme war ein Hauchen.

»Und was bringt diese Zukunft wohl?«

Arane lehnte den Kopf gegen die gepolsterte Wand der Kutsche und lächelte. »Das mochte ich immer so an dir, Scapa. Du hast immer die richtigen Sachen gesagt und die richtigen Fragen gestellt. Die Zukunft bringt die Zeit der Menschen. Eine neue Ära bricht an, die Welt verändert sich. Nicht durch unser Wirken – durch das Wirken der Natur wird die Welt den Menschen in die Hände fallen.«

Fahles Licht drang durch die Ritzen der Fenstervorhänge, doch Aranes Gesicht blieb in Schatten getaucht.

»Die Welt soll nur den Menschen gehören?«, wiederholte er leise. »Wenn sie … wenn sie danach schöner und besser ist, dann soll es wohl so sein. Dann soll das Schicksal sein, wie es ist, und dann sollst du die Welt neu formen nach deinem Willen.« Ein seltsamer Schrecken durchfuhr Scapa, als er das sagte. Es war, als hätte nicht er es gesagt, oder als wäre es ein Teil von ihm gewesen, den er zuvor nicht gekannt hatte. Arane schlug die Augen nieder und ihr Mund verzog sich zu einem schüchternen Lächeln.

Hin und wieder schob Scapa den Fenstervorhang einen Spalt zur Seite und spähte hinaus. Aber die Umgebung veränderte sich nicht. Alles blieb in wässriges Grau getaucht, schwarze, blattlose Bäume, Tümpel und Wasserläufe zogen an ihnen vorüber. Stunden verstrichen. Von Zeit zu Zeit fielen Scapa und Arane in einen leichten Halbschlaf und Scapas Erinnerungen vermischten sich mit der Gegenwart und seinen Träumen. Noch immer holperte die Kutsche dahin und Peitschen knallten. Gut vierzig Graue Krieger auf Schlachtrössern begleiteten sie. Der Schlaf wogte lähmend und angenehm über sie hinweg.

Scapa wachte auf, als eine kühle Hand ihm über die Wange strich, und verwundert stellte er fest, dass die Kutsche nicht mehr rumpelte. Arane war neben ihm.

»Komm«, sagte sie sanft. »Wir sind da.«

Sie stiegen aus der Kutsche. Ohne sich noch einmal zu ihrem Gefolge umzudrehen, nahm Arane Scapa an der Hand und raffte ihre Röcke, dann gingen sie einen zerklüfteten Felshang hinauf.

Ein frischer Wind wehte ihnen entgegen. Salzgeruch hing in der Luft. In den Nischen und Spalten des Gesteins hatte sich Sand abgesetzt. Wirbelnde Schneeflocken stoben wie weiße Blätter durch die Luft. In den Hohlräumen der spitzzackigen Felsen heulte der Wind. Aber noch ein anderes Rauschen mischte sich in das Windgetöse.

Arane und Scapa hatten die Spitze des Hangs erreicht und standen auf einem weiten Felsvorsprung. Er beugte sich direkt – dem offenen Meer entgegen.

Scapa schnappte nach Luft. Er hatte noch nie das Meer gesehen. Nun erstreckte es sich so weit vor ihm, dass sein Blick es gar nicht einfangen konnte. Bis zum fernen Horizont reichte es und verschwamm zu beiden Seiten in der Ferne, gesäumt von zerklüfteten Felsen und Sandhügeln. Gut fünfzig Meter unter ihnen peitschten mannshohe Wellen gegen die Klippen, schäumten unter Tosen und Gurgeln auf und verschlangen sich gegenseitig. Es war, als führten die Wellen einen ewigen Kampf gegen sich und die Felsen.

Weiter draußen war das Wasser noch immer aufgeraut und die Wellenkämme trugen weiße Schaumkronen. Das Meer sah aus wie eine unendliche, graue Wüste, die alles verschlingen würde, was ihr nahe kam. Dann bemerkte Scapa etwas aus den Augenwinkeln und wandte sich vom Anblick des Ozeans ab.

Dort, wo die rauen Klippen abfielen und Dünen sich zum Meer hin erstreckten, herrschte ein reges Gewimmel. Scapa erkannte, dass es Baustellen waren: Große, merkwürdige

Strukturen wurden von den scheinbar ungeordnet durcheinander laufenden Arbeitern hergestellt. Von hier oben sahen sie aus wie die Gerippe riesiger Tiere. Als Scapas Blick weiter schweifte, sah er, wie sie fertig gebaut aussahen: Lange, hölzerne Ruderschiffe mit eingerollten Segeln trieben auf den Wellen. Es war eine ganze Flotte – zwanzig, dreißig, fünfzig Schiffe schätzte Scapa.

»Schiffe?«, wiederholte er. »Wieso baust du Schiffe?«

Arane trat hinter ihn. Ihr Umhang flatterte im Wind, der vom Meer herüberwehte, und aus ihrem kunstvollen Haarkranz lösten sich einzelne Strähnen.

»Ich will nicht nur die Dunklen Wälder erobern. Das ist nicht das Ziel, das ich verfolge, sondern nur ein notwendiger Schritt dahin.« Nun, da sie ihm dies eröffnet hatte, atmete Arane tief die frische Seeluft ein und zog die Schultern hoch. Ihre Augen glänzten. »Sobald die Dunklen Wälder mir gehören und die drohende Gefahr beseitigt ist, will ich diese Schiffe ausschicken. Es heißt, in der Ferne, jenseits der Meere, gäbe es unentdeckte Länder und ganze Welten, die kein Mensch zuvor betreten hat. Ich will sie alle erkunden lassen. Ich will die Welt entdecken! Und ich will sie erobern. Es ist so viel da draußen, so viel... dass ich mich manchmal winzig klein fühle, wie... ja, wie ein Schneekorn im Sturm, weißt du?«

Scapa sah sie an. Er musste sich plötzlich fragen, was sie von Dingen haben würde, die sie nicht einmal sehen konnte. Arane würde bereit sein, Blut zu vergießen und Leben zu opfern nur für einen Gedanken. Für den Gedanken des Sieges. Für ein Land, auf das sie ihren Namen, nicht aber einen Fuß setzen würde. Das war es, was sie wollte. Das war es, was sie ihr ganzes Leben lang angestrebt hatte: Sie wollte der Welt ihren Namen einritzen, und wenn es sein musste, mit einer blutigen Klinge.

Vom Abgrund brauste der Wind empor und wirbelte eine Woge tanzender Schneekörner um Arane und Scapa. Sein

Herz zog sich zusammen, so sehr verschwammen in diesem Moment Wirklichkeit und Traum. Arane war ihm so nah, und der Schnee, der Schnee stob unter ihren Füßen hervor, direkt in den Himmel hinein.

»Und wer weiß?«, flüsterte Arane. »Vielleicht ist dort in der Ferne, im Unbekannten das Land, das wir suchen. Wo die Sonne scheint und wo es weite, grüne Auen gibt, bis zum Horizont... Wo es keine bösen Menschen gibt, keine Habgier, keine Armut und keine hinterhältigen Elfen. Nur das, was wir mitbringen. Uns beide.« In ihren Augen schimmerten Tränen.

Scapa wusste nicht mehr, was sie wollte: die Welt oder *eine perfekte* Welt, den Sieg oder ihren Frieden, ihre Ziele oder ihn, Scapa...

Wortlos schloss er die Augen. Jenseits des Meeres, in die Ferne – so weit sollten sie also reisen, um die Freiheit und den Frieden zu finden, nach denen Arane sich sehnte. Im Fuchsbau hatte sie ihn damals nicht gefunden. In den Marschen von Korr, dem gigantischen Turm, zwischen all den herrlichen Samtkleidern und Seidenkissen war er nicht. Und auch jetzt, wo sie der unendlichen Freiheit des Meeres gegenüber stand, sehnte sie sich nach einem fernen Traum.

Nill schob ihre Kapuze nach hinten. Eine Weile stand sie reglos im Schatten der hohen Bäume. Der Anblick des Dorfes hatte etwas in ihr versteinert, und sie konnte sich mehrere Augenblicke lang nicht rühren. Selbstgefällig hockten die Häuser mit ihren Strohdächern und ordentlichen Holzwänden beieinander. Hier und da sah sie geschäftige Menschen beim Pflügen ihrer kleinen Gärten und Felder, sie liefen zwischen den Häusern umher und sprachen miteinander. So viele Erinnerungen kamen in Nill hoch, dass ihr schlecht wurde. Ihre Fäuste ballten sich. Wenn sie jetzt nicht den Mut aufbrachte – dann nie!

Mit steifen Schritten ging sie los. Noch bewegte sie sich in den Schatten der hohen, rauschenden Bäume. Sie blinzelte eine Schneeflocke aus den Augen, zog sich die Kapuze aber nicht wieder über den Kopf. Sie würde sich nicht verstecken, sondern erhobenen Hauptes ins Dorf gehen. Unter dem Wams, in ihrem Gürtel, steckte der Steindorn. Obwohl sie natürlich Hunderte von Meilen von dem Weißen Kind entfernt war, hatte sie plötzlich das Gefühl, dass der Stein wärmer war als sonst. Und auch ein Kurzschwert trug sie bei sich. Unbewaffnet würde sie sich dem Hykadendorf auf keine hundert Meter nähern.

Die Schatten des Waldes glitten zurück. Sie stand im grauen Tageslicht. Es sah aus, als würde es bald dämmern, obwohl gerade erst Nachmittag sein konnte.

Nill schritt an den Häusern und Hütten vorbei. Die Menschen, an denen sie vorüberkam, blickten verblüfft auf. Manche begannen zu tuscheln und auf sie zu zeigen. Nill ging bis zum Marktplatz in der Mitte des Dorfes. Vor ihr ragte das Haus des Dorffürsten auf, das etwas größer war als die anderen Hütten. Inzwischen hatte sich eine regelrechte Menge um sie geschlossen. Das Murmeln und Tuscheln der Menschen schwoll an.

Nill blickte ihnen in die kühlen Gesichter, ohne Scham zu verspüren. Was sie fühlte, war Bedauern; Bedauern dafür, dass sie so lange, fast ihr ganzes Leben lang, wie diese Menschen hatte sein wollen. Wäre damals ihr sehnlicher Wunsch so mancher Nächte in Erfüllung gegangen, Nill wäre heute genauso gemein wie die Leute, die jetzt mit krummen Fingern auf sie zeigten.

»Das Dornenmädchen ist zurück! Der Bastard, seht! Sie ist wirklich zurückgekommen!«, riefen einige Leute gedämpft. »Was hat sie an? Das sind fremde Kleider! Seht doch, dieser Mantel! Und sie trägt Hosen, sie trägt Männerkleider!«

Nill öffnete den Mund und schlagartig verstummte die Menge. »Ich suche den Fürst von Lhorga!«, rief sie. Ihr Atem gefror zu kleinen Wölkchen, die sofort wieder zerfielen. »Weiß jemand, wo er ist?«

Sie drehte sich langsam im Kreis. Alle Blicke waren auf sie gerichtet, manche noch immer verblüfft, andere verächtlich. Doch niemand antwortete ihr.

»Hört euch das an!«, zeterte plötzlich eine alte Frau und raffte aufgeregt ihre Röcke. »Hört euch an, wie schnippisch die Elfenbrut geworden ist!«

Nills Nasenflügel bebten. Zustimmendes Gemurmel erhob sich in der Menge. »WEIß JEMAND, WO DER FÜRST IST?«, schrie sie über den Lärm hinweg.

Wieder verstummten alle, offensichtlich erschrocken darüber, dass Nill gewagt hatte, so laut und herrisch zu rufen. Ein Hauch von Befriedigung machte sich in ihr breit. Doch dann merkte sie, dass das anhaltende Schweigen nicht ihr galt. Sie drehte sich um. Vor der Hütte des Fürsten war ein großer Mann mit ergrauten Haaren und einem schweren Pelzumhang erschienen. Mit schweren Schritten kam er die vier Stufen herab, die von seinem Haus herunterführten, und die Menge wich gespannt zurück.

Nill neigte leicht den Kopf vor ihm. »Sei gegrüßt, Fürst von Lhorga«, sagte sie.

Der Mann blieb ein paar Meter vor ihr stehen und verhakte die Daumen im Gürtel. »Willkommen zurück«, sagte er in dem Versuch, erfreut und streng zugleich zu klingen. »Nun, du hast eine lange Reise hinter dir, du hast für deine Aufgabe einen Applaus verdient, Nill.«

»Ich habe die Aufgabe nicht ausgeführt und mein Name ist nicht Nill.«

Der Fürst, der die Hände schon zum Klatschen erhoben hatte, ließ sie wieder sinken.

»Hört!«, keifte die Alte von vorhin. »Wie frech sie geworden ist, die Göre!«

Nill ignorierte den Ruf. Entschlossen erwiderte sie den Blick des Fürsten. »Ich komme nicht als gescheiterte Botin der Hykaden zurück«, sagte sie ernst. »Ich komme als Gesandte. Ich bringe den Hykaden eine Nachricht. Und eine Bitte.«

Erneutes Raunen erhob sich in der Menge ringsum, doch man verstummte sogleich wieder, um kein Wort des Mädchens oder des Fürsten zu verpassen.

Der Blick des Fürsten war nun eisig geworden. »So«, sagte er. »Eine Botschaft und eine Bitte also. Von wem, wenn ich fragen darf?«

»Die Botschaft und die Bitte kommen von mir und allen anderen Bewohnern der Dunklen Wälder.«

Mit angehaltenem Atem verfolgte die Menge jede Regung im Gesicht des Fürsten, während Nill weitersprach.

»Ich war in Korr. Und ich habe den Turm der Königin von Korr gesehen.«

Der Fürst riss die Augen auf.

»*Eine Königin*?!«, echote es aus der Menge wider.

»In den tiefen Marschen sammelt sich eine Armee von Grauen Kriegern. Bald werden sie hier eintreffen! Und sie werden alles überrennen. Alles. Die Königin von Korr will die ganze Welt erobern.« Nill wurde leiser. »Und sie *wird* es mit der riesigen Streitmacht, die in Korr nur auf ihren Befehl wartet. Darum bin ich heute hier. Die Stämme«, fuhr sie lauter fort, sodass alle sie hören konnten, »die Stämme der Dunklen Wälder verbünden sich zum Kampf! Wir rüsten auf für einen Krieg, wie es ihn zuvor nicht gegeben hat. Und noch gibt es Hoffnung. Wenn wir uns zusammenschließen, alle Völker und Stämme des Waldreichs, wenn wir Seite an Seite kämpfen wollen – dann haben wir eine Chance.« Nill blickte den Fürst an. Er schien nachzudenken. Seine Augen wirkten wie zwei dunkle Kieselsteine, misstrauisch und verschlossen.

»Warum sollten wir dir glauben? Du sagst, du warst in Korr bei einer Königin? Nun, sie gebietet über Elfen! Und hier bittest du uns, dass wir uns mit Elfen verbünden? In welches listige Spiel passt das hinein?«

Nill wollte heftig antworten, aber die grölende Zustimmung aus der Menge übertönte ihre Stimme. »Das ist etwas ganz anderes!«, rief sie aufgebracht. »Die Grauen Krieger sind mit einem Zauber an die Königin gebunden und die ist schließlich ein Mensch!«

Plötzlich krallte sich eine Hand um Nills Arm. Erschrocken fuhr sie herum – und blickte in das Gesicht von Agwin. Sie schien um Jahre gealtert. Ihre Züge waren hexenhaft verzerrt. Mit eisernem Griff versuchte sie Nill in die Menge zu zerren.

»Sie weiß nicht, was sie spricht!«, rief Agwin in alle Richtungen und vor allem zum Fürst. »Sie war schon immer schwachsinnig!«

Nill riss sich los. Agwins Augen wurden groß vor Verblüffung. Dann traf sie Agwins Ohrfeige so hart, dass es in ihren Ohren schallte. Ihr Kopf flog zur Seite. Benommen hörte sie, wie ein überraschter, tief befriedigter Ton durch die umstehende Menschenansammlung lief. Erneut krallten sich Agwins Hände in ihren Arm. Sehr langsam und ruhig zog Nill ihr Schwert. Schreie des Entsetzens erklangen ringsum. Agwin ließ sie los, als hätte sie sich an ihr verbrannt. Nill richtete die Klinge direkt auf ihre schmale Kehle.

»Wage es nie wieder, mich anzurühren«, sagte sie leise.

Alles an Agwin begann nun zu zittern: ihre Wimpern, ihre Mundwinkel, ihre Hände. Nur die blassen Augen starrten Nill weiterhin an wie gefrorene Tümpel.

»Nimm das Schwert weg!« Der Fürst machte einen Schritt auf Nill zu. »Nimm sofort das Schwert weg, Mädchen.«

Nill wandte den Blick nicht von Agwin. Doch dann trat sie zurück und ließ ihr Schwert langsam sinken. Die Augen des Fürsten sprühten Funken.

»Wir wissen, was hier in den Dunklen Wäldern vor sich geht!«, fauchte er. »Die Elfen haben die Tiere verhext, nicht wahr? Die Wildrudel sammeln sich in allen Tälern und Hainen. Täglich werden es mehr Tiere, sie kommen von überall zusammen. Und die Wildschweine... ich selbst habe bei der letzten Jagd mindestens dreihundert gesehen, die sich bei den Fichten zusammenscharten!«

Nill sah ihn an ohne zu blinzeln. Ihr Gesicht glühte noch immer, doch sie spürte keinen Schmerz mehr. Nur Wut, betäubende Wut... »Sie sammeln sich, um die Dunklen Wälder zu verteidigen. Und mit ihnen auch die Hykaden!«

»Ha!« Die Nasenflügel des Fürsten blähten sich. »Hirsche und Wildschweine kämpfen also um die Dunklen Wälder? *Tiere*?«

»Ja, Tiere! Denn offenbar sehen sie klarer als so mancher Mensch.«

Ein unheilvolles Flackern trat in den Blick des Fürsten. »Hör gut zu, missratene Elfenbrut. Unser Dorf und auch kein anderes wird sich mit Wildschweinen und Rehen und Elfen und wer weiß was für Getier verbünden. Du hast uns schon genug Ärger gemacht...«

Als sich der Fürst mit langsamen Schritten näherte, hob Nill ihr Schwert. Nun war sie zu allem bereit. *Keiner rührt mich hier je wieder an.* Und mehr dachte – mehr wusste – sie nicht.

»Halt!«

Die versammelten Menschen und auch Nill drehten sich verwundert um. Aus der Menge löste sich eine krumme Gestalt mit Gehstock und blau bemalter Glatze. Celdwyn streckte die Hand aus und kam eilig auf sie zu. »Halt! Halt, mein Fürst. Fass dieses Mädchen nicht an.«

Hinter Nill blieb sie stehen, und Nill wich zur Seite, sodass sie nicht zwischen dem Fürst und der Seherin stand, sondern beide im Auge behalten konnte. Celdwyn senkte die Hand und blickte Nill mit einem friedlichen Lächeln an. Ein verirrtes Heulen umstrich die Häuser und Strohhütten.

»Dieses Mädchen ist vom Elfenvolk verflucht, und wer sie berührt, dem wird ein schreckliches Unheil zustoßen«, sagte Celdwyn gelassen.

Entsetzte Laute erklangen, und die Leute traten vor Agwin zurück, die wie erstarrt dastand.

»Mein Beileid, Agwin«, sagte Celdwyn in ihre Richtung, doch sie klang dabei so ungerührt wie immer.

Lähmende Stille legte sich über das Dorf. Noch einmal sah Nill den Fürsten an, der wie festgefroren stehen geblieben war, sie aber immer noch anstarrte.

»Hier gibt es keine Hoffnung«, sagte Nill hart. Dann drehte sie sich um und ging, das Schwert in der Hand. Eine Stimme folgte ihr.

»Jaah… nun flüstern die Bäume!«

Aber Nill drehte sich nicht noch einmal zur Seherin um.

Die Menschen wichen vor ihr zurück. Diesmal sagte niemand etwas, als sie vorbeischritt. Keiner trat ihr in den Weg. Mit stummen Blicken sah man ihr nach, bis die rauschenden Bäume des Waldes sie verschluckt hatten.

## Abschied und Aufbruch

Wie benommen lief Nill durch den Wald. Mit jedem Herzschlag schien die Dunkelheit rings um sie tiefer zu werden. Der Wind heulte in den Baumkronen und warf Nill kleine Zweige und welkes Laub entgegen. Es begann heftiger zu schneien. Die Flocken rieselten aus dem matten Schwarz, das den Himmel überzogen hatte, und tanzten durch die Wälder. Allmählich bildeten sich hier und da zarte weiße Überzüge auf Wurzeln und Moos.

»Nijura!«, hallte es durch den Wald.

Nill drehte sich um. Nichts. Nur schummriges Dämmerlicht und wogender Schnee. Als sie sich wieder umdrehte, stand kaum ein paar Meter entfernt Celdwyn vor ihr.

Nill legte beide Hände um den Schwertgriff. »Was willst du von mir?«, rief sie.

Die Seherin lächelte. »Du bist aufgeblüht wie ein unscheinbares kleines Kraut, das plötzlich eine Blume hervorbringt.«

Nill starrte die krumme Gestalt an. Dachte die Alte allen Ernstes, das sei ein Kompliment?

»Du bist verrückt!«, fauchte Nill. »Lass mich endlich in Ruhe!« Als sie weiterstapfen wollte, bewegte sich der graue Schemen flink mit ihr.

»Oh, ich werde doch nicht die hübsche Pflanze in Ruhe lassen, die ich so lange hegte und pflegte.«

Nill spürte, wie ihr kalte Schauder über den Rücken liefen. Celdwyn bewegte sich, aber Nill erkannte nicht genau, was sie tat. Wie es aussah, fingerte sie irgendwo in ihren Kleidertaschen herum. Es gab ein Zischen und plötzlich glomm eine runde Laternenkugel auf. Verwundert starrte Nill auf das gelbe Licht. Wo hatte Celdwyn plötzlich das Feuer her? War in der Laterne überhaupt Feuer? Nill riss ihren Blick von der leuchtenden Kugel los und sah in das runzlige Gesicht der Seherin.

»Sei mir nicht böse, Nijura, bitte«, sagte sie in einem wesentlich vernünftigeren Ton. »Aber verstehe – es musste so sein.«

»Was musste so sein? Was weißt du eigentlich? Wer bist du?«

»Ich bin eine Vertraute von König Lorgios.«

Größer hätten Nills Augen nicht werden können. Von ihm wusste die Seherin also alles – Nills neuen Namen, zum Beispiel.

»Dann… stehst du auf der Seite der Elfen?«

Celdwyn schlug die Augen nieder und machte eine Geste, halb Kopfnicken, halb Schulterzucken, was entweder »Ja« heißen mochte oder »egal«.

»Wieso«, fragte Nill, die von der ersten Möglichkeit ausging, »hast du mir dann nicht im Hykadendorf vorhin geholfen? Du hättest die Menschen überzeugen können!« Wieder stieg Zorn in ihr auf.

»Es ist nicht das Schicksal der Menschen, in diesem Krieg mitzuwirken«, sagte Celdwyn schlicht.

Nill atmete schwer. »Das Weiße Kind ist ein Mensch!«

Celdwyn verzog das Gesicht wieder zu jenem versonnenen Lächeln, bei dem Nill nie wusste, was es wirklich zu bedeuten hatte. »Ja, da hast du Recht. Die Königin ist ein Mädchen menschlichen Geblüts. Aber obwohl sie diesen Krieg beginnen wird, ist es trotz allem ein Krieg der Elfen. Es ist ihr Krieg um das Fortbestehen ihres Volkes. Ganz egal, wer mitkämpft. Verstehst du das?«

Nill nickte knapp.

»Tut mir Leid, Nijura«, murmelte Celdwyn und es klang aufrichtig. »Mehr kann ich dir auch nicht sagen. Doch ich will nicht, dass du auf alle Menschen böse bist. Es ist dumm, ein ganzes Volk zu verabscheuen, weil man nie ein ganzes Volk kennen lernen kann, weißt du? Es sind immer nur die Einzelnen.«

»Und die Einzelnen haben mir gereicht! Alle Menschen sind verdorben. Und du verlangst ernsthaft, dass ich sie trotzdem einfach so mag?«

Celdwyn sah sie eindringlich an. »Ja.«

Nill hob verächtlich das Gesicht. Ein Name pochte in ihrem Hinterkopf, ein verzweifelter Ausruf; doch sie zwang alle Gedanken an ihn zurück. Ja, selbst er – *vor allem* er – war schlecht gewesen.

»Das stimmt doch nicht, dass du die Menschen hasst«, flüsterte Celdwyn. »Sie haben dir sehr wehgetan. Und dafür *willst* du sie hassen. Der Hass ist oft eine warme Zuflucht. Aber in Wirklichkeit haben die Menschen dich traurig und unglücklich gemacht. Oder nicht?«

Einen Moment war Nill unfähig, etwas zu sagen. Warm stieg das Bedürfnis in ihr auf, zu weinen, jetzt und hier, in der Dunkelheit. Aber sie trat einen Schritt zurück. »Ja – und dafür hasse ich die Menschen, sie sind ignorant und fürchten alles, was anders ist und – und ...«

»Hörst du überhaupt, was du da sagst?«, fragte Celdwyn und ihre Stimme war plötzlich schneidend. Jede Zärtlichkeit war aus ihr gewichen. »Sprichst du mit deiner eigenen Zunge, Nijura, oder hat ein böser Geist Besitz von dir ergriffen?« Die Alte kam einen Schritt näher und legte den Kopf schief. »Du sagst also, du hasst sie alle. Und was ist mit Grenjo?«

Der Name fiel wie ein Stein durch Nills Körper.

Sie hatte schon an ihn gedacht. Bestimmt hundertmal, seit sie wieder in den Dunklen Wäldern war. Sie öffnete den Mund, aber ihre Stimme klang erstickt. »Wie geht es ihm?«

»Grenjo ist tot.«

Das Schwert glitt ihr aus der Hand und die Klinge stieß dumpf in den Schnee. »Tot?« Sie war überrascht, als sie plötzlich alles durch einen Tränenschleier sah. »Aber … wie?«

»Er ist zur Jagd in den Wald gegangen und nicht wiedergekehrt. Das war im Sommer. Vielleicht ist er in eine Schlucht gestürzt, vielleicht im Fluss ertrunken. Vielleicht war es ja seine Absicht, wer weiß.«

Tot … Grenjo! Und Nill hatte es die ganze Zeit über nicht gewusst. Während er gestorben war, hatte sie sich irgendwo durch den Schlamm gekämpft und an nichts anderes gedacht als an den Steindorn und ihr Abenteuer.

Nill wischte sich mit dem Ärmel über Augen und Nase. »War er … war er mein Vater?«, flüsterte sie.

Das Licht der Laterne schwenkte über ihr Gesicht. »Würde die Antwort einen Unterschied machen?«, flüsterte Celdwyn zurück.

»Nein.« Nill ließ sich auf die Knie fallen. Ihre Hände waren ganz rot, als sie sich im Schnee aufstützte. Sie spürte die Kälte nicht. Schneeflocken rieselten ihr auf die Wange.

Das Licht kam näher. Eine raue Hand streichelte ihren Kopf, ganz sachte.

»Ich hasse die Menschen nicht«, hauchte Nill, ohne die Augen zu öffnen. In Gedanken sah sie Celdwyn vor sich, die verständnisvoll nickte. Ihre dünnen Lippen formten die Worte *Ich weiß...*

Vielleicht war bereits viel Zeit vergangen. Vielleicht kniete Celdwyn aber noch immer neben ihr. Nill wollte sich nicht bewegen und aufstehen. Sie wollte hier, nah an die Erde gepresst, liegen bleiben. Erinnerungen und Gefühle durchzogen sie... Erinnerungen an Grenjo, an warme Sommertage, als sie klein gewesen war und noch nicht gewusst hatte, dass sie anders war als die anderen Menschen. Als sie durch die hohen, rauschenden Gräser gerannt war und über die Äcker, auf eine große Männergestalt zu, die schweren Schrittes aus dem Wald kam. Sie dachte an alle Menschen, die sie gekannt und geliebt hatte und die ihre Liebe nicht erwidert hatten. Agwin war ihr nie eine Mutter gewesen. Grenjo hatte sich nicht zu ihr bekannt. Im entscheidenden Augenblick hatte Scapa sie verlassen. Sie war so oft enttäuscht worden. Sie hasste sie nicht. Sie wollte sie lieben können. Sie wollte von ihnen geliebt werden.

Wieso hatte Scapa sie im Stich gelassen?

»Nijú... Nijú! Bist du von allen guten Geistern verlassen?!«

Lichter glommen auf, als Nill die Augen öffnete. Verschwommen erschien Kavehs Gesicht über ihr. »Was ist passiert? Bei allen Baumgeistern! Warst du bei den Hykaden?«

Jemand griff so fest nach ihren Händen, dass sie das Gesicht verzog. Dann erst fiel ihr auf, dass der Griff nicht fest war – sondern heiß.

»Du bist ja blau vor Kälte!«

Zwei Arme schoben sich unter sie. Alles begann sich zu drehen, als sie hochgehoben wurde. Kavehs besorgte Stimme begleitete sie, während sie nach Hause getragen wurde und in den Schlaf glitt, und sie wachte erst wieder am Herdfeuer im Baumhaus des Königs auf.

Wie still es war! Einzig das Heulen des Windes, der unaufhörlich um den Turm strich, drang durch die Glasfenster der

Thronhalle. Es war, als hinge ein lang gezogenes Seufzen in der Luft, das mal lauter, mal leiser wurde, anschwoll und verebbte.

Scapa stand vor der Thronempore und sah alles nachdenklich an. Arane war nicht da. Sie traf Vorbereitungen für ihren Aufbruch und war nun die meiste Zeit des Tages mit Offizieren der Tyrmäen und riesigen Landkarten in ihren Zimmern eingeschlossen. Während Scapa alleine war, hatte er viel Zeit zum Nachdenken. Und jetzt, als er zur Thronempore aufblickte, dachte er an eine Nacht, an die zu erinnern er sich in Aranes Gegenwart nicht getraut hatte. Eine Nacht, in der Nill und Kaveh bei der Empore gestanden hatten, ein Augenblick, in dem Scapa seinen Pfeil hätte feuern oder mitflüchten können… Er hatte nichts davon gehört, dass Arane sie wieder eingefangen oder getötet hatte, aber das musste nichts bedeuten. Es war gut möglich, dass Arane es ihm verschweigen würde. Oder dass sie schlichtweg vergaß, es ihm mitzuteilen, angesichts der großen Dinge, die ihr sonst im Kopf herumschwirrten.

Plötzlich hörte Scapa ein Trappeln auf dem Boden. Als er hinunterblickte, hopste ihm eine graue Ratte auf den Fuß und sah aus Murmelaugen zu ihm auf.

»Kröte!« Er bückte sich und nahm die Ratte in die Hände, und ohne sich umdrehen zu müssen, wusste er, dass Fesco hinter ihm stand.

»Hallo, Scapa«, sagte Fesco. Seine Stimme klang merkwürdig zittrig. Scapa wandte sich um.

»Fesco! Ich hab dich lange nicht gesehen. Und, ähm, wie geht es dir so?«

Fesco sah schrecklich blass aus. Er wirkte vollkommen verloren in den feinen Kleidern mit den Haken und Ösen und Knöpfen und bestickten Säumen, und die glatt gekämmten roten Haare schmeichelten ihm nicht besonders.

»Och, mir geht es gut«, sagte er schnell. Sein Blick irrte unruhig durch die Halle, und seine Schultern schienen ein Stück höher zu rutschen, als abermals der Wind um den Turm heulte. »Die, äh, die Dienerinnen kümmern sich um alles, wirklich fabelhaft, ja. Also … ich muss gar nichts mehr tun!« Er lachte zu hoch und zu schrill. Kröte sprang Scapa aus den Händen und krabbelte auf Fescos Schulter.

»Oh, Fesco«, murmelte Scapa. Er wollte es gar nicht; die Worte rutschten ihm so heraus.

Fesco schien den Atem anzuhalten. Sein Kinn bebte einige Augenblicke lang, dann atmete er tief aus, und blanke Verzweiflung machte sich in seinem Gesicht breit. »Scapa, ich, wirklich, ich bin nicht undankbar! Nein, wirklich, bei allen Göttern, beim Henker!« Fesco schien allen Mut zusammenzunehmen, dann trat er nahe an Scapa heran. »Scapa, ich weiß, du denkst nicht mehr daran«, flüsterte er. »Aber ich … ich versuche es zu vergessen, ich weiß, ich sollte es, aber verstehst du, ich *kann einfach nicht*! Und Nill … Ich habe Angst, dass sie mich auch einsperren lässt!« Tränen glänzten in seinen großen blanken Augen. »Ich weiß es!«, flüsterte er. »Ich weiß es, sie hat mich so angesehen. Sie glaubt«, er trat noch näher heran, als könne jemand sie belauschen, »sie glaubt, ich hätte Nill und Kaveh den Steindorn gebracht, ich hätte sie befreit!«

Seine eigenen Worte ließen Fesco schaudern, wieder lachte er krampfhaft. »Oh, Scapa, sag ihr davon kein Wort, schwöre, dass du nichts verrätst! Aber ich, ich fürchte um mein Leben! Ich hab Angst!« Er umklammerte Scapas Schultern. »Ich hab Angst!«

Scapa war wie betäubt. Er spürte kaum, dass auch ihm Tränen in den Augen standen. Er wusste, was zu tun war.

Er nahm Fescos Gesicht in die Hände und sah seinem Freund ein letztes Mal in die Augen. Er wollte sie sich genau einprägen, damit er sie niemals vergaß.

»Laufe fort, Fesco«, flüsterte Scapa. »Verlasse diesen Turm, bevor es für dich zu spät ist. Kehre zurück nach Kesselstadt, als hätte es mich und Arane nie gegeben. Vergiss, was du gesehen und erlebt hast und verschwende nie wieder einen Gedanken an diesen Ort!«

Die beiden umarmten sich heftig.

»Aber was ist mit dir? Scapa, ich lass dich nicht allein!«

Scapa grub die Finger in den Stoff an Fescos Ärmeln. »Doch! Doch. Mein Platz ist hier … Aber deine Welt ist jenseits der Sümpfe. Kehre um. Und vergiss mich. Vergiss mich, hörst du?« Er drückte seinem Freund einen Kuss auf die Stirn, murmelte ein ersticktes »Leb wohl!« und ließ ihn los.

Einige Augenblicke stand Fesco vor ihm, mit der fiependen Ratte auf der Schulter, und schüttelte stumm den Kopf. Dann wurde die Bewegung langsamer, erstarb. Zögerlich ging Fesco rückwärts, drehte sich um und lief davon. Seine Schritte verhallten in den hohen Gewölben.

Scapa blieb alleine in der Thronhalle zurück. Er fühlte sich nicht einsam. Einsamkeit war ihm schließlich vertraut. Er fühlte gar nichts. Er war leer, so leer wie die große Halle.

Leer wie der riesige Turm.

Die Flammen zischten leise. Benommen öffnete Nill die Augen. In den Ecken des hölzernen Raumes hüpften Schatten und Lichter. Dann erspähte sie Lorgios, der ihr gegenüber am Feuer saß und gedankenverloren in die Flammen blickte. Neben ihm lag Aryjèn, offensichtlich eingenickt. Ihr schwarzes Haar ergoss sich auf die Felle und glänzte wie ein nächtlicher See.

»Wie lange habe ich geschlafen?« Nill stützte sich auf.

»Soviel ich weiß, die ganze Nacht«, erwiderte Lorgios. »Kaveh hat gesagt, dass er dich gestern Abend mitten im Schnee gefunden hat. Du musst mindestens eine Stunde da gelegen haben.«

Nill rieb sich unruhig den Arm. Dass der König ihr keine Fragen stellte, dafür war sie ihm sehr dankbar. »Ich war bei den Hykaden. Sie wollen nicht mitkämpfen.«

»Ich weiß«, erwiderte Lorgios gelassen. »Celdwyn hat es

mir erzählt. Sie hat uns gesagt, wo du warst, und dann ist Kaveh losgegangen.«

Nill sah den König groß an. »Woher – ich meine, wieso kennst du …«

»Celdwyn? Sie ist sehr weise.« Ein Lächeln glitt über sein Gesicht. »Sie ist so weise wie verwirrend. Aber sie sagt stets die Wahrheit.«

Nill verstummte. Wieder musste sie an Grenjo denken. Es war unvorstellbar, dass er tot war. Und nicht wiederkehren würde. Nun hatte Nill wirklich alle Menschen verloren, und Grenjo hatte die Antwort darauf, ob er ihr Vater gewesen war, mit ins Grab genommen. Aber vielleicht war es gar nicht entscheidend, ob sein Blut in ihr floss oder nicht … Grenjo war der einzige Vater, den Nill je gehabt hatte. Er würde es immer bleiben.

Und ihre Mutter?

Nill zog die Beine an und umschlang die Knie. »Lorgios?«

»Ja?«

»Weißt du, wer meine Mutter war?« Beiläufig betrachtete sie ihre Fingernägel und guckte überall hin, nur nicht zum König.

»Nein«, sagte er sanft. »Ich weiß es leider nicht.«

Nill schloss die Hände zu Fäusten und wiegte sich eine Weile hin und her. Ihr Blick hing an Aryjèns Gesicht.

»Aber möchtest du hören, *was* ich weiß?«, fragte Lorgios. »Ich weiß, dass nichts eine Familie ersetzen kann.« Er beugte sich zu ihr vor und schloss sie in die Arme. »Deshalb sollst du ab jetzt zu unserer Familie gehören, Nijú. Willst du? Ach, was frage ich – du gehörst doch schon längst zu uns!«

Sie umarmte ihn zurück, traurig und froh, beschämt und glücklich, und Lorgios hielt sie wie ein Vater sein Kind, während sie stumm weinte.

»Du musst nicht wissen, wer deine leiblichen Eltern waren … Solange du weißt, wer du selbst bist.«

»Vielleicht weiß ich es nicht«, flüsterte sie.

»Natürlich weißt du es. Du bist Nijura. Du bist die Stimme, die du in deinem Kopf und deinem Herzen flüstern hörst.«

Er nahm ihr Gesicht in die Hände und wischte die Tränen weg. »Du bist ein Mensch und du bist eine Elfe. Und jetzt bist du ein Teil meiner Familie.«

Nill lächelte und schniefte leise. »Danke«, flüsterte sie.

»Ach, du musst mir nicht danken. Danke Kaveh.« Ein Lächeln huschte über Lorgios' Gesicht. »Ich glaube, er war so ungefähr am Rande seiner Kräfte, als er gestern mit dir heimgekommen ist. Aber sag ihm nicht, dass ich das gesagt habe.«

»Schläft Kaveh noch?«

Lorgios wies mit einem Kopfnicken auf eine der Öffnungen, die über mehrere Wurzelstufen in weitere Räume führten. »Dort drinnen.«

»Danke«, murmelte sie nochmals und wischte sich rasch die letzten Tränenspuren von den Wangen. Dann stand sie auf und ging zur Öffnung in der Wand. Mit einem mulmigen Gefühl stieg sie die Wurzelstufen hinauf und strich den Vorhang aus geflochtenen Ranken beiseite. Im Schein einer Laterne sah sie Kaveh auf seinem Fellbett. Er hatte sich eingerollt und schlief.

Vor ihm ging Nill in die Hocke, verschränkte die Arme auf den Knien und stützte das Kinn auf. Es dauerte nicht lange, da erwachte Kaveh. Als er Nill erblickte, fuhr er auf und strich sich überrascht über die Zöpfe. »Nijú! Was machst du hier? Ich meine, äh, hallo …«

»Ich wollte dir danke sagen«, flüsterte Nill. »Und … Entschuldigung. Für alles. Dass ich die Hykaden nicht überreden konnte und dass ich gestern da lag … wie ein toter Fisch.«

Sie musste grinsen, obwohl sie sich gar nicht danach fühlte, und Kaveh lächelte ebenfalls. Dann griff er nach seinem Hemd und Wams und zog sich beides über den Kopf. Ohne zu warten, bis sein Gesicht wieder aus dem dicken Kragen herausgekommen war, sagte er: »Und – ist der tote Fisch heute bereit für ein bisschen Training?«

Nill lächelte. »Ja. Das ist er.«

Es war erschreckender als alles, was Scapa zuvor erblickt hatte. Vom hohen Balkon des Turms aus sahen sie gar nicht wie lebende Männer und Frauen aus – nur noch wie winzige Punkte, die sich zu einem Muster ordneten. Aus der Tiefe drang der laute Klang der Hörner zu ihnen herauf. Es war ein einziger, alarmierender Ton, der nicht endete. Schon seit früher Morgendämmerung hallte er ohne Unterlass durch die nebligen Sümpfe. Scapas Hand fuhr benommen an sein Herz, und ihm wurde erst jetzt wieder bewusst, wie er selbst aussah.

Er trug einen schwarzen Brustharnisch mit spitzen Nieten, Schulterpanzer wie Käferflügel, einen Gürtel mit langem Dolch und Lederhandschuhe, die ihm fast bis zu den Armbeugen reichten. Sein schwarzer Umhang flatterte hinter ihm im kalten Wind.

Neben ihm stand Arane. Ihr feuerroter Umhang hatte einen noch höheren Kragen als ihre Kleider sonst und um ihre Brust schmiegte sich ein matt glänzender Panzer aus dünnem Gold. Rüstungsschienen umschlossen ihre Unterarme, die sie über ihre Handschuhe gezogen hatte. Da sie eine Reise vor sich hatten, war ihr Kleid kürzer als sonst, sodass sie die gelben Röcke beim Laufen nicht hochziehen musste.

Gebieterisch und entschlossen wie eine Göttin stand Arane in ihrer Kriegskleidung an der Brüstung und blickte auf das Gewimmel in der Tiefe herab. Unendlich viele Reihen Grauer Krieger waren dabei, sich aufzustellen. Es mussten mehr als fünfzigtausend sein. Hätte heute die Sonne geschienen, wären Arane und Scapa auf dem Balkon geblendet gewesen vom Reflektieren der unzähligen Schwerter, Schilde, Helme und Lanzen. Doch der Himmel hatte die Farbe von schmutzigem Eisen, und das gigantische Heer rings um den Turm spiegelte ihn wider wie eine Pfütze, in der es vor Mückenlarven wimmelt.

Scapa sah aus den Augenwinkeln, wie Arane zitterte. Ihre Gesichtszüge verkrampften sich. Gerade wollte er sie fragen, ob es ihr gut ging, da sah sie ihn an.

Für den Bruchteil einer Sekunde war Scapa wie erstarrt. Ein schreckliches Leuchten wanderte durch ihre Augen. Die Schatten in ihrem Gesicht verwandelten sich in tiefes, schimmerndes Schwarz. Dunkelheit trat unter ihrer weißen Haut hervor wie Tinte, die durch dünnes Papier sickert; und Scapa erkannte, dass es die Krone war. Die Krone goss ihre hässliche, ölige Schwärze über Aranes Gesicht. Über ihren ganzen Körper.

»Was ist mit dir?«, fragte Arane, doch selbst ihre Stimme schien gedämpft.

»Arane?«, flüsterte Scapa. Ihm wurde schwindelig. Bildete er es sich ein? Oder sah er tatsächlich den Wahnsinn in Aranes Augen?

»Starr mich nicht so an!«, fauchte sie. »Hör auf damit, hör auf! Starr mich nicht immer so an, Scapa!«

Ein schreckliches Elendsgefühl breitete sich in ihm aus. Er war es, der glücklich sein sollte und es nicht war – er, nicht Arane! *Er* hatte alles gefunden, wonach er sich gesehnt hatte, und konnte dennoch nicht zufrieden sein. Scapa wollte eine nervöse Entschuldigung stammeln, als Arane ein paar Schritte zurücktrat. Ihre Hände berührten die Steinkrone.

»Du starrst *sie* an!«, sagte sie. »Du – du starrst die Krone an, Scapa!«

Ihre schönen Augen waren finsterer als alle mondlosen Nächte, die Scapa je gesehen hatte. Er wollte sagen, dass es nicht stimmte, dass er die Krone nie angesehen hatte, aber seine Kehle war wie zugeschnürt. Und dann, wie ein Schleier, fiel das schreckliche Leuchten von Aranes Blick und sie sah ihn zärtlich an.

»Lass uns gehen«, murmelte sie verwirrt. »Auf uns wartet eine Sänfte.«

## Die Schlacht

Da der Weg durch die Marschen selbst zu Pferd beschwerlich war, reisten Scapa und die Königin in einer Sänfte, in der es Decken, Felle und Kissen zum Wärmen gab. Sechs Pferde trugen sie durch Schlamm und Sumpf, während sie rings ein Heer aus Reitern umgab – dahinter schloss sich die unendliche Masse der Fußsoldaten um sie wie ein Meer. Die Marschen wurden unter Tausenden von Füßen gleichgetreten, alles versank im Morast und die Tümpel wurden von der lehmigen Erde zugeschüttet, die die zahllosen Stiefel mit sich trugen. Das Heer des Weißen Kindes ebnete den Boden, machte alles flach. Zurück blieb zertretenes Gras und aufgeschäumter Morast. In den Marschen von Korr gab es nicht viel mehr, das hätte zerstört werden können.

Am Abend erklangen erneut die ohrenbetäubenden Hornsignale. Der durchdringende Ton hing mehrere Minuten über den Sümpfen und verschluckte selbst das erschrockene Krächzen der Raben. Das riesige Heer hielt an und alles wurde für die Nacht vorbereitet. Lagerfeuer glommen rings um die Sänfte auf, die man am Boden abgestellt hatte, ansonsten war die Nacht in den Sümpfen tief und lichtlos. Vor Erschöpfung fiel die gesamte Streitmacht sofort in Schlaf.

Und auch die Königin war erschöpft vom Tagesmarsch, obgleich sie nicht mehr gelaufen war, seit sie den Turm verlassen hatten. Das ewige Rütteln und Schwanken hatte sie ermüdet, dann die feuchte, kalte Moorluft und das dämmrige Licht. Zum Glück war es Winter – wenigstens die Mücken und Stechfliegen der Sümpfe waren verschwunden.

Matt lag Arane zwischen den Kissen neben Scapa und blickte zur Decke der Sänfte auf, wo eine rote Laterne hing.

»Es ist so sinnlos«, murmelte Arane. Sie klang bereits, als würde sie halb schlafen. »Wonach wir bloß immer streben ... was wollen wir wirklich? Die Unsterblichkeit. Alles tun wir, um unsterblich und niemals vergessen zu werden. Kinder kriegen, Ruhm suchen, uns opfern. Und am Ende haben nicht wir etwas von der Unsterblichkeit unseres Namens, sondern die, die uns folgen. Diesen Krieg kämpfen wir nicht für uns, Scapa. Sondern für die zukünftigen Menschen ...«

»Sich opfern?«, murmelte Scapa.

Arane lachte. »Oh ja, manchmal habe ich das Gefühl, mich zu opfern.« Sie räkelte sich in den Kissen und legte die Arme über ihren Kopf.

»Die Welt ist eben zu klein für zwei gleiche Völker. Sie kann nur dem einen oder dem anderen gehören.«

Dann war sie eingeschlafen.

Ihre Reise durch die Marschen glich einem fiebrigen Schlaf. Sie lagen in der Sänfte, bewegten sich nicht, lauschten dem Stampfen und Klirren des Heeres und waren trotzdem der Welt ferner denn je.

Als die Gebirge vor ihnen auftauchten, verließen Scapa und Arane die Sänfte und waren froh über die Abwechslung: Zwei stattliche Schlachtrösser standen für sie bereit, man spannte ein weites rotes Stoffdach über sie, sodass der gelegentlich fallende Schnee nicht auf sie herabrieseln konnte, und dann ritten sie los. Der Boden unter ihnen war eben und es war leicht zu reiten, denn das Heer vor ihnen hatte bereits alle Hindernisse aus dem Weg geräumt. Der Pfad war schön, hin und wieder zogen hohe, dunkle Wälder an ihnen vorüber, und sie schlugen ihre Abendlager an einem breiten, wilden Fluss auf.

Jenseits der Berge lag das Königreich Dhrana. Sie zogen über seine bunten Felder hinweg und zertraten, was der

Schnee noch nicht unter sich begraben hatte. Vor der Burg des Königs reihten sich gut fünftausend Soldaten auf. Unter ihnen waren auch einfache Bauern mit Hacken und Heugabeln. Sie erwarteten das Heer des Weißen Kindes.

»Sind sie gegen uns?«, fragte Scapa mit einem Anflug von Besorgnis.

Aber Arane lächelte erhaben. »Ich habe längst Boten an sie geschickt. Dhrana versorgt mich seit drei Jahren mit Holzlieferungen. Das Königreich ist auf unserer Seite.«

Als die Flut der Grauen Krieger die Soldaten Dhranas erreichte, schlossen sie sich an und wurden Teil der gigantischen Masse.

Die Zeit verflog. Nill übte ohne Unterlass, und selbst wenn Kaveh nicht bei ihr sein konnte, trainierte sie weiter. Mit dem Schwert beherrschte sie bald die Grundtechniken, doch sie wusste nicht, ob sie damit in einem echten Kampf bestehen konnte, und das machte ihr Angst. Das Bogenschießen war kaum leichter zu erlernen; jedoch fühlte Nill sich damit weitaus sicherer. Sobald sie es schaffte, die Sehne zurückzuziehen und richtig zu zielen, war der Rest ein Kinderspiel. Leider kam es nicht oft vor, dass sie richtig zielte, und sie verfehlte so ziemlich alles, was weiter als zehn Meter entfernt war.

Dann kam der erste Späher zurückgestürmt. Das Weiße Kind, berichtete er, werde in zehn Tagen die Dunklen Wälder erreichen. Es ziehe mit Heeren heran, die mehr als fünfzigtausend Köpfe zählten, mit Heeren, die das Waldreich unter sich begraben würden.

Der Schreck trat allen in die Gesichter, vor allem König Lorgios.

In den nächsten Tagen trafen die versammelten Stämme ein. Elfenscharen kamen aus allen Richtungen: Es waren Frauen und Männer, die glänzende Rüstungen und helle Mäntel trugen und mit Bogen, Speeren und Schwertern bewaffnet waren. Sie schlugen ihre Lager unmittelbar über dem

Elfental auf. Ihre Zelte aus Rankengeflecht waren jedoch nur vom Dorf aus zu sehen – dem übrigen Wald blieben sie verborgen. Von Tag zu Tag trafen mehr von ihnen ein. Sie kamen aus den tiefen Westwäldern, aus den nördlichen Bergen, und einige Stämme hatten sich mit Muscheln geschmückt, die sie aus ihrer Heimat, den fernen Küstengebieten, mitgebracht hatten.

Mit den Elfenheeren kamen die Bergwölfe aus dem Norden. Lautlos schlichen die Rudel mit den Elfen einher, immer in Gruppen von fünfzehn oder zwanzig Tieren. Ihre bernsteinfarbenen Augen schweiften unruhig umher und grüßten stumm die Anwesenden. Ihr Fell war buschig und grau, und die Zähne, die zwischen ihren Lefzen hervorbleckten, schienen die Rüstung eines Kriegers durchbohren zu können. Sie waren größer als alle Wölfe, die Nill zuvor gesehen hatte, manche von ihnen schienen fast so groß wie ein Pony. Da sie wussten, dass Wildschweine und Hirsche ihre Verbündeten in diesem Krieg waren, trugen einige von ihnen tote Hasen mit sich, um zu zeigen, dass sie keine Jagd auf sie machen würden.

Dann stießen die Stämme der Gurmenen zu ihnen. Es waren allem Anschein nach Menschen, doch sie waren viel größer und kräftiger als alle Hykaden, die Nill je gesehen hatte. Ihre Schultern waren so breit wie die von Stieren, ihre Arme und Beine wirkten wie Baumstämme. Sie sprachen eine Sprache, die Nill nicht verstand, doch manche von ihnen konnten gebrochenes Elfisch. Mehr als dass sie aus den tiefen, gefährlichen Westwäldern kamen, wusste Nill nicht von ihnen. *Gurmaén* nannten die Elfen sie und das bedeutete wörtlich übersetzt »Riese«.

Und schließlich erwachte Nill eines Morgens durch gänzlich unbekannte Geräusche. Sie schlüpfte in ihren Mantel, eilte aus dem Baumhaus und stieß im Dorf auf Mareju, Arjas und Kaveh. Überall liefen aufgeregte Kinder umher und auch die Erwachsenen traten neugierig aus ihren Hütten. Mit einer Schar Elfen liefen sie aus dem Dorf und sahen, woher der Lärm kam: Aus dem Wald erschien ein Heer von zweitausend Wildschweinen.

In Scharen waren sie bis an den Rand der Dunklen Wälder gezogen. Elfen, Hirsche, Riesen, Bergwölfe und Wildschweine – mehr Völker waren es nicht. Und doch war die Zahl der Krieger so beeindruckend, dass Nill bei ihrem Anblick schwindelig wurde und sie sich schwer vorstellen konnte, dass irgendeine Macht der Welt sie überrennen könnte. Aber sie hatte die Eisenminen gesehen. Und wenn es nur halb so viele Graue Krieger gab wie Arbeiter…

Die vereinten Stämme schlugen das Nachtlager am Waldrand auf und postierten Späher, die nach Westen hin, wo sich weites Steppenland erstreckte, nach dem Heer des Weißen Kindes Ausschau hielten. Die Elfen, die in der Nacht am besten sehen konnten, kletterten hoch auf die Bäume und beobachteten das weite, dunkle Land. Ein paar Wölfe waren in das Hügelland hinausgeschlichen, wo sie bessere Witterung aufnehmen konnten. Der Geruch der Krieger würde dem Heer der Königin weit vorauseilen.

Weiter hinten hatten Nill, die Königsfamilie und die Zwillinge ihre Lager errichtet. Um ihren Feuerplatz scharten sich die meisten Krieger ihres Dorfes und im Flammenschein erkannte Nill ausschließlich sorgenvolle Mienen.

Auch Nill wurde von zehrender Unruhe erfasst. War es Furcht? Eine schlimme Vorahnung? Nill wusste es nicht. Niemand schien mehr genau zu wissen, was er dachte und fühlte. Selbst die Tiere waren nervöser geworden, seit sie den Waldrand erreicht hatten.

In der Nacht, als das Lagerfeuer fast schon heruntergebrannt war, setzte sich Kaveh neben Nill.

»Hast du noch das magische Messer?«, flüsterte er.

Nill nickte und steckte die Hand in ihre Rocktasche, um es hervorzuholen. In den vergangenen Stunden hatte sie es fast ausschließlich durch den Stoff hindurch gehalten, und nun stieg ein merkwürdiges Begehren in ihr auf, den Steindorn noch einmal zu sehen.

Aber Kaveh berührte ihr Handgelenk. »Nein, hole es nicht heraus. Es ist schon gut, wenn du es einfach hast.«

Nill nickte. Kaveh schien offenbar etwas auf dem Herzen zu haben. Mehrere Augenblicke lang schien ihm Verschiedenes auf der Zunge zu liegen, aber schließlich sagte er nur: »Du weißt, was zu tun ist? Ich meine, das Messer ...«

Wieder nickte Nill. Auch daran hatte sie gedacht. Sie würde jemanden töten müssen, so oder so. Mit ihren eigenen Händen würde sie den Steindorn in die Brust des Weißen Kindes stoßen ... Nun, vorausgesetzt sie würde überhaupt die Möglichkeit dazu bekommen. Es war ein lähmendes Gefühl, daran zu denken, doch es erschreckte sie nicht mehr so sehr wie früher. Nichts erschreckte sie mehr wie früher.

»Wir werden versuchen, durch die Schutzreihen zu brechen, die die Königin auf jeden Fall bewachen werden. Du hältst dich solange im Hintergrund. Wenn du einen Hornruf hörst ...« Kaveh schob seinen Kragen zur Seite und zog ein längliches Horn hervor. Es hing ihm an einer dünnen Lederschnur um den Hals. »Wenn du das hörst, heißt das, dass der Weg frei ist und wir es geschafft haben. Dann kommst du mit dem Steinmesser und ... ja.« Was dann geschehen musste, erklärte er nicht mehr.

Eine Weile saßen sie schweigend nebeneinander und starrten in die sterbenden Flammen. Obwohl rings im Wald mehr als fünfzehntausend Krieger auf den Morgen warteten, lastete eine schwere Stille über ihnen.

»Also, du solltest ein bisschen schlafen«, sagte Kaveh, aber es klang nicht sehr überzeugend. »Morgen müssen wir schließlich alle bereit sein.«

»Dann solltest du auch schlafen«, gab Nill leise zurück.

Er fuhr sich durch die Haare. »Das kann ich nicht. Schlafen ist jetzt das Letzte, was ich tun kann.«

Sie senkte das Gesicht und lächelte müde. »Ich weiß.«
Und sie blickten wieder in das sterbende Feuer.

Kurz vor der Morgendämmerung erklangen die Schlachthörner. Es war so weit. Die Gurmenen malten sich mit roter Erdfarbe Runenzeichen auf Gesichter und Hände und summten ununterbrochen ihre geheimnisvollen Stammeslieder. Die Elfen tauschten Segen und schützende Amulette aus. König Lorgios gab auch Nill einen breiten Armreif, in den galoppierende Tiere geschnitzt waren, die Nill erst für Pferde hielt – doch sie hatten lange Hörner und gezackte Schwänze. Nill bedankte sich und ließ sich fest von ihm in die Arme schließen. Auch Aryjèn, die einen großen Bogen trug, umarmte Nill und wünschte ihr Glück. Kaveh überreichte Nill ein Kurzschwert. Dann wiederholte er noch einmal ein paar Tricks mit ihr und drückte ihre Hände fest um den Griff. Nill fühlte sich seltsam fern dem Geschehen; fast, als stünde sie neben sich. Das aufgeregte Durcheinander im Wald schien nicht enden zu wollen. Und dann, wie mit einem Paukenschlag, war plötzlich alles bereit und Wölfe, Wildschweine, Riesen, Elfen und Hirsche warteten auf die Schlacht. Kaveh, umringt von einer Schar Krieger, drängte sich nach vorne an den Waldrand.

»Kaveh! Kaveh!« Lorgios kam ein paar Schritte auf ihn zu. »Bleib hier! Du wartest hinten, bis die Krieger der Königin in den Wald vorgedrungen sind.«

Kavehs Brust hob sich, als er einatmete. »Nein, Vater. Ich werde in der ersten Reihe kämpfen.« Er sagte es leise und entschlossen.

»Kaveh! Das tust du nicht! *Kaveh*!«

Aber so laut Lorgios auch rief, Kaveh hatte sich bereits umgedreht und ging unbeirrt davon. Nill sah sich noch einmal zum König der Freien Elfen um, dann huschte sie der Kriegerschar, die Kaveh umschloss, hinterher. Sie musste sehen, was jenseits der Wälder vor sich ging.

Die Bäume lichteten sich. Kaveh und seine Ritter drängten sich durch die Menge bis nach vorne. Dann blieben sie reglos stehen.

Und auch Nill war wie vom Donner gerührt. Ein jäher Wind brauste auf und ließ den Schnee der Bäume auf sie herabwirbeln. Am Horizont war das Heer der Königin aufgetaucht.

Eine flirrende schwarze Masse zog hinter den weißen Hügeln herauf. Wie Öl sickerte die dunkle Welle heran, kroch über das Land, kroch näher, unendlich langsam... Dann hatte die wimmelnde Flut sich verdoppelt, verdreifacht und brachte die Steppen zum Brodeln. Nill wurde schlecht vor Grauen. Auch die umstehenden Elfen in ihrer Nähe wurden bleich, die Hirsche stießen unruhige Rufe aus und die Wildschweine schnaubten aufgeregt.

»Bei allen Göttern«, flüsterte Nill. Ihre Beine waren plötzlich seltsam taub. Sie spürte, wie sie auf ihnen stand wie auf wackeligen Stelzen. In der unendlichen Weite des Heeres schwankte ein winziger, roter Fleck. Es war ein Baldachin, der sich über das Weiße Kind und ihre Leibgarde spannte. Gigantische weiß-rote Fahnen, die von hier wie kleine Punkte in der Schwärze flirrten, flankierten das rote Dach.

Erschreckend rasant kam das Heer jetzt näher. Obwohl die Sonne nicht schien, blitzten ihnen bald schon die stählernen Helme und Lanzen der vordersten Front entgegen. Einzelne Gestalten schälten sich aus der Masse.

»Bogenschützen!«, hallte ein Ruf, dann noch einer und noch einer durch die vorderste Reihe am Waldrand.

Elfen mit Langbogen, die ihnen bis zu den Schultern reichten, drängten sich vor. Bleiches Licht sickerte durch die schweren Wolkendecken. Die Schatten der hohen Bäume wogten über die Bogenschützen hinweg. Die Elfen zogen lange, helle Pfeile und legten sie auf die Sehnen. Nur noch wenige Augenblicke – ein paar Sekunden – dann waren die Kriegerscharen des Weißen Kindes nahe genug. Inzwischen sah man ihre Gesichter wie bleiche Flecken aus dem Metall ihrer Rüstungen hervortreten. Doch die Grauen Krieger hatten ihre Schilde noch nicht erhoben. Der Wald verbarg die vereinten Stämme vor ihren Blicken … Nill hielt die Luft an.

»Nijú!« Kaveh hatte Nill erst jetzt entdeckt. Er ließ seinen Bogen sinken, stürzte zu ihr und ergriff ihre Hände. »Was tust du hier vorne? Ich dachte, du wartest auf den Hornruf!«

»Ich wollte das Heer sehen.« Ihre Stimme klang erstickt.

Kaveh wollte etwas erwidern, aber er wurde von einem ohrenbetäubenden Hornsignal unterbrochen. Der Boden vibrierte. Schnee rieselte von den Ästen. In einer einzigen riesigen Bewegung wurden die Bogensehnen zurückgezogen.

»LOS!«, brüllten mehrere Stimmen. Die Pfeile sirrten los. Gebannt beobachteten Kaveh und Nill, wie der Pfeilhagel in den Himmel schoss, kurz mit den stahlgrauen Wolken verschwamm und in die Reihen der Grauen Krieger einschlug. Entsetzliche Schreie erklangen. Wieder wurden Hörner geblasen. Kaum einen Atemzug später wurden die Bogensehnen zurückgerissen. Die zweite Salve pfiff aus dem Wald.

»*Arivor!*«, schrie eine Stimme. Nill kannte das elfische Wort nicht. Aber seine Bedeutung wurde ihr schlagartig bewusst, als sich ein schwarzer Pfeil vor ihr in die Erde bohrte. Mit entsetzten Schreien wichen die Elfen zurück, manche hoben Schilde, die meisten flüchteten in den Schutz der Bäume, während die dunklen Geschosse in den Schnee hagelten.

Nill und Kaveh zogen die Köpfe ein. Ein Sprudel von Flüchen kam Kaveh über die Lippen, aber der Großteil davon ging im lärmenden Chaos unter. Wieder stob ein Pfeilregen los und bohrte sich tausendfach in die Reihen der Grauen Krieger. Von hinten brach Bewegung aus. Die Krieger aus dem Wald drängten voran zur offenen Schlacht. Pferde wieherten, als sich die Elfen auf ihre Rücken schwangen. Auch neben Kaveh war ein dunkler Rappe angekommen und schnaubte aufgeregt.

Alles ging zu schnell. Krieger rannten an Nill vorbei, schubsten sie voran und rempelten mit gepanzerten Schultern gegen sie. Die Ersten brachen gegen die Reihen der Königin. Kampfgebrüll tobte in der Luft. Plötzlich löste sich Kavehs Hand von Nill. Sie glaubte ihn verloren im Gedränge; dann tauchte er plötzlich wieder vor ihr auf, und neben ihm ein großer Hirsch, dessen Geweih gefährlich nahe an Nills Gesicht in die Höhe stieß. Einen Moment später hatte Kaveh sie auf den Hirsch hinaufgezogen und schwang sich selbst auf sein Pferd.

»Zurück!«, rief er Nill – oder dem Hirsch – zu. Dann zog er sein Schwert.

»Kaveh!« Nill spürte, wie ihr Ruf im Lärm der brüllenden Stimmen und klirrenden Waffen unterging. Der Hirsch unter ihr machte eine Wendung, und sie musste sich an seinem Geweih festkrallen, um nicht zu fallen. Kavehs Gesicht schwebte irgendwo in der Menge. Dann galoppierte sein Pferd aus dem Schutz des Waldes heraus – und der Hirsch begann ebenfalls zu galoppieren, jedoch in die andere Richtung.

Elfen auf Pferden und Hirschen, Riesen mit Streitäxten und Keulen, jaulende Wölfe und Wildschweine mit gereckten Hauern zogen an ihnen vorüber. Nill klammerte sich nur noch am Hirschgeweih fest, um nicht unter die galoppierenden Hufe zu geraten. Irgendwann lief der Hirsch langsamer, machte einen weiten Bogen und wandte sich wieder zu den voranstürmenden Kriegern um. Nills Herz pumpte schmerzhaft schnell. In ihrem Kopf rauschte das Blut. Hinter den Bäumen konnte sie die Schlacht erkennen, wie ein tosender Ozean aus Blut und Schmerz und Hass. Alles ging so schnell; Gestalten sanken zu Boden, Lanzen, Schilde, Schwerter stießen in die Höhe und wieder hinab, Pferde bäumten sich auf, Graue Krieger flogen von Geweihen durchbohrt in die Luft. Es sah so unwirklich aus und war zugleich so erschreckend echt, dass Nill nichts mehr denken, nichts mehr fühlen konnte.

Der Hirsch unter ihr schnaufte und schlug mit den Hufen gegen die Erde. *Abwarten*, schien er zu sagen. *Warte ab, bis dein Augenblick gekommen ist…*

Und Nill erkannte, dass sie tatsächlich warten musste. Es war das Einzige, was sie tun konnte. Sie musste warten, bis das Heer näher gekommen war. Oder bis sie, was ihr jetzt sehr zweifelhaft erschien, durch den ohrenbetäubenden Schlachtlärm hindurch Kavehs Horn hörte. Sie musste warten, bis der rote Stoffbaldachin der Königin hier war… Und ihre zitternde Hand schloss sich fest um den Steindorn. Er war warm.

## Das Opfer

Etwas in Scapas Brust hatte sich zusammengezogen. Die Wirklichkeit rings um ihn erschien ihm wie verschwommen.

Vier Ringe von Reitern umgaben ihn und Arane unter dem roten Stoffdach. Von hinten strömte das Heer an ihnen vorüber wie eine Flut an einem kleinen Fels. Dort, wo in der Ferne die hohen Bäume des Waldes aufragten, entbrannte die Schlacht.

Das Kriegsgemetzel sah noch winzig aus von hier – der abscheuliche Lärm hing wie ein verzerrtes Windheulen in der Luft. Und doch zitterte Scapas Faust, die sich so fest um den Griff seines Dolches schloss, dass die Fingerknöchel weiß hervortraten. Er wusste, dass Arane neben ihm seit Beginn der Schlacht so bleich war wie er selbst.

Aber erst jetzt sah er, dass sie lächelte. Bewunderte sie die gigantische, unaufhaltsame Sturmflut ihrer Heere? Die schwarze, kochende Masse, die am flatternden Dach vorbeispülte, würde in den Wald hineinströmen und allen Widerstand unter sich ersticken. Und sie, Arane, war es, die alles befehligen konnte. Sie war es, die die Macht der fünfzigtausend Grauen Krieger in den Händen hielt. Jeder Schwertschlag, der heute einen Krieger der Dunklen Wälder niederstreckte, war *ihr* Schwertschlag. Jeder Schrei, der heute geschrien wurde, *ihr* Schrei. Jeder Zentimeter, der heute erobert wurde, wurde von ihr erobert.

»Wie sieht es da vorne aus?«, fragte sie schließlich voll Wohlgefallen.

»Majestät, Eure Kriegerscharen sind unüberwindbar«, sagte der König von Dhrana, der neben ihnen geritten war, träumerisch. Scapa sah den alten Mann misstrauisch an. Er war ihm nicht geheuer, vor allem seine seltsam fahrige Art zu sprechen. Der Greis schien Scapa mehr tot als lebendig. Außerdem zitterte er, als falle es ihm schwer, seinen Körper unter Kontrolle zu halten...

»Ich will es genau sehen«, sagte Arane.

»Was?« Scapa wandte sich vom König von Dhrana ab. »Das ist viel zu gefährlich. Wir sollten warten, bis der gröbste Widerstand gebrochen ist. Meinst du nicht?«

Arane schien eine Weile mit sich selbst zu ringen, doch schließlich blickte sie wieder zum Waldrand. »Wenn der gröbste Widerstand gebrochen ist. In Ordnung.«

Eine Stunde verging. Der kalte Winterwind brauste ihnen entgegen und trieb flatternde Wellen durch das Stoffdach. Feiner Schnee stob auf sie zu. Als Scapa sich die Flocken aus den Augen wischte, waren sie rotgefärbt. Erschrocken strich er sich die Hand am Umhang ab.

Der Kampflärm schwoll an und kam näher. Einigen Kriegern der Dunklen Wälder war es gelungen, weiter vorzudringen. Sie hatten den Wald verlassen und kämpften auf den offenen Hügeln. Doch auch Graue Krieger waren in den Wald vorgerückt, denn ein großer Teil von ihnen war nicht mehr zu sehen.

Ihre Pferde wurden unruhiger. Sie rochen das Blut, sie hörten das Gebrüll und Waffenklirren, das der Wind immer lauter zu ihnen herantrug. Unruhig tänzelten die Tiere im Schnee.

Schließlich hob Arane ihre Reitpeitsche und schnalzte damit in der Luft. »Jetzt dringen wir vor! Ich will die Schlacht mit ansehen.«

Bewegung brach rings um sie aus. Die vier Schutzringe, die sie umschlossen, ritten los, den roten Baldachin in ihrer Mitte.

Plötzlich erklang ein markerschütterndes Brüllen, Pferde wieherten. Ein hünenhafter Mann, groß wie ein Riese, war vor der Leibgarde des Weißen Kindes aufgetaucht. Seine Keule fegte durch die Luft und riss einen Reiter aus dem Sattel. Ein Zweiter wurde von ihm in den Rücken getroffen und sackte vornüber weg. Arane stieß einen spitzen Schrei aus, und dann geschahen mehrere Dinge auf einmal.

Ein Grauer Krieger köpfte den Riesen glatt mit einem Schwertstreich. Ein Schrei erklang, doch nicht der Mann stieß ihn aus, der wie ein gefällter Baumstamm in den Schnee sank. Sondern König Ileofres.

Seine trüben Augen waren weit aufgerissen. Die Hände vorausgestreckt wie Klauen, stürzte er vom Pferd auf Arane zu.

»Die Krone!«, schrie er. »*Die Krone ist mein!*«

Scapa riss seinen Dolch hervor, doch er erstarrte mitten in der Bewegung. Die krallenartigen Hände des Königs hatten kaum Aranes Rock berührt, da wich er zurück wie schmelzendes Wachs vor einem Feuer. Ileofres brüllte.

Feuer überzog sein Gesicht wie eine aus dem Nichts entstandene Flammenwand. Er versuchte sich mit den Händen auf die Augen zu schlagen. Rauch quoll aus jeder Pore, die Haut platzte auf. Er stürzte auf die Knie. Seine verkrampften Hände wurden rot, sie schmolzen unter Zischen und Dampfen und schwärzten sich. Dann blieb der König verrenkt und reglos im Schnee liegen. Seine Haut war verkohlt.

Scapa starrte ihn noch an, als er sich längst nicht mehr rührte. Der grässliche Anblick brachte ihn zum Würgen. Nichts konnte er mehr sagen, nichts denken.

Arane atmete schwer. Endlich fand sie ihre Fassung wieder, zog so fest an den Zügeln, dass sich ihr Pferd aufbäumte, und befahl: »Los jetzt! Weiter!«

Scapa riss den Blick vom verbrannten König los. Mit aller Macht versuchte er, die Übelkeit zurückzudrängen, während sie sich einen Weg voran bahnten, auf die hohen, rauschenden Bäume der Dunklen Wälder zu.

Nill und der Hirsch waren tiefer in die Dunklen Wälder geflüchtet. Überall zwischen den Bäumen tobte nun die Schlacht.

Nill war heiß unter der schweren Kriegskleidung. Während sie auf dem Hirsch weiterritt, riss sie sich den breiten Kragen zur Seite, damit ein kalter Luftzug an ihren Hals und Nacken dringen konnte. Ihr waren bereits zwei Graue Krieger in den Weg gekommen; den einen hatte sie im Galopp erschlagen können, den anderen hatte der Hirsch mit seinem Geweih durchstoßen. Ihre Sinne waren schärfer denn je, und gleichzeitig fühlte sie sich wie in einem Traum gefangen. Während das Schwert an ihrem Gürtel klirrte, schloss sich ihre linke Hand fest um den steinernen Dorn. Er war warm, ja. Aber ihre Hand schwitzte. Sie wusste nicht, ob sie nur ihre eigene Wärme spürte.

Die Ruhe der Wälder umgab sie nun. Nur die gedämpften Hufschläge des Hirsches hallten in den hohen Baumkronen wider, das Geschrei der Kämpfenden war nur noch ein verzerrtes Sirren im Wind. Sie war alleine. Sie war in Sicherheit, flüsterte eine hoffnungsvolle Stimme in ihrem Hinterkopf. Aber ein Teil von Nill wollte gar nicht in Sicherheit sein.

»Bitte«, sagte sie und schloss die Augen. »Bitte! Lasst mich die Königin finden… Ihr Geister des Waldes, führt mich zur Königin!«

Von einem plötzlichen Entschluss gepackt, brachte sie den Hirsch zum Stillstand. Sie stürzte taumelnd von seinem Rücken und fiel nach wenigen Schritten in den Schnee.

Mit bebenden Fingern zog Nill den Steindorn hervor. Bilder der Schlacht durchzuckten sie. Sie sah das unglaubliche Gemetzel. Hörte die Schreie. Die beiden Grauen Krieger, die sie getötet hatte, die vor ihren Augen gestorben waren. Das Blut, das in den Schnee strömte...

All das konnte beendet werden, wenn die Königin starb! Wenn die Moorelfen von ihrem Bann freigesprochen wären, dann endete diese irrsinnige Schlacht! Jetzt, endlich, musste Nill ihr Schicksal – und die Bestimmung des magischen Messers – erfüllen, damit das Grauen aufgehalten wurde!

Sie schloss fest die Augen. Wenn sie ihre Aufgabe jetzt nicht erfüllte, waren die Dunklen Wälder verloren. Lange hielten die vereinten Stämme der Übermacht Korrs nicht mehr stand.

»Ihr Geister des Waldes, hört mich jetzt, wie ihr mich immer gehört habt! Ich brauche euch, hört mich! Bringt mich zum Weißen Kind. Bringt mich zur Königin! Wo ist sie? Ist sie in den Wäldern? Ist sie hier? Verratet es mir, sprecht mit mir, wie ihr es früher getan habt!«

Verzweifelt erinnerte sie sich an alle Ahnungen, die ihr in der Stille der Wälder je zugeflüstert worden waren. Sie sah den Hühnerstall vor sich, der vor fünf Jahren im Sturm von einer Birke zerschlagen worden war, und aus dem man die Hühner rechtzeitig hatte retten können. Sie erinnerte sich an die vom Regen überfluteten Felder, von denen sie Agwin schon vier Tage zuvor erzählt hatte. Sie erinnerte sich an Grenjo, Grenjo tausendmal, wie das Raunen des Waldes sie zu ihm geführt hatte. Sie sah ihn beim Fischen am Fluss, Hunderte von Metern vom Dorf entfernt. Sie lief ihm entgegen, als er abends aus den Wäldern heimkehrte, und verfehlte nie die Richtung, aus der er auftauchte.

»Sprecht mit mir, ihr Geister!«, hauchte Nill.

Der Wind wisperte weit über ihr im Geäst. Die Zweige der Fichten und Tannen strichen rauschend vor und zurück. Nill senkte die Stirn gegen den warmen Steindorn und blieb reglos auf der Erde knien. Ihr Atem ging ruhiger. Der Wald breitete seine Stille über ihr aus wie weite, weiche Schwingen. Nill versank darin, wie sie es unzählige Male getan hatte, und glitt davon. Sie antwortete den Bäumen, wie sie es ebenfalls ihr ganzes Leben lang getan hatte. Doch nun war sie sich dessen das erste Mal bewusst.

*Bitte*, flüsterte sie in Gedanken. *Führt mich zum Weißen Kind.*

Und die Wälder hauchten: *Hier…*

Sie hatten auf einer kleinen Lichtung Halt gemacht. Rings um Arane und Scapa stieg der Boden an, sodass sie wie in einer großen Mulde versteckt waren. Die Erde war durchädert von den Wurzeln der mächtigen Tannen, die sich rauschend und knarrend um sie schlossen.

Sie hatten das rote Stoffdach hinter sich gelassen. Arane hatte auch ihre Leibgarde zurückgeschickt. Nach dem, was mit König Ileofres geschehen war, schien jede Furcht von ihr abgefallen zu sein. Die Krone *Elrysjar* machte sie unverwundbar, das hatte sie heute selbst gesehen. Sie hätte sich inmitten des Schlachtgetümmels zu erkennen geben können, ohne um ihr Leben fürchten zu müssen! Jeder, der sie anzugreifen wagte, würde verbrennen.

»Es ist so schön hier«, sagte Arane in die schneidend kalte Luft und drehte sich langsam im Kreis. Der Saum ihres Kleides schleifte über den Schnee. Ihre Pferde standen etwas abseits auf der Lichtung und schnaubten ungläubig über die plötzliche Stille nach ihrer Hetzjagd durch die Wälder.

Arane atmete tief ein. »Hier werden wir unser Nachtlager aufschlagen. Und morgen früh gehört das Reich der Dunklen Wälder mir.«

Scapa saß im Schnee. Sie waren lange durch die Wälder galoppiert, um diesen verborgenen Ort zu finden, und im Gegensatz zu Arane hatte *er* bei jedem Pfeil und jedem Krieger, an dem sie vorbeigeprescht waren, um sein Leben fürchten müssen. Aber jetzt, jetzt hatte er merkwürdiger Weise gar keine Angst mehr.

Er ließ sich rücklings in den dünnen Schnee sinken. Über ihm flimmerte es weiß vor fallenden Flocken. Die Tannenspitzen wogten vor und zurück, als könnten sie jeden Augenblick auf ihn niederstürzen. Doch das taten sie nicht. Sie drohten bloß und unternahmen nichts. Es blieb ganz still…

Arane stand über ihm. Sie sah auf ihn herab, doch sie lächelte nicht. Sehr nachdenklich wirkte sie und hatte jenen dunklen Blick, vor dem sich Scapa schon so oft erschreckt hatte. Aber er sagte nichts und auch Arane schwieg. Die Stille dieses Wintertages, der vorgetäuschte Frieden waren zu vollkommen.

Zögernd blieb Nill stehen. In der einen Hand hielt sie den Steindorn, mit der anderen zog sie ihr Kurzschwert.

Vor ihnen lag ein verlassenes Schlachtfeld. Weiß-rote Fahnen und schlichte Banner der Freien Elfen ragten schräg aus den Trümmern und flatterten zerfetzt im Wind. Rauchsäulen stiegen hier und da aus der Erde, Feuer brannten, wo flammende Pfeile eingeschlagen hatten.

Nill sah ein letztes Mal in die dunklen Augen des Hirsches. Sie dankte ihm stumm und neigte leicht den Kopf, so wie die Elfen es taten. »Ab jetzt komme ich allein zurecht. Ich stehe in deiner Schuld.«

Der Hirsch schien zu verstehen. Er schnaubte, sein Atem wölkte Nill entgegen, und in einer anmutigen Geste warf er das Geweih in die Höhe. Dann wandte sich Nill dem Schlachtfeld zu.

Tote übersäten den Boden. Nills Atem ging flach, als sie an der Zerstörung vorbeiging. Ihre Füße setzten knirschend auf dem gefrorenen Boden auf. Heulend strich der Wind über das Feld. Der zerfetzte Mantel eines toten Elfs flatterte auf.

Nill tauchte in den Wald ein. Augenblicklich wurde das

kalte Tageslicht gedämpft, unruhige Schatten wogten über sie hinweg. Der Steindorn in ihrer Hand verströmte eine pulsierende Wärme. Rings um Nill, aus den uralten Baumstämmen, pochten flüsternde Stimmen… Sie zogen Nill vorwärts, weiter, weiter voran, und ihre Füße bewegten sich wie von selbst.

Später hätte Nill nicht mehr sagen können, wie lange sie durch die Wälder schritt. Es war, als schwebe sie dahin, und kein Geräusch erreichte sie mehr.

Nur einmal drang ferner Schlachtlärm zu ihr heran. Sie änderte abrupt ihre Richtung und die Stimmen des Waldes zogen sie an unsichtbaren Strängen weiter. Vor ihr erschienen finstere Tannen. Die Zweige rauschten im Wind wie Fächer. Nills Herz schlug schneller. In ihrer Hand glühte der Steindorn. Er hatte sich vorne zugespitzt wie ein scharfer Reißzahn.

Scapa sah sie zuerst. Der Schreck zog ihm die Muskeln zusammen, er stand auf und stellte sich neben Arane.

Über der Lichtung war eine Gestalt erschienen. Ihre Haare flatterten im Wind. Sie hielt ein Kurzschwert in der einen Hand und in der anderen den Steindorn.

»Wen haben wir denn da?«, sagte Arane. Augenblicklich trat sie hinter Scapa und spähte an seiner Schulter vorbei auf Nill.

Mit langsamen Schritten kam sie näher. Zehn Meter trennten sie von einander.

Scapa spürte, wie Arane hinter ihm schneller atmete. Er zog nach kurzem Zögern seinen Dolch hervor.

Nill blieb stehen. Ihr Gesicht war reglos.

»Na so was, der kleine Elfenbastard!«, zischte Arane. Als Nill sie vorsichtig umrundete, ging auch Arane um Scapa herum, damit Nill ihr nie direkt gegenüberstand. »Du bist wirklich hartnäckiger als Unkraut.«

Nill schluckte. Kaum merklich hob sie das magische Messer. Sie starrte nur Arane an, nicht Scapa. Ihn konnte sie nicht ansehen.

»Ich warne dich, verschwinde!« Aranes Stimme hallte durch die klare Luft. »Sonst lasse ich dich töten, hörst du?«

Nills Wimpern flatterten. »Du bist ja noch fast ein Kind.«

»Und was bist du, dreckige Elfenbrut?«, höhnte die Königin.

»Ich«, sagte Nill langsam, »bin die Trägerin des magischen Messers.« Und sie hob es hoch und richtete es auf das Weiße Kind.

Aranes Finger gruben sich fest in Scapas Schultern.

»Ich werde dich umbringen«, hauchte Nill. Das Kurzschwert glitt ihr aus den Fingern, es fiel dumpf in den Schnee. Mit stockenden Schritten kam sie auf Arane zu.

»Tu was!«, keuchte sie Scapa ins Ohr. »Töte sie! Töte die Elfe!«

Arane stolperte zurück und starrte Nill an; dann griffen ihre Hände nach der schwarzen Krone. Ihr Gesicht verzerrte sich vor Qual, als sie *Elrysjar* vom Kopf hob.

Fassungslos blieb Nill stehen. In zwei Schritten war Arane wieder bei Scapa. Plötzlich spürte er, wie das Gewicht der Krone auf seinen Kopf drückte: Arane hatte ihm *Elrysjar* aufgesetzt.

Entsetzen lähmte ihn. Vor seinen Augen drehte sich alles, dann wurde es schwarz. Etwas sickerte durch seinen Kopf, zäh und schwer. Es kroch ihm durch den ganzen Körper, füllte seine Brust mit so stechender Kälte, dass ihm die Luft wegblieb.

»Na, was tust du jetzt?«, rief Arane Nill triumphierend zu. »Du *liebst* ihn doch, oder nicht? *Ha!* Wie erbärmlich!«

Lauernd schlich Arane um Scapa herum. Er stand reglos im Schnee. Seine Augen blinzelten.

»Na los doch, willst du den König von Korr töten? Hier steht er vor dir! Kannst du Scapa töten, Scapa, den du liebst?«

Nills Hand zitterte heftig.

Schatten überzogen Scapas Gesicht. Seine Finger verkrampften sich, an seinem Hals traten die Adern hervor. Die dunkle Macht der Krone, sie durchströmte ihn ... Keuchend beugte er sich vor, als würde ihm die Last der Krone zu schwer, als zöge sie sich enger und immer enger um seinen Kopf. Zugleich zuckte ein verkrampftes, wahnsinniges Lächeln auf seinen Lippen. Was für eine Macht!

»Nein!«, japste er. Zitternd tastete er sich über die Brust.

»Scapa«, sagte Arane neben ihm. »Nimm ihr das Messer weg! Töte die Elfe!«

Mit steifen Schritten kam er auf Nill zu.

Sie stolperte zurück. »Nein«, flüsterte sie.

Er hörte nicht. Nill biss die Zähne so fest zusammen, dass es wehtat. Tränen stiegen ihr in die Augen. »Deine Liebe, sie macht dich blind!«, schrie sie. »Du siehst nicht, was um dich geschieht, du *willst* nicht sehen!«

Scapa sagte nichts.

Hinter ihm lachte Arane. »Die Liebe macht wohl *dich* blind, Elfenbrut! Scapa hört nicht auf Elfen!«

Stumm schüttelte Nill den Kopf. Scapas Blick war kälter und hasserfüllter denn je. Nill hielt das magische Messer auf ihn gerichtet und wich mit jedem seiner Schritte weiter zurück.

»Töte sie!«, schrie Arane. »Töte sie! Bring mir den Steindorn! Bring ihn mir!«

Seine Hand schnellte vor und packte Nills Arm.

Nill entfuhr ein Schluchzen. »Nein!«

Er riss ihr das steinerne Messer aus der Hand. Sein eigener Dolch fiel zu Boden. Und plötzlich sah sie, dass ihm Tränen in die leeren Augen stiegen.

Seine Lippen öffneten sich. Fast schien es, als husche ein Lächeln über sein Gesicht, als er durch sie hindurchblickte. »Es tut mir Leid, Nill.«

Er hob das glühende Messer und durchschnitt sich die Pulsadern.

Kein Schrei kam Nill über die Lippen. Kein Ton. Nur ihre Augen weiteten sich und der Boden sank unter ihr fort.

Scapa strauchelte, dann knickten seine Knie ein und er fiel auf die Erde. Sanft saugte der Schnee das Blut auf, das ihm über den Arm strömte. Aus der Steinkrone quollen ölige Schatten und versickerten im Boden.

Nill stürzte neben ihn. Die Finsternis war aus seinem Gesicht gewichen. Es war weiß und klar wie der Himmel über ihm. Er rang nach Luft und seine Augen blickten, als sähe er etwas Riesiges auf sich zukommen. Nill berührte seine Wangen.

»Arane«, hauchte er. Sein Atem verdampfte über ihm. »Ara-Arane – jetzt bist du frei!« Und seine Züge entspannten sich und ein blasses Lächeln zog ihm über die Lippen.

Arane schrie. Sie taumelte auf Scapa zu und stieß Nill so heftig zur Seite, dass sie in den Schnee fiel.

»SCAPA!« Sie schlang die Hände um seinen Kopf und presste das weinende Gesicht an ihn. Ihre Finger schlossen sich um die Schnittwunde, aber das Blut strömte unaufhaltsam. »Nein, nein! SCAPA!«

Der Boden begann zu beben. Nill merkte es nicht. Betäubt sah sie zu, wie Arane aufschrie und sich an Scapa klammerte.

Von überall brachen Hirsche aus dem Wald. Einer von ihnen galoppierte an Nill vorbei und schnaubte sie an; sie wusste nun, dass er ihr gefolgt war und Verstärkung geholt hatte.

Die Hirsche preschten auf Arane zu. Sie blickte nicht auf. Ihre Hände schlossen sich um Scapas und sie umschlang seine Finger. Die Hirsche begruben sie unter ihren Hufen.

Nill sackte in die Knie. Alles verschwamm in einem dichten Tränenschleier.

Er war tot. Damit die Krone zerstört wurde.

Scapa…

Als man die Königin fand, lag sie im aufgewühlten Schnee. Ihr Kleid war zerfetzt und ihr Haar umgab sie wie eine aufgehende Sonne. Trotz der Knochenbrüche und Wunden war ihr Gesicht von dem Frieden erfüllt, nach dem sie immer gesucht hatte. Ihre Hand schloss sich fest um die des Jungen, der die Krone trug. Auf seinen blutleeren Lippen lag ein Lächeln.

## Elfenlied

Es war ein stiller Wintermorgen. Der Himmel war strahlend blau und keine Wolke zeigte sich. Hier und da schimmerte Sonnenlicht durch die Bäume und ließ die Schneedecken glitzern.

Unweit des Elfendorfes spiegelte sich der Himmel auf dem See wider. An ferneren Ufern, wo hohes, verblichenes Schilf wucherte, überzog eine dünne Eisschicht das Wasser. Eine Schar Wildgänse erhob sich schnatternd und flog in einem Bogen über den See hinweg.

Die Elfen hatten ein Floß auf die Wasseroberfläche am Ufer geschoben. Getrocknete Kränze aus Ranken und Wurzelgeflecht schmückten die beiden Toten, die auf dem Floß lagen.

Es sah aus, als würden sie friedlich schlafen. Trotz der Verletzungen konnte man sehen, dass das tote Mädchen einmal schön gewesen war, und zwischen ihre Finger und die des Jungen, die einander umschlangen, hatte man eine getrocknete Mohnblume gesteckt.

Der König der Freien Elfen trat mit einer Fackel in das seichte Wasser. Die Wellen schwappten ihm bis zu den Knien, als er das Floß erreichte. Er drehte sich zu den Versammelten um: Es waren nicht viele Elfen anwesend, aber dafür standen ein paar Wildschweine und Hirsche am Ufer. Die Stämme der Wölfe und Gurmenen hatten sich längst wieder in ihre Heimat aufgemacht. Eine Weile schweifte der Blick des Königs über die Anwesenden. Dann begann er zu sprechen. »Lasst uns die Toten niemals vergessen. Ihre Taten waren ebenso schrecklich wie tragisch. Ihrer Verbundenheit wegen, die bis in den Tod gehalten hat, wollen wir die Verstorbenen nicht voneinander trennen. Was der eine zerstören wollte, hat der andere gerettet. Sie gehören zusammen.« Lorgios verstummte und drehte sich um. Leicht führte er die freie Hand an die Stirn und verneigte sich, dann setzte er das Floß in Brand und legte die Fackel auf das trockene Rankengeflecht. Augenblicklich flammten die Kränze auf.

Nill bebte. Eine panische Verzweiflung stieg in ihr auf.

»Wartet«, sagte sie. Ihre Stimme war viel zu leise. »Nein… Wartet!«

Mit zitternden Knien lief sie auf das Wasser zu. Das Floß war bereits weiter auf den See getrieben. Sie kämpfte sich durch die eisige Kälte, bis sie die Flammen erreichte. Das Wasser stieg ihr bis zu den Oberschenkeln. Funken stoben ihr entgegen. Durch Feuer und Tränen hindurch konnte sie Scapa sehen.

Er konnte nicht tot sein! Er schlief ganz friedlich, er schlief doch bloß! Sein Gesicht verschwand in der flimmernden Hitze.

Nill zog einen Dolch aus dem Gürtel und nahm ihre Haare in die Hand. Durch die Menge der Elfen ging ein überraschtes Raunen, als sich Nill die Haare abschnitt: Niemand hatte von ihren Gefühlen gewusst. Niemand außer Kaveh.

Schluchzend warf Nill ihre Haare ins Feuer. Sie kringelten sich zusammen und verglühten knisternd. Das Floß trieb davon. Die Hitze des Feuers wallte Nill ein letztes Mal entgegen, ihr kurzes Haar flatterte ihr ums Gesicht. Immer höher stiegen die Flammen. Längst konnte man zwischen ihnen nichts mehr erkennen.

Nill blieb im Wasser stehen und beobachtete, wie das Floß in Funken aufstob und verbrannte.

Nach dem Tod des Weißen Kindes hatte die Schlacht ein abruptes Ende gefunden. Die Grauen Krieger ließen ihre Waffen sinken und fielen auf die Knie. Sie weinten, weil sie frei waren, und sie weinten, weil die Krone *Elrysjar* und das magische Messer, die Krone *Elyor*, ihre Macht verloren hatten. Der größte Zauber des Elfenvolkes hatte sich aufgelöst und selbst zerstört, er war verraucht wie ein Geist und würde nie wieder zurückkehren.

Der König der Freien Elfen hielt beide Kronenhälften in den Händen. In dem Augenblick, da das steinerne Messer den Kronenträger getötet hatte, hatte es sich in die Kronenhälfte *Elyor* zurückverwandelt. Nun waren beide Hälften nicht mehr als ein zerbrochener Stein.

Mit einem letzten Seufzen ließ Lorgios die beiden Steinkronen in die Erdmulde sinken. Dann häufte er das kleine Loch im Boden wieder zu und strich die dunkle Erde darüber glatt. Über ihm rauschten die Zweige einer alten, hohlen Birke. Die ersten Blätter waren an den Zweigen gesprossen. Ein warmer Wind strich durch die Baumkronen. Es war Frühling geworden.

Mit einem Ächzen stand Lorgios auf und strich sich die Hände sauber. Sein jüngster Sohn stand neben ihm. Obwohl er nie die Krone *Elyor* tragen würde wie einst Lorgios, würde er doch König werden. Es würde eine harte Probe für ihn werden. Seine Führung musste so stark sein, dass alle Elfenstämme ihm treu blieben, auch ohne Zauber. Aber Lorgios war zuversichtlich. Kaveh hatte genug Temperament und Herz, um die Elfen der Dunklen Wälder zusammenzuhalten.

Schweigend gingen die beiden los. Der Wald war nach dem langen Winter dabei zu erwachen. Die Vogelrufe kamen Lorgios klarer und schöner vor denn je. Er atmete tief die frische Luft ein. Aber so kam es ihm immer vor, wenn ein neues Jahr anbrach. Alles schien reiner und unberührter als im Jahr zuvor.

»Es ist schon so«, sagte Lorgios, während sie unter den dunkelgrünen Schatten dahinwanderten. »Die Zeit ist der größte Zauber, den es gibt. Sie heilt und lindert alles, und was unheilbar scheint, nun, das verblasst dennoch mit der Zeit. Alles, was sie je von Liebe, von Hass, von jedem noch so mächtigen Krieg hinterlässt, ist nichts als eine Erinnerung. Erinnerungen sind das Erbe aller Dinge des Lebens, mögen sie noch so gigantisch gewesen sein.« Er schloss die Augen und lächelte friedlich. »Solange ich weiß, dass eine Erinnerung an unsere Zeit bleibt, existieren wir ewig. Ganz gleich, wie das Schicksal unseres Volkes auch aussehen mag.«

Kaveh blieb stehen. Als Lorgios sich ihm zuwandte und seinen unzufriedenen Gesichtsausdruck sah, glaubte er einen Moment lang, sich selbst als Jungen zu sehen.

»Wir existieren ewig, Vater?«, wiederholte Kaveh ungläubig. Dann drehte er sich um und kniete kurz entschlossen nieder. Er hob einen Haufen Erde vom Boden und drückte ihn in die Hand seines Vaters. »Fühlst du diese Erde? Fühlst du meine Hand? Das ist *existieren*! Wenn man uns vergisst und unser Volk zerfällt, wie du es vorausgesagt hast, dann sind wir verloren in der Finsternis der Vergangenheit. In keinem Gedanken und keiner Erinnerung, selbst wenn sie länger besteht als unser Volk, kannst du fühlen, was jetzt gegenwärtig ist!«

Lorgios lächelte zum Erstaunen des jungen Prinzen, schüttelte sich die Erde aus den Fingern und schloss dann beide Hände um das Gesicht seines Sohnes. Verwirrt zog Kaveh die Augenbrauen zusammen.

»Du bist jung, Kaveh! Wenn du das Leben gelebt hast, wenn du diese Erde oft genug in den Händen gehalten hast, dann wirst du verstehen. Bis dahin«, er lachte, »fühle jedes Gefühl dieser Welt und lass einen alten Mann in seinen Erinnerungen schwelgen.«

Und Lorgios drehte Kaveh sanft in die andere Richtung um. Einen Augenblick sah Kaveh nichts als die hohen Bäume. Doch dann erkannte er, was der König ihm zeigen wollte: Nicht weit entfernt ging Nill durch das Unterholz, ohne sie bemerkt zu haben. Sie schien auf dem Weg zum See zu sein.

Lächelnd und nicht besonders zärtlich wischte Lorgios seinem Sohn die Erde aus dem Gesicht.

Die Bäume trugen wieder ein leuchtend grünes Blätterkleid. Hier und da blitzte noch ein kahler Ast aus dem erwachenden Leben; sonst war von den Spuren des Winters nichts geblieben.

Die Zeit war verstrichen. Und doch, als Nill den See erreichte und am seichten Ufer stehen blieb, hatte sie das Gefühl, nur ein Tag sei seit der Bestattung vergangen … seit den Tagen in Korr, seit sie aufgebrochen war, um einem König das Messer zu überbringen, von dem sie noch nie zuvor gehört hatte. Sie seufzte beim Anblick des dunklen Wassers und fragte sich, ob sie je wirklich die Ereignisse hinter sich lassen konnte.

Hinter ihr knackte ein Ast. Als sie sich umdrehte, tauchte Kaveh aus den Schatten der Bäume auf.

»Hallo. Wie geht es dir?« Angesichts ihres blassen Gesichts wandte er den Blick rasch zum Himmel. »Was für ein schönes Wetter! Endlich ist es Frühling, nicht wahr? Und im Sommer können wir hier im See schwimmen!« Kaveh schluckte, als ihm bewusst wurde, dass er etwas sehr Falsches gesagt hatte.

Mit einem Zucken um die Mundwinkel wandte sich Nill dem See zu. Ein lauer Wind strich ihr entgegen, und obwohl es nicht kalt war, zog sie die Schultern hoch und verschränkte fröstelnd die Arme.

Kaveh trat neben sie. Eine Weile haderte er mit sich selbst, dann fuhr er sich mit der Zunge über die Lippen und murmelte: »Ach Nijú! Weißt du, ich glaube alle Wunden heilen. Irgendwie beginnt man, mit allem zu leben, und jeder Verlust und jeder Schmerz wird irgendwann erträglich … Außerdem«, fügte er leise hinzu, »wachsen auch die kürzesten Haare wieder nach.«

Nill lächelte matt. »Nein«, sagte sie gefasst. »Bei mir ist es verloren. Für immer.«

Kaveh erwiderte lange Zeit nichts. Er war nicht sicher, was sie mit »es« meinte, doch er hatte eine Vorstellung. Schließlich brachen die Worte aus ihm hervor: »Vielleicht stimmt das nicht! Wenn alles auf der Welt immer wiederkehrt, wenn der Regen aus dem Boden steigt und wieder aus den Wolken fällt, wenn die toten Pflanzen zu Erde werden und die Erde wieder zu neuen Pflanzen und wir einatmen und wieder ausatmen, dann – dann müssen auch unsere Gefühle und Gedanken, ja alles, was wir je empfinden und erträumen und glauben, immer wiederkehren! Dann sind auch Glück und Liebe und Traurigkeit und Freude nur etwas, das beginnt und endet und wieder neu wächst. Nichts in der Welt ist je verloren. Es kommt uns nur so vor. Aber in Wirklichkeit wiederholt sich alles. Alles geht. Und kommt wieder.«

Nill sah ihn an. Und zum ersten Mal hatte Kaveh das Gefühl, als sehe sie ihn wirklich. Er atmete aus. Der Wind löste Haare aus seinen Zöpfen und ließ sie über sein Gesicht tanzen. Er senkte den Kopf.

»Wenn du«, begann er, »wenn du nicht weißt, wohin du möchtest... willst du dann vielleicht bei den Freien Elfen bleiben? Bei mir?« Bei Letzterem versagte ihm fast die Stimme, Nill hatte es bestimmt gar nicht gehört.

Einige Momente lang blieb es still zwischen ihnen, während Kaveh äußerst interessiert seine Fingernägel betrachtete. Dann trug der Wind ein Geräusch mit sich, das wie eine Melodie klang. Fein und zart hing es in der Luft und dann erkannten Nill und Kaveh das Lied aus dem Elfendorf:

*»... Sollt unser Volk einmal vergehen,*
*wird tief im Schlaf Erinnerung bestehen,*
*die als Legende einst erwacht;*
*drum tanz für hundert Jahre,*
*Feuer der Dämonennacht...«*

Helles Kinderlachen schwebte dem Lied nach. Kaveh runzelte die Stirn: Die Dämonennacht war so schnell wiedergekommen! Er sah auf. Ein zögerliches Lächeln lag auf Nills Gesicht. Und plötzlich lachte sie. Der Wind brauste übermütig über sie hinweg und trug die ersten Düfte des Sommers mit sich.

»Ja, wer weiß, was noch passieren wird. Und ob ich bleibe«, sagte Nill und eine ungewohnte Freude blühte in ihr auf. »Mal sehen – mal sehen ...«

# Epilog

In Kesselstadt hatte einst ein Meisterdieb gelebt. Den Legenden nach hieß es, er sei ein verstoßener Sohn adliger Eltern gewesen, aber das sagte man über fast alle Helden und großen Schurken. Viel eher war er wohl in der Gosse zur Welt gekommen, wo er auch gelebt und gestorben war. Unter ihm vereinten sich die mächtigsten Banden Kesselstadts, die Rivalitätskämpfe der Clans kamen zum Erliegen und Organisation wurde in das Dunkel der tiefsten Viertel gebracht. Der Name des Mannes war Jakos Torron.

Torron nahm sich auch einen Lehrling: Es war ein dicklicher, untersetzter Gauner namens Kaav Volrog. Als Jakos Torron eines Tages durch Kesselstadt ging, traf ihn von hinten ein Wurfmesser und tötete ihn augenblicklich. Den Mörder fand man nie, aber es gab auch niemanden, der sonderlich nach ihm gesucht hätte. Nicht der Tod Torrons war wichtig, sondern seine Hinterlassenschaft. Obgleich es Kaav Volrog gelang, den größten Teil seines Geschäfts zu übernehmen, zerfiel das Bündnis der Banden, und alles zerstreute sich wieder wie zuvor.

Auch Volrog nahm sich einen Lehrling: Es war ein viel versprechender Junge namens Vio Juness, den so viel Kälte auszeichnete, dass er sogar die abgebrühtesten Halsabschneider Kesselstadts übertraf. Er war ehrgeizig – ehrgeiziger als Volrog. Vio wollte das schaffen, was Jakos Torron einst gelungen war: Alle Banden unter sich zu einen und der mächtigste Mann der Stadt zu werden. Als Volrog diesem Ziel im Wege stand, tötete Vio seinen Meister. Doch der Mord geschah in einer finsteren Gasse, die Leiche, die er in einen Kanal warf, wurde nie gefunden – man hätte ebenso gut sagen können, dass Volrog schlichtweg verschwunden war. Das Einzige, das auch jetzt zählte, war Volrogs Hinterlassenschaft.

Vio eignete sich den Namen seines Vorbilds an, als dessen wahren Erben er sich empfand, und wurde als Vio Torron zu einem gefürchteten und verehrten Mann. Mehr als zehn Jahre war Vio Torron der Herrscher über die dunklen Stadtviertel. Kaum einer zuvor hatte es geschafft, so lange diese Machtposition zu halten, und auch danach sollte es nur wenigen gelingen. Das Leben eines Banditen währt kurz.

Torron nahm keinen Lehrling. Er traute niemandem genug, um ihm sein Wissen zu lehren, darum blieb er auch für zehn Jahre mächtig. Aber aus demselben Grund, eben weil er niemandem etwas verriet, sollte man seinen Namen vergessen.

Dann schloss sich eine Gruppe mutiger Straßenkinder unter einem Diebespaar zusammen. Gemeinsam schafften sie das Unmögliche, überwältigten die mächtigsten Männer der Stadt in einer einzigen Nacht und übernahmen die Herrschaft über die dunklen Viertel. Der Junge, der als Herr der Füchse am Himmel von Kesselstadts Unterwelt aufging wie ein Komet – und ebenso kurz nur erstrahlen sollte – hieß Scapa. Drei Jahre lang galt er als Fadenzieher sämtlicher Einbrüche, Raubüberfälle und Hehlereien, wobei seine Diebe stets Kinder waren. Er wurde zu einem Schatten, den man in jeder dunklen Gasse vorbeihuschen sah, und einer Stimme, die aus hundert Diebeskehlen flüsterte. Und eines Tages verschwand er aus Kesselstadt.

Er kam nie wieder.

Ein neuer Bandenführer tauchte auf und der ewige Kreislauf der Stadt begann von neuem. Er nannte sich nicht Herr der Füchse, obgleich er die Geschäfte seines Vorgängers weiterführte und wie er nur die jüngsten Diebe um sich scharte.

Mit der Zeit wurden die Diebe älter. Aus Jungen wurden

Männer, aus Mädchen Frauen. So vergaß man die Zeit, in der Kinder die Stadt beherrscht hatten – die Kinder selbst, die keine mehr waren, vergaßen es. Die Vergangenheit wurde erneut verschluckt vom regen Treiben der Stadt, dem Leben.

Kesselstadt veränderte sich täglich. Nur hatten die Menschen sich bereits daran gewöhnt … Sie merkten es gar nicht mehr, wenn sie morgens aufwachten und in eine neue Welt hinaustraten. Nur in manchen, seltenen Augenblicken bekamen sie ein Gespür dafür, und der neue Bandenführer hatte dieses Gefühl am Tag seiner Wiederkehr von langer Reise. Die Stadt war ihm tausend Jahre älter und tausend Jahre jünger erschienen als an dem Tag, an dem er sie verlassen hatte. Die Gesichter waren ihm allesamt fremd, die Händler hatten neue Ware, die Gerüchte hatten sich verändert, ohne dass jemand es bemerkte. Und obgleich die Vergangenheit des neuen Bandenführers ebenfalls im Licht der Gegenwart verblasste, blieben ihm dennoch Erinnerungen.

Oft musste er an den Jungen und das Mädchen denken – das Diebespaar, das hier Legende gewesen war. Er erinnerte sich an ihre Freundschaft, von der die Wäscherinnen während des Tages geschwärmt hatten, und er dachte warmen Herzens an die Nächte zurück, in denen er selbst durch einen dunkelroten, mottenzerfressenen Vorhang in ein Zimmer gespäht hatte, in dem die beiden beieinander gesessen hatten – erfüllt von ihren Visionen und Träumen. All das hatte Kesselstadt vergessen. Die Stadt hatte sich die Legende vom Dieb und der Straßenprinzessin vom Gesicht gewaschen wie Schminke, nur um sich wieder zu bemalen, täglich aufs Neue. Ihre Namen waren verloren, ihr Schicksal versunken im steten Erneuern der Welt.

Doch eines Tages, als der neue Bandenführer durch die Straßen der Stadt strich, kam er an einem Puppentheater vorbei. Verblüfft blieb er stehen. Es ging um eine Prinzessin und einen Krieg. Die Prinzessin trug eine wunderbare Goldkrone aus gelb bemaltem Holz. Ihre Stimme war zart, aber ihre Worte waren kraftvoll.

Und Fesco konnte kaum fassen, welchen Lauf die Vorstellung nahm. Das Puppentheater führte die Geschichte von Scapa auf – von Scapa und Arane! Genau ihre Geschichte wurde vorgespielt und vor Überraschung und Rührung traten Tränen in die Augen des Bandenführers.

Vielleicht stimmte es, überlegte Fesco und musste lächeln. Menschen kamen und gingen, ihre Herzen, ihre Namen und Taten glommen auf in der Finsternis der Welt und erloschen ebenso schnell wie Funken in einer sternlosen Nacht. Aber ihre Geschichten… ihre Geschichten wiederholten sich immer.

# Danke!

Wenn du um Nill gebangt hast, wenn dir warm geworden ist am Feuer der Elfen und du eine Gänsehaut hattest im Turm … dann musst du das hier lesen. Und wenn du dieses Buch nicht mochtest, dann lies das hier erst recht, damit du weißt, wer dafür verantwortlich ist.

Nämlich ich. Nun ja. Und ein paar Leute, ohne die *Nijura* für immer ein stummes Flüstern in meinem Herzen geblieben wäre.

Diese sehr besonderen Leute sind Menschen mit Fleiß, Tatkraft und Talent – zu ihnen gehört mein Literaturagent Thomas Montasser, der an mich geglaubt hat zu einem Zeitpunkt, da mein eigener Glaube schon ins Wanken geraten war. Auch meine Lektorin Susanne Krebs bei **cbj**, die sich so intensiv um *Nijura* gekümmert hat und der ich so viel zu verdanken habe. Dank an all die engagierten Mitarbeiter bei **cbj**, die meinen größten Traum haben wahr werden lassen.

Ein Kuss an meine Mama, weil sie meine Geschichten immer geliebt hat, meinem Papa, weil ich von ihm gelernt habe, was Hartnäckigkeit bedeutet, Kim-Mai, weil ich sie lieb habe, und Mike, dessen Musik mich so inspiriert hat. Ille Middendorf ist meine künstlerische »Mutter« in der Familie – danke dafür! Ich danke Janet Bayer für hundert tiefsinnige Gespräche, alle Gedanken, die wir miteinander teilen, und die Zukunft, die uns gehört. Und natürlich Lizzy Teutsch, meiner »inoffiziellen« Lektorin und Testleserin: Danke für die feinfühlige und sorgfältige »Filterung« von *Nijura*!

Seit meinem dreizehnten Geburtstag liegen vier Jahre und neun Romane hinter mir. Die Menschen, die mich in dieser Zeit ermutigten, mir weiterhalfen oder ehrlich die Meinung sagten, sind nicht aufzuzählen. Ich schulde ihnen allen Dank. Nicht zu vergessen sind die Leute, die mich zufällig und ungewollt inspirierten, manchmal mit einem Lächeln, einem Wort, einer außergewöhnlichen Nase – ihnen allen wünsche ich noch schöne S-Bahnfahrten.

Und was bleibt? Ah ja, du natürlich! Du, der du dieses Buch gekauft oder geschenkt bekommen, ausgeliehen (oder gemopst?) hast – danke für dein Interesse! Ich hoffe, du konntest zwischen den Buchdeckeln finden, was auch ich beim Schreiben fand … Glaube an deine Träume – und lebe deine Vision.

In Liebe und Dankbarkeit,
eure Jenny-Mai Nuyen, im Mai 2006